Andreas Gößling • Die Dämonenpforte

cbt

Andreas Gößling

Die Dämonenpforte

cbt

cbt

cbt – C. Bertelsmann Taschenbuch
Der Taschenbuchverlag für Jugendliche
in der Verlagsgruppe Random House

FSC
Mix
Produktgruppe aus vorbildlich bewirtschafteten Wäldern und anderen kontrollierten Herkünften
Zert.-Nr. SGS-COC-1940
www.fsc.org

Verlagsgruppe Random House FSC-DEU-0100
Das für dieses Buch verwendete FSC-zertifizierte Papier
Super Snowbright liefert Hellefoss AS, Hokksund, Norwegen.

1. Auflage
Originalausgabe Dezember 2009
Gesetzt nach den Regeln der Rechtschreibreform

Lektorat: Frank Griesheimer
Umschlaggestaltung: Hauptmann & Kompanie
Werbeagentur, München – Zürich,
Hanna Hörl, unter Verwendung eines Motivs von
© Shutterstock/Mikhail
SK · Herstellung: RD
Satz: Greiner & Reichel, Köln
Druck: GGP Media GmbH, Pößneck
ISBN 978-3-570-30491-4
Printed in Germany

www.cbt-jugendbuch.de

1

Kaum hatten sie die Autobahn hinter sich, da veränderte sich das Licht. Der Himmel auf einmal schimmelgelb, mit einem Stich ins giftig Grüne. »Das kommt von den Moorgasen«, sagte Linda. Die Straße wand sich durch eine Landschaft wie im Horror-Game: links und rechts dunkles Gewässer, fast schwarz. Hier und dort Baumleichen, die hager aus dem Sumpf aufragten.

»Wow«, sagte Marian. »Hier hat der alte Marthelm gewohnt?«

Seine Mutter nickte. »Sein Leben lang, soweit ich weiß.«

Weit und breit war niemand außer ihnen unterwegs. Nur ein paar plumpe schwarze Vögel, die über den toten Bäumen kreisten. Eine Welt wie nach dem Ende der Welt.

Marian kurbelte die Scheibe auf seiner Seite herunter, aber die Sicht blieb trüb. Als wollte schon der Abend dämmern, dabei war es noch nicht mal fünf, ein wolkenloser Augusttag. Aber hier im Moor hing über allem dieser gelbliche Schleier, der die Umrisse verschwimmen ließ.

Der Straßenbelag wurde löchrig, die Stoßdämpfer stöhnten. »Unser Auto passt jedenfalls schon mal gut hierher«, sagte Linda und grinste ihn von der Seite her an.

»Du meinst, weil es mindestens so alt ist wie Onkel Marthelm?«

Zärtlich streichelte Linda über das Lenkrad. »Armer, greiser Golf. Das hast du nicht verdient.«

Womit sie recht hatte: Das Auto war erst 15 – genauso wie Marian. Urgroßonkel Marthelm Hegendahl aber war unwahrscheinliche 115 Jahre alt, als er sich letzte Woche zum allerletzten Mal schlafen legte.

»Klimaanlage wäre trotzdem nicht schlecht«, sagte Marian. Warmer Wind wirbelte durch den Wagen, zerzauste ihm die Haare und trug einen stechenden Geruch herein – nach Schwefel oder solchem Zeug, wie in der Chemiestunde. »Vielleicht vererbt uns Marthelm ja wirklich was.«

»Ganz bestimmt tut er das.« Seine Mutter ließ kurz das Lenkrad los, um beide Hände zu Fäusten zu ballen. »Das heißt, falls wir rechtzeitig zu seiner Beerdigung ankommen.«

Sie trat auf die Bremse und kam genau auf einer Kreuzung zum Stehen. Vier Möglichkeiten, null Hinweisschilder.

Linda schaute nach links, dann nach rechts. »Ich habe nicht die geringste Ahnung«, sagte sie, »wie wir jetzt fahren müssen.«

»Na toll.« Marian schnaufte. »Denkst du an ein Navi, wenn du demnächst unseren neuen Luxusschlitten kaufst?« Kannte er irgendjemanden, dessen Eltern ein Auto ohne Aircondition oder Navigationsgerät fuhren? Von elektrischen Fensterhebern ganz zu schweigen.

Er überlegte, aber es fiel ihm niemand ein. Nicht, dass ihm solche Dinge besonders wichtig gewesen wären – er machte sich auch wenig aus all dem angesagten Kram, für den viele in seinem Alter Unmengen von Geld ausgaben. Aber manchmal nervte es ihn schon, dass seine Eltern ständig knapp bei Kasse waren. Was seine Mutter in dem kleinen Reisebüro in Starnberg verdiente, reichte gerade mal so, damit sie das Nötigste kaufen konnten. Und Christian, sein Vater, war zwar ein großartiger Video- und noch besserer Lebenskünstler, aber praktisch immer pleite. Seit er aus seinem Studio geflogen war, weil er mindestens ein Jahr lang keine Miete mehr gezahlt hatte, lebte Daddy Chris eben in einem Bootshaus. Fast jeden Tag fuhr er auf den Starnberger See hinaus – und sein Segelboot war bestimmt fast genauso alt, wie Urgroßonkel Marthelm angeblich geworden war.

Wer wird schon 115?

»Ich schätze, wie müssen nach rechts.« Linda brütete über dem Autoatlas. »Oder sind wir vielleicht erst hier?« Mit dem Zeigefinger fuhr sie über einen grauen Fleck auf der Karte, der von einem Gespinst aus schwarzen Strichen durchzogen war. »Dann müssten wir erst noch ein Stück geradeaus.«

Marian spürte plötzlich ein Kribbeln im Magen – sich in dieser Einöde zu verirren, wäre keine besonders gute Idee. Die Straßen waren schmal und kurvig, die Ränder glitschig und steil. Wenn sie vom Weg abkämen, könnten sie die Fenster bestimmt nicht schnell genug runterkurbeln, um sich aus dem Wagen zu befreien, ehe der vom Moor verschluckt worden wäre.

Um die Schatten der Baumleichen waberten schimmelgelbe Schleier. Lichtpfützen phosphoreszierten im Dunkel des Sumpfs: wie die aufgerissenen Augen eines Monsters, das stöhnend aus der Tiefe des Moors emporsteigt.

Sein Herz schlug schneller als normal. Er bekam sogar ein wenig Gänsehaut. Außerdem schwitzte er, aber im Auto war es wirklich ziemlich heiß.

»Na, da haben wir aber Glück«, sagte seine Mutter. »Ein Wanderer. Der kennt sich bestimmt hier aus.«

Linda fasste nach dem Türgriff, aber Marian legte ihr seine Linke auf den Arm. Von der anderen Seite der Kreuzung her kam ihnen ein alter Mann entgegen und er sah alles andere als vertrauenswürdig aus. »Bitte, Mutter.« Er nannte sie nur selten Mutter, meistens Linda oder gar nichts.

Die ungewohnte Anrede und wohl mehr noch der Tonfall ließen sie zögern. »Was hast du denn, Junge?« Sie blies sich eine dunkelblonde Haarsträhne aus der Stirn. »Ich will ihn ja nur fragen, wie wir nach Croplin kommen.«

Schau ihn dir doch an. Das sagte Marian nicht. Sogar der Name der gottverlassenen Kleinstadt kam ihm auf einmal unheilschwanger vor. Und dieser Wanderer sah wirklich wie eine Vogelscheuche aus. Hager, hochgewachsen, in einem viel zu großen, altmodischen schwarzen Anzug. Lange, gelblich weiße Haare, die ihm fadendünn auf die Schultern fielen. Ein Gesicht wie Altpapier – so grau, so tausendfach zerknautscht. Wo war der überhaupt hergekommen? Vielleicht aus dem Moor gekrochen?

»Wozu willst du aussteigen?« Marian versuchte, möglichst entspannt zu klingen. »Der ist doch sowieso gleich hier.«

Je näher der Wanderer kam, desto normaler sah er aus. Als er die Kreuzung erreichte, war es einfach ein alter Mann, der sich bedächtig fortbewegte und seit Längerem nicht beim Friseur gewesen war.

Linda kurbelte ihr Fenster herunter. »Entschuldigung, kennen Sie sich hier aus? Wir müssen nach Croplin.«

Der alte Mann stützte sich mit einer Hand gegen das Autodach. Ganz langsam beugte er sich zu ihnen herab, bis sein Gesicht vor der Fensteröffnung schwebte. »Hegendahls, wie?« Seine Augenhöhlen waren tief wie das Moor. »Auf dem Weg zum Begräbnis?« Er stieß Geräusche von unklarer Bedeutung aus, irgendetwas zwischen Kichern und Röcheln. »Mein Beileid«, fuhr er dann fort, ohne eine Antwort abzuwarten. »Nach Croplin nehmen Sie am besten die nächste Straße rechts – in ungefähr einem Kilometer. Wenn Sie wollen, kann ich Ihnen vorausfahren. Da drüben steht mein Wagen.«

Ehe seine Mutter das Angebot annehmen konnte, hatte sich Marian über sie hinweggebeugt. »Schönen Dank – nicht nötig«, rief er dem alten Mann mit übertrieben freundlichem Lächeln zu. »Das finden wir schon allein.« Er nickte Linda auffordernd zu. »Lass uns um Himmels willen weiterfahren«, sagte er so leise, dass sie es eben noch hören konnte.

»Was hast du denn nur?«, murmelte seine Mutter wieder, legte aber folgsam den ersten Gang ein. Sie bedankte sich gleichfalls bei dem »Wanderer«, der immer noch in gebückter Haltung neben ihrem Wagen stand. Unendlich langsam richtete er sich auf und trat einen Schritt zurück.

Während sie über die Kreuzung fuhren, drehte sich Marian um: Der Mann im schwarzen Anzug bog links in die Straße ein. So rasch seine alten Beine es erlaubten, eilte er zu seinem Auto, das halb versteckt hinter einem Baum mit tief hängenden Zweigen stand. Auch das Auto sah ungeheuer alt aus – mit gewaltigen Chromleisten und Haifischflossen am Heck, wie ein Cadillac aus der Ära von Elvis Presley.

2

Die Straße wurde immer schmaler, dann hörte auch noch die Asphaltdecke auf – jetzt war es nur noch ein unbefestigter Weg. Auf beiden Seiten von knorrigen Bäumen gesäumt, mit kahlen Ästen, die fast bis auf den Boden hingen. Die Stämme schwarz, vor Nässe glänzend – eine Totenallee. Dahinter, zwischen den Zweigen mehr zu spüren als zu sehen, das Moor.

»Meinst du, wir sind hier richtig?«, fragte Marian.

»Bestimmt. Gleich die erste rechts, hat der Wanderer gesagt.« Linda hielt das Lenkrad mit beiden Händen umkrampft und starrte angestrengt nach vorn. »Dieser Weg ist wahrscheinlich eine Abkürzung, die sonst nur die Einheimischen nehmen.« Es klang nicht besonders überzeugend.

»Von wegen Wanderer«, murmelte Marian.

»Wie meinst du das jetzt wieder?«, wollte Linda wissen.

»So halt.«

Sie verstummten von Neuem. Marian hing seinen Gedanken nach, versuchte, das Kribbeln im Bauch zu ignorieren, das immer ärger wurde. Wie lange war es her, dass sie den alten Mann nach dem Weg gefragt hatten? Höchstens fünf Minuten. Aber es fühlte sich an wie eine zähe Ewigkeit.

»Komisch, wie früh es hier dunkel wird«, sagte er.

»Nicht früher als bei uns«, widersprach seine Mutter. Und doch hatte sie schon vor Minuten das Licht eingeschaltet. Der Weg bestand praktisch nur noch aus Baumwurzeln und

Steinbrocken. Zwischen den Bäumen, unter dem Nebelschleier krochen sie dahin wie Überlebende einer Giftgaskatastrophe.

Vielleicht ist der Alte ja so ein durchgedrehter Moormörder, dachte Marian. Er versuchte, es komisch zu finden, aber das Kribbeln wurde nur noch stärker. Genauso wie das Autogeräusch irgendwo hinter ihnen, das er anfangs kaum wahrgenommen hatte – jetzt wurde es so rasch lauter, als ob ein PS-starker Wagen mit hohem Tempo hinter ihnen her jagte.

Er wandte sich um und sah durch die Rückscheibe – nichts. In der Dämmerung verschwammen Weg, Bäume, Moor zu einem schwarz-gelben Brei. Doch ihr Verfolger holte immer mehr auf und jetzt sah Marian auch die beiden Lichter weit hinter ihnen. Schlitzschmal und gelb wie übergroße Wolfsaugen, die unglaublich rasch näher kamen.

»Verdammt, der ist hinter uns her.« Als er sich kurz nach vorn drehte, sah Marian, dass Linda angespannt in den Rückspiegel starrte, die Augen zusammengekniffen. »Der verfolgt uns, Mutter, verstehst du?«

»Du mit deinen wilden Fantasien. Das kommt von den vielen Voodoofilmen.« Sie machte eine kleine Kopfbewegung, als ob sie zu ihm hinübersehen wollte, aber ihr Blick blieb am Rückspiegel kleben. »Der hat's einfach eilig. Ich würde ihn ja auch liebend gern vorbeilassen – aber auf diesem Ziegenpfad?«

Marian verrenkte sich fast den Hals, um ihren Verfolger nicht aus den Augen zu lassen. »Kann ja sein, dass ich mich ziemlich viel mit Magie und solchen Sachen beschäftige«, sagte er. »Aber den da hinten bilde ich mir nicht nur ein, oder? Der rast wie ein Psychopath.« Oder wie ein ferngesteuerter Zombie.

Die Wolfslichter waren höchstens noch zwanzig Meter hinter ihnen. Mit wilden Sprüngen jagte der Cadillac – oder was es sein mochte – über den holprigen Weg.

»Der ist wirklich durchgedreht«, sagte Linda. Sie wirkte besorgt, was bei ihr ausgesprochen selten vorkam. Sie gehörte eher zum kämpferischen Typ und ließ sich normalerweise nicht so leicht einschüchtern. »Vielleicht halte ich besser an?«

»Auf keinen Fall!« Der Amischlitten fuhr jetzt so dicht hinter ihnen, dass er sie praktisch schon schob. »Siehst du nicht, was mit dem Kerl los ist?«

Hinter der Frontscheibe war deutlich das Gesicht des alten Mannes zu erkennen, das zu einer wahnsinnigen Grimasse verzerrt war. Er fuchtelte abwechselnd mit beiden Händen, drückte auf die Hupe und ließ sämtliche Scheinwerfer aufflammen.

»Aber vielleicht will er uns nur was sagen? Dass wir falsch abgebogen sind?«

»Das glaubst du selbst nicht, Mutter«, rief Marian. »Gib endlich Gas, bevor er uns ins Moor rammt!«

Linda beschleunigte halbherzig, nahm aber den Fuß gleich wieder vom Gas. »Das ist Selbstmord«, sagte sie. »Ich sehe überhaupt nichts.« Sie trat hart auf die Bremse. »Hier ist kein Weg mehr!«

Mit einem widerwärtigen Knirschen setzte ihr Wagen auf und kam abrupt zum Stehen. Marian, der sich schon wieder nach hinten gedreht hatte, wäre fast mit dem Hinterkopf gegen die Scheibe geknallt. Gleich musste ihnen die Kutsche des Alten in den Kofferraum krachen – doch im allerletzten Moment schwenkten die Wolfslichter scharf zur Seite und der Cadillac blieb mit quietschenden Reifen quer hinter ihnen stehen.

Der Motor erstarb, die Scheinwerfer gingen aus. In der

plötzlichen Stille war nur das leise Ächzen einer Autotür zu hören, dann das Tappen von Schritten auf weichem Untergrund.

»Verdammt noch mal«, flüsterte Linda. »was macht der Kerl?«

»Keine Ahnung«, gab Marian genauso leise zurück. Eine Axt holen, oder einen Kanister, um Benzin über uns zu schütten. Durch das offene Fenster lauschte er nach draußen, aber das lauteste Geräusch weit und breit war das Hämmern in seiner Brust.

Bei der jähen Bremsung hatte Linda den Motor abgewürgt. Ihre Standscheinwerfer malten matte Lichtkegel auf die Moorfläche vor ihnen – mit einem schmalen Fußpfad aus Wurzeln und Felsbrocken, in den der Fahrweg an dieser Stelle überging. Rundherum nur gelblich schimmerndes Dunkel.

Im Handschuhfach bewahrten sie seit ewigen Zeiten eine Stablampe auf – für genau solche Fälle wie diesen hier. Marian nahm sie heraus und schaltete sie ein. Die Batterie war nicht mehr allzu stark, aber für ein paar Minuten würde es reichen. Und der kalte Stahlschaft in seiner Hand verlieh ihm ein Gefühl von Sicherheit. »Lass uns nachsehen.«

Ehe sie etwas einwenden konnte, öffnete er leise seine Tür. Aber Linda machte auch keine Anstalten zu protestieren: Sie zog den Zündschlüssel ab, griff nach hinten, wo ihre Handtasche lag, und stieg gleichfalls aus.

Draußen wirkte alles noch viel weniger wirklich als vom Auto aus. Der giftig gelbe Schimmer in der Dunkelheit, für die es zu früh am Tag war. Der stechende Geruch nach Moordämpfen. Der federnde Boden unter den Sohlen, als Marian um ihren Golf herumging. Er richtete die Taschenlampe auf den Amischlitten des Alten. Die Fahrertür stand noch offen. Marian leuchtete hinein – der Zündschlüssel war abgezogen. Solange die Kiste quer über dem Weg stand, kamen sie hier nicht mehr weg.

»Das gibt's nicht«, flüsterte Linda. »Weißt du, wem der Wagen gehört?«

»Na ja – deinem Wanderer, oder?«

»Eher schon deinem Urgroßonkel Marthelm.«

Darauf fiel ihm nicht gleich eine Antwort ein. Er leuchtete Linda ins Gesicht, um festzustellen, ob sie sich über ihn lustig machte. Allerdings war es ganz bestimmt kein guter Moment für schlechte Jokes.

»Ich hab dir doch erzählt«, sagte sie mit gedämpfter Stimme, »dass Marthelm früher ab und zu auf Familienfeiern aufgetaucht ist. Obwohl niemand ihn dort sehen wollte – dein Vater so wenig wie dein Großvater oder sonst irgendwer. Und soweit ich mich zurückerinnern kann, ist Marthelm immer mit diesem schwarzen Schlitten hier erschienen. Oder jedenfalls mit einem Auto, das dem hier zum Verwechseln ähnlich sah.«

»Und das heißt also?« Während er Linda zuhörte, leuchtete Marian wild im Dunkeln umher.

»Weiß ich auch nicht«, gab Linda zurück. »Der Wanderer ist zumindest nicht dein wiederauferstandener Urgroßonkel, so viel steht fest. Marthelm war breitschultrig und hat ziemlich geschielt. Vielleicht hat er seinem Kumpel hier das Auto vermacht.«

Nette Freunde hatte der Urgroßonkel. Von dem verrückten Alten war jedenfalls nichts zu sehen. Nur Bäume, Moor, die beiden Autos – und ein winzig schmaler Trampelpfad, der genau vor der Schnauze des Cadillacs zwischen den Bäumen hindurch ins Dunkel führte.

»Dorthin muss er sein.« Marian deutete mit der Taschenlampe auf den Anfang des Pfads. Noch immer hämmerte ihm das Herz in der Brust. Als er sich dem Pfad näherte, stellten sich ihm auch noch die Nackenhaare auf.

Verrückt, dachte er. Seit wann passierten solche Sachen in der langweiligen Wirklichkeit – und nicht bloß in Horrorfilmen oder Adventure-Games? Er zwängte sich zwischen den Bäumen hindurch. »Schau dir das an.«

Der Lichtkegel der Taschenlampe strich über die Rückfront eines stark verwahrlosten Hauses wenige Meter vor ihnen. Schmale, vergitterte Fenster. Die Fassade mit schwarzen Flecken und Rissen übersät. Von dem tief heruntergezogenen Reetdach hingen Fetzen und Strähnen herab, wie von einer ramponierten Perücke. Eine schmale Tür in der Hauswand stand halb offen. Dahinter zeichnete sich eine Treppe ab, die steil nach unten führte.

Wie sind wir nur hier reingeraten?, dachte Marian. Wie auch immer – sie mussten diesen durchgeknallten Alten finden, eine andere Möglichkeit gab es nicht.

Über den glitschigen Hofweg ging er langsam auf die Tür zu. Linda folgte ihm mit spürbarem Zögern. Da ertönte aus der Tiefe des Hauses ein grauenvoller Schrei. Ein lang gezogenes Heulen und Winseln, anders als jeder Laut, den Marian jemals gehört hatte.

Ein Schauer rann ihm den Rücken runter. Sollten sie wirklich in dieses Kellerloch hinabsteigen? Willenlos ließ er zu, dass Linda ihm die Lampe aus der Hand nahm.

»Jetzt reicht es mir aber«, sagte sie. »Der alte Kerl hält uns wohl zum Besten.« Sie richtete den Lichtstrahl auf das Türloch, aus dem ein weiterer schauerlicher Schrei drang. »Na, der soll mich kennenlernen.«

3

Die Treppe war so schmal, dass sie gerade noch nebeneinander gehen konnten. Steile Steinstufen, von den Jahrhunderten ausgewaschen. Der Lichtstrahl der Taschenlampe zuckte über modriges Mauerwerk.

Unten ein enger Gang, grob in den Fels gehauen. Und dann wieder so ein grässlicher Schrei. Oder eher ein Stöhnheulen, ein Kreischjaulen, Winselwimmern – nichts, was lebendige Menschen aus ihren Kehlen pressen könnten.

Seltsamerweise wurde es immer wärmer, je tiefer sie kamen. So als ob der Alte unter seinem Haus einen Vulkan betreiben würde. Mit einem Krater voll glühender Lava, in dem er seine erbarmungswürdigen Opfer grillte. Und so ähnlich war es dann ja auch.

Der Gang mündete in einen großen Kellerraum. Auf der Türschwelle blieben Marian und Linda stehen und schauten sich ungläubig um.

Funzliges Licht sickerte aus einer Deckenlampe. Der alte Mann schien sie nicht zu bemerken. Mit dem Rücken zu ihnen hantierte er an der hinteren Stirnwand, wo ein gewaltiger Eisenofen stand. Hinter zwei runden Türen mit gläsernem Einsatz zeichneten sich geräumige Backröhren ab, gefüllt mit roter Glut. Auf gleichfalls glühenden Rosten lag in jeder Röhre ein längliches Etwas von der ungefähren Form eines Baumstamms oder Sargs.

Marian musste schlucken. Er machte einen Schritt in den Raum hinein, dann einen zweiten nach links. Linda folgte ihm leise und drückte sich neben ihm an die Wand.

Die Taschenlampe hatte sie ausgeschaltet oder die Batterie hatte den Geist aufgegeben.

Auf dieser Seite des Kellerraums stand, einige Schritte zum Ofen hin, ein klobiger großer Tisch. Darauf lagen, im Halbdunkel nur undeutlich zu erkennen, zwei oder drei weitere solcher länglichen Gegenstände, wie der Alte sie in seinem Ofen briet oder verbrannte. Ein modriger Geruch ging von ihnen aus. Leichen, dachte Marian, nebeneinander aufgebahrt, bis sie an der Reihe sind. Aber das hier war doch kein Krematorium, oder? Außerdem erinnerte der Geruch eher an nassen Stein, an uralten Schlamm und Staub. Marian spürte einen starken Drang, sich umzudrehen und zusammen mit Linda auf und davon zu rennen. Aber seine Neugier war stärker – er musste einfach herausbekommen, was hier vor sich ging.

Der alte Mann sank vor dem Ofen auf die Knie. Mit dem Gesicht ging er ganz nah an eines der Fenster heran. Dann legte er sogar die Hände links und rechts neben seine Augen, um besser zu sehen, wie die Leiche – oder was es sein mochte – von der Glut geröstet wurde. Diesen Moment nutzte Marian: Mit drei schnellen Schritten war er bei dem Tisch im Schatten. Er streckte seine Hand nach dem vordersten der länglichen Dinger aus – seine Finger fuhren über raues Holz. Es fühlte sich morsch an, wie Bretter, die jahrelang von der Sonne ausgetrocknet worden waren. Oder wie halbverkohlte Äste in einem längst erloschenen Lagerfeuer.

Er tastete weiter an dem Ding entlang, vom Fuß aufwärts, höher und höher. Bis das zundertrockene Holz plötzlich aufhörte und seine Finger über etwas Weiches, Feuchtes glitschten. Es fühlte sich anders an als alles, was er jemals berührt hatte – kühl, nachgiebig, leblos. Er fuhr weiter mit der Hand über das weiche Ding, merkte dann erst, dass es die Form einer Schulter, eines Schädels hatte – der wulstige Mund, die vorspringende Nase, darüber Augen, die Wölbung der Stirn.

Erst als Linda ihn völlig entgeistert ansah, wurde Marian klar, dass er aufgeschrien haben musste – vor Grauen, vor Ekel, er wusste es selbst nicht. Sie knipste die Taschenlampe an und richtete den Lichtstrahl auf den Tisch mit den aufgebahrten Holzdingern.

»Oh mein Gott – Linda, sieh dir das an!«

Es war wie in einer Horrorstory von H.P. Lovecraft, nur dass sie das hier wirklich erlebten: die drei uralten, zu Schlamm vermoderten Leichen, jede in einen ausgehöhlten Baumstamm eingesargt. Der alte Mann – wer sonst – hatte bei jedem Baumsarg ein Stück von der Oberseite säuberlich herausgesägt, sodass die Schlammleichen vom Brustkorb aufwärts freigelegt waren: der Rumpf mit den über der Brust zusammengefügten Armen, der Schädel, die starrenden Augen, der wie zu einer Frage halb geöffnete Mund. Es sah alles vollkommen echt aus. Die äußere Form der Körper war makellos, so als ob sie im nächsten Moment aus ihren Särgen aufstehen und umherwandeln könnten – nur dass sich ihr Fleisch, ihre Knochen vor langer Zeit in diesen zähen Schlamm verwandelt hatten. Sie mussten Jahrtausende alt sein, dachte Marian. Bloß die Baumsärge oder das Moor hatten verhindert, dass sie gänzlich zu Staub zerfallen waren.

Ein metallisches Quietschen vom Ofen her ließ ihn zusammenfahren. Der alte Mann legte einen Eisenhebel um und öffnete die erste Ofentür, dann verfuhr er mit der zweiten genauso. Auf Marians Schrei hatte er überhaupt nicht reagiert, so als ob es das Normalste auf der Welt wäre, dass Besucher in diesem Keller die Nerven verloren. »Das Geheule«, sagte er und kam steifbeinig auf Marian zu. »Willst du noch mal hören, wie diese Brüder schreien?«

Marian nickte – dabei hätte er so ziemlich alles lieber gehört als noch einmal dieses Armeseelengekreisch. Der Alte ging an ihm vorbei und machte sich an einem Wandregal zu schaffen. Linda richtete die Taschenlampe darauf. Zu Marians Erstaunen stand dort ein altmodisches Tonbandgerät.

»Ich muss übrigens um Nachsicht bitten, dass ich mich noch nicht vorgestellt habe«, sagte der alte Mann. »Mein Name ist Hanno Bußnitz, ich war mit deinem Onkel gut befreundet.« Über die Schulter sah er zu Marian, nickte dann auch Linda zu.

»Urgroßonkel«, warf Marian ein, aber Hanno Bußnitz nahm keine Notiz davon.

»Von Haus aus bin ich Archäologieprofessor«, fuhr er fort, »Fachgebiet magische Praktiken der Jungsteinzeit. Es ist zwar schon ein paar hübsche Jährchen her, dass ich an der Universität geforscht habe, aber Alter schützt nun einmal nicht vor Neugierde. Vor allem dann nicht, wenn es um die Rätsel der Zeit und der Unsterblichkeit geht. Ein Thema, für das sich in Croplin sozusagen jeder brennend interessiert – kein Wunder bei dem Durchschnittsalter unserer Gemeinde.«

Er schaltete das Tonbandgerät ein und ließ das Band zurückspulen. »Schreie wie diese hier«, sagte er, »sind seit vielen hundert Jahren im Cropliner Moor zu hören. Unzählige Sagen und Legenden handeln davon, wie arglose Wanderer durch dieses entsetzliche Stöhnen und Heulen um den Verstand gebracht oder sogar in den Tod getrieben worden sind. Aber ich war wohl der Erste, der dem rätselhaften Phänomen mit wissenschaftlicher Sorgfalt auf den Grund gegangen ist – im wahrsten Sinn des Wortes.«

Er drückte auf die Wiedergabetaste. Augenblicklich füllte sich der Kellerraum mit den grauenvollen Schreien. Linda ließ die Taschenlampe fallen und hielt sich die Ohren zu. Marian verspürte den plötzlichen Drang, mit diesen Verdammten – wer oder was immer sie sein mochten – mitzuschreien, in ihr Heulen und Jammern einzustimmen. Sein Blick fiel auf die Schlammleichen in ihren Baumsärgen, und für einen Moment schien es ihm, als ob die Schreie aus ihren Mündern kämen. Als ob ihre Brustkörbe sich höben und senkten, um das Geheul aus ihren modrigen Kehlen hervorzupressen.

»Um Himmels willen, Professor«, schrie Linda, »machen Sie das aus!«

»Bitte sehr um Entschuldigung.« Bußnitz wandte sich um und drückte folgsam auf die Stopptaste. Das Band drehte sich mit schleifendem Geräusch noch einige Augenblicke lang, dann kehrte Ruhe ein – abgesehen vom Knacken des Eisenofens, in dessen Röhren die Glut allmählich erlosch. »In meinen Ohren«, fuhr er fort, »sind diese Schreie die ausdrucksvollste Musik, die man sich nur vorstellen kann. Daher vergesse ich leider immer wieder, dass Außenstehende diese Auffassung nicht unbedingt teilen.«

»Allerdings nicht«, sagte Linda. »Auch die Schönheit von Verfolgungsjagden, bei denen man fast zu Tode kommt, will sich mir nicht erschließen. Aber Sie haben doch bestimmt eine gute Erklärung parat, Herr Professor, warum Sie mich und meinen Sohn unbedingt über den Haufen fahren wollten?«

Der alte Herr wirkte nun aufrichtig zerknirscht. Er hob die Arme, als ob er sich ergeben oder Linda segnen wollte. »Das war unverzeihlich«, sagte er. »Wenn auch eine Verkettung unglücklicher Umstände: Sie haben den Weg, der zu meinem Haus führt, mit der Straße nach Croplin verwechselt – und ich war in größter Eile, da die Backzeit dieser Brüder beinahe abgelaufen war.« Er deutete auf den Ofen, wo die beiden Baumsärge mit den Fußenden aus den offen stehenden Herdtüren ragten.

»Ich verstehe gar nichts mehr«, sagte Linda. Sie bückte sich, hob die Stablampe auf und schob sie in ihre Handtasche. »Aber ich habe auch keine Lust, mir Ihre seltsamen Geschichten noch länger anzuhören, Herr Professor – machen Sie jetzt bitte draußen den Weg frei, damit wir nach Croplin weiterfahren können.«

4

»Ich wandere durch das Moor, von früh bis spät«, sagte Hanno Bußnitz und ließ den Motor an, »immer dem Geheule hinterher. Marthelm nannte mich ›Jäger der Schreie‹ oder auch ›Seelenfänger‹, wenn er mich hochnehmen wollte. Dabei versuchte dein Onkel auf seine Weise etwas sehr Ähnliches wie ich.«

Urgroßonkel, wandte Marian in Gedanken ein, blieb aber still.

Im Radio, dessen Drehknöpfe so groß wie Espresso-Untertassen waren, lief tatsächlich Rock 'n' Roll-Musik aus der Ära von Elvis Presley. In jener längst versunkenen Zeit musste Hanno Bußnitz auch schon mindestens dreißig Jahre gezählt haben – und Urgroßonkel Marthelm wäre damals bereits im Ruhestand gewesen, wenn er jemals einem regulären Beruf nachgegangen wäre. Was er jedoch zeitlebens vermieden hatte, soweit Marian wusste.

Er fühlte ein wildes Bedauern, weil er ansonsten so gut wie gar nichts über Marthelm Hegendahl wusste. Weil er den abgedrehten Urgroßonkel niemals kennengelernt hatte. Dabei war Marthelm anscheinend der Einzige in seiner Familie gewesen, der sich für ähnliche Dinge wie er selbst interessiert hatte – Dämonen, Zeitreisen, Magie.

Hanno Bußnitz schaltete den verchromten Automatikhebel auf »Drive« und sie rollten los. Im Seitenspiegel sah Marian, wie ihr gestrandeter Golf kleiner und kleiner wurde und schließlich im Dunkel am Rand des Moors zurückblieb. Er saß mit der Vorderachse auf einem Steinbrocken fest und hatte sich weder durch Vollgas noch durch Lindas Wutausbrüche von der Stelle bewegen lassen. Zuvorkommend hatte Bußnitz angeboten, sie in seinem Wagen zum Hotel zu fahren und morgen auch bei einer Werkstatt anzurufen, die sich um ihr Auto kümmern würde. Linda war nichts anderes übrig geblieben, als ihre Wut herunterzuschlucken und das Angebot des alten Mannes anzunehmen.

Es war das erste Mal, dass Marian in einem Cadillac Baujahr 49 oder einem auch nur annähernd vergleichbaren Oldtimer fuhr. Überall rotes Leder, Wurzelholz, schimmernde Chromleisten. Alles reichlich in die Jahre gekommen, aber so stylish wie nur möglich. Die Stoßdämpfer ächzten ganz leise, wenn sie durch Schlaglöcher fuhren. Doch der Achtzylindermotor schnurrte so samtweich wie ein Kater, der sich den Bauch kraulen ließ.

»Wenn es mir gelungen ist, eine der Quellen dieser Schreie einzukreisen, fange ich an, im Moor zu graben«, fuhr Bußnitz fort. »Bisher bin ich über kurz oder lang noch jedes Mal auf einen Grabhügel gestoßen, mit einem Baumsarg darin, wie du sie in meinem Keller gesehen hast.«

Hinter ihnen auf der Rückbank saß Linda, schläfrig nach ihrer langen Reise und den Aufregungen zum Schluss. Wachgehalten höchstens noch durch ihre Sorge, dass der Professor vielleicht doch ein durchgeknallter Psychomörder war. Aber das ist er ganz bestimmt nicht, dachte Marian.

Er buddelte die Baumsärge aus dem Moor aus, erzählte der Professor weiter, und brachte sie zu sich nach Hause. In seinem Keller löste er vorsichtig die obere Hälfte des Sargdeckels ab, damit die Toten so aus ihren Behältnissen hervorschauen konnten, wie das auf gewissen steinzeitlichen Höhlengemälden zu sehen war. Damit sich die Leichen und die Särge an der frischen Luft nicht zersetzten, lasierte er sie mit einem speziellen Lack, der bei soundso viel Grad Celsius zu einem bruchfesten Panzer härtete. »Auf diese Weise kann ich die Steinzeitleute in meinem Keller aufbewahren, bis ich alle neune beisammenhabe. Fünf sind es ja schon«, fügte er vergnügt hinzu, »wie du eben gesehen hast.«

»Was wollen Sie denn eigentlich damit?«, fragte Marian. »Und wie kann es überhaupt sein, dass diese – diese Schreie immer dort zu hören sind, wo Sie die Leichen ausgraben?«

»Das genau sind die Punkte, auf die es hier ankommt.« Der Professor nickte mehrfach. »Und ich muss gestehen, dass ich bis heute auf beide Fragen noch keine wirklich befriedigenden Antworten gefunden habe. Aber Tatsache ist erstens, dass die grässlichen Schreie im Moor sofort und dauerhaft verstummen, wenn der Baumsarg an der betreffenden Stelle ausgegraben und fortgeschafft worden ist. Und Tatsache ist zweitens, dass auf einer ganzen Reihe steinzeitlicher Höhlengemälde solche Baumsärge zu sehen sind: aufrecht stehend, neun an der Zahl, im Oval auf einer Waldlichtung angeordnet. Allem Anschein nach handelt es sich um eine magische Zeremonie, die den Zweck hat, die Toten in den Baumsärgen zu …«

Er unterbrach sich und warf einen Blick in den Rückspiegel. »Wir wollen deine Mutter nicht noch mehr beunruhigen«, fuhr er mit gedämpfter Stimme fort. Er bremste den Cadillac ab und kurbelte an dem Lenkrad, das viel größer und dünner war als in modernen Autos. Sie bogen nach rechts auf die reguläre Straße ein.

Aber schon nach wenigen hundert Metern fuhr Bußnitz abermals nach rechts ab. »Diesen Weg hättet ihr vorhin nehmen müssen«, sagte er. »Mein Fehler, dass ich deine Mutter nicht davor gewarnt habe, stattdessen in meine Zufahrt einzubiegen.«

Marian zerbrach sich den Kopf, was er darauf antworten sollte. Eigentlich war er ja heilfroh, dass sie vorhin falsch abgebogen waren. Sonst wäre er nie in dem coolen Cadillac des Professors gefahren und hätte nichts von dessen magischen Forschungen erfahren. Aber das einfach so zuzugeben wäre ihm wie Verrat an Linda vorgekommen. Diese Skrupel änderten allerdings nicht das Geringste daran, dass er vor Ungeduld beinahe platzte: Was sollte er nur machen, damit Hanno Bußnitz endlich weiter von den Baumsärgen und Riten erzählte?

»Sie haben gerade von der Zeremonie geredet«, sagte er schließlich.

Der Professor schaute wieder in den Rückspiegel. »Wir sind gleich beim Hotel, gnädige Frau«, sagte er in dem zuvorkommenden Tonfall, den er gegenüber Linda immer anschlug. Sehr viel leiser fügte er in Marians Richtung hinzu: »Davon ein andermal, Junge. Komm demnächst mal bei mir vorbei. Dann zeige ich dir eine Kopie des Höhlengemäldes mit der magischen Zeremonie. Das interessiert dich also?«

»Und wie«, antwortete Marian aus tiefstem Herzen.

Sie erreichten den Stadtrand von Croplin. Windschief hingeduckte Fachwerkhäuser säumten schmale Gassen, die wie vor Jahrhunderten mit krummbuckligen Katzenkopfsteinen gepflastert waren. Auch über den Dächern des Städtchens schienen gelbe Nebelschwaden zu schweben. Selbst das Licht aus den altertümlichen Straßenlaternen kam Marian gelbstichig und irgendwie giftig vor.

Die Glocken schlugen zur zehnten Abendstunde, als der schwarze Cadillac vor dem Hotel »Moorgraf« vorfuhr. Sämtliche Fenster des zweigeschossigen Fachwerkbaus waren hell erleuchtet. »Ein ganzes Haus voller Hegendahls«, wie Hanno Bußnitz kommentierte. Er ließ sich nicht anmerken, was er von diesem Ansturm der Blutsverwandten hielt, die seinen alten Freund Marthelm zeitlebens gemieden und von allen Familienfeiern möglichst ausgeschlossen hatten.

Trotz seines Alters war er als Erster aus dem Wagen und hielt Linda die Fondtür auf. »Vielen Dank – trotz allem«, sagte sie.

Der Professor deutete eine Verbeugung an. »Es war mir eine Ehre, Sie herzubringen – gerade mit diesem Wagen, gnädige Frau. Marthelm hat ihn mir kurz vor seinem Tod vermacht.« Er öffnete den Kofferraum, nahm Lindas und Marians Gepäck heraus und reihte Koffer und Taschen nebeneinander auf dem Bürgersteig auf. »Ich erinnere mich noch genau an seine Worte«, fügte er mit einem Lächeln hinzu, »als er mir den Autoschlüssel überreicht hat: ›Nicht mal diese Zeitmaschine aus Blech und Rost sollen meine lieben Verwandten von mir erben.‹«

Er zwinkerte Marian zu und schüttelte der verdutzten Linda die Hand. Dann schwang er sich unerwartet behände in seinen Wagen und schnurrte davon.

5

Der Leichenprediger stand an der Stirnseite des offenen Grabs. Er trug keinen Talar, sondern einen altmodischen schwarzen Frack mit einer goldbestickten Schärpe darüber und auf dem Kopf einen hohen schwarzen Hut. Mit feierlichem Gesichtsausdruck sah er sechs weiteren Männern entgegen, die genauso seltsam gekleidet waren wie er: mit Zylinder und Frack, Schärpe und sogar einer Art Lendenschurz über ihren schwarzen Anzughosen.

Mit langsamen, exakt abgezirkelten Schritten trugen sie den Sarg über den Hauptweg des Friedhofs auf das Erdloch zu. Drei Mann an jeder Seite des massiven Holzkastens, dessen glänzend schwarze Lackfarbe Marian an den Cadillac erinnerte. Ihre Bewegungen wirkten trauervoll und doch beschwingt, dabei mussten auch sie schon mindestens siebzig sein. Je näher sie kamen, desto deutlicher sah er, dass ihre Schärpen und Schurze mit geheimnisvollen Zeichen bestickt waren. Zirkel und Winkelmaß, goldene Pentagramme und immer wieder das Symbol eines weit geöffneten Auges.

Was hatte das zu bedeuten?

Seltsam war auch, dass Hanno Bußnitz nicht zur Beerdigung seines Freundes zu kommen schien. Linda und Marian standen einige Schritte von Marthelms Grab entfernt, dafür jedoch auf einem kleinen Podest, von dem aus sie alles gut beobachten konnten. Ungefähr drei Dutzend Leute waren an diesem Sonntagvormittag auf dem Friedhof von Croplin versammelt. Die Sonne brannte schon wieder vom

Himmel, der so wolkenlos wie gestern war, allerdings auch wieder mit diesen gelben Schleiern verhangen.

Die Sargträger hatten Mühe, sich einen Weg zu bahnen: Die »Hegendahl'sche Brut«, wie Linda ihre liebe Verwandtschaft nannte, drängte sich um das offene Grab. Onkel und Tanten, Großonkel und Großtanten von Marians Vaterseite her, die er in seinem Leben größtenteils erst drei oder vier Mal gesehen hatte. Sie zertrampelten die umliegenden Grabstätten, zischten ihre Kinder zu sich her oder unterhielten sich mit ihren Nebenleuten. Sie schauten gelangweilt oder ungeduldig, sahen erwartungsvoll oder übernächtigt aus – nur traurig über Marthelms Tod schien niemand von ihnen zu sein. Über das Ableben des »durchgedrehten Alten«, wie er in der Familie seit jeher genannt wurde.

Auch bei Marians Vater Christian hieß Marthelm immer nur »der Psychopath« oder »der Irre aus dem Moor«. Daddy Chris hatte ihm schon vor Jahren strengstens verboten, jemals Kontakt mit dem Urgroßonkel aufzunehmen. Genauso hatte es bereits sein eigener Vater, Marians Opa Johann, gemacht, als Christian noch klein gewesen war. Marian hatte sich immer an dieses Verbot gehalten – nur als Daddy Chris ihm letzte Woche auch noch untersagen wollte, mit Linda zur Beerdigung zu fahren, da hatte er Einspruch erhoben. Wie konnte es jetzt noch gefährlich für ihn sein, nach Croplin zu fahren? Marthelm war schließlich tot und sein Sarg verschwand in diesem Moment vor ihrer aller Augen in der Erde.

Warum Marthelm überhaupt zeit seines Lebens als gefährlicher Verrückter beschimpft und von sämtlichen Angehörigen des Hegendahl'schen Clans wie ein Alien gemieden worden war, hatte Marian sowieso nie verstanden. Wie es aussah, war er doch neben Christian der einzige Individualist in einem Haufen eingebildeter Spießer gewesen.

Warum also hatte ausgerechnet Daddy Chris kein gutes Haar an seinem Großonkel gelassen? Dabei galt doch er selbst als Loser und Outsider und wurde von all den erfolgreichen und wohlhabenden Onkels und Tanten von oben herab angesehen.

Rätselhaft, dachte Marian. Die sieben alten Männer in ihren Schurzen und Schärpen bildeten nun einen feierlichen Kreis um das Grab. Sie fassten sich bei den Händen, und der Mann an der Stirnseite, der offenbar ihr Anführer war, rief mit lauter Stimme:

»Erhabener Baumeister des Universums, wir bitten dich – nimm Meister Marthelm gnädig auf!«

Mit einem Schlag wurde Marian klar, was es mit den sieben Männern dort drüben auf sich hatte. Warum sie diese hohen Hüte, die Schärpen und Schurze voll geheimnisvoller Zeichen trugen. Es sind Freimaurer, dachte er, und sein Herz begann rasch und erwartungsvoll zu klopfen. In seinen Büchern über Magie und Geisterbeschwörung, Alchimie und künstliche Kreaturen waren ihm diese mysteriösen Bruderschaften schon mehr als einmal begegnet. Marthelm Hegendahl war also ein Freimaurer, sagte sich Marian, und nicht nur das – er war der Meister dieser Logenbruderschaft gewesen. Eingeweiht in all die tiefgründigen Geheimnisse, denen die Freimaurer angeblich seit Jahrhunderten nachspürten.

Aufmerksam sah und hörte er nun zu, während die Freimaurer am offenen Grab von ihrem alten Meister Abschied nahmen. Die sechs Männer, die den Sarg herbeigetragen hatten, zündeten jeder eine große Kerze an und stellten sie vor sich auf die Erde nieder. Der siebte – ihr neuer Meister, Marthelms Nachfolger, wie Marian annahm – öffnete eine kleine, schwarze Kiste, die neben ihm am Boden stand. Er nahm etwas heraus, das auf den ersten Blick wie eine weiße

Kugel aussah. Doch als Marian genauer hinsah, stockte ihm der Atem – der alte Mann hielt einen Totenschädel in Händen.

Er hob seine Arme und präsentierte seinen Mitbrüdern den Schädel. »So gehen wir alle dahin«, rief er.

Die anderen Freimaurer wiederholten murmelnd im Chor: »So gehen wir dahin.« Sie schlugen sich auf die Brust und stießen dumpfe Klagelaute aus. »Hu, hu, dahin, dahin.«

»Schluss jetzt mit dem Mummenschanz«, hörte es Marian aus dem Hegendahl'schen Pulk zischen. »Die sollen lieber endlich das Testament rausrücken«, maulte ein anderer Trauergast. Aber die Logenbrüder nahmen keinerlei Notiz von diesen pietätlosen Zwischenrufen.

Ihr Meister bückte sich erneut und nahm ein dickes, in Leder gebundenes Buch und einen Kranz mit saftig grünen Blättern aus dem schwarzen Kasten. Er schlug die offenbar uralte Schwarte auf, setzte den Totenschädel hinein und krönte ihn mit dem Blätterkranz. Dann hob er sein makabres Kunstwerk wieder mit beiden Händen empor und rief in heiterstem Tonfall: »Und so kehren wir wieder, Brüder!«

»So kehren wir wieder!«, antworteten sie in hellem Singsang. »So kehren wir wieder!«

Die sieben alten Männer hatten vorhin schon seltsam beschwingt gewirkt – nun kamen sie Marian geradezu ausgelassen vor. Wie konnte das sein? Sie hatten ihren Meister verloren – aber anstatt diesen Verlust zu betrauern, lachten und riefen sie durcheinander, schüttelten sich die Hände und klopften sich gegenseitig auf die Schultern. So als ob sie wirklich das unergründlichste aller Geheimnisse gelüftet hätten: wie man Zeit und Tod besiegen konnte. Wie man als Leiche beerdigt werden – und so jung und frisch »wiederkehren« konnte, wie es der grüne Blätterkranz versprach.

Marian hatte schon einiges über die Beschwörungsmagie von Alchimisten und Rosenkreuzern, von Voodoopriestern und Kabbala-Kundigen gelesen. Auch von den Riten und dem Geheimwissen der Freimaurer war in diesen Büchern immer wieder die Rede gewesen. Aber er hatte jedes Mal den Eindruck gehabt, dass die Autoren selbst nicht so genau wussten, worüber sie da schrieben. Sie waren schließlich keine Eingeweihten – die wirklichen Adepten, die Initiierten und Erleuchteten, hatten allesamt heilige Eide geschworen, die Geheimnisse ihrer Orden, Logen und Bruderschaften niemals an Unberufene weiterzugeben.

Die alten Männer da drüben an Marthelms Grab jedoch, das spürte Marian überdeutlich – diese sechs Brüder und ihr neuer Meister wussten ganz genau, wovon da eben in geheimnisvollen Andeutungen die Rede gewesen war. Von den Mysterien der Zeit und der Unsterblichkeit.

War Urgroßonkel Marthelm am Ende gar nicht wirklich tot? Oder wussten die Männer seiner Bruderschaft zumindest, wie sie ihn wiedererwecken konnten? Und würden sie diese magische Zeremonie ausführen, wenn der Tag dafür gekommen war?

Mit Linda und der restlichen »Hegendahl'schen Brut« ging Marian kurz darauf vom Friedhof zurück ins Hotel »Moorgraf«, wo der Leichenschmaus stattfinden sollte. Er fröstelte trotz der sommerlichen Hitze, und wie manchmal, wenn er sehr aufgeregt oder erschöpft war, begann er ein wenig zu schielen. Es war eine angeborene Fehlstellung seiner Augen, die ihm schon im Kindergartenalter weitgehend abtrainiert worden war und sich nur noch ab und zu bemerkbar machte.

Aber auch Marthelm hat geschielt, dachte Marian. Er hatte das Schielen immer gehasst, doch nun kam es ihm wie das Zeichen einer geheimen Seelenverwandtschaft vor.

6

Die Gaststube des Hotels »Moorgraf« war bis auf den letzten Platz mit Beerdigungsgästen gefüllt. Kellnerinnen gingen von Tisch zu Tisch, nahmen Getränkewünsche entgegen und verteilten Teller mit dampfend heißer Fleischbrühe. Anschließend würde es Kaffee mit Streuselkuchen geben, damit die »schmerzgebeugten Hinterbliebenen« Gelegenheit bekämen, ein paar Erinnerungen an den »lieben Verstorbenen« auszutauschen. Dann erst sollten Kopien des Testaments verteilt werden, in dem Marthelm Hegendahl festgelegt hatte, was mit seinen irdischen Besitztümern geschehen sollte.

So jedenfalls stand es in goldenen Lettern auf schwarz umrandeten Karten zu lesen, die entlang der Tischkanten aufgereiht standen. Jede mit dem Namen eines Trauergastes versehen und in goldener Schnörkelschrift unterzeichnet:

Dr. Karl Godobert, Meister der Loge
zu den Spiegeln des Lichts

Eine Karte mit seinem eigenen Namen fand Marian erst nach längerem Suchen. Weit weg von Linda, noch weiter weg von den Brüdern der Freimaurerloge, die in einem kleinen Nebenraum beisammensaßen. Im Vorbeigehen bekam er mit, wie sie ihre Gläser auf »unseren erleuchteten Meister Marthelm« erhoben – »möge seine Reise durch das ewige Licht günstig verlaufen«. Weiterhin schienen sie heiterer Stimmung zu sein. Ihre Hüte hatten sie sowenig abgelegt wie ihre Schärpen. Auch die Kelche, die sie auf das Wohl von Marthelm Hegendahl leerten, waren mit Freimaurersymbolen übersät. Dass man sich in der Gaststube, an den Tischen der lieben Hinterbliebenen, über die »alten Krähen« und ihren »senilen Hokuspokus« lustig machte, schienen sie entweder nicht zu bemerken oder großzügig zu überhören.

Vielleicht war es mit der Weisheit der Freimaurer aber doch nicht so weit her, dachte Marian kurz darauf. Notgedrungen hatte er sich an den ihm zugewiesenen Platz gesetzt – ganz hinten in der Gaststube, wo für die Hegendahl'schen Kinder und Jugendlichen gedeckt worden war. Hi, Aaron. Hallo, Inka. Großartige Gelegenheit, sich wieder mal mit den Cousins und Cousinen zu unterhalten, die ihn schon beim letzten und beim vorletzten Familienfest zu Tode gelangweilt hatten. Ah, Jannik und Jessica, auch dabei?

Die ganze Bande natürlich wieder bis zum Gehtnichtmehr mit den neuesten Markenklamotten aufgestylt. Sogar die Zahnspangen-Kids, die an ihrem Tisch auch reichlich vertreten waren, protzten mit Edellabels. Auch Marian hatte sich zu Ehren von Urgroßonkel Marthelm neu eingekleidet – mit schwarzen No-Name-Jeans und einem genauso tintenfarbenen Leinenjackett made in China.

Aaron, Inka & Co. hatten sein Outfit in Lichtgeschwindigkeit gescannt. Genauso schnell verständigten sie sich über das Ergebnis: hochgezogene Augenbrauen, gerümpfte Nasen.

Na, wenn schon, sagte sich Marian. Was interessierten ihn diese hochnäsigen Stinknormalos? Schon gestern Abend, als Linda und er hier in der Gaststube noch einen kleinen Imbiss bestellt hatten, waren sie von allen Seiten in der gleichen Weise taxiert worden: Sieh an, die Loser-Fraktion. Kein Geld, kein Success, kein Stil. Wen wunderte es da, dass nicht mal Christian, das schwarze Familienschaf, es mit diesen beiden ausgehalten hatte?

Lustlos rührte Marian in seiner Suppe. Irgendein Aaron oder Lasse laberte ihn von der Seite an, aber er drehte sich nur demonstrativ von ihm weg. Er musste es irgendwie schaffen, mit den Freimaurern zu reden – auch wenn er keine Ahnung hatte, wie er das Gespräch beginnen sollte. Er konnte diesen Dr. Godobert oder einen seiner Brüder ja nicht einfach mit dem Ellbogen antippen: »Entschuldigung, würden Sie mir mal bitte zeigen, wie man einen Geist beschwört?«

Marian schaute von seinem Teller auf. Fing er tatsächlich schon an, Geister zu sehen? Ihm gegenüber, draußen vor dem Fenster zum Hinterhof des Hotels, stand ein Mädchen, ungefähr in seinem Alter. Sie gehörte ganz bestimmt nicht zur »Hegendahl'schen Brut« – viel zu hübsch und, vor allem, zu nachlässig zurechtgemacht. Blonde Haarmähne mit einem Stich ins Kupferne. Brennend blaue Augen, sehr helle Haut. Das karierte Hemd war ihr zu groß und außerdem falsch geknöpft. Neugierig schaute sie zum Fenster hinein, legte sogar eine Hand über die Augen, um trotz der Sonnenspiegelung etwas zu erkennen. Erst als sie zurückgrinste, merkte Marian, dass er sie angestarrt hatte.

»Hey, was ist das denn für 'ne Dorftrine?«, johlte zu seiner Rechten Jannik oder Lasse.

»Bestimmt die ›Miss Moor‹ von Croppelsdorf«, antwortete Inka oder Jessica und wollte sich wegschmeißen vor Lachen.

»Yes, please give me more!«, schrie der Dritte der Bande, und da stand Marian einfach auf.

Eben kamen wieder die Kellnerinnen, räumten Suppenteller ab und tischten Platten voll köstlich duftendem Blechkuchen auf. Aber in dieser Gesellschaft würde er sowieso keinen Bissen runterbringen. Stumm zwängte er sich an seinen Verwandten vorbei und ging durch die Gaststube zum Ausgang. Linda rief ihm etwas hinterher, aber er zuckte nur mit den Schultern. Für einen Moment kam es ihm so vor, als ob ihm auch der Logenmeister aus dem Nebenraum ein Zeichen gemacht hätte. Doch er ging einfach weiter, ohne auf irgendwen zu reagieren.

Bestimmt hatte er sich sowieso geirrt. Warum sollten diese unheimlich gut gelaunten Brüder überhaupt zur Kenntnis nehmen, dass er existierte? Für sie mussten die Hegendahls ein einziger Haufen verlogener Raffhälse sein: Sein Leben lang hatten sie Marthelm geschnitten, als Verrückten beschimpft – und jetzt konnten sie gar nicht schnell genug angereist kommen, um sich ihren Teil aus seiner Hinterlassenschaft zu sichern.

Und sie haben ja recht, dachte Marian. Auch was ihn selbst und Linda betraf – der einzige Grund, warum sie beide die weite Reise auf sich genommen hatten, war ihre Hoffnung auf ein paar Nuggets aus Marthelms Schatztruhe.

Die Gaststubentür stand weit offen. Er trat hindurch und wandte sich draußen im Gang nach links. Ohne sich groß zu überlegen, was er da eigentlich machte, ging er zur Hintertür des »Moorgrafen« und hinaus in den Hof.

Es war einfach ein enger, mit Containern und Mülltonnen überfüllter Gasthaushinterhof. Entsprechend roch es nach Lebensmittelabfällen und verschüttetem Bier. Von dem Mädchen mit den brennend blauen Augen war weit und breit nichts zu sehen.

Unschlüssig ging Marian ein paar Schritte in den Hof hinein und drehte dann gleich wieder um. Durch das Fenster konnten seine Cousins und Cousinen ihn hier draußen natürlich genauso beobachten, wie er vorhin das Mädchen angestarrt hatte. Was mach ich hier eigentlich?, dachte er.

Weil ihm darauf keine überzeugende Antwort einfiel, schob er die Hände in die Jeanstaschen und ging langsam, den Kopf gesenkt, zurück in Richtung Tür.

»Marian?« Er schaute auf und da stand der hochgewachsene Logenmeister vor ihm. Dr. Karl Godobert, kein anderer, immer noch mit Schärpe, Schurz und alledem. Aus einem Labyrinth feiner Falten blickten ihn wasserblaue Augen heiter an. »Du bist doch Marian Hegendahl, der Urgroßenkel des Verstorbenen?«

Marian schaffte es zu nicken. Godobert versicherte ihn seines Mitgefühls. »Unser entschwundener Meister hat mich beauftragt«, fuhr er dann mit gedämpfter Stimme fort, »dir etwas auszuhändigen.« Er sah verstohlen über seine Schulter und zog rasch ein längliches Kuvert hervor. »Stecke es weg, sprich mit niemandem darüber, und schau erst hinein, wenn man dir nicht dabei zusehen kann.« Er nickte Marian lächelnd zu, wandte sich um und kehrte beschwingten Schritts in die Gaststube zurück.

Marian sah ihm nach und drehte dabei den Umschlag in seinen Händen hin und her. War das alles eben wirklich passiert? Erst als hinter ihm ein lautes Scheppern ertönte, kam er zu sich. Rasch schob er das Kuvert in die Innentasche seines Begräbnisjacketts. Er sah zum Fenster hinüber – von dort aus hatte sie niemand beobachten können. Und das Scheppern hatte allem Anschein nach die rot-weiß getigerte Katze ausgelöst, die von der Mauer gesprungen war und dabei ein kleines metallenes Bierfass umgeschmissen hatte.

Auf den wenigen Metern zurück in die Gaststube musste er mindestens dreimal nach dem Umschlag tasten. Sowie er seine Hand wegnahm, kam es ihm wieder vor, als hätte er das Ganze nur geträumt. Dabei war das Kuvert so dick und schwer, dass er es auch so auf seiner Herzseite spürte.

Bestimmt enthielt es noch etwas anderes als bloß ein paar Blatt gefaltetes Papier.

Er musste auf der Stelle nachsehen, was sich in dem geheimnisvollen Umschlag befand. Eben wollte sich Marian nach den Toiletten umschauen, als er drinnen in der Gaststube Godoberts kräftige Stimme hörte. »Werte Hinterbliebene, darf ich um Ihre Aufmerksamkeit bitten. Auftragsgemäß möchte ich Sie nun mit dem Letzten Willen unseres verehrten Verblichenen bekannt machen.«

Marian schlüpfte in die Gaststube. Dort hingen alle Hegendahls mit atemloser Aufmerksamkeit an den Lippen des Redners. Godobert stand mitten in dem großen Schankraum. »Ehe meine Brüder beglaubigte Kopien des Testaments verteilen, möchte ich Sie von der quälenden Spannung befreien, die sich von Ihren Gesichtern unschwer ablesen lässt.«

Er legte eine kleine Kunstpause ein. Seine Augen blitzten vor Heiterkeit. »Also kurz und gut«, sagte er, »unser verewigter Meister Marthelm Hegendahl hat uns, seine Logenbrüder, als seine eigentliche Familie betrachtet. Infolgedessen hat er der ›Loge zu den Spiegeln des Lichts‹ sein gesamtes Vermögen vermacht. Ich danke für Ihre Aufmerksamkeit und wünsche Ihnen noch einen angenehmen Aufenthalt in unserem wundervollen Städtchen Croplin.«

7

Erst am Abend in seinem Hotelzimmer konnte sich Marian dazu durchringen, den Umschlag wieder aus seiner Jackentasche zu ziehen. Er drehte ihn in der Hand hin und her – und legte ihn ungeöffnet auf den Nachttisch.

Im Verlauf des Nachmittags war ihm die Sache immer unheimlicher geworden: Warum sollte Marthelm ausgerechnet ihm als Einzigem in der ganzen Familie etwas vererbt haben? Mit Linda konnte er nicht darüber sprechen. Marian wusste selbst nicht so recht, aus welchem Grund. Normalerweise konnte er mit seiner Mutter so ziemlich über alles reden. Na ja, ein paar Ausnahmen gab es natürlich schon. Und dieser geheimnisvolle Umschlag gehörte eindeutig zu den Ausnahmen. Nicht nur, weil der Freimaurer Godobert ihn ermahnt hatte, das Geheimnis für sich zu behalten. Und auch nicht nur deshalb, weil Daddy Chris ihm verboten hatte, mit dem »gefährlichen Irren« Marthelm in irgendeiner Weise Kontakt aufzunehmen. Nein, das hier war eine Sache, die er zunächst mal mit sich selbst ausmachen musste.

Marian setzte sich auf den Bettrand und starrte auf das Kuvert. Er war todmüde, aber gleichzeitig so aufgeregt, dass er bestimmt die halbe Nacht wach liegen würde. Sein Herz klopfte viel schneller als normal – eigentlich schon, seit Godobert ihm den Brief zugesteckt hatte. Oder sogar, seit sie von der Autobahn in Richtung Cropliner Moor abgebogen waren.

Dabei sah der Briefumschlag ganz gewöhnlich aus: weiß,

von länglicher Form, ein wenig verblichen und mittlerweile auch reichlich zerknittert. *»Marian Hegendahl – persönlich«*, stand in altertümlicher Schrift darauf. Aber was mochte das nur für ein Ding sein, das er im Innern des Umschlags undeutlich ertasten konnte?

Es besaß die ungefähre Form einer Seemuschel und es fühlte sich fest und gleichzeitig elastisch an. In Marian kämpften Angst und Neugier um die Vorherrschaft. Vielleicht würde er Tod und Verderben über seine Familie und die ganze Welt bringen, wenn er diesen Umschlag öffnete? Doch genauso gut war es möglich, dass Marthelm ihm magische Geheimnisse vermacht hatte, durch die sich sein Leben von Grund auf ändern würde.

Er streckte die Hand nach dem Umschlag aus und zog sie gleich wieder zurück. So war es ihm schon den ganzen Nachmittag über gegangen: Stunde um Stunde hatte er mit Linda und der restlichen Verwandtschaft in der Gaststube ausgeharrt. Anstatt unter einem Vorwand nach draußen zu gehen und endlich nachzusehen, was das Kuvert enthielt, hatte er sich das Gejammer und Geschimpfe der Hegendahls angehört. Unermüdlich hatten seine Onkels und Tanten über den »egoistischen Alten« und »hartherzigen Verrückten« hergezogen. Die Freimaurer nannten sie »debile Pinguine« oder ganz einfach »Erbschleicher« – glücklicherweise hatten Godobert und seine Brüder die Trauerfeier da längst wieder verlassen. Auch Linda hatte mehr als einmal über Marthelm gelästert: »Wie kann man nur so wenig Familiensinn haben!«

Dabei verstand Marian noch immer nicht, worüber sie alle sich dermaßen aufregten. Sie hatten Marthelm sein Leben lang gemieden und verspottet, warum erwarteten sie dann, dass er ihnen trotzdem seine Besitztümer schenkte?

In der Wand neben seinem Bett rauschten die Wasserleitungen. Bestimmt war Linda auch noch wach – dabei hatten die Glocken vom Kirchturm gegenüber schon elf und halb zwölf geschlagen. Aber so, wie seine Mutter sich vorhin aufgeregt hatte, würde sie wohl auch keinen Schlaf finden. Vielleicht sollte er doch noch mal zu ihr rübergehen und ihr von Godobert und dem Umschlag erzählen? Nein, auf keinen Fall.

Das blonde Mädchen fiel ihm ein, das er durch die Fensterscheibe im Hinterhof gesehen hatte. In Gedanken starrte er wieder in ihre brennend blauen Augen, und ohne richtig zu bemerken, was er da machte, griff er nach Marthelms Kuvert. Wie sie mich angegrinst hat, dachte Marian und riss mit einem Ruck den Umschlag auf.

Ein dicker Papierbogen, zweifach gefaltet, glitt hervor. Er fühlte sich seltsam hart an, so als ob er lackiert worden wäre wie die Baumsärge im Ofen von Hanno Bußnitz. Das Blatt schien vergilbt – im Kontrast zu der geradezu leuchtend schwarzen Tinte, mit der Marthelm Hegendahl sein Vermächtnis darauf gekritzelt hatte.

Marian entfaltete den Bogen und glättete ihn vorsichtig zwischen den Händen. Nur mit Mühe konnte er die schnörkelreichen Zeilen entziffern.

Croplin, den 15. August

Mein lieber Urgroßneffe Marian,
bestimmt erstaunt es Dich, diese Zeilen von einem Verwandten zu erhalten, mit dem Du niemals ein Wort gewechselt hast und der genau ein Jahrhundert älter ist als Du. Mir ist sehr wohl bewusst, dass Dein Vater Christian seit vielen Jahren keine Anstrengungen gescheut hat, um Dich von mir fernzuhalten. Da ich Dich nicht in Gewissenskonflikte stürzen wollte, habe ich mich gefügt, denn

lange Zeit glaubte ich, dass es mir gelingen würde, den Fluch vor der Zeit zu brechen.

Aber ich habe mich getäuscht: Meine Lebensspanne geht zu Ende und die große Aufgabe ist noch immer ungelöst. Ich fühle, dass ich bald von hier weggehen muss – durchs ewige Licht hindurch, wie wir in der Bruderschaft sagen. Und so will ich Dich nun eilends in die wichtigsten Punkte einweihen, ehe diese Feder meiner alten Hand entgleitet. Denn Du, lieber Marian, Du allein bist berufen, das Werk zu vollenden und den schrecklichen Fluch zu brechen.

Marian konnte zwar jedes einzelne Wort entziffern – aber das Ganze ergab keinerlei Sinn, oder? Was für ein Fluch denn, um Himmels willen!

Das gelbstichige Blatt war mit Tintenklecksen und -spritzern übersät. Er stellte sich vor, dass Marthelm tatsächlich eine große Vogelfeder verwendet hatte, um den Brief zu schreiben: Das hohle Ende hatte er in ein Tintenfass getaucht, dann mit spritzendem Federkiel gekritzelt, bis die Tinte darin verbraucht war. Entsprechend waren die Linien und Bögen der einzelnen Schriftzeichen mal breit und üppig, dann wieder schmal und blass, wenn Marthelm die letzten Schnörkel fast ohne Tinte ins Papier gekratzt hatte.

Erneut beugte sich Marian über den Brief. Noch immer begriff er nicht im Geringsten, was Marthelm von ihm wollte.

Du sollst wissen, mein lieber Urgroßneffe, dass ich mein ganzes Leben einer Aufgabe gewidmet habe, deren letztendliche Erfüllung mir trotz größter Mühen versagt geblieben ist. Ich lege sie daher in Deine Hände, denn Du allein bist berufen, die Menschheit vor der Unterjochung durch die Kräfte des Bösen zu bewahren.

*Beschreite den Pfad, den ich Dir weisen werde, und einige der kostbarsten Mysterien der Schöpfung werden sich Dir offenbaren. Du wirst in die Geheimnisse der ewigen Jugend, des künstlichen Goldes und der magischen Reise durch Raum und Zeit eingeweiht werden. Die mächtigsten Formeln der Kabbalisten wirst Du erfahren, doch Du wirst auch den furchtbaren Fluch kennenlernen, der seit mehr als drei Jahrhunderten über uns schwebt. Noch in diesem Jahr, dem 5768. Jahr seit der Erschaffung der Welt durch die Formel L*H*M, soll er sich erfüllen – aber Du, mein lieber Marian, bist von den Planetengeistern dazu bestimmt worden, diese kosmische Katastrophe zu verhindern.*

Wieder hielt Marian inne. Anscheinend war Marthelm also doch so knallverrückt, wie Daddy Chris immer behauptet hatte. Aber Marian konnte trotzdem nicht anders: Eine ungeheure Aufregung hatte sich seiner bemächtigt – mit wild klopfendem Herzen las er weiter.

Nimm das Talmibro an Dich und hüte es sorgsamer als Deine Augäpfel, ja als Dein eigenes Leben. Unsagbare Mühe hat es mich gekostet, den Hütern der Zeitpforten dieses machtvolle magische Instrument abzulisten. Lerne das Talmibro zu gebrauchen, und Du wirst alles begreifen: wie der Fluch über uns gekommen ist. Warum gerade wir, die männliche Linie der Hegendahls, dazu verpflichtet sind, mit allen Mitteln die Apokalypse zu verhindern. Und schließlich, lieber Marian: Wie Du meistern kannst, was Dir von den Geistern aufgegeben worden ist.

Wenn Du in Not geraten solltest, so wende Dich an mei-

ne Brüder Freimaurer. Aber bedenke stets: Sie sind nur in die unteren Stufen des Mysteriums eingeweiht. Vom Talmibro wissen sie nichts und dürfen auch nichts davon erfahren, so wenig wie von dem unsagbaren Grauen, das in jenem Teufelstempel lauert.

Das Talmibro? Marian hatte sofort begriffen, was damit einzig und allein gemeint sein konnte: das zugleich feste und elastische, ungefähr muschelförmige Etwas, das sich noch im Kuvert befand. Während er den Brief entzifferte, dachte er immer wieder daran, es herauszuholen und von allen Seiten anzusehen. Aber aus irgendeinem Grund hatte er sich bisher nicht einmal dazu aufraffen können, den Umschlag erneut vom Nachttisch zu nehmen und einen vorsichtigen Blick ins Innere zu riskieren.

Er beschloss, zuerst den Brief zu Ende zu lesen.

*Der Fluch besagt, dass die G*L*M 333 Jahre nach ihrer frevlerischen Erschaffung zum Leben erwachen werden – am 9. September dieses Jahres. Nur Du kannst verhindern, dass sie auferstehen und diese Erde in einen Ort der ungeheuerlichsten Schrecken verwandeln werden, wie es in den ältesten Prophezeiungen geschrieben steht. Ebendort ist auch verzeichnet, dass ein junger Retter, begabt mit der Kühnheit eines Ritters, der Lauterkeit eines Engels und dem Geheimwissen der Erleuchteten, die Menschheitskatastrophe im letzten Augenblick abwenden wird. Dieser Retter, Marian Hegendahl, bist Du.*

8

Totenstille. Kein Wasserrauschen mehr in den Wänden, keine Glockenschläge von draußen. Finsterste Nacht, als Marian aufstand und so leise wie möglich ans Fenster trat. Der Himmel schwarz mit blassgelben Schlieren. So als ob er ein Negativ des Briefs von Marthelm wäre: leuchtend schwarze Schrift auf gelbstichigem Grund.

Verrückt, dachte Marian wieder. Völlig durchgeknallt. Aber zugleich spürte er, dass der Brief da hinter ihm auf dem Hotelbett sehr viel mehr war als das Gefasel eines wahnsinnigen alten Mannes. Spürte es – und hoffte es fast noch mehr. Er drehte sich um und ging zu seinem Bett zurück. Bückte sich plötzlich nach dem Umschlag, wie um sich selbst zu überrumpeln, und schüttete den Inhalt auf die Bettdecke.

Eine Art Muschel, wie vermutet, nicht viel größer als die Faust eines ganz kleinen Kindes. Rundlich wie ein Schildkrötenpanzer, mit einer dicken Lederhaut überzogen und schimmernd schwarz wie nasse Moorerde. Oder wie die Tinte in Marthelms Brief.

Er nahm das Ding in die Hand und fuhr mit dem Finger darüber. Ein Panzer, dachte er – der Panzer eines kleinen, uralten Tiers. Unter dem geschmeidigen Lederbezug schien es so hart wie Stein – und dabei so leicht wie ein Metall, das es hier auf der Erde gar nicht gab. Marians Herz schlug jetzt so schnell und hart, dass es fast wehtat. Vorsichtig drehte er das Etwas herum und betrachtete die flache Unterseite.

Sie war viel heller als der gewölbte Rücken, von einem

funkelnden, grünlichen Grau. Aber auch diese beinahe kreisrunde Fläche fühlte sich rau an, wie mit Echsenhaut bedeckt.

Er ließ sich wieder auf den Bettrand sinken, fast ohne es zu bemerken. Der Brief fiel zu Boden – Marian folgte ihm mit den Augen und las erneut, was Marthelm ihm aufgetragen hatte: *»Nimm das Talmibro an Dich und hüte es sorgsamer als Deine Augäpfel.«* Er schaltete die Nachttischlampe ein und hielt seine Hand mit dem umgedrehten Etwas darunter. Da verlief ein ganz feiner Riss diagonal durch die flache Unterseite. Von rechts oben nach links unten – so haardünn, dass er selbst im Lampenschein mehr zu erahnen als zu sehen war.

Mit der Fingerspitze tastete Marian über den winzigen Riss. War das Ding vielleicht kaputt – oder handelte es sich um einen Mechanismus, den man öffnen und schließen konnte? Laut Marthelm war das Talmibro ein »mächtiges magisches Instrument«. Aber als Marian es nun in beide Hände nahm und die Hälften entlang dem diagonalen Riss auseinanderzuklappen versuchte, da spürte er einen deutlichen Widerstand. Als ob es kein totes Ding wäre, sondern ein lebendiges kleines Tier, das seine Muskeln anspannte, damit er es nicht aufbekam – sein Maul oder was auch immer sich hinter dem Spalt verbarg.

Als er dies dachte, zog sich Marians Bauchdecke – vor Ekel, vor Grauen – zusammen. Er ließ das Talmibro neben sich aufs Bett fallen, nahm es gleich wieder auf und warf es in den Sessel hinüber, der zwei Schritte entfernt neben dem Fenster stand.

Was zum Teufel war dieses Talmibro? Eine Art Urzeittier, das Marthelm wieder zum Leben erweckt hatte? Eine Kreatur von einem anderen Planeten? Ein künstliches Lebewesen, durch Geisterbeschwörung erzeugt?

Marian ließ das Talmibro nicht aus dem Auge, aber es blieb reglos mit der flachen Unterseite auf dem Sessel liegen. Weder schnappte es auf noch machte es Anstalten davonzulaufen. Eigentlich sah es ganz harmlos aus – wie eine sehr kleine Schildkröte, die Kopf und Beine eingezogen hatte.

Das ist völlig irre, dachte er wieder – aber gegen so eine Art von Verrücktheit kann dir kein Psychiater helfen. Weder mit Pillen noch mit Stromstößen ins Gehirn. Denn was immer es mit dem Talmibro auf sich haben mochte – es war nicht die Halluzination eines Irren, sondern auf beängstigende Weise real.

Was hatte Marthelm geschrieben? »Lerne das Talmibro zu gebrauchen und Du wirst alles begreifen.« Also schön. Marian stand auf, näherte sich zögernd dem Sessel und nahm den kleinen runden Panzer abermals in die Hand. Drehte ihn neuerlich hin und her und nahm dann wieder seine Linke zu Hilfe. Sehr viel kräftiger als beim ersten Versuch zog er die beiden Hälften auseinander.

Wieder spürte er, wie sich das Talmibro gegen den Zug seiner Hände anspannte, doch diesmal ließ sich Marian nicht beirren. Aus dem Innern des kleinen Panzers meinte er ein leises Knirschen zu hören. Dann plötzlich schien das Ding regelrecht zu erschlaffen: Die beiden diagonalen Hälften klappten auseinander.

Das Herz klopfte ihm nun zum Zerspringen. Seine Hände zitterten, auf der Stirn spürte er kalten Schweiß. Vor Ekel hätte er das Talmibro beinahe gegen die Wand geworfen. Aber er beherrschte sich und hielt es nur mit ausgestrecktem Arm so weit wie möglich von sich fort.

Es sah wie nichts aus, was er jemals erblickt oder wovon er je gehört oder gelesen hätte. Am ehesten ähnelte die aufgeklappte Flachseite dem Innern eines kleinen Buchs, das ein exzentrischer Künstler entworfen hatte. Oder der verrückten Kreuzung zwischen einem Buch und einem urzeitlichen Panzertier.

Die halbmondförmigen »Buchseiten« im aufgeklappten Innern des Talmibros waren von einem schleimig glitzernden Grau. Heller als vorher, in geschlossenem Zustand, und mit seltsamen Zeichen bedeckt, die in waagrechten Reihen angeordnet waren. Es konnte ein Muster wie auf Schlangenhaut sein – oder auch die Zeichen einer uralten Schrift.

Vorsichtig führte Marian das Talmibro näher an sein Gesicht heran. Zumindest roch es nicht wie ein lebendiges Tier. Argwöhnisch schnüffelte er daran und atmete lediglich einen muffigen Geruch ein, wie von uraltem Staub. Er hielt das Ding noch näher vor sich, und da kam es ihm mit einem Mal so vor, als ob er selbst sich im schleimigen Grau zwischen den seltsamen Zeilen spiegelte. Sein verschwitztes Gesicht mit den weit aufgerissenen Augen, dem vor Erstaunen ein wenig geöffneten Mund.

Das gibt es doch gar nicht, dachte er – eben noch war die Fläche einfach schleimig grau gewesen, kein Spiegeln weit und breit. Um noch genauer zu sehen, kniff er die Augen zusammen, und vor Anstrengung begann er auch wieder zu schielen. Seine Augäpfel rutschten ein wenig nach innen, und da geschah etwas noch sehr viel Seltsameres mit dem Talmibro: Das aufgeklappte Innere wurde durchsichtig, so als ob es ein Fenster wäre – ein Durchguck in eine andere Welt oder Wirklichkeit.

Für einen ganz kurzen Moment, kaum länger als ein einziger holpriger Herzschlag, sah Marian auf der anderen Seite dieses »Fensters« eine nebelhafte Gestalt. Sie war winziger als sein eigener kleiner Finger: ein Junge anscheinend, oder ein junger Mann, der vor einem altertümlichen Stehpult stand. Was genau da vor ihm auf der Pultplatte lag, konnte Marian nicht erkennen. Ein aufgeschlagenes Buch vielleicht, daneben eine Art Tintenfass – dann begannen Marians Augen vor Anstrengung zu tränen.

Das Bild verschwamm – und wie immer, wenn er geschielt und seine Augen mit Gewalt in die richtige Stellung zurückgezwungen hatte, bekam er im gleichen Moment wahnsinnige Kopfschmerzen.

9

Müde und schlecht gelaunt saß Marian am nächsten Morgen seiner Mutter beim Frühstück gegenüber. Ein köstlicher Geruch nach Toast, Rührei und sogar Bratfisch zog durch die Gaststube. Auf dem Tresen war ein Frühstücksbüffet aufgebaut worden, aber Marian hatte keinen Appetit.

Lustlos stocherte er in seinem Omelett herum. Er war so müde, dass er kaum die Augen aufhalten konnte. Erst als es draußen schon wieder zu dämmern begann, war er in unruhigen Schlaf gefallen. Im Traum hatten sich die Freimaurer bei den Händen gefasst und waren um ihn herumgetanzt. Anstelle ihrer Köpfe hatten riesengroße Talmibros auf ihren Hälsen gesessen. Er hatte es nicht gleich bemerkt, weil die Talmibros durch die hohen Hüte halb verdeckt wurden – umso mehr hatte ihn der Anblick dann erschreckt. Die grünlich funkelnde Scheibe ihrer Gesichter. Darin die diagonal aufklappenden Münder, als die alten Männer auch noch anfingen, im Chor zu singen: »Brich den Fluch bis neun und neun – sonst gehn wir alle dahin, hu, hu!«

Es ergab keinerlei Sinn, aber das traf schließlich genauso auf Marthelms Brief zu, oder? Heute früh hatte Marian alles um sich herum vorgefunden, wie er es in der Nacht auf seinem Bett und dem Teppich verstreut hatte. Den Brief und das Talmibro hatte er in den Umschlag zurückgeschoben und das Kuvert dann ganz unten in seinem Koffer versteckt. Aber er hatte sich nicht überwinden können, sich vorher noch einmal in das verrückte Vermächtnis seines Urgroßonkels zu vertiefen. Geschweige denn, das Talmibro aufs Neue auseinanderzuziehen. Er hatte es nur mit einem Blick gestreift und dabei registriert, dass es sich über Nacht wieder geschlossen hatte.

Im Moment fühlte er sich einfach nicht stark und ausgeruht genug, um sich mit dem seltsamen Ding zu beschäftigen. Es war so unheimlich, dass er ein hässliches Nagen im Magen fühlte, wenn er auch nur ganz kurz an das Talmibro dachte. Und daran, wie es sich verwandelt hatte – erst zum Spiegel, dann zu einer Art Durchguck geworden war.

Linda wirkte kaum weniger übernächtigt als er. »Vor Wut hab ich kein Auge zugetan«, verkündete sie und schenkte sich mindestens schon die dritte Tasse Kaffee ein. »Uns einfach so abzufertigen! Na, die sollen mich kennenlernen.«

Marian zuckte mit den Schultern. »Was willst du machen – Godobert als Geisel nehmen?«

»Notfalls auch das.« Linda sah ihn kampflustig an. »Was hältst du davon, wenn wir noch etwas länger hierbleiben?«

Er beugte sich tiefer über seinen Teller. Schulterlange Haare waren manchmal äußerst praktisch – auch wenn Jannik und Jessica ihn gestern als »Retro-Hippie« verhöhnt hatten. »Meinetwegen«, murmelte er durch den dunkelblonden Vorhang. Linda musste ja nicht unbedingt mitkriegen, wie gut ihm dieser Vorschlag gefiel. »Was hast du denn hier noch vor?«

Linda schaute verstohlen nach links und rechts. Der überwiegende Teil ihrer Verwandtschaft war schon gestern Abend oder heute in aller Frühe wieder abgereist. Nur an einigen Tischen weiter hinten saßen noch ein paar Überreste der »Hegendahl'schen Brut« beim Frühstück. Dennoch dämpfte Linda ihre Stimme fast zu einem Flüstern, als sie ihm antwortete: »Mit dem Notar reden, der das Testament beglaubigt hat. Und mit diesen Logenbrüdern, die sich

Marthelms Besitz unter den Nagel gerissen haben. Schließlich sind wir zwei nicht gerade auf Rosen gebettet.«

Sie trank ihre Kaffeetasse fast in einem Zug aus und schenkte sich sofort wieder von der schwarzen Brühe nach. »Ich hatte so sehr gehofft«, fuhr sie fort, »dass Marthelm uns wenigstens ein paar Scheinchen für dein Studium vererbt. Wie sollen wir das denn sonst finanzieren? Mit den Almosen, die sie mir im Reisebüro aus reiner Gnade bezahlen, bestimmt nicht. Und von deinem liebenswerten Künstler-Daddy haben wir seit mindestens einem halben Jahr keinen müden Cent mehr gesehen.«

Vor Ärger über ihren Ex vergaß sie, ihre Stimme zu dämpfen. »Du kannst ja schließlich nichts dafür, dass dein Vater und dein Großvater mit Marthelm zerstritten waren. Und ich kann und werde nicht einfach so hinnehmen, dass wir zwei die Zeche für diese alte Familienfehde zahlen sollen.«

Mittlerweile redete sie so laut, dass einige Hegendahls an den hinteren Tischen zu ihnen herübersahen. »Bitte, Mutter«, sagte Marian, »stell das Dolby Surround aus.«

»Nur wenn du mich anschaust!«, rief sie noch schallender.

Marian warf seine Haare über die Schulter zurück. »Mach ich ja schon.«

Verblüfft sah sie ihm ins Gesicht. »Was ist denn mit dir los, Junge? Warum strahlst du denn, als ob du im Lotto gewonnen hättest?«

»So halt.«

Wenn seine Mutter mit den Freimaurern redete, musste er unbedingt dabei sein. Eine bessere Gelegenheit, um mit den Brüdern Bekanntschaft zu schließen, konnte er gar nicht bekommen – jedenfalls, wenn Linda sich zusammenriss und diesen Dr. Godobert nicht gleich wieder als Erbschleicher oder Ähnliches beschimpfte.

Seine Müdigkeit war wie weggeblasen. Dafür spürte er

plötzlich, wie ausgehungert er war. Wegen seiner blöden Verwandten hatte er gestern beim Leichenschmaus kaum einen Bissen runterbekommen. »Leichenschmaus«, was für ein Wort, dachte Marian, während er sich am Büffet seinen Teller mit Rührei, Bratfisch und Toastscheiben vollhäufte.

Dann allerdings fiel ihm ein, dass seine Mutter von Marthelms Brief überhaupt nichts wusste und auch keinesfalls davon erfahren durfte. Wenn sich der Logenmeister also irgendwie versprechen und versehentlich auf den Brief anspielen würde, den er selbst ja überbracht hatte – wie stünde er, Marian, dann vor Linda da? Stunde um Stunde hatte er kommentarlos mit angehört, wie sie über Marthelm und die Freimaurer herzog, weil die ihnen nichts vermacht hatten – und dabei hatte er als Einziger etwas von seinem Urgroßonkel geerbt! Wenn auch nur etwas sehr Seltsames, das ihnen ja bestimmt nicht aus ihrer Geldklemme helfen konnte.

Oder vielleicht doch? Auf halbem Weg zwischen dem Büffet und ihrem Tisch blieb Marian stehen, den dampfenden Teller in der Hand. Was hatte Marthelm geschrieben? Die Geheimnisse des künstlichen Goldes sollte er erfahren, wenn er den »Pfad« beschritt. Was für einen Pfad? Von den Alchimisten des Mittelalters hieß es, dass sie in ihren Laboren künstliches Gold herstellen konnten – und einige der berühmtesten Alchimisten und Magier jener Zeit waren Freimaurer gewesen.

Marian bemerkte, dass er von allen Seiten angestarrt wurde, und setzte sich wieder in Bewegung. Also hatte Marthelm ihn gar nicht – wie den Rest der »Hegendahl'schen Brut« – leer ausgehen lassen, sondern ihm im Gegenteil den Schlüssel zu unermesslichen Reichtümern vererbt? Wenn das stimmte, dann musste das Talmibro dieser Schlüssel sein.

Also schön, dachte Marian. Gleich nach dem Frühstück

würde er sich das »machtvolle magische Instrument«, wie Marthelm es genannt hatte, noch einmal näher ansehen. Er setzte seinen Teller ab und ließ sich auf seinen Stuhl fallen. Eben wollte er sich über sein Frühstück hermachen, als irgendetwas seinen Blick zur weit geöffneten Gaststubentür zog.

Im Türrahmen stand das Mädchen von gestern. Sie trug Stiefel wie ein Cowgirl im Western – kniehoch und schlammverschmiert. Die Haarmähne mit dem kupfernen Schimmer hatte sie zu einer Art Vogelnest aufgetürmt. Das Blau ihrer Augen versengte sein Gesicht. Oder warum sonst wurde ihm auf einmal so heiß?

Linda sah ihn wieder verwundert an, dann drehte sie sich um und folgte seinem Blick. »Ach so – jetzt versteh ich!«

»Gar nix verstehst du, Mutter.«

10

Der Notar, der Marthelm Hegendahls Letzten Willen beurkundet hatte, hieß Dr. Elias Teuschow. Seine Adresse war auf den Kopien des Testaments vermerkt, die gestern von den beschwingten Logenbrüdern an die Trauergäste verteilt worden waren: Sterngasse 7, Croplin.

»Das ist ganz in der Nähe«, erklärte ihnen der Wirt des »Moorgrafen«. Er war ein stämmiger Mann fortgeschrittenen Alters, dessen bleigraue Augenbrauen wulstig wie Tausendfüßler und über der Nase zusammengewachsen waren. »Gehen Sie einfach über den Kirchplatz und ein Stück die Herrengasse runter. Die Sterngasse zweigt nach ein paar Schritten linker Hand ab.«

Marian schaute seine Mutter skeptisch an. Es klang ungefähr wie die Wegbeschreibung, mit der sie vorgestern von Hanno Bußnitz, dem »Wanderer«, in die Irre geführt worden waren. Aber Linda schien keine Bedenken zu haben. Sie bedankte sich beim Wirt und steuerte zielstrebig auf den Ausgang zu. »Kommst du, Marian?«

»Kannst du da nicht alleine hingehen?« Viel lieber wäre er jetzt wieder in sein Zimmer hinauf, um sich mit dem Talmibro vertraut zu machen.

»Es geht schließlich um dein Studium«, beharrte Linda. »Um das Herz dieses Paragrafenreiters zu erweichen, müssen Mutter und Halbwaise schon gemeinsam ihr Klagelied singen.«

»Halbwaise, pff«, machte Marian. Es war nicht fair gegenüber Daddy Chris, der ja schließlich noch unter den

Lebenden weilte – und wie. Allerdings verhielt sich auch sein Vater nicht gerade aufopfernd, da hatte Linda recht: Christian war ihnen seit Ewigkeiten den Unterhalt schuldig. Er besaß zwar noch viel weniger Geld als sie, aber er unternahm auch keinerlei Anstrengungen, um an dieser Misere irgendwas zu ändern. Stattdessen lag oder saß er den lieben langen Tag auf seinem Bootsdeck, ließ sich die Sonne auf den Bauch scheinen und filmte höchstens ein paar Schattenspiele auf der Oberfläche des Sees. »Kunst braucht Muße«, verkündete er ungerührt, wenn Linda sich wieder mal bei ihm beschwerte. Dann legte er eine Stones-CD ein, setzte seine Kopfhörer auf, lehnte sich mit einem relaxten Grinsen zurück und schloss die Augen.

»Also los jetzt«, sagte Linda. »Und anschließend knöpfen wir uns diesen Logenmeister vor.«

Das gefiel Marian schon sehr viel besser. Bereitwillig folgte er seiner Mutter hinaus auf den Kirchplatz. Die neue Woche hatte längst begonnen, es war halb elf Uhr vormittags. Doch der kleine Platz zwischen den krummbuckligen Fachwerkhäusern und der verwitterten Sandsteinkirche lag genauso leer und verloren wie am Sonntag da.

Auch von dem Mädchen mit den brennend blauen Augen war nichts mehr zu sehen. Dabei hatte sie kurz vor ihnen den Gasthof verlassen – sie hatte Marian von der Türschwelle aus angestarrt, sich dann ohne ein Wort wieder umgewandt und war davongelaufen.

Seltsam, so wie eigentlich alles hier, dachte er. Eine Geisterstadt unter gelblichen Geisternebeln, mitten im Moor gelegen, aus dem bei Tag und Nacht das Geheul dieser Steinzeitgeister aufsteigt. Das Mädchen allerdings war alles andere als ein Gespenst – wann immer Marian an sie dachte, spürte er ein äußerst angenehmes Kribbeln im Bauch.

Gedankenverloren trottete er neben Linda über den sonnenheißen Platz. In der Mitte stand ein mittelalterlich wirkender Brunnen mit hohem Mauersims. Darauf lag eine Katze, rot-weiß getigert – dieselbe vielleicht wie gestern im Hinterhof. Marian streckte die Hand nach ihr aus, da machte sie einen Buckel und stieß ein drohendes Fauchen aus. Ihre giftig grünen Augen starrten ihn an, und für einen Moment kam es ihm vor, als ob sie sich blau verfärbten.

Das konnte natürlich nicht sein. Nicht in der Wirklichkeit – höchstens in einem dieser total verblüffenden Verwandlungsvideos von Daddy Chris. Eines hieß *House = Head*: Es begann mit einer langen Kamerafahrt auf eine altertümliche Hausfassade. Je näher die Kamera dem Haus kam, desto mehr sah es aus wie ein staunendes Gesicht mit großen Augen und halb offenem Mund. Die Kamera fuhr in das linke Auge hinein und zoomte auf einen Sessel. Der aber sah wie ein Blütenkelch mit langem Stängel aus oder wie ein Blutgefäß, das sich an seinem oberen Ende zu einer Hand aus Adern auffächerte. Man setzte sich darauf und wurde in den Stängel oder das Blutgefäß hineingesogen – oder einfach in das Rohr, auf dem die Sesselschale befestigt war.

So ging es noch eine Weile weiter, bis man überhaupt nicht mehr wusste, was es in dieser Filmwelt mit den Dingen auf sich hatte. Zuletzt hing man an einem Fallschirm, und während man aus großer Höhe abwärtsschwebte, verwandelte sich der Fallschirm in eine Sonnenblume. Nun stürzte man mit halsbrecherischem Tempo in die Tiefe – allerdings ging die Sache gut aus: In der Schlusseinstellung segelte ein Junge gemächlich von den Wolken zur Erde nieder, indem er sich einfach an der Sonnenblume festhielt – und das Ganze war ein Gemälde, auf dieselbe Hausfassade gemalt, mit der das Video angefangen hatte.

»Kindskopf«, hatte Linda zu Daddy Chris gesagt, nachdem der ihnen das Video vorgeführt hatte. Aber ihre Stimme hatte liebevoll, beinahe bewundernd geklungen. Nicht lange danach, im letzten Herbst, hatte Christian Hegendahl einen hoch angesehenen Kurzfilmpreis für *House = Head* bekommen. Das Preisgeld, ein paar tausend Euro, hatte allerdings nicht mal ausgereicht, um seine zu schwindelerregender Höhe aufgelaufenen Mietschulden zu begleichen. Mit Mühe hatte er seinen Vermieter bis zum Frühjahr hingehalten und war dann ins Bootshaus umgezogen. So viel zu Daddy Chris.

»Na also«, sagte Linda, »hier ist es ja.« Sie trat vor ein Schild, das von innen an einer gläsernen Haustür befestigt war. »So ein Mist«, sagte sie kurz darauf.

Marian schaute sich um. Er war so tief in Gedanken gewesen, dass er gar nicht mitbekommen hatte, wie sie vom Brunnen mit der Katze bis hierher gelangt waren. Jetzt jedenfalls standen sie vor einem stattlichen Fachwerkhaus. Dessen Obergeschoss war breiter als der steinerne Sockel und ragte weit in die schmale Gasse hinein. »Was denn?«, fragte er und stellte sich neben Linda, die immer noch auf das handgemalte Schild starrte.

»Kanzlei Dr. Elias Teuschow«, las sie vor, *»wir machen Sommerurlaub – vom 10. 8. bis 4. 9. geschlossen.«* Linda klappte ihre Handtasche auf und wühlte darin herum. »Tja, gleich zwei Wochen wollte ich eigentlich nicht in diesem Nest bleiben.« Sie zog ihren winzigen Taschenkalender hervor. »Oder was meinst du, Marian?«

Er zuckte mit den Schultern. Die Sommerferien dauerten noch bis Mitte September. Und zufällig gab es im Moment auf dem ganzen Planeten keinen Ort, an dem er sich lieber aufgehalten hätte als in diesem seltsamen Städtchen Croplin. Aber das konnte er Linda natürlich nicht sagen. Sie würde sonst wieder nur so ein halb kitschiges, halb ironisches Gesicht machen und »Ich verstehe« sagen oder »Wie heißt sie eigentlich?«.

Ja, wie hieß sie überhaupt? Er hatte noch kein Wort mit ihr gewechselt und dachte doch alle paar Minuten an sie. Ihre Augen, ihr Lächeln, ihr Haar.

»Na ja«, brummte er, »warum nicht?«

Linda schien mit so einer Antwort gerechnet zu haben. Jedenfalls nickte sie bloß stumm, zog den streichholzdünnen Bleistift aus ihrem Taschenkalender hervor und kritzelte irgendwas auf eine freie Seite. Als sie fertig war, riss sie das Blatt heraus und warf es in den Briefkasten der Kanzlei. »Ich hab ihnen meine Handynummer aufgeschrieben und um einen Termin für den 7. September gebeten. Das ist genau heute in zwei Wochen.« Sie verstaute den Kalender wieder in ihrer Tasche. »Hey, Marian, wir haben Ferien!« Sie strahlte ihn an. »Vielleicht gibt es in der Nähe irgendwelche Badeseen. Wir lassen unser Auto flott machen – und dann ...« Sie unterbrach sich und sah ihn erschrocken an. »Was ist denn los mit dir, Junge? Du guckst, als hättest du einen Geist gesehen.«

Eher schon eine ganze Geister-Galaxie. Unauffällig lehnte er sich gegen den Steinsockel des Teuschow-Hauses. Er hatte ein Sausen im Kopf, als ob ihn gerade jemand in den Schwitzkasten genommen hätte.

Mit einem Schlag war ihm klar geworden, wie wenig Zeit nur noch übrig blieb, um die Katastrophe zu verhindern, die ihnen laut Marthelm bevorstand – am 9. September, wie es im Brief des Urgroßonkels hieß. Wenn es bis zum 7. September noch zwei Wochen waren, dann würde sich also in genau 16 Tagen »diese Erde in einen Ort der ungeheuerlichsten Schrecknisse verwandeln« – es sei denn, er, Marian Hegendahl, verhinderte das Erwachen der »frevlerisch erschaffenen G*L*M«.

Fragte sich nur, wer oder was diese Ungeheuer überhaupt sein sollten. Und wie man sie davon abhielt, das zu tun, was der Fluch ihnen anscheinend auferlegte.

Linda sah ihn immer noch argwöhnisch an. »Schon gut«, gelang es ihm zu murmeln.

»Du bist eben ein feinfühliger Junge«, sagte seine Mutter, »auch wenn du noch so cool und hartgesotten tust. Die Beerdigung hat dir zugesetzt.« Sie hob die Hand, um ihm übers Haar zu streichen oder sonst etwas Unpassendes zu tun, ließ den Arm aber glücklicherweise wieder fallen. »Bevor wir uns einen schönen Badesee suchen«, fuhr sie fort, »gehen wir noch rasch bei diesen Maurerbrüdern vorbei. Was wollen die klapprigen Kerle denn überhaupt mit Marthelms Vermögen? Es mit ins Grab nehmen und dir die Zukunft verbauen – nur weil der Alte mit seinen Verwandten über Kreuz lag? Das sollen sie uns dann aber bitte sehr auch ins Gesicht sagen.«

Linda klappte erneut ihre Handtasche auf und zog einige zerfledderte Papiere hervor. »Mal schauen, ob ich auch die Adresse dieser Loge hier finde.« Sie blätterte kurz und schnaufte dann vor Empörung auf. »Sieh an, diese Burschen haben aber auch keine Minute vergeudet.« Sie hielt Marian einen Briefbogen hin und tippte mit dem Zeigefinger anklagend auf die rechte obere Ecke. Dort stand in altmodischer Druckschrift:

Loge »Zu den Spiegeln des Lichts«
Ehem. Hegendahl'sches Gutshaus
Am Bannwald 1 – Croplin i. Moor

Linda deutete die Gasse hinunter. »Schätzungsweise müssen wir dort entlang. Ich war zwar noch nie in diesem Croplin, geschweige denn in Marthelms Spukhaus. Aber du hast gestern ja selbst die ganzen Schauergeschichten gehört, die in der Familie über den Alten erzählt werden. Demnach befindet sich das Hegendahl'sche Gutshaus an der äußersten östlichen Stadtgrenze. Es dürfte also auch für Ortsfremde leicht zu finden sein – es sei denn, wir verirren uns im sogenannten Bannwald. Der beginnt nämlich direkt an der Hinterseite des Anwesens und gilt seit Jahrhunderten als verwunschen.«

Sie machte Marian ein energisches Zeichen, ihr zu folgen, klemmte sich die Handtasche unter den Arm und marschierte los.

11

Selbst am hellen Vormittag sah das Hegendahl'sche Anwesen finster aus. Aus dunklem Stein errichtet, der durch Alter und Moorluft fast schwarz verwittert war. Umgeben von einer mannshohen Mauer, mit einem Tor aus gleichfalls schwarzen Eisenstäben. Dahinter ragte das Gutshaus wie der Schädel eines riesenhaften Ungeheuers auf, das vom Hals abwärts noch in der Erde steckte.

House = Head, dachte Marian. Neben Linda stand er vor dem Gittertor und betrachtete unbehaglich das Gemäuer, in dem Marthelm Hegendahl sein Leben verbracht hatte. Ein breiter, eingeschossiger Bau, mit glotzenden Fensterhöhlen. Das Reetdach, ebenfalls altersdunkel, ähnelte einem tief in die Stirn gezogenen Helm. Am rechten Torpfosten war ein Schild mit dem mittlerweile vertrauten Schriftzug in goldenen Lettern befestigt: *Loge zu den Spiegeln des Lichts*.

Hinter dem Tor führte ein Kiesweg schnurgerade auf die Haustür zu, die selbst aus einer Entfernung von 15 oder 20 Schritten abweisend wirkte. Eine schmale Luke, mit schwarzem Eisen beschlagen, durch die man schwer rein- und noch sehr viel schwerer wieder rauskam.

Okay, sagte sich Marian, aber das galt schließlich nicht für ihn. In seinem Brief hatte Marthelm versichert, dass die Logenbrüder ihm helfen würden, wenn er sie darum bat.

Während sich Linda noch mit gerunzelter Stirn umschaute, drückte Marian auf den Klingelknopf unter dem Schild.

In einiger Entfernung ertönte ein dunkler Gong, dann geschah längere Zeit erst mal gar nichts.

Hinter dem Haus, von hier aus mehr zu spüren als zu sehen, erhob sich die dunkle Masse des Bannwaldes. Die Bäume knarrten im leichten Windzug. Einige der älteren Hegendahl'schen Verwandten hatten gestern haarsträubende Geschichten von diesem Wald erzählt. Laut Großonkel Gertholt, der in Croplin aufgewachsen war, hatte sich in seiner Kindheit einmal ein Nachbarsjunge in dem Dickicht verirrt. Die Leute hatten Suchteams in den Wald entsandt, doch das Kind blieb unauffindbar. Wochen später war weit draußen im Moor ein Junge aufgegriffen worden – halb verhungert, nur mit ein paar Lumpen bekleidet, mit Kratz- und Bisswunden bedeckt. Er konnte nicht sprechen, sondern stieß lediglich eine Art Wolfsheulen aus. War es derselbe Junge, der sich einige Zeit vorher im Wald verirrt hatte? Das blieb unklar, jedenfalls in Onkel Gertholts Erzählung. Der »Wolfsjunge« sei bald wieder aus Croplin verschwunden, so endete sein Bericht, und die Umzäunung des Waldes, der im Volksmund auch »Hexenholz« hieß, sei wieder mal ausgebessert und verstärkt worden.

Während Marian an diese und andere Geschichten vom Cropliner Bannwald dachte, ging die Luke im Gutshaus auf. Ein alter Mann trat heraus und eilte auf das Tor zu. Er trug einen altmodischen schwarzen Anzug. Seine Haare waren silbergrau und so dünn, dass man den Schädel hindurchschimmern sah. Aber seine Bewegungen waren so beschwingt, als ob er noch jung an Jahren wäre.

Vor dem Tor blieb er stehen und sah sie durch das Gitter an. Seine Augen in dem furchigen Gesicht schienen vor Energie zu funkeln. Doch er machte keine Anstalten, das Tor zu öffnen. »Sie wünschen?«, fragte er und schaute dabei nur Marian an.

Linda nahm sich sichtlich zusammen. Sie nannte ihren und Marians Namen. »Wir möchten mit Dr. Godobert sprechen«, sagte sie. »Es geht um das Testament unseres Verwandten Marthelm Hegendahl. Dem ja wohl dieses Haus gehört«, fügte sie in gereiztem Tonfall hinzu.

Der alte Mann streifte sie mit einem raschen Blick und wandte sich dann wieder an Marian. »Bedaure«, sagte er mit leiser, gleichmäßiger Stimme, »Frauen haben keinen Zutritt.« Linda stieß ein empörtes Schnaufen aus, aber der Mann im schwarzen Anzug ließ sie nicht zu Wort kommen. »Nach altem Gesetz«, sagte er, »dürfen Frauen, Krüppel und Sklaven niemals eine Freimaurerloge betreten. Ich bin der Bruder Türsteher und habe dafür zu sorgen, dass dieses Gesetz beachtet wird. Aber unser Meister wird sich gerne mit Ihnen an einem profanen Ort treffen, wenn Sie dies wünschen, gnädige Frau.«

Ein fast unmerkliches Lächeln flog über sein Gesicht. Obwohl seine Worte an Linda gerichtet waren, sah er weiterhin nur Marian an. »Lassen Sie mir einfach Ihre Telefonnummer da. Dr. Godobert wird Sie anrufen, um ein Treffen mit Ihnen zu vereinbaren.«

Marian schaute seine Mutter an, der es anscheinend die Sprache verschlagen hatte. Frauen, Krüppel und Sklaven – das war allerdings ziemlich krass. Linda hatte rote Flecken im Gesicht und starrte den Bruder Türsteher so wütend an, als ob sie ihm gleich an die Kehle gehen wollte. Marian glaubte, in ihm einen der sechs Sargträger von gestern wiederzuerkennen, aber er war sich nicht sicher – irgendwie sahen sich diese alten Männer in ihren schwarzen Anzügen alle zum Verwechseln ähnlich.

»Gute Idee«, sagte er schnell. »Gib ihm doch deine Nummer, dann ruft dich Godobert zurück.« Er nickte Linda zu und sah sie aus großen Augen auffordernd an.

Seine Mutter tastete fahrig über ihr Haar. Obwohl ihre Frisur tadellos saß, begann sie sie umständlich zu ordnen. Mit der einen Hand straffte sie ihren Pferdeschwanz, mit der anderen korrigierte sie den Sitz des Gummirings, der ihre Haare zusammenhielt.

Der Bruder Türsteher beobachtete kurz und mit offensichtlicher Missbilligung diese weibliche Prozedur, dann wandte er sich wieder Marian zu. »Was dich angeht, du bist uns jederzeit willkommen, Marian Hegendahl«, sagte er feierlich. »Wenn Sie mich jetzt entschuldigen würden.« Er tat, als ob er sich umdrehen und zum Haus zurückgehen würde.

»Herrje, so warten Sie doch, Sie Bruder!« Linda ließ endlich ihre Frisur in Ruhe und klappte ihre Handtasche auf. Sie holte den Taschenkalender hervor, schrieb zum zweiten Mal an diesem Morgen ihre Handynummer auf ein freies Blatt und riss es heraus.

Mit einem höflichen Lächeln hielt der alte Mann ihr seine Hand hin, um das Blatt entgegenzunehmen. Aber Linda würdigte ihn keines Blickes. Sie faltete den Zettel zusammen und reichte ihn Marian. »Gib du ihm das Ding«, sagte sie, »sonst kriegt er noch die Krise, falls er zufällig eine Frauenhand berührt.«

Marian reichte den Zettel durch das Gitter und verabschiedete sich hastig vom Bruder Türsteher. So schnell wie möglich dirigierte er seine Mutter vom Tor der Loge fort. Einmal in Fahrt gekommen, würde sie unermüdlich weiterschimpfen, das wusste er aus Erfahrung.

Er hakte sich sogar bei ihr unter, um sie rasch außer Hörweite zu ziehen. Linda zeterte über »diese zahnlosen Macker« und »durchgedrehten Weiberfeinde«, und Marian gab ihr im Stillen sogar recht – jedenfalls zum Teil. Wofür sollte es gut sein, dass die Freimaurer keine Frauen in ihren Reihen zuließen? Okay, das war eigentlich leicht zu verstehen – bei manchen Sachen konnten Mädels und Mütter ziemlich nerven. Aber »Frauen, Sklaven und Krüppel« auf eine Stufe zu stellen, das hörte sich schon irgendwie krank an.

Während Marian und seine schimpfende Mutter in der Mittagssonne zurück in Richtung Kirchplatz gingen, klingelte Lindas Handy. Sie wühlte in ihrer Handtasche, fand irgendwann ihr Telefon und klappte es auf. »Gut, dann also bis gleich«, sagte sie mit ausdrucksloser Stimme und klappte es wieder zu.

In seinem Rücken spürte Marian noch immer die drückende Masse des ehemals Hegendahl'schen Anwesens – wie eine Faust zwischen seinen Schulterblättern.

»Das waren diese Brüder«, erklärte Linda. »Meister Godobert geruht, sich um zwölf mit uns im ›Moorgraf‹ zu treffen.« Ein zuversichtliches Grinsen zog ihr schmales Gesicht in die Breite. »Anscheinend haben sie zumindest ein schlechtes Gewissen, weil sie Marthelms gesamte Habseligkeiten eingesackt haben. Das ist doch ein gutes Zeichen, findest du nicht?«

Marian zuckte mit den Schultern. »Na ja, vielleicht«, sagte er. In der Ferne ertönten Glockenschläge, leise zählte er mit. »Zwölf Uhr, das ist jedenfalls jetzt.«

Tatsächlich wartete Meister Godobert bereits auf sie, als sie eine Viertelstunde darauf wieder beim Hotel ankamen. Vor dem »Moorgraf« stand ein riesengroßes, offenbar uraltes Auto – gegen dieses Gebirge aus schwarzem Blech und blitzendem Chrom nahm sich sogar der Cadillac von Hanno Bußnitz wie ein unscheinbarer Neuwagen aus. Der Schlitten musste mindestens aus der Ära von Al Capone stammen. Und zweifellos gehörte er niemand anderem als Dr. Karl Godobert.

In der Gaststube saß der Meister bescheiden an einem

Ecktisch, zusammen mit zwei weiteren alten Männern. Alle drei trugen die unvermeidlichen schwarzen Anzüge, allerdings diesmal weder Hüte noch Schärpen. Als Linda und Marian eintraten, erhob sich Godobert und ging ihnen mit einem höflichen Lächeln entgegen. »Verzeihen Sie, gnädige Frau, wenn unser Bruder Türsteher Sie gekränkt haben sollte.« Er hielt ihr seine Rechte hin und widerstrebend ließ sich Linda die Hand schütteln. »Wir Freimaurer haben allerhöchsten Respekt vor den Damen ...«

»... die Sie deshalb mit Sklaven und Krüppeln auf eine Stufe stellen«, unterbrach ihn Linda. »Auf solchen Respekt kann ich verzichten, besten Dank.«

Sie entzog ihm ihre Hand. Godobert wirkte nun aufrichtig zerknirscht. Aber Marian hatte den Eindruck, dass sich der alte Mann zugleich ein wenig amüsierte. »Lassen Sie mich erklären«, sagte er in liebenswürdigem Tonfall. »Setzen wir uns doch.«

Er komplimentierte sie zu seinem Tisch und forderte seine Brüder auf, sich gleichfalls zu erheben. Die beiden Männer deuteten jedoch nur eine halbherzige Verbeugung an, ohne Linda sonderlich zu beachten.

»Es gibt nun einmal Dinge«, sagte Godobert, »gewisse Geheimnisse und Mysterien, für die Frauen einfach keinen Sinn haben. Es interessiert sie überhaupt nicht, glauben Sie mir. Sie versäumen also nicht das Geringste, wenn Sie an unseren Sitzungen nicht teilnehmen und zu den Logen keinen Zutritt haben.« Falls er sich weiterhin bemühte, die Rolle des höflichen Frauenfreundes zu spielen, so gelang ihm das jedenfalls immer schlechter. Seine Augen funkelten höhnisch. Anstatt Linda ins Gesicht zu schauen, richtete er seinen Blick zwischen ihr und Marian hindurch ins Leere.

Linda holte tief Luft. Offenbar hatte sie eine zornige Antwort auf der Zunge, aber sie schluckte sie wieder herunter.

»Kommen wir zur Sache«, sagte sie. »Es geht um das Testament unseres Verwandten Marthelm Hegendahl. Ich kann nicht akzeptieren, dass Sie – Ihre Loge oder wie immer Sie sich nennen mögen – Marthelms gesamte Besitztümer beanspruchen. Marian ist sein Urgroßneffe. In wenigen Jahren macht er Abitur, danach will er Archäologie und Ethnologie studieren. Aber wir sind arm und wissen nicht, wie wir das Geld dafür aufbringen sollen.«

Sie hielt inne und starrte Godobert an. »Ich fordere Sie auf, meinen Sohn Marian angemessen am Erbe seines Verwandten zu beteiligen. Er kann schließlich nichts dafür, dass Marthelm mit seiner restlichen Familie heillos zerstritten war.«

Der Wirt des »Moorgrafen« erschien an ihrem Tisch, aber Godobert winkte ab. »Für uns heute nichts – wir sind sozusagen schon aus der Tür. Um es kurz zu machen«, fuhr er fort und sah wieder an Linda vorbei, »der verewigte Meister Marthelm hat sein Haus und alle seine Besitztümer von Rechts wegen unserer Loge vermacht. Es ist vollkommen ausgeschlossen, gnädige Frau, dass Sie in irgendeiner Weise an dieser Erbschaft beteiligt werden.«

Er wandte Marian seinen Blick zu und der höhnische Ausdruck verlor sich aus seinen Augen. »Was aber dich betrifft, Marian Hegendahl«, sagte er in dem gleichen feierlichen Tonfall wie vorhin der Bruder Türsteher – »du bist bei uns jederzeit ein gern gesehener Gast. Jetzt gerade sind wir allerdings auf dem Sprung zu einem Bruderschaftstreffen auf Burg Stivolit – übrigens eine der ältesten Logen hierzulande. Heute wirst du bei uns also leider niemanden mehr antreffen – aber warum kommst du nicht in den nächsten Tagen einfach mal im Logenhaus vorbei?«

12

Gleich am folgenden Tag kehrte Marian zum Logenhaus zurück. Nach dem Mittagessen hatte Linda verkündet, dass sie sich ein wenig hinlegen würde, da sie letzte Nacht kaum geschlafen hatte. Eigentlich hätte Marian genauso müde sein müssen, denn auch er hatte wieder kaum ein Auge zugekriegt. Er hatte das Talmibro stundenlang umkreist, in seinem Zimmer, in Grübeleien und wirren Wachträumen. Bisher hatte er sich nicht dazu durchringen können, das seltsame Ding noch mal auseinanderzuziehen. Immer klarer spürte er die Gefahr, die von dem magischen Instrument, der künstlichen Kreatur – oder was es auch sein mochte – ausging. Wenn er sich erst einmal darauf einlassen würde, gäbe es kein Zurück mehr.

Jetzt fühlte er sich ungefähr wie ein Schlafwandler – sein Kopf wie in Watte gehüllt und gleichzeitig überwach. In seiner Hosentasche das Talmibro, dessen elastische Härte er durch den Jeansstoff hindurch spürte. »Ich lauf ein bisschen rum«, sagte er.

Linda grinste komplizenhaft. »Viel Spaß.«

Aber bei dem, was er jetzt vorhatte, konnte er weder Mütter noch Mädels gebrauchen. Nicht einmal die Kupferblonde mit den extrablauen Augen.

Wieder drückte er auf die Klingel am Logentor. Der dunkle Koloss des Gutshauses schien mit dem Wald dahinter zu einer einzigen schwarzen Masse verschmolzen.

Die Luke ging auf. Derselbe Bruder Türsteher wie gestern, beschwingten Schrittes. Er trat ans Tor, schaute nach links und rechts, um sich zu vergewissern, dass Marian diesmal allein gekommen war. Dann zückte er seinen Schlüsselbund, den er an einer goldenen Kette in der Anzugweste trug. »Komm herein.« Er zog einen Torflügel auf und trat zur Seite, um Marian vorbeizulassen. »Dein Onkel hat vorausgesagt, dass du kommen würdest.«

»Urgroßonkel«, sagte Marian. Der Bruder Türsteher schaute ihn mit einem höflichen Lächeln an. »Marthelm war hundert Jahre älter als ich«, fügte Marian hinzu, da der alte Mann nicht zu verstehen schien.

Doch es half nichts, so wenig wie bei Hanno Bußnitz. Diese alten Männer schienen allesamt ein wenig aus der Zeit gefallen zu sein. »Mein Name ist Torgas«, sagte der Türsteher nur. »Ich gehe voraus.«

Marian folgte ihm über den knirschenden Kiesweg zum ehemals Hegendahl'schen Gutshaus. Mit jedem Schritt schien das Rauschen des Bannwaldes, das Knarren der Bäume hinter dem Haus lauter zu werden. Aus der Nähe kam ihm die Türluke in der dunklen Fassade noch schmaler vor. Torgas zog sie auf und ließ wiederum Marian den Vortritt. Als er die Tür hinter ihnen schloss, wurde es so finster wie im Grab.

»Ich mache Licht«, sagte Torgas. Marian hörte es rascheln und kratzen. Irgendwo tiefer im Haus erklangen dumpfe Anrufungen oder Sprechgesänge. Mit leisem Klicken ging endlich ein trübes Deckenlicht an, und er erkannte, dass sie sich in einer geräumigen Vorhalle befanden.

Sessel und Sofas mit durchgesessenen schwarzen Lederpolstern waren zu präzisen Rechtecken angeordnet. Ein dunkler Flur linker Hand musste in die hinteren Räume des Erdgeschosses führen. Vor der Rückwand der Halle schraubte sich eine Holztreppe nach oben. Die Stufen sahen abgetreten aus und auch die Teppiche auf dem groben

Dielenboden wirkten vom Zahn der Zeit zernagt. An den Wänden hingen Ölgemälde in exakter Reihe nebeneinander, doch auch sie waren vom Alter so verdunkelt, dass nur noch schwarze Quadrate in goldenen Rahmen zu erkennen waren. Eine düstere Pracht ging von dieser Halle aus – und wieder empfand Marian jenes wilde Bedauern, weil er Marthelm zu dessen Lebzeiten niemals kennengelernt hatte.

»Ich bringe dich in die Bibliothek«, sagte Torgas. Er ging auf die Wendeltreppe zu und Marian folgte ihm. Am Fuß der Treppe blieb der alte Mann erneut stehen. Unter gerunzelten Brauen sah er Marian streng an. »Du musst mir versprechen, dass du in der Bibliothek bleibst, bis ich dich dort abhole und wieder nach draußen bringe. Du darfst dich nicht allein im Haus bewegen, verstehst du?«

»Und wenn ich vorher weg will?«

Die Augen des alten Mannes huschten unruhig umher. Marian folgte ihnen und sein Blick blieb an einer absurd kleinen Tür unter der Treppenkehre haften. Sie schien höchstens einen Meter hoch. Wer dort hindurch wollte, musste sich tief ducken oder am besten gleich kriechen.

Plötzlich wurde ihm doch wieder mulmig. Er tastete nach dem Talmibro. Ein Zucken schien das seltsame Ding zu durchlaufen, so als ob es zum Leben erwachen wollte.

»Es gibt ein Telefon in der Bibliothek«, sagte der Türsteher. »Warte, ich zeige dir alles.«

Marian nickte. Der alte Mann lief so behände die Treppe hinauf, dass Marian Mühe hatte, ihm zu folgen. Oben gab es wieder einen dunklen Flur, aber auch den ließen sie links liegen: Rechterhand befand sich eine zweiflügelige Tür, gleichfalls schwarz lackiert wie der alte Cadillac oder wie Marthelms Sarg.

Der Bruder Türsteher nestelte neuerlich seinen Schlüsselbund hervor. Mit leisem Stöhnen ließ sich das Schloss öffnen – anscheinend war es längere Zeit nicht benutzt worden. Als Torgas die Tür aufstieß, kam es Marian vor, als ob dort drinnen ein geflügelter Schatten durch den Raum flöge.

Der Freimaurer drehte das Licht an. Ein weiter Saal, die Wände bedeckt mit Regalen voll uralter Bücher. Wie sollte er hier irgendwas finden? Er wusste ja nicht mal, wonach er suchen sollte – geschweige denn, in welchen dieser drei- oder fünftausend alten Schwarten. Und die Brüder Freimaurer durfte er nicht fragen, davor hatte Marthelm ihn eindringlich gewarnt.

»Hinten am Fenster findest du ein Pult und einen bequemen Lesesessel«, sagte Torgas. »Und direkt daneben hängt ein Telefon an der Wand. Wenn du weg willst, heb einfach ab und frage nach Torgas.« Er deutete ein Lächeln an und nickte Marian zu. »Und nun viel Glück. Dein Onkel hat oftmals ganze Tage über diesen Büchern verbracht.«

Urgroßonkel, dachte Marian.

Dann war er allein. In der Bibliothek war es so düster, als ob draußen bereits der Abend dämmerte. Dabei war es höchstens zwei Uhr nachmittags. Torgas hatte die Deckenlampe eingeschaltet, aber die dunklen Lederrücken der vielen Bücher schienen das Licht aufzusaugen. Selbst die Sonnenstrahlen, die durch das schmale Fenster über dem Lesepult sickerten, wirkten matt und kraftlos.

Unschlüssig strich Marian an den Buchreihen entlang. *»Das Mysterium der ewigen Jugend ... Schattengeister und Planeten ... Das Arkanum der Unsterblichkeit ...«* Er murmelte die Titel vor sich hin, konnte sich aber nicht entschließen, eine der Lederschwarten herauszuziehen. Endlich griff er sich fast wahllos einige Bücher heraus und schleppte sie in die hintere Saalecke. Dort hing tatsächlich eine Art Telefon neben dem Pult an der Wand. Ein schwarzer Koloss mit Wählscheibe und einem Hörer vom Umfang eines Mammutknochens.

Das Pult war aus schwarzem Holz gezimmert und mit kunstvollen Einlegearbeiten in verschiedenen Gelb- und Goldtönen versehen. Pentagramm, Zirkel und Winkelmaß: Freimaurersymbole. Doch auch Feuer speiende Drachen und eine Art Dämonen, die mit Planeten und Sternen Ball zu spielen schienen, entdeckte Marian in den Intarsien und Schnitzereien.

Er begann in dem ersten Schmöker zu lesen: *Die Weisheit des Adepten*. Das Buch war in einem altertümlichen Deutsch verfasst, und Marian gestand sich nach wenigen Sätzen ein, dass er nicht das Geringste verstand. *»Binde den Leichnam, gieße von dem Geist hinzu, bis der Adler gen Osten entweicht.«* Er gab es auf und zog die nächste Schwarte heran, aber mit der erging es ihm noch schlimmer. Rezepturen mit unbegreiflichen Abkürzungen folgten auf geheimnisvolle Abbildungen, die wiederum durch Texte auf Lateinisch oder durch altdeutsche Rätselsprüche erläutert wurden.

Nachdem er es noch mit zwei weiteren Büchern probiert hatte, ließ er es seufzend sein. Er hatte Staub in der Nase und ein Sausen im Kopf, aber der *Weisheit des Adepten* war er um keinen Schritt näher gekommen. Und was es mit dem »Geheimnis der G*L*M« auf sich hatte, das er laut Marthelm enträtseln sollte, wusste er weniger denn je. Schon diese Sternchen zwischen den Buchstaben waren ziemlich seltsam. Vage erinnerte sich Marian, das er irgendwann mal gelesen hatte, die jüdischen Magier – die Kabbalisten – hätten anstelle von Vokalen immer nur solche Sternchen geschrieben. Aber aus welchem Grund, das bekam er jetzt nicht richtig auf die Reihe – vielleicht, weil sie geglaubt hatten, dass die Wörter sich in Zauberformeln verwandelten, wenn Selbst- und Mitlaute in der richtigen Reihenfolge zusammenkamen. So ähnlich, wie er es im Chemieunterricht mal gelernt hatte: Man kippte zwei Flüssigkeiten zusammen, die jede für sich vollkommen harmlos waren – und das Ergebnis war ein mörderischer Sprengstoff.

Wenn das hier der »Pfad« ist, dachte er, auf den Marthelm mich führen will, dann jedenfalls gute Nacht. Wie soll ich denn irgendwen vor weiß der Teufel was für einer Katastrophe retten – wenn ich nicht den geringsten Schimmer habe, wo ich anfangen soll?

Durch den Boden unter seinen Füßen hörte er wieder die monotonen Chorgesänge der Logenbrüder. Wen oder was mochten sie anrufen – einen Planetengeist? Einen G*L*M? Während er den Anrufungen lauschte, meinte er neuerlich zu spüren, wie das Talmibro in seiner Tasche ein Zucken überlief.

Er zog es hervor. Was hatte Marthelm geschrieben? »Lerne das Talmibro zu gebrauchen, dann wirst du alles begreifen.« Also brauchte er sich durch diese Büchergebirge überhaupt nicht hindurchzuquälen, wenn er nur herausbekam, was es mit dem Talmibro auf sich hatte?

Er nahm es in beide Hände und zog es aufs Neue entlang des diagonalen Spalts auf. Diesmal spürte er keinerlei Widerstand, oder vielleicht hatte er die beiden Hälften auch stärker als beim letzten Mal auseinandergerissen, jedenfalls geschah nun etwas äußerst Sonderbares. Das Talmibro ließ sich nicht nur einfach aufklappen – die diagonalen Hälften dehnten sich immer weiter auseinander, solange er daran zog. Sie wurden größer und größer und mit ihnen wuchsen auch die zeilenweise angeordneten Zeichen auf den »Seiten« dieses sonderbaren Buchs. Sowie er ein wenig nachgab, zogen sich die Hälften ganz langsam wieder zusammen –

eher wie der Muskel eines trägen Urzeittiers als wie ein Gummiband oder sonst etwas Unbelebtes.

Die Freimaurer unter ihm murmelten und sangen, doch Marian bekam es kaum mehr mit. Wieder musste er sich beherrschen, damit er das Ding nicht einfach wegwarf oder aus den Händen fallen ließ – vor Ekel, vor Panik. Aber seine Neugier war stärker – er musste jetzt endlich herausbekommen, was mit dem Talmibro los war.

Statt links und rechts packte er es nun oben und unten und zog es auch in der Vertikalen so kräftig auseinander, dass er ein Knirschen und leises Schmatzen zu hören meinte. Das Ding wollte anscheinend nicht, dass man es weit und immer weiter öffnete, aber er ließ sich nicht davon abbringen. Tatsächlich ließ es sich auf diese Weise auch am Kopf und Fuß der grau schimmernden »Buchseiten« auseinanderziehen.

Schwankend zwischen Faszination und Grauen, riss und zerrte Marian immer heftiger an dem Talmibro herum. Er schwitzte und keuchte, denn das Ding wehrte sich still und zäh. Sowie er ein wenig nachgab, zog es sich wieder ein Stück zusammen. Vor Anstrengung rutschten schließlich seine Augen ein wenig nach innen – und da erst wurde ihm klar, dass nicht nur die Zeichen auf den »Seiten« des Talmibro immer größer wurden, je kräftiger er sie auseinanderzog.

Der Innere des Talmibro war wieder durchsichtig geworden – ein magisches Fenster in jene andere Welt. Doch nun war dieser Durchguck so groß, dass Marian auf der anderen Seite alles klar und deutlich erkennen konnte. Wieder erblickte er den Jungen, der an seinem Studierpult in einer kümmerlichen Kammer stand. Marian sah ihn von hinten, er schaute ihm über die Schulter, und so konnte er ganz genau sehen, was dieser andere da drüben im Licht einer dicken Kerze las. Er schien ein Student oder Schüler zu sein, vielleicht ein, zwei Jahre älter als er selbst. Er trug eng anliegende Kniehosen und ein unförmiges Hemd von bleigrauer Farbe. Diese Kleidung und die ganze Einrichtung der Kammer wirkten unwahrscheinlich altertümlich. Aber wie war es nur möglich, dass er durch das Talmibro hindurch all diese Einzelheiten sehen konnte?

Der Student oder Schüler dort drüben blätterte sein Buch um und beugte sich tiefer über das Pult. Offenbar versuchte er angestrengt zu entziffern, was da geschrieben stand. Unwillkürlich machte es ihm Marian nach und begann murmelnd mitzulesen, was in verschnörkelten Schriftzeichen in dem dicken Buch verzeichnet war: *»Bormilatus ... Bormilatus ... Bormilatus.«*

Ähnlich wie die Freimaurer in dem Raum unter ihm ihre Anrufungen sangen, murmelten Marian und der Junge auf der anderen Seite wieder und wieder dieses eine unverständliche Wort. Marian spürte eine Art Luftzug, der langsam stärker wurde. Zuerst war es nur so, als ob hinter ihm eine Tür aufgegangen wäre. Dann schien Wind hineinzuwirbeln und schob ihn sachte voran. Im nächsten Augenblick war es schon ein übermächtiger Sog, der ihn nach vorn riss, in das Talmibro hinein, das er doch gleichzeitig noch immer zwischen den ausgebreiteten Armen hielt.

13

»Schwärzer als schwarz ist das Chaos – ein kosmischer Kobold, ein von Gestirn zu Gestirn springender Dämon.«

Er stand vor einem Lesepult, doch es war nicht das prachtvolle Möbelstück aus der Bibliothek. Und er las in einem Buch, das vor ihm aufgeschlagen auf der schrägen Pultplatte lag – aber hatte er nicht gerade eben erst den letzten Wälzer von sich weggeschoben, weil er von dem geheimnisvollen Gebrabbel keine Silbe verstand?

»Tödlich verfeindet sind die Elemente: Die Ozeane wüten gegen Vulkanglut, Lehmerde erstickt die Atemluft. Deshalb ist das Chaos selbst für den Erleuchteten so gefährlich – und so unersetzlich kostbar für das große alchimistische Werk.«

Nicht, dass er jetzt mehr begriffen hätte von dem, was in diesem unglaublich alt aussehenden Buch geschrieben stand. Außerdem war es in dem Raum so düster, dass die Zeilen fast ineinander verschwammen. Er ließ eine Hand an der Stelle, wo er eben gelesen hatte. Mit der anderen klappte er den Wälzer zu, um auf dem zernarbten schwarzen Lederumschlag nachzusehen, worum es in diesem Buch überhaupt gehen sollte.

Der Pfad der Erleuchtung
Einführung in die ehrwürdige Kunst der Alchymie
von Dr. Dr. Elisha Asmol
London, im 1616. Jahr des Herrn

Irgendetwas stimmte hier ganz und gar nicht – aber was? Marian fühlte sich so benommen, als ob er aus tiefem Schlaf gerissen worden wäre und nicht richtig wach werden könnte. Verzweifelt versuchte er, sich zu erinnern: Was war mit ihm passiert? Er wollte sich umwenden, sich in dem Raum umsehen, in dem er sich befand. Aber aus irgendeinem Grund gelang ihm nicht einmal diese Bewegung.

Als ob ein fremder Wille von ihm Besitz ergriffen hätte, schlug er stattdessen das Buch wieder auf und beugte sich darüber. Mit der linken Hand tastete er nach seinem Kopf – warum fielen ihm seine Haare nicht ins Gesicht wie sonst immer, wenn er sich nach vorn beugte?

Eisiges Entsetzen. Seine Finger erfühlten ein raues Lederband, mit dem seine Haare im Nacken zusammengebunden waren. Und er hatte nicht die geringste Erinnerung, wann und wie das geschehen sein sollte. Erneut versuchte er, sich zu konzentrieren – wieder schien der fremde Wille stärker: Er zwang Marian, seine Augen abermals auf die aufgeschlagene Buchseite zu richten.

»Aus dem Chaos entsteht alles: der Stein der Weisen und das künstliche Gold, das Wasser des Jungbrunnens und der Odem, der den G*L*M Leben einbläst.«

Den G*L*M? Eine ungeheure Aufregung ergriff ihn – wie war er zu diesem Buch gekommen? Mit großer Mühe gelang es ihm diesmal, sich umzuwenden – er wollte in den endlosen Bücherreihen nachsehen, wo er dieses Werk hervorgezogen hatte. Bestimmt standen dort weitere Bücher, die ihm helfen konnten, auf dem »Pfad der Erleuchtung« voranzukommen.

Doch wie sehr erschrak er, als ihm klar wurde, wo er sich befand. Nicht im Büchersaal der Logenbrüder. Sondern in der Kammer jenes Schülers oder Studenten – in der anderen Welt hinter dem Talmibro-Fenster.

Aber das konnte doch überhaupt nicht sein, oder? Für einen langen Moment stand er wie gelähmt da. Schaute sich nur immer wieder in der Kammer um, während sein Herz wie rasend klopfte. In der Ecke unter dem Balken ein ärmliches Bett – aufgeschüttetes Stroh mit einer löchrigen Wolldecke darauf. Neben dem winzigschmalen Fenster eine Truhe, aus rohen Brettern schief zusammengehämmert. Vor dem Fenster funkelten die Sterne am schwarzen Himmel – anscheinend war es bereits tiefe Nacht. In einer Wandnische über dem Lesepult flackerte eine Kerze. Ein zweites, noch kümmerlicheres Licht glomm auf dem Balken über dem Strohbett. Das gesamte Zimmerchen war so klein, die Decke so niedrig, dass man sich mehr wie in einer Höhle vorkam.

Wo war der junge Student, den Marian doch eben noch in dieser Kammer gesehen hatte – genau hier, wo er selbst jetzt stand, vor dem Pult mit dem aufgeschlagenen Buch? Wie sollte er ihm erklären, dass er plötzlich in seinem Zimmer war?

Nein, besser suchte er das Weite, bevor dieser Kerl zurückkam und ihn zur Rede stellte. In seiner rechten Hand hielt er das Talmibro – jetzt war es wieder ganz klein und geschlossen wie eine Muschel. Marian nahm es in die Hand und wollte es zurück in seine Hosentasche stecken. Doch seine Hand fuhr ins Leere. Das Talmibro fiel auf den Holzboden und rollte davon, in irgendeinen dunklen Winkel.

Fassungslos schaute Marian an sich herunter. Aus irgendeinem Grund trug er genau solche Kleidungsstücke, wie er sie vorhin an dem Jungen auf der anderen Seite des Talmibros gesehen hatte. Aber wie war das möglich?

Anstelle seiner Jeans hatte er ein absurdes Kleidungsstück wie aus dem Museum an. Das Hosending reichte ihm nur eben so bis unter die Knie. Es war fast so eng wie eine Frauen- oder Kinderstrumpfhose, aus grobem Webstoff und von hässlicher erdbrauner Farbe. Desto weiter war das Hemd, das ihm irgendjemand als Ersatz für sein T-Shirt übergezogen hatte – ein formloses, sackartiges Etwas, von bleiernem Grau und mit Flecken in abstoßenden Gelb- und Grüntönen übersät.

Das ist ja ekelhaft, dachte Marian, genauso widerlich wie diese speckig glänzenden Schuhe mit den hölzernen Sohlen, die sie ihm an die Füße gebunden hatten. Er wollte sie aufmachen, abschütteln, sich von diesem ganzen Albtraumzeug befreien – da klopfte es an die Kammertür.

Wieder erstarrte er. Was jetzt? Wild sah er um sich – kein Versteck weit und breit. Und da ging die Tür auch schon auf und eine überaus hübsche junge Frau trat ein. Sie trug ein bodenlanges weißes Schlafgewand und eine ebenso weiße Haube, die ihr schwarzes Haar größtenteils verbarg. Ihre Haut war hell und rein, ihre Lippen voll und rot. Sie hielt eine Laterne in der Hand – einen bunten Glasbehälter, in dem eine Kerze leuchtete. »Will Er nicht endlich zu Bett gehen, Julian?«, fragte sie mit einem scheuen Lächeln. »Es ist schon tief in der Nacht und morgen muss Er zeitig hinab ins Labor.«

Ich bin nicht Julian, wollte er sagen. Doch stattdessen verneigte er sich vor dem Mädchen, das ihn aus hellblauen Augen erwartungsvoll ansah. »Sofort, junge Herrin«, sagte er.

Die Anrede schien seltsamerweise ernst gemeint. Die junge Frau jedenfalls dankte ihm mit einem huldvollen Nicken. Sie hob ihre Laterne höher und trat in die Kammer, so nah vor ihn, dass er ihren frischen Atem und den süßen Duft ihrer Haut riechen konnte. Dann schloss sie die Augen und legte den Kopf in den Nacken – anscheinend erwartete sie, dass er sie auf ihre prangend roten Lippen küsste.

Doch er hielt nur kurz die Luft an und wandte sich dann von dem Mädchen ab. »Eine gute Nacht wünsche ich, Jungfer Hildegunde«, sagte er leichthin.

Da schlug sie die Augen wieder auf und ging zurück zur offenen Tür. Auf der Schwelle lächelte sie ihn noch einmal an. »Schlaf Er auch gut, Julian Hallthau.« Damit zog sie die Tür hinter sich zu und ließ ihn in seiner Kammer allein zurück.

Oder wohl eher zu zweit.

14

Julian Hallthau trat wieder an sein Stehpult. Notgedrungen musste Marian mitgehen – allem Anschein nach hatte ihn das Talmibro in den Körper dieses anderen Jungen katapultiert. Jedenfalls konnte er sich nur so erklären, was mit ihm passiert war. Wie er in diese altertümliche Kammer auf der anderen Seite des Talmibro geraten war, wo er sich auch noch den Körper dieses Julian mit seinem rechtmäßigen Besitzer teilen musste. Und der war offenbar auch kein Schüler oder Student, wie Marian geglaubt hatte, sondern Lehrling oder Gehilfe eines Apothekers.

Vor allem aber schien Julian eine starke Persönlichkeit zu sein. Er trat an sein Pult, löschte die Kerze in der Wandnische – und Marian konnte nichts dagegen tun. Er schlug das Buch auf der Pultplatte zu und wandte sich zu seinem Bett um – anscheinend wollte er sich hinlegen und schlafen. Marian versuchte, ihn zu dem Buch zurückzulenken, aber es ging nicht. Das machte ihn wütend: In einem Computerspiel wäre Julian jetzt sein Avatar, dachte er. Wie kam dieser künstliche Doppelgänger dazu, sich seinen Befehlen zu widersetzen? Aber genau das war offenbar der Unterschied: Julian war kein virtuelles Double, sondern – wie er selbst – ein Mensch aus Fleisch und Blut.

Aber wie komme ich dann wieder von hier weg?, dachte Marian. Dafür brauchte er schließlich die Hände und was sonst noch alles von Julian!

Doch der gähnte nur herzhaft, bückte sich und knotete seinen rechten Schuh auf. Diese Gelegenheit nutzte Marian, indem er wild auf dem Boden umherspähte – irgendwo musste das blöde Talmibro doch hingerollt sein! Aber er konnte es weder unter dem Pult noch unter der Truhe entdecken. Und was noch viel ärger war: Er selbst wurde mehr und mehr zu Julian Hallthau. Seine Erinnerung wurde nebelhaft. Nur noch mit Mühe konnte er sich entsinnen, wer und wo er vorher gewesen war.

Ich heiße Marian Hegendahl, schärfte er sich ein. Ich komme aus dem dritten Jahrtausend. Ich war in der Bibliothek im Gutshaus meines Urgroßonkels. Und ich will auf der Stelle dorthin zurück.

Diese simplen Gedanken fielen ihm so schwer, als ob er eine komplizierte Rechenaufgabe zu lösen versuchte.

Jetzt endlich schlafen, dachte nämlich zur gleichen Zeit Julian. Morgen früh wird der Herr mir wieder sackweise Heilkräuter zu häckseln und zu sieden geben. Ach, es ist eine Plage, diese Schinderei als Famulus unten im ständig feuchten Kellerlabor. Wenn da nicht Jungfer Hildegundes liebreizendes Lächeln wäre und die geheimen Treffen meiner Loge draußen im alten Jagdschloss – ich würde keinen Tag länger hier in Croplin ausharren. Wie lange ducke ich mich jetzt schon unter die Knute des Apothekers Friedrich von Lohenkamm? Seit Anfang Mai 1674, und heute ist – au weh, schon seit ein paar Stunden – der 26. August. Also zwei und ein Viertel Jahre bereits!

Marian vergaß vor Erstaunen zu atmen. Aber das hieß ja, dass er nicht nur im Körper eines anderen Menschen, sondern außerdem in einer weit entfernten Epoche war. In Croplin, dachte er, im Jahr 1676 – mehr als 300 Jahre zurück. Er rechnete fieberhaft nach, so gut ihm das mit Julians Kopf gelingen wollte.

Der Famulus des Apothekers Lohenkamm schnürte sich zur gleichen Zeit auch noch den zweiten Schuh auf und schüttelte ihn sich vom Fuß. Wenn ich um die Hand der Jungfer anhielte, dachte er, und der Apotheker mir seine Tochter gäbe – ha, das wäre ein feines Leben: als Schwiegersohn und Erbe des Herrn von Lohenkamm!

Barfuß wanderte Julian nun in seiner Kammer auf und ab, und währenddessen rechnete Marian hin und her. Im Kopfrechnen war er normalerweise ziemlich gut. Aber jetzt musste er die ganze Zeit gegen Julians Hildegunde-Schmachten andenken und so verrechnete er sich mehrmals.

Aber schließlich bekam er das Ergebnis heraus: Das Talmibro hatte ihn genau 333 Jahre in der Zeit zurückkatapultiert! Das gibt's doch nicht, dachte Marian. Gerade diese Zahl kam doch auch im Brief von Marthelm Hegendahl vor, und zwar im Zusammenhang mit dem schrecklichen Fluch. Wie hatte der Urgroßonkel geschrieben? 333 Jahre nach ihrer frevlerischen Erschaffung würden die G*L*M zum Leben erwachen – am 9. September.

Und was hatte Julian Hallthau da vorhin überlegt? Seit mehr als zwei Jahren war er jetzt beim Apotheker Lohenkamm – weil heute nämlich für ihn der 26. August 1676 war. Seltsam, dachte Marian. Dann hatte das Talmibro ihn also um 333 Jahre in die Vergangenheit zurückgeworfen, aber nicht auf die Stunde genau. Denn in Julian Hallthaus Welt hatte schon der 26. August begonnen – während es in seiner, Marians, Gegenwart erst früher Abend am Tag davor war.

Ihm schwirrte der Kopf – Julians Kopf, der aber zur gleichen Zeit gar nicht zu bemerken schien, dass Marian sein Gehirn als externen Rechner verwendete. Die Taler des Herrn Lohenkamm tät ich mir gefallen lassen, dachte der Famulus nämlich gerade – und die Reize der Jungfer sowieso! Er zog eine begehrliche Grimasse, und Marian dachte: Hey, Kumpel, nicht gerade jetzt!

Also noch einmal, sagte er sich dann, während Julian weiter in der Kammer umherlief und von einer goldenen Zukunft träumte. Es muss irgendeinen Grund dafür geben, dass die Uhr hier bei Julian um etliche Stunden weiter ist als in meiner Welt. Aber was auch immer es damit auf sich haben mochte – in jedem Fall hatte ihn das Talmibro zu einem Zeitpunkt nach Croplin versetzt, an dem die sogenannten G*L*M noch nicht erschaffen worden waren. Denn wenn diese Ungeheuer am 9. September auferstehen sollten und 333 Jahre vorher ins Leben gerufen worden waren, so stand diese frevlerische Tat in Julian Hallthaus Welt erst noch bevor.

Wieder begann Marian zu rechnen. Es klappte mittlerweile schon ganz gut – wenn auch vielleicht nur deshalb, weil Julian aufgehört hatte, in Gedanken von Jungfer Hildegunde zu schwärmen. Er stand still und starr am Fenster und schaute auf die mondbeglänzten Dächer von Croplin hinaus.

Das Städtchen sah praktisch genauso aus wie 333 Jahre später – nur dass die Häuser in Julians Zeit noch nicht so windschief in sich zusammengesackt waren und es weit und breit keine Straßenbeleuchtung gab. Von Satellitenschüsseln auf den Dächern mal ganz zu schweigen. Der Kirchplatz mit dem »Moorgraf« musste irgendwo weiter rechts sein – in Julians Augenwinkeln sah Marian die Silhouette des Kirchturms über den viel niedrigeren Dächern der Häuser am Markt. Verrückter Gedanke, dass er selbst dort drüben in seinem Hotelbett lag oder dass Linda sich da hinten in ihrem Zimmer um ihn sorgte – zur gleichen Zeit, da er dies dachte, und doch 333 Jahre minus soundso viel Stunden später!

In den Fenstern der Häuser gegenüber war nicht mehr der dürftigste Lichtschimmer zu entdecken. Am Himmel glitzerten die Sterne. Offenbar war es schon tief in der Nacht. Marian hatte es kaum gedacht, als vom Kirchturm her drei Stundenschläge ertönten.

Julian gähnte wieder. Zwei Wochen, dachte Marian rasch. Wenn in Julians Welt heute der 26. August ist, dann ist genau in zwei Wochen der 9. September, an dem die G*L*M erschaffen werden sollen. Also muss ich einfach an diesem 9.9.1676 als Julian Hallthau zu dem Ort gehen, wo die G*L*M zum Leben erweckt werden sollen – durch Geisterbeschwörung oder was auch immer. Wenn ich es schaffe, die frevlerische Tat zu verhindern, bräuchte ich den Fluch gar nicht mehr 333 Jahre später zu brechen, sondern hätte ihn schon im Voraus gecancelt, bevor er überhaupt in die Welt geraten kann.

Das Problem war nur, dass sich Julian nicht einfach so von ihm dirigieren ließ. Genauer gesagt konnte Marian so gut wie keinen Einfluss auf die Gedanken und Handlungen dieses Julian Hallthau nehmen. Im Körper des Famulus hockend, konnte er sozusagen hinter dessen Rücken ein paar Berechnungen anstellen, aber das war auch schon alles. Sowie er damit aufhörte, begann er selbst, seine Identität und Erinnerung, zu verschwimmen, sich in Julians Bewusstsein aufzulösen wie ein Regentropfen in einem Teich.

So erging es ihm auch jetzt wieder, während er durch Julians Augen auf die nachtdunkle Gasse hinaussah: Mehr und mehr vergaß er, wer er selbst war – wer er in jener Welt hinter dem Talmibro-Fenster einmal gewesen war.

Ich bin Marian Hegendahl, dachte er mit Mühe. Doch es war kaum mehr sein eigener Gedanke – es war fast nur noch ein verrückter kleiner Einfall von Julian, eine schattenhafte Idee, wie sie einem kurz vor dem Einschlafen durch den Kopf huscht.

Wenn ich ganz jemand anderes wäre, heida! Wenn ich

in einer fernen Zukunft leben würde. Einer Zeit, in der die Leute mit brüllenden Apparaten durch die Lüfte reiten, ha!

Julian zog sein speckiges Hemd aus, dann legte er sich auf sein Bett und deckte sich mit der Wolldecke zu. Er schloss die Augen und da wurde es auch um Marian dunkel. Durch die Lider des Famulus konnte er die Nachtkerze auf dem Balken über Julians Lager rötlich schimmern und flackern sehen. Aber das war auch schon alles. Eine bleierne Schwere ergriff ihn – eine fremde Müdigkeit, die schläfrige Erschöpfung des Jungen, in dessen Geist und Körper er gefangen war.

Die Strohhalme juckten ihn grässlich am Rücken. Er wollte nicht die Nacht auf diesem unbequemen Lager verbringen – er wollte zurück in die Gegenwart, in sein weiches Hotelbett. Doch erst als sich Julian heftig zwischen den Schultern kratzte, wurde ihm klar, dass der Juckreiz keineswegs nur von den Strohhalmen kam.

Julian öffnete die Augen und betrachtete im Liegen, was er zwischen Daumen und Zeigefinger eingefangen hatte. Dort saß ein kugelförmiges kleines Etwas von grauweißer Farbe. Der Famulus zerquetschte es zwischen seinen Fingerspitzen und aus der widerlichen Kugel spritzte Blut hervor.

Marian kam beinahe um vor Ekel. Eine Laus, wenn nicht etwas noch sehr viel Grauenvolleres, dachte er. Er musste hier weg, auf der Stelle und egal wie! Der Ekel verlieh seinem Willen Flügel. Oder vielleicht lag es auch daran, dass der Famulus schon im Halbschlaf war – jedenfalls schaffte es Marian diesmal, die Kontrolle über Julians Körper zu übernehmen.

Er stand auf und tappte in der Kammer umher. Als er am Fenster vorbeikam, sah er in der spiegelnden Scheibe, wie verwundert Julian dreinschaute. Anscheinend konnte er sich keinen Reim darauf machen, warum er mitten in der Nacht wieder aufgestanden war.

Marian brachte ihn dazu, die kleine Nachtkerze von dem Balken über seinem Bett zu nehmen. Dann ließ er Julian in die Knie gehen und unter seine wenigen Möbelstücke leuchten.

Wo um Himmels willen hatte sich das Talmibro versteckt? Vielleicht besaß es ja doch so etwas wie einen Eigenwillen und war im Schutz der Dunkelheit davongekrochen? Dann säße er für alle Zeiten hier in der Vergangenheit fest.

Ihm wurde noch mulmiger. Der Läusebiss, oder was es sein mochte, auf seinem – Julians – Rücken juckte scheußlich. Auf allen vieren kroch er in der Kammer herum und leuchtete mit der Kerze in jede Ecke.

»Wenn Jungfer Hildegunde mich so sehen könnte …« Julian klang, als ob er im Traum murmeln würde.

Gleich kannst du weiterpennen, Famulus, dachte Marian. Erst fischen wir zusammen das Talmibro unter der Truhe hervor.

Denn dort war es tatsächlich – im hintersten, finstersten Winkel unter Julians Kleiderkasten. Er legte sich flach auf den Boden, steckte die Kerze neben sich auf einen Splitter, der praktischerweise aus einer Bohle hervorsah, und schob seine Hand unter die Truhe. Spinnennetze gab es da unten, Staub in Mengen und andere hässliche Sachen, über die Marian jetzt überhaupt nicht nachdenken wollte. Er schärfte sich ein, dass es Julians Hand war, die in dem Fliegen- und Mäusedreck da unten herumwühlte, und er selbst eigentlich gar nicht fühlen konnte, was Julian so alles in die Finger bekam. Dann endlich spürte er an seinen Fingerspitzen etwas Hartes, gleichzeitig Elastisches, machte sich noch etwas länger und schloss seine Hand um das Talmibro.

Und wie jetzt weiter? Darüber hatte er bisher noch gar

nicht nachgedacht. Aber während sich Julian aufrappelte, Staub und Spinnweben von sich runterwischte und mit schläfriger Verwunderung das Talmibro in seiner Hand anstarrte, hatte sich Marian schon einen Plan zurechtgelegt: Er musste das Buch wiederfinden, in dem der Famulus und er selbst zusammen diese sonderbare Formel gelesen hatten. Wie ging die noch gleich? Er zerbrach sich den Kopf, aber es fiel ihm nicht ein.

Egal, dachte Marian. Für die Rückkehr brauchte man doch höchstwahrscheinlich sowieso eine andere Formel. Er ließ Julian die brennende Kerze aufheben und dirigierte ihn zur anderen Seite der Kammer. Der Famulus schien im Gehen zu schlafen – mit hängendem Kopf trottete er zum Lesepult. Marian hatte große Mühe, mit Julians Händen die Kerze auf die Pultfläche zu kleben, dann seine Arme zu heben und das Buch zu ergreifen, das auf dem kleinen Bord über dem Pult in einem Stapel zuoberst lag. Er wuchtete es herunter und schlug es wahllos in der Mitte auf.

Noch sehr viel schwieriger war es, mit den Gliedmaßen des schlaftrunkenen Julian das Talmibro zu öffnen. Erst im dritten Anlauf gelang es ihm, das magische Instrument so weit in der Breite und Höhe auseinanderzuziehen, dass er zwischen den Zeilen im schimmernden Grau etwas erkennen konnte – die Bibliothek im Hegendahl'schen Gutshaus, na Gott sei Dank. Ganz deutlich sah Marian sich selbst, wie er dort drüben im hochlehnigen schwarzen Ledersessel mehr lag als saß, die Haare zerzaust, die Augen geschlossen.

Er hielt das weit geöffnete Talmibro mit beiden Händen vor sich in die Luft. Zugleich beugte er sich – beugte Julians Kopf – tiefer über das Buch. Obwohl er es scheinbar an einer zufälligen Stelle aufgeschlagen hatte, spürte er, dass genau auf dieser Seite die benötigte Formel stehen würde. »*Mabrosilat*«, las er, erst leise, dann mit Julians Lippen, »*Mabrosilat … Mabrosilat*«, wieder und wieder.

Er fürchtete schon, dass es doch die falsche Formel war, da endlich fühlte er aufs Neue jenen Sog, der ihn durch das magische Fenster hindurchriss – zurück in seinen eigenen Körper, in den düsteren Büchersaal.

15

Die Bibliothekstür wurde schwungvoll aufgestoßen und Schritte kamen eilends näher. Marian wollte aufstehen, aber seine Beine gehorchten ihm noch nicht so richtig. Während der Bruder Türsteher die Regalreihen bereits hinter sich ließ, kämpfte er sich immer noch aus dem Sessel hervor.

»Ich habe einen Schrei gehört.« Torgas beugte sich über ihn, sein Gesicht zu tausend Falten der Besorgnis gefurcht. »Ist etwas passiert?«

»Alles okay.« Marian bemerkte den neugierigen Blick des alten Mannes. So unauffällig wie möglich verbarg er seine Hand mit dem Talmibro. Wer hatte geschrien? Doch nicht etwa er selbst, als ihn das Talmibro zurück in die Gegenwart, in seinen eigenen Körper geschleudert hatte?

»Du warst lange hier oben«, sagte der Türsteher. »Du musst müde sein.«

Marian wollte ihm schon zustimmen – er hatte den Stundenschlag der Kirchturmglocke noch im Ohr. Linda musste sich furchtbare Sorgen machen. Da bemerkte er, dass es vor dem Bibliotheksfenster noch heller Tag war. Die Sonne schien, gelbliche Schleier schwebten unter dem blauen Himmel.

»Wie spät ist es?«, fragte er.

»Sechs vorbei. Sechs Uhr abends«, präzisierte Torgas mit einem Lächeln, da Marian ihn nur verwundert angesehen hatte.

Endlich schaffte er es, sich aus dem Sessel hervorzuarbeiten. Mit seinen hohen Lehnen und den durchhängenden Polstern ähnelte er eher einem Moorloch als einer Sitzgelegenheit. Hier in der Gegenwart war es also tatsächlich noch viel früher am Tag als drüben bei Julian.

»Vielen Dank«, sagte er. »Ich muss jetzt gehen. Kann ich morgen wiederkommen?«

»Wann immer du willst, Marian. Dein Onkel hat uns ausdrücklich angewiesen, dir jeden Wunsch zu erfüllen.« Er machte ihm ein Zeichen, und Marian folgte ihm nach draußen – die knarrende Wendeltreppe wieder hinab und durch die dämmrige Vorhalle. »Jedenfalls, soweit es mit den Gesetzen unserer Loge vereinbar ist«, fügte Torgas hinzu, nachdem er das Gittertor aufgeschlossen und ihn hinausgelassen hatte.

Marian musste sich erst einen Augenblick besinnen, worauf sich diese Bemerkung bezog. In Gedanken war er schon wieder am Rechnen: Drei Uhr nachts (dort) entsprach anscheinend 18 Uhr abends (hier). Also hatte ihn das Talmibro um 333 Jahre minus 9 Stunden zurückversetzt. Das war doch bestimmt kein Zufall, sagte er sich – vielleicht hatte ihn sein Onkel Marthelm auf diese Weise noch einmal auf das entscheidende Datum hinweisen wollen, den 9. September.

Er ließ sich den Gedanken durch den Kopf gehen.

Urgroßonkel, korrigierte er im Stillen – diesmal allerdings sich selbst. Davon abgesehen schien es durchaus einen Sinn zu ergeben. Denn allein darum ging es ja bei alledem: dass er am 9.9. in Julians Zeit und Welt zur Stelle war, um die Erschaffung der G*L*M zu verhindern.

Hinter ihm schloss sich das Logentor. Die Welt hier draußen kam ihm vollkommen unwirklich vor: so hell, so laut, so grob. Autos fuhren an ihm vorbei. Fußgänger eilten durch die Straßen, einer schrie in sein Handy. Ein Motorflugzeug zog knatternd durch den Himmel.

Was waren all diese primitiven Apparate und Maschinen gegen so ein Talmibro? Er hatte sein magisches Instrument wieder in seiner Hosentasche verstaut. Und natürlich war er froh, dass er Julians eklige Klamotten nicht mehr auf der Haut spürte und wieder in seinen eigenen Sachen steckte. Aber gleichzeitig konnte er es kaum erwarten, in Julian Hallthaus Welt zurückzukehren.

Niemals hatte er etwas auch nur annähernd so Geiles erlebt wie diesen Trip in die Vergangenheit. In eine Zeit, als die Leute noch an Magie glaubten und imstande waren, Geister zu beschwören, künstliches Gold zu erschaffen – und allerdings auch irgendwelche grausigen Ungeheuer namens G*L*M.

Erst mal was essen und ein bisschen relaxen, dachte er. Außerdem musste er Linda eine beruhigende, halbwegs wahre Geschichte erzählen, damit sie keinen Aufstand machte, wenn er sich in den nächsten Tagen eher selten bei ihr sehen ließ.

Zu deinen Badeseen musst du leider alleine, Mutter.

Er dagegen würde sich noch heute Nacht, wenn Linda und alle anderen hier friedlich schliefen, in Julians Welt zurückkatapultieren. Oder sollte er lieber bis morgen warten und erst noch mal in der Logenbibliothek herauszufinden versuchen, was es mit den G*L*M überhaupt auf sich hatte?

Ach was, dachte er, warum in staubigen Schmökern lesen, was ich genauso gut live erleben kann? Schließlich war Julian ein erstklassiger Real-world-Avatar, den er nur noch besser zu steuern lernen musste. Nicht mit Joystick, Maus oder Keyboard, wie er es von den Egoshooter-Games kannte, sondern mit reiner Willenskraft.

Oh Mann, Marthelm, warum hast du mir nicht viel früher einen Brief geschrieben?

Marian war so tief in Gedanken, dass er kaum darauf achtete, wo er entlangging und was um ihn herum geschah. Die größeren Gassen in Croplin führten sowieso alle auf den Kirchplatz, wie ihnen der Wirt des »Moorgraf« heute Vormittag erklärt hatte – da konnte man also kaum in die Irre gehen.

Als er den Platz erreichte, saß auf dem Brunnensims das Mädchen mit den blauen Augen – nicht in verdreckten Westernstiefeln, sondern in einem komplizierten Kleid mit tausend Rüschen, Knöpfen und Schleifen. Was für eine Farbe ihr Kleid hatte, war schwer zu sagen – der Stoff schillerte in den verschiedensten Tönen, je nachdem wie sie sich gerade bewegte oder das Sonnenlicht darauf fiel. Aus der Nähe betrachtet sah das Kleid allerdings auch ziemlich fadenscheinig aus – mit Flicken und Löchern, als ob sie es auf irgendeinem Dachboden gefunden hätte. Aber es sah trotzdem großartig aus. Vor allem passte es so perfekt zum Kupferton ihrer Haare, dass Marian gar nicht anders konnte: Er blieb stehen und starrte sie an.

Für sein Leben gern hätte er irgendwas Witziges gesagt, das sie zum Lachen brachte und ihr zeigte, was für ein intelligenter Typ er war. Nur fiel ihm leider absolut nichts Geistreiches ein. »Wow!«, sagte er stattdessen nur und zeigte auf ihr Kleid.

Sie ließ wieder ihr Grinsen sehen, wie gestern im Hinterhof des Hotels. Dazu schlug sie die Beine übereinander und warf ihre Haarmähne Marilyn-Monroe-mäßig über die Schulter. »Wie heißt du?«, fragte sie und ihre Stimme machte ihm eine Gänsehaut. Sanft und gleichzeitig eine Spur heiser, als hätte sie gerade eben wie eine Wilde herumgeschrien.

»Marian«, gelang es ihm hervorzuwürgen. »Und du?« Ihre unglaublich blauen Augen brannten ihm schon wieder heiße Flecken ins Gesicht. Jedenfalls fühlte es sich so an und das machte ihn nicht gerade selbstsicherer.

Sie schaukelte mit den Beinen und grinste immer noch. »Billa«, sagte sie mit dieser kratzigen Stimme, die ihm Schauer über den Rücken jagte. »Bist du noch länger hier?«

Er nickte eifrig. »Zwei Wochen. Mindestens.«

»Dann sehen wir uns vielleicht noch. Ich bin auch noch 'ne Weile da.«

Hey, großartig, dachte er. Und sagte extra cool: »Schön. Bis irgendwann also.«

Er schaffte es, ihr lässig zuzuwinken, dann ging er so gechillt wie möglich über den Platz. Der kam ihm auf einmal riesig vor, mindestens wie ein Fußballfeld, denn bei jedem Schritt meinte er Billas Blick auf seinem Rücken zu spüren.

Erst als er den »Moorgraf« erreicht hatte, drehte er sich um. Er war darauf gefasst, dass sie längst gegangen war und er sich nur eingebildet hatte, dass sie ihm hinterhersah. Aber sie saß wirklich noch da drüben auf dem Brunnensims und neben ihr lag die rot-weiß getigerte Katze und ließ sich von Billa kraulen.

16

Er stellte sich seinen Handywecker auf kurz vor fünf in der Frühe. Als der Alarm lospiepste, war er sofort hellwach. Er stand auf und holte das Talmibro aus seinem Koffer. Das Hotel und alles drum herum lagen noch im Tiefschlaf – bei Julian Hallthau aber musste es zwei Uhr nachmittags sein.

Der Famulus im Kellerlabor unter der Apotheke: Er sah ihn zuerst klein und verschwommen, dann ganz deutlich, wie er an einem wuchtigen Holztisch Kräuter und Wurzeln häckselte. Der Schweiß lief ihm übers Gesicht, denn genau neben ihm stand ein Eisenherd mit einem riesigen Bottich drauf. Immer wenn Julian eine Ladung irgendwelcher Kräuter fertig zerhackt hatte, schaufelte er sie mit einer Schippe in den Kübel, aus dem in gewaltigen Schwaden Dampf aufstieg. Schwarz, grün, gelb.

Auf dem Tisch, zwischen Messern, Sägen, sonstigen Geräten, lag eine kleine Kladde – die aufgeblätterten Seiten mit handschriftlichem Gekritzel und allerlei Klecksen übersät. Julian beugte sich darüber, wie um etwas in dem Rezept nachzusehen, nach dem er anscheinend den Bottich füllte. Mitten in dem Gekritzel stand klar und deutlich ein einzelnes Wort, und obwohl außer ihm niemand in dem Kellerraum war, begann er murmelnd vorzulesen:

»Bormilatus ... Bormilatus ... Bormilatus.«

Marian stimmte in das Gemurmel ein. Im nächsten Moment spürte er den Sog, im übernächsten war er bei Julian, schaute mit dessen Augen auf die Kladde hinab. Dabei ließ er das Talmibro in den Brustbeutel gleiten, den der Famulus an einer Lederschnur unter dem Hemd trug.

Die Glocken begannen zu schlagen – so dröhnend, dass ihr Klang bis in den Apothekenkeller zu hören war. Laut zählte er mit: »Eins – zwei ...«

Gerade in diesem Augenblick kam der Apotheker die Treppe hinab. »Er kann's wohl kaum mehr erwarten«, sagte er in gereiztem Tonfall, »bis der Tag vorüber ist und Er zu seinen Teufelsbeschwörern schleichen mag?«

Julian stand wie gelähmt da, den Mund noch halb offen vom lauten Zahlenrufen. »Ich kann's mir selbst nicht erklären«, gab er zurück und schaute ehrlich verblüfft drein, »wie's mich überkam, die Stundenschläge mitzuzählen.« Er löste sich aus seiner Erstarrung, nahm das Messer und begann auf einen haarigen Wurzelstrunk einzuhacken. »Was aber die Rosenspiegler angeht, Herr, so verkennt Ihr meine Logenbrüder und mich, den bescheidenen Novizen: Alles, was bei unseren Treffen vorgeht, geschieht allein zu Gottes Lob und Ruhm.«

Mit beiden Händen raffte er die Stücke der zerhackten Wurzel zusammen und warf alles in den Bottich, der schon zur Hälfte mit Kräutern und Strünken, Beeren und Blättern gefüllt war. »So wie auch dieser Heiltrunk, den ich nach Eurer Rezeptur zusammenbraue, als magisches Elixier gelten darf – und doch, Herr, ist's ein gottgefälliger Saft.«

Friedrich von Lohenkamm war unterdessen von der Treppe ins Labor getreten. Mit misstrauischer Miene hörte er den Reden seines zungenflinken Famulus zu. »Wenn Er nur so hurtig mit Messer und Hacke arbeiten würde, wie Er beim Schwatzen sein Mundwerk bewegt! Unterdessen warten oben in meinem Laden die Leute in Scharen, weil Er mit dem Kochen des Elixiers nicht fertig wird.« Er trat an den Herd und beugte sich über den Bottich, um dessen brodelnden Inhalt zu begutachten. »Und wenn Er am Abend mit sämtlichen Aposteln verabredet wäre, Julian: Ehe der Trunk fertig gekocht und in Phiolen abgefüllt ist, kommt Er mir nicht aus dem Haus.«

Julian ließ den Kopf hängen und antwortete nichts mehr. Verbissen arbeitete er weiter. Vor ihm auf dem Tisch häuften sich noch große Mengen von Kräutern in jeder erdenklichen Form und Farbe. Welk aussehende Halme, knorrige Wurzeln und Zweige voll roter Beeren.

Der Apotheker sah seinem Lehrling noch einige Augenblicke bei der Arbeit zu, die Arme vor der Brust verschränkt. Er war ein mittelgroßer Mann in mittleren Jahren, mit einem fleischigen Gesicht und struppigem schwarzem Spitzbart. Über einem eng anliegenden Wams und ebenso knapp geschneiderten Hosen in kräftigen Rot- und Grüntönen trug er eine lange schweinslederne Schürze, die sich über seiner Mitte wölbte. Das lag nicht nur an seinem Bauch, sondern mehr noch an der prall gefüllten Münztasche: Die trug er tagsüber am Gürtel und bewahrte sie nachts unter seinem Kopfkissen auf.

Glücklicherweise hatte Jungfer Hildegunde von ihrem Vater weder die Knollennase noch den argwöhnischen und raffgierigen Charakter geerbt. Das sagte sich zumindest der Famulus, während sein Lehrherr nach einem letzten strengen Blick wieder die Kellertreppe emporstapfte.

Eines war jedenfalls klar: Julian musste sich ranhalten, wenn er heute Abend rechtzeitig zum Treffen seiner Bruderschaft erscheinen wollte. Und auf der ganzen Welt gab es nichts, was ihm wichtiger gewesen wäre – mit Ausnahme von Jungfer Hildegunde.

Konzentriert arbeitete er nun eine ganze Weile lang weiter. Schaute ab und an in seiner Kladde nach, was dort unter der Überschrift »Eyn spagyrischer Wundertrunck –

von allen guthen Geistern« verzeichnet stand. Dann schnitt und schaufelte er wieder Mengen zerhäckselter Blätter und Wurzeln in den Bottich. Ab und zu rührte er mit einem krummen Ast um oder legte Holzklötze im Ofen nach, wenn die Glut schwächer wurde.

Währenddessen überlegte Marian verzweifelt, wie er Julian aus dem höllischen Kellerloch ins Freie manövrieren könnte. Diese Arbeit war ja grauenhaft. Der Famulus schnitt und schwitzte, hackte und keuchte. Ab und an wischte er sich mit einem schmutzstarrenden Lumpen, der zwischen Messern und Kräutern auf dem Tisch lag, über das Gesicht. Einmal begann er ein Lied zu pfeifen, wohl um seine Laune ein wenig aufzuhellen – aber er ließ es gleich wieder sein. Stumm und verbissen arbeitete er weiter, während vom Kirchplatz her die Stundenschläge bis in sein Gewölbe herunterdröhnten. Vier Uhr – fünf – sechs. Und immer noch häuften sich entmutigende Mengen unverarbeiteter Kräuter, Strünke, Wurzeln vor ihm auf dem Tisch.

Noch zwei Stunden, dachte Julian. Wenn ich nur schon besser über die Geister gebieten könnte, dann hätte es mit der elenden Plackerei längst ein Ende. Sylphen und Elfen würde ich einfach aus ihren Wald- und Moorlöchern herbefehlen – und schwups müssten sie mir den spagyrischen Trunk zusammenrühren! Aber um derlei geheime Künste zu erlernen, darf ich mich gerade heut Abend auf keinen Fall verspäten. Die ehrwürdigen Brüder sind ohnehin schon erbost, weil ausgerechnet ich, der kleine Neuling oder Rabe, meist erst herbeigehetzt komme, wenn der große Meister die Arme fast schon erhoben hat, um die zauberische Grußformel zu singen. Aber das liegt doch nur am Herrn von Lohenkamm – der würde mich am liebsten Tag und Nacht hier unten einsperren. Nur aus Angst vor seinem Zunftmeister lässt er mich zumindest abends ein paar Stunden aus dem Haus.

Und er hackte wie besessen auf ein Alraunmännchen ein – eine Wurzel von der Form eines winzig kleinen Menschen, die gegen nahezu jedes Gebrechen half. Der pulverisierte Wurzelkopf gegen Schädelweh, gesottene Arme und Beine gegen Gliederreißen, die gehäckselten Zehen gegen Hühneraugen.

Marian war mit seinen Kräften längst am Ende. Dabei waren es ja Julians Hände, die mit Messer, Hacke, Schippe hantieren mussten. Julians Muskeln, die sich unaufhörlich anspannten. Julians Lunge, die keuchend die stickige Luft einatmete und wieder ausstieß. Trotzdem fühlte es sich für ihn beinahe so an, als ob er selbst sich da am Holztisch schinden müsste. Schließlich war er in Julians Körper katapultiert worden, und wenn der Famulus eine Hand hob, war es für ihn, als wäre es seine eigene Hand – nur dass er nicht bestimmen konnte, welche Bewegung Hände, Arme, Mund gerade machten. Nur einmal ganz zu Anfang, gerade als ihn das Talmibro wieder in Julians Körper geschleudert hatte, war es ihm geglückt, laut die Stundenschläge mitzuzählen – und das wäre auch noch beinahe schiefgegangen.

Die Plackerei wollte und wollte kein Ende nehmen. Der Famulus kämpfte sich durch Kräutergebirge und Wurzelwälder, doch viel schneller jagten die Uhrzeiger voran. Und jedes Mal, wenn Julian aus dem Blechkrug einen Schluck vergorenen Wein trank, drehte sich Marian fast der Magen um. Pfui Teufel! Wie konnte man so ein Zeug nur runterkriegen. Und überhaupt – wie dreckig hier alles war. Der Tisch mit einer schmierigen Schicht überzogen, der Bottich innen und außen verkrustet, von Julians Hemd mal lieber ganz zu schweigen. Auf dem Kellerboden krochen Spinnen, Würmer, Asseln in Mengen umher – und niemand schien sich davor zu ekeln, weder der Famulus noch Herr von Lohenkamm.

Selbst Jungfer Hildegunde, die mindestens einmal pro Stunde zu Julian herabgestiegen kam, lief barfuß durch Schmier und Fliegendreck, als ob es ein prächtiger Teppich wäre. Sie lächelte ihn an und aufs Neue war es um Julians Arbeitseifer geschehen. Sein Blick wurde trüb, seine Hand erlahmte, der Bottich interessierte ihn nicht mehr. Denn er sah nur noch Hildegunde, obwohl die längst wieder aus seinem Keller verschwunden war. Mit einem blöden Grinsen glotzte er ihr hinterher und dachte peinliches Zeug wie: Ach, holde Maid!, oder sogar: Der Duft deines Busens, Herrin, lässt mein Herze jubilieren.

Cool geht anders, dachte Marian. Und dann dachte er überhaupt nichts mehr – Julian übernahm aufs Neue das Kommando. Angriff!, dachte der Famulus, packte sich den vorletzten Spitzwegerichbüschel und schlug mit der Hacke auf das Grünzeug ein wie ein Soldat im Nahkampf. Immer wenn Julian in dieser Weise seine Willenskräfte anspannte, kam Marian sich vor, als ob er in einem dunklen Loch versinken würde. In einem Moorloch, wie die Schlammleichen von Hanno Bußnitz – ganz düster wurde es um ihn und er konnte keinen klaren Gedanken mehr fassen.

Von der Kirche her schlug es siebenmal die Stunde, danach zweimal leiser – also halb acht. Schweißüberströmt ließ Julian das Messer fallen und schaufelte mit Schippe und Hand die allerletzten Kräuterhäcksel in den Bottich. Gütiger Gott, ich hab's wahrhaftig geschafft. Er goss sich den letzten Schluck Sauerwein in die Kehle, wischte sich die grün und rot verschmierten Hände am noch viel bunter verschmutzten Hemd ab und hastete auf polternden Holzsohlen die Treppe hinauf. »Meister«, rief er schon von Weitem, »alles fertig – ich wünsch eine selige Nacht.«

Oben stieß er die Tür auf und rannte fast in den Bauch des Apothekers hinein. »Fertig, sagt Er? Also hat Er nicht nur alles zusammengekocht, sondern auch den Trunk auf Phiolen gezogen?«

»Das denn noch nicht«, erwiderte Julian. Seine Hände und Knie zitterten – vor Erschöpfung, aber auch vor mühsam gezügelter Empörung. »Von der Morgenröte an hab ich mich für Euch geschunden, Herr. Im Namen der Zunft und Barmherzigkeit – jetzt lasst mich für heute ziehen.«

Unter gerunzelten Brauen sah der Herr von Lohenkamm auf seinen halbwüchsigen Famulus herab. In seiner Apotheke, zwischen den Schränken voll bauchiger Gläser und schlanker Phiolen, herrschte er über Frau, Kinder und Knechte wie ein kleiner Fürst. Leicht hätte er den mageren Lehrling mit einer Backpfeife hinter den Ladentisch pfeffern können und er hob auch die rechte Hand bereits zum Schlag. Doch dann ließ er sie wieder sinken, allerdings nicht aus Barmherzigkeit. Wenn sich Julian Hallthau bei der Apothekerzunft über ihn beschwerte, konnte ihm das beträchtlichen Ärger eintragen. »Verdient hat Er's nicht, aber meinethalben«, brummte er und trat zur Seite. »Dank Er seinem Schöpfer, der Ihm einen so mitleidigen Lehrherrn zugeteilt hat.«

Julian murmelte folgsam ein Dankgebet und zog gleichzeitig die Ladentür auf. Die Türglocke schepperte ihm hinterher, dass es wie das Keifen eines alten Weibes klang. Aber der Famulus wandte keinen Gedanken mehr an seinen hartherzigen Lehrmeister – unter dem kunstvoll bemalten Türschild mit der Aufschrift *Apotheke am Bürgerspital* sprang er auf die Herrengasse hinaus und eilte im Laufschritt auf den Kirchplatz zu.

Genau diesen Weg war vor Kurzem auch Marian entlanggegangen – in 333 Jahren minus 9 Stunden, dachte er und brachte damit Julian fast ins Stolpern. Was kriecht mir da nur neuerdings Krauses durch den Geist, grübelte der Famulus – von einer fernen Zukunft, in der ich auch hier in Croplin umherliefe, doch als ein ganz anderer Kerl!

Er schüttelte den Kopf und beschleunigte seine Schritte wieder. Gleich Viertel vor acht, ich muss mich sputen, sonst spricht der Logenmeister noch den Bannspruch über mich, wie er's mir letzthin androhen ließ! Nicht dass der großmächtige Herr Justus Hegendahl höchstpersönlich mit einem kleinen Raben wie Julian Hallthau sprechen würde. Aber ausrichten ließ er's mir, und das war arg genug, um mir das Blut in den Adern gefrieren zu lassen: »Wag Er's noch einmal, die Ankunft der Geister durch verspätetes Herbeipoltern zu stören, Novize – und die Bruderschaft der Rosenspiegler sperrt Ihn für alle Zeit und Ewigkeit aus ihrem Zirkel aus.«

Herrje, nur das nicht, dachten Marian und Julian zur gleichen Zeit und fingen an zu rennen. Das alte Jagdschloss, in dem die Bruderschaft »Zu den Rosenspiegeln« ihre Treffen abhielt, befand sich auf einem kleinen Hügel vor den Toren von Croplin, umgeben von Wäldern und Moorseen. Auf polternden Holzschuhen hetzte der Famulus durch das Stadttor im Westen und den gewundenen Weg zum Schloss hinauf.

Der ehemals prächtige Bau war vor einem halben Jahrhundert von den kriegerischen Schweden beschossen worden. Der damalige Graf von Croplin hatte sich erst ergeben, als sein Schloss zur Hälfte in Flammen stand. Die Ruine war nicht mehr wiederaufgebaut worden und seitdem noch weiter verfallen. Zwei der vier Türme waren eingestürzt, die Fassade war rußgeschwärzt. Durch klaffende Fensterhöhlen flogen Dohlen und Fledermäuse. Im Schlosshof, wo früher einmal adlige Fräulein gelustwandelt waren, wuchsen mittlerweile Bäume und Sträucher zwischen geborstenen Pflastersteinen. Rosenhecken und Brombeergestrüpp rankten sich an halb eingestürzten Mauern empor. Für die Bruderschaft der Rosenspiegler, die sich in den Katakomben unter der ehemaligen Schlosskapelle traf, war es ein idealer Versammlungsort.

Keuchend und schwitzend polterte Julian über den Schlosshof und die schmale Treppe unter der Kapelle hinab. Unten schlug er mit der Faust dreimal und dann noch dreimal gegen die mit Eisenbändern beschlagene Tür, wie es unter den Brüdern vereinbart war. Sein Klopfen vermischte sich mit dem Geläute vom Kirchturm unten im Städtchen: Es war Glockenschlag acht Uhr.

17

Mit einem Kohlestück zeichnete der Großmächtige Meister einen Kreis auf den Boden der Katakombe und malte dann einige Siglen hinein: Adler und Drache, das geöffnete Auge und den magischen Fünfzack, das Pentagramm. In die Mitte des Kreises stellte er die irdene Schale, die er zuvor mit einem geheimnisvollen Pulver gefüllt hatte: das »Salz des roten Sonnenlöwen«.

Als Novize musste Julian ganz hinten in der letzten Reihe stehen. Selbst wenn er sich auf die Zehenspitzen reckte, bekam er zu seinem Kummer nicht allzu viel von den Ereignissen dort vorne mit. Bloß ab und an schaffte er es, zwischen den Köpfen und Rücken der Männer vor ihm einen Blick auf die Stelle zu erhaschen, wo die Beschwörung gleich beginnen würde.

Aber daran war vorläufig nichts zu ändern. Er durfte schon froh sein, dass sie ihn überhaupt dabei sein ließen. Die anderen Brüder der Loge »Zu den Rosenspiegeln« nahmen allesamt höhere Ränge ein als er. Außer dem Großmächtigen Meister und seinen sechs Lichtträgern gab es noch 13 sogenannte Wächter – und auf der untersten Stufe, bei den »Raben«, einzig ihn.

Erst vor wenigen Monaten war Julian in die Loge aufgenommen worden, und auch das nur auf Probe, denn eigentlich war er noch zu jung. Doch bei der Befragung durch die Lichtträger hatte er beachtliche Kenntnisse und vor allem eine brennende Leidenschaft für die magischen und alchimistischen Geheimnisse offenbart. Die Lichtträger hatten dem Großmächtigen Meister Bericht erstattet und sich dann quälend lang mit ihm beraten. Die ganze Nacht über musste Julian damals in einem der halbwegs erhaltenen Türme des alten Jagdschlosses ausharren, von zwei Wächtern der Bruderschaft bewacht. Dann endlich war ihm die ersehnte Botschaft überbracht worden: Die Loge nahm ihn im Rang eines Raben auf.

Die anderen Brüder waren alle in mittleren oder noch weiter fortgeschrittenen Jahren. Der Großmächtige Meister mochte sogar schon ein Greis von siebzig oder darüber sein. Mit seiner hageren, hochgewachsenen Gestalt, der gebogenen Nase, dem weiten schwarzen Umhang sah er wie ein riesengroßer Raubvogel aus. Niemand in der Bruderschaft hätte es gewagt, ihn mit seinem bürgerlichen Namen anzureden: Justus Hegendahl. Selbst die Lichtträger, die nur eine Rangstufe unter ihm waren, begegneten ihm mit einem Respekt, dem eine gehörige Portion Furcht beigemischt war. Es hieß, dass Meister Justus imstande sei, die mächtigsten Planetengeister und Höllendämonen herbeizuzwingen. Und Julian bezweifelte nicht im Geringsten, dass er über die hierfür nötigen Kräfte und Formeln verfügte.

Der Großmächtige Meister begann zu sprechen und sofort kehrte gebannte Stille ein. »Gleich werde ich den ersten Geist beschwören, liebe Brüder«, rief er mit dröhnender Stimme, »wenig danach den zweiten Dämon. Zuvor aber lasst euch noch einmal ins Gedächtnis rufen, was ihr bei unseren früheren Treffen über Macht und Wesen der großen Geister erfahren habt.«

Hochaufgerichtet stand er vor ihnen, die Arme ausgebreitet, sodass er wahrhaftig einem großen schwarzen Vogel glich. »Schwierig und gefahrvoll ist es«, fuhr er fort, »die gewaltigen Geister aus dem Weltraum oder aus der Unterwelt herbeizuzwingen. Denn es sind Wesen aus reiner Lebensenergie – und diese Energie ist die Kraft, aus der alles erschaffen worden ist: das Urfeuer, das Urlicht.«

Unter den Brüdern erhob sich ein Raunen der Erregung, aber der Meister gebot ihnen mit einer Handbewegung Schweigen. »Selbst die kundigsten Magier können solche Dämonen immer nur für kurze Zeit unter ihren Willen zwingen – dann befreien sich die Geister wieder und fliegen davon. Denn ihre Natur ist unstet und flüchtig und ihre Kräfte sind fast unermesslich groß.«

Sein stechender Blick streifte über die versammelten Männer. »Warum stellen wir derlei Experimente an, Brüder? Um die Gesetze des einen und einzigen Schöpfergottes zu brechen? Gewiss nicht, denn wir alle sind fromme und treue Diener unseres Herrn. Worum also geht es uns dann – um persönlichen Reichtum, um Macht über die Menschen? Auch das nicht, liebe Brüder, ihr alle wisst es.«

Er legte eine kurze Pause ein. »Jeder Geist, jeder Dämon«, rief er aus, »besteht aus reiner Lebenskraft. Ein winzig kleiner Teil davon wäre genug, um alle Kranken und Schwachen auf dieser Erde zu heilen, um Alter und Sterben für immer zu besiegen. Doch damit wir die Menschen wirklich heilen können, müssen wir erst einmal lernen, wie man einen Funken von jenem Lebenslicht dauerhaft in der Materie befestigen kann – zum Beispiel im Leib unseres armen Freundes. Die heutige Beschwörung kann also nur ein kleiner Schritt auf unserem Weg sein – von unserem großen Ziel sind wir immer noch weit entfernt.«

Er ließ seine Arme sinken und sein Blick ging in Richtung der Katakombentür. Julian senkte unwillkürlich die Lider – er fürchtete sich ein wenig vor dem durchbohrenden Blick von Meister Justus. Von ihm beobachtet zu werden, fühlte sich an, als ob einen glühende Spieße pikten. Aber natürlich suchte der Großmächtige Meister nicht ihn, den unbedeutendsten in der Bruderschaft. Auf seinen Wink hin wandten sich die beiden Wächter, die bei der Tür standen, um und riegelten auf. Zwei weitere Wächter eilten hinaus, um den »armen Freund« zu holen.

Es war ein stadtbekannter Idiot namens Odilo, ein bedauernswerter junger Mann von kindischem Verstand und schreckhaftem Gemüt. Odilo hauste in einem Seitenflügel des ehemaligen Jagdschlosses. Von dort drang sein Winseln und Heulen bereits seit geraumer Zeit bis hinab ins Logengewölbe: Odilo spürte wohl, dass die Brüder ihn gleich wieder zu sich holen würden.

Angeblich war er als ganz kleiner Junge von den Hexen im Bannwald eingefangen worden. Bis dahin war Odilo ein gewöhnliches Kind gewesen, das wie alle seines Alters sprechen konnte und nicht übermäßig schreckhaft war. Als er Wochen später wieder auftauchte, am entgegengesetzten Ende des Waldes, hatte er jedoch seinen Verstand verloren, und auch sein Gemüt war seither verstört. Er vermochte nur noch stammelnd zu sprechen und rannte beim nichtigsten Anlass schreiend davon. Auch sein Körper war auf einer kindlichen Stufe stehengeblieben: hoch aufgeschossen, aber dürr und schmal. Das magere Gesicht unter den struppigen Haaren war bartlos wie bei einem zehnjährigen Knaben.

Der Großmächtige Meister verwendete Odilo zuweilen als Medium, um mit den Geistern in Verbindung zu treten. Heute jedoch hatte er mit ihm ein sehr viel kühneres Experiment vor: Gleich zwei Dämonen sollten sich seiner bemächtigen. Odilos Persönlichkeit würde sich dadurch ein ums andere Mal vollkommen ändern – je nachdem, welcher Geist gerade die Macht über ihn besaß. So hatte es Meister Justus jedenfalls bei der letzten Sitzung ihrer Bruderschaft angekündigt. Und seitdem hatte Julian die Stunden gezählt, bis es endlich wieder Dienstagabend war und er miterleben konnte, wie der Großmächtige Meister den Geistern befahl, in den Leib des armen Freundes zu fahren.

Odilo wurde hereingeführt, die beiden Wächter hielten ihn an den Armen. Er sträubte sich zaghaft, wimmerte und warf ängstliche Blicke auf die Versammlung. Dabei musste er das alles hier doch zur Genüge kennen: den kahlen, düsteren Gewölberaum mit den geborstenen Steinsarkophagen entlang der Wände. Die ernst dreinblickenden Männer, fast alle in dunklen Gewändern. Vorn die Reihe der Lichtträger, denen Meister Justus nun ein Zeichen gab.

Daraufhin bildeten die sechs Männer einen zweiten Ring um den schwarzen Kreis, in dem der Großmächtige Meister zwischen den magischen Zeichen und der Schale mit dem Salz des roten Sonnenlöwen stand. Jeder Lichtträger hielt eine Pechfackel in der Hand, von der flackerndes Licht und schwarze Qualmschwaden ausgingen. Als Odilo herbeigeführt wurde, öffneten sie ihren Ring, um ihn hereinzulassen – dann schloss sich der Kreis wieder um den Großmächtigen Meister und den armen Freund.

Odilo war in das knöchellange weiße Hemd gehüllt, das ihm die Brüder immer überzogen, wenn sie ihn in die Loge führten. Aber auch diese vertraute Einzelheit schien nicht geeignet, den bedauernswerten Idioten zu beruhigen – im Gegenteil. Er gebärdete sich jedes Mal, als ob er am Spieß gebraten werden sollte.

Doch kaum stand er im magischen Kreis, da wurde er ruhig. Meister Justus legte einen Arm um Odilos schmächtige Schultern. Mit der anderen Hand vollführte er eine schnörkelreiche Gebärde vor Odilos Gesicht. Aus weit aufgerissenen Augen sah der »arme Freund« zu, wie sich die Hand des Großmächtigen Meisters langsam bewegte. Sein ganzer Körper wiegte sich im gleichen Takt hin und her.

Atemlose Stille. Nur das Zischen der Fackeln und gelegentliches Seufzen war noch zu hören.

Der Großmächtige Meister nickte seinem Obersten Lichtträger zu. Der senkte seine Fackel zur Schale hinab – und ein Feuerturm schoss fauchend daraus hervor, beinahe so hoch wie Odilo. Der stand direkt neben der glühenden Säule, doch mit einem leeren Gesicht, als ob er mit offenen Augen schliefe.

»Die Zunge des Sonnenlöwen!«, rief Meister Justus aus. »Flammenturm und Zwingspruch zusammen rufen den Geist herbei!«

18

Julian bekam allmählich Krämpfe in Zehen und Waden, so angestrengt reckte und streckte er sich, um einigermaßen mitzubekommen, was da vorn passierte. Einmal war er sogar hinter den anderen Brüdern in die Höhe gehüpft. Aber als er wieder auf dem Steinboden aufkam, riefen seine Holzsohlen ein so furchtbares Gepolter hervor, dass mehrere Logenbrüder mit zornigen Gesichtern zu ihm herumfuhren. Am liebsten wäre er in der Erde versunken oder hätte sich in einem der Steinsärge verkrochen. Deren Deckel waren teilweise zerbrochen, sodass man sehen konnte, was sich darin befand: Totenschädel, durcheinandergeworfene Knochen in einer Schicht aus Erde und Staub. Noch ehe dieses Jahr zu Ende ging, so hatte Meister Justus verkündet, würde er vor ihren Augen einen dieser Toten zum Leben erwecken.

Jetzt jedoch hob er seine Arme und zwang den ersten Geist zu ihnen hinab. »Chiley, Sidola, Asomit ...« Die Mauern dröhnten unter der mächtigen Stimme des Magiers. Gleich darauf erhob sich ein Brausen, wurde lauter und lauter, erfüllte bald schon das Gewölbe – so donnernd und hallend, dass einige Brüder in den Reihen vor Julian ihre Hände auf die Ohren pressten.

Der Famulus dagegen sperrte Augen und Ohren so weit wie irgend möglich auf. Über der Feuersäule im magischen Kreis schwebte eine kleine Wolke aus Dampf und Licht. Sie war von dunkler, fast schwarzer Farbe, doch von innen her leuchtend und mit gelben Schlieren durchzogen. Obenauf tanzte ein Flämmchen von so strahlendem Blau, dass es fast in den Augen wehtat.

Der Großmächtige Meister rief weitere absonderliche Worte und da löste sich die Lichtwolke vom Feuerturm und schwebte zu Odilo hinüber. Der »arme Freund« stand zwei Handbreit neben der Flammensäule, doch er schien nicht im Geringsten mitzubekommen, was um ihn herum geschah.

Die Lichtwolke hatte nun die Form einer schlanken, aufrecht stehenden Walze und sie drehte sich rasend schnell um sich selbst. Für die Dauer eines Wimpernschlags schwebte sie über Odilos Kopf – dann schoss sie auf ihn herunter und verschwand mitsamt dem blauen Flämmchen hinter seiner Stirn.

Im nächsten Moment erwachte Odilo aus seiner Erstarrung. Er sah nach links und rechts und ein Lächeln belebte sein Gesicht. Es war immer noch das Gesicht eines Idioten, und als er eine Hand hob, überlief ihn ein unbeherrschtes Zucken wie sonst auch. Und doch wirkte er auf wundersame Weise verwandelt, noch bevor er zu sprechen begann.

»Seid mir gegrüßt, ehrwürdige Brüder«, sagte er mit wohlklingender Stimme. Ein Stöhnen ging durch die Loge – vor Anspannung, aber mehr noch vor Erstaunen: Niemals vorher hatte ein Dämon durch Odilo gesprochen. Bei früheren Gelegenheiten hatten die Geister ihn allenfalls dazu gebracht, mit Kohle oder Kreide etwas auf dem Boden aufzumalen. »Ich bin der Planetengeist Zenturius«, sprach es weiter aus ihm. »Solange ich die Macht über Odilos Leib ausübe, vermag er wie der weiseste Prophet zu handeln und zu sprechen. Nur zu, Brüder«, ermunterte er die Versammelten, »stellt ihn auf die Probe!«

Die Männer wechselten beklommene Blicke. Schließlich

gab sich einer der Wächter einen Ruck und hob die Hand. »Eine schwere Sorge bedrückt mich«, sagte er zu Odilo. »Wenn du weißt, was ich meine, so rate mir, was ich tun soll.« Es war der Stadtbäcker von Croplin, ein stattlicher, wohlhabender Mann, der mit bürgerlichem Namen Heribert Wulf hieß.

Odilo – oder Zenturius – machte eine gebieterische Handbewegung und zwei der Lichtträger traten zur Seite. Vor ihm öffnete sich eine Gasse – die Männer wichen zurück, als ob sie sich vor ihm fürchteten. Er schritt aus dem magischen Kreis heraus und ging auf Wulf zu. Nach wie vor sah er ganz genau wie der wohlbekannte »arme Freund« Odilo aus. Doch seine Bewegungen wirkten nun vollkommen kontrolliert, geradezu herrisch. Von seinen Augen, deren Blick sonst immer trübe und unstet war, ging ein Strahlen aus, wie Julian es von Engel- und Heiligenbildern kannte.

»Jemand bestiehlt dich, Bruder Heribert«, sagte er mit melodisch tönender Stimme. »Seit einem halben Jahr fehlen dir jeden Monat erkleckliche Geldbeträge in der Kasse – mal ein Taler, mal ein halber Dukaten. Aber aus Angst, einen Unschuldigen zu bezichtigen, hast du bisher keinen deiner Gesellen oder Lehrlinge zur Rede gestellt. Dabei ahnst du längst, wer der Missetäter sein muss.«

Er blieb vor Heribert Wulf stehen und sah ihm ins Gesicht. »Wenn du es weißt«, sagte der Bäcker und senkte den Blick, »so nenne mir seinen Namen.«

»Es ist dein Lehrjunge Piet. Er nutzt dein Vertrauen schamlos aus. Schaue unter der losen Diele neben seinem Lager nach – dort wirst du den Schatz finden, den er dir gestohlen hat.«

Der Bäckermeister stand mit hängenden Schultern vor Odilo. »Was soll ich tun?«, fragte er. »Piet ist für mich wie ein Sohn. Ich will ihn nicht verlieren.«

»Er ist ein Dieb und Lügner. Du musst dich von ihm befreien, Bruder Heribert: Zeige ihn bei der Obrigkeit ein. Der Richter wird ein gerechtes Urteil über ihn sprechen.«

Der Bäcker Wulf dankte Odilo. Er wirkte erschüttert, aber zugleich schien eine Last von ihm abzufallen. Weitere Brüder folgten nun seinem Beispiel. Sie befragten den hellsichtigen Geist Zenturius, und Odilo ging von einem zum anderen und riet ihnen, wie sie ihre Probleme lösen konnten.

Der Famulus aber hatte Mühe, den Geschehnissen länger zu folgen. In seinem Inneren tobte ein Aufruhr, den er sich nicht erklären konnte. Piet war sein Freund, und er mochte nicht glauben, dass der Bäckerlehrling seinen Lehrvater bestohlen hatte. Aber nicht deshalb fühlte er sich derart beunruhigt und aufgewühlt. Eine innere Stimme schrie regelrecht auf ihn ein. Das können die doch mit dem armen Kerl nicht machen, zeterte sie. Odilo kann sich ja nicht wehren, er versteht doch überhaupt nicht, was sie da für ein Spiel mit ihm treiben! Und damit nicht genug: Sein Gewissen – oder was es sein mochte – beschwor Julian, die Versammlung schnellstmöglich zu verlassen.

Aber weshalb denn, bei allen Aposteln?

Weil Zenturius sonst erkennen wird, antwortete jene innere Stimme, dass du selbst ein Verräter bist.

Das ist doch Unsinn!, empörte sich der Famulus. Er hatte sich ja überhaupt nichts zuschulden kommen lassen – außer vielleicht, dass er manchmal im Apothekerlabor mit offenen Augen vor sich hin träumte, anstatt unaufhörlich Kräuter und Wurzeln zu zerhacken.

Verzweifelt versuchte Marian, den bockigen Famulus zum Aufbruch zu bewegen. Sie mussten von hier verschwinden, bevor dieser Zenturius ihm auf die Schliche kam. Auch der Großmächtige Meister wurde ihm immer unheimlicher – mit seinem durchdringenden Blick schien er jedermann bis auf den Grund der Seele schauen zu können. Und was würde er dort erblicken, sowie sein Blick einmal etwas länger auf dem Raben Julian ruhte? Natürlich ihn, Marian – schließlich hatte er sich in Julians Bewusstsein so ähnlich eingenistet wie dieser Zenturius im Geist des armen Odilo. Mit dem Unterschied allerdings, dass Marian nicht die mindeste Kontrolle über Julians Denken erringen konnte.

Der Famulus nämlich atmete nur tief ein und aus wie jemand, der sich zu beruhigen versuchte. Sein Atem ging schneller als sonst, sein Herz klopfte wie verrückt, aber äußerlich blieb er ganz gelassen. An die Mauer neben der Gewölbetür gelehnt, sah er zu, wie der Großmächtige Meister Odilo zurück in den magischen Kreis befahl. Der Ring der Lichtträger mit den rauchenden Fackeln schloss sich wieder, und Meister Justus verkündete: »Nun, meine Brüder, werde ich den zweiten Geist herbeizwingen. Er wird desgleichen in Odilos Leib einfahren – und mit Zenturius um die Vorherrschaft kämpfen.«

Sein Blick glitt über die Versammelten und blieb auf Julian haften. Der Famulus erstarrte, und Marian wünschte sich nichts sehnlicher, als auf der Stelle in einem tiefen Moorloch zu versinken. Oh mein Gott, dachte er, Justus hat mich entdeckt!

Der Großmächtige Meister hob die Arme und rief einen weiteren Zwingspruch, doch Marian achtete kaum darauf. Ein Satz aus Marthelms Brief war ihm urplötzlich in den Sinn gekommen: »Lerne das Talmibro zu gebrauchen, und Du wirst begreifen, warum gerade wir, die männliche Linie der Hegendahls, dazu verpflichtet sind, den Fluch zu brechen.«

Weil dieser Fluch, dachte er mit eisigem Entsetzen, durch

Justus Hegendahl, unseren Ururahnen, in die Welt gekommen ist. Oder vielmehr: weil Meister Justus in zwei Wochen die furchtbaren G*L*M erschaffen würde – wenn er, Marian, nicht doch noch ein Mittel fand, um ihn daran zu hindern.

Aber danach sah es im Moment wirklich nicht aus. Ganz im Gegenteil: Der Großmächtige Meister schrie dort vorn im magischen Zirkel seinen Zwingspruch – und ihn, Marian, hatte er höchstwahrscheinlich schon entdeckt. Nun riss er die Arme senkrecht in die Höhe. Abermals tanzte eine Lichtwolke über der Feuersäule und schwebte zu Odilo herüber – feuerrot diesmal, von schwarzen Schwaden umwabert und wieder mit einem tanzenden blauen Flämmchen darauf.

Die Wolke drehte sich wirbelnd um sich selbst – und verschwand hinter Odilos Stirn. Fast im selben Augenblick ging mit ihm eine weitere Verwandlung vor. Eben noch wirkte seine Haltung herrisch, sein Blick ruhig und durchdringend – jetzt aber stieß er einen zornigen Schrei aus und brach mit gesenktem Kopf aus dem Kreis der Lichtträger hervor.

Die Wächter taumelten zurück. Angstvolle Rufe wurden laut. Odilo hob den Kopf und seine Augen waren feuerrot. Er schnaubte wie ein wütender Stier und Funken stoben unter seinen Lidern hervor. Mit zwei gewaltigen Sprüngen war er mitten unter den Wächtern. »Ich bin Arestios, der mächtige Dämon des Kampfes«, schrie er mit einer Stimme, die wie Donner klang. »Wer von euch wagt es, mich herauszufordern?«

Die Männer wichen noch weiter zurück. Odilo stieß ein Lachen aus, das die Wände erzittern ließ. Aus dem Stand schnellte er in die Höhe, sodass sein Kopf beinahe gegen die Decke prallte. Flammen schossen aus seinen Augen, als er zu einem der geborstenen Steinsärge sprang, einen gewaltigen Knochen herausriss und wie einen Säbel durch die Luft wirbelte. Dabei rannte er hin und her, so schnell, dass man mit den Augen kaum folgen konnte. Wer einen solchen Geist in sich trug, dachte Julian voller Bewunderung, den konnte auf dieser Erde nichts und niemand besiegen.

Schließlich lief Odilo sogar an der senkrechten Wand empor, schnellte durch die Luft und landete am anderen Ende des Gewölbes – keine zwei Schritte vor Julian. Drohend hob er den Knochen. »Wer wagt es, mit Arestios zu kämpfen?«

»Ich wage es«, antwortete eine wohlklingende Stimme. Alle schauten um sich, doch die Antwort kam aus demselben Mund wie vorher die Frage. »Du bist ein Großmaul, Arestios«, sagte der Planetengeist Zenturius. Sofort wurde Odilos Haltung wieder herrisch, sein Blick ruhig und strahlend. »Aber sobald dir jemand die Stirn bietet, ergreifst du die Flucht.«

Wieder ging eine blitzartige Verwandlung mit dem »armen Freund« vor. »Das werden wir ja sehen!«, donnerte er, und aufs Neue schossen Flammen aus Odilos Augen.

Die Logenbrüder wurden nun Zeugen des vielleicht sonderbarsten Kampfes, der jemals ausgefochten worden war. Arestios und Zenturius rangen verbissen um die Macht über Odilo. Mal schallte die melodische Stimme des Planetengeistes aus seinem Mund, mal donnerte der Kriegsdämon. Im einen Moment rannte Odilo schnaubend und Funken sprühend durchs Gewölbe, sprang von Wand zu Wand, warf sogar mit Steintrümmern, die er von den Sarkophagen abbrach, um sie in ohnmächtigem Zorn durch den Raum zu schleudern. Im nächsten Augenblick schien er sich vollständig zu beruhigen – sein Gang wurde gemessen, sein Blick bezwingend. So ging es ein ums andere Mal hin und her – und währenddessen dirigierte Marian den Famulus millimeterweise auf die Tür zu.

Sie mussten von hier verschwinden, bevor ein schreckliches Unglück geschah. Er spürte doch ganz genau, dass Justus Hegendahl Verdacht geschöpft hatte. Immer wieder glitt sein Blick zum Famulus hinüber – und es war alles andere als ein wohlwollender Blick. Der Großmächtige Meister schien sich nur noch nicht ganz im Klaren zu sein, was mit dem Raben Julian los war und wie er vorgehen sollte. Aber dass mit seinem Novizen irgendetwas nicht stimmte, hatte er offenkundig längst bemerkt!

»Geister, haltet ein!«, rief er nun mit dröhnender Stimme. »Damit Ihr Euren Kampf ausfechten könnt, will ich Euch ein zweites Medium zur Verfügung stellen.« Sein Blick glitt über die Versammelten. »Wer von euch, liebe Brüder, will seinen Mut als Kriegsross eines Dämons erproben?«

Alle erstarrten und zogen die Köpfe ein. Alle – bis auf den Raben Julian. Der nämlich hob sogleich eifrig die Hand, auch wenn Marian verzweifelt versuchte, seinen Arm wieder herunterzuziehen. »Großmächtiger Meister«, rief er aus, »es wäre mir eine unbeschreiblich große Ehre, dem gewaltigen Arestios zu dienen.«

»Oder besser noch mir!« Das war die wohlklingende Stimme von Zenturius. Im nächsten Moment schwebte die schwarz-gelbe Lichtwolke mit dem blauen Flämmchen wieder über Odilos Kopf. Doch nur einen halben Herzschlag später schoss auch Arestios aus dem »armen Freund« heraus – und die feuerrote Lichtwalze bewegte sich auf Julian zu, von schwarzen Schwaden umwabert und mit dem blauen Flämmchen voran.

Starr vor Entsetzen sah Marian den Kriegsdämon herbeifliegen. Der Famulus musste den Verstand verloren haben! Wie konnte er nur diesen schrecklichen Geist auch noch einladen, von ihm Besitz zu ergreifen? Selbst wenn er auf diese Weise die krassesten Sprung- und Kampftechniken draufbekäme – sowie der Geist ihn wieder verließe, wäre er doch so schwach und unbeholfen wie vorher. Aber vor allem: Welcher Geist auch immer Julians irrsinnige Einladung einnehmen würde – er müsste doch unweigerlich bemerken, dass er, Marian, bereits in Julians Bewusstsein herumgeisterte!

Auch Zenturius entfernte sich nun von Odilo und schwebte eilends auf den Famulus zu. Anscheinend hatten beide erkannt, dass Julian ein besseres »Schlachtross« abgeben würde als der schwächliche Odilo. Die Dämonen kreisten bereits brausend und donnernd um Julians Kopf – da brach Odilo, von allen Geistern verlassen, inmitten der Logenbrüder zusammen. Er wand sich am Boden, zuckte und heulte, dass es zum Erbarmen war.

»Es ist genug!« Der Großmächtige Meister hob einen Arm. Eilends schlossen die Lichtträger wieder um ihn den Kreis. Der Oberste Lichtträger, Ritter Gunter von Croplinsthal mit Namen, schüttete nassen Sand auf die Feuersäule. Die »Zunge des roten Sonnenlöwen« sackte zusammen und erlosch. »Timosa, Alodis«, schrie Meister Justus und noch viele weitere absonderliche Worte. Da wurden Zenturius und Arestios davongerissen, der eine durch die Decke, der andere in den steinernen Boden der Katakombe hinab.

Meister Justus beendete die Logensitzung. Er schien ein wenig außer Atem, sonst aber unbeeindruckt. »Unser nächstes Treffen, liebe Brüder, berufe ich für Donnerstag, den 10. September, zur gleichen Stunde ein.«

Die sechs Lichtträger bildeten ein Spalier, dann erst wurde die Tür geöffnet. Als Erstes führten zwei Wächter den erschöpften Odilo hinaus. »Bedenkt, was ihr geschworen habt«, schärften die Lichtträger den Brüdern ein, die zwischen ihnen hindurch zum Ausgang strebten. »Schweigen, Schweigen über alles, was ihr heute gesehen und gehört habt.«

»Schweigen, Schweigen«, antworteten Julian und die anderen mit der vorgeschriebenen Formel. »Die Zunge soll mir aus dem Mund geschnitten, meine Kehle durchtrennt und das Herz aus meiner Brust gerissen werden, wenn ich diesen Schwur jemals breche.«

19

Lautes Gepolter schreckte Marian aus dem Schlaf. Er fuhr auf und sah sich hastig um: Er lag in seinem Hotelbett, das Talmibro noch in der Hand. In der Tür stand eine stämmige Frau mit Kittelschürze und Staubsauger – die Wirtin des »Moorgrafen«.

»Ich muss sauber machen«, sagte sie in knurrigem Tonfall. »Wann kann ich hier rein?«

»Wie spät ist es denn?«, murmelte Marian. Er fühlte sich, als ob er keine fünf Minuten geschlafen hätte. Hinter seinen Augen klopfte es vor Müdigkeit. Aber durch den zugezogenen Vorhang hindurch sah er, dass es draußen heller Tag sein musste.

»Zwei Uhr durch«, sagte die Frau.

Marian stöhnte leise auf. Wenn die wüsste, dachte er.

Bei Julian hatten die Glocken schon halb elf Uhr abends geschlagen, als sie endlich wieder in der Kammer des Famulus angekommen waren. Bis er ihm das Talmibro aus dem Brustbeutel gefischt und den schläfrigen Julian zu seinem Pult dirigiert hatte, war weitere kostbare Zeit vergangen. 23 minus 9 macht 14, rechnete Marian – also war er wirklich erst vor wenigen Minuten aus Julians Welt in seine eigene zurückgekehrt. Aber die Wirtin glaubte natürlich, dass er den halben Tag hier verpennt hätte.

»Nur noch ein paar Minuten«, sagte er.

Sie schüttelte den Kopf und knallte übertrieben laut seine Tür wieder zu. Ächzend rappelte sich Marian auf und tappte unter die Dusche. Dort drüben, in der anderen Welt, konnten sie zwar künstliches Gold machen und Furcht einflößende Dämonen beschwören – aber etwas so Simples wie Wasser, das aus Duschköpfen und Wasserhähnen floss, kannten sie nicht.

Nachts auf dem Heimweg vom alten Jagdschloss hatte Julian schrecklich getrödelt. Zuerst war er dem Bruder Heribert hinterhergelaufen und hatte ihm umständlich auseinandergesetzt, dass der Lehrjunge Piet ein guter Freund von ihm sei. »Er verehrt Euch und würde Euch niemals auch nur einen Heller stehlen.« Schließlich hatte er sich von dem bekümmerten Bäcker verabschiedet, doch anstatt nun spornstreichs nach Hause zu laufen, hatte er sich noch weit vor dem Stadttor hinter einem Busch auf die Lauer gelegt. Offenbar hoffte er auf eine Gelegenheit, Meister Justus und seine Lichtträger bei geheimen Gesprächen zu belauschen. Die Logen-Oberen schienen allerdings einen anderen Weg gewählt zu haben – die Minuten vergingen und der mondbeschienene Waldpfad blieb still und leer.

Bis Julian endlich eingesehen hatte, dass er vergeblich wartete, war Marian tausend Tode gestorben. Vor Ungeduld und mehr noch vor Angst, dass der Großmächtige Meister ihm doch noch auf die Schliche käme, wenn er den Raben Julian in seinem Versteck entdeckte. Hinter dem Busch hatte Marian sogar versucht, das Talmibro aus Julians Brustbeutel zu ziehen, aber es war dasselbe wie immer gewesen: Solange der Famulus nicht schläfrig oder anderweitig abgelenkt war, schaffte er es einfach nicht, mit seiner Willenskraft auch nur eine Hand von Julian zu bewegen.

Und wie jetzt weiter, dachte er, während er auf der kleinen Sonnenterrasse vor dem »Moorgraf« saß. »Frühstück am Nachmittag?«, hatte der Wirt gebrummelt, ihm dann aber gnädigerweise doch ein paar Überreste des Frühstücksbüffets herbeigeschleppt.

Marian ließ sich die belegten Semmeln und den Fruchtsaft schmecken. Sogar von dem Kaffee probierte er einen Schluck, schob das bittere Gebräu aber gleich wieder zur Seite. Dann lieber weiter mit der Müdigkeit kämpfen.

Die Gastterrasse war eine wacklig wirkende Holzkonstruktion an der linken Seitenwand des Hotels. Von hier aus hatte man einen guten Blick über den sonnenbeschienenen Kirchplatz. Marian ließ seinen Blick zum Brunnen hinüberschweifen.

Julian ist ein mutiger Kerl, dachte er. Tollkühn sogar und außerdem ziemlich wissbegierig, was die magischen Geheimnisse angeht. Aber aus seinen Büchern voll alchimistischer Formeln und mysteriöser Beschreibungen scheint er genauso wenig schlau zu werden wie ich aus den Wälzern in der Logenbibliothek. Diese Bücher voller Geheimwissen waren natürlich mit Absicht so verfasst worden, dass nur Eingeweihte die Offenbarungen entschlüsseln konnten.

Wenn ich nur jemanden um Rat fragen könnte, dachte er dann. Jemanden, der den nötigen Durchblick hatte, am besten einen Erleuchteten wie Marthelm. Aber der war ja nun mal tot und begraben.

Wer kam also in Frage? Linda? Ausgeschlossen. Die würde ihm nur wieder vorwerfen, dass er zu viele Voodoofilme anschaute und Bücher über Magie las. Wobei sie das alles sowieso für Fantasterei und Aberglauben hielt. Außerdem hatte sie gestern Abend verkündet, dass sie heute Vormittag zu einem Baggersee in der Nähe fahren wollte, »um ein wenig Urlaub zu haben«. Sie hatte etwas beleidigt getan, weil er sie nicht begleiten wollte. »Aber wir sind ja nicht nur zum Urlaubmachen hier«, hatte er eingewendet. »Wenn ich mich mit den Logenleuten anfreunde, kann das nur gut für uns sein – vielleicht rücken sie ja doch noch was von Marthelms Erbschaft raus.«

Wer also kam in Frage? In Gedanken ging er seine Freunde in Starnberg durch. Da gab es schon ein paar Kumpels, mit denen man auch mal über was Ernsteres reden konnte. Über Stress mit den Eltern oder darüber, was man später studieren, arbeiten, erreichen wollte. Aber über das hier? Er zog sogar sein Handy aus der Tasche und flipperte seine Kontaktliste durch. Max, das Surfgenie, Lars, der PC-Nerd, Tony, der Film-noir-Freak …

Keine Chance. Marian schüttelte den Kopf. Der Wirt, der ihn eben nach weiteren Wünschen fragen wollte, runzelte die Tausendfüßler-Brauen und kehrte in die Gaststube zurück.

Dann vielleicht Daddy Chris? Aber das brachte ja erst recht nichts. Christian würde sich total über seinen Anruf freuen, na klar. Bestimmt wäre er auch sofort bereit, mit ihm eine solche verrückte Geschichte weiterzuspinnen. Wahnsinnsidee, Marian, würde er ins Telefon rufen – eine Zeitmaschine, die dich zwischen dem Rokoko und der Postmoderne hin und her schießt. Und dann dieser urtümliche Fluch, den du aufheben musst, während der Countdown zum Untergang der Menschheit bereits läuft. Klasse Stoff, Junge.

Das Problem war nur: Daddy Chris würde überhaupt nicht begreifen, dass das hier nicht einfach so eine ausgedachte Geschichte war. Sondern allerfinsterste Wirklichkeit. Na logisch, Marian, würde sein Vater sagen, nichts ist realer als unsere Träume. Aber darum ging es jetzt wirklich nicht – und deshalb hatte es auch nicht den geringsten Sinn, Christian anzurufen. Ganz abgesehen davon, dass der sich furchtbar aufregen würde, wenn er hörte, dass Marthelm doch noch mit Marian in Verbindung getreten war. Sozusagen nach seinem Ableben und aus dem Grab heraus.

Die Logenbrüder? Davor hatte Marthelm ihn ausdrücklich gewarnt. Vom Talmibro und den G*L*M wussten sie nichts und durften sie auch nichts erfahren.

Und was war mit Hanno Bußnitz? An den hatte Marian seit gestern immer wieder mal gedacht – der Professor war sein »letzter Trumpf im Strumpf«, wie Opa Johann sich auszudrücken pflegte. Allerdings ein Trumpf von ziemlich fragwürdigem Wert: Hanno Bußnitz beschäftigte sich mit Magie und war ein Freund von Marthelm gewesen – der Einzige sogar, der außer den Logenbrüdern etwas vererbt bekommen hatte. Aber er war nicht zur Beerdigung erschienen, was nicht gerade auf ein inniges Verhältnis zu den Freimaurern schließen ließ. Gut möglich also, dass der Professor gerade von Dämonenbeschwörung und ähnlich dunklem Zauber wenig hielt.

Wenn er keinen anderen Ausweg mehr wusste, beschloss Marian, würde er sich an Hanno Bußnitz wenden – aber im Moment konnte er ihn sowieso nicht so einfach besuchen. Der Professor wohnte ja ein ganzes Stück außerhalb von Croplin. Die Autowerkstatt hatte zwar ihren alten Golf wieder fahrtüchtig gemacht und zum Hotel gebracht, aber damit war Linda ja heute zu ihrem Badesee gefahren. Was soll's, sagte sich Marian – über kurz oder lang würden der Professor und er sich hier doch bestimmt mal über den Weg laufen. Croplin war praktisch nur ein etwas größeres Dorf – sogar ein Kaff wie Starnberg wirkte dagegen regelrecht städtisch.

Also weit und breit niemand, der ihm helfen konnte, herauszufinden, was es mit den G*L*M auf sich hatte? Wie die Ungeheuer aussahen, was sie anzurichten vermochten und wie man sie unschädlich machte – dieses ganze Programm konnte er doch unmöglich allein schaffen.

Marian sprang auf, trank im Stehen sein Glas leer und

verließ die schwankende Hotelterrasse. Er wusste wirklich nicht, was er jetzt machen sollte. Die Zeit zerrann ihm zwischen den Fingern. Bisher hatte er ja noch nicht mal herausbekommen, wie er den Famulus Julian einigermaßen mit seiner Willenskraft dirigieren konnte. Und Justus Hegendahl war ein so schrecklicher Gegner, dass er doch eigentlich gar keine Chance gegen ihn besaß. Schließlich konnte Meister Justus mächtige Dämonen in die Schlacht führen – und allem Anschein nach hatte er gestern sogar schon Verdacht geschöpft, dass mit seinem Raben Julian etwas nicht in Ordnung war.

Am Brunnen auf dem Kirchplatz legte Marian noch einmal eine Pause ein. Er hockte sich auf den Sims und überlegte aufs Neue, wie er jetzt weiter vorgehen sollte. Das Talmibro hatte er in seiner Tasche. Aber sich gleich wieder in Julians Welt zu katapultieren, kam ihm unsinnig vor. Dort würde er doch nur genauso ziellos umherstochern wie hier! Und außerdem war es bei Julian schon wieder Mitternacht – da könnte er den todmüden Famulus höchstens dazu bringen, bei kümmerlichem Kerzenlicht in seinen Büchern zu stöbern. Aber in unverständlichen Wälzern herumblättern konnte er genauso gut hier.

Weil ihm nichts Besseres einfiel, beschloss er, noch einmal zum ehemals Hegendahl'schen Gutshaus zu gehen. Er schaute auf, und genau in diesem Moment trat sie da drüben aus dem Schatten der Herrengasse: Billa. Im Stillen hatte er gehofft, sie hier am Brunnen zu treffen – das wurde ihm allerdings jetzt erst klar, während sie über den Platz auf ihn zukam. Heute sogar halbwegs normal angezogen: mit verwaschenen Jeans und einem T-Shirt im Camouflage-Look.

Die Sonne schien gnadenlos heiß vom Himmel. Die Luft flimmerte regelrecht vor Hitze – aber vielleicht kam das auch gar nicht vom Sonnenlicht, sondern von Billas brennend blauen Augen?

»Hast du auf mich gewartet?«, fragte sie mit dieser krass kratzigen Stimme und stellte sich ganz nah vor ihn. So nah, dass er Fünkchen aus ihren Augen sprühen sah.

Er hob die Schultern und ließ sie wieder fallen. »Hast du Zeit?«

Billa strahlte ihn an. »Mehr als genug.«

20

»Und?«

»Was und?«

Arm neben Arm liefen sie durch die Herrengasse. Billa war höchstens zwei Fingerbreit kleiner als er. Ein leichter Wind fuhr durch ihre Mähne und vermischte sie mit seinen Retro-Hippie-Haaren.

»Ich dachte, du wolltest was reden.«

»Nee, wieso?« Oder eigentlich doch. Aber es war schwerer, als er sich das vorgestellt hatte. Viel schwerer sogar.

»Und warum hast du dann gefragt, ob ich Zeit hätte?«

»So halt.«

Er stopfte seine Fäuste noch tiefer in die Jeanstaschen. In seiner Linken das Talmibro, in der Rechten nur kalter Schweiß. Er versuchte, sich nicht anmerken zu lassen, was für innere Kämpfe er ausfocht. Wie viel durfte er ihr sagen? Wie weit sie einweihen? Was musste er für sich behalten? Das Talmibro durfte er natürlich nicht mal erwähnen. Und die G*L*M noch viel weniger – schon weil Billa ihn für verrückt halten würde, wenn er ihr mit uralten Flüchen, kosmischen Monstern und magischen Apparaten käme.

Er sah sie von der Seite an – Billa schien jetzt ziemlich sauer auf ihn zu sein. »Hör zu«, begann er. »Ich bin da in so eine seltsame Sache reingeraten. Ich kann dir das nicht alles erzählen, Billa – dauert auch viel zu lang. Aber es ...« Jetzt wusste er erst mal nicht mehr weiter.

»Es hat jedenfalls mit dieser Loge zu tun«, vollendete sie seinen Satz. Ganz ruhig, nicht als Frage.

»Woher weißt – ich meine, wie kommst du denn auf so was?«

Ihr Blick brutzelte einen Brandfleck auf seine linke Schläfe. »Hab dich zufällig da reingehen sehen«, sagte sie. Immer noch mit superruhiger Stimme. »In das Haus draußen am Wald. Aus Neugier hab ich mir dann das Schild angeschaut: *Loge zu den Spiegeln des Lichts.*«

Plötzlich spürte er Misstrauen. Wer war sie eigentlich? Wo kam sie her, was wollte sie von ihm? In den letzten Tagen war sie ja regelrecht hinter ihm her geschlichen. Hatte ihm aufgelauert, ihn beobachtet – aus welchem Grund? Klar, es hatte ihm geschmeichelt, aber glaubte er ernsthaft, dass sie sich einfach so in ihn vergafft hätte? Liebe auf den ersten Blick – durch ein Hinterhoffenster, an dem sie zufällig vorbeigekommen war?

»Na ja, es geht um so 'ne Erbschaftssache«, sagte er und versuchte, mindestens so cool wie Billa zu klingen. »Das Haus hat einem Verwandten von mir gehört und der ist vor Kurzem gestorben und hat diesen Logenbrüdern alles vererbt. Ich hab sie besucht, weil – meine Mutter und ich sind chronisch pleite. Wir hatten gehofft, dass mein Onkel – ich meine, mein Urgroßonkel …« Er unterbrach sich wieder. »Ziemlich komplizierte Geschichte, wie gesagt.«

Sie blieb plötzlich stehen, wohl oder übel musste er ihrem Beispiel folgen. »Urgroßonkel?« Sie lachte ihr heiseres kleines Lachen. »Wie alt war der gute Mann denn, als er den Löffel abgegeben hat?«

Marian zuckte mit den Schultern. Es ärgerte ihn, dass sie in so einem Ton über Marthelm sprach. »Ziemlich alt«, sagte er nur.

Gedankenverloren folgte er Billas Blick, und dann sagte er erst mal gar nichts mehr: Sie standen direkt vor der Apotheke »Am Bürgerspital«. Genau diese beiden ausgetretenen

Steinstufen war er erst letzte Nacht zur Ladentür hochgestiegen – besser gesagt: vor 333 Jahren und in der Gestalt und Kleidung des Famulus Julian Hallthau. Aber wie konnte Billa davon wissen – oder war es reiner Zufall, dass sie gerade hier mit ihm stehen geblieben war?

»Willst du da rein?«, fragte Billa. Sie sah aus, als ob sie sich über ihn lustig machte. Nur so ein bisschen, aber es gefiel ihm trotzdem nicht. Ganz und gar nicht. Dafür gefiel *sie* ihm immer besser – am liebsten hätte er seine Hand gehoben, um ihr über die Haare zu fahren. Wetten, dass die elektrisch knistern, wenn man sie so ganz leicht berührt?

»Wieso ich – du bist doch hier stehen geblieben.« Aber dann wurde ihm das Spiel zu blöd. Er zuckte mit den Schultern und ging die Stufen hoch. »Bin gleich wieder da«, sagte er und drückte die Tür auf.

Anstelle der mechanischen Glocke von damals gab es heute eine elektrische Klingel, klar. Aber sonst sah der Laden noch ziemlich genauso aus wie vor 333 Jahren. Die deckenhohen Regale und Schränke aus dunklem Holz. Darin die bauchigen Glas- und Emaillebehälter, die allerdings wohl nur noch zur nostalgischen Verzierung dienten. Aber sogar die Bodenplatten mit den kleinen blauen Blumenmustern sahen aus wie die Kacheln, über die er letzte Nacht gelaufen war. Nur älter, ausgeblichen und teilweise zerbrochen.

Er stand mitten in dem Laden und konnte nichts gegen die Gänsehaut machen, auf seinen Armen, auf dem Rücken. Durch eine Tür hinter dem Tresen kam ein Mann von unauffälligem Aussehen, in weißem Kittel – keine Familienähnlichkeit mit Julians Lehrherrn.

Er versuchte es trotzdem. »Herr Lohenkamm?« Der Apotheker starrte ihn nur an. »Entschuldigung«, beharrte Marian, »heißen Sie Lohenkamm?«

»Nein, bedaure. Mein Name ist Grabhauer.« Der Apotheker runzelte die Stirn. »Friedrich von Lohenkamm – so hieß doch der Mann, der diese Apotheke vor, äh, zweihundert Jahren …«

»Mehr als dreihundert sogar«, fiel ihm Marian ins Wort. »Dürfte ich vielleicht mal einen Blick in Ihren Keller werfen?«

»Was willst du denn da?« Billa stand direkt hinter ihm und pustete ihm ihren Atem in den Nacken.

Seine Gänsehaut wurde noch stärker. Aber diesmal war es ein Schauder ganz anderer Art. Höchst angenehm.

»Das frage ich mich auch«, sagte der Apotheker. Er kam langsam hinter seinem Tresen hervor. »Du machst dich wohl lustig über mich, Bürschlein?«

»Bestimmt nicht«, versicherte Marian. Mit drei Schritten war er bei der Tür zur Kellertreppe. Den Weg kannte er ja, und auch wenn die Tür erneuert worden war – die Stufen dahinter waren dieselben, die Jungfer Hildegunde auf nackten Füßen auf- und abwärts zu patschen liebte.

Ach, holde Maid …

Von der Schwelle aus schaute er rasch nach unten. Graue Blechschränke, ein paar Stühle, ein kleiner Tisch. Der klobige Holztisch, der Bottich und der Eisenherd von damals waren längst verschwunden. Trotzdem fühlte es sich vollkommen unwirklich an, auf diesem Boden, in diesen Räumen herumzulaufen, die doch zu Julians Welt gehörten. Zu einer fernen Vergangenheit, die mehr und mehr zu seiner, Marians, zweiter Gegenwart wurde.

»Vielen Dank noch«, sagte er zum Apotheker.

Billa hatte Mühe, ihm zu folgen, so schnell war er aus der Tür und zurück auf der Straße. »Und was sollte das jetzt?«, fragte sie.

Erneut zuckte er mit den Schultern. Die Hände wieder

in die Taschen gestopft, schon um das Talmibro zu tarnen. Obwohl er ziemlich weite Jeans trug, zeichnete sich die Muschelform unter dem Hosenstoff ab. »Ich wollte was nachsehen.«

Sollte sie sich halt irgendeinen Reim drauf machen. So wie er selbst jetzt rätselte, ob Billa vorhin aus bloßem Zufall gerade vor der Apotheke »Am Bürgerspital« stehen geblieben war.

»Du bist ein bisschen seltsam, Marian Hegendahl, hat dir das schon mal jemand gesagt?«

Seinen Nachnamen kannte sie also auch. Obwohl er ihr den garantiert nicht verraten hatte. Und am Logenhaus musste ihr der auch schon begegnet sein: *Ehem. Hegendahl'sches Gutshaus* stand dort auf dem Freimaurerschild.

»Das bekomm ich fast jeden Tag zu hören.« Er grinste sie von der Seite an. »Ich schätze, ich geh jetzt noch mal bei den Logenbrüdern vorbei. Kommst du mit?«

»Zu diesen tattrigen Weiberfeinden? Na, besten Dank.« Sie grinste mindestens genauso breit zurück. »Aber zufällig hab ich trotzdem denselben Weg. Hinter dem Wald liegt der Reiterhof – da arbeite ich in den Ferien.«

Er glaubte ihr kein Wort. Obwohl er sie sich auf einem Pferd mühelos vorstellen konnte. Aber Mädel und Reiterhof – das war irgendwie eine schon zu perfekte Tarnung.

Eine ganze Weile gingen sie schweigend nebeneinander her. Zwischendurch vergaß Marian halbe Straßenzüge lang, weshalb er hier gerade unterwegs war: Er musste noch mal in Marthelms Bibliothek, in den alten Wälzern herumstöbern, um endlich in dieser G*L*M-Sache weiterzukommen. Aber solange sie bei ihm war, konnte er immer nur eines denken: Billa, Billa. Ihre Augen, ihr knisterndes Haar.

Der Duft deines Busens, Herrin … Schluss jetzt mit dem

peinlichen Zeug! Schließlich war es nicht Julian und Billa war nicht Hildegunde. Alles andere sogar als das.

»Zu deinen Rössern – gehst du etwa durch den Wald?«, fragte er irgendwann. Da waren sie schon in Sichtweite des Logenhauses.

Sie zog die Augenbrauen hoch. Die Haut auf ihrer Stirn war so hell und dünn, dass man die Adern darunter sehen konnte. »Durch das Hexenholz? Du machst wohl Witze, Marian.«

Vor dem Eisentor blieben sie stehen, wieder so nah beieinander, dass er die Funken in ihren Augen sah. »Gibst du mir deine Handynummer?«, fragte Billa. Sie fischte ein winziges, brombeerfarbenes Samsung aus ihren Jeans. Sein Nokia sah dagegen fast klobig aus – na ja, nicht mehr ganz auf dem neuesten Stand, aber unverwüstlich.

Er zog es aus der Gürteltasche und sie ließen die Handys ihre Nummern austauschen. »Und was machst du jetzt da drin?«, fragte Billa. Wieder mit diesem Lächeln, als ob sie sich über ihn amüsierte. Ehe er sie daran hindern konnte, hatte sie ihn zur Seite geschoben und drückte auf den Klingelknopf unter dem Logenschild.

»Nix, was Mädels was anginge.«

Die schmale schwarze Tür im ehemals Hegendahl'schen Gutshaus ging auf. Der Bruder Türsteher kam heraus und eilte im üblichen forschen Tempo auf sie zu.

Im Nachhinein hätte Marian wetten mögen, dass Billa absichtlich so lange gewartet hatte: Als Torgas nahe genug heran war, um alles genau zu sehen, zog sie Marians Kopf zu sich und küsste ihn auf den Mund.

21

»Mach schnell«, hatte Torgas gesagt und ihn fast im Laufschritt hinauf in die Bibliothek gebracht. So als ob Marian möglichst nichts von dem mitbekommen sollte, was anscheinend im Keller des Logenhauses vor sich ging. »Und bleib auf jeden Fall hier oben, bis ich dich hole.«

Mit diesen Worten war der Bruder Türsteher schon wieder davongeeilt. Wohin? Zu seinen Mitbrüdern, die unter der Erde einen Dämon beschworen? Es hörte sich eher an, als ob sie mit eisernen Hämmern auf Felsbrocken einschlagen würden. Das ganze alte Gemäuer erzitterte unter den Hieben. Was hatte das zu bedeuten? Und wie konnte ein Haufen tattriger Opas derart gewaltige Schläge ausführen? Also hatten sie dort unten vielleicht doch einen Geist herbeigezwungen – wild und stark wie der Kriegsdämon Arestios.

Ruhelos ging Marian in der Bibliothek hin und her. Eben hatte es halb vier geschlagen – bei Julian war es also schon nach Mitternacht. Bestimmt lag der Famulus längst in tiefem Schlaf.

Wieder streifte er an den Regalwänden lang, auf der Suche nach einem Buchtitel, der irgendwie vielversprechend klingen würde. *Das Gold der Weisheyt ... Sternenflug der Seelen ... Die Creaturen der Kabbala ... Wie mann den Todt aufhält ...* Es war zum Verzweifeln. Das hatte doch alles überhaupt keinen Sinn. Wie sollte er denn aus diesen Tausenden verstaubter Wälzer den richtigen heraussuchen und dann auch noch in aller Schnelle begreifen, was darin geschrieben stand? Schließlich waren diese Bücher in altertümlichstem Deutsch abgefasst, wenn nicht sogar auf Altgriechisch oder Hebräisch. Und sowieso war darin alles absichtlich verrätselt, damit niemand außer den »Erleuchteten« auch nur eine Silbe verstand.

Die Hammerschläge vermischten sich nun mit dumpfen Sprechgesängen. Ein stechender Geruch breitete sich aus, wie von Schwefeldämpfen. Aber das hatte er sich wohl nur eingebildet – selbst wenn die Logenbrüder dort unten im Keller alchimistische Experimente anstellten, konnte man den Gestank doch wohl zwei Stockwerke darüber nicht so einfach riechen.

Oder doch? Vielleicht hatten sie ja einen nach Schwefel stinkenden Geist beschworen – und der schwebte nun durchs Haus, auf der Suche nach einem »Schlachtross«? Wie ist das eigentlich, überlegte Marian, wenn ich mich mit dem Talmibro zu Julian katapultiere und mein Körper bleibt hier schlafend zurück – kann ein Dämon dann in ihn fahren und mit meinem Körper herumspazieren, wie es ihm gerade Spaß macht? Keine besonders angenehme Vorstellung: Der Geist stellt irgendwelchen Mist an – und nachher denkt jeder, man selbst hätte das gemacht.

Aber das alles half ihm jetzt keinen Schritt weiter. Erneut suchte er in den Regalen herum, gab es jedoch bald wieder auf. Seine Gedanken sprangen mal zu Julian, dann wieder zu Billa. Sie gefiel ihm, sehr sogar – und sie war ihm überhaupt nicht geheuer. Geradezu unheimlich, jedenfalls in manchen Momenten – wenn sie ihn so seltsam ansah und ihre Augen blaue, die Haare kupferrote Funken sprühten. »Durch das Hexenholz – du machst wohl Witze«, hatte sie zu ihm gesagt. Aber gerade in diesem Augenblick war ihm der Gedanke durch den Kopf geschossen, dass Billa selbst so etwas wie eine … Blödsinn.

Die ziellose Grübelei machte ihn nur noch fahriger. Wie also jetzt weiter, verdammt noch mal? Er ließ sich in den schwarzen Lesesessel fallen und versuchte, sich zu konzentrieren.

Mit einem Mal fiel ihm das dicke, uralte Buch wieder ein, in dem er gelesen hatte, als er zum ersten Mal in Julians Kammer geschleudert worden war. Darin war es doch um die G*L*M gegangen, oder etwa nicht? Mit der flachen Hand schlug sich Marian gegen die Stirn. Damals war er zu benommen und durcheinander gewesen, um weiter zu lesen, was dort über diese Ungeheuer geschrieben stand. Aber warum vertrödelte er hier noch seine Zeit mit der Suche nach dem richtigen Buch – wenn es doch bei Julian auf dem Regalbord lag und nur darauf wartete, dass er darin las?

Wie hatte es dort geheißen – in dem Werk eines gewissen Elisha Asmol? Er kniff die Augen zusammen und sah die Zeilen wieder vor sich: »**Aus dem Chaos entsteht alles: der Stein der Weisen und das künstliche Gold, das Wasser des Jungbrunnens und der Odem, der den G*L*M Leben einbläst.**«

Unten im Keller des ehemals Hegendahl'schen Gutshauses schlugen die Freimaurer noch immer mit ihren Hämmern auf Felsbrocken – oder was es sonst sein mochte – ein. Doch tausend Mal wilder hämmerte Marians Herz. Wie spät war es jetzt bei Julian? Schon fast zwei Uhr nachts. Aber egal – er musste auf der Stelle in die Kammer des Famulus und lesen, was Elisha Asmol über die G*L*M geschrieben hatte.

Er nahm das Talmibro heraus und zog es gleich beim ersten Versuch so kräftig auseinander, dass er dort drüben einen Schemen im Dunkeln herumlaufen sah. Aber wieso das denn?, dachte er. Das kann doch nicht Julian sein – um diese Zeit?

Das Talmibro wollte sich wieder zusammenziehen, doch Marian hielt mit aller Kraft dagegen. Vor Anstrengung rutschten seine Augäpfel ein wenig nach innen, während er die diagonalen Hälften des Talmibros weiter und weiter auseinanderzog.

Es war tatsächlich Julian, der durch die dunklen Gassen von Croplin lief. Mond und Sterne waren mit Wolkenschleiern verhangen und weit und breit gab es weder Straßenlaternen noch ein erleuchtetes Fenster. Eine rabenschwarze Nacht – aber der Famulus eilte so behände voran, als ob er Katzenaugen hätte. Licht schien er nicht zu vermissen, im Gegenteil: Als aus einer Seitengasse ein Nachtwächter kam, der eine schaukelnde Laterne vor sich her trug – da suchte Julian mit einem Satz Deckung hinter einem Torpfosten.

»Hört, ihr Leut', und lasst euch sagen«, rief der Nachtwächter in behäbigem Singsang, »Gottes Uhr hat zwei geschlagen ...«

Der schaukelnde Lichtkegel entfernte sich langsam wieder. Der Sprechgesang des Wächters wurde leiser, Stille und Dunkelheit kehrten zurück. Der Famulus aber harrte noch immer in seinem Versteck aus. Anscheinend war es Lehrjungen wie ihm nicht gestattet, nachts in der Stadt herumzulaufen. Also wartete er lieber ab, bis der Nachtwächter weit genug weg war.

Das ist meine Chance, dachte Marian und begann zu murmeln: *»Bormilatus ... Bormilatus ... Bormilatus.«* Seine Arme zitterten vor Anstrengung – sehr lange konnte er das Talmibro nicht mehr auseinanderziehen. Na, mach schon, Julian, dachte er. Und murmelte keuchend immer weiter: *»Bormilatus ... Bormilatus.«*

Der Famulus schien in sich hineinzuhorchen. Marian konnte sein Gesicht nicht sehen, doch seine ganze Haltung drückte Erstaunen aus. Dann endlich stimmte er in das Gemurmel ein: *»Bormilatus ... Bormilatus.«*

Als er im nächsten Moment hinter dem Torpfosten hervorkam, fühlte es sich für Marian schon fast so an, als ob er auf seinen eigenen Füßen weiterliefe. Die grabesstille Gasse hinab, nur leider auf diesen elenden Holzsohlen, die ein leises Klappern von sich gaben, auch wenn Julian sie im Gehen mit verkrampften Zehen an die Fußsohlen presste.

Wo zum Teufel gehst du hin, Famulus?

Wieder schien Julian in sich hineinzuhorchen. Seine Schritte wurden langsamer, dann schüttelte er den Kopf und beschleunigte erneut.

Ich müsste längst im Stroh liegen, dachte er dabei. Aber wie soll man denn schlafen können – während der arme Piet von seinem Lehrherrn vielleicht schon durchgeprügelt, aus dem Haus gejagt, in den Kerker geworfen worden ist? Um drei in der Früh fängt für Piet die Arbeit an – Teig kneten, Brötchen und Brotlaibe backen, dann will ich versuchen, ob ich ihn hinter der Backstube abpassen kann. Und bis dahin ...

Er trabte um die Ecke, in eine noch schmalere, noch dunklere Gasse.

Bis dahin – was? Ja, denk doch endlich weiter, feuerte Marian ihn an, aber der Famulus war mit seinen Gedanken schon wieder bei seinem Freund. Schrecklich wär's mir, sagte er sich, wenn Piet dem Bäcker in die Schatulle gelangt hätte – aber kaum weniger furchtbar, wenn Zenturius falsch geweissagt hätte. Denn das hieße doch, dass er überhaupt keine prophetischen Kräfte hätte, gar kein mächtiger Dämon wäre, sondern ...

Auch diese Überlegung führte Julian nicht weiter – aus Müdigkeit oder vielleicht auch, weil er sich vor der Schlussfolgerung fürchtete. An seiner Stelle brachte aber Marian den Gedanken zu Ende: Wenn Zenturius gar nicht so hellsichtig war, wie es gestern Abend den Anschein hatte, dann war Meister Justus womöglich auch nicht ganz so mächtig, wie er seinen Brüdern vorzugaukeln beliebte?

Wieder geriet der Famulus ins Stolpern, fuhr sich sogar mit der flachen Hand übers Gesicht, als wollte er sich von Spinnweben befreien. »Das werden wir ja gleich sehen«, flüsterte er vor sich hin und rannte auf klappernden Sohlen weiter durch die Nacht.

Als er am Ende der dunklen Gasse angelangt war, erkannte Marian, wo sie sich befanden. Die Gasse mündete in eine breitere Straße, die genauso still und dunkel dalag wie die ganze Stadt. Auf der anderen Seite aber erhob sich das Hegendahl'sche Gutshaus, dahinter die ungeheure Masse des Bannwaldes, schwärzer noch als die Nacht. Obwohl keinerlei Wind wehte, ging von dem Hexenholz ein Knarren und Ächzen aus, als seufzten dort unzählige verlorene Seelen.

22

Gerade als der Famulus die Straße überquerte, riss die Wolkendecke auf und der Mond goss sein Geisterlicht über Dächer und Wipfel. Hätte in diesem Moment ein schlafloser Nachbar aus dem Fenster geschaut, so hätte er genauestens mit ansehen können, wie ein magerer Bursche in bunt verflecktem Hemd und kaum weniger verschmutzten Hosen katzengleich an den Gitterstäben des Hegendahl'schen Hoftors emporkletterte. Wie der dreiste Eindringling, oben angekommen, vorsichtig erst ein Bein, dann das zweite über die speerspitzen Eisendornen hob und mit einem kühnen Satz auf der anderen Seite heruntersprang. Als er unten aufkam, riefen seine Holzsohlen allerdings ein so donnerndes Poltern hervor, dass in der Umgebung mehrere Hunde anschlugen. Dafür schien das Ächzen und Seufzen vom Wald her für einige Augenblicke auszusetzen – oder war es der Schrecken, der Julian und Marian für alles andere taub werden ließ?

Wie auch immer – nach einigen Sekunden lähmenden Entsetzens rappelte sich der Famulus wieder auf. Er zog seine Schuhe aus und versteckte sie neben dem Torpfosten. Dort waren sie allerdings im Mondlicht gut zu sehen, wenn auch nur von der Hofseite her. Barfuß schlich er über den staubigen Hof auf das Haus zu.

Aus der Nähe betrachtet, sah das Hegendahl'sche Gutshaus damals noch recht stattlich und gepflegt aus. Gleichwohl wirkte es mit seiner dunklen Steinfassade, dem tief herabgezogenen Reetdach und der lukenschmalen Haustür alles andere als einladend. Der Famulus versuchte denn auch gar nicht erst, durch diese mit Eisenbändern beschlagene Tür ins Haus zu gelangen – er drehte nach links ab und schlich in geduckter Haltung an der Vorderfront entlang. Allem Anschein nach hoffte er, durch eine leichter zugängliche Seiten- oder Hintertür ins Haus zu gelangen.

Zu welchem Zweck nur? Was um Himmels willen hatte Julian vor? Viel zu gefährlich, lass es sein!, dachte Marian, doch der Famulus schenkte ihm keinerlei Beachtung. Ab und zu schien er Marian ja zumindest wie eine innere Stimme wahrzunehmen. Doch wenn er seine ganze Willenskraft so wie jetzt auf ein einziges Ziel konzentrierte, dann konnte Marian in seinem Inneren so viel schreien und zetern, wie er wollte.

Aber was Julian da vorhatte, war doch der reine Wahnsinn! Meister Godobert und die heutigen Freimaurer waren ja höchstwahrscheinlich viel harmlosere Zeitgenossen als die Logenbrüder zu Julians Zeit. Und doch hatten sogar sie Marian streng verboten, auf eigene Faust im Haus herumzustreifen – zweifellos, damit er von ihren Geheimnissen nichts mitbekam. Wie würde da erst Meister Justus reagieren, wenn er seinen ungetreuen Raben bei sich zu Hause entdeckte – als Einbrecher, der ihm tief in der Nacht hinterherspionierte!

Unterdessen war Julian zur Rückseite des Hauses gelangt. Hier gab es einen kleinen Hinterhof, ähnlich wie bei Hanno Bußnitz – ein Rechteck aus halb im Boden versunkenen Steinplatten, dahinter begann schon der Wald. Der Himmel war jetzt sternenklar, doch das Dickicht sog jeden Lichtschein auf wie ein riesiger schwarzer Schwamm. Nur ein paar matt spiegelnde Flecken in der Rückfront des Hegendahl'schen Gutshauses ließen erahnen, dass dort Fenster in die Mauer eingelassen waren. Jeweils drei nebeneinander im ersten Stock und im Erdgeschoss – und drei weitere, viel kleinere knapp über dem Boden.

Kellerluken, dachte Marian. Der Famulus schlich von einer Luke zur nächsten, drückte und zog an Rahmen und Laden herum, aber sie schienen alle fest verschlossen. Außerdem waren sie so schmal, dass man kaum hindurchkriechen konnte – selbst ein so flatterdünnes Hemd wie Julian.

Nichts wie weg von hier, beschwor Marian den Famulus aufs Neue. Du kannst doch nicht einfach so ein Fenster einschmeißen – das merkt Meister Justus doch spätestens morgen früh! Mit seinen magischen Fähigkeiten bringt er im Handumdrehen heraus, wer es gewagt hat, bei ihm einzusteigen – und dann gnade dir Gott, Julian Hallthau!

Vor lauter Aufregung drückte er sich fast schon so altertümlich aus wie der Famulus, aber das half auch nichts. Halte ein, Julian!, dachte Marian, doch der Famulus ruckte und drückte nur immer weiter am mittleren Kellerfenster herum. Er kauerte auf Knien und Fußzehen im Dreck, schnaufte und ächzte – und dann schwang mit einem noch viel lauteren Stöhnen die Luke vor ihm tatsächlich auf.

In seinem Rücken schrie ein Nachtvogel Alarm. Doch da war Julian mit den Beinen voran schon durch das Fensterloch geglitten und spürte im nächsten Augenblick glatten, kalten Steinboden unter seinen Füßen.

Die Dunkelheit hier drin schien ihm so dick und schwer wie Stein. Vor Aufregung bekam er mit einem Mal ganz zittrige Knie. Aber da stellte er sich rasch vor, dass der Kriegsdämon Arestios in ihn fahren würde – und gleich kehrten Mut und Kraft in seinen Geist und seine Glieder zurück.

Ganz still stand er nun da und lauschte in die Dunkelheit. Wie aus weiter Ferne vernahm er unverständliche Rufe – so dumpf und hallend, als ob der Rufer noch tiefer unter der Erde wäre als er selbst.

Es muss also noch einen zweiten Keller geben, sagte sich Julian. Er streckte einen Arm vor sich in die Dunkelheit und ging langsam, mit tastenden Schritten, in die Richtung, aus der die Rufe kamen.

Alte Gutshäuser wie das Hegendahl'sche besaßen häufig zwei oder sogar drei Kellergeschosse untereinander. Im ersten Keller bewahrte man auf, was man häufig benötigte, oder brachte dort Werkstätten unter. In der Apotheke »Am Bürgerspital« gab es zwar keine weiteren Kellergeschosse unter dem Labor, wo Julian seine Tage verbringen musste – jedenfalls wusste er nichts davon. Doch er hatte andere Jungen seines Alters, die in der alten Mühle oder noch weiter draußen bei einem der Moorbauern arbeiteten, öfter von solchen unheimlichen Orten erzählen hören.

Der zweite Keller diente meist dazu, alte Gerätschaften zu verstauen, die man eigentlich nicht mehr brauchte, von denen man sich aber aus den verschiedensten Gründen nicht trennen wollte. Außerdem wurden dort verderbliche Lebensmittel gelagert – Bierfässer, Milchkrüge, Käselaibe. Denn so tief unter der Erde war es im Sommer kühl, im Winter sogar klirrend kalt. Manche Häuser besaßen noch ein drittes Kellergeschoss, doch das taugte meist nur zur Lagerung von Weinfässern und -krügen: Zehn Meter oder mehr unter dem Erdboden war es nicht nur grabeskalt, sondern auch das ganze Jahr über feucht. Grundwasser sickerte durch Boden und Wände. Die Luft war klamm und schwer, sodass man nach kürzester Zeit kaum mehr atmen konnte.

Dies alles ging Julian durch den Kopf, während er den stockfinsteren Gang entlangtappte. Die dumpfen Rufe wurden allmählich lauter – er war also auf der richtigen Spur. Schließlich stieß er mit der vorgestreckten Hand gegen eine hölzerne Tür. Sie war nur in den Rahmen gelehnt worden, und Julian hielt den Atem an, als er sie aufzog, ganz langsam, damit sie nicht knarrte.

Allerdings knarrte sie trotzdem, die rostigen Türangeln quietschten sogar schauerlich, und Marian dachte beschwörend: Mach, dass du da wegkommst, Julian! Magen und Kehle zogen sich ihm zusammen, wenn er sich vorstellte, was Meister Justus mit dem verräterischen Raben machen würde, falls er ihn in die Finger bekam. Er wird dich – uns! – mit glühenden Zangen zwacken, du wahnsinniger Famulus, wenn du nicht endlich Vernunft annimmst.

Julian hörte sich diese Ermahnungen seiner inneren Stimme immerhin an. Dann aber schüttelte er wieder bloß den Kopf und tastete hinter der Tür mit dem nackten Fuß nach der ersten Stufe. Steil ging es nun hinab, auf schmalen, glatten Stufen, und buchstäblich mit jedem Schritt wurden die Rufe aus der Tiefe lauter.

Sein Herz klopfte so heftig, dass ihm das Blut in den Ohren donnerte. Aber bevor seine Knie wieder zittrig werden konnten, stellte er sich einfach vor, dass es das Donnern des Kriegsdämons war. Würde Arestios etwa umkehren? Ganz bestimmt nicht, sagte er sich und stieg entschlossen weiter hinab.

23

Es war ohne Zweifel die Stimme von Meister Justus und er befand sich hinter dieser Tür ganz vorn im unteren Keller. Julian stand wie erstarrt davor und lauschte. Durch das Schlüsselloch drang mattes Licht hinaus in den Gang. Doch der Famulus wagte es nicht, sich auch nur zu bücken, um hindurchzuspähen.

Der Mut war wieder vollständig aus seinem Geist gewichen, alle Kraft aus seinen Gliedern. Wenn er sich jetzt auch nur um einen Zoll bewegte, würde ihn der Großmächtige Meister hier draußen ertappen, davon war er überzeugt. Wenn er hier einfach so stehen blieb, allerdings auch.

Denk an Arestios!, feuerte ihn Marian an. Doch nicht einmal der Gedanke an den Kriegsdämon konnte Julian neuen Mut einflößen.

Was Meister Justus da hinter der Holztür schrie, war nicht zu verstehen, aber desto unheimlicher hörte es sich an. Es klang ungefähr wie »*Schämm – hämm – ha – hamm – forr – ahass!*« Das ergab keinerlei Sinn, und falls es ein magischer Zwingspruch sein sollte, schien er den gewünschten Dienst völlig zu versagen. Denn der Großmächtige Meister schrie dieselben Silben unablässig aufs Neue und dabei stampfte er mit den Füßen auf und seine Stimme klang jedes Mal zorniger. »*Schämm – hämm – ha – hamm – forr – ahass!*«

Endlich wagte es Julian, sich zum Schlüsselloch hinabzubeugen. Er erblickte einen engen Raum, dessen Wände wie roh behauener Fels aussahen. Fackeln und Kerzen in

Mauernischen beleuchteten sechs plumpe Figuren, die auf dem Boden im Kreis standen. Sie waren unbeholfen aus Lehm oder roter Erde geformt und reichten dem Großmächtigen Meister nur eben bis zum Gürtel. Mit ihrem gedrungenen Leib, den im Verhältnis zu langen Gliedmaßen und dem breiten Schädel, der halslos aus dem Rumpf wuchs, wirkten die Figuren unheimlich und auf boshafte Weise verzwergt. Jede von ihnen stand in einer Sigle, die Meister Justus mit schwefelgelber Kreide auf den Boden gemalt hatte. Eines dieser Zeichen war eine Schlange, die sich um die Zacken eines Pentagramms wand. In der Mitte zwischen den Figuren stand eine kleine Schale, gefüllt mit Glut, aus der ein dünner Qualmfaden zur Decke aufstieg. Dies alles war von einem weiteren Kreis umgeben, der offenbar mit Kohle ausgeführt worden war wie bei der Geisterbeschwörung am gestrigen Abend.

»*Schem – ham – for – as!*« Durch das Schlüsselloch hindurch klangen die Anrufungen des Großmächtigen Meisters weniger verzerrt als durch das dicke Türholz. Wie ein gigantischer schwarzer Vogel tanzte er um die Figuren herum und schrie dabei ein ums andere Mal seine seltsame Formel. Doch diesmal schien ihm die Beschwörung zu misslingen – die Lehmpuppen blieben leb- und reglos.

Während Julian noch gebückt vor dem Schlüsselloch stand und zu begreifen versuchte, was im Verlies vor sich ging, stieß Meister Justus einen Wutschrei aus. »Und es wird mir doch gelingen«, brüllte er, »euch herbeizuzwingen – wenn nicht heute Nacht, dann eben morgen!« Damit sprang er in den Kreis hinein, dass sein Umhang wehte, und begann die Lehmpuppen zu zerstampfen.

Starr vor Erstaunen sah Julian ihm zu. Erst als der Meister alle Figuren bis auf eine niedergestampft hatte, wurde dem Famulus klar, was als Nächstes geschehen würde: Meister

Justus würde das Verlies verlassen, und wenn er, Julian, dann immer noch vor der Tür stand …

Auch diesen Gedanken brachte er nicht zu Ende, aber dafür war nun wirklich keine Zeit mehr: Er fuhr herum und tappte so schnell, wie seine zittrigen Knie und die dicke Dunkelheit es erlaubten, den Gang zurück und die Treppe wieder hinauf. Als er sich oben aus der Fensterluke schlängelte, meinte Marian schon die Schritte des Meisters zu hören, der die Stufen emporstapfte, dabei immer noch lauthals auf die Lehmfiguren schimpfend.

Von außen zog der Famulus das Fenster wieder zu, so gut es in der Eile gehen mochte. Dann lief er mit wehenden Haaren um das Haus herum und vorn über den Hof zum Tor, wo seine Schuhe beim Torpfosten standen. Mit fliegenden Fingern knotete er sie zusammen, warf sich das Gebinde um den Nacken und hangelte sich über das Gitter des Eisentors. Hätte der schlaflose Nachbar von gegenüber diesmal aus dem Fenster gesehen, so hätte er einen Burschen mit schreckverzerrtem Gesicht erblickt, der sich die Eisenspitzen oben auf dem Tor in schmerzempfindliche Körperzonen pikte, worauf er leise jammernd auf die Straße mehr heruntersackte als -sprang.

Jetzt aber auf schnellstem Weg nach Hause, dachte Marian, während der Famulus auf nackten Füßen durch Straßen und Gassen trabte. Der Himmel begann sich schon morgengrau zu verfärben. Es musste mindestens vier sein – sieben Uhr abends in Marians Gegenwart. Bestimmt war Linda längst wieder im Hotel und machte sich Sorgen, weil er sich irgendwo herumtrieb und ihr nicht mal eine Nachricht hinterlassen hatte. Aber was sollte er denn machen? Dieser verrückte Famulus hatte anscheinend immer noch nicht genug – statt in die Herrengasse einzubiegen, rannte er schnurstracks weiter, auf einen kleinen Platz zu, an dessen Stirnseite mehrere Fenster im Erdgeschoss hell erleuchtet waren.

Ja, stimmt, Linda, ich treib mich rum, dachte Marian. Aber du wärst stolz auf mich, wenn du sehen würdest, wie sehr ich mich auf einmal für Geschichte interessiere. Auch Frau Kürschner, seine Geschichtslehrerin, würde Augen machen: Marian Hegendahl, Experte für Magie und Verliese des 17. Jahrhunderts.

Und für die Backwerke dieser Epoche, dachte er dann. Denn Julian hatte den kleinen Platz erreicht und aus den weit geöffneten Fenstern des großen Fachwerkhauses strömte ihnen der köstliche Duft frischer Brötchen und ofenwarmer Brotlaibe entgegen. Über der reich mit Schnitzereien verzierten Haustür stand: *Heribert Wulf – Moorgräflicher Hofbäcker*.

Marian und Julian wurde im gleichen Moment bewusst, dass sie vor Hunger fast umkamen. Beide versuchten, sich zu erinnern, wann sie zuletzt was gegessen hatten. Aber es fiel ihnen nicht ein. Mit seiner letzten Kraft trottete der Famulus zur Rückseite des Bäckerhauses und klopfte an einen hölzernen Fensterladen.

Fast im selben Moment ging der Laden auf und in der Öffnung erschien ein leichenbleiches Gesicht. »Ah, Julian, schon so früh auf?« Der Sprecher wischte sich mit einem Zipfel seiner gleichfalls mehlweißen Schürze über Nase und Wangen, und ein sommersprossiges Jungengesicht kam zum Vorschein. »Magst einen Brotfetzen?«

Julian nickte eifrig. Sein Freund Piet griff hinter sich und reichte ihm einen halben Brotlaib, der vor Wärme noch dampfte. »Hat dein Herr schon mit dir gezetert?«, wollte der Famulus wissen.

»Wieso gezetert?«

Julian hatte den Mund voll heißem Brot und konnte nicht

gleich antworten. Na, mach schon, dachte Marian, wenn dieser Wulf euch hier entdeckt, hast du noch ein Problem mehr! Julians Draufgängertum war haarsträubend, zumindest manchmal. Natürlich konnte Marian froh sein, dass Marthelm ihn durch das Talmibro nicht mit einem feigen und apathischen Real-world-Avatar verbunden hatte. Aber dieses unbekümmerte Vorwärtsstürmen ging ihm doch öfter mal zu weit. Und vor allem zu schnell.

Mittlerweile hatte Julian den größten Teil seines Brotes heruntergeschlungen und konnte seinem Freund Antwort geben. Zu Marians Erleichterung erzählte er nichts von der Geisterbeschwörung gestern Abend und erwähnte erst recht nicht, was er eben im Hegendahl'schen Gutshaus beobachtet hatte. »Ich hab gehört«, sagte er nur und dämpfte seine Stimme, »dass der Bäcker dich für den Dieb hält, der ihm ab und zu in den Schatzbeutel greift.«

Piet machte ein so unschuldiges Gesicht, dass es fast schon wieder verdächtig war. Zumal es zu seinen blitzend grünen Augen, der aufgestülpten Nase und den tausend Sommersprossen nicht so richtig passen wollte. »Soll er nur meine paar Habseligkeiten durchwühlen«, sagte er, »dann wird sich schon zeigen, dass er auf einen Verleumder reingefallen ist. Aber ich danke dir trotzdem«

Er grinste unbekümmert und gleich darauf drängte er Julian zum Aufbruch. »Ich muss noch zwei Dutzend Brote backen«, sagte Piet. »Wenn der Herr Wulf uns hier schwatzen sieht, wird er erst recht böse auf mich – und diesmal sogar mit Recht. Also bis bald, Julian!«

Damit ging der Laden wieder zu und der Famulus trottete endlich nach Hause.

Diese Lehmpuppen, dachte er unterwegs, irgendwas hab ich doch über Lehmfiguren, die zum Leben erwachen, schon mal gelesen. Er gähnte so heftig, dass ihm die Tränen in die Augen schossen. Aber leider kann ich mich beim besten Willen nicht erinnern, überlegte er schläfrig weiter, was es mit diesen Erdpüppchen auf sich hat. Na, erst mal noch eine Mütze voll Schlaf nehmen – in kaum einer Stunde klopft Jungfer Hildegunde schon wieder an meine Tür und ruft ›Julian, will Er nicht aufstehen!‹. Wie wär's stattdessen, holde Maid, wenn Sie zu mir unter die Decke schlupft?

So brabbelte der Famulus in Gedanken vor sich hin und ließ sich dabei ohne weiteren Widerstand in seine Kammer manövrieren. Marian fischte ihm wieder das Talmibro aus dem Brustbeutel und wunderte sich flüchtig darüber, dass Julian seine Haare heute gar nicht im Nacken zusammengebunden trug. Der Famulus fiel auf sein Strohbett und schloss die Augen.

Das Buch auf seinem Bord muss halt bis morgen warten, dachte Marian. Und fing schon an zu murmeln: *»Mabrosilat ... Mabrosilat ...«*

Golem, dachte währenddessen der schlaftrunkene Famulus, hießen die Lehmdinger nicht Gol...? Dabei murmelte auch er *»Mabrosilat ... Mabro...«* – und schlief hier wie dort auf halber Strecke ein.

24

Es war stickig warm in der Bibliothek und der ganze Saal in trübes Dämmerlicht getaucht, dabei war es vorm Fenster noch heller Tag. Marian erhob sich aus dem schwarzen Sessel und steckte das Talmibro in seine Tasche. Im ersten Moment fühlte es sich fast ein bisschen fremd an, zurück in seinem eigenen Körper zu sein. Aber danach war es umso großartiger, dass man sich wieder so bewegen konnte, wie man selbst es gerade wollte.

Er streckte sich, trat ans Lesepult, fuhr mit dem Zeigefinger über die goldgelben und blutroten Intarsien. Planeten und geflügelte Dämonen. Außerdem ein Drache, der das Ende seines schuppigen Schweifs im Maul hielt: Ouroboros. Für die mittelalterlichen Alchimisten symbolisierte er die Erschaffung künstlicher Kreaturen durch die Macht der Magie. Das hatte Marian vor Kurzem erst gelesen.

Er nahm den Hörer von dem altertümlichen Wandtelefon. Was hatte Julian da eben noch gedacht?

Egal, jetzt erst mal was essen, beschloss er – das frische Brot hatte ja köstlich geschmeckt, aber davon satt geworden war höchstens Julian.

Der Hörer war stumpfschwarz, knochenklobig, hantelschwer. Rauschen, Knistern, dann endlich das Freizeichen. Musste man jetzt eine Nummer wählen? Welche? Oder reichte es, wenn man einfach den Hörer abnahm? Anscheinend ja. Irgendwo weiter unten im Haus hörte er gleich mehrere Telefone klingeln – drei Mal, fünf Mal. Aber niemand nahm das Gespräch entgegen.

Schließlich legte er wieder auf. Wahrscheinlich hatte Torgas das Klingeln doch gehört und würde gleich kommen, um ihn abzuholen.

Fünf Minuten vergingen, zehn, eine ganze Viertelstunde – und niemand kam. Marian ging zur Tür, getraute sich aber nicht, sie zu öffnen. Er lauschte durch das Türholz – totale Stille, umso unheimlicher, weil das ganze Haus doch vorhin noch von Hammerschlägen gedröhnt hatte. Aber jetzt wirkte da draußen alles wie ausgestorben. Keine Schritte, keine Rufe, nichts.

Vom Kirchplatz wehten die Stundenschläge herüber: Viertel vor acht. Länger konnte er wirklich nicht warten.

Marian atmete durch und drückte die Klinke runter. Und wenn Torgas jetzt doch noch auftauchte und losschimpfte, weil er gegen sein ausdrückliches Verbot verstoßen hatte? Dann würde er eben sagen, dass niemand ans Telefon gegangen war, seine Mutter sich Sorgen machte, er furchtbaren Hunger hatte, außerdem zum Klo musste – und das alles stimmte sogar, aber er ahnte trotzdem im Voraus, dass es den Bruder Türsteher nicht im Geringsten beeindrucken würde.

In einer solchen Loge galt nur eines: das Gesetz des Ordens. Die einzelnen Brüder hatten ihm unbedingten Gehorsam zu leisten. Alles, was im normalen Leben vielleicht als akzeptable Entschuldigung gegolten hätte, stellte in den Augen der Logenbrüder nur verabscheuenswerte Ausreden da. *»Weibergeschwätz, kindisches Gefasel, eines freien Mannes nicht würdig«* – so stand es in dem Buch *Mysterien und Geheimbünde*, das Marian zu seinem letzten Geburtstag geschenkt bekommen hatte.

Er zog die Tür auf, horchte nach draußen – nichts. Auf Zehenspitzen trat er in den Flur hinaus. Vielleicht konnte er sich einfach davonstehlen – über das Eisentor klettern, wie es der Famulus vorgemacht hatte? Allerdings spürte Marian wenig Lust, noch einmal mit den Eisendornen oben auf dem Tor Bekanntschaft zu machen. Und wenn er sich auf diese Weise davonschleichen würde, gegen den ausdrücklichen Befehl von Torgas, würden ihn die Brüder morgen höchstwahrscheinlich gar nicht mehr hereinlassen.

Trotzdem ging er auch die Wendeltreppe so leise runter, wie es bei diesem knarrenden Holzding überhaupt möglich war. Blieb zwischendurch mehrmals stehen, um zu lauschen. Aber das Haus schien wirklich menschenleer zu sein – so als ob die Logenbrüder die Flucht ergriffen und ihn in der Eile des Aufbruchs vergessen hätten.

Aber wovor sollten sie denn fliehen?

Auf der untersten Treppenstufe blieb er wiederum stehen. Doch diesmal nicht, um zu lauschen.

Blitzartig war ihm das Wort eingefallen. Das Wort, das Julian vorhin noch gedacht hatte, als sie schon zusammen die Talmibro-Formel murmelten.

Vor den *Golems*?

Die Lehmfiguren, ja klar, dachte Marian – *Golems* hießen die, und dazu gab es einen Mythos, ein ganzes Labyrinth von Legenden, bei denen es allesamt um solche künstlichen Lehmwesen ging. Hatte nicht ein jüdischer Zauberpriester sie erschaffen? So in dieser Art. Und angeblich wurden sie immer größer, wuchsen regelrecht in den Himmel, sodass ihr Meister sie bald schon nicht mehr beherrschen konnte.

*G*L*M = Golem*, dachte Marian, und die Haare stellten sich ihm auf, im Nacken und das ganze Rückgrat runter. Der Fluch der Golems also? Und der Großmächtige Meister Justus hatte sie vor 333 Jahren erschaffen? Und jetzt hatten Meister Godobert und die anderen Logenbrüder …

Er dachte es nicht zu Ende, sondern rannte durch die Halle voll schwarzer Sessel und noch schwärzerer Bilder auf die Haustür zu. Aber die war abgeschlossen und kein Schlüssel weit und breit.

Die Hammerschläge, dachte Marian. In seinem Kopf lief ein Horrorfilm ab, wieder und wieder: Die Beschwörung gelingt, im Verlies erwachen die Golems – werden groß und größer – Justus verliert die Kontrolle – mauert in Panik den Zugang zum unteren Keller zu.

Und Godobert, Torgas und die anderen, 333 Jahre später: Brechen die Tür in die Tiefe wieder auf, um die Golems freizulassen – oder ohne zu ahnen, was sich da unten Grauenhaftes verbirgt?

»Torgas?« Sein Ruf echote durch die Halle. Aber Antwort bekam er wieder nicht.

Also musste er auch da hinunter, dachte Marian, ihm blieb keine Wahl. Zur anderen Seite der Halle zurück, dort unter der Treppenkehre war die absurd kleine Kellertür, die ihm gleich beim ersten Mal aufgefallen war. Er durchquerte abermals die Halle, rief nochmals nach Torgas, mit einem Unterton von Angst, der ihm total peinlich war. Was Julian sich getraut hatte, würde er doch wohl auch hinkriegen?

Aus der Nähe besehen, war die Kellertür längst nicht so klein, wie es ihm gestern vorgekommen war. Er drückte auf die Klinke und sie ließ sich mühelos aufziehen. Dahinter war eine gewöhnliche Steintreppe, eng und ausgetreten, aber an der Wand gab es sogar einen altmodischen Lichtschalter: Marian drehte daran und unten im Gang ging ein funzliges Licht an. Er zog den Kopf ein und trat unter dem niedrigen Türbalken hindurch.

»Torgas?« Er räusperte sich, doch seine Stimme klang immer noch wie eingequetscht. Aber sowieso war es sinnlos, zu rufen, wenn offenbar niemand mehr im Haus war.

Er lief die Treppe runter, betrat auf wackligen Beinen den Gang, den er gleich wiedererkannte: Da drüben die drei kleinen Lukenfenster, durch das mittlere war der Famulus eingestiegen. Vor 333 Jahren minus 9 Stunden. Oder auch letzte Nacht. Vor den Fenstern war es so dunkel, als ob plötzlich auch hier die Nacht hereingebrochen wäre. Aber es war nur die schwarze Wand des Bannwaldes. Das Ächzen und Knarren war hier viel deutlicher zu hören als in der Bibliothek. Ein Stöhnen und Seufzen, als ob in jedem dieser Bäume eine arme Seele eingesperrt wäre.

Er lief den Gang hinunter. In der Luft jetzt ein Geruch wie von nassem Staub. Am Ende dieses Flurs war der Famulus auf eine weitere Tür gestoßen – zur Treppe in den zweiten Keller hinab. Aber so weit kam Marian nicht.

Plötzlich ein Schlurfen und Scharren wie von Schritten, ein Getrappel auf speckigen Treppenstufen – dann eilte ihm wie aus dem Nichts eine dunkle Gestalt entgegen. In der Hand eine Stablampe, mit der er erst Marian, dann sich selbst ins Gesicht leuchtete: Torgas.

»Was machst du hier?«, fragte der Bruder Türsteher in scharfem Ton. »Hast du vergessen, was du versprochen hast?«

»Es ist niemand ans Telefon gegangen«, sagte Marian. »Und die Haustür war abgeschlossen.« Auf einmal klang seine Stimme ziemlich ruhig. Dabei war er immer noch schrecklich aufgeregt. Aber ob Torgas auf ihn zornig war oder nicht, war ihm im Moment ziemlich egal – er musste herausbekommen, was sie da unten gemacht hatten.

Doch genau das wollte Torgas offenbar verhindern. Er packte Marian am Handgelenk und zog ihn zur Treppe zurück. Marian konnte eben noch einen Blick auf das Ende des Gangs erhaschen: Wo der Famulus eine Tür vorgefunden hatte, war mittlerweile eine solide Mauer – mit einem offenbar frisch hineingehauenen Loch mittendrin. Eben kletterte Meister Godobert durch die Bresche, auf seinen Armen einen würfelförmigen schwarzen Kasten. Hinter ihm erkannte Marian undeutlich die Schatten weiterer Logenbrüder, die in langer Reihe aus der Tiefe emporzusteigen schienen.

Deshalb also die Hammerschläge, dachte Marian, während Torgas ihn durch die Halle mehr zerrte als führte. Sie haben tatsächlich den Durchgang zum unteren Keller geöffnet. Aber warum nur? Und was holen sie von dort herauf? Weshalb hatte Marthelm – oder wer auch immer – die Türöffnung nach unten überhaupt zumauern lassen?

Marian kam beinahe um vor Aufregung und Neugier. Während er Torgas durch die Halle folgte, hielt er es nicht länger aus. »Was machen Sie eigentlich da unten?«, fragte er in möglichst harmlosem Ton.

Der alte Mann schloss die Haustür auf. Im Tageslicht waren sein Anzug, seine Schuhe grau vor Staub. Er trat in den Hof, klopfte sich im Gehen die Ärmel aus und kleine Wolken stiegen auf.

Erst am Tor blieb er wieder stehen. »Dein Onkel hat uns das Haus vererbt«, sagte er, »und wir richten es für unsere Zwecke her.« Er schloss auf und trat zur Seite, um Marian vorbeizulassen. »Wir sind freie Männer und niemandem Rechenschaft schuldig.«

25

Backfisch und Bratkartoffeln – es schmeckte so fantastisch, dass Marian für ungefähr fünf Minuten alles andere vergaß. Länger brauchte er nicht, um die riesige Portion in sich hineinzuschlingen. Hinter seiner Hippiejalousie versteckt, sodass er seine beiden Tischgenossen im Blick behalten konnte, selbst aber in Deckung blieb.

»Wo warst du nur die ganze Zeit?«, hatte Linda ihn mit vorwurfsvollem Unterton gefragt. Und der Professor hatte an seiner Stelle geantwortet: »Bei den Logenbrüdern, fürchte ich.«

Marian fühlte sich gleich zweifach bestätigt: in der Annahme, dass er Hanno Bußnitz früher oder später hier in Croplin wieder über den Weg laufen würde. Und in seiner Ahnung, dass der Professor von Meister Godobert und den anderen Logenbrüdern keine sonderlich hohe Meinung hatte.

Allerdings war er überhaupt nicht darauf gefasst gewesen, seine Mutter und den Professor am selben Tisch in der Gaststube des »Moorgrafen« vorzufinden. Linda mit ärmellosem T-Shirt und Sonnenbrand auf den Schultern, Hanno Bußnitz im schwarzen Anzug. »Deine Mutter grollt mir zwar immer noch«, hatte der alte Mann gescherzt. »Aber nachdem ich mich um die Reparatur eures Autos gekümmert habe, erwägt sie zumindest, meine Strafe zur Bewährung auszusetzen.«

Falls Linda wirklich noch sauer auf ihn war, ließ sie es sich jedenfalls nicht anmerken. Sie lachte über jeden kleinen Joke des Professors und versuchte unablässig, auch Marian mit ihrer tollen Urlaubslaune anzustecken.

Das passt jetzt aber gerade gar nicht, Mutter, dachte er. Natürlich freute er sich darüber, dass es ihr hier gut zu gefallen schien und sie ein paar Tage relaxen konnte. Aber noch mehr hätte er sich gefreut, wenn Linda gemerkt hätte, dass er dringend unter vier Augen mit Hanno Bußnitz reden musste.

Endlich ging sie zumindest mal zum Tresen vor, um den Wirt nach weiteren idyllischen Badeplätzen in der Umgebung zu befragen.

Darauf hatte Marian nur gewartet. »Wie geht es Ihren Moorleichen, Herr Professor?«, platzte er heraus.

Hanno Bußnitz sah ihn mit einem hintergründigen Lächeln an. »Den Umständen entsprechend.«

»Glauben Sie wirklich, dass Sie diese Schlammkadaver wieder zum Leben erwecken können – mit so einer magischen Steinzeitzeremonie?«

»Ich glaube zumindest, dass die Leute damals es geglaubt haben.« Der Professor machte jetzt ein Pokerface. »Ob zu Recht – das muss sich zeigen.«

In den Augenwinkeln sah Marian, dass Linda am Tresen in ein Gespräch mit dem Wirt vertieft war. Wunderbar. Er beugte sich weiter über den Tisch und dämpfte seine Stimme. »Und wäre das dann nicht so ähnlich wie mit den Golems, die so ein jüdischer Zauberpriester aus Lehm geschaffen haben soll?«

Die silberfarbenen Augenbrauen des Professors stiegen in die Höhe. »Ein gewagter Vergleich – aber gar nicht so abwegig, wenn ich es recht bedenke. Auch der Golem-Mythos geht letztlich auf Vorstellungen und Praktiken zurück, wie sie für die Jungsteinzeit typisch waren.«

Marian wurde gleichzeitig heiß und kalt. »Das mit den

Golems könnte also auch funktioniert haben – Ihrer Meinung nach?«

»Dafür spricht so einiges«, sagte Bußnitz. Aus seinem Gesicht hatte sich jeder Anflug von Heiterkeit verloren. »Allerdings hat sich die Erschaffung der Golems bestimmt nicht so abgespielt, wie das in den erbaulichen Legenden vom Rabbi Löw und seinem tumben Lehmknecht erzählt wird.«

Marian nagte an seiner Unterlippe. In Gedanken sah er wieder Meister Justus vor sich, wie er um die Lehmfiguren herumgetanzt war. »Woher wollen Sie das denn wissen?«

»Das fragst du mich doch wohl nicht im Ernst, Junge.« Hanno Bußnitz schüttelte den Kopf, dass seine spinnwebdünnen weißen Haare flogen. »Wenn es so einfach wäre, müsste man ja nur wiederholen, was der jüdische Priester damals angeblich gemacht hat. Eine Figur aus Lehm formen, die ungefähr wie ein Mensch aussieht. Dann die kabbalistische Formel über der Figur sprechen ...«

»Schem – ham – for – as«, murmelte Marian vor sich hin. Und dann fuhr er vor Schreck zusammen, als der Professor mit der Faust auf den Tisch schlug.

»Vorsicht, sag ich!«, stieß Bußnitz hervor, die Stimme zu einem Zischen gedämpft. »Diese alten Magier wussten sehr genau, warum sie ihre Zauberformeln unvollständig niederschrieben – immer nur die Konsonanten, denn in den Vokalen war für sie die magische Kraft verborgen. Deshalb schrieben sie beispielsweise bloß G*L*M.«

Der Schreck saß Marian noch in den Gliedern. »Aber Sie haben doch eben selbst gesagt«, wandte er ein, »dass in den alten Legenden gar nicht erzählt wird, wie es wirklich war.«

»Das stimmt und es stimmt auch wieder nicht«, antwortete Bußnitz. »Im Lauf der Jahrhunderte gerät bei solchen

Überlieferungen vieles durcheinander – vor allem, wenn die Erzähler uns mit diesen Geschichten eigentlich nur noch zeigen wollen, wie dumm und abergläubisch die Leute angeblich in früheren Zeiten waren. Aber gerade die Eigennamen, bestimmte Formeln und Anrufungen, die bei jenen magischen Ereignissen eine Rolle spielten, werden meist erstaunlich unverfälscht überliefert. Und das gilt, soweit ich sehe, auch für die uralten Geschichten von der Erschaffung des oder der Golems.«

Er legte eine kleine Pause ein und sein Blick verlor sich im Halbdunkel der Gaststube. »Also Vorsicht gerade bei magischen Wörtern, Zwingsprüchen und Ähnlichem«, sagte er. »Wenn sie damals funktioniert haben, können sie das auch heute noch tun. Natürlich nur dann, wenn man die gesamte Zeremonie korrekt rekonstruiert hat.«

Marian überlegte fieberhaft. Wie weit durfte er Hanno Bußnitz ins Vertrauen ziehen? Er beschloss, auf der Hut zu bleiben – vor allem, solange er nicht wusste, was der Professor gegen die Logenbrüder seines Freundes Marthelm hatte. »Ein paar Lehmfiguren zu formen und die Formel drüber zu sprechen«, fragte er, »wäre also zu wenig, um die Golems zum Leben zu erwecken?«

Hanno Bußnitz brach in Gelächter aus, das gleich schon in rasselnden Husten überging. »Entschuldige bitte«, sagte er, nachdem er seine Lunge halbwegs unter Kontrolle gebracht hatte. »Aber das war wirklich zu komisch. Nein, es reicht natürlich bei Weitem nicht aus – auch dann nicht, wenn man der Lehmfigur zusätzlich jenes jüdische Zauberwort auf die Stirn schreibt, das auf Deutsch ›Leben‹ und noch einiges mehr bedeutet.« Erneut begann er leise zu lachen. »Probiere es nur aus«, empfahl er Marian, »aber sei nicht allzu enttäuscht, wenn dein lehmiges Gegenüber deine Bemühungen nicht zu würdigen weiß.«

»Okay, verstanden«, sagte Marian. Die Witzeleien des Professors gingen ihm allmählich etwas auf den Geist. »Aber angenommen, man würde die korrekte Formel kennen, das richtige Wort auf die Stirn des Golems schreiben und außerdem die vorgeschriebenen Zeichen in den magischen Kreis malen, zum Beispiel die Schlange, die sich um die Zacken des Pentagramms windet.« Hanno Bußnitz zuckte sichtlich zusammen, aber Marian ließ ihn jetzt nicht zu Wort kommen. Wieder beugte er sich weit über den Tisch und sprach so leise, dass es kaum mehr als ein Flüstern war. »Angenommen also, man würde alles genauso machen, wie es der jüdische Zauberpriester damals auch gemacht hat – dann würde die Beschwörung funktionieren?«

Hanno Bußnitz wirkte mit einem Schlag wieder todernst. Zögernd nickte er. »Oh ja, ich denke schon. Mitentscheidend für Erfolg oder Misserfolg ist aber mindestens noch zweierlei: Erstens, man kann nicht irgendwelchen x-beliebigen Lehm nehmen, sondern nur die rote Erde von gewissen magischen Orten. Und zweitens, man muss die richtige Pulvermischung zur Hand haben, um sie bei der Zeremonie abzubrennen. Die Dämpfe locken dann die Geister herbei, wie es in den alten Texten immer heißt – richtiger wäre es wohl, zu sagen: Die Schwingung erschafft für kurze Zeit ein Sphärenfenster, durch das die Geister in unsere Welt herüberschlüpfen können.«

Er lehnte sich auf der Bank zurück. Als er Marians Blick bemerkte, verzog er sein Gesicht zu einer übertriebenen Grimasse des Schreckens. »Was starrst du mich so an? Ich selbst bin kein Geist, ich schwöre es – auch wenn ich mich immer öfter wie ein altes Moorgespenst fühle.«

Anscheinend wurde der Professor von einer neuen Heiterkeitswelle überwältigt, aber das bekam Marian nur ganz am Rande mit. Dämpfe – Schwingungen – magischer

Ort – Sphärenfenster … In seinem Kopf wirbelte alles durcheinander. »Diese … diese Fenster …« Er verhaspelte sich vor Aufregung und wollte von Neuem ansetzen. Aber der Professor beugte sich vor und legte ihm seine faltige, mit Altersflecken gesprenkelte Rechte auf die Hand.

»Ein andermal mehr. Deine Mutter kommt zurück«, sagte er leise. Und dann viel lauter: »Du bist Marthelm so ähnlich, dass ich es kaum fassen kann.«

»Machen Sie nur weiter so.« Linda setzte sich wieder auf ihren Stuhl neben Hanno Bußnitz und drohte ihm spielerisch mit dem Zeigefinger. »Dann ist Ihre Bewährung bald wieder beim Teufel.«

Der Professor schenkte ihr ein knittriges Grinsen. »Da wäre sie zumindest in guter Gesellschaft, gnädige Frau. Meine Seele nämlich ist schon lange dort. Zumindest sind Godobert und seine Brüder davon überzeugt, dass ich mit der Hölle im Bunde bin.«

Verblüfft sah Marian ihn an. Allmählich verstand er gar nichts mehr. »Und Marthelm?«

»Du meinst, ob auch er seine Seele dem Teufel verpfändet hatte?« Er kratzte sich im Nacken. »Sagen wir so – es gab Dinge, über die hat er lieber mit mir gesprochen als mit den Brüdern in seiner Loge. Dabei war diese Loge doch zumindest in früheren Zeiten als Stätte finsterster Teufelsbeschwörung verschrien. Während ich – trotz allem und immer noch – als Mann der Wissenschaft gelte.«

Er erhob sich, ergriff im Aufstehen Lindas Hand und deutete einen Handkuss an. »Es war mir ein Vergnügen, mit einer so reizenden Bewährungshelferin zu plaudern.« Dann schüttelte er Marian die Hand. »Und mit einem jungen Mann, der offenbar berufen ist, eine gewisse Familientradition fortzusetzen.«

Es dauerte eine Weile, bis sich Linda einigermaßen gefasst hatte. »Eine gewisse Familientradition? Na, der soll sich noch einmal in unsere Nähe wagen – dieser verrückte alte Mann!«

Doch da war Hanno Bußnitz mit seinem schwarzen Cadillac längst wieder zu seinen Steinzeitleichen davongeschnurrt.

26

Später am Abend kam der Horror zurück. Marian warf sich in seinem Hotelbett hin und her und sah immer nur die Golems vor sich: sechs plumpe Lehmriesen, wie sie einer hinter dem anderen die Treppe unter dem Logenhaus emporstampften.

Albträume? Viel schlimmer – er lag mit offenen Augen im Dunkeln und schaffte es einfach nicht, an was anderes zu denken, diesen Horrorfilm auszuschalten, eine andere DVD einzulegen. Er sah immer nur die Golems, wie sie im ehemals Hegendahl'schen Gutshaus herumstampften, alles zertrümmerten, dabei groß und größer wurden – so schnell, dass man zuschauen konnte, wie sie in die Höhe und Breite wuchsen. Wie die Logenbrüder schreiend vor ihnen flohen, sich oben in der Bibliothek verbarrikadierten. Aber die Golems stampften hinter ihnen her, brachen durch die Tür zum Büchersaal, fegten die uralten Wälzer links und rechts auf den Boden, rissen alle Regale um und zerstampften sie zu Kleinholz. Die Freimaurer, in der Ecke beim Lesepult zusammengedrängt, begannen aufs Neue um Hilfe zu schreien, doch die Golems stampften weiter auf sie zu. Da befahl Meister Godobert, das Fenster über dem Pult zu öffnen: Ehe die Golems sie ergreifen, mit ihren Lehmpranken packen, erwürgen, in der Luft zerfetzen konnten, sprangen die Logenbrüder einer hinter dem anderen aus dem Fenster – hinab in den Hexenwald …

Schließlich gab Marian es auf und schaltete das Licht auf seinem Nachttisch ein: halb zwölf. An Schlaf war in dieser

Nacht anscheinend nicht mal zu denken. Er stand auf, ging zum Sessel rüber und holte das Talmibro aus seiner Jeanstasche. Aber jetzt in Julians Welt rüberzugehen, hatte ja keinen Sinn. Dort war es noch nicht mal neun Uhr vormittags – der Famulus musste noch den ganzen Tag lang in seinem Keller Kräuter zerhacken oder sonst etwas mörderisch Anstrengendes machen. Auf jeden Fall würden sie dort unter der Apotheke festsitzen – keine Chance, zu Justus Hegendahl zu schleichen, nachzusehen, was der Großmächtige Meister dort in seinem Verlies vielleicht wieder trieb. Jedenfalls nicht, bevor es bei Julian Abend wurde.

Also schob Mariam das Talmibro zurück und nahm stattdessen sein Handy aus der Gürteltasche. Er musste mit irgendwem über die ganze Sache reden. Aber mit wem nur? Er legte sich wieder aufs Bett. Eigentlich kam nur sie in Frage: Billa. Sie wusste viel mehr über die ganze Sache, als sie bisher zugegeben hatte.

Was würde sie sagen, wenn er um Mitternacht anrief? Mach's halt, dann hörst du ja, was sie sagt. Oder ob sie vielleicht gar nicht drangeht.

Sie meldete sich nach dem ersten Klingeln. »Marian?« Ihre Stimme klang hellwach.

»Sorry, es ist schon spät, aber …«

»… dir läuft die Zeit weg, ich weiß.«

Diese besserwisserische Art, ihn zu unterbrechen und seine Sätze zu Ende zu sprechen, war eigentlich ziemlich nervig. Obwohl sie schon wieder ins Schwarze getroffen hatte. »Woher weißt du das denn?«, fragte er.

»Na ja, ganz blöd bin ich auch nicht.« Sie war noch heiserer als sonst. Was machte sie nur mit ihren Stimmbändern, dass sie immer so kratzig klang – Pferde anschreien? »Bei der Beerdigung kriegst du einen Brief von diesem Oberlogentyp zugesteckt. Und dann hängst du halbe Tage bei den alten Brüdern ab. Und wenn du mal durch die Stadt läufst, benimmst du dich, als ob du gerade per Anhalter durch die Galaxis fährst.«

Er musste lachen. »Gar nicht mal so weit daneben.« Konnte sie etwa hellsehen, oder was? Und als Godobert ihm bei der Beerdigung Marthelms Brief gegeben hatte, war Billa also doch noch im Hinterhof gewesen? Kann gar nicht sein, dachte er – außer der Katze war da nichts Lebendiges mehr. »Sag mal, Billa.« Er zögerte, gab sich schließlich einen Ruck. »Kennst du die Geschichte von dem jüdischen Zauberpriester, der sich aus Lehm einen künstlichen Menschen erschafft?«

Durch sein Handy hörte er ganz deutlich, wie Billa schluckte. Dann erst mal gar nichts mehr. »Hey, Billa, bist du noch da?«

»Du meinst – die Legende vom Rabbi Löw, der sich einen …« Wieder kurze Sendepause. Dann, fast stimmlos: »… einen Golem erschafft?«

»Genau diese Story.«

»Ja, die kenne ich zufällig ganz gut, Marian.«

»Zufällig«, wiederholte er.

»Warum fragst du danach?« Auf einmal ging ihr Atem so schnell, als ob sie gerade eine Treppe hochgerannt wäre.

Dass sie sich mit den Golems auskannte, wunderte ihn noch nicht mal so sehr wie die Aufregung, in die seine Frage sie anscheinend gestürzt hatte. »Und was weißt du also zufällig über diese Sache, Billa?«

»Na ja, was halt jeder so weiß.« Sie versuchte, entspannt zu klingen, doch weiterhin atmete sie kurz und abgehackt. »Da war dieser Rabbi, also dieser Zauberpriester, und der formte sich aus Lehm eine Figur, die wie ein Mensch aussah. Dann schrie er so einen magischen Spruch und der Golem wurde lebendig. Der Rabbi schrieb ihm das hebräische Wort für ›Leben‹ oder ›Schöpfung‹ auf die Stirn: **Ammanth** heißt das, glaub ich. Wenn er die erste Silbe von dem Wort wegwischte, wurde der Golem wieder zu einer toten Lehmfigur. Denn **Manth** bedeutet eben ›Tod‹ oder ›Vernichtung‹.«

Marian hörte ihr zu, die Augen geschlossen, und sah aufs Neue die Horrorbilder vor sich. Wie die Golems im Verlies unter dem ehemals Hegendahl'schen Gutshaus zum Leben erwachten, die Tür zertrümmerten, die Treppe emporgestampft kamen.

»Aber das Problem war«, redete Billa atemlos weiter, »dass der Golem so wahnsinnig schnell größer wurde. Zuerst reichte er dem Priester nur bis zum Gürtel, am nächsten Tag schon bis zu den Schultern. Nach einer Woche war er so groß, dass er mit seinem Kopf fast das Hausdach abhob. Der Rabbi bekam es mit der Angst zu tun und dachte sich einen Trick aus. ›Schnür mir die Stiefel zu‹, befahl er dem Golem. Und als der sich bückte, um den Befehl auszuführen, da wischte ihm der Zauberpriester schnell das halbe Wort von der Stirn. Der Golem fiel um und war wieder nur ein Haufen Lehm. Aber er krachte auf den Rabbi drauf und der kam also zusammen mit seiner Kreatur ums Leben.«

Sie verstummte. Außer Billas hektischem Atmen war mindestens eine halbe Minute lang nichts zu hören. »Aber du rufst mich doch nicht um Mitternacht an«, fragte sie schließlich, »um zu checken, ob ich die Golem-Story kenne, oder?«

»Nicht nur.« Er machte die Augen auf, und die Horrorbilder wurden etwas blasser – dafür stampften die Golems jetzt wie beim Home-Cinema über seine Zimmerwand. »Glaubst du, dass es bloß so eine blöde Geschichte ist? Oder kannst du dir vorstellen, dass jemand wirklich solche Kreaturen erschaffen kann?«

»Oh Mann, Marian.« Sie klang jetzt, als ob sie kurz vor einem Heulkrampf oder so etwas wäre. »Das kann ich mir leider sehr gut vorstellen. Ich meine, deshalb bin ich ja schließlich …« Sie unterbrach sich, und für einen langen Moment war wieder nur zu hören, wie sie atmete. Oder wohl eher schon schluchzte. »Reden wir morgen weiter?«

»Ja, klar, Billa. Alles in Ordnung bei dir?«

»Könnte kaum besser sein.« Sie gab einen sonderbaren Laut von sich, irgendwas zwischen Lachen und Heulkrampf. »Treffen wir uns am Brunnen?«

»Okay«, sagte er, »so um zehn? Oder musst du da auf dem Pferdehof arbeiten?«

»Das kann ich mir einteilen, wie ich will. Also bis dann – schlaf gut.«

»Du auch.« Er legte das Handy auf den Nachttisch und ließ sich zurück in sein Kissen fallen. Was ihn betraf, er würde ganz bestimmt nicht gut schlafen. Er brauchte nur die Augen zuzumachen, da fing der Horrorfilm von Neuem an – in Farbe und mit Dolby 5.1.

27

Billa saß schon auf dem Brunnensims und sie schien mindestens so unausgeschlafen wie er. »Ich hab kein Auge zugekriegt«, sagte sie, »und du?«

Er schüttelte den Kopf. »Auch nicht. Dieses Golem-Zeug wollte mir nicht aus dem Kopf.«

»Ach so. Und die blöde Billa hatte schon gehofft, dass sie dir nicht aus dem Kopf ging.« Sie grinste ihn an.

Was soll das jetzt?, dachte er. Billa lag ja wieder mal gar nicht so sehr daneben, aber sie wollte doch jetzt hoffentlich nicht mit ihm flirten, oder? Das wollte er zwar auch, sogar nichts lieber als das. Aber erst mal mussten sie diese andere Sache klären. »Was war denn gestern mit dir los?«, fragte er schnell. »Wieso hat dich das so mitgenommen, von der Golem-Story zu reden?«

»Mann, Marian, wegen dir halt.« Sie nahm seine Hände und zog ihn so nah zu sich, dass ihre Knie fast seinen Gürtel berührten. »Willst du mir keinen Kuss geben?«

Herrje, dachte er – und dann erst mal gar nichts mehr. Sie zog ihn noch näher zu sich heran. In ihren Augen tanzten blaue Fünkchen. Ihr Mund vor seinem, so nah, dass er ihren Zahnpastaatem roch. Irgendwie ging es jetzt gar nicht mehr anders, und eigentlich wollte er ja auch – er berührte kurz ihre Lippen und richtete sich dann wieder auf.

»Du bist nicht so der Genießertyp, wie?« Sie grinste schon wieder. »Immer cool und sachlich, auch beim Küssen?«

Dabei war sie es, die jetzt ganz kühl und kontrolliert

wirkte. Sein Gesicht dagegen fühlte sich heiß an. »Und du«, gab er zurück, »stürmst du immer so drauflos?«

»Nur wenn ich so total verknallt bin wie jetzt.« Sie lächelte maskenhaft.

Marian glaubte ihr kein Wort. Vielleicht hatte sie sich wirklich ein wenig in ihn verknallt – so wie umgekehrt auch er. Aber trotzdem spürte er doch diesen seltsamen Unterton. Als würde Billa mit zwei Stimmen gleichzeitig reden. Keine Ahnung, was sie vorhat, dachte er. Aber er würde vorsichtig bleiben.

»Lassen wir das jetzt einfach mal«, sagte er und wand seine Hände behutsam aus den ihren hervor. »Diese Golem-Sache – du weißt doch auch was darüber, oder? Ich meine ...« Er holte tief Luft, ehe er weitersprach. »... dass hier in Croplin vor langer Zeit jemand versucht haben soll, solche Monster zu erschaffen?«

»›Jemand‹ ist gut. War das nicht auch wieder einer aus deiner Sippe – ein gewisser Justus Hegendahl? Er soll auch schon ein Freimaurer gewesen sein – und die Logenbrüder waren wohl damals genauso wie heute irgendwie in die Sache verwickelt.«

Erwartungsvoll sah sie ihn an. Aber er zuckte nur mit den Schultern. »Könnte schon sein.« Er drehte den Kopf zur Seite, weil er ihren brennenden Blick nicht länger aushielt. »Gehen wir ein Stück? Ich muss noch mal zum Logenhaus.«

Sie sprang vom Brunnensims herunter. »Okay, gehen wir.« Sie fasste nach ihm, aber Marian tat so, als hätte er es nicht bemerkt, und steckte seine Hand schnell in die Hosentasche.

Sie schlenderten durch die Herrengasse, wieder Arm neben Arm. Billa gefiel ihm sehr, aber sie war ihm einfach nicht ganz geheuer. Mit ihr Hand in Hand gehen, sie noch mal küssen, aber diesmal richtig – das hätte er alles brennend gern gemacht. Wenn er nur nicht dieses hässliche Nagen im Magen spüren würde: Irgendwas stimmt nicht mit ihr, pass auf.

Aus den Augenwinkeln sah Marian sie an. Sie war das mit galaktischem Abstand schönste Mädel, das ihn jemals aufgefordert hatte, sie zu küssen. Doch gleichzeitig ging von ihr etwas irgendwie Düsteres, Bedrohliches aus. Ihre Haarmähne trug Billa heute zu einer Art Nest aufgestapelt, aus dem sich kupferblonde Strähnen in alle Richtungen schlängelten. Wie bei Medusa, der Urmutter aller Hexen, dachte er – die hatte allerdings Giftschlangen im Haar.

»Ich hab durch Marthelms Brief von der ganzen Sache hier erfahren«, sagte er, als sie gerade an Julians Apotheke vorbeikamen. »Und woher weißt du davon?«

Prüfend sah sie ihn von der Seite an. Anscheinend überlegte sie, wie offen sie sein durfte. »Also gut, Vertrauen gegen Vertrauen«, sagte Billa schließlich. »Der Reiterhof drüben, hinter dem Hexenholz – das ist eigentlich mehr so ein abgewracktes Bauerngehöft, obwohl es da auch ein paar Pferde gibt. Ich war schon als Kind oft in den Ferien hier. Der Hof gehört drei Frauen. Die eine ist noch einigermaßen jung, die zweite alt, die dritte uralt. Sie sagen von sich selbst, dass sie Hexen wären – halb im Spaß, klar, aber eben auch halb im Ernst.« Ihr Atem wurde wieder hektischer, und als sie auf seine rechte Seite wechselte und wieder Händchen halten wollte, ließ er es diesmal zu.

Wie kühl und schmal ihre Hand in seiner lag. Oh holde Maid, dachte Marian, während Billa stockend weiterredete, wieder mit einem Unterton, als ob sie gegen einen Heulkrampf ankämpfen würde. »Was Genaues war nie aus ihnen rauszukriegen, aber sie sagen im Prinzip dasselbe wie du eben: Vor über dreihundert Jahren ist irgendwas im Hegendahl'schen Gutshaus passiert – dort und dahinter im

Wald. Es hatte mit Magie und der Erschaffung von Golems zu tun. Irgendwas ist damals schiefgelaufen und der Wald ist seit damals so … so …« Sie blieb stehen und schluckte krampfhaft. »… so verhext eben, und angeblich soll 333 Jahre später hier wieder irgendwas passieren – mit dem Wald, mit den Golems, was weiß ich.«

Sie hatte jetzt wahrhaftig Tränen in den Augen. Marian hätte sie am liebsten in den Arm genommen und hingebungsvoll getröstet. Aber er stand stocksteif vor ihr, als ob er selbst zu einem Baum im Hexenholz verwunschen worden wäre.

»Nach 333 Jahren, das stimmt«, sagte er. »Und laut meinem Urgroßonkel sind die in zwei Wochen um – am 9.9.«

Sie nickte stumm und heftig. Die Tränen sprudelten ihr nur so aus den Augen. Marian hatte sich noch nie in seinem Leben so hilflos gefühlt, so unbeholfen. Was sollte er jetzt machen? In alten Filmen reichten die Helden ihrer Dame in solchen Situationen ein blütenweißes Stofftaschentuch – aber das Tempo in seiner Hosentasche hatte seine besten Zeiten längst hinter sich. Oder der Film-Gentleman küsste ihr die Tränen aus den Augenwinkeln und ließ dazu irgendeinen weltmännischen Spruch ab, aber das passte hier ja wohl erst recht nicht. Schon deshalb, weil ihm überhaupt keine Sprüche einfielen.

Billa wischte sich mit dem Handrücken über die Augen und ging weiter. Seine Hand hatte sie losgelassen, und er trottete hinter ihr her und fragte sich, ob sie ihn jetzt für einen gefühllosen Klotz hielt. »Was ist denn?«, brachte er endlich hervor. »Warum weinst du denn die ganze Zeit?«

Denn die Tränen liefen ihr schon wieder aus den Augen und jeder soundsovielte Atemzug war ein krampfhafter Schluchzer. »Verdammt, wegen dir«, sagte sie. Da waren sie bereits in Sichtweite des Logenhauses. »Das hab ich dir doch vorhin schon erklärt, und es ist die reine Wahrheit, Marian.« Ein schiefes Lächeln erschien auf ihrem Gesicht. »Bis vor drei Jahren ist Jakob, mein Zwillingsbruder, in den Sommerferien immer mit hierhergekommen. Und du erinnerst mich wahnsinnig stark an ihn.«

Sie wischte sich wieder über die Augen. Marians Herz klopfte wie verrückt. Sie standen so nah voreinander, dass sich ihre Oberkörper fast berührten. »Was ist denn mit ihm passiert«, fragte er, »ich meine, warum ist er danach nicht mehr mit hierhergefahren?«

Am liebsten hätte er sich die Ohren zugehalten. Denn er ahnte doch, was sie jetzt antworten würde. Es erklärte alles – ihr seltsames Verhalten, ihre Aufregung über die Golems, ihre Tränen.

»Jakob ist hiergeblieben«, sagte sie. Er spürte ihren Atem auf seinem Gesicht. »Er ist vor drei Jahren hier während der Ferien verschwunden. Die Polizei glaubt, dass er im Moor ertrunken ist. Aber ich weiß, dass das nicht stimmt, Marian.« Sie schlang ihre Arme um ihn und presste ihn an sich. Ihr tränennasses Gesicht an seiner Wange. »Und du weißt es auch«, flüsterte sie ihm ins Ohr. »Er ist nicht im Moor ertrunken, er ist immer noch da draußen – im Hexenholz.«

28

»Du kommst ein bisschen ungelegen«, sagte Torgas. »Hat das nicht bis morgen Zeit?« Er hielt den Schlüsselbund bereits in der Hand, machte aber keine Anstalten, das Tor für Marian aufzuschließen.

»Marthelm hat mir geschrieben, dass Sie mir helfen würden, wenn ich Sie darum bitte. Er wollte ...«

Der Bruder Türsteher schnitt ihm mit einer müden Handbewegung das Wort ab. »Er wollte viel, unser Meister Marthelm. Und vielleicht haben wir ihm zu oft seinen Willen gelassen.« Dann sah er Marian an, als würde ihm plötzlich klar, mit wem er sprach. »Also, ich lasse dich herein. Das macht im Grunde keinen Unterschied mehr.«

Seine Hand zitterte so sehr, dass er erst beim dritten Versuch den Schlüssel ins Schloss bekam. Auch seine Augen waren voller Angst, als er Marian wieder ansah. »Aber du musst mir versprechen, dass du heute wirklich oben in der Bibliothek bleibst.«

Marian nickte. Stumm folgte er dem Bruder Türsteher ins Haus. Vom Keller her schallte abermals lautes Hämmern und Rumoren empor. Er wollte Torgas fragen, was es damit auf sich hatte, aber der alte Mann warf ihm einen so düsteren Blick zu, dass Marian seine Frage wieder herunterschluckte.

Vor der offenen Bibliothekstür zog Torgas eine goldene Taschenuhr aus seiner Weste. Er klappte den Deckel auf und starrte längere Zeit auf das Zifferblatt. »Gleich zwölf«, sagte er. »Um vier Uhr komme ich dich holen.« Er bedeutete Marian, in die Bibliothek zu gehen. »Bleib unter allen Umständen da drin«, sagte er noch. »Was auch geschieht und was immer du möglicherweise hörst.« Ohne eine Antwort abzuwarten, schloss er die Tür und ließ Marian allein.

Zwölf Uhr war eine gute Zeit, um das Talmibro zu öffnen – bei Julian war es jetzt neun Uhr abends. Aber Marian würde trotzdem nicht zu ihm hinübergehen, nicht jetzt.

Die Hammerschläge tief unten im Keller ließen Wände und Decken vibrieren. Sogar die Bücher erbebten in ihren Borden. Mehrere der schweren Lederwälzer rutschten aus den Regalen und fielen klatschend zu Boden. Bald darauf wurde das Hämmern leiser, aber dafür begann zusätzlich wieder der dumpfe Sprechgesang.

Nein, auch hier oben konnte er nicht bleiben. In den alten Schwarten nach weiteren Offenbarungen über den Golemzauber zu suchen – unmöglich. Er könnte sich jetzt sowieso nicht auf ein Buch konzentrieren. Mit seinen Gedanken war er mal bei den Logenbrüdern, mal bei Billa und ihrem Zwillingsbruder Jakob. Vor drei Jahren hier in Croplin verschwunden – und sie glaubte wirklich, dass er sich damals im verwunschenen Bannwald verirrt hatte? Verdammt, Billa, ich glaub's ja auch. Jedenfalls fast.

Das Hämmern und Rufen hörte mit einem Schlag auf. Die plötzliche Stille war noch unheimlicher als vorher das monotone Lärmen. Marian hielt es nicht mehr aus – und wenn Torgas mich zur Strafe nie mehr ins Logenhaus lässt, dachte er, ich muss rausfinden, was sie da unten machen.

Auf lautlosen Pumasohlen ging er zur Tür, zog sie auf, lauschte nach draußen. Weit und breit nichts zu hören. Schon war er bei der Treppe, machte sich so leicht wie möglich, wich den schadhaften Stellen aus, die gestern unter seinen Tritten besonders geächzt und geknarrt hatten.

Aber er hätte genauso gut auf Julians Holzsohlen herumpoltern können – auch in der Halle war niemand zu hören und zu sehen. Das ganze Haus schien wieder wie ausgestorben, zumindest der oberirdische Teil.

Halb war er drauf gefasst, dass Torgas vorsorglich die Kellertür unter der Treppenkehre verriegelt hatte. Aber als er die Klinke runterdrückte, ließ sie sich widerstandslos öffnen. Er zog sie einen Spaltbreit auf, hielt den Atem an und lauschte erneut.

Schlurfende Schritte. Unten war das funzlige Licht eingeschaltet. Schemenhafte Gestalten marschierten eine hinter der anderen durch den Gang. Immer wenn eine an der Treppe nach oben vorbeikam, warf sie einen riesenhaften Schatten an die Wand unter Marian. Aber es waren keine wirklichen Riesen, und sie bewegten sich auch nicht mit den stampfenden Schritten der Golems aus seiner Horrorvision: Die Kerle da unten schlurften und keuchten wie alte Männer, die bis zur Erschöpfung irgendwelches schweres Zeug durch die Gegend schleppten.

Marian machte sich an den Abstieg. Ihm war ziemlich beklommen zumute, doch übermäßig nervös fühlte er sich nicht. Schließlich war er ja schon zweimal hier unten herumgeschlichen – einmal mit Julian, dann auf eigene Faust. Das wurde also fast schon zur Routine, wenn auch nur die erste Hälfte der Expedition. An den zweiten Teil, hinter der aufgebrochenen Mauer, wollte er lieber noch nicht denken.

Stufe um Stufe schlich er durch den dunklen Treppenschacht hinab, eng an die Wand gedrückt. Auf der drittletzten Stufe blieb er stehen und beobachtete mit angehaltenem Atem, was die Logenbrüder im Gang da unten trieben.

Von rechts kam eine ganze Kolonne alter Männer in staubigen schwarzen Anzügen angeschlurft, von der aufgebrochenen Mauer her. Jeder von ihnen trug einen solchen würfelförmigen schwarzen Kasten, wie Marian sie gestern schon hier unten bei ihnen gesehen hatte. Genau so einen Kasten hatte Godobert auch zu Marthelms Grab mitgebracht, fiel ihm ein – mit dem Totenschädel und einer Art Lorbeerkranz drin.

Aber was mochte in all diesen Kisten sein, die die Logenbrüder aus dem tieferen Keller emporschleppten? Und wo trugen sie ihre Lasten hin? Sie gingen nach links weiter, wo der Gang vor den drei Fensterluken in der Rückfront des Hauses endete. Von dort kamen ihnen noch mehr alte Männer, genauso erschöpft und verstaubt, entgegen – mit leeren Händen, da sie ihre Last offenbar da drüben losgeworden waren.

Eine Weile beobachtete Marian dieses seltsame Treiben. Endlich schien es im tieferen Keller keine weiteren Kisten mehr zu geben, oder die alten Männer legten eine Pause ein, um wieder zu Kräften zu kommen. Jedenfalls kam von ganz unten niemand mehr emporgeschnauft, und auch von links kehrten keine Logenbrüder mehr zurück, um sich weitere Kästen aufzuladen. Stattdessen hörte Marian jetzt von dort her, wie die Fensterluken zum Hinterhof eine nach der anderen aufgestoßen wurden.

Kurz entschlossen sprang er die letzten Stufen hinunter und lief nach rechts auf die aufgebrochene Mauer zu. Vor der Bresche wurde ihm doch wieder ziemlich mulmig. Die Treppe dahinter führte steil und glitschig in unabsehbar dunkle Tiefe. Die Luft, die zu ihm heraufdrang, roch modrig. Marian überlegte schon, ob er nicht doch besser umkehren sollte – da hörte er einen Ruf irgendwo in seinem Rücken, wahrscheinlich vom anderen Ende des Gangs. Es klang wie »Heda!« oder »Wer da!«, und er konnte nur hoffen, dass der Ruf nicht etwa ihm gegolten hatte. Aber falls sie ihn entdeckt hatten, war sowieso schon alles egal – während er das dachte, zwängte er sich bereits durch die

Mauerbresche und lief auf speckigen Stufen in den zweiten Keller hinab. Unten gab es wieder so einen Gang wie im Keller darüber. Zu sehen war allerdings fast gar nichts. Aber als Marian die Arme seitwärts ausstreckte, streiften seine Finger links und rechts über feuchten Stein.

Auch der Boden fühlte sich glitschig an. Vorsichtig, um nicht auszurutschen, folgte Marian dem Gang. Irgendwo links in der Wand musste die Tür zum Verlies sein, in dem Meister Justus versucht hatte, die Golems zu beschwören. Mit jedem Schritt schien es etwas heller zu werden, dann plötzlich ging es scharf nach links.

Verblüfft blieb er stehen. Der Gang weitete sich hier zu einem kleinen Platz. Ein trübes Deckenlicht erhellte die Szenerie. Rohe Wände, wie aus dem Fels gehauen, schimmernd vor Feuchtigkeit. Es sah aus wie eine Höhle – die Behausung von Steinzeitleuten. Auf dem Boden lagen eigenartige Kugeln und Figuren verstreut. Aber für diese seltsamen Objekte hatte Marian nur einen flüchtigen Blick. Merkwürdiger als alles andere war das dunkle Fenster da drüben, wo die Höhlenwände sich wieder verengten.

Zögernd ging er auf die dunkle Scheibe zu. Sie wirkte so … so fremdartig, wie von einem anderen Stern. Sie verschloss den Gang in seiner ganzen Höhe und Breite. Es war kein Spiegelglas, denn man konnte sich nur undeutlich darin sehen, und es war auch kein gewöhnliches Fenster, denn richtig hindurchschauen konnte man auch nicht.

Marian trat näher heran. Die Scheibe zu berühren schien ihm wenig ratsam. Unmöglich zu sagen, ob sie einfach aus Glas bestand oder vielleicht mit irgendeiner lebendigen Substanz überzogen war. Ihre Oberfläche schimmerte trüb, als wäre sie mit einer Art grauem Schleim bedeckt. Desto härter, ja undurchdringlicher wirkte die glasartige Wand dahinter.

Er schirmte seine Augen mit den flachen Händen ab und ging so nah wie möglich heran, ohne das dunkle Ding zu berühren. Sein Herz hämmerte wie irre. Ein Wort aus Marthelms Brief kam ihm in den Sinn: *Zeitpforte*.

Auf der anderen Seite der Scheibe gab es anscheinend eine Höhle ähnlich dieser hier. Nur war der Platz da drüben viel größer. Die Wände waren mit einer Unzahl Tunnels und Gängen durchlöchert, die in alle Richtungen führten. Aber durch das Dunkelgrau der Scheibe wirkte alles undeutlich, verschwommen – als würde man durch das Unterwasser-Bullauge einer Schiffskabine schauen.

Oder durch das Talmibro, wenn es erst halb auseinandergezogen war.

Eine Zeitpforte, dachte Marian wieder. Wie hatte Marthelm geschrieben? Große Mühe habe es ihn gekostet, den *»Wächtern der Zeitpforte dieses mächtige magische Instrument abzulisten«*. Also konnte man durch diese Scheibe wie durch ein Riesen-Talmibro hindurchgehen – und sich drüben dann aussuchen, in welche Epoche, welches Jahrhundert man katapultiert werden wollte? Dagegen hatte Marthelm das Talmibro, das für Marian bestimmt war, offenbar so programmiert – oder von den Zeitpfortenhütern einstellen lassen –, dass er damit immer bei Julian landete.

Das alles ging Marian durch den Kopf, während er ganz nah vor dem dunklen Fenster stand und hindurchzuspähen versuchte. Vielleicht hatten sich seine Augen an die verschwommene Sicht angepasst, oder es war da drüben ein wenig heller geworden – nun kam es ihm jedenfalls so vor, als ob sich auf der anderen Seite etwas bewegte. Eine Art goldener Schlieren, die da drüben durch die Finsternis schwebten – wie die Moordämpfe, die in Croplin ständig den Himmel verschleierten. Aber sie bewegten sich viel schneller und offenbar zielstrebig, so als ob es lebendige Wesen wären.

Marian kniff die Augen zusammen, vor Anstrengung begann er wieder zu schielen. Und mit einem Schlag wurde ihm klar, was es mit den teils gold-, teils silberfarbenen Lichtschwaden da drüben auf sich hatte: Es mussten Geister sein – Dämonen und Planetengeister wie jene Arestios und Zenturius, die der Großmächtige Meister in der Schlossruine herbeigezwungen hatte.

Je länger Marian hinsah, desto mehr von diesen Geistwesen entdeckte er nun. Sie flogen in die Tunnel hinein oder schossen aus Wandlöchern hervor. Er war so fasziniert, dass er alles andere vergaß – die Logenbrüder, die Gefahr, in der er schwebte, sogar den Golem-Fluch. Er erblickte Dämonen in allen Farben und Formen, die sich durch das Dunkel da drüben schlängelten – wie exotische Tiefseefische in einem gigantischen Aquarium. Nur dass sie nicht durch Wasser und auch nicht durch Luft schwebten, wie man sie hier auf der Erde atmete. Denn es war ein Fenster in eine ganz andere Welt – die Sphäre der Dämonen und Geister.

Marthelm hatte das alles hier also erschaffen? Anders konnte es gar nicht sein. Es war weit mehr als eine Zeitpforte, dachte Marian, unendlich viel mehr als ein Riesen-Talmibro, durch das man bloß in die Vergangenheit gelangte.

Er nahm seine Hände herunter und trat ein kleines Stück von der Scheibe zurück. Wie hatte Hanno Bußnitz das gestern genannt? Ein »Sphärenfenster«, durch das man Dämonen herbeizwingen konnte. Wenn man aber ein solches Fenster lediglich durch das Abbrennen magischer Pulver entstehen ließ, dann verflüchtigte es sich wieder, sowie die Dämpfe erloschen waren. Marthelm jedoch hatte offenbar ein Sphärenfenster erschaffen, das dauerhaft bestand. Marian empfand tiefen Respekt vor seinem Verwandten. Er musste wohl wirklich ein großmächtiger Magier gewesen sein.

Gedankenverloren hob er seine Hand, um die Scheibe zu

betasten. »Tu das besser nicht«, rief hinter ihm eine kräftige Stimme. Er fuhr herum, zu Tode erschrocken. »Seit Tagen«, sagte Meister Godobert, »schlagen meine Brüder und ich mit Eisenhämmern auf dieses Teufelsfenster ein, aber bisher konnten wir ihm nicht einmal einen Kratzer zufügen. Wir müssen uns offenbar damit abfinden, dass wir allein diese Pforte weder durchdringen noch zerstören können. Denn wie der verewigte Meister Marthelm sagte: Zum Wanderer zwischen den Sphären muss man berufen sein.«

»Berufen?«, wiederholte Marian. Mit einiger Anstrengung gelang es ihm, seinen Blick von dem Sphärenfenster abzuwenden. »Was meinen Sie damit?«

Godobert kam mit schleppenden Schritten näher und sah Marian aus müden Augen an. Sein Gesicht war grau vor Erschöpfung. Von der jugendlichen Beschwingtheit, die er und seine Brüder noch bei Marthelms Beerdigung an den Tag gelegt hatten, war wenig übrig geblieben. »Berufen wie dein Onkel«, sagte er, »und wie allem Anschein nach auch du.«

Der Logenmeister ging zu einem Winkel im Schatten und bückte sich leise ächzend. Als er zu Marian zurückkehrte, balancierte er zwei schwarze Kästen auf seinen Armen. »Es ist eine Frage des Blicks«, sagte er, »wie es in den alten magischen Schriften heißt. Der inneren Einstellung, die sich dann auch auf die äußere Augenstellung auswirkt. Ich habe es dir sofort angesehen, Marian Hegendahl, schon als ich dir Marthelms Brief übergeben habe: Du trägst diese innere Macht in dir, genauso wie er. Und ich hoffe und bete seither zum Großen Baumeister aller Welten, dass du einen überlegteren Gebrauch als dein Onkel davon machen wirst.«

Er setzte die Kästen neben Marian auf den Boden. »Aber jetzt sei so nett«, sagte er mit matter Stimme, »und hilf uns, die Überreste dieses Dämonenfriedhofs zu beseitigen.«

29

Was denn für ein Dämonenfriedhof? Entgeistert sah Marian zu, wie sich der Logenmeister neben einem der seltsamen Kugelobjekte hinkniete.

»Sieh sie dir an«, sagte Godobert. Er klang nun tief erschüttert. »Schau sie dir doch an. Hast du jemals so etwas gesehen?« Er zog ein Paar ehemals weißer Handschuhe aus seiner Anzugjacke und streifte sie sich über.

Zögernd kauerte sich Marian neben ihn. Godobert hatte recht – diese Dinger ähnelten nichts, was er in seinem Leben bisher zu sehen bekommen hatte. Die meisten hatten eine mehr oder weniger regelmäßige Kugelform und ungefähr den Umfang eines Männerschädels. Sie lagen überall in der Höhle verstreut, dabei mussten die Logenbrüder schon Dutzende davon in den schwarzen Kästen nach oben getragen haben. Manche hatten eine entfernte Ähnlichkeit mit Menschengesichtern – sehr viel eher waren es die Fratzen von Horrorwesen.

Marian erblickte dreiäugige Kreaturen, Geschöpfe mit Trichtermäulern, mit distelspitzen oder wie Schlangen sich halb um den Schädel windenden Ohren. Bei einigen der Kugelkreaturen lief eine Art Augenschlitz um den ganzen Kopf – der gleichzeitig ihr Körper war – herum. Manche wiesen Überreste von Flügeln auf, schwarz und ledern wie bei Fledermäusen. Bei anderen bemerkte Marian eine Vielzahl von Beinstümpfen – offenbar hatten sie sich zu Lebzeiten wie überdimensionale Spinnen fortbewegt. Wieder andere schienen fast nur aus Zähnen zu bestehen – Mäulern voll dolchspitzer Reiß- und Stoßzähne, darüber zwei winzige, boshafte Augen.

Godobert nahm den Deckel von einer der schwarzen Kisten. Dann hob er mit beiden Händen einen Kugeldämon auf, dessen Augenhöhlen wie Trapeze geformt waren. Er setzte ihn in die schwarze Kiste, stülpte sofort wieder den Deckel darauf und erhob sich mit einiger Mühe.

»Mach es einfach wie ich«, sagte er. »Es sind ja allem Anschein nach nur noch die leblosen Überreste der Dämonen, die Marthelm durch dieses Sphärenfenster herbeigezwungen hat. Er hat es uns mehr als einmal beschrieben, obwohl wir lieber nichts davon erfahren hätten. Aus Erde oder Lehm hat er im Groben solche Kugelformen hergestellt – in anderen Fällen wohl auch Figuren mit menschenähnlicheren Umrissen. Wenn dann ein Geist in so eine Form hineinfährt, nimmt das Material bis zu einem gewissen Grad das Aussehen dieses Dämons an.« Er schüttelte den Kopf. »Aber ob tot oder nicht, ich will die Biester nicht im Haus haben. Deshalb habe ich meine Brüder angewiesen, alles nach oben zu bringen.«

»Aber was haben Sie mit ihnen vor?«

»Wir vergraben sie hinter dem Haus.«

Marian hatte unterdessen die zweite Kiste zu sich herangezogen und den Deckel abgenommen. Sie ähnelte einer altmodischen Hutschachtel – außen schwarz lackierte Pappe, innen gefüttert mit goldgelbem Seidenpapier. Nur allmählich wurde ihm klar, was Godobert da eben gesagt hatte. »Sie wollen die Dämonendinger im Hexenholz verbuddeln?«

Als ob diese Kugelfratzen allein nicht schon unheimlich genug wären. Weil Marian keine Antwort bekam, wandte er sich um. Im Eingang zu der kleinen Höhle drängten sich mittlerweile mehrere Logenbrüder. Vor ihnen stand ihr

Meister Godobert, flüsternd und gestikulierend. Mehrfach schaute er über die Schulter zu Marian, wie man zu jemandem hinsieht, über den man gerade redet. Offenbar gefiel es den anderen alten Männern nicht, dass Marian hier war, und Godobert versuchte, sie zu beschwichtigen.

Aber Marian gefiel es auch selbst immer weniger, dass er in dieser Geisterhöhle hockte und Dämonenüberreste beseitigen sollte. Halbherzig griff er nach einer Kugelkreatur mit umlaufendem Augenschlitz. Aber dann zog er die Hände wieder zurück. Ein halbes Dutzend alter Männer kauerte nun um ihn herum auf dem schimmligen Felsboden und verstaute weitere der grässlichen Kreaturen in schwarzen Schachteln. Doch sie alle trugen Handschuhe, und vorhin hatte Godobert seine Hände sogar eigens bedeckt, ehe er das Kugelding in den Kasten gepackt hatte.

»Kluger Entschluss, Junge«, sagte einer der alten Brüder, der ihn offenbar beobachtet hatte. »Die Biester sind alle mit so einem zähen, klebrigen Zeug bedeckt. Man kann nie wissen.« Er hustete rasselnd. »Wenn es nach mir gegangen wäre, würden wir sie nicht einfach oben im Wald vergraben.« Er nahm eines der Wesen, stopfte es in seine Kiste und drückte den Deckel fest darauf.

»Was würden Sie denn damit machen?«, fragte Marian.

»Einen hübschen großen Scheiterhaufen draußen im Moor würde ich aufschichten. Dann würde ich die Biester alle draufkippen und das Ganze anzünden.« Der alte Mann spuckte aus und sah Marian aus rot geäderten Augen an. »Das würde ich machen, Junge.«

Wenig später stand Marian inmitten der Logenbrüder in dem engen Hof hinter dem ehemals Hegendahl'schen Gutshaus. Die alten Männer hatten sämtliche schwarzen Kästen durch die Fensterluken hier herausgeschafft und im Hof aufgestapelt. Es mussten wenigstens fünfzig sein.

»Dämonensärge«, hatte einer der Brüder gesagt und meckernd gelacht.

Aber Godobert hatte ihn streng zurechtgewiesen. »Auch sie sind Geschöpfe des Großen Weltbaumeisters. Ihre sterblichen Überreste sollen in Frieden ruhen.«

Der Bannwald ächzte und knarrte hier draußen so laut, dass man sich nur mit erhobenen Stimmen verständigen konnte. Auf ein Zeichen von Godobert ging der Bruder Türsteher zum Tor in der Mauer, die das Anwesen vom Hexenholz trennte. Die Mauer war hier hinten bestimmt genauso hoch wie vor dem Haus. Aber neben den riesenhaften Bäumen, die ihre knorrigen Arme schwenkten, nahm sie sich mickrig und nutzlos aus. Torgas zückte seinen Schlüsselbund, machte sich leise fluchend am Schloss zu schaffen – dann endlich schwang das Tor mit einem rostigen Quietschen auf.

Offenbar war es seit langer Zeit nicht geöffnet worden. Und die beklommenen Gesichter der Logenbrüder ließen erahnen, dass sie etwas sehr Ähnliches wie Marian dachten: Vielleicht hätten sie dieses Tor besser zugelassen. Wie auch das Sphärenfenster tief unter dem Haus am besten nie geöffnet worden wäre.

Doch dafür war es jetzt zu spät – hier wie dort.

Zwei Logenbrüder traten durch das Tor in den Wald hinaus, Spaten und Schaufel geschultert. Erstaunt sah Marian, dass sie schwarze Zylinder und golden gemusterte Schärpen trugen wie bei Marthelms Begräbnis. Auch die traditionellen Schurze, übersät mit Freimaurersymbolen, hatten sie wieder über ihren Anzughosen angelegt. Aber mehr noch als diese altertümliche Kostümierung verwunderten ihn die langen Seile, die die beiden alten Männer um ihre Mitte gebunden hatten. Es waren solide Taue, schwarzes Flechtwerk, durchzogen von goldfarbenen Schnüren.

Zwei weitere Logenbrüder schlangen sich die Enden um ihre Handgelenke. Langsam entrollten sich die Seile, während die beiden Totengräber in den Wald vordrangen. Schließlich rief Meister Godobert mit schallender Stimme: »Halt, Brüder! Nicht weiter. Dort grabt.«

Die Seile waren nun so weit gestrafft, dass sie den Boden nicht mehr berührten. Die Totengräber mussten ungefähr 30 Meter tief im Hexenholz sein. Zu hören war nichts von ihnen, dafür schien das Brausen und Knarren des Waldes immer lauter anzuschwellen. Doch es war klar, dass die beiden dort draußen emsig arbeiteten: Wenn der eine Bruder den Spaten in die Erde stieß oder der andere mit der Schaufel nachsetzte, schwangen die schwarz-goldenen Taue im Hinterhof des Logenhauses heftig hin und her.

Während das Dämonengrab ausgehoben wurde, ging Meister Godobert durch die Reihen der Brüder und legte fest, welche von ihnen die sterblichen Überreste in den Wald hinaustragen sollten. Zwei meldeten sich freiwillig, aber Godobert erklärte, dass sie viel mehr Träger brauchten. »Wir müssen vor Einbruch der Dunkelheit mit allem fertig sein, Brüder – ihr wisst, aus welchem Grund.«

Die alten Männer nickten mit bedrückten Gesichtern. Nochmals drei erklärten sich bereit, mitzuhelfen. Godobert wartete noch einen Augenblick, dann deutete er nacheinander auf vier weitere Brüder. Sie schüttelten bestürzt die Köpfe oder vergruben ihre Gesichter in den Händen.

Aber Godobert schien immer noch nicht zufrieden. Suchend schaute er sich um. Da gab sich Marian einen Ruck und trat vor. »Lassen Sie mich mithelfen«, sagte er. »Mir macht es nichts aus.«

Der Meister zögerte kurz, dann stimmte er mit einem Lächeln zu. »Die zehn Träger gehen jetzt alle zu den Kästen«, befahl er. »Auf mein Zeichen nimmt jeder einen Kasten und bringt ihn hinaus. Aber Vorsicht: Ihr wisst, dass wir nicht genügend Schutzseile zur Verfügung haben, um jeden von euch wie die Brüder Totengräber abzusichern. Bleibt dicht bei den Tauen, dann wird euch nichts geschehen.«

Marian musste schlucken. Warum hatte er sich freiwillig gemeldet? Und sogar noch behauptet, dass es ihm nichts ausmachte, in den Hexenwald zu gehen? Das Herz schlug ihm bis hinauf in die Kehle. Er nahm einen schwarzen Kasten auf und beschwor sich, nicht daran zu denken, was er enthielt. Genauso wenig wie an die Schauergeschichten von all den Leuten, die sich im Cropliner Bannwald auf Nimmerwiedersehen verirrt hatten. Zum Beispiel Jakob, Billas Zwillingsbruder, dem er, Marian, angeblich so wahnsinnig ähnlich war.

In stummer Kolonne marschierten sie hinaus in den Wald. Marian passte haarscharf auf, dass er dicht hinter seinem Vordermann und genauso nah bei dem Seil zu ihrer Linken blieb. Konnte es sein, dass das Waldgeheul mit jedem Schritt noch lauter wurde? Ein Knarren, Knirschen, Knacken, ein Ächzen, Stöhnen, Seufzen, als ob da ein durchgeknallter DJ den Lautstärkeregler hochziehen würde – bis das Tosen so ohrenbetäubend war, dass man seine eigenen Gedanken nicht mehr verstand. Dass einem der ganze Schädel bis zum Platzen mit Waldkreischen, Waldächzen, Waldwahnsinn angefüllt war. Dass man überhaupt nicht mehr wusste, warum man durch dieses Dickicht stolperte. Wohin man eigentlich wollte, wo Weg und Seil plötzlich hingeraten waren. Und wer war das denn, dieses Mädchen da drüben zwischen den Büschen voll blutroter Beeren – das ist doch Billa, dachte Marian. Was macht die denn hier im Wald?

»Hey, Billa, warte!«, rief er und stolperte ihr entgegen, über Wurzeln, Steinbrocken, bunt gepunktete Pilze – da packte ihn eine Hand hart bei der Schulter und riss ihn zurück.

»Obacht, Junge«, schrie ihm eine dünne Greisenstimme ins Ohr, »sonst gehst du flöten!«

Er fuhr herum und sah in das furchige Gesicht des Alten, der es vorgezogen hätte, einen Scheiterhaufen aufzuschichten. »Ich glaube, Sie hatten recht«, sagte Marian. »Danke.« Er keuchte, der Schweiß lief ihm in die Augen.

Die Kolonne der anderen Träger war ihnen schon ein gutes Stück voraus. In den Armen hielt er noch immer seinen »Dämonensarg« – und er konnte sich überhaupt nicht erklären, was eben mit ihm passiert war. Die Bäume knarrten und ächzten nicht viel lauter als in anderen Wäldern auch. Ab und zu kreischte da oben in den Wipfeln ein aufgescheuchter Vogel. Aber von dem betäubenden Tosen und Brausen war nichts mehr zu hören – und auch von Billa weit und breit keine Spur.

Er reihte sich wieder bei den Trägern ein, warf seinen Kasten in das Erdloch hinab, als er an der Reihe war. Ohne seinen Vordermann und das Seil zu seiner Linken aus den Augen zu lassen, kehrte er zum Logenhaus zurück.

Noch etliche Male gingen sie an diesem Nachmittag hinaus zum Dämonengrab und zurück zu den aufgestapelten schwarzen Kästen. Weitere Zwischenfälle blieben glücklicherweise aus. Doch auch Meister Godobert atmete sichtlich auf, als die Totengräber und Sargträger wohlbehalten aus dem Wald zurück, das Tor verschlossen, die Seile wieder eingerollt waren.

Die Totengräber nahmen ihre hohen Hüte ab und wischten sich den Schweiß von den Stirnen.

»Schweigen, Schweigen über alles«, sagte Meister Godobert, »was ihr heute gesehen und gehört habt.« Er richtete seinen Blick auf Marian. »Das gilt auch für unseren Gast.

Schwöre, dass du niemandem berichten wirst, was du in der Loge erfahren hast.«

»Ich schwöre es«, sagte Marian. Und sprach dann mit den Brüdern den blutrünstigen Schwur mit, den er bereits Julian in der Schlossruine hatte murmeln hören. »Schweigen, Schweigen – die Zunge soll mir aus dem Mund geschnitten, meine Kehle durchtrennt und das Herz aus meiner Brust gerissen werden, wenn ich diesen Schwur jemals breche.«

»Damit ist unsere heutige Sitzung geschlossen«, verkündete Godobert. »Ich danke euch, Brüder. Bald werden bessere Zeiten anbrechen, ich verspreche es euch. Dann können wir auch wieder ungestört daran arbeiten, uns selbst zu vervollkommnen und das Leid in dieser Welt durch mildtätige Werke zu lindern. Denn darum sind wir Freimaurer geworden – und nicht deshalb, um Macht über Dämonen zu gewinnen oder auf andere Weise im Werk des Großen Weltbaumeisters herumzupfuschen.« Er sah Marian eindringlich an. Aber der hatte auch so schon begriffen, gegen wen sich diese Worte richteten. »Geht nun in Frieden eurer Wege, Brüder«, sagte Godobert.

Als Marian draußen auf der Straße war, schlug die Stundenglocke achtmal. Es folgten zwei leisere Schläge – halb neun schon. Das erstaunte ihn über die Maßen. Um die Mittagszeit war er zum Logenhaus gekommen – und jetzt konnte er sich überhaupt nicht erklären, wo die vielen Stunden geblieben waren. Tatsächlich dämmerte bereits der Abend.

Er war doch gleich von der Bibliothek wieder nach unten gegangen. Und auch vor jener dunklen Pforte hatte er ja höchstens eine halbe Stunde verbracht. Oder verlief die Zeit vor so einem Sphärenfenster schneller als anderswo? Das war doch sehr gut möglich. Dass er im Hexenholz vom Weg abgeirrt war, konnte jedenfalls höchstens ein paar Minuten ausgemacht haben.

Aber wie unheimlich, dachte Marian – wie der Wald auf einmal mit tausend Geisterstimmen geschrien, geseufzt, geheult hat! Und dann Billa zwischen diesen Büschen voll blutroter Beeren – noch in der Erinnerung kam ihm das alles wieder täuschend echt vor.

Ich muss sie fragen, heute noch, dachte er – vielleicht war sie ja vorhin wirklich da draußen im Hexenholz?

30

muss heute noch bei dir vorbeikommen. total wichtig. lg marian

Während er die SMS an Billa abschickte, redete Linda ohne Punkt und Komma auf ihn ein. »Ich hab da so eine nette Frau am Badesee kennengelernt, in meinem Alter, Babsi heißt sie, und stell dir vor, Marian, Babsi wird sogar hier bei uns im Hotel wohnen, sie holt nur noch ihre Sachen aus der Pension, wo sie bisher übernachtet hat, und gleich isst sie mit uns zu Abend, und morgen machen wir zusammen eine Moorwanderung, Babsi ist nämlich ein Naturfreak, sie kennt jede Pflanze, jeden Vogel beim Namen, und freust du dich denn gar nicht, dass deine arme alte Mutter in den Ferien ein bisschen Spaß hat, wenn ihr eigener Sohn sie schon hängenlässt wegen dieser – wie heißt sie überhaupt?«

»Billa«, murmelte er. Eben summte sein Handy, das er gar nicht erst wieder weggesteckt hatte. Er konnte es kaum erwarten, Billa zu sehen, mit ihr zu reden – jetzt erst recht, da die Natur- und Urlaubsfreundin ins Haus stand.

»Billa?«, wiederholte seine Mutter. »Seltsamer Name. Also eigentlich Sybille? Aber wer nennt denn seine Tochter heute noch so?«

hi marian, klar will ich dich sehen u nicht nur sehen! :-) aber hier auf dem hexengehöft geht das schlecht. bei dir im hotel? ich könnte in ½ std. da sein. loving you, billa

»Ach, schau her, da ist die Babsi ja.« Linda sprang von ihrem Stuhl in der »Moorgrafen«-Gaststube auf und eilte einer dürren Frau mit Kurzhaarschnitt entgegen. Marian schaute nur kurz auf und ging hinter seinen Haaren in Deckung. Die Naturfreundin trug eine Art Tropenanzug mit Trinkflasche am Gürtel. Fehlten nur noch Helm und Gummistiefel.

hotel impossible. wie komm ich zu dir? gehe jetzt los, marian

Linda und die Tropenfreundin ließen sich geräuschvoll an ihrem Tisch nieder. »Und das ist also dein süßer Sohnemann?«, rief Babsi und machte eine Kitschgrimasse. »Huhu, Marian, sagst du mir nicht Guten Tag?«

Er schob sein Handy in die Gürteltasche und stand auf. »Guten Abend«, sagte er zur Tropenfrau und sprintete schon in Richtung Ausgang.

»Wohin gehst du denn, Marian?«, rief Linda hinter ihm her. »Du hast doch noch gar nichts gegessen, Junge!«

An der Tür bremste er noch mal ab und drehte sich um. »Ich verhungere schon nicht. Wir sehen uns beim Frühstück!«

Dann war er draußen auf dem Kirchplatz und hatte keine Ahnung, wohin er jetzt gehen sollte. Von Billa noch keine Antwort, und wo ihr Hexengehöft lag, konnte er sich höchstens ganz ungefähr zusammenreimen. Hinter dem Bannwald. Ganz bestimmt würde er dieses verdammte Dickicht nicht durchqueren, schon gar nicht in der Nacht. Was er da vorhin mitgemacht hatte, reichte ihm für alle Zeiten. Und wenn er bloß dran dachte, wie Godobert seine Brüder beschworen hatte, nur ja vor Einbruch der Dunkelheit aus dem Hexenholz zurückzukehren – puh, dachte Marian, so was hab ich wirklich noch nie erlebt. Und muss auch nicht unbedingt noch mal sein.

Ohne es richtig mitzubekommen, hatte er wieder die Richtung zum Logenhaus eingeschlagen. Undeutlich sah er vor seinem inneren Auge einen unbefestigten Weg auftauchen, der am Wald entlangführte. Man musste am ehemals

Hegendahl'schen Gutshaus vorbei und ein ganzes Stück noch der Straße Am Bannwald folgen. Dann irgendwann hörte das Hexenholz auf und der Weg zweigte nach rechts ab. Marian war nur einmal dort vorbeigekommen, aber wenn seine Erinnerung ihn nicht täuschte, lief dieser Weg schnurstracks am Waldrand entlang. Genauer gesagt, zwischen dem Hexenholz zur Rechten und dem Moor zur Linken hindurch. Irgendwann musste dieser Pfad ja zwangsläufig zu Billas Hof führen, oder?

So weit der Plan, dachte Marian. Dumm nur, dass es ausgerechnet heute schon so früh am Abend total dunkel war. Der Himmel fettgelb bewölkt. Kein Mond, keine Sterne weit und breit.

Aber was soll's? Dann mussten ihm halt die Glühwürmchen leuchten. Und auch die phosphoreszierenden Gase auf der Moorseite würden ihn bestimmt nicht im Stich lassen.

Als er am Logenhaus vorbeikam, waren dort alle Fenster zur Straße hin geisterhaft erhellt. Hinter Scheiben und Gardinen die Silhouetten der Brüder, die mit ihren hohen Hüten feierlich auf und ab schritten. Sich voreinander verneigten, die Zylinder zogen und wieder aufsetzten. Dazu hielt Meister Godobert bestimmt wieder eine Rede, oder sie alle spielten eine Art Theaterstück mit verteilten Rollen, wie das in Marians Buch *Mysterien und Geheimbünde* beschrieben war.

Diese dramatischen Aufführungen fanden immer ohne Publikum statt. Marian hatte sie schon beim Lesen ziemlich unheimlich gefunden – obwohl man gar nicht so richtig verstand, worum es eigentlich ging. An einige Zeilen erinnerte er sich, während er das Logenhaus hinter sich ließ und weiter der Straße Am Bannwald folgte.

»Bruder Erster Aufseher«, fragte da einer der Freimaurer,

»warum brennen die Lichter so schwach?« – »Zum Zeichen, dass der Tod über uns herrscht.« – »Aber was können wir tun, um ihn zu besiegen?« – »Lege an dein vergängliches Leben den Maßstab des Ewigen an und der Tod wird seine Macht über dich verlieren.«

Tatsächlich endete der Wald zu seiner Rechten nach einigen hundert Metern. Häuser gab es hier überhaupt keine mehr. Es war fast unwirklich still. Auch vom Hexenholz her nicht die leisesten Geräusche – als ob dort drinnen alles den Atem anhielte.

Mittlerweile war es fast stockdunkel. Marian ärgerte sich, dass er nicht zumindest die Stablampe aus ihrem Auto mitgenommen hatte. Allerdings hatte die Batterie in dem Ding praktisch keinen Saft mehr. Und sowieso war es dafür jetzt zu spät.

Der Weg war schmaler als in seiner Erinnerung. Eigentlich nur ein Pfad aus getrocknetem Schlamm. Mit Furchen, Löchern, dann wieder wulstigen Wurzeln quer über den Weg. Es war mehr Stolpern als Spazieren, aber na schön, er würde sich schon daran gewöhnen. Außerdem rechnete er jede Minute damit, dass Billa vor ihm auftauchen, ihm den Weg zu ihrem seltsamen Gehöft zeigen würde.

Und vielleicht würde er vorher sogar noch Hanno Bußnitz, dem »Wanderer«, begegnen? Auf der Suche nach weiteren Moorleichen, die er mitsamt ihren Baumsärgen in seinen Backofen schieben konnte.

Mannomann, wo bin ich hier nur hingeraten?, dachte Marian. Damit meinte er zunächst mal ganz allgemein dieses Narrenhaus Croplin – eine Kleinstadt voller Durchgeknallter, wie es aussah. Verrückte Wissenschaftler, mysteriöse Logenbrüder und – vor allen anderen – ihr »verewigter Meister«, der dieses unglaubliche Sphärenfenster in seinem Keller erschaffen hatte.

Riesenrespekt, Marthelm, dachte Marian wieder. Aber

auf der anderen Seite wurde ihm sein Onkel – Urgroßonkel – allmählich auch ziemlich unheimlich. Diese Pforte zur Dämonenwelt hatte er ja bestimmt nur deshalb erschaffen, weil er verzweifelt nach einer Möglichkeit suchte, den grauenvollen Golem-Fluch zu brechen. Aber dass Godobert diese Experimente mit einigem Unbehagen beobachtet hatte, fand Marian auch nicht gerade schwer zu begreifen: Marthelm hatte mit dem Feuer – dem Höllenfeuer – gespielt. Allerdings wusste Godobert ja auch gar nicht, welchen Zweck sein Vorgänger damit verfolgt hatte: das Erwachen der Golems am 9. 9. zu verhindern, indem er Unmengen an Dämonen und Geistern herbeizwang, um mit ihrer Hilfe diese Ungeheuer unschädlich zu machen. Aber das, sagte sich Marian, hat Marthelm ja leider nicht geschafft.

Genau in diesem Augenblick versackte sein linker Fuß bis über den Knöchel im Schlamm. Marian erstarrte vor Schreck. War er etwa vom Weg abgekommen? Musste er jetzt im Sumpf versinken wie die unzähligen Mooropfer, von denen der Wirt des »Moorgraf« abends an seiner Theke stundenlang erzählen konnte? Ach was, solange er unter dem rechten Fuß noch festen Boden hatte, konnte ihm nichts passieren.

Doch das Moor war ein zäher Brei. Marian musste ziehen und zerren, um seinen linken Fuß freizubekommen – mit einem widerwilligen Schmatzen gab ihn das Schlammloch schließlich wieder her.

Erst jetzt wurde ihm so richtig klar, wie gefährlich seine Lage war. Ringsum totale Dunkelheit, durchzogen von gelben Nebelschwaden. Er sah tatsächlich seine Hand nicht mehr vor Augen. Geschweige denn, wie da um ihn herum der Boden beschaffen war. Moor oder Weg. Tod oder Pfad. Wieder kam ihm das makabre Theaterstück der Logenbrüder in den Sinn: »*Was können wir tun, um den Tod zu besiegen, Bruder Erster Aufseher?*« Ja, was denn, herrje?, dachte Marian. Er konnte doch nicht an dieser Stelle wie angepflockt stehen bleiben, bis es irgendwann wieder hell wurde?

Aber weil ihm nichts Besseres einfiel, blieb er erst einmal stehen, wo er stand. In dieser totalen Dunkelheit konnte man sich überhaupt nicht orientieren. Er hätte nicht mal mehr sagen können, ob der Wald wirklich rechts von ihm war oder ob er sich vielleicht irgendwie umgedreht hatte, als er seinen Fuß aus dem Moorloch befreite. Dann nämlich wäre das Hexenholz jetzt linkerhand und das Moor zu seiner Rechten – und verdammt, ich will weder da- noch dorthin, dachte er.

Obwohl keinerlei Wind ging, begann der Wald jetzt auch wieder zu rauschen und zu ächzen. Ein scheußliches Geheule mischte sich hinzu – keine Ahnung, ob aus dem Moor oder aus dem Hexenholz. Und dann hörte er auch noch Geräusche, die ihm total unwirklich vorkamen, finsterer Hexenzauber wie im Blair Witch Forest: Klappern und Knarren, als ob dort eine Kutsche durch die Nacht jagen würde. Wer zum Teufel fuhr denn heutzutage noch mit einer Kutsche? Und dann auch noch im Finstern durch Moor und Wald?

Angestrengt lauschte er, wagte noch weniger als vorher, sich auch nur einen Schritt von der Stelle zu bewegen. Aber er hörte es immer noch, und sogar lauter als vorher: die knarrende Achse, polternden Räder einer altertümlichen Kutsche. Dazu Hufgeklapper, und dann Billas heiseres Rufen:

»Marian? Hey, bist du hier irgendwo?«

Wie aus dem Nichts tauchte eine schaukelnde Laterne in der Dunkelheit auf. Sie kam näher, die Umrisse eines Pferdes wurden sichtbar, dahinter tatsächlich ein kleiner offener Wagen. Darin eine schmale Gestalt, die nun an den Zügeln zog, aufstand, heraussprang. »Marian?«

»Hier«, sagte er und versuchte, ganz locker zu klingen.

Sie nahm die Laterne und kam die paar Schritte zu ihm rüber. »Was machst du denn da?«

»Tja, ich hab wohl nicht so richtig auf den Weg geachtet.« Er zeigte auf sein linkes Bein: Turnschuh und Jeans waren bis fast zum Knie mit braunem Schmier verklebt.

»Oh Mann, Marian.« Billa fing an, hektisch in der Gegend herumzuleuchten. »Du hättest sterben können!« Sie klang schon fast wieder wie am Mittag, als sie vor Schluchzen und Heulen kein Wort mehr rausgebracht hatte.

»Ist ja nix passiert«, sagte er. Aber er hatte wirklich Glück gehabt: Haarscharf neben ihm fing das Moor an, ein braunes Schlammgrab, so weit das Laternenlicht reichte. Und weit darüber hinaus. Mit einem Fuß hatte er schon drin gesteckt. »Danke, dass du mich abholst«, fügte er hinzu. »Aber wo hast du denn diese irre Kutsche her?«

»Kalesche«, korrigierte sie. »Angeblich aus dem 17. Jahrhundert. Kleine Zeitreise gefällig?« Sie nahm seine Hand und er ließ sich bereitwillig zum Pferdewagen ziehen. »Das ist übrigens Tyram.« Mit ihrer Peitsche deutete sie auf das schwarze Pferd. Sie war immer noch ganz durcheinander, das spürte Marian genau – immer noch oder aufs Neue, weil sie sich wegen ihm erschreckt hatte.

Er schluckte die Worte wieder runter, die ihm auf der Zunge brannten: Aber ich bin nicht Jakob. Ich bin Marian.

Stattdessen hockte er sich auf das Trittbrett der Kalesche und zog seinen schlammschweren Schuh aus. Er klopfte seine Jeans notdürftig ab und wickelte beide Hosenbeine bis unter die Knie hoch.

»Das waschen wir aus, kein Problem«, sagte Billa. »Du kriegst so lange eine Hose von Jakob.«

Erst als sie schon in der Kalesche saßen und Billa den Wagen geschickt zwischen Wald und Moor gewendet hatte, fiel ihm auf, wie seltsam ihre Bemerkung von eben war.

»Er ist doch vor drei Jahren verschwunden, oder?«

Sie warf ihm einen rätselhaften Blick zu, sah gleich wieder nach vorn und ließ die Peitsche schnalzen. »Los, Tyram.« Mit behäbigem Schaukelgang zockelte der Rappe vor ihnen den Weg entlang. In einiger Entfernung meinte Marian ein paar Lichter in der Nacht zu erkennen – wahrscheinlich schon ihr Hexengehöft. Aber Billa kam ihm heute kein bisschen hexenhaft vor. Nur traurig und verschreckt.

»Ja, stimmt«, sagte sie. »Warum fragst du das?«

»Weil Jakob damals erst zwölf war. Wie können mir dann die Sachen passen, die er damals getragen hat?«

Wieder sah sie ihn mit diesem merkwürdigen Blick an. Herrje, sie ist genauso abgedreht wie alle hier in Croplin, dachte Marian. Er mochte sie ja wirklich gut leiden, und wenn sie so traurig und durcheinander wirkte, hätte er sie am liebsten in den Arm genommen und getröstet. Aber sie brachte da allem Anschein nach was durcheinander! Billa schien immer weniger mitzukriegen, dass Jakob und er zwei verschiedene Personen waren.

»Wir sind gleich da«, sagte sie. »Eins noch, Marian: Die drei Frauen da auf dem Hof – na ja, sie werden dir etwas seltsam vorkommen. Ich bin ja dran gewöhnt, und ich weiß natürlich auch, dass sie es nicht so meinen. Aber …« Sie unterbrach sich und sah ihn beschwörend an. »Versprich mir, dass du ganz ruhig bleibst und ihnen nicht widersprichst. Egal, was sie zu dir oder mir sagen.«

Oh Gott, was hatte das wieder zu bedeuten? Auch ohne Moorloch bekam er mehr und mehr das Gefühl, dass er den Boden unter den Füßen verlor. Da fuhr er in einer Kutsche – einer Kalesche, na gut – aus Julians Zeiten durch Moor und

Forst, und Billa bereitete ihn darauf vor, dass sie allem Anschein nach die Nacht unter dem Dach von drei verrückten Frauen verbringen würden.

»Aber direkt gefährlich sind sie nicht, oder?« Er hoffte, dass er halbwegs gechillt klang. »Ich meine, sie zünden einem nicht das Bett an, während man schläft, oder so was?«

»Ach Quatsch, Marian, sie sind völlig harmlos.« Das sagte Billa aber in einem seltsam leiernden Tonfall, ohne ihn anzusehen. Es klang wie eine eingelernte Lüge, und schlimmer noch: so, als sollte er merken, dass sie log. Als ob sie ihm eine geheime Botschaft zusenden wollte – dabei konnte ihnen hier ja niemand zuhören, oder etwa doch?

Vor ihnen tauchten die Umrisse des Gehöfts aus der Dunkelheit auf. Billa lenkte den Gaul durchs Hoftor, das weit offen stand. Selbst im dürftigen Licht der Laterne war nicht zu übersehen, wie verwahrlost hier alles war. Der Hof ein Chaos aus Sperrmüll und wucherndem Unkraut. Das Haus winzig, windschief, mit schwarzen Schindeln verkleidet, von denen mindestens jede zweite runtergefallen war. Alles hier sah uralt aus – der Ziehbrunnen mitten im Hof, der halb zusammengekrachte Schuppen an der rechten Seite, die rostigen Ackergeräte davor.

Vielleicht sollten sie doch lieber zu ihm ins Hotel gehen? Aber dafür war es jetzt zu spät – eben ging knarrend die Tür des Hexenhäuschens auf und eine uralte Frau erschien auf der Schwelle. Sie hatte ein Kopftuch auf und stützte sich mit der Linken auf einen Stock. Mit der anderen Hand winkte sie ihnen zu – oder nein, als Marian genauer hinschaute, wurde ihm klar, dass sie ihre Hand zur Faust geballt hatte. Ihr zahnloser Mund ging schnappend auf und zu, wie bei einem Fisch. Offenbar stieß die Alte Verwünschungen gegen sie aus.

Billa schaute Marian an und zuckte mit den Schultern. »Wie gesagt, sie meinen es nicht so.« Sie lenkte den Rappen Tyram zu dem halb zusammengekrachten Schuppen. »Denk immer dran, was ich eben gesagt hab, dann geht schon alles klar.«

31

Mariam trat hinter Billa in eine Art Museumsküche. Alles hier sah uralt aus, tausendmal zusammengekracht und notdürftig wieder repariert: der dreibeinige Tisch mit einem steinalten Weinfass als viertem Bein. Die beiden Sessel mit zerschlissenen Polstern, aus denen die Füllung hervorquoll. Ein Herd wie aus dem Märchen: riesig, rostig, rußschwarz. An den Wänden eiserne Schöpflöffel, verbeulte Töpfe. Und dann vor allem diese drei Waldfrauen selbst.

»Wo hast du dich nur wieder rumgetrieben?«, schrie eine von ihnen. Mit ihrer staubgrauen Kittelschürze und dem farblosen Haarmob auf dem Kopf sah sie wie ein altes Mütterchen aus. Dabei musste sie sogar noch die Jüngste in diesem irren Trio sein.

»Ich war nur kurz draußen, Sina«, sagte Billa. Sie sprach seltsam leise, mit hängendem Kopf, hängenden Schultern. »Schaut doch, wen ich mitgebracht habe.«

Aber die Frauen schenkten ihrem Gast keine Beachtung. Sina lachte nur kurz auf, so als ob sie Billa bei einem durchsichtigen Ablenkungsmanöver ertappt hätte.

»Wie lange sollen wir denn noch auf unser Essen warten!«, kreischte die nächste Frau. Sie war mindestens achtzig und hatte genau so einen staubgrauen Kittel an wie Sina, die vermutlich ihre Tochter war. Aber die Mutter gefiel Marian noch viel weniger. Ihr Schädel war fast kahl, das Gesicht gelbgrau wie bei einer Leiche. Aus irgendeinem Grund hatte sie ihre Lippen klatschmohnrot geschminkt, und dahinter lagen die drei Zähne, die ihr verblieben waren, auf der Lauer – zwei gelb, einer schwarz.

»Aber ihr habt doch schon vor einer Stunde gegessen«, antwortete ihr Billa. Wieder sprach sie in diesem unterwürfigen Tonfall, den Kopf demütig gesenkt. »Schon vergessen, Birta? Ich hab euch doch Fisch aus der Stadt mitgebracht und für euch gekocht – wie jeden Tag«, fügte sie noch leiser hinzu.

Marian war nahe bei der Tür stehen geblieben. Barfuß, die Hosenbeine hochgekrempelt, seine Schuhe in der Hand – einer schwarz-weiß, einer moorbraun. Er fühlte sich unbehaglich, total fehl am Platz. Vor allem verstand er überhaupt nicht, was da zwischen Billa und diesen abgedrehten Waldfrauen abging.

Birta gab ein Zischen von sich, das empört und boshaft klang. Sie stemmte ihre Hände auf die Hüften und funkelte Billa an. »Wenn du Jakob wirklich liebhättest, würdest du dich nicht da draußen rumtreiben«, stieß sie hervor.

»Birta, bitte«, flüsterte Billa. Sie schüttelte den Kopf und wandte sich kurz zu Marian um. In ihren Augen schimmerten wieder Tränen.

Die Uralte, die sie eben mit geballter Faust und gemurmelten Flüchen empfangen hatte, sagte überhaupt nichts. Sie war in einen der zerschlissenen Sessel gesackt, die gegenüber dem gigantischen Ofen am Fenster standen. Ihren Stock hatte sie quer über die Sessellehnen gelegt und hielt sich mit beiden Händen daran fest wie am Kabinenbügel in der Geisterbahn. Ihre winzig kleinen Augen waren auf Marian gerichtet. Diese Augen waren gelb, wo sie weiß sein sollten, und mit einem Netz roter Adern durchzogen. Unablässig starrte sie Marian an, ohne auch nur ein einziges Mal zu blinzeln.

»Ich bring dich ins Bett, Klotha, ja?« Billa ging die paar

Schritte zu der Uralten und beugte sich über sie. Eine schneeweiße Haarsträhne hing ihr aus dem Kopftuch in die Stirn, aber auch ihr Gesicht war so mehlweiß, dass die Haare sich kaum davon abhoben. Ihr eingefallener Mund mümmelte unablässig. Ab und zu fiel ihr kurz der Unterkiefer runter, und dann konnte man sehen, dass sie keinen einzigen Zahn mehr im Mund hatte.

Sie musste hundert sein, mindestens, dachte Marian.

»Möchtest du, dass ich dich ins Bett bringe, Klotha?« Billa sprach jetzt mit erhobener Stimme, aber die Uralte schenkte ihr trotzdem keine Beachtung. Immer noch starrte sie Marian an, und nun stemmte sie ihren Stock auf den Boden und begann, sich aus dem Sessel hervorzuarbeiten. Billa fasste sie beim Arm, um ihr zu helfen, aber die alte Klotha schüttelte sie mit einer wütenden Bewegung ab.

»Jetzt weiß ich, wer du bist, Bursche!«, schrie sie. Es klang ungefähr so, wie wenn ein rostiger Eiseneimer eine Steintreppe runterscheppert. Schwankend richtete sie sich auf und kam mit rasenden Trippelschritten auf Marian zu.

»Nicht wahr, Klotha, er erinnert dich an Jakob?«, rief Billa. Aber sie hätte genauso gut Purzelbäume vor ihr schlagen können – die Uralte behandelte sie, als wäre Billa Luft oder sogar etwas Ärgeres, ein lästiges Insekt.

Weshalb um Himmels willen tat sich Billa das alles hier an? Darauf gab es eigentlich nur eine Antwort, dachte Marian. Aber es war nicht gerade der günstigste Moment, um darüber nachzudenken. Klotha nämlich hatte sich mittlerweile vor ihm aufgebaut, so nah, dass er ihren nicht gerade taufrischen Atem roch.

»Dass du es wagst, in mein Haus zu kommen, Marthelm«, stieß sie mit scheppernder Stimme hervor, »nach allem, was ihr uns angetan habt!« Sie hob ihren Stock, als wollte sie Marian damit ins Gesicht schlagen.

Aber Billa ging rasch dazwischen. »Beruhige dich, Klotha«, sagte sie in einem traurigen und liebevollen Tonfall. »Marthelm ist ja tot. Sieh ihn dir an – findest du nicht, dass er wie Jakob aussieht?« Sie hatte ihren Arm um die Schultern der Uralten gelegt. So standen sie vor Marian und schauten ihn beide aufmerksam an.

»Nicht Jakob«, knurrte Klotha schließlich. »Natürlich nicht!« Sie riss sich von ihr los und hob wieder drohend den Stock, diesmal gegen Billa. »Hast du vergessen, wo Jakob ist, du strohdummes Mädchen?« Noch einmal schoss sie unter ihrem Kopftuch einen giftgelben Blick auf Marian ab. »Es ist Marthelm. Und jetzt bring mich endlich ins Bett.«

Billa machte Marian ein Zeichen, dass sie gleich wieder bei ihm wäre. Dann führte sie Klotha durch eine Tür in der Hinterwand dieser unglaublichen Hexenküche nach draußen.

Die beiden anderen Waldfrauen, Birta und Sina, starrten ihn düster und wortlos an. Nach einer Weile steckten sie die Köpfe zusammen und tuschelten. Als sie ihn aufs Neue anstarrten, hatten sie beide so ein Grinsen im Gesicht, das ihm noch weniger gefiel als vorher ihre finsteren Mienen.

»Ich schau mich draußen noch ein bisschen um«, sagte er zu niemand Bestimmtem und war schon aus der Tür.

»Pass auf, dass dich die Moorlissa nicht kriegt!«, kreischte es hinter ihm her, und beide Weiber brachen in keckerndes Gelächter aus. Durch die zufallende Tür konnte Marian eben noch die Pantomime sehen, die Sina ihrer Mutter vorspielte: Mit beiden Händen würgte die »Moorlissa« ihr Opfer und zog es gleichzeitig zu sich hinab.

Herrje, Billa, dachte er. Was soll das alles hier?

Mittlerweile war die Wolkendecke aufgerissen und der Mond goss sein Silberlicht über das Durcheinander auf diesem Hof. Vorsichtig, um nicht in Scherben oder sonst etwas Spitzes zu treten, stakste Marian barfuß zum Ziehbrunnen. Der schien tatsächlich noch in Betrieb zu sein: An einer Kette hing ein rostiger Eimer, der sich mit einem noch viel stärker verrosteten Eisenrad in die Tiefe kurbeln ließ. Es machte einen schrecklichen Lärm, mindestens wie das Geheul von sieben Moorleichen auf einmal. Aber besser das hier, sagte sich Marian, als das Knarren und Tosen im Hexenholz zu hören – oder gar die keifenden Stimmen der alten Weiber da drinnen.

Er kurbelte den Eimer wieder hoch – immerhin zur Hälfte mit einer trüben Brühe gefüllt. Er goss sich davon über seinen linken Fuß und versuchte, sich mit bloßen Händen den Moorschlamm runterzuschrubben.

Billa schien fest daran zu glauben, dass Jakob noch lebte – anders war ihr Benehmen wirklich nicht zu erklären. Und nicht nur das, sie war offenbar auch davon überzeugt, dass diese drei Waldfrauen wussten, wo sich ihr Bruder befand. Anscheinend hoffte sie, dass Klotha, Birta und Sina ihr verraten würden, wo Jakob war. Und vielleicht würden sie ihr sogar helfen, ihn freizukriegen, wenn sie sich von den drei Weibern nur genügend knechten ließ, ihnen jeden Wunsch von den Lippen ablas, sich für sie abschuftete und dafür auch noch die übelsten Beschimpfungen einsteckte.

Aber das ist doch völlig verrückt, dachte er und hörte auf, sich abzuschrubben. Das Wasser aus dem Brunnen schien fast genauso schlammig zu sein wie der Schmier auf seiner Haut. Jedenfalls wurde er durch das Waschen nur nasser statt sauberer.

Plötzlich ein Wispern hinter ihm. »Was machst du denn da?«

Er fuhr herum, kickte dabei gegen den Eiseneimer, der mit dröhnendem Scheppern gegen den Brunnen knallte.

»Psst«, flüsterte Billa, »weck sie nur nicht wieder auf. Ich bin heilfroh, dass sie alle drei endlich Ruhe geben.«

»Warum ...«, begann er, aber sie legte ihm ihre Hand auf die Lippen.

»Psst, Marian«, machte sie wieder. Im Mondschein waren ihre Augen silberfeuerblau. »Jeden Sommer, wenn ich in den Ferien herkomme, ist es noch schlimmer mit ihnen geworden«, flüsterte sie und nahm ihre Hand wieder weg von seinem Mund. Stattdessen legte sie ihm die Arme um die Mitte und zog ihn eng an sich heran. Dabei flüsterte sie in einem fort weiter, ihr Mund so nah, dass ihr Atem über seine linke Wange fuhr.

Birta sah damals noch nicht im Entferntesten so irre aus wie heute, wisperte Billa. Klotha war natürlich auch da schon reichlich alt, und ihr Hof hätte ein paar Reparaturen gut gebrauchen können. Die meisten Cropliner Bürger nannten sie auch vor Jahren schon »die drei alten Hexen« – und trotzdem war es überhaupt kein Vergleich zu heute. Man konnte mit ihnen noch halbwegs normal reden, sagte Billa, sogar mit Klotha. Sina sah man sogar noch an, dass sie mal eine ziemlich hübsche Frau gewesen sein musste. Die drei gaben sich auch Mühe, ihren Hof einigermaßen in Schuss zu halten. Erst ein paar Jahre vorher hatten sie ja dieses Holzhäuschen bauen lassen, damit Touristen wie Billas Familie ihre Sommerferien bei ihnen verbringen würden. Und natürlich hätten Billas und Jakobs Eltern niemals mit ihren Kindern auf Klothas Hof Urlaub gemacht, wenn es da schon so zugegangen wäre wie heutzutage.

Sie verstummte so plötzlich, wie das Gewisper angefangen hatte, aus ihr hervorzuströmen. Es hatte fast wie eine Beichte geklungen, nur verstand Marian nicht so recht, warum sie ihm all das erzählte. Und weshalb ausgerechnet jetzt, während sie ihn im Mondschein umarmte.

»Ich bin so froh, dass du hier bist.« Ihre Stimme klang auf einmal wieder ganz anders. Lieb und Erwartungsvoll. Tief schaute sie ihm in die Augen. »Willst du mich nicht endlich küssen?«

Oh doch, das wollte er. Marian hatte sogar an nichts anderes mehr gedacht, seit sie ihre kleine kühle Hand auf seinen Mund gelegt hatte.

Er schlang seine Arme um sie und drückte seine Lippen auf ihren Mund. Für einen langen Augenblick reinen Glücks vergaßen sie den ganzen Wahnsinn, in dem sie wie in einem unentrinnbaren Schlammloch steckten – das Geheule vom Moor her, das Ächzen im Hexenholz, den schrecklichen Golem-Fluch. Marian hatte schon ein paarmal ein Mädchen geküsst, aber so wie mit Billa war es noch nie gewesen.

Mit Billa und der rot-weiß getigerten Katze – plötzlich hockte sie auf dem Brunnensims und fauchte ihn an. Er erschreckte sich furchtbar.

»Böse Lissi«, sagte Billa leise. »Sie ist furchtbar eifersüchtig, weißt du.« Sie kraulte die Katze und die legte sich gleich auf den Rücken und fing an zu schnurren. Aber dabei schaute sie Marian mindestens so finster an, wie ihn vorhin die uralte Klotha niedergestarrt hatte.

»Komm jetzt, Liebster«, flüsterte Billa. »In meinem Zimmer stört uns keiner.«

32

»Hast du Geschwister?«, fragte sie. Marian schüttelte stumm den Kopf. »Schade«, sagte Billa, »dann kannst du gar nicht richtig verstehen, wie das ist.« Im Liegen wandte sie ihren Kopf nach links und lächelte ihn an. »Oder doch, klar verstehst du das.« Sie drehte sich auf die Seite und legte ihren Arm über seinen Bauch. »Zwillinge, das ist viel enger als bei normalen Geschwistern.«

Glücklicherweise befand sich Billas Zimmer nicht in dem total heruntergekommenen Bauernhaus, sondern in einem halbwegs ansehnlichen Gebäude daneben. Das hatte Marian bei ihrer Ankunft im Dunkeln gar nicht bemerkt – umso erleichterter war er, als Billa mit ihm hierher ging. Es war zwar nur ein simples kleines Holzhaus, dessen Wände und Böden bei jeder Bewegung und jedem Windstoß knarrten. Aber dafür war hier alles ziemlich neu, hell, sauber. Früher war dieses Häuschen das halbe Jahr über an Touristen vermietet, erzählte Billa. Aber seit der Sache mit Jakob wollten die drei Frauen hier keine Fremden mehr sehen – eigentlich nur noch Billa für ein paar Sommerwochen, und auch das nur, wenn sie drum bettelte und sich von ihnen schikanieren ließ.

Billa redete so leise, dass Marian sich anstrengen musste, um alles mitzubekommen. Aber nicht nur deshalb fiel es ihm nicht ganz leicht, ihren Worten zu folgen. Es kam ja nicht alle Tage vor, dass ein Mädchen, in das er sich gerade total verknallt hatte, in seinen Armen lag. Billa trug ein knielanges Männer-T-Shirt, das sie als Nachthemd benutzte, und er hatte noch sein T-Shirt vom Tag und seine Boxershorts an. Ihr Arm lag quer über ihm und ihr Atem kitzelte ihn an der Schulter. Oh Mann, dachte er. Eigentlich war es das erste Mal, dass er so etwas hier erlebte. In ihrem Zimmer, auf ihrem Bett, und die Tür von innen verriegelt.

»Jakob und ich«, sagte Billa flüsterleise, »wir waren immer wie ein einziger Mensch, nur mit zwei Gehirnen, zwei Körpern. Alles haben wir zusammen gemacht, vom Kindergarten an. Wir hatten ein Zimmer zusammen, immer schon. Teddys, Spielzeug – alles hat uns immer gemeinsam gehört. Und hierher, nach Croplin, auf Klothas Hof, sind wir natürlich auch immer zusammen gefahren. Mit unseren Eltern, oft die ganzen Sommerferien über. Und dann, stell dir vor, war er plötzlich weg.« Sie hob ihren Arm und machte eine Hackbewegung mit der Handkante. »Zack. Die Hälfte von dir plötzlich weg. Kannst du dir das vorstellen, Marian?«

Als Antwort gab er nur ein vages Brummen von sich. Eigentlich konnte er es sich nicht so richtig vorstellen. Er war schließlich ein Einzelkind, und wenn er sein Zimmer und seine Sachen mit einem Geschwister hätte teilen sollen – na, vielen Dank. Und dann auch noch mit einer Schwester?

»Ich weiß es noch ganz genau«, flüsterte sie weiter an seiner Schulter. »Es war so ein heißer Sommertag wie heute und wir sitzen zu viert draußen auf der Veranda und haben gerade gefrühstückt. Jakob fragt mich, ob ich mit ihm nach Croplin laufen will, ein Eis essen, aber ich will nicht. Fühle mich irgendwie schlapp, nichts Besonderes – außer dass wir eben sonst immer alles zusammen gemacht haben.« Sie richtete sich seitlich auf und schaute auf ihn herunter, ihren Kopf in die rechte Hand gestützt. »Und dann geht er los, auf demselben Weg, den du heute gegangen bist – das ist ja der einzige Weg von hier nach Croplin rein. Aber da ist er niemals angekommen, Marian.«

Die Stimme versagte ihr. Tränen quollen aus ihren Augen und tropften auf ihn runter. Sie ließ ihren Kopf auf ihn fallen und vergrub ihr nasses Gesicht in seiner Halsbeuge.

Er streichelte ihr über den Rücken. »Und du glaubst, dass Jakob damals irgendwie in den Wald geraten ist?«, murmelte er. »Aber da ist doch ein Zaun drum herum, damit so was nicht passiert, oder?«

Das hatte zumindest der Wirt des »Moorgrafen« erzählt. Gestern Abend, als Marian selbst diesen Weg genommen hatte, war es viel zu dunkel gewesen, um Zaun und Baum zu unterscheiden.

»Ja, stimmt schon«, schluchzte Billa an seinem Ohr. »Deswegen hieß es ja auch gleich, er wäre im Moor ertrunken. Sie haben einen Suchtrupp gebildet, aber gefunden haben sie nichts. Am Moor hätte man doch Fußspuren entdecken müssen, wenn Jakob irgendwie vom Weg abgekommen wäre – aber da war gar nichts. Trotzdem wurde die Suchmannschaft schon nach ein paar Tagen wieder aufgelöst, die Akte geschlossen. *›Vermisster Junge wahrscheinlich im Moor ertrunken‹*, hieß es im *Cropliner Anzeiger*. So was kommt hier ein paarmal in jedem Jahr vor. Ins Hexenholz würde von den Einheimischen keiner freiwillig reingehen – schon gar nicht, um einen vermissten Touristen zu suchen. Also schreiben sie einfach ›im Moor ertrunken‹ – und fertig. Dabei hab ich selbst damals ein Loch im Zaun am Hexenholz gefunden und den Polizisten gezeigt – aber sie wollten nichts davon wissen.«

»Wo war das denn – dieses Loch?«, fragte Marian und streichelte weiter ihren Rücken.

»Ganz hier in der Nähe. Keine hundert Meter den Weg nach Croplin rauf. Aber sie haben einfach behauptet, dass es dort keine Fußspuren gäbe – also müsste Jakob im Moor ertrunken sein. Obwohl sie dort ja auch keine Spur von ihm gefunden haben.«

Sie verstummte und auch Marian sagte nichts. In diesem Zimmer, in dem alles – Wände, Boden, Decke – aus demselben hellen Holz war, kam man sich vor wie in einem Schrank. Wie gern hätte er Billa jetzt noch mal geküsst und enger an sich gezogen, aber er spürte ja, dass sie in Gedanken weit von ihm weg war.

»Ich weiß«, redete sie irgendwann weiter, »dass er noch hier ist. Aber ich weiß auch, dass es vollkommen verrückt klingt – deshalb hab ich ja noch nie irgendwem davon erzählt. Unsere Mutter ahnt wohl, warum ich unbedingt jeden Sommer hierherfahren will, aber auch mit ihr hab ich nie offen darüber geredet. Du bist der Erste, Marian, dem ich all das sage.«

Sie drehte sich auf den Rücken und schob sich ein Stück weg von ihm. Es war stickig heiß in diesem Schrankzimmer, trotzdem war er enttäuscht, dass sie wieder auf Distanz zu ihm ging. Aber solange dieses Gespenst Jakob zwischen ihnen schwebte, konnten sie sich sowieso nicht richtig nahe sein.

»Er ist im Hexenholz«, sagte sie ganz leise zur Decke hinauf. »Manchmal, wenn ich nachts draußen rumlaufe, höre ich ihn nach mir rufen. Mit einer schrecklichen Angststimme, verzerrt, verzweifelt – aber ich weiß trotzdem ganz genau, dass es Jakob ist. Er lebt noch. Ich fühle es. Er schreit um Hilfe. Aber seine Rufe werden schwächer und schwächer. Wenn wir es nicht schaffen, ihn in zwei Wochen da rauszuholen …« Sie unterbrach sich, und in den Augenwinkeln sah er, dass ihre Lippen unbeherrscht zuckten. »Wir müssen es einfach schaffen«, presste sie hervor.

»In zwei Wochen?«, wiederholte Marian. »Warum gerade dann?«

Sie stieß ein ungeduldiges Schnaufen aus. »Du weißt schon, was ich meine – an diesem geheimnisvollen Datum eben, dem 9.9. Laut Birta ist der Bannwald vor 333 Jahren verhext worden, um in dieser Golem-Sache irgendwie das Allerschlimmste zu verhindern. Was das eine mit dem anderen zu tun haben soll, konnten sie oder Sina mir auch nicht erklären. Aber wenn dieser Bann am 9. September aufhört, Marian, dann heißt das doch, dass ich genau an diesem Tag ins Hexenholz muss, um Jakob da rauszuholen – was immer dann sonst noch passiert!«

Sie drehte sich wieder auf die Seite und stützte ihren Kopf in die Hand. »Bitte, du musst mir helfen«, sagte sie. »Versprich mir, dass du am 9.9. mit mir ins Hexenholz gehst.«

Er schaute ihr in die Augen, sein Herz klopfte wie irrsinnig – vor Begierde, sie noch mal zu küssen, und mehr noch vor Angst. Nicht noch einmal in diesen grauenvollen Wald, dachte er. Fast alles lieber als das. »Hast du es noch nie probiert?«, fragte er. »Ich meine – ihn da drin gesucht?«

Sie schüttelte stumm den Kopf. Ihre Augen beschworen ihn: Versprich es mir!

Aber ich war heute im Hexenholz, dachte er. Und ich hab dich dort gesehen. Doch das sagte er nicht. Schließlich hatte er zu schweigen gelobt. Aber viel mehr als vor der Rache der Logenbrüder fürchtete er sich vor etwas ganz anderem: herauszufinden, dass Billa möglicherweise log.

»Ich hab's mir mal auf der Karte angesehen«, sagte er, »das ist ja nicht gerade ein kleiner Wald. Wie sollen wir Jakob da denn finden?« Wenn sie auch darauf eine Antwort weiß, dachte er, gebe ich mich geschlagen.

Billa lächelte auf ihn herunter. »Deshalb lass ich mir das alles hier doch gefallen«, sagte sie, »den ganzen Sommer über, letztes und dieses Jahr. Die Hexenweiber müssen uns hinführen – und ich schwör's dir, sie werden uns zu ihm bringen.«

Verblüfft schaute Marian zu ihr empor. Ihre Haare hingen auf ihn herunter und schlossen ihre beiden Gesichter in einer kitzelnden Kupferröhre ein. »Du meinst, sie wissen wirklich, wo er ist?«

Anstelle einer Antwort legte sich Billa der Länge nach auf ihn, Brust auf Brust, Lippen auf Lippen. »Schwörst du's?« fragte sie, und ihre Münder bewegten sich gemeinsam zu ihren Worten. »Schwörst du, dass du mir hilfst?«

»Ich schwör's.« Er nuschelte, denn ihre Lippen, Zungen, Zähne kamen sich dauernd in die Quere.

»Beim Leben deiner Mutter?«

Das ging ihm dann doch zu weit. »Mein Bruderschaftsehrenwort.«

33

Irgendetwas kitzelte Marian im Gesicht. Schläfrig wischte er es mit der Hand weg, aber im nächsten Moment war es wieder da. Er machte ein Auge auf – fast noch stockdunkel, höchstens vier Uhr früh.

Er wollte sich zur Seite drehen, weiterschlafen. Da hörte er ein Flüstern direkt an seinem Ohr. »Marian? Ich muss rüber – Klotha steht gleich auf.«

Klotha? Er brauchte eine Weile, bis er kapiert hatte, wer da überhaupt redete. Und wovon.

»Sie schimpft fürchterlich«, flüsterte Billa, »wenn ich ihr Frühstück nicht rechtzeitig fertig bekomme.«

Also war er gar nicht in seinem Hotelzimmer? Jetzt endlich kriegte er die Augen auf. Billa kauerte neben ihm auf dem Bett und lächelte auf ihn runter. Damit er sie besser sehen konnte, griff sie mit einer Hand nach hinten und zog den Vorhang ein kleines Stück weit auf.

Draußen dämmerte der Morgen. Er lag in ihrem Bett, in diesem Schrankzimmer aus Holz. Und es konnte wirklich noch nicht viel später als vier, halb fünf sein. Aber Billa war anscheinend schon fix und fertig für den neuen Tag.

»Was hast du vor?«, flüsterte er.

Sie trug wieder ihr Camouflage-T-Shirt, dazu eng anliegende Reiterhosen und sogar die kniehohen Stiefel, mit denen sie einmal in der Gaststube des »Moorgrafen« erschienen war.

»Tut mir leid, ich musste es ihnen versprechen«, sagte sie, immer noch im Flüsterton. »Sie wollen heute unbedingt zur alten Marieneiche und ich soll sie hinfahren. Das ist so ein riesiger Baum weit draußen im Moor«, fügte sie hinzu. »Er ist ein paar hundert Jahre alt und steht auf so einem Hügel, der angeblich schon vor ewigen Zeiten eine Art Heiligtum war – ein magischer Steinzeitort oder so was.«

Marian war so müde, dass er kaum die Augen offen halten konnte. »Willst du nicht noch mal ins Bett kommen?«.

»Nichts lieber als das. Aber Klotha verhext mich in eine Katze, wenn ich nicht in drei Minuten drüben bin.« Sie beugte sich zu ihm runter und hauchte ihm einen Kuss auf den Mund. »Bleib ruhig liegen, Liebster – ich mach so schnell ich kann. Müsste am Nachmittag wieder hier sein, so gegen drei – vielleicht bist du dann ja noch da? Wenn du vorher weg musst, zieh einfach die Tür hinter dir zu.«

»Okay«, murmelte er.

Letzte Nacht waren sie vor lauter Erzählen und Beratschlagen kaum zum Schlafen gekommen – rätselhaft, wieso Billa schon wieder so wach war. Marian bekam eben noch mit, wie sie nach draußen schlüpfte und die Haustür ins Schloss fiel. Was hatte sie da gerade von Magie und Steinzeit gesagt? Ganz egal jetzt. Er drehte sich auf die Seite und schlief im gleichen Moment wieder ein.

Als er erneut zu sich kam, war es vor dem kleinen Fenster schon taghell. Wieder brauchte er einen Moment, bis ihm einfiel, wo er war und wie es ihn in diese Holzhütte verschlagen hatte. Er rappelte sich auf und spähte vorsichtig nach draußen. Keine Menschenseele weit und breit. Auch von der Kalesche, die Billa gestern vor dem Schuppen stehen gelassen hatte, war nichts zu sehen. Im Hellen wirkte alles noch viel runtergekommener. Das baufällige Hexenhaus, der halb eingestürzte Schuppen. Mitten im Hof dieser absurde Ziehbrunnen in einem Chaos aus Gestrüpp, Gerümpel, Büschen voll knallroter Beeren.

Die erinnerten ihn an Billa, wie er sie im Hexenholz gesehen hatte. Nur ein Trugbild, weil da drinnen alles verwunschen, voller Vorspiegelungen war? Aber warum hatte er im Bannwald gerade sie gesehen?

Billa. Er ließ sich auf die Matratze zurückfallen. Mannomann, dachte er, denn jetzt fiel ihm wieder ein, was sie ihm letzte Nacht ins Ohr geflüstert hatte: »Weißt du eigentlich, dass ich mich total in dich verknallt hab, Marian Hegendahl? Aber solange Jakob nicht frei ist, kommt es mir vor wie Verrat.« Sie hatte ihn wieder geküsst, aber mehr so zum Trost. Und als Versprechen – vielleicht auch das. »Weißt du, was Hexenliebe ist?«, hatte sie nämlich irgendwann später in der Nacht noch gemurmelt, halb schon im Schlaf. »Wenn Jakob erst da raus ist, Liebster, zeig ich's dir.«

Oh Mann, Billa, dachte Marian wieder. Und dann schnellte er aus dem Bett, dass das ganze Holzhäuschen ächzte, war im nächsten Moment aus dem Zimmer, im übernächsten nebenan in dem winzig kleinen Bad.

Am Abend hatte er noch den Schlamm aus seinen Jeans und dem einen Turnschuh rausgewaschen. Die Hose hatte er zum Trocknen über den Handtuchhalter gehängt – und da hing sie immer noch, na klar, aber was war mit dem Talmibro? Er fuhr mit der Hand in die Jeanstasche, und puh, das Talmibro steckte noch genau dort, wo es hingehörte.

Also entspann dich, Marian, alles okay. Er warf einen Blick in den Spiegel – hast auch schon mal fitter ausgesehen, Alter.

Ob sie seine Taschen durchstöbert hatte? Würde Billa so was machen? Na ja, schon möglich, dachte er. Er wusste jetzt, wie sie küsste und solche Sachen, aber was sonst wusste er von ihr? Nach wie vor kaum mehr als gar nichts.

Aber selbst wenn sie das Talmibro bemerkt hatte, überlegte er dann – Billa konnte ja eigentlich gar nicht wissen, wozu dieses seltsame Ding gut war. Oder doch? Und würde es bei ihr überhaupt funktionieren? Höchstwahrscheinlich hatte Marthelm doch alles so eingerichtet, dass das Talmibro immer nur ihn, Marian, durch die Zeitpforte ließ.

Seine Jeans waren noch nicht richtig trocken, der Schuh sogar noch so nass, dass es quietschte, wenn man drinnen auf die Sohle drückte. Und sowieso hatte er noch nicht die geringste Lust, zurück zum Hotel zu gehen. Vielleicht würde er wirklich hier auf Billa warten – im Bett seiner keuschen Geliebten?

Was ihn selbst betraf, dachte Marian dann, so war er ja von Marthelm praktisch auch zu einem Mönchsgelübde verdonnert worden. Was hatte der Urgroßonkel ihm geschrieben? *»Ein junger Retter, begabt mit der Kühnheit eines Ritters, der Lauterkeit eines Engels und dem Geheimwissen der Erleuchteten, wird die Menschheitskatastrophe im letzten Augenblick abwenden. Dieser Retter, Marian Hegendahl, bist Du.«*

Also schön. Retter und Ritter, Engel und Erleuchteter – das war ihm alles 33 Nummern zu groß. Aber zumindest für sein Geheimwissen konnte er jetzt mal was tun. In Julians Kammer wartete immer noch dieser Wälzer von einem gewissen Elisha Asmol – und darin ging es auch um *»den Odem, der den G*L*M Leben einbläst«*. Marian nahm Handy und Talmibro an sich und ging in Billas Zimmer zurück. Er würde Linda eine SMS schreiben (*alles okay, hoffe, du hast spaß mit der tropenfrau ;-) bis heut abend, lg marian*), dann nichts wie ab zu Julian. Dort war es jetzt fünf Uhr nachmittags und vielleicht konnte er den Famulus ja heute doch mal etwas früher aus seinem Kellerloch loseisen.

Marian schmiss sich wieder auf Billas Bett und stopfte sich alle verfügbaren Kissen in den Rücken. Als er eine bequeme Position gefunden hatte, fiel sein Blick auf den

Schemel unter dem Fenster. Darauf lagen säuberlich gefaltet diverse Anziehsachen: Jeans, T-Shirt, alles nagelneu. Er beugte sich zur Seite und schnappte sich den Zettel, den Billa anscheinend für ihn oben in die T-Shirt-Öffnung gesteckt hatte: *Das Zeug hab ich für Jakob mitgebracht – müsste ungefähr deine Größe sein. Lieb dich galaktisch, Billa*

Herrje, Billa, dachte er. Sie glaubt allen Ernstes, dass ihr Bruder noch lebt. Seit drei Jahren in diesem Wald rumirrt oder da drin irgendwie festsitzt. Aber kann es denn so was in Wirklichkeit geben? Und wieso glaubt sie, dass die drei Hexen da drüben wissen, wo Jakob ist? Weil sie ihn selbst im Wald eingesperrt oder irgendwie festgehext haben? Verdammt, das kann doch alles gar nicht sein.

Aber er spürte ja, dass es sehr wohl so sein konnte, wie Billa sich die Sache anscheinend zurechtgelegt hatte: ihr Bruder durch Unglück oder Ungeschick in den Bannwald geraten, der seit Justus Hegendahls Zeiten irgendwie verwunschen war. Und seitdem ließ sie nichts unversucht, um Jakob wieder freizubekommen. Jedes Jahr, wenn sie in den Sommerferien zum Sklavendienst auf Klothas Hof anmarschierte, brachte sie sogar neue Klamotten für ihn mit – für den Fall, dass sie die drei Alten diesmal rumkriegte und Jakob aus dem Hexenholz freikam. Weil er ja in der Zwischenzeit gewachsen war und seine alten Sachen ihm nicht mehr passen konnten.

Falls er noch am Leben ist, Billa. Meine Fresse, dachte Marian, wie lange würde ich denn so was durchhalten – sogar in einem ganz gewöhnlichen Wald, ohne irgendwelchen Hexenspuk? Sich nur von Wurzeln und Beeren zu ernähren, wie in solchen alten Schauergeschichten – ging das, konnte man das durchhalten, drei ganze Jahre lang? Damals, als er verschwand, war Jakob zwölf gewesen – kein Kind mehr, aber war man in diesem Alter schon tough genug, um auf einen Schlag mit alledem klarzukommen? Plötzlich total auf sich allein gestellt: Marian konnte es sich so wenig vorstellen wie das, was Billa ihm da gestern Abend erzählt hatte – wie nah sie und Jakob sich waren, »ein Mensch mit zwei Gehirnen, zwei Körpern«, hatte sie gesagt. Aber wenn sie es so empfand, dann konnte sie vielleicht wirklich fühlen, ob Jakob noch lebte – und womöglich sogar, wo er damals hingeraten war.

Vielleicht ist sie gar nicht raus zu diesem Moorheiligtum gefahren, überlegte er. Sondern mit Klotha, Birta und Sina in den Bannwald gegangen, damit die drei Hexen sie endlich zu ihrem Bruder bringen?

Nein, das glaubte er eigentlich nicht. Sie hatte ihn ja gestern noch angebettelt, am 9.9. mit ihr ins Hexenholz zu gehen. Wozu hätte sie das tun sollen – ihn schwören lassen und all das –, wenn sie Klotha und die anderen schon dazu gebracht hatte, ihr zu helfen?

Dieses Herumgrübeln brachte ihn jedenfalls wieder mal keinen Millimeter weiter. Er musste schleunigst in Julians Welt zurück und alles dafür tun, dass Meister Justus die Erschaffung der Golems gar nicht erst gelang.

34

»Gott zum Gruß, Frau Kuhrerin«, sprach der Famulus. »Der Herr Apotheker von Lohenkamm schickt mich mit den bestellten Elixieren.«

»Na, denn hopp herein mit Ihm.« Die Gemahlin des ehrenwerten Küfermeisters Adalbert Kuhrer verschränkte die Arme unter dem gewaltigen Busen. »Was hat Er denn auf einmal, Famulus? Wieso bleibt Er starr neben seiner Karre stehen und murmelt wirres Zeug?«

»...latus ... Bormilatus ... Bormi...«, murmelte Julian. Er schüttelte den Kopf und riss dabei die Augen auf. »Ah, verzeiht, Herrin, ich weiß auch nicht, was mich eben angewandelt hat.«

Die Küferin machte eine energische Handbewegung. »Also spute Er sich und schaffe Er den Kram in die Küche – ich habe meine Zeit schließlich nicht gestohlen.«

»Gewisslich nicht.« Julian nahm die oberste Steige voller Tiegel und Phiolen von seiner Karre und folgte ihr ins Haus. Wie kömmt's nur, dachte er dabei, dass mich immer wieder mal der krause Wahn anspringt, ich wär ein ganz anderer, herbeigedonnert aus einer fernen Zukunftswelt? Eiserne Kästen rasen dort über die Straßen, von unsichtbaren Rössern gezogen. Und in den Häusern gibt es Zauberfenster, durch die man Dinge sehen kann, die wieder ganz woanders geschehen – vielleicht gerade hier, in der Küche der Küferei?

»Pass Er doch auf, Famulus! In welcher Wolke steckt nur wieder Sein Kopf?«

Julian schreckte aus seinen Grübeleien auf: Beinahe hätte er die Steige mit sämtlichen Fläschchen voll kostbarer Elixiere auf der glühend roten Ofenplatte abgesetzt. »Ah, verzeiht, Herrin«, murmelte er erneut und beeilte sich, seine Last in das Regal zu schieben, auf das die Küfergattin mit drohender Miene deutete.

Er war heilfroh, als er wieder draußen in der Schäfflergasse war. Auf seiner Karre türmten sich noch die Steigen voller Tiegel und dabei war es schon fünf vorbei! Er zog den Zettel aus seinem Wams, auf dem ihm Jungfer Hildegunde die Namen der Kunden aufgeschrieben hatte, die er heute noch beliefern sollte.

Schon diesen Zettel mit Hildegundes lieblicher Handschrift hätte Julian stundenlang anstaunen können. Er musste nur die sanft gerundeten Bögen sehen, die sie bei jedem Buchstaben anzubringen wusste, und schon erblickte er die holde Maid vor sich, ihr sanftes Lächeln, ihre runden Wangen und …

Er fuhr herum, doch zu seinem Erstaunen war niemand zu sehen. Dabei hätte er wetten mögen, dass ihm eben irgendwer einen Stoß in den Rücken versetzt hatte. Wie auch immer – jetzt hatte er sich jedenfalls in Bewegung gesetzt und trottete mit seiner klingelnden Karre im Schlepptau die Gasse herunter.

Die weiteren Kunden belieferte Julian an diesem Nachmittag so geschwind, dass er sich selbst kaum wiedererkannte. Er hetzte Gassen hoch und Straßen runter, klopfte an, überreichte Tiegel und Phiolen und verweilte nirgendwo länger als unbedingt nötig. »Gott zum Gruß, Herr Pastor – ich bringe Ihre Artzeney.« Und war schon wieder aus der Tür und um die Straßenecke, während der geistliche Herr noch auf seiner Hausschwelle stand, die Phiolen in der Hand, und ihm kopfschüttelnd hinterhersah.

Nicht anders erging es ihm beim Schuster und beim Goldschmied, beim Schneidermeister Oehlitz und selbst beim Besenmacher Hollerich – dabei tat dessen liebreizende Gattin Paulina höchstselbst ihm die Tür auf. An den Samstagabenden, wenn die Lehrjungen von Croplin bei einem Krug Dünnbier beisammensaßen, redeten sie oftmals von nichts anderem als von der Besenmacherin Paulina. Wie köstlich ihr Lächeln, wie üppig ihre Gestalt, wie betörend ihr Duft. Aber heute hatte der Famulus kaum einen Blick für die Schöne. »Gleich schlägt's acht, Herrin – gehabt Euch wohl, ich muss mich sputen!« Und rannte weiter stadtauswärts, als ob der Teufel hinter ihm her wäre – dabei klingelte auf seiner Karre nur noch eine einzige Steige mit ein paar dürftigen Tiegeln drauf.

Was ist heute bloß los mit mir?, wunderte sich Julian. Der Schweiß trieft mir ja nur so den Rücken runter, so hetze ich mich ab. Meine Haare sollte ich mir auch mal wieder artig zusammenbinden – bei diesem groben Strick, mit dem ich mir seit gestern behelfen muss, löst sich alle Stunde der Knoten. Wohin hab ich nur das Haarriemchen verräumt, das mir Jungfer Hildegunde zu meinem jüngsten Wiegenfest geschenkt hat? Sie hat mich heut früh schon ganz traurig angeschaut – so als ob sie fragen wollte: Mag Er mich und mein Riemchen nicht mehr? Ach, holde Maid, und wie! Aber wie soll man denn suchen, wenn man wie von Dämonen gezwackt durch die Stadt rennen muss? Und warum bei allen Heiligen gelingt's mir heute nicht, auch nur für drei Atemzüge innezuhalten, um mir die Haartracht zu richten?

Aber Marian ließ nicht locker. Er trieb Julian an, ähnlich wie zur gleichen (wenn auch keineswegs zur selben) Zeit Billa ihren Kaleschengaul durchs Cropliner Moor trieb. Marian hatte keine Ahnung, woran es lag, dass er dem

Famulus diesmal viel besser als bisher seinen Willen aufzwingen konnte. Aber der Grund war ihm auch ziemlich egal – Hauptsache, Julian trödelte nicht herum, hütete sich vor Tagträumen, in denen Jungfer Hildegunde und er selbst romantische Hauptrollen spielten, und trabte unbeirrbar auf das Anwesen seines nächsten Kunden zu.

Der stand auf Jungfer Hildegundes Liste ganz unten und wohnte Am Bannwald Nr. 2, gegenüber dem Logenhaus. Sein Name war Balthasar Müntzer und seinem Aussehen nach musste auch er die Hundert schon weit überschritten haben. Sein Schädel war vollständig kahl, an seinen Wangen, unter dem Kinn und eigentlich allerorten schlackerte viel zu viel lose Haut. Wahrscheinlich war er früher einmal von stattlicher Gestalt gewesen, heute jedoch war er von fleischloser Dürre, der reine Knochenmann. Der Famulus fürchtete sich ein wenig vor ihm, auch wenn der gewesene Archivarius ihn noch niemals grob angefahren hatte.

Nun rannte Julian die Stufen zu seiner Haustür hoch und pochte mit dem schmiedeeisernen Klopfer wild dagegen. Ewigkeiten vergingen, bis Müntzer von irgendwo herbeigehumpelt kam und umständlich öffnete.

»Gott zum Gruß, Herr Archivarius. Dies schickt Euch mein Herr.« Der Famulus drückte ihm seine beiden Tiegel mit »Lohenkamm's Baldrianbalsam« in die Hände, wendete auf dem Absatz und wollte schon wieder die Treppe hinunterstürmen. Aber der alte Mann rief ihn zurück. Sein argwöhnischer Blick trieb Julian die Hitze in die Schläfen. Hatte Müntzer etwa gesehen, wie er vorletzte Nacht im Haus gegenüber eingestiegen war?

Wenn er's dem Apotheker verrät, setzt mich Lohenkamm vor die Tür, dachte der Famulus. Und wenn er gar mit dem Großmächtigen Meister plaudert, zerquetscht der mich wie eine Laus.

»Na also«, sagte Müntzer, als Julian wieder vor ihm stand. »Warum denn so eilig, Kerl?«

Julian stotterte irgendetwas, das weder Müntzer noch Marian verstanden.

Der alte Mann runzelte die Stirn. »Richte Er Seinem Lehrvater aus, dem ehrenwerten Apotheker von Lohenkamm, dass sein Balsam vorzüglich anschlägt.«

Julian starrte Löcher in die Luft neben Müntzers knochigem Schädel. »Der Trunk ... wirkt also?«, stieß er schließlich hervor.

»Aber wie Donner und Blitz.« Der Alte winkelte einen Arm an und ließ den Unterarm schlagartig zur Seite runterkippen. »Seit ich das Elixier allabendlich zu mir nehme, schlafe ich ab achte wie ein Ratz. Vor einer halben Stunde habe ich die letzten Tropfen aus dem Tiegel geschlürft, den Er mir zur Sonnwende gebracht hat. Und wär' Er nur fünf Minuten später gekommen, ich schwör Ihm, Er hätte aus Leibeskräften klopfen und schreien können – umsonst.« Müntzer lehnte sich schwer in den Türrahmen und gähnte, dass ihm die Augen tränten. »Gelobt sei Lohenkamm.«

Der Famulus hätte vor Erleichterung beinahe mitgeweint. »Gelobt sei Lohenkamm!«

Sacht polterte er auf die Straße zurück. Vom Kirchplatz her schlug es eben Viertel vor acht. Noch hatte kaum die Abenddämmerung begonnen, doch auf der Straße war schon niemand mehr unterwegs. Und Balthasar Müntzer, der einzige Nachbar von Meister Justus, sank soeben in tiefen Balsamschlaf.

Also los. Frisch gewagt ist halb gewonnen! Julian schob seine Sackkarre unter die Sonnenblumen in Müntzers Vorgarten. Dann trat er auf die Straße hinaus, die Knie angewinkelt wie ein Rennläufer vor dem Start.

Die Fensterläden drüben am Hegendahl'schen Gutshaus

waren geschlossen, das ganze Anwesen wirkte verlassen. Aber unter der Erde ging es bestimmt desto emsiger zu.

Tu's nicht, schrie es in ihm, geh heim, lies in dem Buch von Dr. Dr. Asmol nach! Doch Julian stutzte nur kurz und stürmte los. Mit drei Schritten über die Straße, dann mit einem Satz das halbe Gittertor hinauf. Schnaufend hangelte er sich weiter, schwang sich oben auf den Pfosten und sprang auf der anderen Seite hinunter, ohne sich von den Eisendornen auch nur ritzen zu lassen. Er streifte seine Schuhe ab, behielt sie aber diesmal in der Hand und rannte über den Vorhof, dann wieder links herum zur Rückseite des Hauses.

Wie düster es hier hinten war, so als ob es im Schatten des Bannwaldes nie wirklich Tag werden könnte. Die mittlere Fensterluke war noch locker in den Rahmen gedrückt, wie er sie vorgestern zurückgelassen hatte. Herrje, du wahnsinniger Famulus, zeterte seine innere Stimme. Aber da hatte Julian seine Schuhe schon in den Rinnstein gestellt und schlängelte sich, die Füße voran, in den Hegendahl'schen Keller hinab.

Drinnen blieb er einen Moment zusammengekauert am Boden hocken, um sich zu verschnaufen. Die Tür zum unteren Keller stand weit offen. Licht flackerte, dumpfe Stimmen drangen aus der Tiefe empor.

Julian richtete sich auf und huschte den Gang entlang. Jetzt erst begann sein Herz vor Aufregung wie rasend zu schlagen.

35

Vor der Treppe nach unten verharrte der Famulus abermals und lauschte. Ein Gewirr von Männerstimmen, doch was sie sagten, war nicht zu verstehen.

Auf Zehenspitzen schlich er die Stufen hinab. Der Stein unter seinen Fußsohlen war glatt und kalt. Aber nicht deshalb rauschte ihm das Blut immer lauter in den Ohren, je weiter er nach unten kam. Wieder hörte er mindestens drei Männer durcheinander reden, und Julian wusste jetzt, wen Meister Justus um sich versammelt hatte.

Der Großmächtige Meister selbst hatte seine Stimme noch nicht erhoben, aber Julian spürte, dass auch er dort unten sein musste. Die anderen drei waren seine engsten Vertrauten aus der Freimaurerloge: der schwarzbärtige Hüne Gunter von Croplinsthal, der auf seinem Rittergut vor den Stadtmauern hauste, und die Brüder Bardo und Benno Krummbiehl – der eine Gold-, der andere Silberschmied. Beide Brüder waren von kräftiger, untersetzter Statur und sahen einander so ähnlich, dass kaum jemand sie auseinanderzuhalten vermochte. Doch wenn sie den Mund aufmachten, war es wiederum ganz unmöglich, sie zu verwechseln: Bardo, der Goldschmied, hatte einen dröhnenden Bass, während Benno mit einer pfeifenden Fistelstimme geschlagen war. Ebenso wie Ritter Gunter von Croplinsthal waren sie Lichtträger in der Loge »Zu den Rosenspiegeln«.

Julian sah die drei Männer deutlich vor seinem geistigen Auge, während er unten den glitschig feuchten Felsgang entlangschlich. An der Tür zum Verlies, wo Meister Justus vorgestern seine Beschwörungen geschrien hatte, horchte er nur kurz: Dort war heute offenkundig niemand – das Stimmengewirr kam vom Ende des Flurs her.

Lautlos tappte er weiter. Nun konnte er bereits einige Satzfetzen unterscheiden. »Das Gestell hier herüber«, rief Gunter von Croplinsthal mit rauer Stimme.

»Obacht, Benno«, dröhnte der Bass des Goldschmieds Bardo, »du zertrampelst ihn gleich.«

»Tu ich nicht«, wehrte sich der Silberschmied mit mühseligem Fisteln, »mach lieber mal Platz.«

Lautes Rumpeln und Scheppern, dann erschallte die durchdringende Stimme von Meister Justus: »Schweigt still, Lichtträger. Helft mir, das Pfortenglas einzulegen.«

Das Pfortenglas? Seit der Famulus über Hegendahls Tor gehechtet war, hatte Marian unaufhörlich auf ihn eingeschrien: Tu's nicht, lass das, geh endlich nach Hause! Nun aber gab er seinen Widerstand mit einem Schlag vollkommen auf. Im Gegenteil trieb er den Famulus noch an, sich rascher dem Ort des Geschehens zu nähern.

Eine weitere Tür trennte den höhlenartigen Raum am Ende des Kellergangs ab. Julian presste sich mit dem Rücken gegen die Felswand daneben und hielt den Atem an. Durch fingerbreite Ritzen im Türholz war deutlich zu erkennen, was dort drinnen im Schein einiger Fackeln passierte.

Zwischen den vier Männern lag eine einzelne Lehmfigur am Boden. Sie war ungefähr so groß wie ein zehnjähriges Kind und viel kunstvoller geformt als die plumpen Erdpuppen, die Julian unlängst vorn im Verlies gesehen hatte. Beine und Arme hatten diesmal die richtigen Proportionen. Der Schädel saß auf einem Hals von gewöhnlicher Länge und die Figur wies sogar menschliche Gesichtszüge auf. Sie sah aus, als ob sie in tiefem Schlaf liegen würde.

Über dem Kopf der Lehmfigur war eine sonderbare Konstruktion errichtet worden – eine Art metallenes Pultgestell, doch wo die Pultplatte sein sollte, gab es nur einen massiven Eisenrahmen.

Der Großmächtige Meister bedeutete seinen Lichtträgern, ihm zu folgen. Weiter hinten an der Wand lehnte eine wuchtige Glasscheibe, in Blei gefasst. »Hütet es wie eure Augäpfel«, mahnte Meister Justus. »Dieses Pfortenglas zu erschaffen, hat mich Jahre gekostet. Ganz zu schweigen von dem, was die Pfaffen Seligkeit nennen.«

Die Lichtträger lachten auf – und Marians Gedanken wirbelten. Die Scheibe hatte offenbar ein beträchtliches Gewicht – mit Mühe gelang es den vier Männern, sie anzuheben. Sie bestand aus fingerdickem Glas, durch das man nur verschwommen hindurchsehen konnte. Außerdem hatte sie ziemlich genau dort an der Wand gelehnt, wo heute das »Sphärenfenster« fest in die Felsmauer eingelassen war.

Handelte es sich etwa um eine Art Vorläufermodell der Dämonenpforte, die Marthelm erschaffen hatte? Doch Marian fand keine Gelegenheit, darüber nachzudenken: Julians Knie begannen wie bei einem Krampf zu zittern. Er musste sich mit den Händen an der Wand abstützen, um nicht der Länge nach hinzufallen.

Seine Seligkeit hat Meister Justus geopfert, dachte der Famulus voller Entsetzen, um diesen Zauber wirken zu können? Also hat mein Lehrherr Lohenkamm doch die Wahrheit gesprochen – und der Großmächtige Meister ist wahrhaftig ein Teufelsbündner, der im Höllenfeuer für seine Freveltaten büßen muss?

Dann nichts wie weg, sagte sich Julian, um meiner eigenen Seligkeit willen. Denn wer seine Seele einmal an die Hölle verloren hat, bekommt sie niemals wieder!

Doch die Verwirrung des armen Famulus wurde noch

ärger: Seine innere Stimme flehte ihn an, zu bleiben. Hat mein Gewissen mich nicht die ganze Zeit beschworen, schleunigst das Weite zu suchen? Und nun, da ich seinem Rat endlich folgen will, verlangt es handkehrum das Gegenteil!

Du schaust doch nur zu, Julian, schrie Marian, dagegen kann ja niemand was haben! Und wie willst du denn Schlimmeres verhindern, wenn du jetzt nicht hierbleibst und dir genauestens ansiehst, was Meister Justus und seine Jünger da überhaupt treiben?

So redete er beschwörend auf Julian ein. Zitternd, mit weit aufgerissenen Augen, stand der Famulus vor der Verliestür und wusste überhaupt nicht mehr, was er machen sollte. Vor oder zurück. Bleiben oder fliehen.

Die vier Logenbrüder schleppten unterdessen die Glasplatte zu dem Pultgestell über dem Kopf des liegenden Golems. »Eins, zwei – und drei!«, kommandierte Meister Justus. Bei »drei« wuchteten sie das Trumm in die Höhe und ließen es in den Rahmen der Pultplatte sacken. Mit einem Knirschen, das in den Zähnen wehtat, schrammte Glas gegen Metall. Durch das ganze massive Eisengestell lief ein Vibrieren und Stöhnen, als ob es im nächsten Moment zusammenbrechen, die Lehmfigur unter sich begraben wollte – doch die eisernen Stangen hielten stand.

»Schaut hindurch, Brüder.« Meister Justus war vor die Glasplatte getreten, mit dem Rücken zur Tür. Seine Stimme klang ehrfürchtig. »Habt ihr so etwas je zuvor gesehen?«

Er ging zur Seite und die drei Lichtträger taten es ihm einer nach dem anderen gleich. Sie nickten andächtig oder schüttelten fassungslos den Kopf. »Kein Magier ist mächtiger als Ihr, Meister«, brummte Gunter von Croplinsthal.

Was zum Teufel bekamen sie denn da so Wunderbares zu sehen? Vor lauter Neugierde vergaß Julian fast schon wieder, dass sein Seelenheil auf dem Spiel stand. Immer wenn ein Logenbruder zur Seite trat und für den nächsten Platz machte, konnte auch er einen raschen Blick auf das »Pfortenglas« werfen – aber es ging jedes Mal so schnell, dass kaum etwas zu erkennen war.

»Bardo, Benno – die Schalen«, befahl schließlich Meister Justus.

Die beiden Brüder traten zur Seite, um seinen Befehl auszuführen. Auch der Meister selbst und Ritter Gunter, der Oberste Lichtträger in der Loge, machten sich weiter hinten zu schaffen – nun endlich hatte Julian freien Blick auf das Pfortenglas.

Was er zu sehen bekam, verschlug ihm fast den Atem. Unter dem fingerdicken Glas lag der Golem wie am Grund eines tiefen, dunklen Sees. Sein Gesicht war der »Pforte« zugewandt, und der Famulus hätte schwören können, dass sein Ausdruck sich verändert hatte. Es sah nun entschieden erwartungsvoll aus. So als ob der Golem in seinem tiefen Schlaf bereits spürte, dass er gleich geweckt werden sollte.

Aber das allein war es nicht, was Julian so sehr in Bann zog. Im Innern des Pfortenglases befanden sich allem Anschein nach zwei höchst sonderbare Kreaturen. Eingeschlossen wie urzeitliche Insekten in einem Bernsteintropfen – doch je länger Julian hinsah, desto sicherer war er, dass diese Wesen lebten. Sie bewegten sich in der gläsernen Scheibe hin und her wie Fische in einem Aquarium. Welche Form sie besaßen, hätte man unmöglich sagen können, denn mit jeder Bewegung veränderten sie sich vollständig. Mal ähnelten sie einer Vogelfeder, dann wieder einer Schlange, die sich mit Wellenbewegungen voranschlängelte. Eine dieser Kreaturen war tiefschwarz, doch zugleich ging ein rotes Leuchten von ihr aus, als ob sie innerlich glühte. Die andere schillerte in unterschiedlichen Gelbtönen – schwefel-, honig-, sonnengelb.

»Unter allergrößten Mühen und Gefahren«, sagte Meister Justus, »ist es mir gelungen, diese Geister in das Pfortenglas zu spiegeln. Mit ihrem Licht werden wir den Golem erwecken. Lichtträger – die Gefäße!«

Die beiden Schmiede stellten jeder eine Kupferschale neben der Lehmfigur auf den Boden. Der Großmächtige Meister korrigierte ihre Position, bis er mit dem Ergebnis zufrieden schien. Nun standen die Schalen beiderseits neben dem Kopf des Golems, genau unter dem Pfortenglas.

»Lichtträger – zündet an!«, befahl Meister Justus.

Bardo und Benno Krummbiehl senkten jeder eine brennende Fackel in seine Kupferschale. Sogleich schossen armdicke Flammensäulen knisternd und fauchend aus den Gefäßen hervor – die eine schwefelgelb, die andere blutrot.

Die Flammen schlugen von unten gegen das Pfortenglas. Es knackte und prasselte, zischte und knirschte. Die drei Lichtträger wichen in den Hintergrund des engen Raums zurück. Der Großmächtige Meister dagegen begann wieder, den liegenden Golem zu umkreisen.

»Schem – ham – for – as!«, rief er mit feierlicher Betonung und stakste wie ein schwarzer Riesenvogel ein ums andere Mal im Kreis. *»Schem – ham – for – as!«*

Von seinem Späherposten aus hatte Julian freien Blick auf das Pfortenglas. Durch Ruß und Dampf war dessen Unterseite mittlerweile so verdunkelt und beschlagen, dass er von dem Gesicht des Golems nur noch ein paar nebelhafte Umrisse erblickte. Doch den Körper und die Gliedmaßen der Lehmfigur konnte er desto besser sehen, wenn nicht gerade der vorüberstampfende Meister ihm mit wehendem Umhang die Sicht versperrte. *»Schem – ham – for – as!«*

Alle starrten gebannt auf die Gestalt am Boden. Fauchend

schossen die Flammensäulen zur Geisterpforte empor. Der Meister lief rufend im Kreis. Schon begann Julian zu glauben, dass auch diese Beschwörung misslingen würde – da wurde das Fauchen und Prasseln der Flammen mit einem Schlag tausendfach lauter und ein gespenstisches Heulen mischte sich hinzu.

»Schem – ham – for – as!« Der Meister schrie jetzt aus Leibeskräften und dabei richtete er seinen Blick zur Decke über dem Pfortenglas empor.

Es sah aus wie zwei dicke, zähe Tropfen, was dort oben aus dem Stein hervorquoll. Handbreit nebeneinander, einer blutrot, der andere giftig gelb. Die Tropfen wurden größer und größer, klebten zitternd unter der Decke, so als ob sie im nächsten Moment zu Boden fallen würden. Zugleich wurde das Fauchen und Heulen lauter und lauter.

Noch immer schrie der Großmächtige Meister jene beschwörenden Silben – doch zu verstehen war nichts mehr. Die Tropfen schwollen an, wuchsen in die Breite und weit mehr noch in die Länge – wie Zungen, die von ihrem eigenen Gewicht nach unten gezogen wurden. Je größer sie wurden, desto leuchtender ihre Farbe – blendend gelb wie Sonnenlicht, wie geschmolzenes Gold, brennend rot wie Feuer, wie kochendes Blut. Ihre Enden waren gespalten wie bei Schlangenzungen und zugleich spitz wie Speere. Zitternd schwangen sie über dem Pfortenglas hin und her.

Mit offenen Mündern glotzten der Goldschmied Bardo und Ritter Gunter zur Decke empor. Benno hob die Hände, wie um sich die Ohren zuzuhalten, doch auf halbem Weg erstarrte er in einer Gebärde ratlosen Entsetzens. Und genau in diesem Augenblick schnellten die Lichtzungen pfeilschnell hernieder und bohrten sich in das Pfortenglas.

Es schepperte und klirrte. Fiebrig bunte Fontänen aus Funken, Flammen, Dämpfen schossen empor und erfüllten das Verlies. Ob dieses Tohuwabohu noch zur Beschwörung gehörte oder im Gegenteil deren Scheitern anzeigte, hätte wohl allenfalls Meister Justus zu sagen vermocht. Doch da begann der Golem mit einem Mal an Rumpf und Gliedern zu zucken.

Gebannt starrte Julian ihn an. Der Golem schien vollkommen verwandelt. Eben noch war er bloß eine Lehmpuppe von ungefähr menschlichen Umrissen gewesen – jetzt aber glich er aufs Haar einem kräftigen jungen Mann. Schlammverschmiert lag er dort am Boden, nicht viel größer als ein zehnjähriger Knabe, doch vor Muskeln starrend. Sein Gesicht konnte der Famulus nicht erkennen – es war ja vollständig durch das Pfortenglas, die Lichttropfen, die Dämpfe und Flammen verdeckt. Aber Julian sah ganz deutlich, wie der Golem ein Bein anwinkelte, den Rumpf emporstemmte und sich mit dem Ellbogen aufstützte, um sich vom Boden zu erheben.

In diesem Moment zerplatzte über ihm das Pfortenglas mit einem ohrenbetäubenden Knall. Das Pultgestell fiel donnernd um und zugleich ging der Golem von Kopf bis Fuß in Flammen auf. Schwefelgelbe und blutrote Feuerzungen schossen aus seinem Rumpf, aus Schädel und Gliedmaßen hervor.

Die Männer husteten und fluchten. »Holt Wasser – schnell!«, rief Meister Justus. »Löscht das Feuer, noch ist nicht alles verloren!«

Doch das Eisengestell war zur Seite hin umgestürzt und blockierte die Tür. Bis sich die drei Lichtträger den Weg freigeräumt hatten, war der Famulus geisterschnell den Gang zurück- und die Treppe wieder hinaufgejagt. Ihm war übel vor Aufregung und wohl auch von den dämonischen Dämpfen. Jedenfalls musste Julian seine allerletzte Kraft aufwenden, um sich oben aus dem Kellerfenster und hinaus auf den Hinterhof zu schlängeln. Dort hätte er beinahe seine Schuhe vergessen – er musste noch einmal zurück und hätte deshalb vor Wut und Aufregung beinahe losgeheult.

Am Himmel glitzerten bereits die Sterne. Bleich schwebte die Mondsichel über dem Hexenholz. Mit fliegenden Fingern klaubte Julian seine Schuhe auf und rannte wieder um das Haus herum nach vorn. Dort aber prallte er förmlich zurück: Die eisenbeschlagene Vordertür stand weit offen und eben trat der Goldschmied Bardo heraus. Sein Bruder Benno folgte ihm auf dem Fuß.

»Er kann noch nicht weit sein«, sagte Bardo. »Als ich unten aus der Tür bin, ist er gerade die Treppe hochgerannt. So ein schmales Bürschchen – kommt mir von irgendwoher bekannt vor.« Er ging mit raschen Schritten zum Tor vor und schaute links und rechts auf die Straße. »Nichts.« Im Laufschritt kam er zum Haus zurück und Julian hinter der Mauerecke wäre beinahe tot umgefallen vor Angst.

Was sollte er jetzt nur machen? Wenn ihn der Meister und seine Lichtträger in die Hände bekamen, war es aus und vorbei mit ihm. Er hatte sie bei einer verbotenen Beschwörung beobachtet, für die sie höchstwahrscheinlich auf dem Scheiterhaufen landen würden, wenn der moorgräfliche Inquisitor jemals davon erfahren würde.

»Also, wenn du mich fragst, Bardo«, sagte Benno mit pfeifender Stimme, »der Kerl muss noch im Haus sein – oder allenfalls hier draußen im Gelände.«

Bardo strich sich nachdenklich über das Kinn. »Der Meister hat befohlen, ihm den Burschen zu bringen. Der Golem ist sowieso nicht mehr zu retten und mit den Flammen wird Gunter schon allein fertig. Also bleib du mal hier vorn und schneide dem Kerl den Weg ab, falls er bei dir auftauchen sollte – ich schaue mich hinterm Haus um.«

Mit schlotternden Knien rannte Julian zum Hinterhof zurück. Wo bei allen Heiligen gab es hier einen Fluchtweg nach draußen oder zumindest ein Versteck, um sich vor den beiden Schmieden zu verbergen? In Panik schaute er um sich. Aber da war überhaupt nichts – nur der kahle Hof und die hohen Mauern ringsherum.

Und das Tor zum Hexenholz.

36

Das Tor in der rückwärtigen Mauer des Hegendahl'schen Gutshauses war noch höher, die Eisendornen oben noch länger und spitzer als beim vorderen Eingang. Doch seine Angst, von den Lichtträgern ergriffen und zum Großmächtigen Meister geschleppt zu werden, verlieh Julian Flügel: Ehe Bardo Krummbiehl auch nur um die Hausecke gebogen war, hatte sich der Famulus über das Eisengitter geschwungen und auf der anderen Seite todesmutig hinabgestürzt.

Nun kauerte er dort außen am Fuß der Mauer, dicht neben dem Torpfosten. In seinem Rücken hörte er den Goldschmied, der im Hinterhof umherging und leise Drohungen ausstieß. »Warte nur, Kerl, gleich hab ich dich!« Julian wagte kaum zu atmen. Geschweige denn, aufzuspringen und davonzulaufen. Jetzt erst, da alles zu spät war, begann ihm zu dämmern, wo er sich befand.

Vor ihm, zu seiner Linken ebenso wie zur Rechten, erstreckte sich das schreckliche Hexenholz. Rauschend und knarrend und wie aus tausend angsterfüllten Herzen seufzend. Am helllichten Tag konnte man sich damals zwar noch im Cropliner Bannwald bewegen, ohne von Trugbildern genarrt zu werden und hoffnungslos in die Irre zu gehen. Dennoch war das Hexenholz seit ältesten Zeiten verrufen.

Während Julian an der Mauer kauerte, jagten ihm Fetzen unzähliger Schauergeschichten durch den Kopf. Sie alle handelten davon, wie unschuldige Menschen, jung oder alt,

Cropliner oder Ortsfremde, im Hexenholz zu Schaden oder sogar zu Tode gekommen waren. Von Räubern überfallen, die in Hütten und Höhlen tief im Dickicht hausten. Von wilden Leuten massakriert oder sogar bei lebendigem Leib aufgefressen – angeblich war der Bannwald voll mit solchen unheimlichen Kreaturen. Halb Mensch und halb Tier, mit einem Fell wie Affen und darunter dem kalten, grausamen Herzen eines Mörders.

Vor allem aber war der Wald ein Treffpunkt der Hexen. Mitten im Gehölz erhob sich ein kleiner Berg, der seit Menschengedenken den Namen Hexenhügel trug. Auf dem Gipfel standen und lagen die Überreste eines urzeitlichen Bauwerks wild durcheinander. Niemand hätte sagen können, wie diese kolossalen Felsplatten und Gesteinstrümmer dort hingelangt sein mochten. In Croplin hieß die Ruine seit jeher Hexendom oder auch Drachenmaul. Die Teufelsweiber feierten dort im Mondschein ihre höllischen Zeremonien. Wer sich bei Nacht zum Hexenhügel verirrte, um dessen Leib und Leben war es geschehen.

Dem Famulus schlotterten die Knie. Mit aller Kraft biss er die Zähne zusammen, damit ihr Klappern ihn nicht verriet. Am liebsten hätte er sich auch noch die Ohren zugehalten, aber dann hätte er nicht mehr gehört, was hinter der Mauer vorging. Der ganze Wald schien ihm erfüllt vom meckernden Gelächter der Hexen. Andauernd meinte er von da einen Räuber herbeitappen oder von dort eine Horde wilder Leute krachend durchs Unterholz brechen zu hören. Und ob er seine Augen weit aufriss oder vor Angst zukniff, machte überhaupt keinen Unterschied: In dem vermaledeiten Dickicht war es so schwarz wie in einem Grab.

Noch immer scharrte Bardo Krummbiehl hinter ihm im Hof herum. Geh endlich ins Haus zurück, beschworen ihn Julian und Marian im Stillen. Doch stattdessen hörten sie, wie ein zweiter Mann den Hof betrat. »Bardo?«, rief er mit pfeifender Stimme. »Du kannst aufhören, zu suchen. Der Meister weiß, wer der Eindringling war. Der ist wohl vor Kurzem schon mal hier eingestiegen. Und dabei hat er einen Ledergurt oder so etwas zurückgelassen – mit Zeichen darauf, die verraten, wer der Bursche ist.«

Julian blieb fast das Herz stehen. Für einen Moment vergaß er sogar seine Angst vor Räubern, Hexen, wilden Leuten. Mein Haarriemen, gütiger Herrgott, dachte er – hier also hab ich die Unglücksschnur verloren! Auf die Innenseite des Riemchen hatte Jungfer Hildegunde mit roter Tinte in winzigen Buchstaben geschrieben: *Von J. H., die J. H. liebt!* An seinem 16. Geburtstag hatte sie ihm den Riemen überreicht und dazu tief errötend gewispert: »Die gleichen Anfangsbuchstaben, sieht Er's, Julian Hallthau? Das kömmt nur daher, dass Gott unsere Hände ineinanderlegt.«

»Aha«, brummte Bardo. »Und wer ist also der dreiste Kerl?«

»Das weiß ich auch nicht – der Meister hat nur gesagt, dass wir den Burschen leicht ergreifen können. Aber was viel interessanter ist, Bruder …« Benno dämpfte seine Stimme zu einem Winseln. »… morgen zur Mitternacht gehen wir mit dem Meister hinaus in den Bannwald.«

»Ins Hexenholz? Oho!« Selbst Bardo klang eine Spur beunruhigt.

»Sogar zum Drachenmaul«, flüsterte Benno. »Heute waren wir fast am Ziel, sagt der Meister. Vom Pfortenglas ist glücklicherweise eine größere Scherbe heil geblieben. Und mit dem Lehm vom Hexenhügel wird die Beschwörung endgültig glücken.«

Sein Bruder brummte noch etwas, doch zu verstehen war nichts mehr. Die beiden Schmiede verließen den Hinterhof und nur Augenblicke später waren ihre Schritte verklungen.

Aber der Famulus blieb am Fuß der Mauer hocken, als ob er am Moosboden festgewachsen wäre. Steh endlich auf!, feuerte ihn Marian an. Doch Julian achtete nicht auf seine innere Stimme. Der Großmächtige Meister weiß, dass ich ihn beobachtet habe, dachte er nur ein ums andere Mal. Er hat das Riemchen gefunden und jetzt ist es mit mir aus und vorbei. Bestimmt hat er schon seine Leute ausgeschickt, damit die mich vor der Tür des Apothekers abfangen, wenn ich nach Hause komme. Und dann werfen sie mich ins Verlies unter dem Hegendahl'schen Gutshaus – wenn mir der Meister nicht gleich einen Dämon hinterherhetzt, damit der mir den Hals umdreht! Oh gütiger Gott, ich bin verloren!

Lange Zeit hockte er so im Dunkeln, die Knie an die Brust gezogen, das Gesicht in den Händen vergraben. Weder hörte er das Knarren und Heulen im Hexenholz noch sein Gewissen, das sich tief in ihm drinnen heiser schrie.

Vom Kirchplatz her tönten, fern und verweht, die Glocken herüber. In Gedanken zählte Julian die Schläge mit – acht, neun, zehn. Da endlich rappelte er sich auf. Wie wenn im Stockfinstern ein Licht angeht, so war ihm mit dem letzten Stundenschlag eine Idee gekommen. Ich muss zu Piet, dachte er, mein Freund weiß immer einen Rat. Piet wird mir helfen.

Aber wie kann dir denn der Bäckerlehrling helfen?, schrie es in seinem Innern. Geh nach Hause, Julian, schlag in deinem Buch nach, was Elisha Asmol über die Golems schreibt – alles andere ist doch jetzt vollkommen egal! Wenn Meister Justus morgen Nacht zum Hexendom hinausgeht und Lehm für die Erschaffung der Golems holt, dann ist ja bald alles zu Ende – nicht nur für dich, du dummer Famulus, sondern für die ganze Menschheit, für die Erde, für alle Zeit und Ewigkeit!

So zeterte seine innere Stimme, doch Julian hörte ihr nicht mal mit einem halben Ohr zu. Er schlüpfte in seine Schuhe, dann lief er immer an der Mauer des Hegendahl'schen Anwesens entlang, geradewegs auf das Cropliner Moor zu. Wo das Moor begann, endete zwangsläufig der Wald, und wenn er sich dort rechtzeitig nach links wandte und dem Waldrand folgte, würde er zur Stadt zurückgelangen.

Tatsächlich lief zunächst alles nach Julians Plan. Er stolperte auf den Waldrand zu, ohne ein einziges Mal in die Irre zu gehen. Nachtvögel schrien Alarm, Hexen keckerten und hin und wieder krachte es bedrohlich im Unterholz. Aber der Famulus nahm die unheimlichen Laute kaum wahr und so konnte er sich auch nicht allzu sehr vor ihnen fürchten. In Gedanken war er unablässig mit der Frage beschäftigt, wie er den Zorn des Großmächtigen Meisters besänftigen könnte. Aber es wollte ihm keine Lösung einfallen.

Das Moor zu seiner Rechten, trabte er bald darauf am Waldrand entlang auf das Städtchen zu. Schutzsuchend schienen sich die Häuser und Türme von Croplin im Dunkeln zusammenzudrängen. Doch viel bedrohlicher als alles, was dort draußen, im Moor oder im Hexenholz, lauern konnte, kam Julian die Gefahr vor, die von Meister Justus und den drei Lichtträgern ausging. Was kann ich nur machen, so überlegte er hin und her, damit der Großmächtige Meister seinen Zorn auf mich wieder begräbt? Nur aus Verehrung, aus Wissbegierde, um von Euch zu lernen, Meister Justus – nur deshalb hab ich mich ja erdreistet, bei Euch einzusteigen. Ah, was gäbe ich drum, wenn auch ich die Macht besäße, einen Golem zu erschaffen – alles, alles, dachte Julian, sogar meine Seligkeit. Aber wenn mich die Lichtträger heute Nacht zu fassen bekommen, ist alles aus.

Solche Gedanken wälzend eilte er durch abendstille Gassen auf den kleinen Platz zu, wo das Haus des Moorgräflichen Hofbäckers Heribert Wulf stand. Mittlerweile war elf Uhr schon vorbei. Bestimmt würde Piet tief und fest schlafen – schließlich musste er in der Frühe um drei wieder in der Backstube stehen. Aber Julian wusste, hinter welchem Fenster sein Freund gewöhnlich mit zwei weiteren Lehrjungen in einer Kammer nächtigte. Er würde ein paar Steinchen gegen den Holzladen werfen, so hatten sie es schon öfter gemacht. Piet würde aufwachen und am Efeugitter unter seinem Fenster zu ihm herabklettern.

So jedenfalls hatte Julian sich in Gedanken alles zurechtgelegt. Wie erschrak er aber, als er den kleinen Platz erreichte und gerade in diesem Moment drüben die Tür zum Bäckerhaus aufflog. Ein Lichtschwall ergoss sich nach draußen und eine hoch aufgeschossene Gestalt stolperte hinterdrein, ein Bündel im Arm. »Lass dich hier nie wieder blicken!«, hörte Julian den Bäckermeister schimpfen. Heribert Wulf keuchte und schnaufte. Der sonst so bedächtige Logenbruder schien außer sich vor Zorn. »Sonst sorge ich höchstselbst dafür, dass du mit den Ohren ans Stadttor genagelt wirst«, schrie er, »wie es sich für einen Dieb und Betrüger geziemt!«

Die Tür wurde zugeknallt, der Platz vor dem Backhaus lag wieder im Dunkeln. Julian war hinter einer Hausecke in Deckung gegangen. War es wirklich Piet, den der Bäckermeister vor seinen Augen auf die Straße gesetzt hatte?

Vom Mondschein geisterhaft beleuchtet, warf der Junge dort drüben vor dem Backhaus sein Bündel über die Schulter und überquerte mit hurtigen Schritten den Platz. Er kam direkt auf Julian zu und er wirkte nicht im Geringsten bedrückt. Im Gegenteil – er begann sogar ein Lied zu pfeifen und dazu schnipste er mit den Fingern den Takt.

Erst als Piet schon fast an ihm vorbei war, trat Julian aus seinem Versteck hervor. »He, was machst du denn hier?«

Piet grinste ihn unbekümmert an. »Wulf hat mich rausgeschmissen – dabei hat er keinen Heller von seinem Schatz bei mir gefunden.«

»Keinen Heller?«

»Na ja ...«, erwiderte Piet gedehnt. »Seltsamerweise hat er von dem Versteck neben meinem Bett gewusst – unter einer losen Diele im Boden. Da hat der Alte als Erstes nachgeschaut, und als er dort nichts gefunden hat, ist er erst recht wütend geworden. Er hat so lange in dem Loch rumgewühlt, bis er endlich einen halben Silberpfennig freigekratzt hat, der da drin in eine Ritze gerollt war. Weiß der Himmel, wann und wie.«

Wiederum wollten sein freches Grinsen und seine blitzenden Augen zu diesen Unschuldsbeteuerungen nicht so richtig passen. Das fand jedenfalls Marian – doch dem Famulus schien es im Moment herzlich egal zu sein, ob sein Freund ein Dieb war oder zu Unrecht verdächtigt wurde. »Was hast du jetzt vor?«, fragte er.

»Bei dir unterkriechen?«, schlug Piet grinsend vor.

Der Famulus hob erschrocken beide Hände. »Ganz ausgeschlossen – im Moment kann ich mich selbst kaum bei Lohenkamm sehen lassen.«

»Nanu?«, machte der ehemalige Bäckerlehrling. »Du hast dich doch nicht etwa mit deiner Jungfer überworfen?«

»Nein, nein. Ich erzähl's dir später. Aber ich sag dir, wo wir beide unterkommen können – bei Odilo.«

Piet pfiff leise durch die Zähne. »Draußen im Spukschloss? Na, das wird lustig werden. Also, gehen wir?«

Doch der Famulus sah nur mit leerem Blick an seinem Freund vorbei und horchte in sich hinein.

»Huhu, Julian!«, machte Piet. »Nur weil wir zum Spukschloss gehen, musst du nicht selber anfangen, schlafzuwandeln.«

»Wie, was?« Der Famulus kam wieder zu sich. »Tust du mir einen Gefallen? Schleich rasch zu mir in die Kammer hoch und hol das Buch, das da zuoberst auf dem Bord liegt.«

»Bücherwurm!«, spottete Piet. »Kannst du es nicht mal eine Nacht ohne deine alten Schwarten aushalten? Aber meinetwegen, ich hol dir den Schmöker raus.«

Schulter an Schulter trabten sie durch die dunkle Stadt. Außer dem Klappern ihrer Sohlen war kein Laut zu hören. Erst als sie am Brunnen auf dem Kirchplatz waren, ergriff Piet wieder das Wort. »Wie heißt der Wälzer eigentlich – nur um sicherzugehen, dass ich mir den richtigen greife?«

Abermals lauschte der Famulus in sich hinein. *»Der Pfad der Erleuchtung«*, sagte er dann, »von einem Eingeweihten der Alchimie – sein Name ist Elisha Asmol.«

37

Am Anfang der Herrengasse ging Julian hinter einer Hausecke erneut in Deckung. »Soll ich so lange auf dein Bündel aufpassen?«, flüsterte er.

»Nicht nötig.« Piet schüttelte grinsend den Kopf. Im nächsten Moment schlenderte er schon, die Daumen in den Gürtel eingehängt, auf die Apotheke »Am Bürgerspital« zu.

Ängstlich spähte ihm Julian hinterher. Im bleichen Licht der Mondsichel sah sogar Piet fast wie ein Nachtgespenst aus. Doch vor der Apothekentür schienen sich keinerlei verdächtige Gestalten herumzutreiben. Allerdings konnte der Großmächtige Meister seine Lichtträger angewiesen haben, drinnen im Haus, auf der Treppe oder sogar oben in der Kammer, auf den verräterischen Raben zu warten.

Wie dumm von mir, dachte Julian, dass ich Piet losgeschickt habe. Bloß wegen dieser Alchimistenschwarte eine solche Gefahr heraufzubeschwören – und dann nicht mal für mich selbst! Als ob Piet nicht schon tief genug in der Patsche sitzen würde.

Unbehelligt spazierte sein Freund unterdessen an der Vordertür der Apotheke vorbei und bog in den schmalen Hof links neben dem Haus ein. Dort gab es eine schmucklose zweite Eingangstür, die für die Lehrjungen und Küchenmägde des Herrn Lohenkamm bestimmt war.

Der Schlüssel würde wie immer auf dem Fenstersims neben der Tür liegen. Sie hatten ausgemacht, dass Piet so leise wie überhaupt möglich bis unters Dach hinaufschleichen sollte. Er durfte keinerlei Licht anzünden, auch nicht in

Julians Kammer. Dort sollte er das oberste Buch vom Bord nehmen und sich sofort wieder auf den Rückweg machen. Allenfalls konnte er kurz an Julians Fenster treten, um sich im Mondschein zu vergewissern, dass er auch das richtige Buch erwischt hatte.

Kaum war Piet aus Julians Blickfeld verschwunden, da näherte sich von der Sterngasse her mit lautem Klappern und Rattern eine Kutsche. Die beiden Rösser schnaubten, der Mann auf dem Bock ließ die Peitsche schnalzen. Die Fenster im Kutschkasten waren mit schwarzen Tüchern verhängt – unmöglich zu erkennen, wer sich darin befand. Doch es mussten hochgestellte Persönlichkeiten sein. Den einfachen Bürgern war es streng untersagt, nach Einbruch der Dunkelheit innerhalb der Stadtmauern zu reiten oder zu fahren.

Vielleicht sind es Gäste des Herrn Moorgrafen, dachte der Famulus. Von seinem Versteck aus sah er zu, wie das Gefährt links in die Herrengasse einbog und sich in Richtung südliches Stadttor entfernte. Das Donnern der Hufe auf dem Steinpflaster der engen Gasse war ohrenbetäubend.

Während der Kutschenlärm langsam verebbte, zählte Julian in Gedanken bis fünfzig – bis achtzig – bis hundert. Still und verlassen lag die Herrengasse nun wieder vor ihm im Mondschein. Kein bedrohlicher Schatten, keine Stimmen weit und breit. Er zählte noch zweimal bis hundert. Sollte Piet nicht längst wieder zurück sein?

Ich muss ihm hinterher, dachte Julian, bestimmt steckt Piet in Schwierigkeiten. Mit seiner unbekümmerten Art, seinem frechen Grinsen, seinem betont unschuldigen Blick schaffte es sein Freund allerdings fast immer, sich auch aus bedrohlichen Klemmen wieder zu befreien. Außerdem – was sollte ihm im Apothekerhaus schon groß passieren?

Selbst wenn Herr von Lohenkamm höchstselbst ihn unter seinem Dach ertappte, würde er ihm allenfalls eine Backpfeife ins Gesicht kleben, weil fremde Lehrjungen bei Nacht in seinem Haus nichts verloren hatten. Aber der Apotheker kannte Piet zumindest vom Sehen und wusste, dass der Bäckerjunge mit seinem Famulus befreundet war. Und sogar vom Großmächtigen Meister konnte doch für Piet im Grunde keine Gefahr ausgehen. Deshalb war Julian ja auf die Idee gekommen, seinen Freund vorzuschicken. Selbst wenn Meister Justus tatsächlich die beiden Schmiede ausgesandt hatte, um ihn zu ergreifen, dann würden sich die doch für Piet gar nicht interessieren. Schließlich kannten die Lichtträger den Raben aus ihrer Loge ganz genau – dass sie Piet mit ihm verwechselten, war kaum anzunehmen.

Und trotzdem kam sein Freund nicht zurück.

Mittlerweile war es beinahe schon Mitternacht. Was mache ich jetzt bloß?, überlegte der Famulus. In den letzten Tagen hatte er sich fast schon daran gewöhnt, dass sein Gewissen ihm andauernd ungebetene Ratschläge erteilte. Er horchte in sich hinein, und seine innere Stimme fing auch gleich wieder an, ihm Kommandos zuzuschreien. Ohne das Buch von Elisha Asmol sind wir am Ende, rief sie. Bestimmt findet sich dort ja ein Hinweis, wie man die Erschaffung der Golems doch noch verhindern kann. Piet ist verschwunden, also musst du das Buch selbst holen – bei deiner Seligkeit!

Aber gerade als Julian sich in Bewegung setzen wollte, fing sein Gewissen aufs Neue an zu zetern: Halt, warte, Famulus! Vielleicht haben die Lichtträger oben in deiner Kammer Piet überwältigt. Und jetzt lauern sie dort im Dunkeln, weil sie sich denken können, dass du über kurz oder lang hinterherkommst!

Julian erschrak bei diesem Gedanken. Unschlüssig blieb er hinter der Hausecke hocken. Vom Kirchplatz her nahte nun auch noch der Nachtwächter. Mit schollerndem Singsang rief der alte Mann: »Hört, ihr Leut', und lasst euch sagen, Gottes Uhr hat zwölf geschlagen.«

Julian wartete ungeduldig, bis der Wächter endlich mit seiner Laterne vorübergeschaukelt war. Sein Entschluss stand mittlerweile fest. Er konnte seinen Freund unmöglich im Stich lassen. Ich habe ihn dort hineingeschickt, sagte sich Julian, also muss ich nun auch nachschauen, was da drin passiert ist. Und ob er vielleicht meine Hilfe braucht.

Er trat auf die Gasse hinaus, lief auf leise klappernden Sohlen am Apothekerhaus vorbei und in den Seitenhof. Doch zu seinem Erstaunen fand er die Gesindetür verschlossen und den Schlüssel auf dem Fenstersims – ganz so, als ob vor ihm an diesem Abend noch niemand das Haus betreten hätte. Kein Piet, keine Männer, die den Raben Julian ergreifen sollten.

Wie war das möglich? Ratlos sah sich Julian um. Am hinteren Ende wurde der Seitenhof durch eine kaum mannshohe Mauer begrenzt. Der Hof dahinter gehörte zum städtischen Badehaus und war mit einem Labyrinth weiterer Höfe und Gärten verbunden. Möglich war es also schon, dass Piet sich einfach da hinten über die Mauer geschwungen hatte und in der Dunkelheit verschwunden war.

Aber warum sollte sein Freund so etwas machen? Ein Schauder kroch Julian vom Nacken langsam abwärts. Die beiden Lichtträger mussten hier vor der Tür auf ihn gewartet haben, anders konnte es gar nicht sein. Sie hatten sich auf Piet gestürzt, weil sie glaubten, dass sie den Raben Julian vor sich hätten. Während die Kutsche vorübergedonnert war, konnte sich hier im Hof sogar ein richtiges Handgemenge abgespielt haben – unhörbar für Julian und jeden anderen Ohrenzeugen. Außerdem war es hier so dunkel, dass man kaum seine Hand vor Augen sah. Ehe die beiden Schmiede bemerken konnten, dass sie den Falschen erwischt hatten, musste Piet ihnen entkommen und über die Mauer hinweg geflohen sein – und die Brüder hinter ihm her.

Während ihm diese Gedanken durch den Kopf schossen, nahm der Famulus den Schlüssel vom Sims und riegelte die Tür auf. Ja, so muss es gewesen sein, dachte er. Piet hat bestimmt geglaubt, dass die beiden nach ihm suchten. Vom Bäckermeister Wulf ausgesandt oder sogar vom Hochehrenwerten Stadtrichter Bisskiel, weil er doch verdächtigt wurde, die Schatztruhe seines Lehrvaters geplündert zu haben. Denn aus welchem Grund Julian sich lieber nicht im Apothekerhaus blicken lassen wollte, hatte er seinem Freund ja noch gar nicht erklärt.

Auf Zehenspitzen schlich der Famulus die Treppe zu seiner Kammer hinauf. Seine Schuhe hielt er links und rechts in den Händen – bereit, mit den Holzsohlen Prügel auszuteilen, wenn irgendwer sich im Schutz der Dunkelheit auf ihn stürzen würde. Das Herz klopfte ihm hart und schnell in der Brust, aber er gelangte unbehelligt bis unters Dach hinauf. Dort zog er seine Tür auf und verharrte mehrere Augenblicke lang auf der Schwelle.

Im Mondlicht lag die Kammer still und leer vor ihm. Das Strohlager, die Truhe, das Stehpult mit dem kleinen Bücherbord darüber – das war schon seine ganze Einrichtung. Unmöglich, dass sich hier irgendwer versteckte. Piet, falls der ihm wieder mal einen Streich spielen wollte, oder gar die Häscher von Meister Justus. Nicht mal die zarte Hildegunde hätte in seine Kleidertruhe gepasst.

Julian trat ein und verriegelte hinter sich sorgfältig die Tür. Er war so müde, dass der Boden unter seinen Füßen scheinbar schwankte. Die Lichtträger würden doch heute Nacht wohl nicht noch einmal hier auftauchen, um nach ihm zu suchen. Bestimmt hatte Piet sie eine Weile lang in die Irre geführt, seine Verfolger irgendwann abgehängt und war dann zur moorgräflichen Schlossruine hinaus. Und Bardo und Benno Krummbiehl ahnten wahrscheinlich immer noch nicht, dass sie dem Falschen hinterhergerannt waren. Also würden sie annehmen, dass der Rabe Julian fluchtartig die Stadt verlassen hatte. Und das wiederum hieß, dass er jetzt auf der Stelle in sein Bett gehen und in den Schlaf sinken konnte.

Doch seine innere Stimme wollte nichts davon wissen. Jetzt schlage endlich einmal nach, was Elisha Asmol über die Golems schreibt, ordnete sein Gewissen an. Dann kannst du pennen, Famulus, so lange du willst.

Julian rieb sich die Augen. Er trottete zu seinem Stehpult und zündete folgsam die Lesekerze an.

38

Um den Golem zu erschaffen, Erleuchteter, brauchst Du dreierlei: das Pfortenglas, die Formeln, den lebenskräftigen Lehm.

Das Pfortenglas; genannt auch Sphärenfenster oder Dämonenspiegel. Spiegele die Schatten von Astometh und Ohyrion in Dein Glas. Die Lichtkraft beider Dämonen zusammen, der eine schwefelgelb, blutrot der zweite, flößt Deiner Lehmpuppe Leben ein.

Die Formeln; geheißen auch Zwingspruch, magischer Ruf. Beginne mit derjenigen für den Lehm, aus dem Adam erschaffen wurde. Dann schreite fort zu dem Ruf, der die Urflut zu bezwingen half. Gehe über zu dem Zwingspruch, der das Sternenfeuer zähmt. Vollende Dein Werk mit der Formel des Odems.

Der Lehm; auch die Krafterde, Hexenkrume, Teufelsscholle – doch keine Sorge, es ist nichts Höllisches daran. Nichts geschieht, was die Allerhöchsten Mächte nicht vor Dir und anderen Erleuchteten getan. Blutrot soll Deine Erde sein. Nimm sie von einem Ort, den die Menschen seit alters her als wunderkräftig verehren. Einer heidnischen Höhle, einem Hexenhügel, einem urzeitlichen Tempelfleck. Diesem Lehm wohnt die Kraft inne, die Du für den Golem brauchst. Nirgends glückt die Beschwörung leichter als an solchen Orten.

Doch Obacht, Erleuchteter – leicht ist es, den Golem zu erwecken. Aber zurück zu den Schatten schicken kann ihn nur derjenige, der ihn erschuf.

Die Augen des Famulus tränten vor Müdigkeit. Ich begreife höchstens die Hälfte vom Sermon dieses Elisha Asmol, dachte er. Und sogar mit dieser Hälfte ist wenig anzufangen. Wie kann ich mir ein Pfortenglas erschaffen? Wie lauten die Formeln, die ich über der Lehmpuppe schreien soll? Von alledem schreibt er rein gar nichts. Und dann der Lehm selbst, die blutrote Erde … Oh grundgütiger Gott, die will Meister Justus mit seinen Lichtträgern nächste Nacht vom Hexendom holen.

Er hob seine Linke und schlug den bleischweren Wälzer zu. Es musste schon bald ein Uhr früh sein – nur noch vier Stunden, bis Jungfer Hildegunde an seine Tür pochen würde. Ach, holde Maid, wie erkläre ich dir, was mit deinem Riemchen geschehen ist? Auch der arme Piet fiel ihm wieder ein, während er zu seinem Strohbett rüberschlurfte. Ob sein Freund immer noch durch die Nacht rannte, von den Lichtträgern gejagt? Nein, bestimmt hatte Piet die beiden Schmiede längst abgeschüttelt. Und während sie zu ihrem Meister zurückgekehrt waren, um ihren Misserfolg einzugestehen, lag Piet längst bei Odilo im Stroh und prahlte vor dem armen Freund mit seinen Abenteuern.

Während Julian dies dachte, hob sich seine linke Hand abermals – doch diesmal, ohne dass er es vorgesehen hatte. Sie fuhr ihm unters Hemd und holte aus seinem Brustbeutel etwas äußerst Sonderbares hervor.

Bei allen Aposteln, dachte der Famulus, was ist das? Es sah aus wie eine Muschel, oder nein – wie nichts, was er jemals erblickt hätte. Es gefiel ihm nicht, überhaupt nicht, aber vielleicht träumte er das alles hier ja auch nur? Dass seine Rechte sich nun auch noch selbstständig machte. Dass seine beiden Hände gemeinsam an dem unheimlichen Muschelding herumzerrten. Bis es aufklappte, sich in die Länge und Breite auseinanderzog – er hörte sich selbst keuchen, sah seine Hände zittern, so kräftig war das Muschelding, so erbittert versuchte es, sich gegen den Druck seiner Arme wieder zusammenzuziehen.

Julian spürte einen heftigen Ekel, und dann vergaß er alles andere – Piet, die Lichtträger, die Golems, sogar Jungfer Hildegunde: Für einen kurzen Moment erblickte er im Innern dieses Muscheldings zuerst sich selbst, verschwommen gespiegelt, dann so einen anderen Kerl, der anscheinend tief und fest schlief. Er lag auf einem Gebirge aus Polstern, in einem Zimmer, das ganz aus Holz gezimmert schien. Neben ihm hockte ein Mädchen mit kupfern schimmernden Haaren, das unaufhörlich an seiner Schulter rüttelte. Und wie sonderbar, dieser Bursche hielt genau so ein Muschelding in der Hand wie er selbst.

»*Mabro...*«, begann Julian zu murmeln und sträubte sich. Warum soll ich das jetzt murmeln, ich will das nicht, dachte er. »*...silat ... Mabrosilat*«, murmelte er gleich darauf, obwohl er immer noch nicht wollte. Aber er konnte nicht anders und dann hob der Bursche da drüben seine Lider und Julian fiel im selben Augenblick auf sein Bett und schlief ein.

»Mann, Marian, du hast ja einen Schlaf wie ein Toter! Und was hast du da Komisches in der Hand?«

»Äh, das?« Er hatte Mühe, seine Augen aufzukriegen. »Gar nix«, murmelte er. »Nur so ein Souvenir.« Er wollte das Talmibro in seine Jeanstasche stecken, aber da trat gleich das nächste Problem auf: Er hatte überhaupt keine Jeans an. Nur seine Boxershorts plus T-Shirt – und jetzt fiel ihm auch wieder ein, wo er war und wo er gewesen war. »Kleinen Moment, Billa.« Er sprang auf und verschwand nach nebenan.

Unter der Dusche kämpfte er gegen den überwältigenden Drang an, Billa alles zu erzählen. Auf der Stelle. Von

Meister Justus, dem Talmibro und dem Golem-Fluch. Denn zugleich kamen ihm doch auch wieder die allergrößten Bedenken. Marthelm hatte es verboten, und Billa würde ihm nicht glauben, oder viel schlimmer noch: Sie hing irgendwie in dieser Sache mit drin, das spürte er doch. Und solange er nicht wusste, welches Spiel sie hier spielte, konnte und durfte er ihr nicht wie ein Idiot all diese schrecklichen Geheimnisse offenbaren.

Als er wieder in ihr Zimmer kam, hatte er seine Jeans samt Pumaschuhen an und das Talmibro in der Hosentasche verstaut. Das eine Jeansbein, von dem er gestern den Moorschmier runtergeschrubbt hatte, war noch feucht und längst nicht so sauber, wie das gestern Abend den Anschein gehabt hatte. Aber egal.

»Zeigst du mir das Ding noch mal?« Billa lag jetzt auf dem Bett, wo eben noch er selbst gelegen hatte. »Na, dieses Souvenir«, fügte sie hinzu, weil er sie nur verständnislos ansah.

»Andermal«, sagte er. »Sorry, Billa, aber ich hab total verpennt – ich muss jetzt los.«

Sie schaute tief enttäuscht zu ihm auf. Ihre Haare wie kupferne Sonnenstrahlen um ihr Gesicht ausgebreitet. Mitten drin der brennend blaue Doppelstern ihrer Augen.

Mann, Marian, du wirst ja richtig poetisch. Er musste grinsen – über Billa, Julian, sich selbst. Aber er wollte jetzt einfach nur noch weg. Nachdenken. Kopf klar kriegen.

»Wo gehst du hin?«, fragte Billa. Sie sah ziemlich sauer aus. »Willst du gar nicht wissen, was ich heute erlebt habe – mit meinen drei Hexenweibern?«

»Doch, klar«, sagte er, eine Hand schon auf der Türklinke. »Aber erst muss ich unbedingt noch mal in die Bibliothek der Logenbrüder.«

Sie setzte sich aufrecht hin. »Was willst du denn bei denen schon wieder?«

»Erklär ich dir heute Abend. Versprochen«, sagte er. »Wir können uns ja treffen – so um acht Uhr? Ich warte an der Ecke auf dich – du weißt schon, wo der Weg zu eurem Hexenhof von der Straße abgeht.«

Sie nickte mit mürrischem Gesichtsausdruck. Im nächsten Moment war er aus der Tür. Heller Tag. Die Sonne brannte vom Himmel – vollkommen unwirklich, nachdem er eben noch in Julians Nacht herumgetappt war. Umso wirklicher fühlte sich das Loch in seinem Magen an. Er hatte seit Ewigkeiten nichts mehr gegessen. Vielleicht würde ihm ja Torgas ein Sandwich machen? Unwahrscheinlich, dachte er, dass diese Brüder irgendwelches normales Essen zu sich nahmen. Wahrscheinlich löffelten sie bloß so ein Pulver, durch das man unsterblich wurde.

Kurz darauf joggte er den Pfad zwischen Wald und Moor entlang. Auf dem Hexenhof hatte die alte Klotha ihm wieder heisere Verwünschungen hinterhergeschrien, aber er hatte sich nicht mal nach ihr umgedreht. In Gedanken war er bei Julian.

Der Famulus hatte natürlich recht – mit den paar dunklen Sätzen, die Elisha Asmol den Golems gewidmet hatte, war wenig anzufangen. Er konnte bloß hoffen, dass er in Marthelms Bücherbeständen noch irgendwelche konkreteren Hinweise finden würde. Laut Asmol konnte nur derjenige, der einen Golem erschaffen hatte, dieses Ungeheuer auch wieder zerstören. Also mussten Julian und er unbedingt verhindern, dass Justus Hegendahl die Golems überhaupt erst zum Leben erwecken konnte – es war ihre einzige Chance. Wenn die Monster am 9.9. erst zu sich kämen, wäre ihr Schöpfer selbst schon seit Jahrhunderten zu Staub und Asche zerfallen. Und dann gäbe es auf der ganzen weiten Erde niemanden mehr, der die Golems wieder unschädlich machen könnte.

Doch bis zum 9.9. war ja glücklicherweise noch etwas Zeit. Im Laufen rechnete Marian nach: Heute war der 29.8. – also blieben ihm hier noch elf Tage. In Julians Welt war allerdings schon der 30. August. Aber auch dort waren es immer noch zehn Komma soundso viel Tage, bis die grässliche Beschwörung stattfinden sollte. Denn wenn Marthelm geschrieben hatte, dass die Golems 333 Jahre später wieder zu sich kommen würden, dann hieß das doch hoffentlich, nach *genau* 333 Jahren – und nicht etwa plus oder minus was auch immer?

Beinahe wäre er am ehemals Hegendahl'schen Gutshaus vorbeigejoggt, so tief war er in Gedanken. Aber es machte auch keinen Unterschied – er drückte auf den Klingelknopf, wartete, läutete noch mal, doch niemand machte ihm auf.

39

»Dafür, dass dein Filius frisch verliebt ist, sieht er aber ziemlich durch den Wind aus.« Babsi, die Tropenfrau, zwinkerte Marian mit kitschigem Grinsen zu. »Tja, keine Rose ohne Dornen.«

Marian verschwand hinter seinen Haaren. Er bereute schon wieder heftig, dass er sich von Linda hatte breitschlagen lassen, mit den beiden zusammen zu essen. Obwohl die Bratfischplatte, die ihm der »Moorgrafen«-Wirt gebracht hatte, umwerfend roch und noch hundertmal besser schmeckte. Aber wenn er das Gesülze von Lindas neuer Urlaubsfreundin noch länger mit anhören musste, würde er bald keinen Bissen mehr runterkriegen.

»Redest du nicht mit uns?«, fragte Linda in beleidigtem Tonfall.

»Klar doch, Mutter. Kein Fisch ohne Gräten.« Er pulte in seinem Mund rum und zeigte den Damen, was er meinte.

Babsi kicherte. Es klang leicht hysterisch. »Und keine Hexen ohne Voodoozauber, ha!« Sie rammte ihre Gabel in ein Chicoree-Herz. »Was hast du denn, Linda?«

Marians Mutter rollte beschwörend mit den Augen. Es sah aus, als ob sie selbst von einer Voodoogottheit besessen wäre – na gut, nicht wirklich, dachte Marian. Wenn ein Voodoodämon wie beispielsweise der Todesgott Gèdè von einer Person Besitz ergriff, dann war es mit ein wenig Augenrollen nicht getan. Nicht im Geringsten, verehrte Damen. Und aus allen Büchern, die er über Zauberei und Geisterbeschwörung gelesen hatte, ging jedenfalls eines klar hervor: Magie und Hexerei funktionierten überall auf der Erde so ziemlich gleich – ob in Croplin vor dreihundert Jahren oder heutzutage im karibischen Voodoo.

»Ich wollte eigentlich nicht davon anfangen«, sagte Linda. Sie wandte sich Marian zu und holte tief Luft. »Aber Babsi hat recht – was wir heute da draußen im Moor gesehen haben, solltest du wohl wirklich besser wissen.«

Der Bratfisch schmeckte plötzlich nach Schwefel. Marian hörte auf zu kauen und schlang alles, was er im Mund hatte, mit einem großen Schluck Cola runter. »Was meinst du damit – was ihr gesehen habt? Moorleichen à la Hanno Bußnitz, oder was?« Er schaute von Linda, die seinem Blick auswich, zu Babsi, die wieder abgedreht kicherte.

»Du musst jetzt ganz tapfer sein, Söhnchen«, flötete die Tropenfrau.

»Deine Billa war draußen im Moor. Vielleicht hat es ja auch nichts weiter zu bedeuten.« Linda hob die Schultern und vergaß beinahe, sie wieder runterzulassen. »Oder wir haben da was völlig falsch verstanden.«

Mittlerweile platzte Marian fast vor Ungeduld. Gleichzeitig war er überhaupt nicht sicher, ob er hören wollte, was die beiden da draußen gesehen hatten. Billa und die drei Hexen mit der Kalesche bei der sogenannten Marieneiche – so weit konnte er es sich zusammenreimen. Aber was sonst war da noch passiert? Außer, dass Klotha den zwei Wanderinnen mit der Faust gedroht, Birta sie mit ihrem klatschroten Kussmaul erschreckt und Sina ihnen heisere Beschimpfungen hinterhergeschrien hatte?

»Also, es war wirklich Billa – leider«, sagte seine Mutter. »Ich hätte mir so sehr gewünscht, mich zu irren. Deshalb bin ich sogar noch näher rangegangen. Obwohl Babsi mich zurückhalten wollte, weil ihr das alles zu gefährlich wurde. Und die eine Alte hat ja auch wirklich nach uns geworfen.«

»Sie hat nach euch geworfen?« Oh, Shit, dachte Marian, das gibt's doch gar nicht. Dabei spürte er nur zu genau, dass es genauso gewesen sein musste. »Womit denn – ich meine, womit hat sie geworfen?«

»Mit Ästen, Steinen, Händevoll Dreck – was sie gerade zu packen bekam.« Babsi spießte ein Radieschen auf und zermalmte es krachend zwischen ihren ziemlich schiefen Zähnen. »Es waren drei alte ... Also, ich verwende das Wort ungern, aber wenn es jemals gepasst hat, dann hier.« Sie machte schmale Augen und peilte Marian damit an. »Hexen, verstehst du? Drei unglaublich hässliche alte Hexenweiber, die nur irgendwelche unwahrscheinlichen Lumpen anhatten. Und Kopftücher auf. Und die eine humpelte gebückt immer nur im Kreis rum. Und die Nächste, die mit dem blutrot geschminkten Mund, die hat zwei brennende Fackeln geschwenkt wie bei so einem grusligen Zaubertanz. Während die Dritte, also die war als Einzige noch nicht ganz jenseits von allem. Wenn du verstehst, was ich meine, Marian.«

»Sina«, murmelte er.

»Wie bitte?« Linda schrillte los wie eine Alarmanlage. »Du kennst diese ... diese ...«

»Hexen«, half Babsi aus.

Linda sah mit angstgeweiteten Augen an ihrer Urlaubsfreundin vorbei. »Schreckgespenster«, sagte sie. »Es war ganz genau, wie Babsi eben gesagt hat: Die eine humpelt im Kreis und kreischt dabei irgendwelchen abscheulichen Unsinn. Und die zweite schwenkt dazu diese Fackeln, von denen gelbe Funken sprühen und schwarzer Qualm aufsteigt. Und die dritte ... Wir konnten noch froh sein, dass sie nicht mit dem Hammer nach uns geschmissen hat.« Sie schüttelte ungläubig den Kopf. »Bitte, Marian, sag mir, dass es für all das eine harmlose Erklärung gibt. Dass sie für ein Laienschauspiel geprobt haben oder so etwas.«

Marian ließ den Kopf sinken. »Weiß ich doch nicht«, murmelte er. Seine Haarjalousie ging wieder runter. Seine Stimmung war sowieso längst total down. »Hatte Sina wirklich einen Hammer dabei?«

»Und was für einen Donnerbrocken.« Babsi zeigte mit den Händen, wie groß der Kopf des Hammers angeblich war. »Damit hat sie diesen … diesen … an den Baum genagelt.«

Oh, verdammt. Sofort fielen ihm tausend Wörter ein, um Babsis Gestammel zu vollenden. Diesen schwarzen Hahn. Oder Hund. Oder …

»Er hatte Jeans an«, fuhr Linda fort. »Ein weißes T-Shirt. Sogar Turnschuhe, solche wie deine, Marian.« Sie schüttelte schon wieder den Kopf, als ob sie ihrer eigenen Erinnerung nicht traute. Das Fischfilet auf dem fischförmigen Teller vor ihr hatte sie noch gar nicht angerührt. »Im ersten Moment dachte ich wirklich, sie hätten … sie hätten … oh Gott, Junge … was sind das nur für Leute? Und was hat Billa …?«

»Drei alte Frauen, Mutter«, fiel ihr Marian ins Wort. »Bisschen wirr im Kopf, das habt ihr doch selbst gesehen. Aber vielleicht sagt mir allmählich mal irgendwer, was sie da an diesen blödsinnigen Baum genagelt haben?«

Babsi tat so, als ob sie die Frage nicht gehört hätte. Mit Messer und Gabel führte sie einen verheerenden Angriff gegen die Überreste ihrer Salatplatte durch.

»Eine Puppe«, sagte Linda, ohne irgendwen anzusehen. »Letzten Endes war es wohl einfach eine Strohpuppe. Aber so täuschend echt gemacht, mit Gesicht, Haaren, allem – also, es hat wirklich ganz genauso ausgesehen, als ob sie da einen Jungen an den Baum nageln würden.«

»Wie alt?«, fragte Marian. Seine Stimme klang mindestens so verquetscht wie neulich im Logenhaus, als er nach Torgas gerufen hatte.

»Na ja«, machte Linda. »So wie du? Oder nein – ein Stück

kleiner.« Sie lehnte sich auf ihrem Stuhl zurück und schloss die Augen. »Sie hat ihn an Schultern und Füßen festgenagelt. Auf der Schulter saß ihm ein ausgestopfter Vogel – eine Krähe oder so was, aber mit bunten Fetzen umwickelt. Sah auf den ersten Blick mehr wie ein Papagei aus. Die andere, diese Ururalte, ist währenddessen immer um den Baum geschlurft und hat irgendwas geschrien, was keinerlei Sinn ergeben hat. Und dann ist das dritte Weib, das zur gleichen Zeit die brennenden Fackeln auf und ab geschwenkt hat, mit einem Satz zu dem ... zu dieser Puppe hin und hat sie in Brand gesteckt.«

Ohne ihr Besteck abzulegen, deutete Babsi mit emporschnellenden Händen an, wie die Flammen aus der Strohpuppe geschossen waren. »Der Junge ... also, dieses Ding hat sofort lichterloh gebrannt. Der bunte Lumpenvogel ist kurz darauf runtergefallen. Dann hat die mit dem Hammer sich wieder so einen Astprügel gegriffen und ihn in unsere Richtung geschmissen. Und da sind wir dann doch lieber weg. Ich meine, bevor sie auch uns noch ...«

Sie sprach ihren Satz nicht zu Ende. War aber auch nicht nötig.

»Und Billa?«, fragte Marian. »Wo war sie eigentlich, während das alles gelaufen ist?«

»Das war auch ziemlich merkwürdig«, sagte Linda. Sie versuchte, ihre Hand auf Marians Arm zu legen, aber er lehnte sich schnell zurück und verschränkte die Arme. »Sie hat die ganze Zeit über eigentlich nur geweint«, fuhr sie fort. »Erst hat sie die Strohpuppe im Arm gehalten und geheult. Später hat sie das Pferd umarmt und immer noch geheult. Und ganz zum Schluss ist sie noch mal zu dem Baum hingerannt und hat der Puppe, also diesem Strohkerl, einen Kuss gegeben. So zum Abschied, bevor sie ihn angezündet haben.«

40

Billa wartete auf ihn, genau an der Ecke, wie sie es besprochen hatten. Er sah sie schon von Weitem und ging extra noch etwas langsamer. Denn er wollte doch vorher möglichst etwas Ordnung in seine Gedanken bringen, und er war noch lange nicht so weit. Im Gegenteil – ihm wurde nur immer konfuser im Kopf, je länger er nachdachte.

Über Billa und Jakob. Billa und ihn selbst. Billa und die Golems. Billa im Bannwald. Billa und die Hexenweiber. Billa und die Brandleiche aus Stroh …

Es war viel zu viel auf einmal. Er hätte die ganze Nacht über herumlaufen, herumgrübeln können und hätte es doch nicht geschafft, seine Gedanken zu entwirren. Geschweige denn seine Gefühle. Liebe, Zweifel, Angst. Und noch ein paar weitere Gefühlsknäuel dazu. Billa spielte ihm etwas vor, so viel war klar. Aber was und zu welchem Zweck? Das wiederum war so unklar wie nur möglich.

Ihre brennend blauen Augen. Ihr umwerfendes Lächeln. Ihre heisere Stimme, die heute wieder besonders kratzig klang. Ihre Haarmähne, die sie meistens so aufgetürmt hatte, dass es fast so wacklig wie Klothas Hexenhaus aussah. Aber irgendwie hielt ihre Frisur trotzdem, und genauso war es vielleicht mit allem, was Billa machte und sagte: Scheinbar passte nichts zueinander, und doch musste es irgendeinen gemeinsamen Sinn und Zusammenhang geben.

Dafür, dass sie ihm hinterherlief, seit er in Croplin war. Dass sie von der Golem-Sache wusste. Dass sie sich von dem Hexentrio einspannen ließ. Dass sie gesagt hatte: Ich hab mich in dich verknallt, Marian Hegendahl.

Und ich mich in dich, holde Hexenmaid.

»Hi, Marian.«

»Oh, hi.« Beinahe wäre er an ihr vorbeigetrabt wie vorhin am Logenhaus. »Laufen wir noch ein bisschen rum?«

»Nicht, bevor du mich geküsst hast.« Sie legte ihre Arme um seine Mitte und zog ihn zu sich heran.

»Wo hast du nur immer diese irren Klamotten her?«

Darauf bekam er keine Antwort. Jedenfalls nicht sofort. Sie machte sich noch etwas länger und gab ihm einen Kuss. »Von Sina«, sagte sie dann, ein wenig außer Atem, und ihre Augen verbrannten ihm das Gesicht. »Du kannst dir bestimmt nicht vorstellen, wie hübsch sie früher mal war.«

Marian musste schlucken. Nein, das konnte er wirklich nicht. Und er hatte auch nicht die mindeste Lust dazu.

»Der ganze Dachboden ist voll mit dem Zeug.« Sie ließ ihn wieder los und drehte sich vor ihm im Kreis. Heute trug sie ein dunkelrotes Kleid, knielang, und unter dem Saum schaute ein schwarzer Unterrock hervor. Auf den ersten Blick ein scharfes Teil von altmodischem Glamour. Auf den zweiten allerdings ziemlich verfleckt und mottenzerfressen. Außerdem roch es reichlich nach Alter und Staub.

Hexenschick, dachte Marian. Billa hatte ihn bei der Hand genommen, und so schlenderten sie die Straße Am Bannwald entlang. Ließen das Logenhaus links liegen und das Gebäude, in dem zu Julians Zeiten der schlaflose Alte gelebt hatte, rechts. Aber Moment mal …

Marian zog Billa über die Straße. »Hast du eine Ahnung, wer da drin heute wohnt?«

Sie schüttelte den Kopf, dass ihre Kupfermähne ins Schwanken geriet. »Was soll denn daran so interessant sein?«

»Vor 333 Jahren hat hier ein gewisser Balthasar Müntzer gelebt«, sagte er und sah sie verstohlen von der Seite her an. »Er hatte Probleme mit dem Einschlafen, aber durch ›Lohenkamm's Baldrianbalsam‹ hat sich das wieder gegeben.«

Sie runzelte die Stirn. »Was ist denn mit dir los, Marian – hast du irgendwelches Zeug gekifft?«

Marian zog sie weiter, ohne ihr eine Antwort zu geben. Die Stufen zur Haustür hinauf, die genauso aussah wie damals, mit Schnitzereien verziert und einem eisernen Klopfer mitten drauf. Nur dass das Holz heute alt und rissig, der Klopfer rostfleckig war.

Rechts neben der Tür stand in die Fassade gemeißelt:

Hier lebte und wirkte Balthasar Müntzer –
moorgräflicher Archivar (1594–1679).

Rasch rechnete Marian nach. »Als Julian ihm die Tiegel gebracht hat«, sagte er, »war Müntzer 82 – und drei Jahre später ist er gestorben.«

Billa wand ihre Hand aus der seinen. Sie sah wieder ziemlich sauer aus. »Also okay, so weit die Rätselstunde. Sagst du mir jetzt auch noch die Auflösung? Wer dieser Julian ist, woher du das alles weißt und warum du es mir unter die Nase reibst?«

Er sprang die Stufen wieder runter, mit einem Satz. Wo die Sonnenblumen emporgewachsen waren, die Julian als Versteck für seine Karre gedient hatten, stand jetzt ein hässliches Betonhäuschen – wahrscheinlich für Mülltonnen und solche Sachen. Aber mit drei langen Schritten von hier über die Straße und dann drüben mit Schwung über das Eisentor – das ging noch genauso wie vor 333 Jahren. Beziehungsweise gestern Abend.

Aber heute besser nicht. Billa war wieder bei ihm, sie hängte sich links bei ihm ein und schien völlig vergessen zu haben, dass er ihr noch eine Antwort schuldig war. »Gehen wir zu mir?« Sie grinste ihn an und ließ ihre Augen blaue Funken sprühen.

»Zu deinen Hexenweibern? Erst wenn du mir verrätst, was ihr heute da draußen im Moor getrieben habt.«

Sie zuckte zusammen. »Das wollte ich dir schon vorhin erzählen«, antwortete sie und ihre Stimme klang ein wenig zittrig. »Aber du musstest ja gleich zu deinen Logenbrüdern.«

»Okay – und was habt ihr also bei dieser Steinzeiteiche gemacht?«

Sie verkrampfte sich am ganzen Körper. Marian spürte es genau, weil sie sich bei ihm eingehängt hatte – auf einmal war es, als ob er ein totes Stück Holz neben sich herschleifen würde.

Er blieb stehen und sah ihr ins Gesicht. »Meine Mutter ist zufällig da draußen rumgewandert«, sagte er leise. »Sie hat's gesehen und mir alles erzählt. Warum habt ihr das gemacht?«

Billa ließ den Kopf hängen und verbarg ihr Gesicht in ihrer freien Hand. »Oh Mann, Marian«, flüsterte sie. »Klotha und die anderen zwingen mich dazu. Wir machen das jeden Sommer aufs Neue.« Sie fing an zu schluchzen.

»Was macht ihr?«, fragte er.

»Na ja – ihn verbrennen, Jakob halt, diese Jakob-Puppe aus Stroh. Sie sagen, wir müssen alles an ihm töten, was ihn da drinnen im Wald gefangen halten kann. Nur so kann er wieder freikommen.«

Marian brauchte einen Moment, bis er ihr antworten konnte. Zumindest sollte die Puppe nicht mich darstellen, dachte er, doch besonders erleichtert fühlte er sich nicht. »Aber du glaubst doch nicht etwa an solchen Hexenkram?«

Sie schüttelte halbherzig den Kopf und hob gleichzeitig die Schultern. »Klotha sagt, wenn ich nicht mitmache, darf ich nächstes Jahr nicht mehr kommen. Denn dann gäbe es sowieso keine Hoffnung mehr, Jakob zu befreien.« Als sie ihn ansah, schimmerten in ihren Augen wieder Tränen. »Mein Leben ist nur noch ein Albtraum, Marian, seit Jakob verschwunden ist. Aber wenn du mir hilfst, ist er bald vorbei.«

Sie warf sich ihm in die Arme – so heftig, dass er fast das Gleichgewicht verlor. »Gehen wir jetzt zu mir? Du bist mir auch noch eine Erklärung schuldig.«

»Was denn?«, fragte er, obwohl er genau wusste, was sie meinte.

»Na, dieses Ding, das du in der Hand hattest – heute Nachmittag, im Schlaf?«

Das Talmibro. Eben noch war er drauf und dran gewesen, ihr zu erzählen, wie er in Julians Welt rüberkam und was dort so alles passierte. Aber jetzt nagte in ihm wieder der Zweifel, ob und wie weit er ihr trauen durfte.

Sie sah ihm in die Augen – so nah, dass ihre Wimpern gegen seine Nase streiften. »Ich hab dir alles von mir erzählt«, flüsterte sie. »Dir gezeigt, wie ich da hause, wie sie mich behandeln, obwohl mir das alles total peinlich ist. Und du, Marian …«

Bevor sie weiterflüstern konnte und womöglich wieder anfing zu schluchzen, gab er sich einen Ruck. »Okay, schon gut.« Er legte seine Arme um sie und zog sie an sich. Der muffige Geruch ihres Hexenkleides stieg ihm in die Nase. Aber er drückte sein Gesicht in ihr Haar, das frisch und überhaupt nicht nach Hexe roch. »Ich erzähl dir auch alles, versprochen«, flüsterte er in ihr Ohr. »Aber nicht, dass du dich hinterher beschwerst.«

41

»Ziemlich genau hier war das Loch. Groß genug, dass ein Junge wie Jakob durchkriechen konnte.« Billa zeigte auf eine Stelle im Zaun, ganz unten, wo die Drahtmaschen von Unkraut überwuchert wurden. Disteln, Wicken, blutrot blühender Mohn. »Sie haben's dann gleich zugemacht – praktisch im selben Moment, als sie aufgehört haben, nach Jakob zu suchen.«

Ihre Hände hatte sie gefaltet und in seine Armbeuge eingehängt. Erwartungsvoll schaute sie ihn von der Seite an. So als ob er sich gleich über diesen Zaun schwingen und Jakob todesmutig aus dem Hexenholz hervorziehen würde. Aber Marian legte nur den Kopf ein wenig zurück, um sich den Zaun von oben bis unten anzuschauen. Gut zwei Meter hoch, schätzte er. Massive Eisenpfähle, dazwischen ein Geflecht aus fingerdickem Draht. Da käme nicht mal ein kleiner Hund durch, geschweige denn ein halbwegs ausgewachsener Mensch.

Obwohl überhaupt kein Wind ging, ächzten und knarrten die Bäume hinter dem Zaun allerdings so bedrohlich, dass freiwillig sowieso kaum jemand da hineingegangen wäre. Trotzdem hatte die Forstverwaltung alle zehn Meter ein Schild angebracht:

ACHTUNG, MOORWALD – LEBENSGEFAHR!
BETRETEN STRENGSTENS VERBOTEN!

Darunter ein Totenkopf-Icon – wie bei Hochspannungsleitungen oder einem Atomkraftwerk.

Marian schaute nach links – keine hundert Meter weiter lag Klothas Hof. Die halb eingestürzte Mauer mit dem rostigen Tor, das wieder weit offen stand. Dahinter das Hexenhaus, zwischen Gestrüpp und Gerümpel hingeduckt.

»Sie hatten es so eilig, als ob sie sichergehen wollten, dass er da auf keinen Fall mehr rauskann«, sagte Billa. »Und dass er erst recht nicht rumerzählt, was da drin so alles abgeht.«

Sie war in Gedanken immer noch bei ihrem Bruder, dessen Stroh-Avatar sie heute Mittag draußen an der Marieneiche abgefackelt hatte – angeblich, um ihn zu retten.

Irre, dachte Marian. Noch abgedrehter als alles, was er zum Beispiel über Voodoo gelesen hatte. Diese Voodoo-Priester waren oft auch nicht gerade zimperlich, wenn sie ihre Gegner mit schwarzer Magie zu piesacken versuchten. Sie stachen Nadeln in Puppen, die ihre Feinde verkörpern sollten, sie begruben die Puppen oder zündeten sie an. Aber den Avatar von jemandem verbrennen, um ihn auf diese Weise freizukriegen? Das würden Voodooleute bestimmt niemals tun, dachte Marian. Und irgendwie ergab es auch keinen Sinn.

»Mann, Marian, jetzt sag doch auch mal was«, sagte Billa an seinem Arm. »Das ist doch nicht okay, was die Polizisten damals gemacht haben.«

»Nee, gar nicht«, murmelte Marian. Und überlegte zur gleichen Zeit: Im Grunde gibt es nur zwei Möglichkeiten. Billa lügt mich an – oder sie selbst wird von ihren Hexenweibern getäuscht.

Im einen Fall sollte die Puppe also in Wahrheit ihn – Marian – darstellen, und die Hexen hatten *ihn* angezündet, damit er aus ihrer Welt wieder verschwand. Und Billa hatte geweint, weil Klotha und die anderen sie gezwungen hatten, bei dieser Schadensmagie mitzumachen.

Möglichkeit Nummer zwei: Die Puppe sollte doch Jakob darstellen. Aber Billa glaubte nur, dass die Hexen jedes Jahr eine Jakob-Puppe verbrannten, damit ihr Bruder irgendwie wieder freikam. Tatsächlich aber wollten sie ihn mit jedem Feuerzauber noch mehr schwächen – seine Seele, seine Lebensenergie –, damit er sich nie mehr aus dem Hexenholz befreien konnte.

Die eine Möglichkeit gefiel Marian noch weniger als die andere. Aber er konnte doch Billa nicht einfach ins Gesicht sagen: Du lügst ja! Oder: Klotha und die anderen machen dir doch was vor! Billa würde so oder so kein Wort mehr mit ihm reden – egal, ob er sie nun als Lügnerin oder als Idiotin hinstellte. Und außerdem glaubte er ja auch nicht wirklich, dass es so einfach war. Nein, es musste eine dritte Möglichkeit geben, einen wirklich einleuchtenden Grund für all das, was Klotha und Co. auf ihrem Hof und anderswo trieben.

Er deutete mit dem Kopf in Richtung Hexenholz. »Und du warst wirklich nie da drin?«

»Hab ich dir doch schon gesagt. Warum glaubst du mir das denn nicht?« Sie bekam so einen jammervollen Ton, als ob sie gleich wieder in Tränen ausbrechen würde.

Aber da mussten sie jetzt beide durch.

»Ganz einfach«, sagte er und schaute ihr direkt ins Gesicht. »Weil ich drin war, gestern – und da hab ich dich gesehen.«

Sie wurde schneeweiß im Gesicht. »Mann, Marian«, flüsterte sie, »das kann aber nicht sein. Überleg doch mal. Ich würde doch nie da reingehen – meinst du, ich will, dass mir das Gleiche wie Jakob passiert?«

Eben wollte er antworten, da erklang hinter ihnen meckerndes Gelächter. Marian fuhr herum, zog Billa an seinem Arm mit sich. Eine Katze, nichts weiter – bloß wieder eines dieser dicken, rot-weiß getigerten Katzenviecher, die sich auf Klothas Hof anscheinend in Mengen herumtrieben. Sie hockte auf einem morschen Baumstumpf an der Moorseite des Wegs. Als Marian sie finster anschaute, plusterte sie sich auf, fauchte und zeigte ihm ihre nadelspitzen Zähne.

Seit wann können Katzen meckernd lachen? Er schluckte die Frage wieder runter. »Gehen wir zu dir rein«, sagte er.

Als hätte sie genau verstanden, was er eben gesagt hatte, sprang die Katze vom Baumstumpf und lief ihnen voran auf den Hof zu. Bei Marthelms Beerdigung, fiel ihm ein, als ich im Hinterhof des »Moorgrafen« war – da hat sich doch auch so eine weiße Katze mit rotem Tigermuster rumgedrückt. Erst war Billa dort, dann keine Menschenseele mehr – nur dieses Katzenvieh.

Oh, verdammt, dachte Marian. Oder fange ich jetzt an durchzudrehen? Sachen zu sehen, die gar nicht da sind?

Billa schlenderte an seinem Arm auf das Hoftor zu und summte dabei leise vor sich hin. Das fand er auch ziemlich sonderbar bei ihr – dass sich ihre Stimmung von einem Moment zum anderen total ändern konnte. Von Schluchzen und Jammern zu Lachen und Flirten und wieder zurück. War das nun einfach mädelmäßig – oder bewies es, dass sie sich verstellte, ihn an der Nase rumzuführen versuchte, weil sie wie Klotha und die anderen eine …

Er warf ihr einen raschen Seitenblick zu. Billa hielt ihr Gesicht nach oben, damit sie mehr Sonne abbekam, und trällerte irgendwas mit »Moonshine« und »Crazy Love«.

Na schön, dachte er, wir müssen das klären, jetzt gleich. Entweder ich kann Billa vertrauen oder ich verrate ihr kein Wort von Marthelms Brief und alledem.

Sie gingen über den zugerümpelten Hof auf Billas Holzhäuschen zu. Von den Alten heute keine Spur – die hatten sich vielleicht alle drei in Katzen verwandelt und schlichen irgendwo hier zwischen Disteln und Sperrmüll herum. Na, viel Spaß noch, dachte er.

Aber als Billa ihre Hütte aufschloss und sie beide reingingen, passte Marian haargenau auf, damit keins der Katzenviecher sich mit ihnen durch die Tür quetschen konnte. Drinnen schob er sogar den Riegel vor, und als Billa das kleine Fenster in ihrem Zimmer aufmachen wollte, hielt er sie zurück. »Besser nicht«, sagte er. »Und lass uns leise reden – ich will nicht, dass sie was mitbekommen.«

Billa machte ein Gesicht, als ob sie das alles reichlich übertrieben fände. »Okay«, sagte sie, »wenn es dich beruhigt.«

Sie holte von irgendwoher zwei Dosen eiskalter Cola und eine Packung Maischips. Dann schüttelten sie die Schuhe von ihren Füßen und legten sich wieder auf Billas Bett.

Sie kuschelte sich eng an ihn. »Und jetzt erzähl mir von diesem Ding, das du immer in der Hand hältst, wenn du schläfst.« Sie strahlte ihn von der Seite an. »Finde ich ja richtig süß von dir, Marian – ist das so was wie ein Amulett oder ein Medaillon?«

»Weder noch.« Das Herz begann ihm wieder wie irrsinnig in der Brust zu hämmern. Ein Glück nur, dass sie an seiner anderen Seite lag. »Langsam, Billa. Wir waren noch bei dieser Hexenholz-Sache. Wie kann es sein, dass ich dich gestern draußen im Wald gesehen hab – wenn du gar nicht da warst?«

Er spürte, wie sie sich neben ihm verkrampfte. »Ich versteh dich nicht, Marian – was redest du da überhaupt? Niemand kann da reingehen – du nicht, ich nicht. Oder vielleicht rein – aber man findet nicht mehr raus. Das ist seit langer Zeit so, seit ein paar hundert Jahren – eben durch diesen Fluch oder Bann oder was weiß ich, was damals mit dem Wald passiert ist.«

Marian streichelte ihr über die Schulter. Er hatte Angst, dass sie gleich wieder anfangen würde zu schluchzen. Und er wünschte sich so sehr, dass er ihr einfach vertrauen und ihr alles erzählen könnte, was er in letzter Zeit so erlebt hatte. Aber erst mussten sie diese eine Sache klären.

»Hör zu, Billa«, sagte er. »Ich war gestern Mittag im Bannwald – mit einigen dieser alten Männer aus dem Logenhaus. Sie ...« Er biss sich auf die Unterlippe. »Also, sie wollten da draußen was vergraben und ich hab ihnen geholfen.«

»Was denn vergraben?«

»Spielt jetzt keine Rolle«, sagte er schnell. »Wir waren nur so ungefähr 30 Meter weit hinter dem Haus, das meinem Onkel gehört hat ...«

»Ich dachte, deinem Urgroßonkel?«

»Herrje, Billa, jetzt hör mir doch mal zu und unterbrich mich nicht andauernd. Also, wir waren da hinterm Haus im Hexenholz, durch so eine Art Bergsteigerseil gesichert, damit keiner flöten gehen konnte. Und da hab ich dich ganz deutlich gesehen, hinter so einem Busch mit roten Beeren.«

Als er den Kopf drehte, um sie anzusehen, war sie wieder weiß wie Schnee. Ihre Augen spuckten blaue Flammen. »Kann nicht sein«, sagte sie mit einer Stimme wie Rost. »Ich war das jedenfalls nicht. Aber das weiß doch jedes Kind hier, Marian – wenn du auch nur einen Schritt ins Hexenholz machst, tanzen tausend solcher Trugbilder um dich herum. Locken dich ins Verderben, seufzen, schreien, lachen, heulen, bis du überhaupt nicht mehr weißt, wo du bist, wo du herkommst, wie du da jemals wieder rauskommen sollst.«

Er dachte einen Moment lang darüber nach. »Ist schon klar«, sagte er dann. »Aber wieso gerade du? Warum hab ich nicht irgendwelches anderes Visionszeug gesehen, sondern ausgerechnet dich?«

Billa runzelte die Stirn. Ihr Gesicht nahm allmählich wieder seine normale Farbe an. »Vielleicht, weil ich für dich wichtig bin? Verstehst du nicht, Marian«, fuhr sie eifrig fort, als er sie unterbrechen wollte. »Das könnte doch sein – dass jeder, der in den Wald gerät, gerade mit den Wunsch- und Angstbildern in die Irre geführt wird, die bei ihm am stärksten reinhauen?«

Darüber dachte Marian wieder einige Augenblicke nach. »Könnte tatsächlich sein«, sagte er schließlich. »Über Voodoomagie hab ich mal was Ähnliches gelesen. Es gibt da so einen ziemlich krassen Zauber. Die Leute erschrecken sich praktisch zu Tode – wobei jeder von ihnen genau das erlebt, wovor er am allermeisten Angst hat. Das *›Prinzip Horrortrip‹* hieß das in dem Buch.«

»Und wie hieß das Buch?«

»*How to Create Zombies*.«

»Puh«, machte Billa.

Einige Zeit lang sagten sie beide gar nichts mehr. Lagen nur eng beieinander und ab und zu streichelte Marian über Billas Schulter. Oder einer von ihnen hob im Liegen seinen Kopf, um einen Schluck aus der Coladose oder ein paar Chips aus der Tüte zu nehmen.

»Also schön«, sagte er irgendwann. »Jetzt zu dem Ding, das du in meiner Hand gesehen hast.«

42

Ohne Billa von seiner rechten Schulter rutschen zu lassen, fischte Marian das Talmibro aus seiner linken Jeanstasche. »Mein Onkel – Urgroßonkel – Marthelm hat es mir geschickt«, sagte er. »Zusammen mit einem Brief, den ich bei seiner Beerdigung bekommen habe. Es ist ein …«

Billa wollte es ihm aus der Hand nehmen, aber er gab es nicht her. Sie starrte das Muschelding an und schien nicht zu begreifen, wofür es gut war. Natürlich nicht.

»Marthelm nannte es Talmibro«, fuhr er fort und drehte es vor ihrem Gesicht hin und her. »Es ist – also, wie soll ich sagen – eine Art magischer Apparat. Du glaubst jetzt vielleicht, dass ich spinne oder dich auf den Arm nehmen will – aber ich meine es total ernst, Billa: Dieses Ding hier ist so was wie eine Zeitmaschine. Man kann damit in die Vergangenheit reisen. Ich hab das in den letzten Tagen schon ein paarmal gemacht.«

Er zog seinen Arm unter ihr weg, nahm das Talmibro in beide Hände und riss es mit einem Ruck auseinander.

Billa stieß einen Laut aus – halb Erschrecken, halb Ekel. »Oh Mann, Marian – ist das irgend so ein Urzeitvieh?«

»Ehrlich gesagt – keine Ahnung. Marthelm nannte es ein magisches Instrument. Aber ich finde auch, es hat was von einem vorsintflutlichen Tier.« Er hielt es ihr näher vors Gesicht. Seine Arme zitterten, so stark war der Gegendruck, mit dem sich das Talmibro wieder zusammenzuziehen versuchte. »Schau trotzdem mal rein, Billa – erkennst du irgendwas?«

Mit schmalen Augen starrte sie in den verschwommen grauen Spiegel zwischen den Zeilen. »Mich selbst seh ich – na ja, mehr so wie unter Wasser … Aber was ist *das* jetzt … hey, Mann, tu das weg!« Ihre Stimme klang plötzlich panisch. Ihre Augen wurden weit vor Entsetzen, im Gesicht war sie mit einem Mal wieder mehlweiß. »Tu das weg – bitte«, flüsterte Billa.

Er wollte das Talmibro schon wieder zurückziehen, da kam ihm eine Idee. Offenbar zeigte ihr das Ding etwas ganz anderes als das, was er sonst immer dort zu sehen bekam. Nicht Julian in seiner Welt, sondern –? »Sofort«, sagte er, »Sekunde noch.«

Er schob seinen Kopf so nah wie möglich neben ihren und spähte angestrengt ins Talmibro.

Und dann vergaß er vor Schreck zu atmen: Es zeigte niemand anderen als sie. Zweifel ausgeschlossen, das war Billa – oder zumindest so was wie ihre Albtraum-Schwester. Sie trug ziemlich genau so ein rotes Kleid, wie Billa es heute anhatte, und ihr Gesicht war zu einer boshaften Fratze verzerrt. Flammen schossen aus ihren Augen, Funken sprühten aus ihren Haaren, die mit Spinnweben, Walddreck, sogar mit Würmern und Spinnen gespickt waren. Wo war sie da drüben? In einem finsteren Dickicht, dem Hexenholz oder sonst einem Spukwald. Sie ritt auf einem wirbelnden Etwas, das halb wie ein galoppierendes Pferd aussah und halb wie ein Haufen Laub, den der Wind vor sich herbläst.

»Tu's weg – bitte!«, flüsterte Billa.

Marian ließ das Talmibro zuschnappen. Er verstand überhaupt nicht, was er da eben gesehen hatte. Wie es möglich war, dass es da drüben so ein Hexenweib gab, das Billa dermaßen ähnlich sah. Seine Hand zitterte heftig, als er das Talmibro wieder in seine Tasche schob.

»Sie ist in mir«, flüsterte Billa neben ihm. »Manchmal macht sie sich ganz klein, dann krieg ich kaum mit, dass sie da ist. Aber dann wieder ist sie so mächtig – verstehst du, Marian?« Sie kämpfte einen Schluchzanfall nieder, und zur gleichen Zeit redete sie weiter, stockend und so leise, dass sie kaum zu verstehen war. »An manchen Tagen kann ich mich gar nicht richtig erinnern«, flüsterte Billa, »wie es ohne sie ist. Wie es mal war, wer ich eigentlich bin oder wie ich gelebt habe, ohne sie. Damals, als Jakob noch bei mir war.«

Bei jedem Wort von ihr wurde Marians Gänsehaut noch ärger. »Verdammt, von wem redest du, Billa?«, gelang es ihm endlich zu fragen.

»Na, von diesem … diesem Biest«, flüsterte Billa.

Sie unterbrach sich und ein verwirrtes Lächeln erschien auf ihrem Gesicht. Im nächsten Moment wirkte sie vollkommen verwandelt. »Blödsinn«, sagte sie und grinste ihn an. »Ich wollte dich nur ein bisschen hochnehmen. Was weiß ich denn, was es mit dem ätzenden Weib da auf sich hat. Und wie du es geschafft hast, dass die Zicke da drin mir ähnlich sieht. Cooles Teil übrigens. Zeigst du's mir noch mal? Kriegst du die Bilder online rein oder hat dieses Talmi-Dings einen Speicherchip?«

»Talmibro«, sagte Marian. »Und – tja, online ist wohl nicht ganz falsch.« Er schob sich in Richtung Bettkante und stand auf. Seine Gänsehaut wollte einfach nicht mehr verschwinden. Ihm war schlecht und seine Knie fühlten sich mindestens so weich wie Lehm an.

Billa tat ihm schrecklich leid, und er fühlte sich ihretwegen schuldig, obwohl er überhaupt nicht verstand, wieso. Aber stärker als alles andere war seine Angst. Er musste raus hier, weg von hier, auf der Stelle. Unmöglich konnte er ihr jetzt noch von Julian und all dem erzählen, was sich vor

333 Jahren abgespielt hatte. Oder was sich dort erst noch abspielen würde – es sein denn, sie fanden noch eine Möglichkeit, Meister Justus das Handwerk zu legen.

»Also, ich muss jetzt«, murmelte er und war schon aus der Tür.

Unmengen von Katzen liefen fauchend und maunzend hinter ihm her, als er im Dunkeln durch den Hof stolperte. Während er den Pfad entlangrannte, zwischen Wald und Moor zurück zur Stadt, glaubte er immer noch Billas Rufe, Billas Schreie zu hören: »Wohin gehst du denn? Mann, Marian, lass mich jetzt nicht allein!«

Heiliger Mist, dachte er, Billa ist *besessen* – von diesem Hexengeist. Darum benimmt sie sich so sonderbar, darum hat sie zwei vollkommen unterschiedliche Seiten, eine lieb und eine – na ja – irgendwie hexenhaft. Und darum konnte er auch auf gar keinen Fall über Nacht wieder hier bei Billa bleiben. Kein Auge würde er sonst zukriegen, aus Angst, dass der Hexengeist in ihr irgendwas Übles mit ihm oder mit ihnen beiden anstellen würde.

Das *Biest*, hatte Billa gesagt. Und es war alles andere als ein Joke gewesen, auch wenn sie im Nachhinein versucht hatte, es wie einen blöden Witz aussehen zu lassen.

Er stolperte über eine Baumwurzel. Fluchend blieb er stehen und schüttelte seinen schmerzenden Fuß.

Und eben deshalb, dachte er, hab ich auch dieses blöde Gefühl, als ob ich irgendwie mitschuldig wäre. Denn wenn mich das Talmibro zu Julian rüberschießt, ist er von mir ja genauso besessen wie die arme Billa von ihrem Hexenbiest.

43

Beim Frühstück am nächsten Morgen sah ihn Linda die ganze Zeit mit so einem seltsamen Gesichtsausdruck an – als ob sie schlechte Nachrichten für ihn hätte und sich fragte, wie viel sie ihm zumuten durfte.

»Was ist denn?«, knurrte er irgendwann.

Linda ging ihm auf die Nerven. Alles ging ihm heute auf die Nerven, angefangen bei ihm selbst.

»Na ja«, fing sie zögernd an, »die Wirtin hat uns, also Babsi und mir, gestern Abend was erzählt. Und darüber muss ich die ganze Zeit nachdenken.« Sie brach wieder ab und schaute ihn kummervoll an.

Letzte Nacht hatte er erst stundenlang wach gelegen und voller Panik wegen Billa rumgegrübelt. Danach hatte er sich durch Serien von Albträumen gequält. Irgendwas mit Dämonen, die aus seinem Talmibro hervorgeschossen kamen, um die Kontrolle über ihn zu übernehmen. Jetzt fühlte er sich, als ob ihm jemand einen Sack über den Kopf gestülpt hätte – so verdüstert, so von allem Äußeren abgeschlossen. Dabei hatte er sich eigentlich auf dieses Frühstück gefreut. Nur Linda und er, weil Tropenfrau Babsi heute in aller Frühe für zwei Tage zum Robben-Watching an die Küste gefahren war.

»Was hat sie denn erzählt?«, fragte er. Nicht, dass es ihn interessiert hätte – aber lieber sich dieses Tratschzeug anhören, als noch länger Lindas stummen Kummerblick zu ertragen.

»Na ja, über deine Billa.«

»Wieso meine?«

»Ach, ist sie gar nicht mehr …?« Linda unterbrach sich, aber diesmal mit einem hoffnungsvollen Unterton. »Übrigens heißt sie gar nicht Billa«, fuhr sie fort, weil Marian nicht reagierte. »Ihr wirklicher Name ist Laura Elstner, und unsere Wirtin hat gestern Abend erzählt, dass das Mädchen …« Linda legte erneut eine Pause ein, dann gab sie sich sichtlich einen Ruck. »Also hör zu, Marian, es sieht wohl wirklich alles danach aus, dass Laura ein psychisches Problem hat.«

Marian verschluckte sich an seiner Fischfrikadelle. So brauchte er seine Mutter zumindest nicht anzusehen.

»Vor ein paar Jahren«, redete Linda weiter, »hat sie hier in Croplin durch einen tragischen Unglücksfall ihren Zwillingsbruder verloren. Er ist im Moor ertrunken, und seit damals … Also, die Leute sagen, dass das Mädchen diese Geschichte nicht verkraftet hätte. Jeden Sommer kommt sie hierher zurück und den Leuten hier kommt sie jedes Jahr noch etwas seltsamer vor. Sie erzählt wirre Geschichten, sagt die Wirtin – angeblich irrt ihr Bruder seit Jahren da draußen im Wald rum, aber irgendwelche Hexen würden ihr helfen, ihn wieder zu befreien.«

Sie faltete die Hände vor sich auf der Tischplatte. Es sah aus, als ob sie gleich um die Rettung von Billas Seele beten wollte. Dabei war Linda so wenig fromm wie Billa durchgedreht. Aber das konnte Marian seiner Mutter jetzt wirklich nicht erklären. Zumal sie ihm kein Wort glauben würde: Linda hatte in ihrer Jugend mal ein paar Semester Psychologie studiert und war bis heute davon überzeugt, dass sie eine erstklassige Psychotherapeutin geworden wäre. Was sie bestimmt auch geschafft hätte. Wenn sie sich nicht in Daddy Chris verliebt hätte, der damals zwar noch niemandes Daddy, aber auch schon ständig pleite gewesen war. Einer von ihnen beiden musste schließlich für ihren Lebensunterhalt sorgen, und weil Christian dafür offenbar nicht in Frage kam, hatte Linda ihr Studium geschmissen und einen Job im Reisebüro angenommen.

Seine Mutter sah ihn jetzt wieder halb erwartungsvoll und halb mitfühlend an. »Na ja, stimmt schon«, sagte er und gab sich Mühe, entspannt zu klingen. »Billa hat reichlich viel Fantasie. Sie erzählt manchmal ziemlich konfuses Zeug, aber das heißt noch lange nicht, dass sie verrückt wäre.«

Nur ein bisschen besessen, Mutter. Von so einem Hexendämon aus dem 17. Jahrhundert.

Aber Linda ließ nicht locker. »Und was ist mit den durchgedrehten alten Weibern, bei denen sie immer ihre Sommerferien verbringt? Die zünden diese Strohpuppe an und schmeißen mit Steinen und sonst was nach Leuten, die zufällig vorbeikommen – findest du das vielleicht auch harmlos?«

Er wollte nur cool mit den Schultern zucken, doch es wurde ein richtiger Zuck- und Zitterkrampf daraus. Als ob ihm plötzlich überall auf der Haut Spinnen herumlaufen würden. »Nee«, murmelte er, »die sind wirklich abgedreht.«

Linda beugte sich über den Tisch und legte ihre Hand auf seine. Er ließ es geschehen, und am liebsten hätte er ihr ja auch alles erzählt, was ihn bedrückte und in Atem hielt. Aber es ging nicht. Er durfte es nicht und sie würde ihm sowieso kein Wort glauben. In ihrer Welt gab es jede Menge seelisch gesunde und ein paar psychisch gestörte Leute – aber bestimmt weder Hexen noch Dämonen. Ganz zu schweigen von Talmibros und Pfortengläsern.

»Versprich mir, dass du dich von diesen Leuten fernhältst, Marian.« Sie schaute ihn so besorgt an, als ob er angekündigt hätte, als Söldner in den nächstbesten Krieg zu ziehen.

»Von den alten Hexen?« Er warf seine Haare über die Schulter zurück. »Mit denen hab ich eh nix zu tun.«

»Und was ist mit dieser Laura?«

»Die kenn ich praktisch gar nicht.« Laura wie? Nie gesehen. Bevor Linda noch länger rumnerven konnte, stand Marian vom Frühstückstisch auf. »Ich schau noch mal im Logenhaus vorbei.«

Linda runzelte schon wieder besorgt die Stirn, aber er hatte jetzt wirklich genug von ihrer Bemutterung. »Kannst dich entspannen«, sagte er und grinste sie an. »Das weißt du doch aus eigener Erfahrung – die alten Kerle lassen keine Mädels zu sich rein.«

44

»Ah, du wirst schon sehnlichst erwartet.« Der Bruder Türsteher öffnete schwungvoll das Tor und ließ ihn ein.

»Erwartet?«, wiederholte Marian. »Von wem denn?«

Torgas schloss kurz die Augen und schüttelte nahezu unmerklich den Kopf. »Drinnen«, sagte er gedämpft.

Fast im Laufschritt eilte er vor Marian ins Haus zurück. Sorgsam verschloss er von innen die Haustür. »Bitte begleite mich nach unten«, sagte er in verschwörerischem Tonfall. »Unser Meister ist schon dort – bei der gewissen Pforte.«

Tatsächlich saß Dr. Karl Godobert im unteren Keller vor dem Sphärenfenster. Die Logenbrüder hatten eine stattliche Anzahl schwarzer Holzstühle in die höhlenartige Kammer runtergeschafft und in exakten Reihen vor der magischen Pforte aufgebaut. Es sah aus wie die Albtraumversion eines Kinosaals.

Der einzige Zuschauer war Godobert. Er saß in der ersten Reihe, die Beine übereinandergeschlagen, und starrte angespannt auf das dunkle Fenster. Als Torgas neben ihm auftauchte, fuhr er zusammen.

»Der Junge ist jetzt da«, sagte der Bruder Türsteher in ehrerbietigem Tonfall.

Der Logenmeister wandte sich zu Marian um. »Bitte setz dich zu mir. Ich fürchte, wir kommen ohne deine Hilfe nicht weiter.«

Er deutete auf den Stuhl zu seiner Linken und Marian ließ sich darauf fallen. »Meine Hilfe?«

Ohne ihn aus den Augen zu lassen, deutete der alte Mann zum Sphärenfenster. »Wir haben zwei Tage lang alles versucht, um diese Pforte zu verschließen«, sagte er und die Mühen dieser Tage klangen in seiner müden Stimme nach. »Du wirst das Hämmern gehört haben, genauso wie die zeremoniellen Anrufungen. An deren Erfolg haben wir allerdings noch weniger geglaubt als an die Möglichkeit, Marthelms Wunderwerk mit ein paar simplen Eisenhämmern zu zerstören. Aber weg muss die Pforte trotzdem. Deshalb meine Bitte, Marian: Sorge du dafür, dass sie sich für alle Zeiten wieder schließt.«

Marian schaute vom Geisterglas zum Logenmeister. »Ich weiß noch viel weniger als Sie, wie man das Ding schließen kann.«

Ein Lächeln huschte über Godoberts faltiges Gesicht. »Wie gesagt – du bist Marthelm sehr ähnlich. Du hast dieselbe innere Macht, wenn auch nicht sein magisches Wissen. Aber das ist hierfür auch nicht nötig. Wahrscheinlich genügt es, wenn du die Scheibe berührst.«

»Sie meinen – ich lege einfach meine Hand drauf und das Ding zerspringt in tausend Scherben?« Geile Vorstellung, dachte Marian.

Er stand auf und machte zwei Schritte auf das Sphärenfenster zu. Aus dieser Entfernung war die löchrige Felswand auf der anderen Seite wieder deutlich zu erkennen. Genauso wie die Dämonen, die dort drüben emsig hin und her flogen – wie Schlangen geformt, wie Blitze, wie lange, schlanke Vogelfedern in leuchtenden Farben.

»Zerspringen wird sie wohl kaum, wenn ich mich nicht sehr täusche.« Auch Godobert hatte sich erhoben. Er trat dicht vor die Scheibe und schlug mit der Faust dagegen. »Wenn du mit der flachen Hand darauf drückst, wird sie wohl ganz einfach verschwinden.«

Das klang so unwahrscheinlich, dass Marian es fast schon wieder glaubte. Und vor allem auf der Stelle ausprobieren musste – er hob eine Hand und näherte sie langsam der dunklen Scheibe.

»Einfach ganz leicht berühren«, sagte Godobert und wich mit einem Satz zu den Stühlen zurück.

Marian wollte seine Linke eben auf das Sphärenfenster legen, da spürte er einen heftigen Sog. Seine Hand wurde in die Scheibe hineingezogen, die auf einmal ganz weich und durchlässig war. Sie wölbte sich nach innen, als ob sie nicht aus Glas, sondern aus einem dünnen Teig bestünde. Dann riss das Zeug auseinander – und er fuhr bis zum Ellbogen durch die Wand hindurch. Es war eisig kalt da drüben, und zugleich drang ein Tosen, Rauschen, Heulen durch das Loch hindurch, als hätte man auf der Autobahn bei vollem Tempo ein Fenster aufgemacht. Nur war es tausendmal lauter und millionenmal unheimlicher, mit Winseln und Gewimmer vermischt.

»Hey, verdammt!«, schrie Marian. In seiner Verwirrung wollte er sich mit der anderen Hand an der Scheibe abstützen, und da passierte das Gleiche noch einmal: Das Pfortenglas drückte sich wie ein gigantischer Kaugummi nach innen. Dann zerfetzte es unter dem Druck seiner Hand und jetzt steckte er mit beiden Armen in der Dämonenpforte fest.

Das Rauschen, Wimmern, Heulen war jetzt so laut, dass ihm fast die Trommelfelle platzten. Und von der Kälte da drinnen waren seine Hände schon völlig gefühllos. »Godobert – helfen Sie mir doch!«

Aber der Logenmeister unternahm nicht das Geringste, um Marian da wieder rauszuholen. War er überhaupt noch hinter ihm bei den Stühlen – oder hatte er längst die Flucht ergriffen?

»Hilfe, hey, Hilfe!«, rief Marian, und da dellte sich das Dämonenglas sogar dort, wo es nur von seinem Atem berührt wurde, zu einem Trichter ein. Das gibt's nicht, dachte er und atmete so sachte wie möglich. Ganz vorsichtig versuchte er seine Arme wieder aus dem Glas, der Kälte, dem tosenden Irrsinn da drüben herauszuziehen, aber mit jeder Bewegung drückte er sich nur noch tiefer hinein. Schon stand er mit Gesicht und Brust an die verfluchte Scheibe gepresst und spürte, wie sie ihn millimeterweise in sich hineinsog. Durch sich hindurch und rüber in die Geisterwelt.

»Helft mir doch«, rief er, da schloss sich das Pfortenglas wie eine Maske um sein Gesicht. Im nächsten Moment platzte es auseinander, im übernächsten wurde er an den Schultern zurückgerissen. Er taumelte nach hinten, verlor das Gleichgewicht und knallte mit dem Hinterkopf auf irgendwas schmerzhaft Hartes. Eine Stuhlkante, konnte Marian gerade noch denken, dann fiel er zum ersten Mal in seinem Leben in Ohnmacht.

Als er zu sich kam, lag er der Länge nach auf der vorderen Stuhlreihe. Mindestens ein Dutzend Logenbrüder umringte ihn, die Gesichter in eine Million Sorgenfalten gelegt. Marian wollte sich aufrichten, doch unzählige wohlmeinende Hände legten sich auf seine Schultern und drückten ihn auf den Stuhl zurück. Er wehrte sich nicht dagegen, sondern stöhnte nur leise auf. Sein Kopf dröhnte vor Schmerzen.

»Gönne dir noch einen Augenblick Ruhe, Marian.« Godobert beugte sich über ihn. »Ich muss dich um Entschuldigung bitten – das war unverantwortlich von mir.« Er richtete sich auf und ging einige Schritte nach links.

Marian folgte ihm mit dem Blick. Wenn er auch nur die Augen bewegte, trommelte der Schmerz in seinem Kopf wie ein durchgeknallter Heavy-Metal-Drummer. Aber im nächsten Moment vergaß er sein Schädeldonnern und alles andere – er sprang auf und schubste sogar einen der Logenbrüder weg, der ihm nicht schnell genug Platz machen konnte. »Was ... was«, stammelte er, »das kann doch unmöglich ...«

Er ging auf das Sphärenfenster zu. Das Glas hatte sich wieder geschlossen – nirgends eine Spur von den Dellen, die er mit seinen Händen und sogar mit seinem bloßen Atem hineingedrückt hatte. Geschweige von den Löchern, durch die er fast auf die andere Seite hinübergerissen worden wäre. Er hob seine Hand, wollte über die Scheibe tasten, die wieder vollkommen glatt und hart aussah.

»Tu das nicht!«, rief Godobert.

Marian ließ seine Hand sinken. Jetzt begann ihm zu dämmern, warum der Logenmeister sich bei ihm entschuldigt hatte. »Sie haben es gewusst«, sagte er zu ihm. »Dass die Pforte nicht verschwinden, sondern sich öffnen würde, wenn ich sie berühre.«

Godobert wirkte aufrichtig zerknirscht. »Ich kann mich nur noch mal bei dir entschuldigen. Der Gedanke kam mir bereits gestern, als du auch schon drauf und dran warst, die Scheibe anzufassen. Aber bitte glaub mir, Marian, wenn ich auch nur den leisesten Verdacht gehabt hätte, dass die Sache so schnell außer Kontrolle geraten könnte ...« Er schüttelte den Kopf. »Dann hätte ich dir ganz bestimmt nicht empfohlen, die Scheibe auf diese Weise zu berühren.«

Marian tastete vorsichtig über seinen Hinterkopf. Die Beule fühlte sich riesengroß an. Aber lieber eine Beule, als da drüben bei den Dämonen herumzuirren. »Sie wissen also, wie ich diese Pforte auf andere Weise zukriegen kann?«

Godobert hob abwehrend beide Arme. »Sagen wir, ich habe eine nicht ganz unbegründete Idee. Aber bevor ich dich noch einmal um einen solchen Gefallen bitte, muss ich mich erst noch in einigen alten Schriften kundig machen.« Mit reuigem Lächeln sah er von Marian zu seinen Logenbrüdern, die vor den Stuhlreihen zusammengedrängt standen wie bei einer Filmpremiere. »Anders als mein Vorgänger, der verewigte Meister Marthelm, glaube ich nicht, dass wir in unserer Loge irgendwelche magischen Experimente durchführen sollten. Wie schnell so etwas aus dem Ruder laufen kann, haben wir ja gerade wieder gesehen. Aber diese Sache müssen wir nun mal zu Ende zu bringen, ob es uns gefällt oder nicht. Deshalb werde ich gleich morgen einige Werke aus Meister Marthelms Bibliothek zu Rate ziehen.«

Bei dem Wort Bibliothek fuhr Marian zusammen. »Wie spät ist es eigentlich?«, fragte er.

Sämtliche Logenbrüder tasteten nach ihren Taschenuhren und angelten sie an goldenen Ketten aus ihren Westentaschen. Ließen goldene Uhrdeckel aufschnappen und vertieften sich in den Anblick des Ziffernblatts.

»Gleich halb drei«, sagte schließlich einer der alten Männer. Die anderen studierten noch einige Augenblicke lang ihre Uhren und stimmten ihm dann murmelnd zu.

»Wenn Sie einverstanden sind«, sagte Marian, »gehe ich jetzt noch mal in die Bibliothek hoch, um ein paar Sachen nachzuschlagen.« Er versuchte, sich nicht anmerken zu lassen, wie sehr ihm der Schreck in die Glieder gefahren war. In der Nähe eines solchen Sphärenfensters floss die Zeit anscheinend viel schneller als normalerweise – und das galt wohl erst recht, wenn man zur Hälfte in dieser Pforte bereits drinsteckte.

Jedenfalls war es in Julians Welt jetzt fast schon Mitternacht. Meister Justus und seine Lichtträger konnten das Hegendahl'sche Gutshaus jede Minute durch das hintere Tor verlassen, um sich am Hexenhügel lebenskräftigen Lehm für die Erschaffung der Golems zu besorgen.

45

»Noch einmal, bevor wir da rausgehen. Gunter, Benno, Bardo – hört mir ganz genau zu.«

Die Stimme von Meister Justus klang angespannt. Mit seinen drei Lichtträgern stand er im Hinterhof des Hegendahl'schen Gutshauses. Auf der anderen Mauerseite ins Dunkel geduckt, musste Julian die Ohren spitzen, um seine Worte zu verstehen. Das Herz hämmerte ihm in der Brust. Aber er war entschlossen, sich nicht die kleinste Kleinigkeit entgehen zu lassen. Von Meister Justus' Anweisungen und allem anderen, was danach geschehen würde.

»Ihr wisst, dass Barixa und ihre Hexen den Bannwald für sich beanspruchen«, fuhr der Großmächtige Meister fort. »Das gilt natürlich vor allem für den Drachenberg mit dem alten Tempel. Sie haben diese Stätte frech in Hexenhügel und Hexendom umbenannt. Aber das ändert nicht das Geringste daran, dass es in alten Zeiten das Heiligtum eines auserwählten Magierbundes war. Nirgendwo sind Erde und Äther für magische Verrichtungen geeigneter als dort draußen. Und wir, die Loge ›Zu den Rosenspiegeln‹, sind die einzig wahren und berechtigten Erben dieser erleuchteten Tradition. Was immer Meisterin Barixa also einwenden mag: Unser Recht, den Drachenberg aufzusuchen und dort unsere Zeremonien durchzuführen, ist unzweifelhaft und weitaus älter als alle angemaßten Ansprüche ihres Hexenbundes.«

Zeremonien?, wunderte sich Marian. Wollten die Männer nicht einfach nur Lehm vom Hexenhügel holen? Doch es war ein schlechter Zeitpunkt, um darüber nachzudenken: Der Großmächtige Meister wies Ritter Gunter an, den Durchgang zum Bannwald zu öffnen.

»Wir bleiben eng beisammen«, befahl der Meister. »Und Vorsicht mit der Scheibe!«

Mit einem rostigen Stöhnen schwang das Tor auf. Die Männer führten Pechfackeln mit sich und einen flachen Gegenstand, der in ein dunkles Tuch gehüllt war. In ihren schwarzen Umhängen sahen sie wie riesige Fledermäuse aus.

Die Scheibe, dachte Marian. Aber wollen sie denn ...?

Weiter kam er nicht. Der Famulus hielt den Atem an und wich tiefer in die Dunkelheit zurück. Seine gesamte Aufmerksamkeit galt dem Meister und den drei Lichtträgern.

»Hier entlang.« Meister Justus streckte seinen Arm mit der fauchenden Fackel ostwärts aus. »Und haltet die Augen auf!«

Hintereinander marschierten sie in den Wald. Äste und Reisig knirschten unter ihren Stiefeln. Die Bäume ächzten und knarrten. Zu sehen war fast überhaupt nichts – selbst die Fackeln warfen nur ein paar flackernde Schatten in die Dunkelheit.

Julian wartete, bis die Männer ein Dutzend Schritte Vorsprung hatten. Dann huschte er, hinter Bäumen und Felsbrocken Deckung suchend, geduckt hinter ihnen her. Allmählich wurde ihm doch mulmig zumute. Wenn er nicht genügend Abstand hielt, würden ihn die Logenbrüder bemerken. Wenn er zu weit zurückfiel, lief er Gefahr, in einem Moorloch zu versinken und elendiglich umzukommen.

Es gab im Bannwald nämlich weder Weg noch Steg. Selbst im Sonnenlicht wären die Moorlöcher schwer zu erkennen gewesen – eine dichte Schicht aus Laub und Reisig bedeckte überall den Boden. Und Tageslicht drang nicht einmal am hellen Mittag durch die Wipfel der dicht belaubten Baumriesen – geschweige denn um Mitternacht.

Eulen schrien ihre Warnrufe. Wildkatzen schlichen mit glühenden Augen durchs Unterholz. Angespannt lauschte Julian in die Dunkelheit – beinahe mehr noch als vor den Moorlöchern graute ihn vor den wilden Leuten, die ihn packen und in ihre Höhlen verschleppen konnten. Unzählige Geschichten von solchen Unseligen gab es, die den Waldmenschen für ihr restliches Leben zu Diensten sein mussten. Holz für sie sammeln, Feuer machen, abscheuliche Suppen kochen, in denen ganze Tierkadaver schwammen – wenn sie nicht gleich selbst von den wilden Leuten in Stücke gehackt und gesotten wurden.

Unbeirrbar stapfte der Großmächtige Meister voraus, gefolgt vom schwergewichtigen Ritter von Croplinsthal, der zwei Schaufeln geschultert trug. Hinter ihnen schleppten sich die beiden Schmiede mit dem flachen Etwas ab, das unter einem schwarzen Tuch verborgen war. Bestimmt ein Behältnis, das sie mit dem lebenskräftigen Lehm füllen wollten, dachte der Famulus. Obwohl es für ein Gefäß sonderbar flach war.

Aber darum konnte er sich jetzt nicht kümmern. Der Großmächtige Meister blieb unvermittelt stehen. Mit einem Satz verschwand Julian hinter einem Baumstamm – und spürte voller Entsetzen, wie seine Füße in einem zähen Brei versanken.

»Noch etwas«, sagte Meister Justus. »Wir ordnen sie sternförmig an. Habt ihr verstanden? So passen sie alle auf einmal darunter. Wenn ich mich nicht sehr täusche, bleibt uns dort nur wenig Zeit.«

Die Lichtträger murmelten ihre Zustimmung. Der Gold- und der Silberschmied, die ihre Last abgesetzt hatten, stemmten sie ächzend aufs Neue empor. Wieder setzte sich der kleine Zug in Bewegung.

Mit klopfendem Herzen wartete Julian, bis die Lichter vor ihm von der Dunkelheit fast verschluckt worden waren. Dann erst versuchte er, sich aus dem Moorloch zu befreien. Bei lebendigem Leib im Schlamm unterzugehen, wäre ein grässliches Schicksal. Doch von Meister Justus entdeckt zu werden und dabei bis zu den Schienbeinen im Moor zu stecken, kam ihm noch viel furchtbarer vor. Dem Tod preisgegeben und der Lächerlichkeit noch dazu.

Julian umklammerte mit beiden Armen den Baum. Dann zog er mühsam sein rechtes Bein aus dem Schlamm. Das verdammte Zeug umschloss ihm Fuß und Unterschenkel wie ein eng anliegender Stiefel. Als ob es einen eigenen Willen hätte, so erbittert wehrte sich das Moor dagegen, ihn wieder freizugeben. Doch schließlich schaffte es der Famulus, sein Bein aus dem Rachen dieser modrigen Bestie herauszureißen. Einen Augenblick lang zappelte er keuchend mit dem befreiten Fuß in der Luft herum, dann fand er auf einer Baumwurzel halbwegs sicheren Halt.

Als er kurz darauf auch seinen zweiten Fuß freigekämpft hatte, war von den Logenbrüdern und ihren Fackeln nichts mehr zu sehen. Vollkommene Finsternis umgab ihn. Die Bäume ächzten und seufzten – oder waren das schon die wilden Leute, die durchs Unterholz heranschlichen?

Eine besonders grauenvolle Geschichte musste Julian natürlich ausgerechnet jetzt in den Sinn kommen. Angeblich liebten es die wilden Leute, ihre Opfer bei lebendigem Leib aufzufressen. Vor Jahr und Tag sollte es einem Jungen, der sich in den Bannwald verirrt hatte, mal so ergangen sein: Tief in der Nacht rannten die Waldmenschen hinter ihm her. Er konnte sie nicht sehen, nur ihr Ächzen und Keuchen hören – und ihre Zähne spüren, die sie ihm wieder und wieder blitzschnell ins Fleisch schlugen. In Schultern, Beine, Bauch. So stolperte er schreiend durch die Dunkelheit und währenddessen fraßen ihn die wilden Leute happenweise auf.

Julian war jetzt vor Angst wie gelähmt. Weder vorwärts noch rückwärts, nicht nach links oder rechts getraute er sich auch nur einen Schritt zu gehen. Das Moor würde ihn verschlingen, die wilden Leute würden ihn packen, oder sonst etwas Grässliches würde passieren, wenn er sich von der Stelle bewegte. Von den Logenbrüdern war sowieso kein Schnaufer mehr zu hören und nicht das schwächste Lichtflackern zu sehen.

Mir bleibt nichts anderes übrig, sagte sich Julian, als auszuharren, wo ich bin – an diesen Baum geklammert, mit Schlamm beschmiert, hinter mir das Moorloch und ringsum tausend tödliche Gefahren. Wenn ich Glück habe, kehren die Logenbrüder nachher auf demselben Weg zum Hegendahl'schen Anwesen zurück. Dann kann ich zumindest wieder hinter ihnen her schleichen – sofern ich bis dahin nicht doch noch von den wilden Leuten entdeckt und verschleppt oder gleich an Ort und Stelle verspeist worden bin.

Wenn doch zumindest Piet hier wäre, dachte er dann. Sein Freund hatte immer unzählige Einfälle, wie man sich selbst aus der ärgsten Patsche wieder befreien konnte. Aber es sah ganz so aus, als ob Piet tatsächlich vor den beiden Schmieden die Flucht ergriffen hatte. Julian hatte von früh bis spät gegrübelt, was da letzte Nacht an der Seitentür des Apothekerhauses passiert sein mochte. Von Piet hatte er seitdem nichts mehr gehört. Und bevor er heute seinen Freund suchen konnte, musste er natürlich wieder den ganzen Tag über im Apothekenkeller rackern. Gleich früh am Morgen hatte ihn sein Lehrherr angewiesen, eine aufwändige Salbe für Wundpflaster zuzubereiten. Danach musste er einen Bottich voll Baldrian für den Schlaftrunk einkochen, mit dem sich der raffgierige Herr Lohenkamm eine goldene Nase verdiente. Als er seinen Famulus endlich gnadenhalber ziehen ließ, hatten die Glocken lange schon acht Uhr geläutet. Julian war im Laufschritt zum ehemaligen Jagdschloss hinausgetrabt, aber der erschrockene Odilo hatte nur ein ums andere Mal gestammelt: »Kein... kein Piet hier.«

Also musste Piet letzte Nacht tatsächlich auf und davon gerannt sein. Zu diesem Schluss war Julian gelangt, während er zurück in die Stadt getrottet war. Und warum sonst hätte Piet die Flucht ergreifen sollen, wenn nicht deshalb, weil er wirklich etwas ausgefressen hatte? Darum wollte er mir auch sein Bündel nicht überlassen, dachte Julian – weil seine Diebesbeute darin war, die Gold- und Silberstücke, die er dem Bäckermeister Wulf aus der Schatztruhe geklaut hat. Und das wiederum hieß zwar einerseits, dass sein Freund leider ein ehrloser Gauner war. Auf der anderen Seite bewies es aber auch, dass Meister Justus wahrhaftig ein großmächtiger Magier sein musste – imstande, einen hellsichtigen Dämon wie Zenturius herbeizuzwingen, der ganz genau wusste, was überall in Häusern und Köpfen vor sich ging. Und deshalb hatte sich Julian geschworen, dass er von jetzt an bei allem dabei sein würde, was der Meister und seine Lichtträger zur Erschaffung der Golems unternehmen würden – selbst wenn sein Gewissen sich heiser schreien und sogar wenn es ihn seine Seligkeit kosten würde. Aber was hilft mir mein großartiger Schwur, dachte der Famulus dann – wenn ich hier zwischen Baum und Moorloch feststecke und Meister Justus längst aus den Augen verloren habe!

So grübelte Julian vor sich hin und bemerkte erst mit einiger Verspätung, dass die vier Fackeln der Logenbrüder allenfalls fünfzig Schritte weiter im Wald munter flackerten. Doch seltsamerweise befanden sie sich so hoch über ihm, dass er den Kopf in den Nacken legen musste, um sie überhaupt zu sehen.

Was sollte das bedeuten? Hatte der Großmächtige Meister etwa sich selbst und seine Lichtträger durch einen magischen Spruch in die Lüfte erhoben?

Natürlich nicht, du begriffsstutziger Famulus, schrie seine innere Stimme. Sie sind oben auf dem Hexenhügel – da wollten sie doch schließlich hin! Und der Weg dort hinauf führt offenbar auf der Rückseite des Hügels hoch – deshalb waren sie zwischenzeitlich verschwunden und sind jetzt über unserem Kopf wieder aufgetaucht!

Das leuchtete Julian ein, auch wenn er mit dem Ton, den sein Gewissen ihm gegenüber anschlug, nicht einverstanden war. Vorsichtig, um nicht aufs Neue im Schlamm zu versinken, trat er zwischen Baum und Moor hervor und tappte hinter den Logenbrüdern her. Vor jedem Schritt tastete er mit einem Fuß auf dem Boden herum, denn von Moorlöchern hatte er für diese Nacht genug.

Bis er sich auf diese Weise um den Hexenhügel – oder auch Drachenberg – herum und zum Gipfel emporgearbeitet hatte, war mindestens eine halbe Stunde vergangen. Als er endlich oben bei der alten Tempelruine eintraf, hatten die Rosenspiegler die Vorbereitungen für ihre magische Zeremonie offenbar schon weitgehend beendet. Im Licht der Fackeln, die in einem weiten Kreis in den Boden gerammt waren, erinnerte die Anordnung der übereinander gestürzten gewaltigen Steinplatten tatsächlich an ein aufgerissenes Drachenmaul. Es sah atemberaubend aus. Aber nicht nur deshalb hätte Julian, der hinter einem von Blitzschlag und Sturmböen zerfetzten Baum Deckung gefunden hatte, wahrhaftig fast vergessen, Luft zu holen.

Neben der Tempelruine klaffte ein Loch im Boden. Zwei Schaufeln steckten in der rötlich schimmernden Erde daneben. Offenbar hatten die Lichtträger dort den lebenskräftigen Lehm gewonnen, den sie für die Erschaffung der Golems brauchten.

Aber sie hatten sich keineswegs damit begnügt, Lehm in ein Behältnis zu schaufeln, um es eilends in ihre Behausung zurückzuschaffen. Im Kreis der Fackeln lagen sechs Figuren mit menschlichen Umrissen am Boden. Sie waren sehr viel größer als die Lehmpuppen, die Julian vorher im Keller von Meister Justus erblickt hatte – beinahe wie ausgewachsene Männer. Ihre Leiber und Gliedmaßen waren ansehnlich geformt – sicherlich das Werk der kunstfertigen Brüder Benno und Bardo. Ebenso wie die Körper sahen auch ihre Gesichter vollkommen gleich aus. Sternförmig angeordnet, lagen sie allesamt auf dem Rücken vor dem Drachenmaul, und ihre Köpfe bildeten die Mitte des lehmroten Gestirns. Ihre Augen waren geschlossen. Es sah beinahe so aus, als ob sie im Schlaf lächelten.

Und im nächsten Moment erwachen würden.

46

Behutsam zog Gunter von Croplinsthal das dunkle Tuch fort. Die Überreste des Pfortenglases kamen zum Vorschein, an das steinerne Drachenmaul gelehnt. Die Bleifassung war vollständig erhalten, allerdings von der Hitze der Flammen verformt. Doch weitaus stärker mitgenommen war die Glasscheibe selbst – ein Sammelsurium von Scherben, die teilweise nur noch lose in der Fassung befestigt schienen.

Aus den Schaufelstielen und einigen starken Ästen hatten die Schmiede unterdessen ein notdürftiges Gestell gezimmert – einen Schemel auf vier schrägen Beinen, mit einem viereckigen Rahmen, wo sonst die Sitzfläche gewesen wäre.

Vorsichtig hoben sie die lädierte Dämonenpforte an und setzten sie in den Rahmen. Die Holzkonstruktion ächzte bedrohlich. Sie nahmen das Gestell mitsamt dem Pfortenglas, traten zwischen die liegenden Lehmleiber und stellten es so in die Mitte des Sterns, dass die Scheibe über den Köpfen der Golems schwebte.

Selbst im dürftigen Fackelschein und aus einer Entfernung von einem Dutzend Schritten sah Marian mit erschreckender Deutlichkeit, dass die Dämonen, die Meister Justus in das Pfortenglas gespiegelt hatte, auch in den Bruchstücken noch immer gefangen waren. Ohyrion und Astometh, wie sie laut Elisha Asmol hießen. Der blutrote Dämon von der Form einer Adlerfeder und der schwefelgelbe, der die Umrisse einer langen, biegsamen Schlange aufwies. Beide Geister bewegten sich rastlos in der Scheibe hin und her.

Glitten von einer Scherbe zur nächsten, wobei ihre Bewegungen in den Rissen zwischen den Stücken merklich ins Stocken gerieten.

Das ist unmöglich, dachte Marian, das kann nicht sein, es darf einfach nicht. Heute war – selbst in Julians Welt – erst der 31. August. Noch ganze neun Tage bis zu dem verfluchten 9. 9., an dem doch die Erschaffung der Golems erst über die Bühne gehen sollte.

Warum dann heute schon, verdammt noch mal! Julians innere Stimme schrie es mit solcher Erbitterung, dass der Famulus vor Schreck zusammenfuhr. Mach was dagegen, Julian, los!

Aber der Famulus biss nur die Zähne zusammen, aus Angst, dass sein Gewissen sich auch noch seiner Sprechwerkzeuge bemächtigen könnte. Dann wäre es wirklich aus und vorbei mit mir, dachte er – wenn meine innere Stimme all das laut herausschreien würde, was sie bisher glücklicherweise nur in meinem Innern ruft.

Währenddessen hatte der Großmächtige Meister zwei Messingschalen unter seinem Umhang hervorgezogen. Er stellte sie auf den Boden unter dem Pfortenglas, wo sie zwischen all den Golemköpfen nur mühsam Platz fanden. Dann förderte er zwei kleine Beutel zutage, gab aus dem einen etwas Pulver in die linke, aus dem anderen etwas Staub in die rechte Schale und erhob sich wieder.

»Wir fangen an«, sagte er. »Die gesamte Erde mit all ihren Reichen und Schätzen wird unser sein. Kein Land, keine Armee dieser Welt kann sich mir fürderhin widersetzen – meine Golems werden sie alle in den Staub stampfen.«

Erneut begann die innere Stimme des Famulus zu schreien und zu wehklagen, aber Julian achtete nicht mehr darauf. Gebannt sah er zu, wie Meister Justus aus dem Fackelkreis trat und die Brüder Bardo und Benno es ihm gleichtaten. Nur Gunter von Croplinsthal verblieb im Ring der Lichter und nun begann der schwarzbärtige Ritter die sechs Golems feierlich zu umkreisen. Dazu rief er ein ums andere Mal in schleppendem Singsang: *»Aus heiliger Erde bist du geformt, Golem – steh auf!«*

Nachdem er dreimal in dieser Weise im Kreis gegangen war, wich er in die Dunkelheit zurück, und an seiner Stelle trat Bardo Krummbiehl in den Ring aus Fackellicht. *»Die Urflut tränkt dich, Golem – steh auf!«* So rief der Goldschmied, und er hielt einen Krug in der Hand, aus dem er die Lehmfiguren wieder und wieder mit schlammbraunem Wasser bespritzte. *»Die Urflut tränkt dich, Golem – steh auf!«*

Verzweifelt versuchte Marian, den Famulus aus seinem Versteck hervorzutreiben. Wenn die Rosenspiegler bemerkten, dass sie beobachtet wurden, dann würden sie doch höchstwahrscheinlich ihre Beschwörung abbrechen – mochte es Julian im Anschluss auch übel ergehen. Noch sicherer wäre es, wenn der Famulus in den Lichtkreis stürzen und mit einem kühnen Schlag oder Tritt das Pfortenglas vollends zerschmettern würde. Jedenfalls mussten sie auf der Stelle etwas unternehmen – bevor die sechs Ungeheuer da drüben zum Leben erwachten!

Aber der Famulus blieb hinter dem Baum hocken, so stumm und reglos, als ob er selbst aus totem Lehm geknetet worden wäre.

Währenddessen trat der dritte Lichtträger in den Kreis. Er zog eine Fackel aus dem Boden und wartete, bis Bardo es ihm gleichgetan hatte. Mit pfeifendem Beiklang schrie der Silberschmied: *»Das magische Feuer durchloht dich, Golem – steh auf!«* Bei »auf« stießen beide Schmiede ihre Fackeln in die Schalen, und aus den Gefäßen schossen wiederum armdicke Flammensäulen zum Pfortenglas empor – eine schwefelgelb, die andere blutrot. *»Das magische Feuer durchloht dich«*, rief Benno Krummbiehl, *»Golem – steh auf!«*

Über den Lehmpuppen im Fackelkreis ragte das spitze Ende einer Felsplatte wie der Oberkiefer eines gigantischen Drachenmauls empor. Dort hatten sich wiederum zwei Lichttropfen gebildet, einer rot wie Blut, einer gelb wie Schwefel. Während der Silberschmied pfeifend seine Formel rief, wurden die Tropfen unerhört rasch größer. Sie nahmen die Form gespaltener Zungen an, die wie Pendel hin und her schwangen und dabei mit jeder Bewegung dem Pfortenglas näher kamen.

Als Vierter im Bunde trat nun der Großmächtige Meister selbst in den Kreis. Zwischen zwei Lehmpuppen kniete er sich hin und breitete die Arme aus. *»Der göttliche Odem durchweht dich«*, rief er. *»Schem – ham – for – as!«* Er zog eine Adlerfeder aus seinem Umhang und ritzte sich mit ihrem spitzen Ende den linken Daumen auf. Dann stieß er die Feder in die Wunde, beugte sich vor und kratzte jene hebräischen Zaubersilben in die Stirn des ersten Golems: **Ammanth**. Dazu schrie er abermals mit einer Stimme wie Donner: *»Der göttliche Odem durchweht dich! Schem – ham – for – as!«*

Erneut stieß er die Feder in sein Blut, schrieb das magische Wort in die Stirn des zweiten Golems und rief seine Formel aus. Das wiederholte er bei jeder Lehmpuppe, und die drei Lichtträger und der Famulus sahen von Meister Justus zu den Golems und von diesen zu den Lichtzungen, die sich vom Drachenmaul zitternd herniederschwangen und in diesem Augenblick das Pfortenglas mit ihren äußersten Spitzen berührten.

Und da schlugen die Golems ihre Augen auf.

Nein!, schrie es im Innern des Famulus. Sie dürfen nicht

zum Leben erwachen, schon gar nicht heute – neun Tage zu früh!

Und die Golems winkelten jeder ein Bein an und hoben ihre Köpfe, alle zugleich. Sie drückten ihre Ellbogen in den Boden und begannen ihre schweren Leiber emporzustemmen. Ihre Gesichter wirkten kindlich sanft. Doch ihre muskelstarrenden Körper, die übergroßen Hände schienen zu nichts anderem geschaffen als zu Gewalt und Zerstörung.

Der Großmächtige Meister stand in ihrer Mitte und sah zu, wie seine Ungeheuer sich aufrappelten. Das Gestell fiel mitsamt dem Pfortenglas um und die Scheibe zerbarst vollends zu Splittern und winzigen Scherben. Doch Meister Justus schien es überhaupt nicht wahrzunehmen, oder es war ihm gleichgültig – jetzt, da er sein Ziel erreicht hatte. Auf ihre Knie und Hände erhoben, umringten ihn die Golems, stapften wie plumpe Bären auf allen vieren im Kreis. Sie zermalmten die Schalen, zertraten die Überreste der Feuersäulen, aber auch darauf achtete der Meister nicht. Mit einem Ausdruck irrer Begeisterung schaute er von einem Golem zum andern.

Ihren Leibern war überhaupt nicht mehr anzusehen, dass sie aus Lehm geschaffen worden waren, doch sie hatten auch nur wenig Ähnlichkeit mit menschlichen Körpern. Ihre Farbe erinnerte an den rosig hellen Schimmer menschlicher Haut, und doch waren diese Körper von vollkommen anderer Art. Noch während sie sich aufrichteten, begannen sie zu wachsen – so ungeheuerlich rasch, dass sie dem Großmächtigen Meister bereits bis zur Schulter reichten, ehe sie sich gänzlich erhoben hatten.

Meister Justus drehte sich im Kreis, die Arme emporgereckt. »*Ammanth! Ammanth!*«, rief er. »Ich bin euer Herr, versteht ihr?«

Sie glotzten ihn an. Ihre Gesichter waren leer, ihr Blick

so starr, als ob in ihren Augenhöhlen bloß Glasmurmeln stecken würden. »Mir müsst ihr gehorchen, was immer ich euch befehle«, rief der Großmächtige Meister.

Doch wie sehr erschraken er und seine Lichtträger, und wie furchtbar fuhr erst der Famulus in seinem Versteck zusammen, als mit einem Mal eine Stimme wie zerbrechendes Glas vom Himmel herniederklirrte:

»An diesem Ort befiehlt niemand außer mir!«

Meister Justus' Augen wurden weit vor Entsetzen. »Barixa«, murmelte er.

47

Sie war in den gelben Schleiern, die unter dem Nachthimmel trieben, in den Wolken, den Baumwipfeln – überall. Die Luft war auf einmal erfüllt von Tosen und Brausen und die Bäume bogen sich und knirschten und ächzten wie unter der Urgewalt eines Orkans. Auf einer dunklen Wolkenbank rauschte Barixa zu ihnen hernieder. Tierknochen und fauliges Laub, modrige Äste und allerlei Raub- und Spinnengetier wirbelten empor und formten sich zur furchtbaren Gestalt der Hexenmeisterin: ein Riesenweib, das selbst das steinerne Drachenmaul überragte. Über einem wirbelnden Windturm aus Blättern, Steinen, Reisig schwebte der ungeschlachteste Schädel, den Julian jemals gesehen hatte – ein Klumpen aus Fels, Dreck, Dunkelheit. Eulen hausten in Meisterin Barixas Augenhöhlen, Schlangen wanden sich ihr wie Zöpfe um Stirn und Schläfen und aus ihrem Rachen fauchten Wildkatzen und tollwütige Füchse.

»Wie kannst du es wagen, Justus, geweihten Hexenboden zu betreten?«, schrie sie mit einer Stimme wie Wolkenbruch. »Was sind das für Ungeheuer, die du mit heiligem Hexenlehm erschaffen hast? Was sie auch sein mögen – sie gehören mir!«

Die Golems hatten aufgehört, auf allen vieren im Kreis zu kriechen. Stattdessen hoben sie schwerfällig ihre Köpfe und glotzten zu Barixa empor. Um sie herum hatte sich ein zweiter Kreis gebildet, doch das fiel dem Famulus erst in diesem Moment auf.

Ein Ring aus Hexen, die scheinbar ganz ruhig vor dem

Drachenmaul standen. Nach Größe und Gestalt ähnelten sie gewöhnlichen Frauen. Doch im Dunkel hinter dem Fackelschein waren ihre Gesichter allenfalls zu erahnen. Und wie bei ihrer Meisterin bestanden die Leiber all dieser Hexenweiber aus wirbelndem Laub, aus schwebenden Schlammklumpen, Tierknochen, modrigen Ästen, die durch einen Zauber in die Luft gebannt waren.

»Hab ein Einsehen, Barixa!«, rief der Großmächtige Meister. So kleinlaut hatte Julian ihn niemals vorher erlebt. »Der Lehm vom Drachenberg steht uns Magiern genauso wie euch Hexen zu. Und gerade eben wollten wir uns auf den Rückweg machen.«

»Die Kreaturen bleiben hier«, schrie Barixa. »Sie sind an diesem Ort entstanden – also gehören sie mir!«

Meister Justus hob begütigend beide Hände zu ihr empor. Sein Blick flog über die Golems. Sie waren nochmals merklich gewachsen, selbst in dieser kurzen Zeitspanne, seit die Hexen eingetroffen waren. Obwohl sie noch immer auf Händen und Knien kauerten, überragten sie ihren Schöpfer bereits um halbe Haupteslänge.

»Es sind Golems«, rief Justus, »Kreaturen, die keine Hexe jemals erschaffen könnte. Für dich wären sie auch gänzlich nutzlos: Ein Golem befolgt nur die Befehle, die sein Schöpfer ihm erteilt – und dieser Schöpfer bin ich! Nicht einmal töten oder zerstören könntest du sie – auch das vermag nur ihr Herr, der sie erschaffen hat!«

Barixa heulte auf. Ihr Zorn schüttelte die Bäume, riss ganze Eichkronen und Blutbuchenwipfel ab und schleuderte sie auf den Großmächtigen Meister hinunter. Die tollwütigen Füchse spien tödlichen Geifer. Die Schlangen auf ihrem Haupt spritzten Wolken giftigen Speichels auf Meister Justus nieder. »Das werden wir ja sehen!«, rief sie. »Sylvenia, hilf mir!«

Eine der Hexen löste sich aus dem Schattenkreis und trat ins Fackellicht. Marian erkannte sie sofort – und hätte beinahe aufgeschrien vor Entsetzen. Es war das Weib, das er und Billa im Talmibro gesehen hatten. Sie sah Billa so ähnlich wie eine Zwillingsschwester – die gleichen brennend blauen Augen, die helle Haut, der zarte und doch energische Schnitt ihres Gesichts. Aber ihr Blick funkelte vor Bosheit, ihr Mund war zu einem hämischen Grinsen verzerrt.

»Mit dem allerabscheulichsten Vergnügen!«, schrie Sylvenia zu ihrer Meisterin empor. Ihre Stimme klang wie ein rostiges Tor, das stöhnend und quietschend hin und her schwingt. »Was hast du vor?«

»Den Baumzauber«, kreischte Barixa, »was sonst?«

Ihre Gehilfin Sylvenia stieß ein Triumphgeheul aus. »Tollwütige Idee, Meisterin«, rief sie. »Also los!«

Sie breiteten ihre Arme aus und schrien zusammen einen Zwingspruch, der für Marians und Julians Ohren nicht den allergeringsten Sinn ergab. Es klang nicht einmal wie Worte in einer fremden Sprache – es tönte wie das Brausen von Stürmen, das Summen zorniger Hornissen, das Zischeln giftiger Schlangen. Da begann die Erde zu grollen, und um sie herum hob ein grässliches Knirschen und Splittern und Bersten an – mindestens ein Dutzend der uralten Baumriesen im Umkreis des Hexendoms fielen mit lautem Krachen um, als ob es dürre Schwefelhölzer wären.

Barixa und Sylvenia hoben ihre Arme senkrecht in die Höhe und aus ihren Mündern drang nun ein fast unerträglich greller Pfeifton. Gunter von Croplinsthal und die beiden Schmiede pressten ihre Fäuste auf die Ohren. Auch der Famulus in seinem Versteck versuchte, seine Ohren vor dem schmerzhaften Gellen zu verschließen. Allein der Großmächtige Meister gab sich den Anschein, gänzlich unbeeindruckt zu sein.

Die entwurzelten Bäume erhoben sich waagrecht in die Luft und schnellten wie gigantische Speere auf Meister Justus und seine Kreaturen zu. Gleichmütig blieb der Großmächtige Meister stehen, wo er stand, und streckte dem herbeijagenden Verhängnis bloß seine flachen Hände entgegen. Da schossen die Bäume links und rechts an ihm vorbei und krachten in die Leiber der Golems.

Wieder heulten Barixa und Sylvenia triumphierend auf. Für einen Augenblick sah es tatsächlich so aus, als ob die Ungeheuer von den Riesenbäumen durchbohrt, zertrümmert, zu Staub und Schlamm zermalmt worden wären. Doch nur einen Wimpernschlag später begannen sämtliche Hexen zu wehklagen und zu zetern: So unversehrt wie vorher kauerten die Golems um ihren Meister herum am Boden. Die Bäume waren durch sie hindurchgejagt wie durch lehmfarbene Schatten.

»Es ist, wie ich gesagt habe, Barixa«, rief der Großmächtige Meister. »Du hast keine Gewalt über sie. Also zwinge mich nicht, sie gegen dich und deine Hexenhorde einzusetzen, und lass uns in Frieden ziehen.« Wieder ließ er seinen Blick rasch über die Golems schweifen: Unbeholfen versuchten sie nun, sich auf ihren Füßen aufzurichten. Offenbar waren sie weiter gewachsen – zwischen ihren Riesengestalten wirkte der Großmächtige Meister schon beinahe so klein wie ein Zwerg.

»Siehst du, welche Urkraft ihnen innewohnt?«, rief Justus zu Barixa empor. »Mit diesen Golems werde ich die Erde unterwerfen. Binnen sieben Tagen wird jeder von ihnen größer als der höchste Turm sein, den Menschen jemals errichtet haben, und stärker als die gewaltigste Streitmacht, die je ein Herrscher in die Schlacht geschickt hat. Meine Golems werden über Berge steigen und Ozeane durchwaten, als ob es Kieselsteine und Pfützen wären. Unter ihren Sohlen werden ganze Städte und Fürstentümer zu Staub zertreten werden, wenn sie gegen mich aufzubegehren wagen. Auf jeden Erdteil will ich einen Golem stellen und der sechste wird mein persönlicher Diener und meine unbezwingbare Leibgarde sein.«

Er wandte sich zu seinen Lichtträgern um. »Sammelt ein, was uns gehört«, befahl er. »Wir gehen.«

Die beiden Schmiede und Ritter Gunter hatten zwischen den Steintrümmern des ehemaligen Tempels Zuflucht gesucht. So furchterregend die eulenäugige Barixa mit ihrem Rachen voller Katzen und Füchse auch aussah – die Golems schienen den drei Männern noch weit mehr Entsetzen einzuflößen. Angespannt beobachteten sie jede Bewegung der Kolosse, offenbar darauf gefasst, dass sich die Golems im nächsten Moment auf alles stürzen würden, was sich in ihrem Umkreis bewegte.

Auf den Befehl ihres Meisters hin wechselten sie beklommene Blicke. Noch während sie sich zögernd in Bewegung setzten, rief Barixa mit einer Stimme wie Erdbeben und Donner: »Die Kreaturen bleiben hier! Und kann ich sie nicht zerstören, so will ich sie zumindest in totenähnlichen Schlaf versetzen. Schlaft, ihr Ungeheuer, schlaft ein! Erst in 333 Jahren und drei und drei und drei Tagen sollt ihr wieder zu euch kommen – schlaft, ihr Golems, schlaft ein!«

Der Großmächtige Meister wurde bleich. Seine Golems begannen zu taumeln und zu torkeln. *»Ammanth, Ammanth«*, schrie er, doch es half überhaupt nichts. Noch ehe sie sich gänzlich aufgerichtet hatten, sackten die Golems wieder in sich zusammen. Genau gleichzeitig knickten sie alle sechs in den Beinen ein, fielen auf ihre Knie und mit sechsfachem Dröhnen zur Seite hin um.

»Ich … ich …«, stammelte Meister Justus, »ich bin euer Herr!« Er lief von einem Golem zum anderen, rüttelte an

Schultern so groß wie Kanonenkugeln und an Armen vom Umfang fünfzigjähriger Eichen. »Ich befehle euch«, schrie er, »steht auf!«

Doch die Golems zeigten keinerlei Regung mehr. Wie gemeißelte Steinfiguren lagen sie vor dem Drachenmaul im Kreis.

»Und ich befehle dir und deinen Speichelleckern, Justus – verlasst auf der Stelle diesen Ort!« Die Eulen in Barixas Augenhöhlen bewegten ruckartig ihre Köpfe hin und her, die Füchse in ihrem Rachen spien schaumigen Schleim. »Einen Bann will ich über das ganze Hexenholz legen«, rief sie, »damit du und deinesgleichen niemals mehr diesen Ort entweihen könnt – bis zu dem Tag in 333 Jahren und drei und drei und drei Tagen, wenn deine Ungeheuer wieder erwachen.«

Abermals begann sie einen Zwingspruch jenseits aller Worte zu summen und zu zischen, zu quaken und zu wimmern, zu brausen und zu tosen. Und da erhob sich ein gewaltiger Sturm und fuhr dem Großmächtigen Meister und seinen Lichtträgern in die Gewänder und schoss sie in einem Wirbel aus Laub und Wind und Lehmstaub hoch in die Lüfte empor.

Auch der Famulus spürte voll Entsetzen, wie ihm der Sturmwind die Kleider bauschte. Schon hob es ihm die Sohlen vom Boden, wie verzweifelt er sich auch mit den bloßen Fingern in die Erde zu krallen versuchte. Der Wind füllte ihm Hemd und Hosenbeine, ließ ihn leicht wie ein Segel, wie Herbstlaub, wie eine Vogelfeder werden. Schon hob es ihn mit den Füßen voran in die Höhe – kopfüber stand er auf seinen Händen am Rand des Hexenhügels, an nichts Festeres mehr als die lehmige Erde gekrallt. Im nächsten Augenblick lösten sich die Lehmbrocken, die er mit seinen Fingern umklammert hielt, aus dem Boden – und Julian flog, dabei sich in der Luft überkugelnd, hoch und höher, brach durch die Wipfel und wirbelte in den Nachthimmel empor.

Hoch über sich erblickte er den Großmächtigen Meister und seine Lichtträger, die mit wehenden Umhängen den Wolken entgegenflogen. »Auch du, Barixa«, hörte er Justus schreien, »und deine Brut von Schlangen- und Eulenweibern sollt aus diesem Wald verbannt sein. Niemand mehr, ob Magier, Hexe oder gewöhnlicher Mensch, soll fortan zum Drachenberg und den schlafenden Golems gelangen – bis zu dem Tag, da meine Kreaturen wiederauferstehen!«

Julian richtete seinen Blick erdwärts: Tief unter ihm wurden soeben die Meisterin Barixa, ihre Gehilfin Sylvenia und zwei Dutzend weitere Hexenweiber aus dem Wald emporgewirbelt, und ihre Flüche und Verwünschungen schallten wie tausendfaches Katzenfauchen, Eulenheulen, Fuchsgewinsel zu ihm herauf.

Der Famulus aber, der selbst in der größten Verwirrung meist einen Rest an Kaltblütigkeit bewahrte, fischte im Fliegen mit Fingerknöcheln und Zähnen seinen Brustbeutel unter dem windgewölbten Wams hervor. Er zerrte an der Öffnung, bis sie ihm weit genug schien, und wunderte sich flüchtig über das sonderbare Muschelding, das er darin aufbewahrte. Dann ließ er die beiden Lehmbatzen, die seine Hände noch immer umklammert hielten, in den Beutel gleiten und zog den Verschlussriemen sorgsam wieder zu.

Unterdessen war er in hohem Bogen über den Wald hinweggetragen worden und begann bereits wieder dem Erdboden entgegenzusinken. Noch während er sich fragte, wie er eine halbwegs sanfte Landung hinbekommen könnte, erblickte er genau unter sich einen leuchtend gelben Fleck zwischen den dunklen Silhouetten der Häuser am Rand von Croplin.

House = Head, jubilierte seine innere Stimme, und der Famulus fragte sich verwundert, was diese Silben bedeuten sollten, ja, in was für einer Sprache sein Gewissen sich neuerdings ausdrückte.

Nur wenige Augenblicke später saß er im Vorgarten von Balthasar Müntzer, inmitten der wuchernden Sonnenblumen. Mit der Rechten hielt er eines der leuchtend gelben Gewächse am Stiel umklammert, und für einen ganz kurzen Moment – wie manchmal, wenn man gerade aus einem Traum erwacht ist – schien es ihm, als ob er an diese Blume geklammert zur Erde niedergeschwebt wäre.

48

»Du hast wie ein Stein geschlafen, Marian.« Der Bruder Türsteher stand tief über ihn gebeugt. Sein Blick aus wässrig blauen Augen wirkte eher misstrauisch als besorgt. »Ich habe dich gerufen und gerüttelt, aber du hast überhaupt nicht reagiert.«

Marian kämpfte sich aus dem tiefen schwarzen Sessel hervor. »Sorry«, murmelte er. »Kommt nicht wieder vor.« Er stand auf, und Torgas blieb nichts anderes übrig, als ihm den Weg freizugeben.

Draußen dämmerte schon wieder der Abend. Wie spät ist es, wollte Marian den Türsteher fragen, der ihm auf den Fersen folgte. Im gleichen Augenblick begann die Stundenglocke vom Kirchplatz her zu schlagen. Stumm zählte er mit – tatsächlich schon wieder acht Uhr. Also musste er fünf Stunden lang dort drüben gewesen sein – in Julians Welt, im Hexenwald. Dabei war es ihm wie ein kurzer, furchtbarer Albtraum vorgekommen.

Doch es war alles andere als ein bloßer Traum gewesen. Das Talmibro in seiner Linken fühlte sich schmierig an – wie mit Schlamm verklebt. Rasch schob er es in seine Hosentasche.

Es ist vorbei, dachte er, während er auf die Tür zuging. Eine tiefe Niedergeschlagenheit erfasste ihn. Ich hab alles falsch gemacht. Niemand auf der Welt kann jetzt noch verhindern, dass die Golems am 9.9. zu sich kommen und diese Erde in einen Ort der ungeheuerlichsten Schrecken verwandeln werden.

Die Gänge zwischen den Bücherregalen waren voller Schatten. Marian achtete darauf, sich möglichst auf der Fensterseite zu halten. Auf einmal graute es ihn vor all den Monstern, Geistern, dunklen Zauberkräften, die in diesen Abertausenden uralter Schwarten lauern mochten.

Auch Marthelm hat sich getäuscht, dachte er. Ich bin nicht der Retter, von dem es hieß, dass er die Katastrophe im letzten Augenblick noch abwenden könnte. Ich hab einfach nur zugesehen, wie das Unglück in Gang gekommen ist – und jetzt ist die letzte Chance verpatzt.

Hinter ihm räusperte sich Torgas. »Unser Meister würde sich freuen, wenn du noch einmal bei ihm vorbeischauen könntest. Bei der gewissen Pforte, du weißt schon.«

Ohne stehen zu bleiben, drehte sich Marian zu dem alten Logenbruder um. »Tut mir leid, meine Mutter wartet«, sagte er.

Torgas' Gesicht war ein Ozean aus Falten und Furchen – darüber die dünnen weißen Haare wie Gischt, die auf den Wellen tanzte. Während ihm dieser sonderbare Vergleich durch den Kopf ging, kam ihm eine noch sehr viel seltsamere Idee.

»Es dauert nur einen Moment.«

Aber Marian schüttelte den Kopf und lief die ächzenden Holzstufen hinunter, so rasch, dass Torgas Mühe hatte, ihm zu folgen. Er wusste ja ganz genau, was Godobert von ihm erwartete – dass er einen neuen Versuch startete, das Sphärenfenster ein für allemal zu verschließen.

Aber nicht mit mir, jedenfalls nicht jetzt. Vielleicht müsste er selbst noch durch diese Pforte gehen – und diesmal in voller Konsequenz. Zumindest war das die ungeheuerliche Idee, die Marian eben durch den Kopf geschossen war: Wenn er durch das dunkle Glas hindurchginge, könnte er noch einmal in die Zeit vor der Erschaffung der Golems zurückkehren. Und diesmal würde er seine Sache besser machen – falls er dort drüben, auf der anderen Seite der Scheibe, nicht in die Irre ging und in eine ganz andere Welt oder Zeit abzweigte.

Doch wenn er auch nur ganz flüchtig daran dachte, wie kalt es dort hinter der Scheibe gewesen war, wurde ihm fast schlecht vor Angst. Wie all diese Geister in ihren Tunneln und Löchern geheult und gewinselt hatten. Wie sie ihm den Kopf zum Platzen mit ihrem Brausen und Tosen gefüllt hatten. Wie für alle Zeiten verloren man war, wenn man da drüben in die Irre ging. Und doch war es allem Anschein nach seine allerletzte Chance.

An der Haustür wartete er ungeduldig, bis Torgas ihm aufgeschlossen hatte. »Richten Sie Meister Godobert aus«, bat er den alten Mann, »dass ich morgen wieder herkomme. Dann kann er mit mir reden.«

Der Bruder Türsteher nickte fast unmerklich, sein Gesicht zu einer ausdruckslosen Maske erstarrt. Er schien nicht einverstanden mit Marians Entscheidung, aber er versuchte nicht noch einmal, ihn umzustimmen.

Gerade als Marian auf die Straße hinaustrat, meldete sich sein Handy. Er fischte es aus der Gürteltasche, nickte Torgas zum Abschied zu und schielte zur gleichen Zeit aufs Display – Linda.

Zum Glück nicht Billa.

Er hatte es kaum gedacht, als er spürte, wie rasend gern er gerade jetzt mit ihr reden würde. Sie in den Arm nehmen, ihr alles erzählen, was passiert war und was ihm im Kopf herumjagte. Wenn er vielleicht doch noch eine winzigkleine Chance hatte, die Golem-Katastrophe zu verhindern, dann nur mit ihr. Das fühlte er gerade in diesem Moment so deutlich, wie er niemals vorher irgendetwas empfunden hatte. Mit Billa oder gar nicht.

»Hi, Mutter.«

»Hey, da bist du ja endlich!« Linda klang so aufgeregt, als ob er seit mehreren Wochen verschollen gewesen wäre. »Wo treibst du dich nur die ganze Zeit herum, Junge?«

»In Onkel Marthelms Bibliothek. Du willst doch immer, dass ich mehr Bücher lese.«

»Urgroßonkel«, rief Linda. »Marthelm war dein Urgroßonkel – was ist nur mit dir los, Marian? Du klingst so … so …«

»Wie denn?«

»Als ob du in Gedanken ganz woanders wärst – hunderte Kilometer weit weg.«

»Könnte hinkommen. Zumindest das mit den Hunderten stimmt.«

»Und was soll das schon wieder heißen? Warum redest du so seltsames Zeug?«

»So halt.«

Sie schnaufte so laut, als ob sie gleich die Selbstkontrolle verlieren würde. »Wo bist du jetzt eigentlich?«, fragte sie dann betont ruhig. »Was hältst du davon, wenn wir uns hier im Hotel noch eine Stunde oder so zusammensetzen und ein bisschen miteinander reden?«

Jetzt war es Marian, der erst mal tief Luft holen musste. Er wollte Linda ja nicht vor den Kopf stoßen oder so was, aber er hatte wirklich keine Zeit, um mit ihr über irgendwelches Urlaubszeug zu quatschen. Während der Countdown zur Golem-Katastrophe längst begonnen hatte.

Achtung, Achtung, meine Damen und Herren, heute in neun Tagen werden sechs unbesiegbare Monster diese Erde in einen Ort ungeheuerlicher Schrecken verwandeln. Bitte bewahren Sie Ruhe. Rettung ist unmöglich. Vielen Dank für Ihr Verständnis.

»Marian, bist du noch da?«

»Besser, du wartest nicht auf mich, Mutter«, sagte er.

»Ich hab noch was zu erledigen. Aber ich beeil mich, versprochen.«

Er beendete das Gespräch, ohne ihre Antwort abzuwarten. Dann warf er sein Nokia in die Luft und fing es wieder auf. Er öffnete seine Kontaktliste und klickte auf »Billa«.

Sie meldete sich so schnell, als ob sie ihr brombeerrotes Samsung schon in der Hand gehalten hätte. »Hey«, fing sie an, doch er fiel ihr sofort ins Wort.

»Tut mir total leid, Billa, dass ich einfach so weggerannt bin. Können wir reden – jetzt gleich?«

»Mann, Marian«, sagte sie, und ihre Stimme klang wieder so kratzig, dass ihm Schauer über den Rücken jagten. »Klar können wir reden – kommst du zu mir?«

»Besser nicht – ich meine nur«, fügte er hastig hinzu, »wegen Klotha und den anderen. Was hältst du vom Jagdschloss?«

»Wow, du bist ja ein Romantiker.« Er hörte an ihrem Tonfall, dass sie grinste. »Sagen wir – am Alten Stadttor? Ich hol dich da in ein paar Minuten mit der Kalesche ab.«

»Okay. Nur 'ne Kleinigkeit noch: Kannst du mir …« Er biss sich auf die Unterlippe. Das würde jetzt wirklich ziemlich kitschig rüberkommen.

»Kann ich dir was?«, fragte Billa.

Er gab sich einen Ruck. »Bringst du mir ein Foto von dir mit?«

»Hey, Sweetheart …«

»Versteh mich nicht falsch – ich meine ein Foto von Laura.«

Durch das Handy hörte er ganz deutlich, wie sie schluckte. »Mann, Marian«, sagte sie nach einer kurzen Pause, »spiel keine beschissenen Spiele mit mir, verstehst du?« Ihre Stimme klang wieder wie Rost – so wie gestern Abend, als er ihr auf den Kopf zugesagt hatte, dass sie im Hexenholz gewesen war. »Ich bring dir das blöde Foto mit – aber nenn mich nie wieder … nie mehr so, wie du mich eben genannt hast.«

»Bis gleich also, am Stadttor«, sagte er und legte heute schon zum zweiten Mal ohne sich zu verabschieden auf.

49

Das alte Stadttor war sogar schon zu Julian Hallthaus Zeiten ein paar Hundert Jahre alt gewesen. **1343 A. D.** stand in den steinernen Torbogen gemeißelt. Darüber erhob sich ein Turm mit schmalen Wehrluken und einer Art steinernem Ausguss – einer Pechnase. Im Geschichtsunterricht hatte Frau Kürschner ihnen anschaulich erzählt, wie die Bewohner einer mittelalterlichen Burg oder Stadt sich im Kriegsfall verteidigt hatten: Sie hatten die Angreifer mit Hagelschauern von Steinen, Speeren und Armbrustpfeilen empfangen. Waren die Feinde trotzdem bis zu den Toren vorgedrungen, so schüttete man kochend heißes Pech durch solche Pechnasen. Wer von dem schwarzen Schwall getroffen wurde, kam auf erbärmliche Weise ums Leben. Das glühend flüssige Zeug verbrannte einem die Haut, fraß sich durch bis auf die Knochen – tja, Pech gehabt.

Und warum rief er sich das alles gerade jetzt ins Gedächtnis?

Weil Billa auf sich warten ließ und weil er total nervös wurde, wenn er sich auch nur ganz kurz vorstellte, wie er gleich zu ihr in die Kutsche steigen würde. Was sie reden, wie sie beide sich verhalten würden – als ob gar nichts weiter passiert wäre? Oder als ob auch zwischen ihnen beiden jetzt offener Krieg ausgebrochen wäre – Billa auf der Seite der Hexen, er selbst in den Reihen der Logenbrüder? Herrje, Billa, das darf auf keinen Fall passieren.

Endlich hörte er sie mit Pferd und Wagen heranklappern. Sie hielt direkt neben ihm an, riss so heftig an den Zügeln, dass sich ihr schwarzes Ross aufbäumte und die Augen verdrehte.

»Tut mir leid, ging nicht schneller.« Sie lächelte lieb und ziemlich verkrampft zu ihm herunter. »Klotha wollte unbedingt, dass ich sie erst noch ins Bett bringe. Willst du nicht einsteigen?«

Zögernd schwang er sich neben ihr in den Wagen. Sie trug wieder ihre Reiterkluft – eng anliegende Jockeyhose, dazu kniehohe Stiefel und das Karohemd, das ihr viel zu groß war. Wie damals, als sie bei Marthelms Beerdigung durchs Hinterhoffenster reingegrinst hatte.

»Mann, Marian, was guckst du mich denn so an?« Im abendlichen Halbdunkel leuchteten ihre Augen unnatürlich stark. Als ob sie neonblaue Spotlights in ihren Pupillen hätte.

»Hast du das Foto dabei?«

»Klar, hab ich. Und noch viel mehr Zeugs.« Sie zeigte mit dem Kopf über ihre Schulter. Marian drehte sich um: Der Stauraum hinter der Sitzbank war vollgestopft mit Decken, zwei Laternen, einem überquellenden Picknickkorb. »Wir schlafen draußen in der Ruine, ja? Na komm, gib dir einen Ruck, Marian. Aber du musst mir versprechen, dass du nicht wieder abhaust.«

Aufs Neue starrte er sie von der Seite an. Warum verknall ich mich ausgerechnet in ein Mädchen, das von einem Hexengeist besessen ist? »Versprochen«, sagte er, »jedenfalls wenn wir es beide schaffen, offen miteinander zu reden.«

Sie knallte mit den Zügeln und Tyram zockelte los. »Kommt drauf an, über was du reden willst.«

Marian holte tief Luft. »Über die Golems«, sagte er. »Wie sie vor 333 Jahren erschaffen worden sind. Und wie wir vielleicht doch noch verhindern können, dass sie am 9.9.

wieder zum Leben erwachen. Obwohl ich alles vermasselt hab.«

In seinem Hals bildete sich ein Klumpen. Das fehlte gerade noch, dachte er, dass ich vor Billa anfange zu heulen.

»*Du* hast alles vermasselt?«, wiederholte sie. »Mann, Marian – wieso glaubst du denn, dass gerade du in dieser verdammten Sache irgendwas ausrichten kannst?«

Er schüttelte den Kopf. »Ich glaub's ja auch nicht wirklich. Aber außer uns beiden kann da überhaupt niemand mehr irgendwas ausrichten. Entweder wir schaffen es, diese Monster unschädlich zu machen – oder ...« Er konnte nicht weitersprechen. Stumm sah er nach vorn, zur Schlossruine empor, die zwischen Bäumen und Überresten der alten Wehrmauer aufragte. Seine Augen und seine Kehle brannten, als ob er einen Schwall aus der Pechnase erwischt hätte.

Auch Billa war so taktvoll, den Mund zu halten, bis sie oben auf dem Hügel angekommen waren. Seit Julians Zeiten war die Schlossruine noch tausend Mal mehr verwahrlost. Trotzdem erkannte Marian sofort alles wieder: den Turm, in dem der Famulus bewacht worden war, während die Rosenspiegler über seine Aufnahme in die Loge beraten hatten. Den Gebäudeflügel, in dem der »arme Freund« Odilo gehaust hatte. Den mit Trümmern übersäten, mit Unkraut und Buschwerk überwucherten Schlosshof. Auf der anderen Seite die zusammengekrachte Kapelle, in deren Katakomben sich die Logenbrüder immer getroffen hatten.

Aus irgendeinem Grund erfüllte ihn der Anblick dieser altvertrauten Gemäuer mit frischem Mut. »Vor 333 Jahren«, sagte er, »haben die Logenbrüder hier einen Dämon beschworen – sogar zwei. Den weisen Planetengeist Zenturius und Arestios, den zornigen Kriegsdämon. Und ich war dabei, Billa. Durch das Talmibro kann mein Geist nämlich von einem Jungen Besitz ergreifen, der damals gelebt und der Loge angehört hat – er heißt Julian Hallthau.«

Ihre Augen sprühten Funken. Eigentlich hatte er hinzufügen wollen: So wie die Hexe Sylvenia von dir Besitz ergriffen hat. Aber Billa sah ihn so wütend und gleichzeitig so verzweifelt an, dass er kein weiteres Wort mehr rausbrachte.

Im nächsten Moment war sie wieder wie umgewandelt. Auch das Blau ihrer Augen hörte auf, alles im Umkreis von ein paar Metern zu verbrennen. »Dann mal nix wie ausgestiegen«, sagte sie und grinste ihn an. »Du musst mir unbedingt zeigen, wo das mit den Dämonen passiert ist.«

Marian griff hinter sich, nahm eine Laterne und aus dem Picknickkorb ein Streichholzpäckchen. »Zeig ich dir gleich.« Er versuchte, ganz ruhig zu klingen, aber sein Herz hämmerte auf einmal wieder wie irre. »Gibst du mir jetzt das Foto?«

Sie zuckte mit den Schultern. Drehte sich nach hinten und fing an, umständlich in dem ganzen Kram herumzuwühlen, den sie hinter der Kutschbank aufgestapelt hatte. Sie spielte ihm Theater vor – genauso wie er ihr. Falls er nicht völlig danebenlag, aber Marian war sich sicher, dass er sich in diesem Punkt nicht täuschte.

Es war die einzige logische Erklärung für ihr total widersprüchliches Verhalten, für ihre sprunghaft wechselnden Launen. Dafür, dass ihre Augen mal brannten wie Feuer und dann wieder nicht. Dass ihre Stimme manchmal wie Rost klang – und dann wieder nicht. Und es war zugleich die einzige Erklärung, die es ihm selbst erlaubte, weiter an sie beide und ihre Liebe zu glauben.

Seine Hand zitterte so sehr, dass er das erste Streichholz zerbrach. Beim zweiten schüttelte er das Flämmchen wieder aus, bevor der Docht in der Öllampe zu glühen begann.

Doch mit Versuch Nummer drei hatte er Erfolg – die Laterne ging an und erhellte das Medaillon mit dem Farbfoto drin, das Billa im gleichen Moment aus dem Chaos hinter ihnen zu Tage förderte. Es war ein altmodisches, kunstvoll gearbeitetes Schmuckstück. Herzförmig, mit verschnörkeltem Silberrahmen, und durch das Glas über dem Foto lief diagonal ein schmaler Sprung.

Wie bei dem Talmibro.

Marian nahm ihr das Medaillon aus der Hand und sah das Foto darin wortlos einige Augenblicke lang an. Er hatte es gewusst. Er wäre jede Wette eingegangen, dass es sich so und nicht anders verhielt. Und trotzdem jagte ihm ein Schauder nach dem anderen vom Nacken abwärts, während er das Foto anschaute.

Es zeigte ein hübsches blondes Mädchen mit heller Haut und blauen Augen, ungefähr zwölf Jahre alt. Ein intensives Augenblau, aber ohne dieses irre Brennen. Ein warmes Honigblond, aber ohne den schwächsten kupfernen Schimmer.

»Ich hab's Klotha abgeluchst«, sagte Billa. »Aus ihrem Nachttisch geangelt, als sie endlich eingeschlafen war.«

»Klotha? Wieso hatte die dein Medaillon?«

»Sie hat's einkassiert – damals, als Jakob verschwunden ist. Von mir verlangt, dass ich ihr das Medaillon gebe – und noch ein paar andere Sachen mehr.«

»Was für Sachen denn?« Das hörte sich alles immer mehr nach Voodoo an. Nach schwarzer Magie, nach Schadens- und Versklavungszauber. »Etwa Haarsträhnen von dir und so was?«

»Egal jetzt.« Sie deutete auf das Medaillon in seiner Hand. »Du kannst es aufmachen.«

Marian drückte auf die winzige Schließe am verschnörkelten Silberrahmen und das Glasfensterchen sprang auf.

Behutsam nahm er das Bild heraus und las, was in krakeliger Handschrift auf der Rückseite geschrieben stand: *»Okay, das ist Laura. Bist du jetzt zufrieden?«*

Er brauchte einen Moment, um zu begreifen, dass sie diese Worte offenbar gerade erst auf das Foto gekritzelt hatte, extra für ihn. »Danke«, sagte er und schaute wieder nur das Bild an. »Aber zufrieden bin ich erst, wenn du wieder das Mädchen auf deinem Foto geworden bist. Wenn wir es zusammen geschafft haben, das Hexenbiest aus dir zu vertreiben.«

Er legte das Foto ins Medaillon zurück, verschloss es sorgfältig und schob es in seine Hosentasche. Zu seinem Talmibro.

»Mann, Marian«, flüsterte Billa. Sie lehnte sich zu ihm rüber und ihre Lippen kitzelten an seinem Ohr. »Gegen uns zwei hat das Biest überhaupt keine Chance, oder?«

50

Marian erzählte ihr alles, was er in Julians Welt erlebt und erfahren hatte. Den Brief von Marthelm hatte er sogar eigens für sie eingesteckt. Er zog ihn aus seiner Jeans, faltete ihn auf und ließ Billa im Schein ihrer Laterne lesen, was sein Urgroßonkel über den Golem-Fluch und ihn selbst geschrieben hatte. Dass er, allein er die Menschheit vor der drohenden Katastrophe retten konnte. »Aber ich hab alles verpatzt«, klagte er sich an.

Er war schon drauf und dran gewesen, ihr auch das Talmibro noch mal zu zeigen, womöglich sogar in die Hand zu geben. Aber im letzten Moment überlegte er es sich anders. Nur so für alle Fälle.

Sie lagen auf einem Moosbett im ehemaligen moorgräflichen Schlosspark. Rings herum nichts als Disteln, Brennnesseln, Dornenhecken. Aber mittendrin dieses Märchenversteck. Dunkelgrün und samtweich. Wie ein lückenhaftes Riesengebiss ragte zu ihrer Rechten das Ruinengemäuer vor dem helleren Schwarz des Nachthimmels auf.

Marian erzählte ihr, wie er durch das Talmibro in Julians Welt katapultiert worden war. »Ich hab alles gesehen«, sagte er, »was Meister Justus und seine Lichtträger unternommen haben, um die Golems zu erschaffen. Aber ich konnte überhaupt nichts dagegen machen. Weil ich es nicht geschafft hab, dem Famulus meinen Willen aufzuzwingen.« Vor allem aber, fuhr er fort, hatte er geglaubt, dass Meister Justus die Golems erst am 9.9.1676 erschaffen würde. Doch der hatte die grässlichen Kreaturen bereits neun Tage vorher ins Leben gerufen – und wenn sie am 9.9. zu sich kommen würden, konnte niemand auf der ganzen Welt sie mehr unschädlich machen. Denn das vermochte einzig ihr Schöpfer und der war ja längst nicht mehr am Leben.

Nachdem Marian sich alles von der Seele geredet hatte, fühlte er sich tatsächlich viel leichter. Wie von einer Last befreit – allerdings nur für einen kurzen Moment. Dann wurde ihm umso drückender aufs Neue bewusst, wie aussichtslos die ganze Sache war.

Billa lag neben ihm auf der Seite, den Kopf auf ihren angewinkelten rechten Arm gestützt. Mit einem nachdenklichen Gesichtsausdruck schaute sie auf ihn herunter. »Mann, Marian, da stimmt doch irgendwas nicht«, sagte sie schließlich. »Überleg doch mal: Marthelm beschafft dir das Talmibro. Er gibt dir in seinem Brief diese ganzen Anweisungen, wie du die Welt retten sollst und so weiter – und gleichzeitig sorgt er dafür, dass du gar nichts ausrichten kannst? Dass du da drüben in einem Real-world-Avatar steckst, der sich überhaupt nicht so lenken lässt, wie das nötig wäre? Vor allem aber diese Datumssache, dieses Hin und Her mit den neun Tagen – warum hat er dir davon nichts geschrieben? Weil er es selbst nicht besser gewusst hat? Nee, das klingt für mich nicht logisch – dein Onkel war ja allem Anschein nach in Magie und solchen Sachen ein ziemlicher Crack.«

Damit lag Billa zweifellos richtig, sagte sich Marian. Und dabei hatte er ihr noch nicht mal von dem Sphärenfenster erzählt, das Marthelm tief unter seinem Haus angebracht hatte und durch das die Dämonen sozusagen bei ihm ein- und ausgegangen waren.

»Vielleicht wollte er ja, dass alles ganz genau so kommen würde?«, überlegte Billa.

»Hab ich auch schon dran gedacht.« Marian schaute in ihre Augen. Die sahen jetzt ziemlich wie auf ihrem Laura-

Foto aus. Keine blauen Flammen, überhaupt kein brennender Blick. Nur ein leuchtend klares Augenblau, in dem er sich selbst winzigklein gespiegelt sah. »Aber das gibt ja erst recht keinen Sinn«, fuhr er fort. »Warum hätte Marthelm sich wünschen sollen, dass die Golems hier alles kaputt machen? Und was hätte er davon, dass ich bei alledem zuschaue, ohne irgendwie eingreifen zu können? Wenn er wirklich wollte, dass alles so kommt, hätte er mich ja gar nicht erst eingeweiht und losgeschickt, oder?«

Wieder verstummten sie beide und sahen sich dabei tief und immer tiefer in die Augen. Irgendwie schaffte es Marian, seinen linken Arm zwischen ihnen beiden hervorzuziehen. Er legte ihn um Billas Schultern und sie kuschelte sich an seinen Hals.

Die Flämmchen in den Öllaternen wiegten sich wie gefangene kleine Geister leise fauchend hin und her. »Okay, jetzt bin ich dran«, murmelte Billa.

Aus ihrer Kutsche hatte sie vorhin außer dem Medaillon und dem Picknickkorb sogar noch ein halbwegs weißes Tischtuch zu Tage gefördert. Darauf hatten sie die Esssachen aus dem Korb ausgebreitet – Brötchen, Käse, Obst. Sie hatten es sich schmecken lassen, bevor Marian mit seiner Beichte begonnen hatte. Im Liegen angelte Billa jetzt noch eine Kekspackung aus dem Korb. Sie bot ihm davon an, aber Marian schüttelte nur den Kopf. Er hatte das Medaillon hervorgeholt und schaute abwechselnd Laura auf dem Bild und Billa neben sich an.

Sie schob sich einen Keks in den Mund, kaute und schluckte runter. Dann schluckte sie noch mal, obwohl ihr Mund längst wieder leer sein musste. »Ach, Marian, du glaubst gar nicht, wie beschissen ich mich fühle«, sagte sie. »Was ich dir über Jakob erzählt habe, war gelogen – jedenfalls zum Teil.«

Sie schluckte noch krampfhafter und Marian sah ihr aufmerksam ins Gesicht. Wenn ihre Augen wieder anfangen würden, wie Gasflammen zu brennen, musste er Billa – Laura – gegen Sylvenia beistehen.

»Damals vor drei Jahren, als Jakob wollte, dass ich mit ihm in den Ort gehe – da habe ich ihn wirklich allein losgeschickt.« Sie sprach so leise, dass er sich anstrengen musste, um ihr Geflüster zu verstehen. Dabei lag sie an seiner Schulter und ihr Atem kitzelte ihn im Gesicht. »Aber das war nicht, weil ich mich schlecht gefühlt hätte oder so was«, fuhr Billa fort. »Klotha, Sina und Birta hatten mir damals schon seit Ewigkeiten in den Ohren gelegen: Ich sollte für sie ins Hexenholz gehen. Sie hatten sogar für mich schon dieses Loch in den Zaun gemacht. Und da bin ich dann auch reingekrochen – an dem Tag, als Jakob verschwunden ist.«

»Und Jakob ...« Er musste sich erst räuspern, um überhaupt einen Ton rauszukriegen. »Er ist hinter dir her?«

Aber Billa schien gar nicht mitbekommen zu haben, dass er sie was gefragt hatte. Irgendwo in diesem total verwilderten Schlosspark rief eine Eule oder sonst ein Nachtvogel, doch auch davon nahm sie anscheinend keine Notiz. Mit ihren Gedanken war sie an jenen Tag vor drei Jahren zurückgekehrt, als sie durch das Loch im Zaun gekrochen war.

»Sina hat mich verrückt gemacht mit ihren Geschichten vom Hexenholz«, flüsterte Billa. »Seit Jakob und ich neun waren, sind wir jeden Sommer hierhergekommen. Sina hat gleich gespürt, dass ich von allem, was mit Hexerei zu tun hat, total begeistert war. Sie hat mich umgarnt und bestrickt, praktisch vom ersten Tag an. Dass Klotha, Birta und sie selbst Hexen wären, hat sie zwar nicht direkt behauptet – aber immer wieder durchblicken lassen, dass sie dunkle Kräfte hätten. Dass sie eigentlich gar nicht auf diesen Hof gehörten, sondern ins Hexenholz. Dass aber vor ein paar Hundert Jahren da draußen im Wald was Schreckliches passiert wäre – und deshalb müsste ich unbedingt für sie da reingehen. Hexen kämen seit damals nur noch 33 Schritte weit ins Hexenholz, genauso wie die Logenbrüder, die das ganze Unglück angerichtet hätten. Gewöhnliche Menschen dagegen könnten überall im Bannwald rumlaufen, wie sie wollten.«

»Das hat Sina gesagt?«, unterbrach sie Marian. »Aber das stimmt ja überhaupt nicht – ich hab doch selbst erlebt, wie man von den verrücktesten Trugbildern in die Irre geführt wird, wenn man nur ein paar Meter weit in den Bannwald reingeht.«

Billa schaute ihn von der Seite an, und er spürte die Hitze, die wieder von ihren Augen ausstrahlte. »Hexen und Logenspiegler«, sagte sie, »kommen gar nicht erst weiter rein. Normale Leute können da drinnen im Prinzip jeden Punkt erreichen – wenn sie nur irgendwas dabeihaben, was zu dem Ort gehört, wo sie hinwollen. Einen Brocken Erde, eine Pflanzenwurzel, einen Stein – Hauptsache, es stammt ganz genau von dort. Damit kommt man früher oder später auf jeden Fall ans Ziel.«

Sie richtete sich auf und versuchte, ihm mit einer raschen Bewegung das Medaillon zu entreißen. Aber genauso schnell zog Marian seine Hand weg und sie griff ins Leere. Ihre Augen spien Flammen. »Damals, als Jakob verschwunden ist«, sagte sie, und auch ihre Stimme klang wieder wie Rost, »hat Sina mir ein paar Krümel Lehm vom Hexenhügel mitgegeben.«

Fast ohne es zu merken, rückte Marian ein Stück von Billa weg. Er überlegte verzweifelt, was er jetzt machen könnte, damit der Hexengeist nicht wieder die Kontrolle über Billa übernahm. Wenn Sylvenia ihr seinen Willen aufzwingen könnte, würde Billa ihm doch wieder nur Lügen über alles auftischen, was Jakob und das Hexenholz betraf.

Da kam ihm eine Idee. In einem Buch über weiße und schwarze Magie hatte er mal von einem Abwehrzauber gelesen, der sich vielleicht auch auf Billa anwenden ließ. Um Sylvenia aus Billas Geist und Körper gänzlich zu vertreiben, müsste er allerdings erst ein kompliziertes Amulett anfertigen – aber für den Augenblick musste das Medaillon mit nichts als dem Bild drin genügen.

Er nahm das Medaillon so in die eine Hand, dass sie es sah, aber nicht so leicht drankam. Dann streichelte er mit dem Zeigefinger seiner Linken hingebungsvoll über die gesprungene Scheibe vor ihrem Fotogesicht. »Von dir will ich hören, was du im Hexenholz erlebt hast«, sagte er zu ihrem Bild, »nur von dir. Erzähl mir alles, was damals passiert ist. Ich schwöre dir – dann helf ich dir auch, dich von dem Biest zu befreien.«

Als er wieder zu ihr herübersah, war das Brennen in ihren Augen beinahe erloschen. »Mann, Marian«, sagte sie, und auch ihre Stimme klang wieder fast normal, »wenn du erst alles gehört hast, wirst du dir wünschen, dass du mir nichts versprochen hättest. Dass du mich nie getroffen hättest, nie hier in Croplin gewesen wärst.«

51

Es war ein sonniger Tag gewesen, damals im August vor drei Jahren. Wie an jedem Morgen im Urlaub hatten sie auf der Terrasse beisammengesessen. Ihre Eltern, Jakob und sie. Sie hatten in aller Ruhe zusammen gefrühstückt, herumgealbert, Pläne für den Tag geschmiedet. »Wir könnten zum Badesee fahren«, hatte ihre Mutter vorgeschlagen. »Oder wir machen eine Wanderung durchs Moor. Was meint ihr?« Mit einem entspannten Lächeln hatte sie Jakob und Laura angesehen.

Billa musste noch heute gegen die Tränen ankämpfen, wenn sie ihre Mutter in der Erinnerung so vor sich sah. Seit Jakobs Verschwinden war ihre Familie ein Trümmerhaufen – und ihre Mutter ein Nervenwrack. Aber verdammt, das ließ sie jetzt lieber mal beiseite.

Jedenfalls erinnerte sie sich noch ganz genau daran, dass Jakob ein wenig begeistertes Gesicht gezogen hatte. »Ich würde lieber einfach ein bisschen rumhängen«, hatte ihr Bruder gesagt. »Nach Croplin rein, 'n Eis essen oder so.« Und mit einem erwartungsvollen Grinsen in ihre Richtung: »Du kommst doch mit?«

Aber Billa schüttelte damals nur finster den Kopf. »Keine Lust«, sagte sie, ohne ihn anzusehen.

»Dann geh ich eben allein.«

Sie war unendlich erleichtert, als ihr Bruder kurz darauf wirklich abzog – mit ein paar Münzen in der Tasche und dem Versprechen, spätestens um zwei zurück zu sein. Dann nämlich wollten sie alle zusammen zum Badesee radeln.

Jakob war kaum außer Sichtweite, als Billa so beiläufig wie überhaupt möglich sagte: »Ich schau mal nach den Pferden. Ist schon gut«, fügte sie hinzu, bevor ihre Mutter die üblichen Sprüche ablassen konnte. »Ich bleib auf dem Hof.«

»Brave Laura«, sagte ihre Mutter. Und Billa hasste sie dafür.

Wie lange schon träumte sie davon, endlich nicht mehr das kleine, brave blonde Mädchen zu sein. Wild, furchtlos, abenteuerlustig – so sah sie sich selbst in ihren geheimen Fantasien.

Sina und die beiden älteren Frauen bestärkten sie in solchen Wunschbildern. »Möchte wetten, du hast ein paar Tropfen Hexenblut in dir«, sagte Sina bei jeder Gelegenheit. Und sie war es auch, die eines Tages behauptet hatte, dass Laura gar nicht ihr wahrer Name sei. »Im Traum seh ich, wie die Dinge wirklich sind«, hatte sie gesagt. »Du heißt Billa – das ist ein echter Hexenname, Mädchen.«

Es tat ihr weh, dass Jakob und sie sich immer fremder wurden, je mehr sie sich von Laura in Billa verwandelte. Aber sie war es doch auch längst schon leid, immer nur Jakobs kleine Schwester zu sein. Sie waren beide gleich alt, sie sogar fünf Minuten älter als er, doch davon hatte sie überhaupt nichts. Jakob konnte schneller rennen als sie, er war stärker und mutiger als sie. Nur in der Schule konnte sie gegen ihn punkten – ihre Noten waren praktisch in allen Fächern besser als seine.

Aber Schule war Jakob so was von egal. Er wollte sowieso Amazonasforscher werden, mit irgendwelchen Eingeborenen in ihren Dschungeldörfern leben. Außerdem Papageien züchten, ihnen Sprechen beibringen, hören, was in ihren Köpfen so alles vorging – Papageien waren für Jakob so was wie die Magier unter den Tieren. Wissend, erleuchtet, rätselhaft. Auf jeden Fall wollte er, wenn er erst erwachsen war, in den Regenwald gehen, ins »Land der weisen Papageien« – und lange Zeit hatten sie beide ganz selbstverständlich gedacht, dass Laura mit ihm kommen würde. Aber sie hatte es satt, das ängstliche Anhängsel ihres furchtlosen Bruders zu sein. Und so hatte sie Sina und den anderen bereitwillig geglaubt, als die ihr eingeredet hatten, dass sie Hexenblut in sich hätte. Nur ein paar Tropfen, sodass sie trotzdem in den Bannwald gehen konnte, um diese bestimmte Angelegenheit zu erledigen. »Aber psst, Billa, das ist unser Geheimnis, ja?«

Sie hatte sich drei Sommer lang gesträubt. Auch bei ihrem letzten Familienurlaub hier, vor drei Jahren also, hatte sie noch wochenlang gehofft, dass die drei sie so davonkommen lassen würden. Aber Sina hatte nicht mehr lockergelassen. »Versprochen ist versprochen«, hatte sie bei jeder Gelegenheit gesagt – dabei konnte sich Billa überhaupt nicht erinnern, wann sie ihr irgendwas versprochen haben sollte.

Auf der anderen Seite fand sie es aber auch total schmeichelhaft, dass sie für Sina so wichtig war. Dass sie, die kleine Billa, ehemals Laura, mit ihren gerade mal zwölf Jahren eine Aufgabe ausführen sollte, die eine so starke und kluge Frau wie Sina offenbar nicht allein gebacken bekam. Und was war schon dabei, in dieses Hexenholz reinzuspazieren und zu dem Hügel mitten im Wald zu gehen, wo es ein Problem mit dem sogenannten Auge zu lösen gab? Immerhin hatte Jakob vor, im richtigen Regenwald allein unter Kopfjägern zu leben – dagegen war das hier doch nicht viel mehr als eine Baumschule mit einem Tümpel mittendrin.

Der Tümpel war eine Art Wasserloch oder so etwas, das allerdings unter einer uralten Tempelruine mit einem wenig Vertrauen einflößenden Namen lag – Hexendom oder sogar Drachenmaul. Und warum sie da unbedingt rein sollte, um »das Auge freizulegen«, verstand Billa eigentlich überhaupt nicht.

Ihr Familienurlaub auf Klothas Hof war jedenfalls fast schon zu Ende, als Sina ihr abends im Pferdestall praktisch die Mistgabel auf die Brust setzte: »Morgen früh gehst du da rein, Billalein, verstanden? Sonst vergrößert Klotha mit dir unsere Katzensammlung – tut mir leid, länger kann ich die Alte wirklich nicht mehr hinhalten.« Dazu machte sie zwar ein Gesicht, als ob es mehr ein Joke als eine Drohung wäre. Aber eine Drohung war es zum Teil jedenfalls auch.

Außerdem hatte Billa selbst ja längst Blut geleckt. Laura hatte vielleicht Angst, aber Billa kannte so was gar nicht: Feigheit, Bravsein. Sie würde es allen zeigen – ihren Eltern, ihren Freundinnen zu Hause und nicht zuletzt Jakob. Sie alle sollten sehen, was in ihr steckte, wer sie wirklich war. Nicht die brave, kleine Laura, sondern die kühne, furchtlose Billa.

An jenem Abend erklärte ihr Sina noch, wo sie ein Loch in den Zaun machen würde, damit Billa am nächsten Morgen dort ins Hexenholz kriechen konnte. Und zuletzt gab sie ihr noch einen rostigen Fingerhut, in den sie ein paar Krümel Lehm vom Hexenhügel geklebt hatte. Diesen Fingerhut sollte sich Billa auf den linken Zeigefinger stecken, bevor sie durch den Zaun kroch. Was auch immer sie dann sehen und hören würde, sie sollte nur darauf achten, wohin der Hexenlehm sie führen wollte. Sie würde es in ihrem Zeigefinger spüren und immer in die Richtung gehen, in die der Fingerhut sie zog. So würde sie zum Drachenmaul kommen, unter dem das sogenannte Auge war.

Sie schlenderte also den Wurzelpfad von Klothas Hof in Richtung Croplin entlang. Es war ein wolkenloser Vormittag im August – einer dieser Sommertage, an denen es so gleißend hell ist, dass jeder Stein, jeder Baum von einer Art flimmerndem Lichtkreis umgeben scheint.

Das Loch im Hexenholzzaun fand sie sofort. Sie spähte nach links und rechts – von Jakob keine Spur mehr. Bestimmt hatte er schon die ersten Cropliner Häuser erreicht und freute sich auf das fette Schokoeis, das er sich gleich in der Eisdiele am Kirchplatz kaufen würde.

Billa ging in die Hocke und versuchte, im Dickicht hinter dem Loch irgendetwas zu erkennen. Aber da war nur ein Wall aus Bäumen, eng nebeneinander, dazwischen Dunkelheit so dick wie Drachenblut. Aus den Stämmen ragten Unmengen winziger Aststümpfe, kahl und dornenspitz. Es sah aus wie stoppelhaarige Monsterbeine.

Für einen endlosen Moment hockte Billa einfach da am Wegrand, starr vor Angst. Sonst klopfte ihr das Herz immer wie irrsinnig in der Brust, wenn sie sich vor irgendwas fürchtete. Aber diesmal war es anders. Um sie herum schien sich alles nur noch in Zeitlupe zu bewegen, wenn überhaupt. Die Baumwipfel hoch über ihr, die so langsam hin und her schwangen, als ob sie von zähem Schlamm statt von Luft umgeben wären. Der schwarze Vogel, der oben auf dem Zaun hockte und mit absurd langsamem Kopfrucken zu ihr runteräugte. Die rot-weiß getigerte Katze, die so mühsam quer über den Weg schlich, als ob ihre Pfoten bei jedem Schritt beinahe festkleben würden. Selbst die Geräusche klangen viel schleppender als gewöhnlich – das Knarren der Bäume, die Rufe der Waldtiere, jeder Laut zog eine Welle von Echos hinter sich her.

Auch in Billas Innerem schien alles unwirklich verlangsamt. Ihr Herzschlag, ihr Atem, ihre Gedanken. Wie eine Schlafwandlerin streckte sie ihre Arme vor und kroch ins Hexenholz.

Kaum hatte sie den Zaun und die ersten Bäume hinter

sich, da wurde es vollkommen schwarz. Unwirklich finster. So als hätte jemand in einem fensterlosen Raum alle Lampen ausgemacht. Und im nächsten Moment explodierte um sie herum ein Inferno grauenvoller Erscheinungen.

Fratzen mit Feueraugen schwebten im Unterholz. Totenköpfe rollten zwischen den Bäumen umher. Überall schaukelten Gehenkte an Ästen. Manche von ihnen schienen noch am Leben und stöhnten zombiemäßig vor sich hin. Andere waren längst zu blanken Skeletten zerfallen, mit modrigen Seilen um ihre Knochenhälse. Aus Baumstümpfen sickerte Blut in unglaublichen Mengen. Fledermäuse schwebten mit rasendem Flügelschlag darüber und schlürften von den roten Rinnsalen. In Büschen seufzten verwunschene Mädchen, und nun begann auch noch eines von ihnen, gellend um Hilfe zu schreien. Billa blieb vor Angst das Herz fast stehen. Und dann wurde ihr klar, dass sie selbst dieses Mädchen war.

In Panik fuhr sie herum, wollte zurück zur Lücke im Zaun kriechen. Aber da war überhaupt kein Zaun mehr, kein Loch, kein sonnenbeschienener Weg dahinter. Sie drehte sich um sich selbst, kroch hierhin und dorthin, und überall war nur noch Dickicht, Dunkelheit. Mit Heulen und Winseln, Schreien und Stöhnen, mit Fratzen und Erscheinungen vollgestopfte Finsternis – als ob jemand ihr einen schwarzen Sack voller Gespenster über den Kopf gestülpt hätte.

Glücklicherweise fiel Billa da wieder der Fingerhut ein. Mit zitternden Fingern fischte sie das rostige Ding aus ihrer Jeanstasche und steckte es sich auf den linken Zeigefinger. Wow! Es wirkte wie ein Dimmer. Die Dämonen, oder was es sein mochte, wichen ins Dickicht zurück. Das Geheul und Gewinsel wurde leiser, die Gehenkten und Horrorfratzen verblassten zu Schatten. Außerdem spürte Billa ein unverkennbares Ziehen in ihrem linken Zeigefinger – so als ob ein unsichtbarer Helfer sie bei der Fingerspitze gepackt hätte, um sie ganz sachte durch Spuk und Sumpf zu ihrem Ziel zu führen.

Nicht, dass es unterwegs an schauerlichen Schreckensbildern gemangelt hätte. Ein halb vermoderter Knochenmann schlich den ganzen Weg bis zum Hexenhügel neben Billa her. Manchmal fiel er in ein Moorloch, dann heulte er grausig, bis er sich wieder aus dem Schlamm hervorgekämpft hatte und aufs Neue mit rasselndem Brustkorb neben ihr durchs Unterholz taumelte. Ein Totenschädel mit aufgemalter Menschenfresserfratze schwebte in geringem Abstand hinter ihr und gab dabei leise Klagelaute von sich. Und in jedem Busch am Wegesrand hauste ein heulendes oder seufzendes Mädchen, und wenn Billa die prallroten Beeren auf diesen Büschen genauer ansah, waren es zitternde Tropfen aus Blut.

Aber der Fingerhut wies ihr getreulich durch all diese Schrecken den Weg. An ihrer Fingerspitze spürte sie die Lehmkrümel, die sich mit ihrem Angstschweiß zu einem warmen Schleim vermischt hatten. Eklig, na klar – und doch hätte sie den rostigen Fingerhut um nichts auf der Welt hergegeben oder auch nur für einen winzigen Moment abgezogen. Im Gegenteil – alle paar Augenblicke vergewisserte sie sich, dass er noch sicher dort saß, wo er hingehörte. Und es machte ihr Sorgen, dass sie den Schleim aus Lehm und Schweiß an ihrem Finger runterlaufen fühlte. Wenn der Hexenlehm verbraucht wäre, bevor sie ihr Ziel erreicht hätte, würde der Hardcore-Spuk von Neuem losgehen. Mitten im Hexenholz würde sie die Orientierung verlieren und hilflos in der Wildnis herumirren, bis sie vollkommen entkräftet wäre oder in einem Moorloch versinken würde.

Aber der Fingerhut führte sie weiter und weiter und schließlich sah Billa vor sich den Hexenhügel. Schroff ragte er zwischen den Bäumen auf, mit der Tempelruine oben drauf, die tatsächlich wie ein weit aufgerissenes Drachenmaul aussah.

»Geh in das Drachenmaul rein«, hatte Sina zu ihr gesagt. »Nimm dir ein paar kräftige Äste vom Platz vor dem Tempel mit. Ganz hinten in der Ruine führt ein Gang steil abwärts. Vorsicht, glitschig! Hangle dich da runter. Ganz unten ist das Auge. Du kannst es auch einfach als einen unterirdischen Brunnen ansehen. Nenn das Ding, wie du willst, Billa – Hauptsache, du machst da unten, was ich dir aufgetragen habe.«

Während sie in Gedanken nochmals hörte, wie Sina auf sie einredete, kletterte Billa den Hexenhügel hoch. Seit 333 Jahren war niemand mehr hier herumgelaufen – jedenfalls keine menschenähnlichen Kreaturen mehr. Der Hügel war auf allen Seiten kniehoch mit Unterholz bedeckt, mit Gestrüpp überwuchert. Billa zerkratzte sich die Arme, zerschliss sich ihre Jeans, zerpeitschte sich das Gesicht mit stachligen Ästen, aber sie schaffte es, sich auf die Hügelkuppe hochzukämpfen.

Der halb vermoderte Knochenmann schlich immer noch drei Meter neben ihr her, mit rasselnder Brust, aus der die Rippen hervorsahen. Auch der Totenkopf mit der Menschenfresserfratze schwebte nach wie vor hinter ihr und in den Büschen stöhnten und seufzten auch hier oben auf der Hügelkuppe Unmengen verwunschener Mädchen.

Dass dort sechs riesengroße Golems im Kreis aufgereiht lagen, fiel Billa überhaupt nicht auf. Da oben auf dem Hügel war sowieso alles mit Schlingpflanzen und Dornengestrüpp überwuchert. Und von der ganzen Golem-Geschichte wusste sie damals so gut wie gar nichts. Sina hatte ihr nur erzählt, dass die Hexen und die Rosenspiegler sich gegenseitig aus dem Wald verbannt hatten, nachdem die Logenbrüder versucht hatten, dort draußen am Drachenmaul irgendwelche Kreaturen zu erschaffen. Von dem Knochenmann, dem seufzenden Menschenfresser-Totenschädel und einigen weiteren Spukerscheinungen gefolgt, ging Billa über den Platz vor der Tempelruine. Sie zwängte sich zwischen zwei versteinerten Golems hindurch, sammelte drei armdicke Äste auf, die vom Wind dort hingeschleudert worden waren, und ging mit ziemlich raschen Schritten ins Drachenmaul hinein.

Sie wollte das hier hinter sich bringen – und dann so schnell wie irgend möglich zurück ans Tageslicht. Ihren Triumph auskosten, ihre neue Stärke, ihren Sieg über all den Horror hier draußen und gegen ihre eigene Angst. Laura ist tot, dachte sie, es lebe Billa.

Zwischen den kolossalen Mauern der Tempelruine war es sogar noch dunkler als draußen im Wald. Die Luft war klamm und dumpf, es roch nach uraltem Staub und Schlamm. Aber es war nicht der modrige Gestank, der von feuchten Kellermauern ausgeht, sondern ein drückend stickiger Geruch, der Billa an das Reptilienhaus im Münchner Zoo erinnerte. Warm, schwer, ein wenig süßlich – wie von Krokodilen, die im brodelnden Schlamm am Ufer eines Tropenflusses liegen.

Billa holte die kleine Kerze und das Feuerzeug heraus, die sie für diesen Zweck von Sina mit auf den Weg bekommen hatte. Sie zündete den Docht an, klaubte die Äste wieder auf, die sie kurzzeitig an die Ruinenwand gelehnt hatte, und drang weiter in das Drachenmaul ein. Der Gestank wurde jetzt mit jedem Schritt drückender. Unmengen von Tierknochen und fauligen kleinen Fellbündeln bedeckten hier den Boden. Dazwischen immer wieder Steinbrocken, über die sie stolperte, denn der Kerzenschein wurde von der Dunkelheit fast vollständig aufgesaugt.

Das Herz schlug Billa bis in den Hals hinauf, aber sie zwang sich, weiterzugehen. Vor jedem Schritt tastete sie mit dem Fuß über den Boden. Schließlich fühlte sie unter ihrem linken Fuß nur noch Luft. Sie blieb stehen und leuchtete mit ihrer Kerze den Boden an. Anscheinend stand sie genau vor dem Schacht, der laut Sina zum Auge hinunterführte.

Neben ihr rang der Knochenmann rasselnd um Atem und der Menschenfresser-Totenschädel winselte zum Erbarmen. Aber Billa umklammerte die drei Äste, die sie unter dem rechten Arm gebündelt trug, nur noch entschlossener und machte sich an den Abstieg.

Der Gang zum Auge hinab war tatsächlich so glitschig, wie Sina es angekündigt hatte. Unregelmäßige Stufen, mit Moos und Moder überzogen. Doch Billa stieg unbeirrbar hinab, bis sie unter sich eine Art dunkles Schimmern bemerkte. Das musste das Auge sein, der unterirdische Brunnen oder was auch immer sich dort verbergen mochte.

Ihre Aufgabe war es laut Sina jedenfalls, »das Auge zu öffnen«. Am Rand des Wasserlochs angekommen, sollte sie ihre Kerze auf der untersten Stufe festkleben. Dann sollte sie einen der mitgebrachten Äste nehmen und »den Schleier vom Auge reißen«, wie Sina das ausgedrückt hatte. Billa hatte damit gerechnet, dass dieser Schleier im Großen und Ganzen einfach aus Dreck und Spinnweben bestehen würde, die sich im Verlauf von Jahrzehnten und Jahrhunderten dort angesammelt hatten. Im flackernden Kerzenlicht war nur eine grau-weiße Fläche mit ein paar dunkleren Einsprengseln zu erkennen.

Aber als Billa mit einem ihrer Äste hineinstechen wollte, hätte sie vor Entsetzen und Ekel beinahe aufgeschrien. Der

»Schleier« bestand aus einer zähen, federnden Schicht. Sie dellte sich unter dem Anprall spürbar ein – und schleuderte dann den Ast regelrecht zu Billa zurück.

Es war, als ob die zähe Schicht selbst etwas Lebendiges wäre. Oder als ob darunter eine Kreatur hockte, die sie mit der Astspitze aufgeschreckt hätte.

Billa spürte den überwältigenden Drang, Hals über Kopf davonzurennen. Aber sie war nicht Laura. Sie würde nicht die Flucht ergreifen, sondern ihre Aufgabe erledigen.

Sie packte den Ast mit beiden Händen und stieß ihn so fest sie konnte in den »Schleier« hinein. Wieder stülpte sich die zähe Schicht nach innen, aber bei diesem Versuch hatte Billa kräftiger zugestoßen: Die Schicht riss mit einem schmatzenden Laut in Fetzen. Und bevor Billa den Ast wieder herausziehen konnte, wurde er an seinem unteren Ende von irgendetwas gepackt und ihr mit aller Gewalt aus den Händen gezerrt.

Diesmal schrie Billa tatsächlich auf. Auf dem schmalen, glitschigen Felsrand hätte sie fast das Gleichgewicht verloren. Hätte sie den Ast nicht losgelassen, so wäre sie mit ins Auge hinabgezogen worden – durch die zähe Schleimschicht hindurch in eine Höhle voller Monster, oder was immer da unten hausen mochte.

Fassungslos starrte sie in das Loch hinab. Der Ast steckte senkrecht im »Schleier«, und sie hörte ein Gurgeln und Zischen aus der Tiefe, während ihr Stock langsam durch das Loch nach innen gesogen wurde.

Dann war der Ast verschwunden und für die Dauer eines halben Wimpernschlags war da unter ihr immer noch dieses Loch. Kreisrund, dunkel funkelnd, das glotzende Auge eines boshaften Urzeitviehs. Und dann schoss durch dieses Loch irgendetwas Gelbes, unerträglich Grelles zu ihr herauf. Ein Blitz, ein Lichtstrahl, ein Pfeil aus reinem Feuer.

Billa schloss die Augen, erneut schrie sie auf – und spürte im selben Moment einen würgenden, unsagbar ekelhaften Schmerz. In ihrem Mund, in ihrem Rachen, drinnen den Hals hinab. Als ob da irgendwas Feuchtes, Kratziges in sie reingesprungen, geglitscht, gekrochen wäre. Eine Eidechse, ein schwarz-gelber Salamander – ja, ganz genauso hatte es sich angefühlt.

Als sie ihre Augen wieder aufmachte, hatte sich das Loch unter ihr, in der zähen Schleimschicht, wieder geschlossen. Aber sie spürte immer noch dieses Kratzen in ihrem Hals, hatte den Echsengeschmack noch auf der Zunge. Vor ihren Augen zuckten immer noch optische Echos von dem grellen Blitz, der zu ihr emporgeschossen war. Sie hatte das Gefühl, dass etwas – oder jemand – von ihr Besitz ergriffen hatte. Oder jedenfalls dabei war, es zu tun. Sie hörte ein Wispern in ihrem Kopf. Wie ferngesteuert griffen ihre Hände nach einem weiteren Ast. Hoben ihn hoch über ihren Kopf, um neuerlich zuzustechen, den Schleier zu durchstoßen.

Doch genau in diesem Moment hörte Billa, wie Jakob um Hilfe rief. Scheinbar aus weiter Ferne, aber klar und deutlich zu verstehen. Mit einer schrecklich angstverzerrten Stimme, und doch war es ganz bestimmt Jakob, der da um sein Leben schrie.

Oh mein Gott, er ist hinter mir her durch den Zaun gekrochen, durchfuhr es Billa. Da rannte und stolperte sie schon die glitschigen Stufen wieder hoch und oben durch das stockfinstere Drachenmaul zurück auf den Hexenhügel. Dort blieb sie stehen, zwischen den schlafenden Golems, und lauschte. »Jakob!«, schrie sie. »Jakob, wo bist du?«

Aber sie bekam keine Antwort mehr.

52

Es war die Nacht, in der sie beide kein Auge zukriegen würden. Die neunte Nacht vor der Auferstehung der Golems.

Eng aneinander geschmiegt lagen sie auf ihrem Moosbett im ehemals moorgräflichen Schlosspark. Seit Billa fertig erzählt hatte, war mindestens eine halbe Stunde vergangen, aber sie beide hatten seitdem kein Wort gesagt. Marian streichelte nur stumm ihre Schulter, und Billa atmete so gepresst ein und aus, dass es fast wie Schluchzen klang.

»Du hast doch bestimmt nach ihm gesucht«, sagte er irgendwann und versuchte, es überhaupt nicht nach Frage klingen zu lassen.

Sie drehte sich in seinem Arm und kam auf seiner Schulter zu liegen. Die blauen Flämmchen in ihren Augen brannten nur ganz schwach. Der Hexengeist machte sich in ihr anscheinend so klein wie nur möglich, aber sie mussten trotzdem auf der Hut sein. »Das wollte ich natürlich«, sagte sie. »Aber ich weiß nur noch, dass ich nach ihm geschrien hab und dabei den Hexenhügel runtergerannt bin – und dann erinnere ich mich erst wieder, dass ich auf der Pferdekoppel hinter Klothas Hof in einem Heuhaufen gelandet bin.«

Ihr Atmen klang immer mehr wie Schluchzen. Also beschloss Marian, ihr lieber erst mal keine Fragen mehr zu stellen. Still streichelte er ihr über Arm und Schulter und versuchte, seine Gedanken zu ordnen.

Durch das Loch im »Schleier« war allem Anschein nach Sylvenia aus dem Auge hervorgeschossen und in Billa gefahren. Daraufhin hatte der Hexenbann, den Meister Justus über den Wald gesprochen hatte, logischerweise auch sie getroffen. Also war Billa aus dem Hexenholz rauskatapultiert worden – nicht viel anders, als es auch Julian und ihm selbst passiert war.

Aber welchen Zweck hatte es dann für die Hexen, das Auge wieder öffnen zu lassen? Offenbar war das Auge etwas Ähnliches wie das Pfortenglas in Marthelms Keller. Der »Schleier« davor war höchstwahrscheinlich durch den Bann entstanden, mit dem Meister Justus das ganze Areal belegt hatte. Wenn die Hexen es also schaffen würden, diesen Zugang freizukriegen, dann könnten sie in den Bannwald wieder hinein. Aber der Bann bestand ja trotzdem weiterhin – also würden sie nach kürzester Zeit wieder rausgeschleudert.

Das ergibt doch überhaupt keinen Sinn, dachte Marian. Oder vielleicht doch?

»Sina hat damals furchtbar mit mir geschimpft«, sagte Billa ganz leise in seine Grübeleien rein. »Sie hat geschrien und getobt, dass jetzt alles aus und vorbei wäre und dass ich allein Schuld daran hätte, wenn in Kürze die Welt untergehen würde. Die Welt untergehen!« Sie ließ einen weiteren Schluchzer los. »Mann, Marian, stell dir das doch mal vor. Ich war zwölf Jahre alt und total verzweifelt, weil Jakob wegen mir da drin im Hexenholz gefangen war – und Sina schreit auf mich ein, dass wegen mir die Welt untergehen würde.«

»Und Jakob ... Hast du nie dran gedacht, deinen Eltern zu sagen, was da wirklich passiert ist?«

Sie gab ihm keine Antwort. Vom Cropliner Kirchplatz wehte fern und leise der Stundenschlag zu ihnen herauf – halb drei. Marian glaubte schon nicht mehr, dass Billa noch was antworten würde, als sie in total traurigem Tonfall sagte: »Das durfte ich doch nicht. Sina hat mir gleich klargemacht – wenn Jakob wirklich da drin ist, dann können nur sie mir helfen, ihn wieder rauszuholen. Und den Polizisten, die nach Jakob suchten, hab ich sogar das Loch im Zaun gezeigt. Aber das hab ich dir ja schon erzählt: Sie wollten nichts davon wissen. Behaupteten, dass es da keine Spuren gäbe. In Wirklichkeit hatten sie nicht die geringste Lust, im Hexenholz Kopf und Kragen zu riskieren, nur weil wieder mal ein Urlauberkind verschwunden war. Und eigentlich hatten sie ja auch recht: Sie hätten da reinkriechen können, aber Jakob hätten sie trotzdem nicht gefunden. Höchstens wären dann zusätzlich noch ein paar Sheriffs verloren gegangen.«

Wieder verstummten sie beide für eine Weile. Obwohl es tief in der Nacht war, fühlte sich die Luft immer noch mild an. Allerdings half das auch nichts gegen das Frösteln, das Marian wieder und wieder überlief.

»Sina und die anderen«, überlegte er, »wollten damals unbedingt, dass du diesen Schleier wegmachst – aber aus welchem Grund? Vor drei Jahren war das Auge unter dem Drachenmaul ja auch schon eine Ewigkeit verschlossen – 330 Jahre lang. Da hätten sie eigentlich noch die kurze Zeit warten können – sollte man jedenfalls meinen. Stattdessen aber hat sich Sina aufgeregt und rumgeschrien, dass jetzt alles aus und vorbei wäre. Was zum Teufel hat sie damit gemeint?«

»Sina, Klotha und Birta«, sagte Billa, »die sind damals alle drei praktisch zusammengebrochen. Haben sich über Nacht verändert, haben es irgendwie nicht mehr geschafft, sich zusammenzureißen. Sind in kürzester Zeit verwahrlost und heruntergekommen, sie selbst und alles auf ihrem Hof. Die meisten Leute haben natürlich geglaubt, dass sie wegen Jakob so schockiert oder schuldbewusst wären. Weil eben ein kleiner Junge, der bei ihnen Urlaub gemacht hatte, verschwunden und allem Anschein nach im Moor ertrunken war. Weil die Polizei sie ins Kreuzverhör genommen hat und jetzt bestimmt niemand mehr bei ihnen seine Ferien verbringen wollte. Aber wenn du mich fragst, das ist alles Quatsch.«

»Und was glaubst du, was mit ihnen passiert ist?«

Billas Augen fingen an, im Mondschein zu glitzern. Zuerst befürchtete Marian, dass Sylvenia wieder dazwischenfahren wollte. Aber es waren keine Hexenflämmchen – Billas Augen schimmerten von Tränen. »Na, das Gleiche wie mit mir«, sagte sie. »Meiner Meinung nach versuchen sie seit mindestens hundert Jahren, dieses verdammte Auge aufzukriegen. Oder vielleicht sogar noch länger. Erst Klotha, dann Birta, dann Sina. Aber es hat offenbar niemals funktioniert. Sie haben sich jede so ein Biest eingefangen, sind von so einer wie Sylvenia harpuniert worden – und eine nach der anderen aus dem Wald wieder rausgeflogen. So wie ich. Aber der Schleier ist über dem Auge kleben geblieben. Wie bei mir. Keine Ahnung, warum sie überhaupt unbedingt wollen, dass dieses verfluchte Auge freigelegt wird. Aber es muss mit dem Datum zusammenhängen – mit diesem 9.9. Weil ihnen die Zeit immer knapper geworden ist, haben sie schließlich mich losgeschickt – und die Sache ist wieder danebengegangen.«

»Wahrscheinlich hast du recht«, sagte Marian. Er sprach nicht gleich weiter, aber jetzt tat er nur noch so, als ob er nachdenken würde. In Wirklichkeit sammelte er all seinen Mut zusammen. Für das, was er gleich sagen würde. Sagen musste.

Schließlich drehte er seinen Kopf so nach links, dass seine Lippen fast ihr Ohr berührten. »Wir müssen da noch mal rein«, flüsterte er. »Du und ich. Viel Zeit bleibt uns nicht mehr.«

Sie verkrampfte sich in seinem Arm, aber sie protestierte

mit keinem Wort. Er wartete, ob sie doch noch was sagen wollte, aber Billa blieb still. Nur ihr hektisches Atmen verriet, wie alarmiert sie war.

»Dieses Auge«, fuhr er fort, »muss so was Ähnliches wie das Pfortenglas sein, das Meister Justus angefertigt hat. Durch das Auge können die Hexendämonen von ihrer Geisterwelt in unsere Welt überwechseln – und mit dem Bann hat Meister Justus diesen Übergang damals verschlossen.«

»Ja, schon …«, machte Billa, doch Marian wollte sich jetzt nicht unterbrechen lassen. Er hatte Angst, dass ihm seine Gedanken sonst wieder entschlüpfen würden – er sah die Lösung ja selbst erst ganz nebelhaft vor sich.

»Kleinen Moment, Billa«, sagte er. »Ich glaub, wir sind kurz davor, das Rätsel zu knacken. Überleg doch mal: Die Hexen versuchen total verbissen, dieses Auge freizukriegen, durch das sie wieder in den Wald reinkämen – Meisterin Barixa und alle anderen. Jede von ihnen würde aber nach kurzer Zeit wieder rausgeschleudert, wie ich es neulich zusammen mit Julian erlebt habe und wie es dir genauso passiert ist. Also müssen sie dort etwas vorhaben, was ihnen ungeheuer wichtig ist – und was sich in den wenigen Augenblicken erledigen lässt, die sich jede von ihnen dort auf dem Hexenhügel halten kann.« Er schloss die Augen, um sich besser konzentrieren zu können. »Stell es dir ganz genau vor, Billa: Sie kommen da unten aus dem Auge rausgeschossen, zischen den steilen Gang hoch, dann durch das Drachenmaul. Was glaubst du, wie lange bist du da draußen gewesen und hast nach Jakob gerufen?«

»Na ja – ein, zwei Minuten halt.« Sie setzte sich ruckartig auf. »Du meinst, sie wollen irgendwas mit den Golems machen? In diesen paar Augenblicken, bis sie wieder aus dem Wald rausgeflogen sind?« Noch während sie das sagte, begann sich ihre Stimme zu verändern. Auf einmal klang sie wieder wie Rost, und als Billa ihn ansah, brannten in ihren Augen blaue Feuer. »Das ist doch Blödsinn«, krächzte sie. »du hast ja selbst gehört, was dieser Meister Justus gesagt hat – außer ihrem Schöpfer hat niemand über die Golems Gewalt.«

Auch Marian setzte sich auf. Billas Augen spuckten Flammen, und als er das Laura-Medaillon unter seinem T-Shirt hervorzog, stieß sie einen zornigen Schrei aus. »Da hast du das Mistding versteckt! Gib her, verdammt!« Sie warf sich auf ihn, kratzte ihn mit ihren Fingernägeln, versuchte keuchend und japsend, ihm das Medaillon wegzuschnappen.

Doch Marian hielt es so, dass sie nicht drankam. Wie vorhin streichelte er zärtlich über die Glasscheibe vor ihrem Fotogesicht, von dem im Dunkeln bloß ein heller Fleck unter noch helleren Haaren zu sehen war. »Wir beide müssen noch mal zum Hexenhügel«, sagte er und sah dabei nur ihr Bild an. »Wie wir das schaffen sollen, weiß ich auch noch nicht. Und was wir da überhaupt ausrichten können, erst recht nicht. Aber wir müssen es rausfinden, und zumindest hab ich eine Idee, wen wir um Rat fragen können.«

»Doch nicht etwa deine Logenbrüder?« Ihre Stimme klang schon wieder mehr nach Billa als nach Sylvenia – kratzig, aber nicht wie zersplittertes Glas oder wie rostiges Eisen.

»Nee, die nicht.« Er grinste sie an. Auch die Flämmchen in ihren Augen loderten nur noch ganz schwach. »Wenn du mich küsst, verrat ich dir, wen ich meine.«

Und einen langen Augenblick später: »Den ›Wanderer‹ hat meine Mutter ihn genannt – ohne sich was dabei zu denken.« Er war jetzt ziemlich außer Atem. Auf seinen Lippen hatte er noch den Geschmack von Billas Mund. »Aber ich glaube, sie hat trotzdem ins Schwarze getroffen: Bestimmt weiß in ganz Croplin niemand mehr als er von Pforten, durch die man zwischen den Welten hin und her wandern kann.«

53

Billa lenkte ihre Kalesche bis zu der Stelle, wo Linda vorletzten Samstag mit ihrem Golf gestrandet war. Vor neun Tagen erst! Es kam Marian total unwirklich vor. Hätte ihm jemand gesagt, dass er seit neun Wochen oder sogar Monaten in Croplin wäre – er hätte es ohne das leiseste Erstaunen geglaubt.

»Krasse Endzeitwelt«, sagte Billa und zeigte in Richtung Moor. So weit man überhaupt schauen konnte, erstreckte sich die braune Ödnis. Schwefelgelbe Schwaden schwebten darüber. Hier und dort ragte ein abgestorbener Baum auf, mit total kahlen Ästen, auf denen eine Art Rabenvögel hockten.

Sie stiegen aus, gingen an dem schwarzen Cadillac vorbei und zwischen den Bäumen hindurch auf die Rückseite des Hauses zu. Diesmal kam es Marian gar nicht so finster und runtergekommen vor – kein Wunder, mittlerweile kannte er ja auch Klothas Hof. Von der moorgräflichen Schlossruine mal ganz zu schweigen.

Zusammen mit Billa war er letzte Nacht noch in die Katakombe unter der ehemaligen Schlosskapelle hinuntergeklettert. »Hier sind Arestios und Zenturius in den armen Freund Odilo gefahren«, hatte er ihr erklärt. Die Skelette in den Steinsarkophagen waren mittlerweile allesamt zu Staub zerfallen. Er hatte Billa beschrieben, wie Zenturius den bedauernswerten Odilo dazu gebracht hatte, wie ein wütender Kampfmönch durchs Gewölbe zu wirbeln. Und noch während er so redete, war ihm wieder mal eine seiner Blitzideen gekommen: Anscheinend war Sylvenia ein viel schwächerer Dämon als die Geister, die in den Körper des armen Odilo gefahren waren. Arestios und Zenturius nämlich hatten vollkommen die Kontrolle über ihr »Gefäß« übernommen – Sylvenia dagegen schaffte es im Allgemeinen gerade mal, Flammen aus Billas Augen lodern und ihre Stimme klingen zu lassen, als ob zwei rostige Eisenstücke gegeneinandergerieben würden. Und wenn Billa sich anstrengte, konnte das »Biest« gegen ihren Willen fast genauso wenig ausrichten, wie er selbst gegen Julians Willen angekommen war.

Dabei hatte Sylvenia draußen am Hexenhügel überhaupt nicht den Eindruck gemacht, als ob sie bloß ein schwächlicher Dämon aus der hintersten Reihe wäre. Schließlich war sie sogar die Gehilfin der mächtigen Meisterin Barixa. Mit der zusammen hatte sie den Baumzauber gewirkt, der zwei Dutzend Riesenbäume aus dem Boden gerissen und gegen die Golems geschmettert hatte.

Und das hieß also …

Aber es war wieder mal ein schlechter Augenblick, um über solche verwickelten Sachen nachzudenken. Mittlerweile hatte er mit Billa im Schlepptau den kleinen Hof überquert und an der Hintertür des Hauses gerüttelt. Doch anders als beim letzten Mal war die Tür verrammelt.

»Sein Auto ist da, also kann auch der Professor nicht weit sein«, sagte Marian. »Probieren wir es vorne.«

Das war allerdings leichter gesagt als getan. Um von der Hinter- zur Vordertür zu gelangen, musste man einen schmalen Garten an der linken Seite des Hauses durchqueren. Und was immer Hanno Bußnitz dort gesucht haben mochte – er hatte gründlich gesucht. Der Garten bestand praktisch nur noch aus Löchern und Haufen aufgeschütteter Erde, die der Professor allem Anschein nach aus den

Löchern rausgeschaufelt hatte. Man hatte mehr oder weniger nur die Wahl, durch lose Erdhaufen zu waten oder sich durch längliche Löcher im Boden hindurchzuarbeiten.

»Hat er Leichen ausgebuddelt?« Billa hockte sich auf einen Erdhügel und wischte sich mit dem Unterarm über die Stirn. »Oder züchtet dein Wanderer vielleicht Maulwurfmutanten?«

Gute Frage, wollte Marian gerade antworten, da hörten sie einen sehr eigenartigen Ton. Ein grelles, heulendes Pfeifen. Er kam von der Vorderseite des Hauses her, und es klang wie nichts, was Marian jemals vorher gehört hatte.

»Knochenflöte«, flüsterte Billa.

»Was?«, zischte er zurück.

»Dein Wanderer macht Musik auf einer Knochenflöte.« Billa stand wieder auf und klopfte sich Erde von ihrer Reiterhose. »Jakob hat eine ganze Sammlung von solchen Dingern – aus dem Amazonasgebiet und von was weiß ich noch überall her. Teilweise aus Menschenknochen – hat er jedenfalls immer behauptet.«

Es klang schrill, dünn, monoton – als ob da jemand auf den Zähnen zu pfeifen versuchte, obwohl er nur noch ein paar faulige Zahnstummel sein Eigen nannte. Aus irgendeinem Grund bekam man vom bloßen Zuhören eine Gänsehaut.

Eilends arbeiteten sie sich weiter durch die Erdhügel und Gruben. Wenn es nach Marian gegangen wäre, hätten sie sich ruhig ein bisschen Zeit lassen und erst noch mal überlegen können, was da auf der Vorderseite des Hauses möglicherweise auf sie wartete.

Aber Billa stürmte unbekümmert drauflos – und blieb dann allerdings an der Hausecke so unvermittelt stehen, dass Marian von hinten gegen sie rannte. »Verdammt, Marian«, sagte sie. »Was treibt dein Wanderer da?«

Marian schob sie zur Seite und spähte hinter der Ecke hervor. An der Vorderseite des Hauses gab es einen weiteren Hof, der noch düsterer als der rückwärtige war. Von hohen Mauern aus dunklen Steinen umgeben. Dahinter ragten riesengroße Bäume auf – beinahe wie im Hexenholz.

Offenbar hatte Hanno Bußnitz nun genügend Moorleichen beisammen, um die magische Steinzeitzeremonie nachzuspielen. Neun modrige Brüder hatte er mitsamt ihren Baumsärgen um sich herum aufgestellt – angeordnet zu einem Oval, wie er es auf den Höhlengemälden gefunden hatte. Inmitten seiner makabren Zuhörer saß er im Schneidersitz am Boden, die Augen geschlossen, und spielte hingebungsvoll auf der Knochenflöte. Seine pechschwarze Anzugjacke hatte er ausgezogen und einem der Brüder um die Schultern gehängt. Die Flöte war viel größer, als Marian das erwartet hatte. Sie sah aus, als ob sie mindestens aus einem Mammutknochen geschnitzt worden wäre – dick und gekrümmt wie ein altmodisches Posthorn.

Schließlich ließ Bußnitz die Knochenflöte in seinen Schoß sinken und öffnete die Augen. »Ich dachte mir, dass du mich heute besuchen würdest«, sagte er in Richtung der Hausecke, wo Marian und Billa auf der Lauer lagen. »Willst du mir deine Begleiterin nicht vorstellen, Marian?«

Überrumpelt kamen sie aus ihrem Versteck hervor. »Nicht schlecht, Professor«, sagte Marian und bemühte sich, möglichst lässig zu wirken. »Und woher wussten Sie, dass ich heute kommen würde?«

Bußnitz hob die Schultern und ließ sie ruckartig wieder fallen. »Sagen wir – ich hatte es im Gefühl.«

»Tja, wirklich 'ne geile Show«, mischte sich Billa ein. Ihr rostiger Tonfall ließ Marian zusammenfahren. »Aber wenn Sie echt hellsehen könnten, müssten Sie auch wissen, wer ich bin.«

Der Professor entknotete seine Beine und sprang behände auf. Mit der Knochenflöte deutete er auf Billa, während er zwischen zweien seiner Schlammleichen hindurch auf sie zukam. »Du bist das Mädchen, das jeden Sommer auf Klothas Hof verbringt, habe ich recht?« Einen Schritt vor ihnen blieb er stehen und schaute Billa aufmerksam an. Was er zu sehen bekam, schien ihn zu erschrecken, doch im nächsten Augenblick setzte er wieder sein knittriges Pokerface auf. »Faszinierend«, sagte er. »Dieses Leuchten in deinen Augen. Woran erinnert mich das nur?«

»Vielleicht an Ihren letzten Discobesuch?« Billa ließ ein albernes Kichern hören.

Der Professor zog die Augenbrauen hoch und musterte sie erstaunt. Dann wandte er sich Marian zu. »Letzte Woche habe ich dir von den Höhlengemälden erzählt.« Er deutete mit dem Kopf zu den Moorleichen. »Drinnen habe ich originalgetreue Kopien. Willst du mal einen Blick darauf werfen? Deine Meinung wäre mir wichtig – denn irgendetwas scheine ich bei der ganzen Sache nach wie vor zu übersehen.«

Marian warf Billa einen raschen Seitenblick zu. Sie lächelte ganz lieb zurück und hängte sich bei ihm ein. »Würde ich mir sehr gerne mal ansehen«, sagte er zu Bußnitz. »Und wenn Sie dann auch noch ein paar Minuten Zeit für uns hätten?«

Der Professor sah mit hintergründigem Lächeln von Marian zu Billa. »Zufällig habe ich gerade heute Sprechstunde für Nachwuchsforscher. Bitte folgt mir.«

Im Haus war es noch düsterer als draußen. Daran änderte sich auch nur wenig, als der Professor eine funzlige Deckenlampe einschaltete. Sie durchquerten eine Vorhalle, die von modrigem Geruch erfüllt war. »Bitte sehr um Nachsicht«, sagte Bußnitz, »aber meine Mitbewohner mögen kein Tageslicht.« Er deutete auf einige Vitrinen. Im Vorbeigehen sah Marian, dass all diese Glaskästen mit Mumien und Moorleichen in unterschiedlichen Zerfallsstadien gefüllt waren. »Da liegen sie und träumen von der Unsterblichkeit«, kommentierte der Professor.

Er öffnete eine weitere Tür und totale Dunkelheit waberte ihnen entgegen. »Darf ich euch in mein Wohnzimmer bitten?« Bußnitz wandte sich zu Marian und Billa um und grinste sie spitzbübisch an. Er zückte eine Fernbedienung und drückte darauf. In seinem »Wohnzimmer« gingen daraufhin einige flackernde Lichter an. »Nach euch«, sagte der Professor und genoss sichtlich die Verblüffung seiner Besucher.

Tatsächlich fiel Marian vor Erstaunen fast der Unterkiefer runter. Das Wohnzimmer des Professors glich von vorn bis hinten einer Steinzeithöhle. In Mauernischen flackerten elektrische Fackeln. Mitten im Raum waren Aststücke und Reisig für ein Lagerfeuer aufgeschichtet. Holzspeere mit steinernen Spitzen lehnten an der Wand oder lagen kreuz und quer am Boden. Krakelige Gemälde, direkt auf den Fels gemalt, stellten Jagdszenen dar – Steinzeitmänner, die mit Speeren und Blasrohren Jagd auf Mammuts und andere Urzeitviecher machten. Steinzeitleute, die um ein Lagerfeuer saßen und gewaltige Haxen brieten.

Das größte Gemälde aber zeigte die neun modrigen Brüder, wie sie in ihren Baumsärgen auf einer Lichtung standen. Der Vollmond schien zwischen den Wipfeln hindurch, und mitten in dem Oval saß ein zottiger Zauberpriester auf dem Boden und blies auf seiner Knochenflöte – genau so, wie es vorhin der Professor in seinem Hof gemacht hatte.

»Setzt euch doch.« Er deutete auf kniehohe Fellstapel, die rings um die Feuerstelle aufgehäuft lagen. »Schau dir bitte mal dieses Bild an«, forderte er Marian auf, nachdem sie Platz genommen hatten. Er zeigte auf die Darstellung der magischen Zeremonie. »Was ist da anders als bei den Brüdern vor meiner Tür?«

Marian sah sich das Steinzeitbild noch einmal aufmerksam an. In Gedanken verglich er es mit der Anordnung der Baumsärge draußen auf dem Hof. »Warum glauben Sie, dass irgendwas nicht stimmt?«, fragte er. »Ich kann überhaupt keinen Unterschied erkennen.«

»Dann geht es dir wie mir.« Der Professor fuhr sich mit der flachen Hand übers Gesicht. »Schade, wirklich sehr schade. Ich hatte mir so viel von deinem Urteil versprochen. Denn diese Höhle hier …« Er breitete die Arme aus. »Das ist sozusagen mein Lebenswerk. Ich habe sie am Anfang meiner Laufbahn entdeckt und mein Leben lang erforscht. Als ich in Pension geschickt wurde, habe ich sie hier originalgetreu rekonstruiert und mich daran gemacht, genau so viele modrige Brüder aus dem Moor auszugraben, wie auf dem Gemälde dargestellt sind. Die Knochenflöte, auf der ich vorhin gespielt habe, ist sogar ein Originalfund aus der Höhle – ohne Zweifel hat vor ungefähr 7000 Jahren ein Zauberpriester auf dieser Flöte eine magische Tonfolge gespielt, um die neun Toten in einer Vollmondnacht wieder zum Leben zu erwecken.«

»Und Sie versuchen, es ihm nachzumachen?«, fiel ihm Billa ins Wort. »Tja, Professor, vielleicht hätten Sie mich fragen sollen, was Sie da draußen verpatzt haben.« Ihr Gesicht war kalkweiß und ihre Stimme klang wieder gefährlich nach zerbrochenem Glas. Sie sprang auf und sah Bußnitz zornig an. Blaue Flämmchen loderten in ihren Augen. »Aber auf meine Meinung legen Sie offenbar keinen Wert. Also kann ich genauso gut draußen warten.« Sie ging zur Tür, fegte das Fell, das zur Tarnung davor hing, beiseite und stieß sie auf. »Beeilst du dich, Marian? Sonst bin ich nämlich weg, wenn du da rauskommst.«

54

Nachdem Billa die Tür wieder zugeknallt hatte, schauten sich der Professor und Marian betreten an. »Da habe ich wohl nicht gerade eine neue Freundin gewonnen«, sagte Bußnitz. Ein Zucken überlief sein Gesicht, und Marian sah schon voraus, dass der Professor gleich wieder von einem seiner schrecklichen Heiterkeitsanfälle überrollt werden würde.

»Bitte, Professor«, sagte er schnell, »auch wenn ich Ihnen eben leider überhaupt nicht helfen konnte – ich brauche dringend Ihren Rat. Sie kennen sich doch bestimmt mit Dämonen aus? Besessenheit und solche Sachen?«

Die Augen des Professors wurden schmal. Seine ganze Haltung änderte sich schlagartig – auf einmal wirkte er hellwach, ja geradezu alarmiert. »Nun, der Dämonismus gehört natürlich zu meinem Forschungsgebiet«, sagte er. »Wenn auch eher am Rande. Warum fragst du, Marian?«

Was war plötzlich mit dem Wanderer los? Eben noch hatte Marian vorgehabt, mehr oder weniger offen mit ihm zu reden. Doch jetzt beschloss er blitzschnell, seine Strategie zu ändern. Der Professor war zwar Marthelms Freund gewesen, aber man konnte nie wissen. Und auf einmal benahm er sich wirklich sonderbar.

»Na ja, nur mal angenommen«, begann er. »Mal rein theoretisch angenommen, da würde so ein Hexendämon in – sagen wir – irgendein ganz normales Mädchen fahren. Wie würde sich das auswirken – ihr Verhalten würde sich doch total ändern, oder?«

»Rein theoretisch, sagst du?« Bußnitz machte wieder sein Pokerface. »Ich persönlich hatte zwar noch nie das zweifelhafte Vergnügen, jemandem zu begegnen, der von einem Dämon besessen war. Aber nach allem, was ich jemals über solche Vorgänge gehört und gelesen habe, würde ich sagen: Die besessene Person verändert ihr Verhalten zu hundert Prozent. Von einem Augenblick zum anderen. Das betrifft keineswegs nur ihre Stimme, ihre Sprechweise oder ihre Vorlieben – wer wirklich besessen ist, kann plötzlich auch Dinge machen, von denen er vorher nicht mal geträumt hat. Entlegene Sprachen verstehen, die er sonst kaum dem Namen nach kennt. Komplizierte Musikstücke komponieren, obwohl er normalerweise nicht mal Dur von Moll unterscheiden kann.«

Bußnitz war aufgesprungen und ging dozierend in seiner Steinzeithöhle auf und ab. »Ein Großteil der sogenannten Wunder«, sagte er, »lässt sich vermutlich auf Dämonismus zurückführen. Wenn Lahme plötzlich wieder gehen oder ganz gewöhnliche Leute auf einmal sich selbst oder irgendwelche tonnenschweren Gegenstände um sie herum in die Lüfte erheben können, als ob es ein Sack voll Federn wäre – dann steckt wahrscheinlich fast immer ein Dämon dahinter. Oder genauer gesagt – er steckt in der Person drin, die auf einmal diese erstaunlichen Talente an den Tag legt.«

»Und Sie sind wirklich noch nie so jemandem begegnet?«

Der Professor blieb vor Marian stehen und schaute auf ihn herunter. »Nein, Junge, noch nie. Auch hier und heute übrigens nicht …« Er nahm seine Wanderung durch die Höhle wieder auf. »Von der Besessenheit unterscheidet die Wissenschaft übrigens die sogenannte Verknüpfung. Auch Harpunieren genannt – denn hierbei schießen die Dämonen sozusagen einen Energiepfeil auf ihre Opfer ab. Sie schaffen eine Verbindung, sie hauen der betreffenden Person – bildlich gesprochen – einen Angelhaken ins Fleisch. Dadurch können sie in gewisser Weise auch den Willen und das Verhalten desjenigen beeinflussen, den sie da ›harpuniert‹ haben – aber in sehr viel geringerem Ausmaß als bei echter Besessenheit.«

Erneut blieb er vor Marian stehen und schaute zu ihm herunter. »Stell dir vor, dass du ein Auto wärst – natürlich nur rein theoretisch.« Sein Gesicht begann wieder mal vor unangebrachter Heiterkeit zu zucken. »Dann wäre dein Ich, dein bewusster Wille, sozusagen der Fahrer, der hinter dem Steuer sitzt. Wenn du von einem Dämon besessen bist, dann kickt er dich vom Fahrersitz herunter und übernimmt das Kommando. Dagegen schafft es ein Dämon, der sich mit dir verknüpft, nur bis auf deinen Beifahrersitz.«

Er nickte mehrfach und rieb sich die Hände. »Ja, das ist ein wirklich guter Vergleich«, lobte er sich selbst. »Dem Dämon, der dich harpuniert hat, gelingt es ab und zu, dir ins Steuer zu greifen und dich zu einem Richtungswechsel zu zwingen. Aber wenn du einen einigermaßen starken Willen hast und mit dem, was der Dämon von dir verlangt, im Grunde deines Herzens nicht einverstanden bist – dann kann er bei dir auch nicht viel erreichen. Im Großen und Ganzen bist dann weiterhin du es, der Tempo und Richtung bestimmt. Übrigens dürfte dir das alles nicht ganz fremd sein. Du hast mir doch erzählt, dass du dich mit Voodoomagie auskennst?«

Marian nickte halbherzig. Auskennen war wirklich etwas viel gesagt.

»Na also, Junge«, sagte der Professor und schaute sehr zufrieden drein. »Dann weißt du ja auch, wie man Amulette und ähnliche Schutzzaubersachen anfertigen und an der Person anbringen muss, die von einem Dämon harpuniert worden ist. Die Grundprinzipien von Magie und Hexerei sind auf der ganzen Erde mehr oder weniger gleich.«

»Und der Geist kann dann garantiert nicht die Kontrolle übernehmen?«

Bußnitz schüttelte den Kopf, dass seine dünnen gelben Haarsträhnen hin und her flogen. »Auf gar keinen Fall. Aber wenn die harpunierte Person es geschickt anfängt, kann sie die Talente ihres dämonischen Beifahrers sogar für ihre eigenen Zwecke nutzen.« Er breitete die Arme aus und machte Flatterbewegungen. »Fliegen, statt immer nur brav am Boden rumzukrauchen. Beispielsweise – und natürlich nur rein theoretisch.« Er unterbrach sich und lauschte nach draußen. »Was war das für ein Krach?«

»Keine Ahnung«, sagte Marian, obwohl ihn im gleichen Moment eine äußerst ungute Ahnung durchfuhr. Vom vorderen Hof her erschallte lautes Rumpeln. »Vielen Dank, Professor, das war wirklich sehr interessant.« Er sprang auf und war mit zwei Schritten bei der Tür. »Ich glaube, wir sollten jetzt besser wieder gehen.«

Marian rannte durch die Vorhalle und öffnete die Haustür. Er erstarrte auf der Schwelle, denn was er da draußen zu sehen bekam, war vollkommen unglaublich. Obwohl es ihn gleichzeitig überhaupt nicht überraschte. Nicht mehr nach dem, was er in letzter Zeit erlebt und was er gerade eben von Professor Bußnitz gehört hatte.

Billa saß inmitten der modrigen Brüder am Boden – genau dort, wo vorhin der Professor gehockt und in die Knochenflöte geblasen hatte. Sie hatte ihren Kopf weit zurückgelegt, und blaue Flammen zuckten aus ihren Augen, mit denen sie starr nach oben blickte. Vielleicht einen Meter über ihr schwebte einer der Baumsärge in der Luft – senkrecht, wie eine prähistorische Mondrakete kurz nach dem Start. Wo der modrige Bruder eben noch gestanden hatte, war jetzt eine Lücke im Oval.

Billa bewegte ihren Kopf langsam nach rechts und der Bursche schwebte ihren flammenwerfenden Augen hinterher. Sie manövrierte den Baumsarg bis zum anderen Ende des Ovals und ließ ihn mit einem satten Rumms hinter demjenigen seiner Brüder landen, der das Jackett des Professors trug. Dann fasste sie diesen Burschen ins Auge, ging wieder mit dem Kopf zurück und drehte ihn langsam nach links. Auch dieser Bruder schwebte ihr folgsam hinterher und landete in der Lücke auf der anderen Seite. Billa wandte sich noch einmal nach rechts, hob den ersten Baumsarg mit ihrem Blick ein wenig an und setzte ihn exakt an die Stelle, wo eben noch der Schlammkerl mit der Jacke gestanden hatte.

Als sie fertig war, stand sie auf und trat aus dem Oval heraus. Ihr Atem ging keuchend, der Schweiß tropfte ihr nur so aus den Haaren. Was immer Billa da gerade gemacht hatte – es schien mindestens so anstrengend wie die Besteigung des Mount Everest zu sein.

Doch das Brennen in ihren Augen begann bereits wieder zu erlöschen und ein ungläubiges Grinsen machte sich langsam auf ihrem Gesicht breit. »Sie haben die Dinger falsch aufgestellt«, sagte sie und musste zwischendrin dreimal jappsen, so sehr war sie immer noch außer Atem. »Haben Sie das wirklich nicht gemerkt?«

Marian stand noch auf der Türschwelle, wo er beim Anblick des schwebenden Baumsargs erstarrt war. Jetzt erst bemerkte er, dass der Professor hinter ihn getreten war. »Und woher weißt du, in welche Reihenfolge sie gehören?«, fragte Bußnitz.

»Wieso wissen?«, gab Billa zurück. »War einfach so ein

Gefühl.« Sie strich sich eine klatschnasse Strähne aus der Stirn. »Fahren wir, Marian?«

»Bin sofort da.« Er wandte sich zum Professor um. »Vielen Dank noch mal.«

»Deine Freundin hat ein bemerkenswertes Teleportationstalent.« Bußnitz setzte wieder sein furchiges Pokerface auf. »Ich weiß ja nicht, was ihr zwei vorhabt, aber ich wünsche euch jedenfalls viel Glück.«

55

Linda beugte sich über den Tisch auf der Hotelterrasse und legte ihre Hände auf Marians. Normalerweise hätte sie keine Chance gehabt, aber er war mit seinen Gedanken immer noch bei Billa. Dabei redete Linda unaufhörlich auf ihn ein.

»... verlange doch nichts Unmögliches von dir, Junge – nur, dass du mir ab und zu mal Bescheid sagst, wie es dir geht. Was du machst, Marian, und ob bei dir alles okay ist. Ob du zum Schlafen ins Hotel kommst, und wenn nicht, wo du dann die Nacht verbringst. Und vielleicht solltest du ja auch ab und zu mal die Dusche in deinem Zimmer benutzen – wenn du schon für dein Bett keine Verwendung zu haben scheinst?«

Er gab eine Art Brummen von sich, das so mancherlei bedeuten konnte. Hmmm-ja oder hmmm-nein oder hmmm-geht-dich-nichts-an. Linda konnte ja wohl nicht ernsthaft erwarten, dass er ihr in aller Ausführlichkeit von seinen privaten Angelegenheiten erzählte? Zumal diese Tropen-Babsi wieder mal bei ihnen am Tisch saß und mit kitschigem Schiefzahn-Grinsen zuhörte.

»Hast du letzte Nacht also bei dieser ... dieser Laura geschlafen? Marian, jetzt sag doch mal was!«

»Sie heißt Billa, Mutter«, sagte er. »Und geschlafen haben wir keine Sekunde lang.«

Tropen-Babsi stieß einen Pfiff aus. »Mein lieber Schwan. Und bestimmt habt ihr wie wild gekifft und all so was?«

Er warf Lindas Urlaubsfreundin einen verachtungsvollen

Blick zu. »Und all so was, Babsi, ganz genau. Wie hast du das nur erraten?«

Gleichzeitig überlegte er, was Billa und er alles bräuchten, um das Hexenbiest an der kurzen Leine zu halten. Ein Amulett allein würde nicht reichen – sie bräuchten zusätzlich goldene oder wenigstens silberne Ketten, die sich Billa um den Hals und die Handgelenke schlingen musste. Alte Magierweisheit: Die Dämonen verabscheuten Edelmetalle. Dagegen hefteten sie sich mit Begeisterung an alles, was rosten oder sonst wie kaputtgehen, zerfallen, sich verwandeln konnte: Eisen, Luft, Wasser, lebendiges Fleisch. Sie mussten Haarsträhnen von Billa in die Kettchen flechten und vielleicht sogar ein paar Zähne aus ihrer Milchzahnzeit dranbinden, falls Billa die aufgehoben hatte. Möglichst viele solcher persönlichen Sachen jedenfalls, und natürlich mussten die alle aus der Zeit stammen, bevor das Biest in sie gefahren war.

»Du siehst aus, als ob du gleich umfallen würdest!«

Linda hatte bestimmt die ganze Zeit weiter auf ihn eingeredet. Marian hatte nicht das Geringste davon mitbekommen, aber dann plötzlich dieser eine Satz – mitten ins Herz. Mit einem Mal spürte er, wie total ausgepumpt er war. Wie lange hatte er eigentlich nicht mehr richtig geschlafen? Gefühlte 333 Nächte, mindestens. Mal als Marian unterwegs, mal als Julian – dagegen waren Jekyll & Hyde doch höchstens Hobby-Nachtwandler.

Marian bekam einen richtigen Gähnkrampf. Seltsame Kojotentöne kamen aus seinem Mund, den er überhaupt nicht mehr zubekam, obwohl ihm vom vielen Gähnen schon die Augen tränten. »Umfallen, yeah«, gelang es ihm endlich hervorzukeuchen. »Nix lieber als das.«

Seine Mutter und Babsi guckten ihn so erschrocken an, dass er zusätzlich einen Lachanfall bekam. Er musste gleichzeitig gähnen und grinsen, wurde von Lachen geschüttelt, während ihm die Tränen nur so aus den Augen schossen. Das ergab ein grausames Grimassenchaos, und er konnte nur hoffen, dass alle hier am Tisch wussten, weshalb ihm die Tränen übers Gesicht liefen – vom Gähnen, Ladies and Gentlemen, nur vom Gähnen.

Nicht etwa, weil Marian Hegendahl, Retter des Planeten, gerade einen kleinen Nervenzusammenbruch hinlegen würde. Gott bewahre. Oder weil sein Sweetheart von einem Hexenbiest harpuniert worden war und deshalb Moorleichen magisch durch die Luft manövrieren konnte. Nicht die Spur. Oder weil er sich vor Angst fast in die Hosen machte, wenn er daran dachte, dass sie in den allernächsten Tagen noch mal zum Hexenhügel mussten. Überhaupt nichts dergleichen, meine Damen und Herren – er musste sich nur mal dringend für ein paar Stunden aufs Ohr legen.

Immer noch grinsend, gähnend und tränend, stand Marian auf.

»Wo gehst du hin?«, rief Linda aus.

»Na, ins Bett halt.«

»Ein schwieriges Alter«, bemerkte Babsi. »Also, als ich in der Pubertät war …«

Schon auf halbem Weg nach drinnen, fuhr Marian herum. Er ließ seine Rechte in Babsis Richtung schnellen und hätte sie mit seinem Zeigefinger fast harpuniert. »Du warst auch mal dort – in der Pubertät, meine ich?«

»Ja, klar, was denkst du denn, Junge?«

»Dann warst du das also. Das nächste Mal räumst du aber gefälligst hinter dir auf!«

Damit marschierte er davon. Hinter ihm blieb es geisterhaft still, und er stellte sich vor, wie Babsi und Linda fassungslose Blicke wechselten. Aber noch während er durch die Gaststube und in sein Zimmer hochging, war er in

Gedanken wieder bei Billa. Bei dem Abwehr- und Schutzzauber, den sie anfertigen mussten, um das Hexenbiest in ihr kurzzuhalten.

Nicht, dass es überhaupt noch einen Beweis gebraucht hätte, dachte er. Aber Billas Medaillon und ihre sonstigen persönlichen Sachen konnten Klotha und die anderen beiden Frauen nur aus einem Grund einkassiert haben – um Billa durch einen Unterwerfungszauber an sich zu binden. Wer Gewalt über die Seele, die Persönlichkeit eines anderen Menschen gewinnen wollte, musste sich solche privaten Dinge von ihm oder ihr verschaffen. Die Voodoopriester machten es ganz genauso: Sie bewahrten Haare, Zähne, sogar Finger- und Zehennägel ihrer Kultmitglieder in versiegelten Krügen auf. Wenn jemand in böser Absicht einen solchen Krug an sich brachte, dann konnte er die Persönlichkeit und den Willen dieser Person manipulieren und sogar brechen, für immer zerstören.

Marian schloss seine Tür auf und hinter sich gleich wieder zu. Es war zwei Uhr nachmittags – ein paar Stunden Schlaf konnte er wirklich gebrauchen, bevor der Wahnsinn weitergehen würde. Godobert trommelte wahrscheinlich schon mit den Fingern, weil er es kaum erwarten konnte, seinen Albtraumkinosaal zehn Meter unter der Erde endlich dichtzumachen. Auch bei Julian muss ich bald wieder vorbeischauen, dachte Marian – immer wenn er an den Famulus dachte, bekam er ein ganz blödes Gefühl. So als ob Julian drauf und dran wäre, irgendwelchen Mist zu machen, durch den alles nur noch viel gefährlicher, aussichtsloser, chaotischer würde.

Aber nicht jetzt, dachte er. Vorhin hatte ihn Linda auf dem Handy erwischt, kurz nachdem er und Billa vom Professor wieder weggefahren waren. Sie hatte drauf bestanden, dass er zumindest kurz mal bei ihr im Hotel vorbeikam und ihr sagte, was er in den letzten Tagen so getrieben hatte. »Ich weiß ja kaum noch, wie mein eigener Sohn aussieht!«, hatte sie ausgerufen, und Marian hatte sich zuerst wahnsinnig geärgert, weil sie ihn wie ein kleines Kind behandelte. Aber jetzt war er doch ziemlich froh, dass sie ihm zu einem Break in seinem bequemen Bett verholfen hatte. Nichts gegen das Mooslager im ehemals moorgräflichen Schlosspark – aber das hier hat eindeutig mehr Komfort.

Die Augen fielen ihm praktisch schon zu, während er den Rollladen vor seinem Fenster runterrasseln ließ und sich aus seinen Klamotten kämpfte. Sollte er nicht besser erst noch mit Billa ein neues Date vereinbaren, bevor er ins Koma fiel? Aber zu spät – er kippte auf sein Bett und schlief in derselben Sekunde ein.

56

Alles um ihn herum summte und brummte, zitterte und bebte. Der Boden unter ihm, jeder Baum, jeder Stein wurde von Vibrationen erschüttert. Verzweifelt versuchte Marian herauszufinden, was es damit auf sich hatte, doch es war stockfinster. Er konnte überhaupt nichts sehen, und das Summen wurde immer lauter, das Vibrieren stärker.

Irgendwann dämmerte ihm, dass das Summen von seinem Handy kam. Er hatte es wie üblich auf Vibrationsalarm gestellt und neben sich auf den Nachttisch gelegt. Schlaftrunken tastete er danach und schaltete mit der anderen Hand die Leselampe über dem Bett ein.

8:33 Uhr. Das sagte ihm erst mal gar nichts. Halb neun Uhr morgens? Abends? In Julians Vergangenheit, in seiner eigenen Gegenwart? Oder etwa in Tropen-Babsis Pubertät? Kam ihm alles ziemlich unwahrscheinlich vor. Als er sich hingelegt hatte, war es früher Nachmittag gewesen. Außerdem war es viel zu dunkel für beinahe jede Tages- oder Nachtzeit.

Dann fiel ihm ein, dass er den Rollladen heruntergelassen hatte.

Er drückte auf die Hörertaste und klemmte sich das Nokia zwischen Schulter und Ohr. »Hey, Billa. Hab wohl etwas länger gepennt als vorgesehen.«

Sie gab ihm keine Antwort. Atmete nur stumm und gepresst in den Hörer. »Hi«, sagte sie irgendwann, aber so leise, dass er es sich vielleicht nur eingebildet hatte. Zumal er immer noch nicht richtig wach war.

Er wühlte sich unter Decken und Laken hervor und wälzte sich aus dem Bett. Seine Beine fühlten sich so schwer an, als ob er Ewigkeiten geschlafen hatte. In seinem Kopf nichts als brausende Leere. Er trottete zum Fenster, zog den Rollladen ein paar Zentimeter hoch und spähte durch die Ritzen.

Allergrellste Helligkeit. Der ganze Kirchplatz war über und über mit überbelichteten Marktbuden übersät. Leute liefen da in Mengen herum, kauften, schwatzten, lachten.

Also halb neun morgens? Konnte ja wohl gar nicht sein.

»Marian?«, flüsterte Billa an seinem Ohr. »Ich glaub, sie sind da draußen und …«

Und was? Er wartete, aber wieder atmete sie nur krampfhaft ins Telefon. »Billa – wo bist du denn? Und wer ist da draußen bei dir?«

»Auf Klothas Hof. In der Holzhütte. Ich glaub, es sind Birta und Sina, Sie kratzen an den Wänden rum und machen so … seltsame Laute. He, ich glaub wirklich, die wollen mich fertigmachen.«

»Lass auf jeden Fall die Tür zu. Ich bin in 'ner Viertelstunde bei dir.«

Er wollte schon auflegen, in seine Klamotten springen, Special-Agent-mäßig lossprinten, aber Billas »Nein!« klang so verzweifelt, dass er innehielt. »Nein, du darfst auf keinen Fall kommen«, flüsterte sie. »Nicht jetzt, Mann. Sonst machen sie uns beide fertig. Hör zu«, flüsterte sie, bevor er ihr widersprechen konnte. »Ich hab's mir genau überlegt. Ich geh jetzt raus und schleim mich wieder ein bei denen. Keine Ahnung, wie – aber da fällt mir schon noch was ein. Wart mal kurz.«

Für einige Augenblicke erklang wieder nur ihr ängstliches Atmen. »Hörst du das, Marian?«, flüsterte sie dann. »So ein Scharren und Kratzen? Als ob da draußen riesengroße Katzen auf der Holzveranda rumlaufen würden.«

»Soll ich nicht doch besser kommen?«, fragte Marian.

Das Kratzen hörte sich wirklich ziemlich übel an. Und der Gedanke, dass die beiden alten Frauen da draußen herumschlichen, war fast noch unheimlicher, als wenn es tatsächlich Riesenkatzen wären.

»Auf keinen Fall!«, sagte sie wieder. »Du musst noch warten. Erst bring ich sie dazu, mit mir ins Moor rauszufahren. Das machen sie sowieso lieber als alles andere – und wenn wir dann weg sind, musst du kommen und bei Klotha nach meinen Sachen suchen.«

Nach Lindas Alarmanruf hatte Billa ihn gestern mit ihrer Kalesche bis vor den »Moorgraf« gefahren. Gestern – Marian konnte noch immer kaum glauben, dass er von zwei Uhr mittags bis halb neun am nächsten Morgen gepennt haben sollte. Auf dem Weg zum Hotel hatte er Billa jedenfalls kurz erzählt, was er vom Professor über Schutz- und Abwehrzauber gehört hatte und was er selbst darüber wusste. Und er hatte sie gefragt, seit wann ihr klar war, dass sie mit ihren – Sylvenias – Augenflammen zentnerschwere Sachen durch die Luft bugsieren konnte. »Seit eben erst«, hatte Billa geantwortet. »Obwohl – ich habe mich schon öfter mal gewundert, wenn Sachen, an die ich gerade gedacht habe, im nächsten Moment um mich herum aufgetaucht sind.« Aber bewusst hatte sie diese Fähigkeit vorher noch niemals eingesetzt – ihr »Teleportationstalent«, wie der Professor es gleich fachmännisch benannt hatte.

Wieder dieses Scharren und Kratzen im Hörer. Dazu ein ekelhaft an- und abschwellendes Heulen und Wimmern – selbst durchs Telefon hörte es sich so abscheulich an, dass sich Marian die Magendecke zusammenzog.

»Was meinst du mit ›die wollen dich fertigmachen‹?«, fragte er. »Das alles gefällt mir überhaupt nicht, Billa.«

»Mir auch nicht«, flüsterte sie. »Aber keine Sorge, Sweetheart – sie machen nur so ein bisschen Terror. Wär nicht das erste Mal. Wenn ich gleich heulend rausgehe und ihnen sage, dass ich alles mache, was sie wollen, dann ist wieder für 'ne Weile Ruhe. Solange das Biest in mir ist, würden sie niemals wagen, mir was zu tun.«

Das hörte sich halbwegs einleuchtend an. Aber besonders beruhigend fand Marian das Ganze immer noch nicht. Billa allein in diesem Holzhäuschen, und die abgedrehten Hexenweiber krauchten da draußen rum und terrorisierten sie, bis sie schreiend rausgerannt kam. Oder auch: Billa allein mit ihnen draußen im Moor. »Wann soll ich kommen?«, fragte er.

»So um Mittag rum. Dann müsste ich mit ihnen längst weit weg sein. Such zuerst in Klothas Zimmer – das ist im Gang hinter der Küche die erste Tür links. Irgendwo muss sie mein Zeug gehortet haben. Ich hab's dir ja gestern schon beschrieben – ein roter Lederbeutel, vollgestopft mit allen Zähnen, die mir von zwo bis zwölf jemals ausgefallen oder gezogen worden sind. Und mit Haarsträhnen aller Altersklassen – als Baby, als Kindergartenkind, aus praktisch jedem Schuljahr. Das Medaillon hatte sie in ihrem Nachttisch, aber das restliche Zeug muss sie woanders hingeräumt haben.«

»Und wenn deine Sachen nicht in ihrem Zimmer sind?«

»Dann musst du auf den Dachboden rauf. Tut mir leid, Marian. Hoffen wir, dass es nicht nötig ist.«

Das hörte sich noch hässlicher an als alles andere davor. »Was ist denn mit dem Dachboden los?«

»Na ja ...«, fing Billa an, aber weiter kam sie nicht. Marian hörte, wie lautstark gegen ihre Tür getrommelt wurde. Dazu unverständliches Geschrei aus rostigen Hexenkehlen. »Ich muss jetzt zu ihnen raus«, sagte sie hastig. »Du schaffst das, Marian – wir beide zusammen kriegen das auf jeden Fall hin. Lieb dich intergalaktisch, Sweetheart.«

Ohne auf seine Antwort zu warten, legte sie auf.

57

Zum Frühstück setzte Marian sich extra nicht auf die Terrasse, sondern verkroch sich im hintersten Winkel der Gaststube. Nur so zur Vorsicht – falls Godobert seine Brüder ausschickte, damit die ihn ins Logenhaus abschleppten.

Das half ihm allerdings überhaupt nichts: Der Wirt brachte ihm Saft und Croissants und dazu ein feierlich knisterndes Kuvert. **»Dr. Karl Godobert«** stand auf der Rückseite, **»Meister der Loge zu den Spiegeln des Lichts«.** Und auf der Vorderseite: **»Für Marian Hegendahl – sehr eilig!«**

Der Wirt ließ seine Tausendfüßler-Brauen tanzen. »Neues in der Erbschaftssache?«, fragte er in so gelangweiltem Tonfall, als ob kein Thema auf dieser Erde ihn weniger interessieren würde. Dabei wusste Marian von seiner Mutter, dass ganz Croplin sich praktisch Tag und Nacht die Mäuler über sie beide zerriss. Mutter und Sohn, die das Logenhaus belagerten, bis die Brüder einen Teil des Erbes von Urgroßonkel Marthelm rausrückten.

Marian ging hinter seinen Haaren in Deckung. »Keine Ahnung«, murmelte er.

Der Wirt grinste so wissend, als ob er den Brief durch das Kuvert hindurch längst gescannt hätte. »Ach ja«, sagte er, »deine Mutter lässt dir was ausrichten – sie ist mit Frau Doktor Dommler zu einem unserer traumhaften Badeseen gefahren.«

Frau Doktor Dommler? Das war doch nicht etwa Babsi? Na ja, wer sonst. »Äh, danke«, sagte Marian.

Der Wirt blieb noch mindestens drei Sekunden lang

neben seinem Tisch stehen und starrte auf das Kuvert von Godobert. Dann endlich drehte er ab und schlurfte hinter seinen Tresen.

Am liebsten hätte Marian den Brief einfach weggeschmissen, ohne auch nur reinzusehen. Oder ihn zumindest irgendwo versenkt und schleunigst vergessen. Solange er nicht wusste, was Godobert von ihm wollte, brauchte er auch nicht hinzugehen, oder? Aber im Grunde wusste er es sowieso schon, also war er es besser, die Sache hinter sich zu bringen.

Er riss das Kuvert auf und fischte ein vergilbtes Blatt heraus. Sonst war nichts weiter drin – kein Dämonenüberrest und auch kein Talmibro. Nur dieser schon reichlich altersschwache Zettel, der mit einigen offenbar hastig hingekritzelten Zeilen bedeckt war.

Lieber Marian,
»hilf Deinen Brüdern, wenn sie Deiner bedürfen – dann wird auch Dir Hilfe in der Not zuteilwerden.« So lautete das Lebensmotto unseres verewigten Meisters, und ich bin sicher, dass Du auch in diesem Punkt seinem leuchtenden Vorbild folgen wirst.

Bitte suche umgehend das Logenhaus auf. Das gewisse Problem duldet keinen Aufschub mehr. Also zögere nicht länger – sondern hilf beherzt. »Die Not ist groß und größer noch der Lohn.«

Mit brüderlichem Gruß
Karl Godobert

Marian faltete den Brief zusammen und gleich wieder auseinander. *»Das gewisse Problem duldet keinen Aufschub mehr«* – was zum Teufel sollte das bedeuten? Bereiteten sich die Dämonen vielleicht zum Sturm auf die Pforte unter dem Logenhaus vor? Und ausgerechnet er, Marian, sollte erneut probieren, das Sphärenfenster zu verschließen oder am besten gleich ganz zum Verschwinden zu bringen – auf die Gefahr hin, dass er diesmal komplett auf die andere Seite gesaugt wurde?

Tut mir leid, dachte er wieder, aber nicht mit mir. Jedenfalls nicht jetzt – und zwar aus gleich zwei Gründen, die sich allerdings mehr oder weniger gegenseitig ausschlossen. Grund Nummer eins: Schon bei der Vorstellung, diesem verdammten Sphärenfenster auch nur nahe zu kommen, wurde ihm kotzschlecht, und sein Herz fing an, wie irrsinnig gegen seine Rippen zu hämmern – vor Horror, dass ihm dasselbe passieren könnte wie Billa. Oder sogar wie Odilo, dem »armen Freund«: von einem Dämon nicht nur harpuniert, sondern besessen, sodass er alles machen müsste, was das Biest ihm befahl. Falls aber – Grund Nummer zwei – er und Billa im Hexenholz nichts ausrichten konnten, würde ihm trotz alledem nichts anderes übrig bleiben, als selbst durch diese Pforte zu gehen: zurück in die Zeit, bevor Justus die Ungeheuer erschaffen hatte.

Aber noch hatte er »ein paar Trümpfe in die Strümpfe«, um es mit Opa Johann zu sagen. Marian stopfte sich ein Croissant in den Mund und Godoberts Brief in die rechte Jeanstasche. Am Wirt vorbei schlurfte er aus der Gaststube und bei jedem Schritt klackten das Talmibro und das Medaillon in seiner linken Hosentasche gegeneinander. Es klang, als ob die beiden nicht besonders gut miteinander klarkämen.

Das Gewusel draußen auf dem Kirchplatz kam ihm total unwirklich vor. Wie konnten all diese Leute um Würste oder Dörrfisch feilschen – während da draußen im Bannwald praktisch schon der Countdown zum Weltuntergang lief? Marian schob sich durchs Gedränge, heilfroh, als er endlich die Marktstände hinter sich hatte und in der Herrengasse schneller vorwärtskam. Obwohl auch hier Unmengen von Leuten unterwegs waren.

Er stellte sich vor, wie die Golems aus dem Hexenholz hervorgestampft kämen – gleich sechs King Kongs auf einmal, die mit ihren Riesenfüßen alles pulverisieren würden, was ihnen zufällig in die Quere kam. Leute, Häuser, Autos, alles. Verzweifelte Polizisten würden auf sie schießen, von Hubschraubern aus würden Spezialeinheiten Stahlnetze über die Golems werfen. Aber es würde alles nichts helfen – die Monster würden einfach weiterstampfen, weiterwachsen. Die Kugeln würden durch sie hindurchjagen wie durch Schatten. Mit ihren Riesenpranken würden die Golems die Helikopter vom Himmel pflücken, sich die Stahlnetze vom Leib fetzen wie Spinnweben. In Panik würden die Leute vor ihnen die Flucht ergreifen. Aber die Golems würden so schnell weiterwachsen, dass sie bald schon ganze Städte unter ihren Füßen zermalmen könnten, wie Meister Justus das vorausgesagt hatte. Ein Schritt – und Hannover war Matsche. Nächster Schritt – Hamburg pulverisiert. Vor den Golems fliehen könnten die Leute so wenig wie ein Haufen Ameisen, den ein Traktor überrollte.

Na schön, dachte Marian, wegrennen bringt also gar nichts. Wie hatte Godobert geschrieben? *»Die Not ist groß und größer noch der Lohn.«*

Er trabte an der Apotheke »Am Bürgerspital« vorbei, ohne Lohenkamms Nachfolger einen Blick zu gönnen. Als Erstes würde er zum Logenhaus gehen und sich aus sicherer Entfernung zumindest mal anschauen, was da hinter dem Sphärenfenster passierte. Dann zu Julian – nur kurz nachsehen, was der Famulus so trieb. Und danach zu Klothas Hof.

Was würde ihn dort erwarten? Puh, lieber noch nicht

dran denken. An das Zimmer der Alten. Oder gar an den Dachboden, den Billa in einem Ton erwähnt hatte, als ob da oben mindestens ein Dutzend Moorgeister rumspuken würden.

Ich tu's für uns beide, Billa, dachte er. In seinem Bauch begann es zu flattern. Schmetterlinge? Oder eher Motten – graue Wolken flatternder Aasmotten wie in dem Horrorfilm, den er mal gesehen hatte. Aber warum musste ihm der gerade jetzt einfallen? Na, wegen dem Dachboden: In dem Film will sich irgendwer auf einem Speicher in so einer uralten Truhe verstecken, und als er das Ding aufklappt, grinst ihm eine halb vermoderte Leiche entgegen, und aus Mund und Augenhöhlen des Toten quellen und wirbeln und flattern Wolken staubgrauer Motten hervor.

Okay, Schluss jetzt mit solchem Zeug.

Sowieso bog er gerade eben in die Straße Am Bannwald ein. Die Bäume hinter dem ehemals Hegendahl'schen Gutshaus knarrten und ächzten, als ob ihnen selbst schon der Schrecken im Geäst säße. Das Logenhaus wirkte noch abweisender als sonst – alle Fensterläden verrammelt, weit und breit niemand zu hören oder zu sehen.

Aber bevor Marian den Klingelknopf auch nur berührt hatte, ging drinnen die Tür auf und Torgas stürzte regelrecht auf ihn zu. Riegelte und riss das Tor auf, winkte ihn rein, schloss mit fahrigen Fingern wieder ab. »Gehen wir gleich nach unten«, sagte er, ohne sich mit einer Begrüßung aufzuhalten. Er war so bleich, als ob er selbst bei den Geistern angeheuert hätte. »Wir halten dort abwechselnd Wache – immer sechs Brüder, Tag und Nacht.«

»Hat Godobert was rausgefunden?«, fragte Marian. »Ich meine – er wollte ja noch mal nachlesen, wie man die Pforte zukriegen kann.«

Der Bruder Türsteher drehte sich zu ihm um, ohne seine

Schritte zu verlangsamen. »Man muss berufen sein«, sagte er und eilte weiter quer durch die Halle, auf die Kellertür unter der schwarzen Wendeltreppe zu.

Überall in den Sesseln und Sofas saßen Logenbrüder, die schwarzen Anzüge so knittrig wie ihre Gesichter. Alle schweigsam, übernächtigt, bleich. Marian spürte ihre Blicke noch auf seinem Rücken, als er schon auf der Treppe in den ersten Keller war.

»Wir sind dir dankbarer, als ich es ausdrücken kann«, sagte Torgas unten im Gang.

»Noch hab ich ja nichts gemacht. Und ehrlich gesagt, ich weiß auch nicht …«

Torgas blieb unvermittelt stehen. »Meine Güte, das hätte ich fast vergessen.« Seine Linke tauchte in seine Jackentasche und förderte eine massive Goldkette zutage. »Häng sie dir um.«

Zögernd nahm Marian die Kette in die Hand. Sie musste viele Hundert Jahre alt sein. Kettenglieder so dick wie Siegelringe, schartig und grob ineinandergefügt. Der faustgroße Anhänger bestand gleichfalls aus massivem Gold – ein Pentagramm mit alchimistischen und Freimaurer-Symbolen. In jeden Strahl des fünfzackigen Sterns war ein magisches Zeichen eingeritzt: das geöffnete Auge, Zirkel und Winkelmaß, der Drache Ouroboros und ein stilisierter Totenschädel. Erst als sich Marian die Kette umgehängt hatte, wurde ihm bewusst, wie schwer sie war. Und wie kühl das Gold an seinem Hals.

Torgas fasste nochmals in seine Tasche und zog einen Kohlestift hervor. »Nur für alle Fälle«, sagte er. »Beuge deinen Kopf ein wenig zu mir herab.«

Marian schloss die Augen. Mit zitternder Hand malte ihm der Bruder Türsteher einen weiteren Fünfzack auf die Stirn. »Jetzt geh hinunter«, sagte er. »Bevor es zu spät ist.«

Er schob ihn zu dem Mauerloch über der unteren Kellertreppe. Je weiter Marian hinabstieg, desto lauter schallte ihm Sprechgesang entgegen. Es klang wie »Haaa – wooo – huuummm! Haaa – wooo – huuummm!«, aus einem halben Dutzend alter Männerkehlen intoniert. Doch sosehr sich Godobert und seine Brüder auch mühten, das Heulen und Brausen konnten sie nicht übertönen. Bei Weitem nicht.

Es musste durch die Pforte zu ihnen herüberdringen – das war Marian klar, noch bevor er um die Ecke gebogen war. Niemals mehr würde er den Augenblick vergessen, als er im Pfortenglas festgesteckt hatte, sein Kopf zum Platzen mit dem Heulen der Geister gefüllt.

Hinter der Biegung blieb er stehen und schaute ungläubig zum Sphärenfenster hinüber. Das dunkle Glas wimmelte nur so von feuerroten, schwefelgelben, giftgrünen Dämonen in allen erdenklichen Formen – Adlerfedern, Schlangen, Kugelköpfe mit abscheulichen Fratzen, dazwischen bizarre Mischwesen, die aus Tiger, Elefant und Huhn oder aus Giraffe, Hai und Hase zusammengesetzt schienen. Unzählige Dämonen drängten sich bereits vor dem Pfortenglas, glitten rastlos hin und her. Doch aus den Tunneln und Schächten in den Wänden dahinter schwebten unablässig weitere Geister herbei.

In der ersten Stuhlreihe vor der Pforte saßen sechs Logenbrüder nebeneinander. Der groß gewachsene Mann in ihrer Mitte musste Godobert sein. In monotonem Singsang riefen sie die immergleichen Silben: »Haaa – wooo – huuummm! Haaa – wooo – huuummm!« Bei »huuummm!« hob jeder Zweite von ihnen feierlich einen Gegenstand in die Höhe – einen kristallenen Kelch, eine Silberschale, eine goldene Krone. Bei »haaa!« reichten sie die Sachen an ihre Nebenmänner weiter, die wiederum bei »huuummm!« Kelch, Schale und Krone über ihren Köpfen schwenkten.

Der Bruder Türsteher war hinter Marian eingetreten. Er näherte sich auf Zehenspitzen seinem Meister und flüsterte ihm etwas ins Ohr. Daraufhin erhob sich Godobert und winkte Torgas, seinen Platz einzunehmen. Während der Türsteher die Silberschale übernahm und bei »huuummm!« in die Höhe stemmte, bahnte sich Godobert zwischen den Reihen leerer Stühle einen Weg zu Marian.

»Du siehst es selbst«, sagte er gedämpft, »wir dürfen nicht länger warten.« Er sah Marian bittend an. »Es ist keine Gefahr damit verbunden«, fügte er hinzu, »nicht für diejenigen, die berufen sind – wie Marthelm und wie du.«

Marian schaute von Godobert zum Pfortenglas. Er würde keinen Schritt näher zu diesem irren Dämonengewimmel hinübergehen, das schwor er sich selbst. Mochte Godobert bitten und betteln, wie er wollte. »Und wenn man nicht berufen ist«, fragte er, »was kann einem dann passieren?«

Godobert war seinem Blick gefolgt. »Was für ein Anblick«, sagte er. »Eine ganze Hölle im Aquarium.« Er sah wieder zu Marian und versuchte sich an einem Lächeln. Doch allem Anschein nach war ihm sehr viel eher zum Heulen zumute. »Ich habe seit gestern so ziemlich bei allen Gelehrten nachgelesen, die sich zu diesem Thema äußern«, sagte er. »Bei Albertus Magnus und etlichen weiteren Meistern des Goldenen Zeitalters. Sie erklären übereinstimmend, dass nur die Berufenen imstande sind, eine Dämonenpforte zu verschließen. Alle anderen erreichen entweder gar nichts – oder sie werden ›entrückt‹, wie das bei Albertus heißt.«

»Entrückt«, wiederholte Marian. Es gefiel ihm überhaupt nicht – noch sehr viel weniger als das Harpuniertwerden, das der Professor »Verknüpfen« genannt hatte. »Und was heißt das – entrückt werden?«

Einige Augenblicke sah Godobert stumm zum Sphärenfenster hinüber. Die Menge der Dämonen wuchs unaufhörlich – es sah wirklich aus wie ein Aquarium voll der verrücktesten Tiefseefische aller Zeiten und Meere. Unablässig schwebten die grotesk geformten Kreaturen hinter dem Glas hin und her und ebenso unaufhörlich riefen die Logenbrüder »Haaa – wooo – huuummm!« und schwenkten die magischen Gegenstände über ihren Köpfen.

»Was immer diese Bestien vorhaben mögen«, sagte Godobert, »als Erstes wollen sie offensichtlich zu uns herüberkommen. Und ich bezweifle sehr, dass wir sie noch lange aufhalten können.«

»Entrückt«, wiederholte Marian. »Sie wollten mir erklären, was dieser Albertus damit meint.«

»Nun ja, nach drüben gesaugt.« Godobert fuhr sich mit der flachen Hand über den Mund, als wollte er seine Antwort ungeschehen machen. »Um die Pforte zu verschließen, stellst du dich einfach mit dem Rücken zum Sphärenfenster hin.« Er sprach jetzt so beiläufig, als ob er bloß die Funktionsweise eines Kühlschranks erläuterte. »Mit deiner Körperhaltung bildest du dabei einen fünfzackigen Stern nach.« Er wandte sich um und führte Marian vor, was er meinte: die Beine gespreizt, die Arme V-förmig erhoben. »Hals und Kopf stellen den fünften Strahl des Pentagramms dar«, sagte er und drehte sich wieder herum. »Von den Hacken deiner Füße bis hinauf zum Hinterkopf und zu den Handrücken drückst du dich einfach gegen das Sphärenfenster und rufst dreimal diese Formel hier.«

Er zog ein Blatt Papier aus der Tasche und hielt es Marian hin. »Das ist alles«, sagte er und schaute Marian eindringlich an. »Du gehst keinerlei Gefahr dabei ein. Wenn du die Formel das dritte Mal ausgerufen hast, verschwindet die Pforte, und kein Dämon kommt hier jemals mehr durch.«

»Außer, ich werde entrückt.«

»Aber das kann auf gar keinen Fall passieren! Die Kette

wird dich zusätzlich schützen – ein Erbstück von deinem Onkel. Vor allem aber bist du zweifellos zur Magie berufen – das habe ich sofort an deinem Blick gesehen.«

»Ja, weiß schon«, murmelte Marian. Er fühlte sich in die Enge getrieben. Wenn er auch nur daran dachte, dass er sich mit dem Rücken gegen diese Höllenpforte lehnen sollte, die sofort wieder aufplatzen würde – und dahinter lauerten diese Unmengen grässlicher Geister ... Nein, mach ich nicht, auf gar keinen Fall, dachte Marian, während Godobert ihm weiterhin den Zettel mit der magischen Formel hinhielt.

»Das würde ich gern selbst erst noch mal nachlesen.« Marian nahm ihm das Blatt aus der Hand und schob es in seine Tasche, ohne auch nur einen Blick darauf zu werfen.

Godobert schaute ihn wortlos an. Sie beide wussten, dass Marian nur Zeit schinden wollte. Aus Feigheit, nahm der Meister zweifellos an, obwohl es mehr war als bloße Angst. Natürlich, ihm drehte sich der Magen um, wenn er auch nur dran dachte, dass er »entrückt« werden könnte, von der Geisterwelt verschluckt auf Nimmerwiedersehen. Aber trotzdem durfte er das Sphärenfenster auch deshalb noch nicht dichtmachen, weil er es vielleicht selbst noch mal brauchen würde. Doch das ging Godobert nichts an.

»Das Buch über *›Dämonen und Unsterblichkeit‹* von Albertus Magnus liegt oben in der Bibliothek noch auf dem Lesepult«, sagte der Logenmeister schließlich. »Es müsste sogar noch an der richtigen Stelle aufgeschlagen sein.« Wieder nahm sein Gesicht einen bittenden Ausdruck an. »Lies nach, was der große Magier geschrieben hat«, sagte er, »aber dann komm zurück – und hilf.«

Mit der linken Hand tastete Marian nach seinem Talmibro und Billas Medaillon. »Okay«, murmelte er, »dann also bis später.«

58

Der Rücken tat dem Famulus schon weh, so emsig kritzelte er mit der Gänsefeder in seine Kladde, tief über sein Pult gebeugt. Doch er achtete weder auf seinen schmerzenden Buckel noch auf das Klopfen an seiner Tür.

Jetzt geht's um alles, dachte er, also reiß dich zusammen, Julian Hallthau. Schließlich kommt es bei magischen Formeln auf jede Silbe an.

Der Erste im Bunde war Gunter von Croplinsthal gewesen. Doch was genau hatte der Ritter geschrien, während er die schlafenden Golems stampfend umkreiste? Mit zusammengekniffenen Augen starrte Julian ins Leere. Dann tunkte er die Feder in sein Tintenfass ein und begann aufs Neue schwungvoll zu schreiben. *»Aus heiliger Erde bist du geformt«*, murmelte und schrieb er. *»Golem – steh auf!«*

Da ging mit einem Quietschen hinter ihm die Tür auf und der Famulus fuhr herum. »Bei allen Aposteln«, rief er, »mir deuchte wahrhaftig ...«

Jungfer Hildegunde schien nicht weniger erschrocken als er. Wie festgebannt stand sie auf der Schwelle und suchte mit hauchzarter Hand am Türrahmen Halt. »Was, Julian«, rief sie, die Veilchenaugen weit aufgerissen, »was hat Er denn in diesem Haus zu fürchten – außer den Teufeln, die in Seinen Büchern hausen?«

»Teufel«, wiederholte Julian, »wer spricht von Teufeln?«

»Na, der Vater«, flüsterte sie und trat vollends ein. »Erst gestern hörte ich, wie er mit dem Herrn Pfarrer munkelte: Ob bei den Treffen der Rosenspiegler alles mit rechten

Dingen zugehe, wisse Gott der Herr allein. Und seit sein Famulus dem dunklen Bund angehöre, brüte er in jeder freien Stunde über Höllenbüchern, die ihm gewisslich von seinen Teufelsbrüdern zugesteckt worden seien.«

Die Jungfer trat neben ihn und legte dem Famulus ihre lilienweiße Linke auf den Arm. »Lass Er ab von satanischen Werken, lieber Julian – bei Seiner Seligkeit!«

Möglichst unauffällig schob der Famulus ein leeres Stück Papier auf seine aufgeschlagene Kladde. »Mit Verlaub, Jungfer, davon versteht Sie nichts. Doch ich schwör Ihr – auch wenn Gott der Herr höchstselbst in der Loge zugegen wäre, Er würde nichts Unrechtes an unserem Treiben finden.«

Die Jungfer wurde noch bleicher. »Aber Julian«, hauchte sie, »sieht und weiß Gottvater nicht ohnehin alles, was wir, Seine Kinder, trachten und treiben – auch das, was Er da unter dem Blatt verborgen hat?«

Sie wollte den Papierfetzen wegziehen, doch Julian war schneller. Er schlug die Kladde zu und stopfte sie sich zur Sicherheit gleich unters Hemd. »Verzeiht, Jungfer, wir Logenbrüder haben durch heiligen Eid geschworen: Von unseren Werken darf niemand erfahren, der unserem Bund nicht angehört. Und schon gar keine Frauen«, fügte er hinzu und biss sich im nächsten Moment auf die Unterlippe.

Das lilienweiße Antlitz der Jungfer begann sich mit roten Tupfern zu sprenkeln. »Dass Er so mit mir spricht – ich hätt's mir nicht träumen lassen«, stieß sie hervor. »Wenn Er's so weitertreibt, Julian, hat Er bald nicht nur mein Riemchen verloren – sondern mein Herz noch dazu!«

Da fiel der Famulus vor ihr auf die Knie. »Aber, Hildegunde, ich schwör Ihr, dass ich …« Er brach unvermittelt ab und lauschte in sich hinein. *»Bormi…«*, begann er zu wispern. *»Bormilatus … Bormilatus.«*

Die Jungfer sah mit verstörter Miene auf ihn herunter. Ihr

Blick irrte ab, flatterte in der Kammer umher. Schließlich blieb er auf einem Klumpen haften, der wie eine fette Kröte oben auf der Truhe des Famulus klebte. »Was ... was ...«, stammelte sie. »Was hockt da auf Seinem Kasten, Julian? Seit wann bei allen Heiligen teilt Er Seine Kammer mit solch teuflischem Getier?«

»Getier?«, echote Julian. Er folgte dem Blick der Jungfer und rappelte sich eilends auf. »Ach das ... Es hat überhaupt nichts zu bedeuten, ich schwör's Ihr.« Er stürzte förmlich zur Truhe, umfasste mit beiden Händen den Lehmklumpen und drückte ihn sich gegen die Brust.

»Ich kenn Ihn nicht wieder«, sprach Jungfer Hildegunde und eine Träne glitzerte in ihrem Auge. »Wenn Er sich selbst sehen könnte, Julian!« Damit wandte sie sich um und rannte aus der Kammer.

Der Famulus schaute an seiner Gestalt hinab. Die Kladde unterm Hemd in seinen Hosenbund geklemmt, den Batzen Hexenlehm beidhändig an sein Herz gepresst, bot er wahrhaftig einen absonderlichen Anblick. Aber darauf konnte er jetzt keine Rücksicht nehmen. So wenig wie auf sein Gewissen, das zur Unzeit wieder erwacht schien.

In den letzten Tagen hatte ihn seine innere Stimme ja endlich mal in Ruhe gelassen. Nun aber zeterte sie wieder wie eine derbere Hildegunde auf ihn ein: Du wahnsinniger Famulus, schmeiß den Hexenlehm weg! Vergiss alles, was du am Drachenmaul gesehen hast! Geh nie wieder zu den Logenbrüdern!

Jeder einzelne dieser Befehle war das genaue Gegenteil von dem, was Julian vorhatte. Da konnte sein Gewissen schreien, so viel es wollte: Er würde den Hexenlehm nicht wegschmeißen, sondern sorgsam aufbewahren. Auch würde er nicht vergessen, was er da draußen erlebt hatte, sondern es sich so getreulich wie irgend möglich ins Gedächtnis rufen und in seiner Kladde aufschreiben. Und wenn es ihm trotz allem nicht gelingen würde, aus eigener Kraft einen Golem zu erschaffen – dann, ja dann würde er dem Großmächtigen Meister einen unwiderstehlichen Vorschlag unterbreiten. Aber das wollte wohlüberlegt sein.

Julian warf sich erneut auf die Knie, doch diesmal nicht, um die Jungfer anzuschmachten. Wenn ich erst Herr über einen Golem bin, dachte er, wird sich Hildegunde schon darauf besinnen, wie innig sie mich liebt. Er legte sich flach auf den Boden und schob den lebenskräftigen Lehm so tief wie möglich unter seine Truhe. Das war nicht gerade ein großartiges Versteck, aber allzu lange müsste der Batzen dort sowieso nicht bleiben.

Entweder es glückt mir noch diese Nacht, dachte der Famulus, einen Golem zu erschaffen. Oder ich gehe morgen zu Meister Justus und bitte ihn demütigst, mit seinem Raben einen Pakt zu schließen.

Damit kehrte er zu seinem Pult zurück und holte neuerlich seine Kladde hervor. Er blätterte darin herum, bis er die richtige Seite gefunden hatte, kniff abermals die Augen zusammen und rief sich ins Gedächtnis, was als Nächstes vor dem Drachenmaul geschehen war. Nach dem Ritter war der Goldschmied Bardo in den Lichtkreis getreten und hatte ausgerufen: *›Die Urflut tränkt dich, Golem – steh auf!‹* Danach war Benno dran gewesen und er hatte geschrien …

Na, sag schon, feuerte sich Julian an. Also er hatte geschrien … Ja, jetzt vernahm er auch die dünne Fistelstimme des Silberschmieds wieder so getreulich, als ob Benno neben ihm stünde und ihm die Formel ins Ohr kreischte: *»Das magische Feuer durchloht dich, Golem – steh auf!«*

Julian tunkte die Feder ein und schrieb, dass die Tinte nur so spritzte. Nachdem er die vier Formeln notiert hatte, die er zur Beschwörung des Golems brauchte, nahm er das

Werk von Elisha Asmol von seinem Bord und schlug nach, was der Erleuchtete über magische Dämpfe offenbarte.

Das Sphärenfenster, durch das sich die Dämonen Astometh und Ohyrion aus ihrer Welt herüberlocken ließen, bestand normalerweise aus einem ganz besonderen Glas. Von der Kunst, solche magischen Gläser herzustellen, verstand der Famulus allerdings überhaupt nichts. Wie jedoch Dr. Dr. Asmol ausführte, konnte man sich notfalls auch mit gewissen Dämpfen behelfen. So entstand der Dampf, der Astometh herbeizwang, wenn man eine Mischung aus Sulfur, Alraun und etlichen weiteren Ingredienzien abbrannte. Dagegen konnte man Ohyrion herbeirufen, wenn man gehäckselten Fliegenpilz, wiederum Alraun und manch andere Zutaten mit drei Tropfen Jungfernblut vermengte und das Ganze in Brand setzte. In der Luft über diesen Flammen bildeten sich dann »ätherische Pforten«, durch die die beiden Geister in die Menschenwelt überwechseln konnten.

Meister Justus selbst hatte ja auf diese Weise schon einmal den schwefelgelben und den feuerroten Dämon herbeigezwungen – Julian erinnerte sich noch genau, wie er durch die Ritzen in der Verliestür gespäht hatte und vor Aufregung beinahe in Ohnmacht gefallen war. Hätte der Großmächtige Meister damals schon den lebenskräftigen Lehm vom Hexenhügel zur Hand gehabt, so wäre ihm da bereits die Erweckung des Golems gelungen, davon war Julian überzeugt. Und weil er selbst nun über den bestmöglichen Lehm verfügte, musste er nur noch die Rezepturen aus dem Buch von Elisha Asmol in seine Kladde übertragen. Später in der Nacht, wenn alles tief und fest schlief, würde er hinab ins Labor des Apothekers schleichen und ans Werk gehen. Alraun, Sulfur und alle anderen benötigten Pulver und Wurzeln waren dort unten reichlich vorhanden.

Bloß wegen der drei Tropfen Jungfernblut musste er sich

noch etwas einfallen lassen. Oder, besser gesagt, seinen gesamten Mut zusammenraffen. Und Nadel nebst Fingerhut nicht vergessen, wenn er zur Mitternacht gespenstergleich in Hildegundes Kammer huschen würde.

»Mabro…« Er schüttelte sich kurz und murmelte dann folgsam weiter. *»…silat … Mabrosilat.«*

59

Still und verlassen lag Klothas Hof vor Marian in der Mittagssonne. Das Tor stand wie üblich weit offen, von den drei alten Frauen und von Billa war nichts zu sehen. Trotzdem hatte Marian das ungute Gefühl, dass er von allen Seiten beobachtet wurde.

Sonderbar, dass sich sogar die rot-weiß getigerten Katzenviecher heute gar nicht blicken ließen. Sonst hockten die doch überall auf den bröckligen Hofmauern oder auf dem Brunnensims herum. Stolzierten durch Gras und Gestrüpp oder machten sich einen Spaß daraus, fauchend aus irgendeinem Versteck hervorzuschnellen und ihn zu erschrecken.

Heute aber war weit und breit kein Miauen, kein Fauchen, kein Kratzen von Katzentatzen zu hören. Nur das Zirpen von ein paar Grillen, die müde ihre Beine aneinander rieben. Und die grämlichen Rufe der Raben und Dohlen draußen über Hexenholz und Moor.

Durch Gestrüpp und Gerümpel ging Marian als Erstes zum Stall. Spähte hinein, aber außer Justy, dem uralten Gaul, der dort im hintersten Winkel seinen Gnadenhafer malmte, gab es auch hier nichts zu sehen. Kein Tyram, keine Kalesche und erst recht keine Billa.

Die schwere Goldkette mit dem goldenen Pentagramm trug Marian immer noch um den Hals. »Ich muss leider sofort wieder weg«, hatte er zu Torgas gesagt. »Unmöglich kann ich jetzt noch mal runter zu Meister Godobert. Sagen Sie ihm bitte – ich komme so schnell ich kann zurück, um die Sache da unten zu Ende zu bringen.«

Der alte Bruder Türsteher hatte ihn vollkommen verzweifelt angeschaut. Ihn dann wortlos zum Tor gebracht und rausgelassen, ohne die Kette zurückzufordern.

Umso besser, dachte Marian. Im Schatten des halb zusammengekrachten Schuppens ging er hinüber zu Klothas Wohnhaus. Jedes Mal, wenn er herkam, wunderte er sich, dass es nicht längst umgefallen war, sich in seine Einzelteile aufgelöst hatte. Unzählige Schindeln, die von der Fassade abgebröckelt waren, lagen auf der Veranda verstreut. Die Schimmelflecken auf den Mauern sahen wie ein widerlicher Hautausschlag aus. In den Blumentöpfen vor dem Küchenfenster wuchsen Disteln und Dornenranken.

Der Hausschlüssel lag unter einer losen Verandabohle, wie Billa es angekündigt hatte. Marian sah sich noch einmal nach allen Seiten um. Dann drehte er den Schlüssel, drückte auf die Klinke und mit einem rostigen Röcheln ging die Haustür auf.

So hell es draußen war, so düster hier drinnen. Er zog die Tür hinter sich wieder zu, musste dann erst einen Moment warten, bis seine Augen nicht mehr nur gelbstichige Schatten zu seinem Gehirn funkten. Sondern jede Menge ekelhafter Hexenküchenbilder, auf die sein Gehirn liebend gern verzichtet hätte: der rußige, riesige, rostige Ofen; am Küchentisch ein Stuhl mit drei Beinen und ein zweiter ohne Sitzfläche; die verbeulten Töpfe und Pfannen an den Wänden. Alles war mit einem widerlichen Schmier bedeckt, sodass man am Boden festklebte, wenn man auch nur einen Moment stehen blieb, an der Wand, wenn man den Fehler machte, sich anzulehnen, am Tisch, wenn man sich mit der Hand darauf abstützte. Das war kein gewöhnlicher Küchendreck, der sich aus Staub und Essensresten zusammenbackte. Eher so was wie Spinnenfäden, fast unsichtbar und mit klebrigem Schleim getränkt.

Eine Albtraum-Alarmanlage, dachte Marian und achtete darauf, dass er nirgendwo entlangstreifte, wenn es nicht unbedingt sein musste, und nichts außer dem schmierigen Boden berührte, und auch den nur immer ganz kurz und auf Pumafußspitzen. Trotzdem fühlte es sich jedes Mal an, als ob er in einen fetten Kaugummi getreten wäre, und mit jedem Schritt schienen die unsichtbaren Klebfäden unter seinen Sohlen dicker und zäher zu werden.

In der hinteren Küchenwand, zwischen zwei Schränken mit zersprungenen Milchglasscheiben, führte eine Tür tiefer ins Haus. Sie war angelehnt und Marian schob sie weit auf und blieb mit angehaltenem Atem stehen. Jeden Augenblick konnte eine der alten Frauen in diesem Flur auftauchen und irgendwas Scheußliches mit ihm anstellen. Ihm ein Rudel tollwütiger Katzen auf den Hals hetzen, ihn mit diesen Schmierfäden blitzschnell von Kopf bis Fuß umspinnen, oder weiß der Henker, was sonst noch. Na klar, Billa hätte ihm zumindest eine Alarm-SMS geschickt, wenn irgendwas schiefgelaufen wäre, Birta oder Sina beispielsweise daheimgeblieben wären. Außer, sie hatten Billa außer Gefecht gesetzt, bevor sie ihn warnen konnte.

Aber wegrennen bringt nichts, sagte sich Marian und machte einen entschlossenen Schritt in den dunklen Flur. Die erste Tür links, hatte Billa gesagt. Also gleich dieses Prachtstück hier: mit alten Kartoffelsäcken oder so was behängt, die sich noch dreimal schmieriger anfühlten als alles, was er bisher in diesem Laden angefasst hatte. Ekelhaft klebrig und gleichzeitig kratzig behaart. Sodass man vom Dranlangen eine Gänsehaut bekam und einen sauren Würgereiz dazu. Anstelle der Klinke gab es eine Seilschlaufe, mit der Marian erst im dritten Anlauf zurechtkam: Man musste sie nach links ziehen, vom Türrahmen weg, damit die Falle zurückschnappte und die Tür sich aufdrücken ließ.

Und wieder rostiges Scharnierwinseln, na klar. Und dann so ein pelziger Facehugger, der ihm aus dem Dunkel des Zimmers entgegenhechtete. Ihm das Gesicht zerkratzt, die Augen rausgefetzt hätte, wenn Marian nicht die ganze Zeit genau darauf gefasst gewesen wäre. Er sprang zur Seite und das fette Katzenvieh flog fauchend an ihm vorbei. Knallte neben ihm auf den Boden und verkroch sich maunzend irgendwo im Dunkeln.

»Noch mehr von eurer Sorte?« Er drehte an den altmodischen Schaltern, die innen und außen neben der Zimmertür angebracht waren. Im Flur und drinnen gingen trübe Deckenlichter an. Marian blieb noch einige Augenblicke auf der Schwelle stehen und schaute sich in Klothas Zimmer um.

Keine Katze, keine Hexe, nicht mal eine Spinne, soweit er das von hier aus sehen konnte. Weder in dem riesengroßen schwarzen Holzbett, das mehr wie ein Sarg aussah. Noch in dem Schrank an der linken Wand, der weit offen stand und bis auf ein paar nebelgraue Lumpen leer war. Noch in Klothas Nachttisch, vor dem sich Marian jetzt hinhockte, denn vielleicht hatte Billa ja doch was übersehen.

Er zog die Schublade auf. Ein abgegriffenes kleines Buch, in aschegraue Rattenhaut gebunden, lockte ihn magisch an. Am liebsten hätte er es eingesteckt, um später in Ruhe nachzuschauen, was Klotha so zum Einschlafen las. Aber sie durfte auf keinen Fall bemerken, dass jemand in ihren Sachen herumgewühlt hatte. Also warf er nur noch einen raschen Blick auf den sonstigen Krimskrams in der Lade – Eulenfedern, ein stark verrostetes Eisenkreuz, ein paar gebogene Knochen, so zart wie von einem Neugeborenen – und schob sie wieder zu.

Darunter gab es noch ein Türchen mit zwei Fächern dahinter. Kastanienmännchen mit rostigen Nadeln in Augen,

Armen, Herz. Marian musste schlucken. Rührte aber weiterhin nichts an. Auch nicht die Tiegel und Fläschchen mit Pulvern und Flüssigkeiten drin, die hässlich aussahen und noch sehr viel ekelhafter rochen.

Kein rotes Ledersäckchen mit Billas Zähnen und Haaren drin. Damit hatte er natürlich gerechnet, darauf war er genauso gefasst gewesen wie auf die Katze. Trotzdem war ihm ziemlich zittrig zumute, als er aufstand und zurück in den Flur ging.

Wie man zum Dachboden hochkam, hatte ihm Billa gar nicht gesagt. Das war aber auch nicht nötig. In Klothas Haus gab es kein weiteres Stockwerk über dem Erdgeschoss. Und die Treppe da hinten, am Ende des Flurs, führte offensichtlich geradewegs zum Speicher hoch.

Eigentlich war es mehr eine Holzleiter. Marian war ein bisschen schlecht vor Angst, als er das knarrende Ding hochstieg und oben mit den Händen gegen die Falltür drückte. Die bestand bloß aus ein paar morschen Brettern, die vor mindestens hundert Jahren mit damals schon rostigen Nägeln zusammengehämmert worden waren. Er stemmte sich dagegen. Mit einem lang gezogenen Stöhnschreien schwang die Falltür auf und knallte zur Seite weg.

Marian blieb auf der obersten Sprosse stehen und schaute sich erst mal wieder um. Versuchte es zumindest, denn zu sehen war eigentlich gar nichts. Oder jedenfalls nur Schatten, Schemen im Halbdunkel. Durch Ritzen zwischen den Dachziegeln sickerte ein wenig Sonnenlicht herein und malte bleiche, zitternde Krakel in die Dämmerung.

Dazu ein Geruch wie zehn Tonnen Staub. Und hundert Hektoliter Pisse und Schweiß, die seit tausend Jahren in zehntausend stockfleckigen, mottenzerfressenen Hexenkleidern klebten.

Na, dann viel Spaß beim Suchen. Hatte das eben etwa der Famulus in seinem Kopf gesagt? Konnte ja überhaupt nicht sein. Das hätte mir gerade noch gefehlt, dachte Marian. So wie ihm überhaupt Julians neueste Verrücktheiten gerade noch gefehlt hatten. Während er hier Kopf und Kragen riskierte, um in allerletzter Minute die sechs Golems vielleicht doch noch unschädlich zu machen – war der durchgedrehte Famulus drauf und dran, ein weiteres dieser Monster zu erschaffen! Das durfte alles überhaupt nicht wahr sein.

Mit weichen Beinen machte Marian einen weiteren Schritt und trat von der Holzleiter auf den Dachboden. Der bestand allem Anschein nach einfach aus Holzbrettern mit riesigen Astlöchern darin.

Zur Sicherheit klappte er die Falltür hinter sich wieder zu. Erneut musste er einen Moment warten, bis er sich halbwegs an die Lichtverhältnisse gewöhnt hatte. Allmählich sah er etwas klarer.

Die Dachschräge war so steil, dass man nur auf einem schmalen Gang in der Mitte aufrecht gehen konnte. Überall lagen modrige Teppichrollen herum, Säcke, Bündel, Kisten, mit Lumpen oder sonstigem Kram vollgestopft. Balken verliefen kreuz und quer und machten alles noch unübersichtlicher. Doch ganz am Ende des Speichers befand sich ein riesengroßer Schrank, zweitürig, aus dunklem Holz – dort würde er vielleicht am ehesten fündig werden. Zumindest sah das Ding weniger ekelhaft aus als diese Säcke und Rollen, die alles enthalten konnten – Moorleichen, Skelette, Überreste missglückter Kreaturen aus Klothas Hexenküche.

Sonst noch was?

Wolken von Aasmotten. Okay, das ist jetzt wirklich genug.

Mühsam bahnte sich Marian einen Weg in Richtung Schrank. Ziemlich in der Mitte des Speichers ragte ein gigantisches Balken-X auf – mit einem senkrechten Zusatzstrich oben in der Mitte. Es gefiel ihm überhaupt nicht. Vielleicht war es ja einfach eine harmlose Holzkonstruktion, die lediglich dazu diente, den Dachstuhl zu tragen. Aber das glaubte Marian nicht. Es war ein magisches Zeichen, so viel stand fest. Und links wie rechts davon war kein Weiterkommen möglich – vom Boden bis zur Dachschräge hinauf war alles mit Säcken, Kisten, Bündeln vollgestopft.

Marian umfasste mit beiden Händen die schrägen oberen Streben des Balken-X und spähte auf die andere Seite hinüber. Einige Schritte weiter erblickte er ein zweites Balken-X – mit einer zusätzlichen senkrechten Strebe im unteren Teil. Der Raum zwischen diesen beiden Hexenzeichen war vollkommen leer. Das wirkte umso unheimlicher, als sich links und rechts davon Säcke, Kisten, Bündel vom Boden bis zum Dach hinauf stapelten.

Er fasste nach dem goldenen Pentagramm vor seiner Brust. Beruhigend schwer und kühl lag es in der Hand. Es hilft alles nichts, dachte er, ich muss da jetzt durch. Billas Sachen sind ganz bestimmt in dem Schrank dahinter. Das kann gar nicht anders sein – gerade weil der Raum davor allem Anschein nach mit einem Bann belegt ist.

Marian atmete tief durch. Dann ging er in die Hocke und watschelte im Entengang durch die untere Hälfte des Hexenzeichens durch. Auf der anderen Seite richtete er sich wieder auf. Machte einen Schritt in den leeren Raum zwischen den beiden Balken-Xen und es passierte – nichts.

Keine axtschwingenden Gespenster stürzten sich auf ihn, keine Zombies, überhaupt keine üblen Erscheinungen, die ihn umzubringen, abzudrängen, in die Flucht zu jagen versuchten. Also machte er noch einen Schritt – und da knallte er mit der Stirn gegen irgendetwas, das sich gleichzeitig weich und ekelhaft hart anfühlte. Wie ein dünner Strohballen, mit etwas sehr viel Härterem dahinter. Es tat so grässlich weh, dass er aufstöhnte und die Augen zusammenkniff.

Verdammtes Ding, dachte er, wo kam das auf einmal her? Hier war eben noch rein gar nichts – nur staubige Luft mit ein paar Lichtkrakeln. Aber der Schmerz fühlte sich total wirklich an.

Mit einer Hand rieb sich Marian die Stirn, mit der anderen tastete er auf dem Strohding herum. Und bekam eine Gänsehaut wie noch nie in seinem Leben.

Mann oh Mann, dachte er, das ist kein Strohsack. Das ist eine Puppe aus Stroh. Lebensgroß, und als er weiter nach oben tastete, fühlte er unter seinen Fingern einen dicken, rauen Strick. Das Seil war um den Hals des Strohmanns geschlungen und der baumelte vor dem verfluchten Balken wie ein Gehenkter.

Zögernd machte Marian die Augen wieder auf. Er ahnte schon, was er jetzt zu sehen kriegen würde, und trotzdem war es ein mörderischer Schock.

Das wild hingekrakelte Porträt, das eindeutig ihn selbst darstellen sollte. Mit Kohlestift auf einen Papierfetzen gemalt. Mit riesigen Nadeln an den Kopf dieses Stroh-Marian geheftet – und mit den beiden Dornenstöcken, die seine Augen durchbohrten.

Wieder stöhnte Marian auf. Ohne zu überlegen, was er da machte, griff er nach den schwarzen Dornenästen, wollte sie aus den Augen seines Stroh-Avatars rausziehen. Aber das tat grauenvoll weh – nicht an seinen Händen, wie er erwartet hatte, sondern an seinen Augen!

Er ließ die Stöcke los und tastete nach seinem Gesicht. Eisiges Entsetzen: Seine Augen waren mit irgendwas klebrig Feuchtem verklebt.

Blut, dachte Marian. Klotha hat mir die Augen kaputt gehext mit diesem Dornen- und Puppenspuk. Er hielt sich die Hände dicht vors Gesicht, aber er sah nur noch blutrote Nebelschwaden. Seine Augen brannten wie Feuer. Er wollte schreien, aber er brachte keinen Ton heraus. Irgendwo hinter sich hörte er meckerndes Gelächter.

Billa, hilf mir, dachte er, sonst ist alles vorbei. Er tastete nach dem Pentagramm und im gleichen Moment wurde es vor seinen Augen wieder klar. Er konnte wieder sehen, und an seinen Fingern klebte zwar jede Menge ekliger Schmier, aber nicht der kleinste Spritzer Blut.

Ich bin im Bannfeld zwischen den Hexenzeichen, sagte sich Marian – deshalb seh ich hier lauter Horrorzeug, das in Wirklichkeit gar nicht da ist oder passiert. Vor Erleichterung hätte er beinahe losgeheult, aufgeschrien, irgendwie seine Angst und Anspannung rausgelassen. Aber jetzt erst mal hier weg.

Die Strohpuppe baumelte immer noch vor ihm an ihrem Balken, doch sie war jetzt nur noch ein Schatten, der zusehends verblasste. Trotzdem achtete Marian darauf, sie nicht versehentlich anzurempeln, als er sich an ihr vorbeischob. Mit drei raschen Schritten war er beim hinteren X mit der senkrechten Strebe in der unteren Hälfte. Auch hier war links wie rechts kein Vorbeikommen und so sprang er mit einem Satz durch die obere Hälfte hindurch.

Der Schrank dahinter war aus schwarzem Holz und sah älter aus als alle Möbelstücke, die ihm jemals untergekommen waren. Er besaß zwei Türen, und als Marian eben die linke Tür aufzog, hörte er die Art von Geräuschen, die er gerade jetzt auf gar keinen Fall hören wollte.

Das Klappern von Hufen. Das Rattern altmodischer Achsen und Räder.

Verdammt, wie lang war er schon hier oben? Er nestelte sein Handy aus der Gürteltasche: halb vier vorbei.

Auch das konnte eigentlich nicht sein. Er hatte höchstens fünf Minuten unten in Klothas Zimmer rumgestöbert und hier oben hatte er noch nicht mal angefangen zu suchen.

Aber noch während er das dachte, wurde ihm klar, wo die verlorenen Stunden abgeblieben waren: im Bannraum zwischen den beiden Hexen-Xen.

60

Mit fliegenden Fingern wühlte Marian das Lumpenzeug durch, das sich hinter der linken Schranktür stapelte. Dutzende altmodischer Kleider, schrillbunt und klebrig verfleckt – Hexen-Glamour, wie er auch Billa manchmal gefiel. Genauer gesagt, Sylvenia.

Mitten in dem Stapel fand er einen zusammengerollten Strick, packte das Horrording und wollte es zur Seite schleudern – an genau so einem Seil hatte der Stroh-Marian zwischen den Hexen-Xen gebaumelt. Aber dann fiel ihm ein, dass er den Strick gleich noch brauchen würde – sogar dringender als irgendwas sonst. Er zog ihn aus dem Haufen Lumpen und warf ihn hinter sich auf den Boden.

Schwer zu schätzen, wie weit die Kalesche noch entfernt war. Einen Kilometer vielleicht? Das Hufklappern wurde jedenfalls immer lauter und neben dem Rattern der eisenbeschlagenen Holzräder meinte er sogar schon heiseres Keifen aus Altweiberkehlen zu hören.

Er machte die rechte Schranktür auf. Keine Katze, keine Aasmottenwolke – nur Unmengen von winzigen Schubfächern, und egal welches er mit fahrigen Händen aufzog: Sie alle waren mit Gold- und Silberketten, mit Broschen und Ringen, mit Etuis, Amuletten, Medaillons vollgestopft.

Jetzt ganz ruhig, ermahnte sich Marian. Aber das war leicht gesagt, wenn einen das eigene Herz praktisch k. o. schlug. Er presste den Mund zusammen, um nicht laut loszuschreien oder so was – dann riss er eine Lade nach der anderen auf, wühlte wie irr das ganze Gold- und Silberzeug durch. Kein rotes Ledersäckchen, nächste Lade, da auch nicht, und wieder, wieder, wieder nix – während vor seinem geistigen Auge schon die Kalesche auf den Hof geklappert kam. Keuchend riss er Schubladen auf, stieß sie wieder zu. Das gibt's nicht, dachte er, das Ding muss hier irgendwo sein!

Okay, jetzt also einen Emergency-Plan. Den ganzen Schrank würde er nicht mehr schaffen. Sowie die Hexen den Hof erreicht hätten, wüssten sie auch schon, dass jemand bei ihnen eingestiegen war. Außen in der Haustür steckte der Schlüssel und in Klothas Zimmer hatte er nicht mal das Licht ausgedreht. Also musste er vor ihnen wieder unten sein, seine Spuren verwischt haben, mindestens im Schuppen in Deckung gegangen sein.

Noch fünf Schubladen, beschloss Marian, und dann ab durch die Mitte, ob mit oder ohne Billas Kram. Und wieder nix, noch vier, noch drei – und dann schrie er tatsächlich auf: »Hey, bingo!« Ein scharlachrotes Ledersäckchen leuchtete ihm aus der Lade entgegen. Er zerrte es raus, brauchte null Komma drei-drei-drei Ewigkeiten, bis er oben den Riemen aufgezurrt, reingelangt, ein Durcheinander aus kleinen Zähnen, üppigen Strähnen ertastet hatte. Er hängte sich den Beutel um den Hals, wollte schon abdrehen – aber stopp. In derselben Schublade ringelten sich außerdem noch Unmengen von Gold- und Silberkettchen. Er raffte alles zusammen, mittlerweile geübt wie ein Juwelendieb, und stopfte sich den Klimperkram in die Hosentasche.

Billa, gib mir noch ein paar Minuten, dachte er. Fasste dabei mit einer Hand nach dem Pentagramm, mit der anderen nach dem Ledersäckchen. Und dann aber los.

Er kickte die Schranktüren zu, beugte sich vor und hob das zusammengerollte Seil auf. Packte es wie ein Lasso, ließ ein Seilende über seinem Kopf kreisen und warf es mit

Schwung so weit oben wie nur möglich um einen der Balken im Hexen-X. Zum Glück hatte er sich letztes Jahr mal ziemlich gründlich mit der Kunst des Knotens beschäftigt – Seemannsknoten, Henkersknoten, magische Knoten, Knotenschrift. Mit einem Satz sprang er in die obere V-Hälfte des Hexenzeichens, knotete den Strick mit einem einfachen Palstek am Balken fest. Dann umklammerte er das Ende des verzurrten Seils mit beiden Händen und fasste den Punkt ins Auge, wo er runterkommen musste: haargenau vor dem vorderen Hexenzeichen.

Ziemlich in der Mitte zwischen den beiden Xen war immer noch der Balken mit der daran aufgeknüpften Strohpuppe zu sehen, aber nur noch so blass und durchsichtig wie Nebelfäden. Egal, was sie ihm da jetzt wieder ins Bannfeld gaukeln würden, schärfte er sich ein – es war nicht real. Es waren bloße Trugbilder, nichts, wo er wirklich dagegenknallen, was ihn aufhalten oder ihm sonst wie gefährlich werden könnte.

Marian holte tief Luft. Dann stieß er sich vom Hexenbalken ab, flog an seinem Seil durchs Bannfeld, durch den Schattenbalken mit seinem Schattenstroh-Avatar, und kam genau dort runter, wo er es vorgesehen hatte. Ohne das Seil loszulassen, warf er sich mit dem Oberkörper nach hinten und surfte mit den Füßen voran durch die untere Hälfte des zweiten Hexen-X.

Erst als er auf der anderen Seite war, ließ er den Strick los. Außer Atem blieb er eine halbe Sekunde auf dem Holzboden liegen, lauschte nach draußen, auf das Hufklappern, Räderrattern, das schon gefährlich nah klang. Er rappelte sich auf, riss die Falltür hoch, polterte die Holzleiter runter, rannte den Flur entlang. Bei jedem Schritt klirrte und klimperte er wie ein ganzer Schmuckladen und das schwere Goldpentagramm schwang vor seiner Brust hin und her und knallte alle paar Atemzüge mit Billas Ledersäckchen zusammen. Das klapperte als Antwort mit Billas Milchzähnen, und währenddessen stoppte Marian ganz kurz bei Klothas Zimmer, um drinnen wie draußen das Licht auszudrehen und ihre Kartoffelsacktür zu schließen. Dann zurück in die Küche, über den mit Hexenschmier verklebten Boden und zur Haustür.

Marian keuchte, und sein Herz schlug so laut, dass es ihm wie Donner in den Ohren dröhnte. Aber noch immer verlief alles nach Plan – er rannte auf die Veranda raus, knallte die Tür zu, schloss ab, stopfte den Schlüssel zurück unter die lose Bohle. Dann sofort rüber zum Schuppen, der von Düsterkeit und Gerüchen nach Heu, Fell, Pferdeäpfeln erfüllt war.

Ganz hinten in seiner Box stand der uralte Gaul Justy zwischen runtergekrachten Brettern und sonstigem Gerümpel und kaute auf Strohhalmen rum. Klirrend und scheppernd wie eine kaputte Kirchturmuhr taumelte Marian auf ihn zu und tauchte eben in die Box neben Justy, als er die Kalesche mit Billa und dem Hexentrio auf den Hof rattern hörte.

Keuchend kauerte er sich zwischen mürben Brettern ins Stroh. Noch mal gut gegangen, dachte er, da glühte neben ihm ein grünes Augenpaar auf. Im nächsten Moment sprang die Katze fauchend auf ihn zu, die Krallen ausgefahren, die Zähne gebleckt. Ihre Augen spien schimmelgrüne Flammen und die roten Streifen in ihrem Fell glühten wie Lavaströme im Schnee. Währenddessen kam draußen die Kalesche zum Stehen. Sina und die beiden anderen Frauen riefen und lachten wild durcheinander – anscheinend waren sie blendend gelaunt.

Das sollten sie auch bleiben, dachte Marian. Zumindest so lange, bis er mit Billa wieder auf und davon war. Fauchend flog die Katze auf ihn zu, und als sie auf eine halbe

Armlänge heran war, riss er das Pentagramm vor seiner Brust hoch und hielt es wie einen magischen Schild vor sein Gesicht. Mit aller Macht krachte die Katze dagegen und – war im selben Moment verschwunden. Ganz einfach weg.

Marian japste auf vor Erstaunen. Ja, sonst noch was?, dachte er. Vor seinen Augen hatte sich die Katze in Luft aufgelöst. Eben noch hatte er die Hitze gespürt, die von ihrem Körper ausging, die wütende Gier dieser Bestie, Krallen und Zähne in sein Fleisch zu schlagen. Dann aber wumms – er spürte die Wucht des Aufpralls jetzt noch in seiner Hand. Und nur einen Wimpernschlag später war sie ganz einfach weg gewesen, wie eine Kreidezeichnung, wenn man mit dem Schwamm darüber wischte.

61

Marian grübelte immer noch über die Katze nach, als vorn die Tür knarrte und Billa in den Schuppen kam. Er konnte sie erst sehen, als sie vor seiner Box stand, aber er hatte sie sofort an ihren leichten, schnellen Schritten erkannt.Er schaute auf, den goldenen Kettenanhänger noch in seiner Rechten. »Alles okay«, flüsterte er und klopfte gegen den prall gefüllten Lederbeutel vor seiner Brust.

Billa lächelte zu ihm herunter. Sie sah erschöpft und verschreckt aus. Ihre Augen waren gerötet, als ob sie gerade eben geweint hätte. »Ich hab Tyram gar nicht erst ausgespannt«, sagte sie. »Lass uns gleich wieder fahren. Mann, Marian – ich würd's nicht ertragen, auch nur eine Sekunde länger hierzubleiben.«

Sie hatte so leise geredet, dass er es praktisch von ihren Lippen ablesen musste. Aber in diesem Moment kam es ihm so vor, als ob sie sogar ihre Gedanken gegenseitig lesen könnten. Und ihre Gefühle sowieso.

Marian sprang auf und nahm sie in den Arm. »Schsch«, summte er ihr ins Ohr. »Vergiss die drei. Sie haben keine Macht mehr über dich.« Er nestelte sich den Riemen mit dem roten Ledersäckchen vom Hals und hängte es ihr um. »Komm, gehen wir.«

Sie verließen den Schuppen, stiegen in die Kalesche und fuhren davon. Niemand versuchte, sie aufzuhalten, niemand schrie Verwünschungen hinter ihnen her. Aber Billa blieb still und bedrückt, auch als sie Hof, Moor und Hexenholz längst hinter sich gelassen hatten und auf dem kurvigen Waldweg hoch zum ehemaligen moorgräflichen Jagdschloss fuhren.

Erst in ihrem Versteck, auf dem Moosbett hinter Gestrüpp und Ruinengemäuer, kriegte Billa ihren Mund wieder auf. »Sie wollten unbedingt noch mal zur Marieneiche«, sagte sie. »Hatten auch wieder so eine Strohpuppe gebastelt und einen Strick eingepackt, um das Ding aufzuhängen.«

Sie fuhr sich mit der Hand über die Augen und schien in sich hineinzuhorchen. Auch Marian blieb stumm, wartete nur, dass sie weitersprach. Obwohl er sich schon so ungefähr denken konnte, was jetzt kommen würde.

»Ich wollte sie zur Rede stellen«, fuhr sie schließlich fort, »aber sie haben mich nur ausgelacht. Warum macht ihr das immer, hab ich geschrien – ihr wollt gar nicht, dass Jakob wieder freikommt, ihr wollt ihn umbringen! Da haben sie noch lauter gelacht und mich beschimpft und beleidigt – du kannst dir gar nicht vorstellen, was sie alles zu mir gesagt haben. Zur gleichen Zeit haben sie das Seil um einen Ast geschlungen und die Strohpuppe dran aufgehängt. Sina hat einen bekritzelten Zettel aus der Tasche gezogen und Birta hat zwei Äste von einem Dornbusch abgebrochen. Damit haben sie der Puppe das Papier an den Kopf genagelt – mit einem draufgemalten Gesicht, und ich hab immer noch geglaubt, dass es um Jakob gehen würde. Schau doch mal, Billalein, haben sie dann aber gekreischt, wer hier am Bäumchen baumelt! Und da … und da …« Sie ließ den Kopf hängen und aus ihrem Mund kamen nur noch krampfhafte Schluchzer.

Marian legte ihr seinen Arm um die Schultern und zog sie enger an sich. »Schsch«, machte er wieder. »Ich weiß schon Bescheid.« Schnell erzählte er ihr, was er auf dem Dachboden erlebt hatte. »Schau in dem Beutel nach«, sagte er dann, »ob alles drin ist, was sie dir weggenommen hatten.«

Sie öffnete das Ledersäckchen und schüttete den gesamten Inhalt vor sich ins Moos. Mindestens 15 Milchzähne, außerdem genügend Haare für eine ganze Perücke – dünne, seidige Babylocken, ein dicker Zopf, noch fest zusammengeflochten, Haarsträhnen aus ihrer Kindergarten- und Grundschulzeit und den Jahren danach.

Marian schaute sich alles an und war froh, dass Billa so langsam wieder aus ihrem Tal der Tränen rausgewatet kam. »Alles noch da«, sagte sie, »und du meinst wirklich, dass sie jetzt keine Macht mehr über mich haben?«

Marian zuckte mit den Schultern. »Jedenfalls würde ein Voodoozauberer das so sehen – und laut Professor Bußnitz funktioniert Voodoo nicht viel anders als Cropliner Hexenmagie.«

Er nahm seinen Arm von Billas Schultern, fischte Unmengen goldener und silberner Kettchen aus seiner Hosentasche und warf alles vor ihr ins Moos. »Am besten fängst du schon mal an«, sagte er, »Haarsträhnen um Ketten zu flechten, Zähne an Armreifen dranzubinden – wir brauchen so viel wie möglich von dem Zeug.« Aus seiner linken Hosentasche holte er auch noch das Medaillon und ließ es zwischen Haaren, Zähnen, Ketten zu Boden gleiten. »Stopf auch ein paar von deinen Haaren zu dem Laura-Bild. Wir müssen dich von oben bis unten mit Schutzamuletten behängen«, sagte er, »wenn wir in sechs Tagen zusammen ins Hexenholz gehen.«

»In sechs Tagen?«, wiederholte sie.

»Alte Magierweisheit: Wenn du eine große Aufgabe vollbringen willst, musst du dich fünf Tage lang drauf vorbereiten.« Er grinste sie an. »Erste Pflicht: ab Tag eins keusch leben. Zweite Pflicht: ab dem dritten Tag nichts mehr essen. Dritte Pflicht: ab dem fünften überhaupt nichts mehr zu dir nehmen – nicht mal mehr klares Wasser.«

Er stand auf, schob seine Hände in die Taschen, die endlich nicht mehr mit Ketten und Medaillon vollgestopft waren. Nur das Talmibro steckte da immer noch und vor seiner Brust hing schwer und mächtig das Pentagramm.

»Mann, Marian, wo willst du denn schon wieder hin?«

Er schaute auf sie runter, immer noch grinsend. »Ich will's dir nur leichter machen – ich meine, mit der ersten Pflicht.« Er winkte Billa zu und sprintete schon los, auf den ehemaligen Wehrturm zu, in dem Julian mal eine ganze Nacht festgesessen hatte. »Bin gleich wieder da – dauert höchstens 'ne halbe Stunde.«

Wenn es irgendwie zu machen wäre, dass der Famulus wieder in so einem Turm eingesperrt würde, bis die ganze Golem-Sache vorbei ist, dachte Marian, ich wäre auf der Stelle dabei.

62

Es war zwei Uhr in der Nacht und doch ging es im Apothekerlabor lebhafter zu als sonst am helllichten Tag. Auch der Famulus fühlte sich so wach und beschwingt wie eigentlich niemals, wenn er auf Befehl des Herrn Lohenkamm Kräuter häckseln, Wurzeln raspeln, Tinkturen zusammenkochen musste. Dabei machte er im Grunde nichts anderes als sonst – nur kochte er heute keinen Schlafbalsam und auch kein Verjüngungselixier. Stattdessen bereitete er die Pulver vor, aus denen gleich die dämonischen Dämpfe aufsteigen sollten.

Ich kenn Ihn nicht wieder, hatte am Abend die Jungfer geklagt. Und um die Wahrheit zu sagen: Es ging Julian selbst nicht viel anders. Wie der prächtige Schmetterling aus der unscheinbaren Raupe hervorgeht – genauso hatte er sich über Nacht von dem täppischen Famulus in einen kühnen und mächtigen Magier verwandelt.

Davon war er selbst jedenfalls überzeugt, während er Alraun hackte und Schwefelpulver hinzugab. Wie sonst wäre beispielsweise die Dreistigkeit zu erklären, mit der er vorhin seinem Golem den Weg vorgebahnt hatte? Ganz unten in seiner Truhe verwahrte er seit Jahr und Tag ein getrocknetes Zweiglein vom Traumstrunk – einer kostbaren Arzneipflanze, mit der man sich nur einmal über Mund und Nase streichen musste, um für viele Stunden in tiefen Schlaf zu sinken.

Sich selbst – oder auch anderen Personen, von denen man nicht behelligt oder gar ertappt werden wollte. Ebenso wie gewissen holden Maiden, denen man ein wenig Blut abzuzapfen plante.

Gegen Mitternacht war Julian in die Schlafkammer seines Lehrherrn geschlichen. Gar mächtig schnarchend hatte dort der Herr Lohenkamm neben seiner ebenso gewaltig sägenden Gemahlin gelegen. Für alle Fälle war der Famulus dennoch zu ihrem Bett gehuscht, hatte mit dem Traumwurz da über Maul und Nüstern, dort über Lippen und Nase gestrichen – und dann auf Zehenspitzen weiter zu Jungfer Hildegunde.

Niemals vorher war er bei Nacht in der Kammer seiner Liebsten gewesen. Nie war sie ihm schöner erschienen als gerade heute um Mitternacht, wie sie im Mondschein vor ihm lag. Wie ihr Busen sich im Schlaf gehoben und gesenkt, wie sie in süßen Träumen geseufzt und gelächelt hatte – waren es Träume von ihm, ihrem über alle Maßen wunderbaren Julian?

Abermals hatte er den Traumwurz hervorgenestelt, der Jungfer das Näschen und den lieben Schmollmund bestrichen – und dann husch hinab ins Labor.

Beinahe zwei Stunden lang hatte er emsig alles vorbereitet, was er laut Elisha Asmol benötigte, um die Dämonen Astometh und Ohyrion herbeizuzwingen. Auch eine Lehmpuppe hatte er aus dem Hexenlehm bereits geknetet – viel kleiner zwar als die Figuren des Großmächtigen Meisters und weit weniger kunstfertig, als es die Schmiede-Brüder vermochten. Aber dort lag sie, auf dem Kellerboden neben dem Apothekerherd – wohl eine Elle lang, mit Gliedmaßen wie Siedewürste und einem Kopf, der nach Form und Maßen einem Bratapfel glich.

Nun musste er nur rasch noch einmal hinauf zu Jungfer Hildegunde, mit Nadel und Fingerhut. *»Bormi…«* Julian schüttelte sich und biss die Zähne zusammen. Nein, dachte er, auf gar keinen Fall. »*...latus ...*« Nicht gerade jetzt!

Der Famulus konnte sich zwar nicht im Geringsten erklären, wie das zugehen mochte. Doch eins war ihm mittlerweile klar geworden: Immer wenn es ihn aus heiterem Himmel überkam, krauses Zeug wie das hier zu murmeln – dann hob kurz darauf sein Gewissen an, auf ihn einzuschreien. Und wenn er dann wieder jene anderen Silben ohne Sinn und Zusammenhang gewispert hatte – dann gab im gleichen Moment seine innere Stimme Ruhe. Doch heute würde er gar nicht erst zulassen, dass sie wach wurde und ihm lästig fiel.

Aber zu spät. »*Bormilatus ... Bormilatus*«, murmelte Julian, und praktisch noch in das Gemurmel hinein fing sein Gewissen an zu zetern: Mach den Ofen aus, kipp das Teufelszeug weg, das du da zusammengekocht hast – na mach schon, du wahnsinniger Famulus! Und zerstampf deine Lehmpuppe zu Staub und Bröseln, und die zerstreu in alle Himmelsrichtungen – worauf wartest du noch!

Der Famulus stand einen Augenblick lang wie gelähmt zwischen Puppe und Ofen. Dann schüttelte er sich abermals, lief die Treppe zur Apotheke und gleich auch die nächste zu Jungfer Hildegundes Schlafkammer hoch.

Vor ihrer Tür hielt er kurz inne, um seinen Atem zu beruhigen. Die Nadel hatte er schon stechbereit in der Hand, als er über die Schwelle der traumwurztief Schlummernden schlich. Ihre Lilienhand lag auf der Decke hingebreitet wie ein Opfertier. Julian kniete sich neben sie und piekte ihr in die Daumenbeere. Die Jungfer seufzte aus Traumestiefe, da ließ er drei köstlich rote Tropfen in seinen Fingerhut perlen, hauchte einen Kuss auf die winzige Wunde und war schon wieder draußen und die Treppe hinab.

Du blödsinniger Depp von einem Kräuterschnippsler, lass es sein!

Und jetzt gerade nicht, dachte Julian – wer mich so übel beschimpft, kann nie und nimmer auf meine Einsicht rechnen.

Doch auch wenn sein Gewissen ihn mit ausgesuchtester Höflichkeit angefleht hätte – er wäre von seinem Weg nicht mehr abzubringen gewesen. Sie beide wussten es, und deshalb schwieg sein Gewissen jetzt verbissen, während der Famulus ebenso beharrlich weiterwerkelte.

Den Inhalt des Fingerhuts gab er in eines der beiden Gefäße, in denen er die dämonischen Substanzen vorbereitet hatte. Ein letztes Mal ließ er alles aufkochen, dann kippte er die Pulver in Messingschalen, wie er es bei Meister Justus gesehen hatte. Die eine Schale stellte er zur Linken, die andere zur Rechten seiner Lehmpuppe auf.

Gleich darauf begann er, den Golem in der Manier des Ritters Gunter zu umkreisen. »Aus heiliger Erde bist du geformt, Golem – steh auf!« Das wiederholte er dreimal, bevor er einen bereitstehenden Wasserkrug ergriff und in die Rolle des Goldschmieds schlüpfte.

»Die Urflut tränkt dich«, brüllte er, »Golem – steh auf!« Wasser ergoss sich auf die Puppe und den Kellerboden. Der Famulus schrie, stampfte, spritzte. Stellte schließlich den Krug zur Seite und riss zwei Holzstücke aus dem Ofenloch heraus. »Das magische Feuer durchloht dich, Golem – steh auf!« Er stieß die glühenden Enden in die Messingschalen und tatsächlich stieg aus dem einen Pulver eine gelbliche, aus dem anderen eine rötliche Qualmsäule auf.

Allerdings handelte es sich um ein ziemlich blasses Gelb und ein ebenso mattes Rot, im Grunde genommen allenfalls um Rosa. Mit dem grellen Schwefelgelb und dem leuchtenden Feuerrot, die aus den Schalen von Meister

Justus emporgeschossen waren, wiesen die Dämpfe des Famulus nur eine sehr entfernte Ähnlichkeit auf. Hatte Elisha Asmol etwa die falsche Rezeptur überliefert? Oder alles verdreht und verschlüsselt, sodass Beiwurz durchaus nicht Beiwurz meinte und Alraun keineswegs Alraun? Der Famulus kämpfte alle Zweifel noch einmal nieder. *»Das magische Feuer durchloht dich«*, schrie er, *»Golem – steh auf!«*

Der Traumwurz zumindest schien prächtig zu wirken. Denn obwohl Julian gottserbärmlich schrie und stampfte, fuhren weder Jungfer Hildegunde noch ihre Eltern aus dem Schlaf. Das galt allerdings auch für den Golem, der weder zu zucken begann noch gar die Augen aufschlug. So wie sich auch an der Decke über den blassbunten Dampfsäulen keinerlei dämonische Lichtzungen mit Namen Astometh und Ohyrion blicken ließen.

Gleichwohl wechselte Julian nun in die Rolle über, die bei der Erweckung im Hexenholz dem Großmächtigen Meister selbst zugefallen war. *»Der göttliche Odem durchweht dich«*, rief er und rannte aufs Neue um seine Lehmpuppe herum im Kreis. *»Schem – ham – for – as!«* Auch diese Formel wiederholte er getreulich drei Mal, bevor er sich neben seinem Golem auf die Knie warf.

Er zog eine Gänsefeder aus seinem Wams, denn eine Adlerfeder hatte er in der Eile nicht auftreiben können. Aber er ahnte bereits, dass es darauf nun auch nicht mehr ankam. Wütend stach er sich das spitze Ende des Federkiels in den Daumen, dass das Blut nur so hervorspitzte. Er tunkte die Feder hinein und kritzelte auf die Stirn seines Golems mit bebender Hand **Ammanth**.

Dann ließ er Feder, Hände und Kopf sinken und verharrte so minutenlang auf dem schmutzigen Boden, in einer Pfütze aus gewöhnlichem Kräuter- und Fliegendreck, aus Wasser, Blut und Hexenlehm. »Nun, ich hab's probiert«, murmelte er auf sein missratenes Geschöpf hinab. »Und bin gescheitert und will folglich unser beider Schicksal in die Hände von Meister Justus geben.«

Er riss seinem Golem Kopf, Arme und Beine ab und schob alles wieder zu einem unförmigen Batzen zusammen. Dann machte er sich daran, das Labor aufzuräumen. »Nichts Verdächtiges soll der Herr Lohenkamm morgen vorfinden, auch nicht an seinem Famulus«, murmelte Julian, der zwischenzeitlich ein seltsames Muschelding aus seinem Brustbeutel hervorgezogen hatte und es ratlos zwischen den Fingern drehte. »Nichts will ich mir anmerken lassen bis zum Abend, *Mabrosilat*«, murmelte er, »wenn ich von hier weggehe, *Mabrosilat*, auf Nimmerwiedersehen, um dem Großmächtigen Meister meine Dienste anzutragen und den Batzen – *Mabrosilat*.«

63

Marian kam zu sich, das Talmibro noch in der Hand. Irgendwas stimmte nicht, das spürte er sofort.

Er saß auf einem Mauerbrocken, mit dem Rücken an eine Turmzinne gelehnt. Über sich nur den dämmrigen Abendhimmel – und irgendwo da unten im Ruinengemäuer ein Rascheln und Scharren wie von schleichenden Schritten.

Die Hexenweiber? Er musste zurück zu Billa! Sie saß bestimmt noch in ihrem Versteck und ahnte nichts von der Gefahr, die sich um sie herum zusammenbraute.

Aber wenn er jetzt nach unten rannte, riskierte er erst recht, dass ihnen Sina und die anderen auf die Spur kamen.

Für seinen Kurztrip zu Julian hatte sich Marian in den Turm zurückgezogen, in dem damals der Famulus warten musste, während Meister Justus und die Lichtträger über seine Aufnahme in die Bruderschaft berieten. Ein rundes Gemäuer mit schmalen Schießscharten, die Wände mindestens einen Meter dick. Im Innern gab es nur eine Wendeltreppe, die zu einer Kammer auf halber Höhe führte. Von dort ging es über eine schadhafte Holztreppe bis zur Spitze des Turms hinauf, eine zinnengeschmückte Plattform, die einen prachtvollen Ausblick auf die Schlossruine und den verwilderten Park bot. Bis nach Croplin hinunter konnte man von hier aus alles überblicken – auch den gewundenen Waldweg, der vom Alten Stadttor zum ehemaligen Jagdschloss heraufführte.

Aber Marian hatte die letzte halbe Stunde im Jahr 1676 verbracht und deshalb natürlich auch nicht gesehen, wer da 333 Jahre minus 9 Stunden später vielleicht den Waldweg hochgeschlichen kam.

So leise wie irgend möglich stand er auf und schaute zwischen zwei Zinnen hindurch zum Schlosshof hinab. Doch er konnte nichts Verdächtiges entdecken – nur Bäume und Sträucher, die zwischen den geborstenen Pflastersteinen emporwuchsen, und den verschlammten Springbrunnen, in dem außer Fröschen schon lange nichts mehr sprang. Und ringsum Ruinengemäuer mit unzähligen höhlenartigen Kellerlöchern, in denen sich ganze Hexenhorden leicht verbergen konnten.

Während Marian von Zinne zu Zinne schlich und in Hof und Park hinunterspähte, legte er sich rasch einen Plan zurecht. Er musste zu Billa hinab – aber ohne dass irgendwer ihm dorthin folgen konnte. Ohne irgendwen auf sich aufmerksam zu machen, mussten sie ihr ganzes Zeug zusammenraffen und mit Sack und Pack in diesen Turm umziehen – nur hier waren sie halbwegs in Sicherheit. Unten gab es sogar eine uralte Tür, die sich von innen mit einem klobigen Eisenriegel verrammeln ließ. Es war ihre einzige Chance, die fünf Tage zu überstehen, bis sie es wagen konnten, noch einmal zum Drachenmaul zu gehen. Die einzige Möglichkeit, Billa so lange vor den Hexenweibern abzuschirmen. Denn Klotha und die anderen würden nichts unversucht lassen, um Billa wieder unter ihren Einfluss zu bringen – das wurde Marian immer klarer, während er auf das Rascheln und Scharren da unten im Schlosshof lauschte.

Zu sehen war nach wie vor niemand, und länger zu warten hatte wenig Sinn – mit Macht brach nun die Nacht herein.

War es nicht sowieso ein Fehler gewesen, dass er Billa den Lederbeutel mit all ihren Sachen drin gegeben hatte? Solange sie die Harpune des Hexendämons in sich trug, konnte es immer noch passieren, dass Sylvenia die Kontrolle über ihr Denken und Handeln übernahm. Und wenn Sina und die anderen sie fanden, während sie unter dem Einfluss des Hexenbiestes stand … Nein, das durfte auf gar keinen Fall passieren.

So schnell und gleichzeitig so leise wie möglich lief Marian erst die Holzleiter, dann die speckige Wendeltreppe hinab. Die Tür nach draußen hatte er sicherheitshalber verriegelt, bevor sein Geist mit dem Talmibro in die Vergangenheit geflogen war. Schon in ältesten Zeiten hatten sich die Zauberpriester und Schamanen in unzugängliche Verstecke zurückgezogen, ehe sie sich auf eine solche »Seelenreise« begaben. Denn dabei blieb ihr Körper hilflos im Tiefschlaf zurück – eine leichte Beute für Raubtiere und menschliche Feinde, wenn man nicht die sorgsamsten Vorkehrungen traf.

Unten angekommen lauschte er einige Augenblicke, ein Ohr an das Türblatt gedrückt. Dann schob er Millimeter für Millimeter den rostigen Eisenriegel zurück. Es gab trotzdem ein hässliches Quietschgeräusch, nicht sehr laut zwar, doch in der abendlichen Stille kaum zu überhören. Er zog die Tür auf und rannte geduckt über den Schlosshof, auf die Überreste der moorgräflichen Kapelle zu. Und gerade als er dort stehen blieb, um noch einmal kurz zu lauschen, trat ein Schatten aus dem Eingang zu den Katakomben. Ein weiterer Schatten folgte ihm. Marian wandte sich um und da kamen aus dem halb eingestürzten Schlossflügel neben dem Turm nochmals zwei Schemen hervor.

Ehe Marian wegrennen konnte, trat ihm der erste Schatten aus der Katakombe in den Weg. »Wir suchen dich, Marian Hegendahl«, sagte er.

»Torgas?«

Der Schatten warf ein schwarzes Tuch zurück, das seinen Kopf und seine Schultern verhüllt hatte. »Wir brauchen deine Hilfe«, sagte der Bruder Türsteher, »warum lässt du uns im Stich?«

»Und warum verstecken Sie sich unter diesem blöden Schleier?«

Hinter Torgas trat der zweite Schemen auf den Hof. Auch er hatte seinen Kopf mit einem schwarzen Tuch verhüllt, und als er es zurückwarf, kam Meister Godobert höchstpersönlich darunter zum Vorschein. »Es sind Wehrtücher, sie schützen uns vor den Hexen«, sagte er in ernstem Tonfall. »Sieh dir das Muster an und die hineingewobenen Goldfäden.« Er streifte sein Tuch ab und reichte es Marian. »Sie suchen dich, Marian«, fuhr er fort. »Es sind gefährliche Jägerinnen, wie gebrechlich sie auch aussehen mögen. Sei auf der Hut.«

Marian fuhr mit dem Zeigefinger über das Tuch. Selbst im Sternenlicht war das golden eingewebte Muster klar zu erkennen – das Auge des Weltbaumeisters, der Drache Ouroboros, der Zirkel und der Winkel, das Pentagramm.

»Behalte das Tuch für diese Nacht«, sagte Meister Godobert. »Und wenn du es uns morgen zurückbringst, wirst du die Dämonenpforte für immer verschließen. Das bist du uns schuldig«, fügte er hinzu, und seine Stimme klang nun drängend, ja beinahe drohend. »Ein Hegendahl hat diesen Fluch über uns gebracht, und ein Hegendahl muss ihn auch wieder von uns nehmen – du, Marian.«

Die beiden anderen Schemen waren währenddessen von der Schlossruine zu ihnen herübergekommen. Auch sie warfen ihre Schutztücher ab. In einem von ihnen erkannte Marian den alten Mann, der die Dämonenüberreste lieber verbrannt hätte, statt sie im Hexenholz zu vergraben. Den vierten Bruder kannte er nur vom Sehen.

Er nickte ihnen zur Begrüßung zu und wandte sich dann wieder an Godobert. »Wenn ich es kann, mache ich die Pforte zu. Das verspreche ich Ihnen hiermit. Aber ich kann nicht sagen, wann genau es sein wird.« Er schaute von Godobert zu Torgas, deren Gesichter noch düsterer geworden waren. »Ich bin noch nicht bereit dafür«, versuchte er zu erklären.

Für einen Moment schien es ihm möglich, dass ihn die Logenbrüder notfalls mit Gewalt in ihr Haus verschleppen würden. Aber dann streckte ihm Godobert bloß mit feierlicher Miene die Hand hin. »Schwöre es, Marian. Schwöre, dass du die Pforte schließen wirst, bevor es zu spät ist.«

Godoberts Händedruck war unerwartet hart. »Ich schwör's«, sagte Marian. »Aber ich brauche noch so ein Tuch.«

Die Augen des Logenmeisters verengten sich zu Schlitzen – offenbar wusste er ganz genau, für wen Marian das zweite Wehrtuch haben wollte. Doch schließlich nickte er in Torgas' Richtung. »Überlass ihm dein Tuch, Bruder. Klotha wird es nicht wagen.« Er ließ Marians Hand los und sah ihn noch einmal bedeutsam an. »Bei Tag und Nacht verteidigen wir die Pforte. Mit Bannrufen und Räucherungen, aber lange können wir nicht mehr standhalten.«

Marian nahm das Tuch des Türstehers entgegen. Einen Schutzschleier warf er sich über den Kopf, den zweiten legte er sich wie einen Schal um die Schultern. Durch das Tuch hindurch war die Nacht noch mal so dunkel wie sowieso schon, aber zusätzlich mit Gold durchwirkt. Goldenen Augen. Goldenen Drachen.

Eben wollte er sich abwenden, endlich zu Billa zurückgehen, die sich bestimmt schon Sorgen machte. Da ertönte lautes Wiehern und Schnauben – Tyram? Was hatte das wieder zu bedeuten? Billa war doch nicht etwa in ihre

Kalesche gestiegen, um mitten in der Nacht noch mal wegzufahren – womöglich gar zurück zu Klothas Hof?

Aber von der Kalesche war überhaupt nichts zu hören, kein Rattern und Klappern, so wenig wie Hufschlag – obwohl jetzt abermals ein Pferd wieherte, viel lauter als beim ersten Mal.

Godobert und seine Brüder wechselten besorgte Blicke. »Es kommt von dort«, sagte der Türsteher und deutete zum Schlosspark. Tatsächlich brach in diesem Moment aus der schmalen Durchfahrt zwischen Turm und Kapelle ein schwarzes Pferd hervor. Seine Augen waren so stark verdreht, dass fast nur das Weiße zu sehen war, und Schaum quoll ihm zwischen den gebleckten Zähnen hervor. Der Rappe wieherte zum Erbarmen.

»Tyram!«, rief Marian, aber das Tier achtete nicht auf ihn. In wildem Galopp jagte es über den Schlosshof, riss die leere Kalesche hinter sich her, an Marian und den Logenbrüdern vorbei. Nach wie vor war keinerlei Hufschlag zu hören, nur das Keuchen und Wiehern des Rappen und das Knarren des ledernen Zaumzeugs, mit dem er an die Kutsche gezurrt war.

»Wie hast du ihn genannt?«, fragte Godobert, nachdem Pferd und Wagen im Dunkel verschwunden waren.

»Tyram«, sagte Marian. »Aber haben Sie das nicht gesehen?« Fragend sah er Godobert, Torgas und die beiden anderen Brüder an. Was spielte es jetzt für eine Rolle, wie er das Pferd gerufen hatte? »Es ist durch die Luft gerannt«, sagte er, »seine Hufe und die Räder haben den Boden nicht berührt.«

Godobert nickte und zuckte gleichzeitig mit den Schultern. »Keine große Sache«, sagte er. »Hexenkram.«

64

Er kam zu ihrem Versteck zurück und fand alles grässlich verändert. In einem Ring aus kniehohen Kerzen saß Billa auf dem Moosbett, doch heller als die Kerzendochte brannten die Flammen in ihren Augen.

Sie hatte den Lederbeutel, ihre Zähne und Haare, die Gold- und Silberketten in einer Ecke des Moosrechtecks aufgehäuft. Obenauf lag das Amulett mit ihrem Laura-Bild. Sie selbst hockte am anderen Ende, so weit wie möglich davon entfernt. Unverwandt starrte sie auf diese Laura-Sachen, und die Hexenflammen in ihren Augen loderten, als ob sie den ganzen Kram am liebsten in Asche verwandeln würde.

Er warf das Schutztuch über seinem Kopf zurück. »Billa«, sagte er leise und sanft. Doch sie hob nur kurz den Kopf, stieß ein zorniges Fauchen aus und starrte dann erneut zu den Laura-Sachen rüber.

Ihr Gesicht war eine katzenhafte Fratze aus Bosheit, Hass, Grausamkeit. Hatte sie ihn überhaupt erkannt? Oder war das Hexenbiest in ihr so übermächtig geworden, dass alles andere in ihr ausgelöscht war?

»Billa«, flüsterte Marian wieder. Er trat in den Kerzenkreis und kauerte sich neben sie ins Moos. Sie zog ihre Knie noch enger vor die Brust und schlang die Arme darum. Ihre Haare sprühten kupferne Funken. An ihm vorbei starrte sie auf das Laura-Zeug.

Warum hab ich sie nur hier allein gelassen?, dachte Marian. Was soll ich jetzt bloß machen, damit das Hexenbiest seine Macht über sie verliert? Mitleid und Schuldgefühl verschnürten ihm die Kehle. Aber er musste sich zusammenreißen, Sylvenia schleunigst zurückdrängen, solange es überhaupt noch ging.

Dafür gab es verschiedene Möglichkeiten, doch sie gefielen ihm alle nicht besonders. Er könnte aus einem Goldkettchen, einer Haarsträhne, ein paar Milchzähnen von ihr ein Amulett basteln, es Billa um den Hals hängen. Aber solche Schutzzauber taugten nur dazu, das Hexenbiest in ihr klein zu halten – jetzt, da Sylvenia derart stark geworden schien, wären sämtliche Amulette zusammen viel zu schwach, um sie wieder zurückzudrängen. Oder er könnte ihr seine eigene Goldkette mit dem mächtigen Pentagramm-Anhänger überwerfen. Aber dieser Schutzzauber war höchstwahrscheinlich viel zu stark: Er würde Sylvenia vielleicht sogar auf einen Schlag aus Billa herauskatapultieren – aber nur mit ihrer Hexenkraft hatten sie eine Chance, die Golems unschädlich zu machen.

Also blieb nur die letzte Möglichkeit. Auch die missfiel Marian – er konnte überhaupt nicht einschätzen, wie sich dieses magische Mittel auf Billa auswirken würde. Trotzdem musste er sich dafür entscheiden – und zwar jetzt, auf der Stelle, bevor das Hexenbiest außer Kontrolle geriet.

»Hey, Billa«, murmelte er. Seine Stimme klang gepresst. Er hatte einen fetten Klumpen im Hals – aber er durfte jetzt auf keinen Fall die Nerven verlieren. Sanft flüsterte er auf sie ein und sie fauchte und funkelte ihn hasserfüllt an. Doch sie ließ es zu, dass er sich auf seinen Knien zentimeterweise näher zu ihr heranschob. »Billa – ich bin's doch nur«, flüsterte er, riss sich eins der Schutztücher von den Schultern und warf es ihr über den Kopf.

Sie schrie auf, fauchte, schlug und trat um sich, aber Marian hielt das Tuch über ihrem Kopf fest. Er achtete nur darauf, dass er ihr nicht wehtat und sie ihm nicht die Augen auskratzen konnte. Ansonsten begnügte er sich damit, das Tuch festzuhalten, wie verzweifelt sie sich auch wehrte, und leise auf sie einzureden.

»Billa, beruhig dich«, murmelte er, als sie durch das Wehrtuch in seine Hand biss. »Billa, ich bin's doch – Marian«, flüsterte er und sie trat ihm mit voller Kraft gegen das Knie. Mehrere Kerzen fielen um und erloschen. »Billa, denk an Jakob!«, keuchte Marian, und da hörte sie mit einem Schlag auf, gegen ihn und das Schutztuch anzukämpfen.

Nebeneinander fielen sie auf das Moosbett. Billa schluchzte leise unter ihrem schwarzen Schleier und auch Marian spürte ein hässliches Brennen in seiner Kehle, hinter den Augen. Eine ganze Weile lagen sie einfach da, sagten nichts, dachten nichts, atmeten nur krampfhaft aus und ein.

Als Billa sich schließlich aufrichtete, das Tuch vor ihrem Gesicht wegzog, waren die Flämmchen in ihren Augen wieder erloschen. Billa war wieder Billa – keine Spur mehr von der boshaften Katzenfratze, in die sie durch Sylvenia verwandelt worden war.

»Danke, Marian«, sagte sie und fiel ihm um den Hals. »Ich weiß gar nicht, wie ich das jemals wiedergutmachen kann.«

»Ich wüsste schon was«, flüsterte er ihr ins Ohr. »Aber damit müssen wir noch warten. Denk an die erste Pflicht.«

Sie mussten beide lachen, aber er hatte es trotzdem ernst gemeint. Damit sie überhaupt eine Chance hatten, von ihrer Expedition zum Hexenhügel heil zurückzukommen, mussten sie sich so sorgfältig vorbereiten, wie es die Magier aller Zeiten in solchen Fällen gemacht hatten.

»Wir ziehen in den Turm«, sagte er und zeigte ihr die Silhouette des Gemäuers, das ihre neue Wohnstatt darstellen sollte. »Da verbarrikadieren wir uns so lange, bis wir für den großen Kampf bereit sind.«

Billa war sofort einverstanden. Sie warfen sich die Schutztücher über und sammelten ihre Habseligkeiten ein. Als Tyram mit der Kalesche durch die Luft davongejagt war, war alles, was Billa hinter dem Kutschsitz verstaut hatte, hinausgewirbelt worden. Sie nahmen jeder eine Kerze und leuchteten im Gestrüpp herum, bis sie sämtliche Keks- und Chipspackungen, Saft- und Wasserflaschen wiedergefunden hatten. Zuletzt schleppten sie alles zum Turm hoch. Marian verriegelte die Tür und sie stiegen bis ganz nach oben, zur Plattform unter dem Sternenhimmel.

Mitternacht war schon nah. Und ich hab Linda wieder nicht Bescheid gesagt, dachte Marian, dass ich nicht im Hotel übernachte. Schuldbewusst zog er sein Handy hervor und schrieb ihr zumindest noch eine SMS. *ich schlaf bei billa, meld mich morgen. lg marian*

Billa hatte währenddessen ihre sämtlichen Decken auf dem Boden übereinander gestapelt. Das ergab ein halbwegs bequemes Nachtlager – nicht ganz so komfortabel wie das Moosbett, aber besser als Julians verwanztes Strohlager war es allemal.

Verdammt, Julian, dachte Marian. Den Famulus hatte er ja über dem ganzen Hexenspuk völlig vergessen. Morgen musste er unbedingt noch mal zu ihm rüber. Dieser verrückte Freak konnte doch nicht einfach mit seinem Hexenlehm zu Meister Justus gehen – das durfte er einfach nicht. Aber er wird's trotzdem machen, sagte sich Marian, und ich kann ihn so wenig dran hindern, wie Billa vorhin irgendetwas gegen Sylvenia ausrichten konnte.

»Schlaf gut, Marian«, murmelte sie neben ihm.

Er drehte sich zu ihr um und vergewisserte sich, dass sie ihr Schutztuch richtig übergezogen hatte. Gleich morgen früh würden sie anfangen, Amulette für Billa zu basteln.

»Gute Nacht«, flüsterte er und war im selben Moment eingeschlafen.

65

Marians Handy summte und vibrierte ununterbrochen. Er hatte die Mailbox ausgeschaltet, aber der Anrufer legte einfach auf und probierte es sofort von Neuem.

Die Anruferin, genauer gesagt. Auf dem Display blinkte jedes Mal derselbe Name: Linda.

Aber Marian wollte nicht mit ihr telefonieren, nicht jetzt jedenfalls. Es war gerade mal zehn Uhr vormittags. Vor ungefähr zwei Stunden waren sie wach geworden, hatten Kekse und Vitaminsaft gefrühstückt und dabei von ihrem Turm in den Park runtergeschaut. Danach hatten sie angefangen, Amulette für Billa zu basteln. Sie brauchten so viele wie nur möglich. Und so schnell, wie es irgend ging. Damit Billa von Kopf bis Fuß geschützt war – nicht erst in fünf Tagen im Hexenholz, sondern ab sofort.

Doch das Nokia in Marians Gürteltasche summte und brummte ununterbrochen. Mit Müh und Not bekam er das erste Schutzamulett für Billa fertig – ein silbernes Armkettchen mit einer eingeflochtenen Haarsträhne von ihr und ihrem Weisheitszahn von links oben. Damit der Zahn nicht gleich wieder abfiel, hatte er einen komplizierten Anglerknoten drum herumgeschlungen, mit rotem Nähzwirn aus Billas unergründlichem Rucksack. »Das Ding heißt Blutknoten«, hatte er verkündet. »Wird übrigens auch im Voodoo benutzt, um Schadenszauber abzuwenden.«

Sie hatte ihn bewundernd angelächelt, ihre Augen so sanftblau wie niemals vorher. »Mann, Marian, was du so alles drauf hast.«

Feierlich legte er ihr das Kettchen um das linke Handgelenk. Ließ den winzigen Verschluss zuschnappen. Mit dem Weisheitszahn obendrauf, vom Blutknoten umschlungen, sah es beinahe aus wie original magischer Steinzeitschmuck aus der Wohnhöhle von Professor Bußnitz.

Billa hatte währenddessen eine Haarsträhne in das Laura-Medaillon gequetscht und eine ganze Milchstraße aus winzigen Milchzähnen mit Tesafilm außen auf das Glas geklebt. Genau den haarfeinen Sprung entlang, sodass es aussah, als ob die Zähne gerade diese Schwachstelle im Medaillon verteidigen sollten.

Das Handy summte jetzt praktisch pausenlos. Doch erst als Billa mit dem Medaillon fertig war und es sich um den Hals gehängt hatte, drückte er auf die grüne Hörertaste. »Hi, Linda.«

»Na, Gott sei Dank«, sagte seine Mutter. »Wo warst du denn die ganze Zeit? Warum gehst du nicht ans Telefon?«

»Hab noch gepennt. Was ist denn so Eiliges?«

Linda holte hörbar Luft – wie immer, wenn sie geladen war. »Wo bist du?«, fragte sie dann aber mit gekünstelter Ruhe. »Doch nicht etwa in dieser … dieser Schauerruine?«

»Doch, schon«, sagte er erstaunt. »Woher weißt du das denn?« Seine Mutter spionierte ihnen doch nicht etwa hinterher wie so eine eifersüchtige Mom in der Seifenoper?

»Na, du machst mir Spaß, Marian.« Linda ließ einen fetten Seufzer los. »Ihr beiden seid schließlich das Tratschthema Nummer eins in ganz Croplin.«

Heiliger Mist, dachte Marian. »Das ist nicht dein Ernst«, sagte er. Und wusste doch haargenau, dass seine Mutter bestimmt keinen Witz gemacht hatte. Nicht wenn es um Familienehre und so weiter ging – da verstand Linda überhaupt keinen Spaß.

»Heute beim Frühstück hat uns der Wirt erzählt, dass

gestern Abend an der Ruine da oben eine ganz komische Schauergeschichte passiert sein soll.« Linda zögerte, weiterzusprechen, und Marian hatte auf einmal ein hässliches Vorgefühl. Er stand von der abgewetzten Steinbank unter den Turmzinnen auf und machte Billa ein Zeichen: Bin gleich wieder da.

»Was denn für eine Schauergeschichte?«, fragte er und balancierte auf der brüchigen Holztreppe zur Turmkammer hinunter.

»Na ja, irgend so ein Satanistenzeug«, sagte seine Mutter, »das musst du doch besser wissen als ich. Du warst ja schließlich dabei, Junge!«

»War ich nicht. Sonst würde ich mich doch dran erinnern, oder?«

»Du und diese … diese …«

Marian trat in die Turmkammer – ein halbrundes Zimmerchen mit schrägem Schartenfenster, durch das die Morgensonne schien. Vorsichtshalber drückte er erst noch die von Alter und Feuchtigkeit aufgequollene Kammertür in den Rahmen. »Billa?«, schlug er dann mit gedämpfter Stimme vor.

»Laura. Sie heißt in Wirklichkeit Laura, Junge, und der Wirt sagt – ihr habt euch mit schwarzen Umhängen verkleidet und seid wie Gespenster im Park rumgeschlichen. Ihr beide – und außerdem diese komischen alten Männer, und die hatten genauso einen Mummenschanz um. Und … und …« Sie hörte sich mittlerweile an, als ob sie gleich in Tränen ausbrechen wollte. »Und dann auch noch irgendwas mit einer Gespensterkutsche und einem Pferd, die ohne Kutscher durch die Nacht gerast sein sollen – um Himmels Willen, Marian, was hat das alles zu bedeuten? Du lässt dich doch von dieser … von diesen … nicht in so einen Sektenmist reinziehen? Versprich mir, Marian …«

»Ich versprech's dir ja, Mutter«, fiel er ihr ins Wort. »Wenn du mir dafür versprichst, nicht jeden Blödsinn zu glauben, den die Leute rumerzählen.«

Linda schnappte erneut nach Luft. »Aber das sind nicht irgendwelche Leute! Hier im Hotel wohnt ein ganz reizendes Ehepaar und die beiden haben mir vorhin mehr oder weniger dasselbe erzählt. Dass sie gestern Abend da oben an der Schlossruine noch spazieren gehen wollten – und plötzlich treten ihnen schwarz vermummte Gestalten in den Weg. Einer zieht sich das Tuch, das ihm um den Kopf hing, runter – und entpuppt sich als ein alter Mann mit weißen Haaren. ›Sie können hier nicht weitergehen‹, sagt er, ›der Park ist aus Sicherheitsgründen bis auf Weiteres geschlossen.‹ Das Ehepaar lässt sich natürlich nicht einfach so wegschicken – hätte ich ganz genauso gemacht!«, schob Linda ein und Marian glaubte es ihr aufs Wort. »Und während sie noch hin und her reden, kommt auf einmal eine Kutsche wie aus einem Dracula-Film angedonnert – mit einem schwarzen Pferd vorneweg, das völlig verängstigt wirkte, und weit und breit niemand, der die Kutsche gelenkt hätte!«

»Kalesche«, sagte Marian.

»Was sagst du?«

»Schon gut«, sagte Marian. Er war schon froh, dass dem reizenden Ehepaar anscheinend entgangen war, wie viel Luft sich zwischen Pferd und Wagen und dem Erdboden befunden hatte – mindestens ein halber Meter. »Ich meine nur – die Leute übertreiben. Bilden sich weiß der Himmel was alles ein. Waren vielleicht einfach zu lang am Badesee und haben sich 'nen Sonnenstich eingefangen.«

Linda stieß eine undefinierbare Lautfolge aus – irgendwas zwischen Husten und Lachen. »Ist bei dir wirklich alles okay?«

»Könnte nicht besser sein.«

»Und du passt auf dich auf?«

»Wie der Professor auf seine Mumien. Mindestens.«

Jetzt musste sie wirklich lachen. »Okay, Junge. Ich will dir ja nicht den Spaß verderben – aber das weißt du bestimmt sowieso. Versprich mir nur eines noch.«

Noch ein Versprechen? Nun war es Marian, der erst mal durchschnaufen musste. »Was denn?«

»Vergiss dein armes altes Mütterchen nicht völlig. Was hältst du davon, wenn wir mal wieder zusammen essen? Heute Abend um acht hier im ›Moorgraf‹?«

An ihrem Tonfall hörte er, dass er sie jetzt nicht noch mal abwimmeln durfte. »Und was ist mit Babsi?«, fragte er. »Ich meine natürlich – Frau Doktor Dommler?«

»Die wird nicht dabei sein. Versprochen. Und, Marian?«

»Ja?«

»Wenn du willst, bring sie … bring Billa … ruhig mit.«

»Okay, Mutter. Schaunmermal. Dann also bis heute Abend.«

Er legte auf, bevor sie ihm noch weitere Versprechen abringen konnte. Aber im Grunde war er stolz auf Linda. Er rechnete es ihr hoch an, dass sie eben wie eine Weitsprungweltmeisterin über ihren eigenen Schatten gehechtet war.

Marian steckte sein Handy ein und machte, dass er wieder hoch zu Billa kam. Davon, dass sie angeblich Tratschthema Nummer eins in Croplin waren, sagte er ihr lieber nichts. Und Lindas Einladung ließ er nach kurzem Überlegen auch erst mal beiseite.

»Nächste Nacht«, sagte er, »sollten wir besser unten in der Kammer schlafen.«

Billa schaute von dem Amulett auf, an dem sie gerade arbeitete – eine Goldkette, in die sie eine sonnenblonde Locke aus ihrem Babyalter hineinflocht. »Du machst dir Sorgen wegen Klotha und den anderen, oder?«

Er nickte. »Gestern hat mich auch Godobert vor ihnen gewarnt.« Es sind gefährliche Jägerinnen, hatte der Logenmeister gesagt – und zu Marians Schutz am Abend sogar den ganzen Park mit seinen Brüdern abgeriegelt. Auch davon erwähnte er lieber nichts – Billa wirkte schon angespannt genug. »Gleich muss ich noch mal zu Julian rüber«, sagte er. »Ich glaub, dafür geh ich besser wieder in die Kammer.«

Sie hängte sich die Goldkette mit den Babylocken um den Hals. »Nur keine Bange, Sweetheart«, sagte sie. »Dein Burgfräulein bleibt so lange brav auf ihrem Söller hier oben hocken und wartet, bis ihr Ritter von seinen Abenteuern zurück ist.«

Er beugte sich zu ihr rüber und zog ihr das Wehrtuch tiefer in die Stirn. »Sei vorsichtig, Billa. Lass auf jeden Fall die Amulette und das Tuch an.«

Sie schloss halb die Augen und stülpte ihm ihre Lippen entgegen. Beinahe hätte er sie geküsst – aber da fiel ihm gerade noch rechtzeitig ihre erste Pflicht ein. »Keusch bleiben, Darling«, sagte er und grinste sie an. »Morgen kommt auch noch die zweite Pflicht dazu – vielleicht sollten wir uns heute noch mal so richtig die Bäuche vollschlagen?«

»Gute Idee«, stimmte Billa zu. »Der Keks- und Chipskram steht mir bis hier.« Mit der flachen Hand zog sie eine Linie zwanzig Zentimeter über ihrem Kopf. »Aber bevor du mich aus diesem Turm rauslässt, muss ich mir bestimmt noch 33 Amulette basteln, stimmt's?«

»Mindestens, und sie dann auch an dich dranhängen«, sagte Marian. »Klirren sollst du, Liebste, damit das Biest in dir kirre bleibt, bis wir beim Drachenmaul sind.«

»Mann, Marian, 'ne dichterische Ader haste auch noch.«

»Magierpoesie.«

66

Das Bündel mit seinen Habseligkeiten geschultert, schlich sich der Famulus in der Abenddämmerung aus dem Haus. Gehab Sie sich wohl, Jungfer Hildegunde, dachte er. Gräm Sie sich nur nicht zu sehr – ich werde ja bald schon wiederkehren. Und wie strahlend dann, wie unbesiegbar! Der Herr von Lohenkamm wird sich mir zu Füßen niederwerfen vor Dankbarkeit, dass ich seine Tochter zur Gemahlin erwähle. Gedulde Sie sich nur ein Weilchen, Hildegunde – dann werden Ihr die Augen übergehen!

So fabulierte der Famulus vor sich hin, während er sich durch die Seitentür nach draußen stahl. Mit gesenktem Kopf hastete er die Herrengasse hinab. Habe ich auch alles wohlbedacht?, überlegte er.

Augenblicklich keifte seine innere Stimme zurück: Niemals in deinem Leben hast du etwas Idiotischeres gemacht, du vollkommen durchgedrehter Famulus!

Julian schüttelte bekümmert den Kopf. Er würde nun geradewegs zum Hegendahl'schen Gutshaus gehen, da konnte sein Gewissen schreien, so viel es wollte. Den Lehmbatzen vom Hexenhügel trug er, in einen alten Lappen gewickelt, unter seinem Hemd. Es sah aus, als ob er neuerdings einen Schmerbauch hätte – gottlob hatte ihn Hildegunde so nicht gesehen.

Ach, holde Maid!

Er beschleunigte seine Schritte. Doch sein Gewissen ließ sich auf diese Weise natürlich nicht abschütteln. Was glaubst du denn, zeterte es in Julians Kopf, was der Großmächtige Meister mit dir anstellen wird, wenn du ihm den Hexenlehm übergeben hast?

Er wird mir seine ewige Dankbarkeit versichern, antwortete Julian würdevoll. Er wird mich vom Rang des Raben geradewegs zum Lichtträger erheben. Er wird mir alles offenbaren, was er an magischem Wissen besitzt. Den Golem werden er und ich zusammen erschaffen – und gemeinsam werden wir die Herren dieses mächtigen Werkzeugs sein.

Unter solchen Gedanken bog er bereits in die Straße Am Bannwald ein. Na klar, höhnte derweil sein Gewissen, dankbar wird dir Meister Justus ganz bestimmt sein – aber auf seine Art! Sobald er den lebenskräftigen Lehm von dir bekommen hat, wird er dich in seinem Verlies einkerkern – zum Zeichen seiner Dankbarkeit! Den Golem wird er allein erschaffen, oder vielleicht auch zusammen mit dem Ritter und den beiden Schmieden – aber du wirst nicht der Herr dieses Golems, sondern sein erstes Opfer sein. Julian, verdammt noch mal – jetzt bleib doch wenigstens mal einen Augenblick stehen! Denk nach! Weshalb um alles in der Welt sollte Meister Justus sein Wissen, seine Macht, seine Herrschaft über Erde und Menschen mit dir nichtsnutzigem kleinen Famulus teilen, gerade mit dir? Jetzt sei doch nicht gleich wieder beleidigt! Verrate mir lieber: Warum sollte er das tun?

Tatsächlich war der Famulus stehen geblieben, genau gegenüber dem Hegendahl'schen Gutshaus. Weil … weil … na, weil Meister Justus ein gerechter Mann ist, dachte er. Weil er niemals einen seiner Logenbrüder hintergehen würde. Deshalb wird er mir meinen gerechten Anteil an Macht und Ruhm auch nicht versagen.

Das kann nicht dein Ernst sein, flüsterte sein Gewissen. Aber ich weiß ja, du meinst es wirklich so. Also schön, ich geb's auf.

Julian hatte seine innere Stimme niemals vorher so fassungslos erlebt. So verzweifelt, dass es ihr nun wahrhaftig die Sprache zu verschlagen schien. Nachdenklich schaute er zum Haus von Meister Justus hinüber. Wie düster es sich vor der schwankenden, brausenden, knarrenden Masse des Hexenholzes erhob.

Na, schaden kann es ja nicht, beschloss der Famulus. Er wandte sich um und schlüpfte in den Vorgarten von Balthasar Müntzer. Der alte Archivar lag gewiss schon wieder im Baldrianschlaf, denn die achte Abendstunde war lange vorbei. Am hintersten Ende des Gärtchens kauerte sich Julian hin, zog den Batzen Hexenlehm unter seinem Hemd hervor und schob ihn mitsamt dem darumgewickelten Lumpen unter die Sonnenblumen.

So bleibt dem Großmächtigen Meister nichts anderes übrig, dachte er, als auf meine Bedingungen einzugehen. Will er den Lehm haben, so muss er auch die Herrschaft mit mir teilen.

Händereibend überquerte Julian die Straße, hob den schmiedeeisernen Klopfer und ließ ihn auf das Tor von Meister Justus niederkrachen.

Er musste nicht lange warten, bis die schmale schwarze Haustür aufschwang. Benno Krummbiehl erschien auf der Schwelle, eingerahmt in ein Rechteck aus flackerndem Licht. »Ah, der Rabe Julian«, rief er mit pfeifender Stimme, eilte sogleich zum Tor, einen Schlüsselbund schwenkend, und ließ den Famulus ein. »Der Meister erwartet Ihn schon.«

Julian lächelte geschmeichelt. Nun, sagte er sich, Meister Justus ist eben ein hellsichtiger Mann. Untrüglich erspürt er, von wo in größter Not die Rettung naht. Er trat ein und der Schmied riegelte hinter ihm sorgsam wieder zu.

»Folg Er mir!«

Zum ersten Mal betrat der Famulus das Hegendahl'sche Gutshaus durch die Vordertür. In der Halle saßen der Meister und seine Lichtträger in den übergroßen schwarzen Sesseln beisammen. Ernst schauten sie Julian entgegen – und der fühlte sich mit einem Mal recht unbehaglich.

Hinter ihm verschloss der Silberschmied die Tür. Dann legte er seine Hände auf Julians Schultern und schob ihn auf den Großmächtigen Meister zu.

Wie anders hatte sich der Famulus das alles vorgestellt! Ehrenvoll war er in seinen Tagträumen stets von Meister Justus empfangen worden, voller Respekt und Dankbarkeit. Nun aber stand er wie ein ertappter Dieb da und wagte es kaum, ihm in die Augen zu sehen.

»Der Rabe also«, brummte Meister Justus. »Ist Er gekommen, sein Haarband zurückzufordern?«

»Das Haarband – lasst mich erklären.« Julian musste schlucken. Seine Knie drohten unter ihm nachzugeben. »Allein aus Ehr… aus Ehrfurcht vor Euch, Großmächtiger Meister«, stammelte er, »hab ich mich erdreistet, bei Euch einzusteigen. Verzeiht mir, ich flehe Euch an.«

So schwer, wie er sonst allenfalls sein Gewissen auf sich lasten fühlte, lagen die Pranken des Schmiedes Benno auf Julians Schultern. Und doch musste er weitersprechen – jetzt gab es kein Zurück mehr.

Sein Blick flog vom Großmächtigen Meister zu Ritter Gunther und dem Goldschmied Bardo. Die drei Männer saßen wie versunken in ihren Sesseln und sahen ihn unter eisgrauen Brauen düster an.

»Zum Zeichen meiner Reue und meines tiefen Respekts vor Eurer Weisheit, Meister«, fuhr Julian fort, »bringe ich Euch einen Batzen Hexenlehm, der mir …« Wieder musste er schlucken. Bei dem Wörtchen »Hexenlehm« hatten sich die Augen des Großmächtigen Meisters zu Wolfsschlitzen zusammengezogen. »... der mir unter gewissen Umständen zugefallen ist«, setzte Julian aufs Neue an.

»Unter gewissen Umständen?«, wiederholte der Meister.

Die Stimme drohte Julian vollends zu versagen. Er nickte stumm und desto eifriger, während er in seinem Rachen krampfhaft Spucke sammelte. »So ist es«, stieß er schließlich hervor. »Und zu gewissen Bedingungen bin ich bereit, meinen Besitz mit Euch zu teilen.«

Der Großmächtige Meister erhob sich aus seinem Sessel. Dem Famulus schien es, als müsste sich im nächsten Augenblick der Boden unter seinen Füßen öffnen. Und nicht sehr viel anders kam es dann auch.

Mit zwei raschen Schritten war Meister Justus bei ihm. Niemals war er dem Raben so riesengroß erschienen – Julian musste seinen Kopf weit in den Nacken legen, um dem Meister ins Gesicht zu sehen. Oder lag er bereits auf seinen Knien, von den Pranken des Schmieds zu Boden gedrückt?

»Der Drachenlehm«, sagte Meister Justus. »Wo ist er?«

»Ihr ... sollt es sogleich erfahren.« In Julians eigenen Ohren klang seine Stimme, als ob Bennos Pratzen mittlerweile fest um seinen Hals geschlossen wären. »Nur eines bitt ich Euch, mir zuzusichern, Meister – dass ich gemeinsam mit Euch den Golem erschaffen darf.«

»Wo?«, wiederholte Justus. Seine Stimme klang jetzt so tief und grollend, als ob sie aus den Tiefen der Erde käme. »Wo?« Immer nur diese eine Silbe. »Wo?«

»Ich bitt Euch«, flüsterte der Famulus. Bei jedem »Wo?« wurde ihm dunkler im Geiste und dumpfer ums Herz. Gebannt schaute er in die Augen des Magiers empor, die wie zwei Moorlöcher waren – so schwarz, so bodenlos tief.

Wenn der Meister ihn auch nur einen Moment länger in dieser Weise ansah und dazu sein grollendes »Wo?« wiederholte ... sein »Wo?« ... sein »Wo?« ... Meister Justus hob eine Hand und malte ein schnörkelreiches Zeichen vor Julian in die Luft.

Und da wurde um den Raben herum alles rabenschwarz.

67

Die Schmiede packten den schlappen Leib des Famulus bei den Füßen und unter den Achseln. Sie schleppten ihn zur Kellertür, die Ritter Gunter bereits für sie aufhielt.

»Ins vordere Verlies – zu dem anderen Burschen«, rief er, gerade als Julian an ihm vorbeigetragen wurde. Seine Bassstimme dröhnte Marian in den Ohren.

Zu welchem anderen Burschen denn, um Himmels willen?

Als der Famulus ohnmächtig geworden war, wäre Marian beinahe mit ihm im Moor der Bewusstlosigkeit versunken. Aber er hatte sich am Rand des schwarzen Abgrunds festgeklammert – und wäre dann allerdings doch fast in Ohnmacht gefallen, als er die Anweisung des Großmächtigen Meisters hörte: »Kettet den Raben an! Und holt die Zange – wenn er den Schnabel nicht aufbekommt, müssen wir ein wenig nachhelfen!«

Heiliger Mist, dachte Marian, was denn für eine Zange? Sie wollten den Famulus doch nicht etwa mit so einem Folterding zwacken, damit er ihnen verriet, wo er den Batzen Lehm versteckt hatte? Herrje, ich muss hier raus, dachte Marian, aber wie denn bloß – ich kann ja keinen Finger von Julian rühren, solange er nicht aus seiner Ohnmacht erwacht ist!

Währenddessen schleppten Bardo und Benno den schlafenden Famulus Stufe um Stufe in den untersten Keller hinab. Vor dem Verlies, in dem Meister Justus vergeblich versucht hatte, sechs Golems zu beschwören, blieben sie stehen. Bardo warf sich den Raben Julian über die Schulter und Benno zückte abermals den Schlüsselbund.

Ohne das leiseste rostige Quietschen ging die Kerkertür auf. Doch fast im selben Moment ertönte drinnen, im stockfinsteren Verlies, ein desto erbärmlicheres Stöhnen.

Um Himmels willen, dachte Marian wieder – wer ist dieser andere, den sie da drinnen gefangen halten?

Bardo stieß den Famulus ins Kerkerloch. Wie eine Gummipuppe fiel der weiterhin Bewusstlose zu Boden. Mit der allergrößten Mühe schaffte es Marian nur gerade so, Julians Lider einen winzigen Spaltbreit offen zu halten. Was er zu sehen bekam, war allerdings so schaurig, dass er am liebsten beide Hände vor die Augen geschlagen hätte.

Der Goldschmied kniete sich neben den Famulus und lehnte ihn mit dem Rücken gegen die schimmlige Wand. Währenddessen zündete sein Bruder eine Laterne an, trat in die Zelle und hängte die Lampe an einen Haken über der Tür. Im Schein der Laterne sah Marian die rostige Kette mit dem darangeschmiedeten eisernen Halsband, die neben Julian in die Mauer eingelassen war. Bardo klappte das Eisenband auf, legte es um den Hals des Raben und ließ es zuschnappen.

»Gunter holt die Zange«, sagte Benno mit pfeifender Stimme.

»Soll er den Burschen traktieren, wenn der Meister es unbedingt will.« Bardo spuckte aus. »Ich bin Goldschmied, kein Folterknecht.« Die Brüder verließen den Kerker und riegelten von außen zu.

Marian hatte ihren Wortwechsel nur ganz am Rand mitbekommen. Mit größter Anstrengung drehte er den Kopf des Famulus millimeterweise nach links. Irgendwo dort hinten im Verlies musste der andere Häftling hocken, der in unregelmäßigen Abständen stöhnte.

Endlich hatte er es geschafft – am äußersten linken Rand seines Blickfeldes tauchte eine zusammengesunkene Gestalt auf. Sie hockte genauso wie der Famulus am Boden: mit dem Rücken an die Wand gelehnt, um den Hals ein eisernes Band, das mit einer dicken Eisenkette an der Mauer befestigt war. Überdies waren seine Handgelenke über seinem Kopf an die Wand gefesselt – zweifellos, um ihn daran zu hindern, sich den ekelhaft aussehenden Knebel runterzureißen, der durch seinen Mund und um seinen Kopf herum verlief.

Genau wie Julian hatte sich auch dieser Häftling so zur Seite gedreht, dass er seinen Leidensgenossen ins Auge fassen konnte. Blutige Schrammen zogen sich kreuz und quer über sein Gesicht. Doch trotz alledem hatte ihn Marian auf den ersten Blick erkannt.

Es war Piet, der Bäckerlehrling.

Also hatten die Lichtträger ihn damals tatsächlich überrumpelt und hierher verschleppt, weil sie im Dunkel der Nacht angenommen hatten, dass ihnen der Rabe Julian in die Hände gefallen war? Aber warum hatten sie den Bäckerlehrling nicht längst wieder freigelassen? Spätestens beim ersten Laternen- oder Sonnenschein mussten sie doch bemerkt haben, dass ihnen der falsche Fang ins Netz gegangen war!

Während Marian noch darüber nachgrübelte, hörte er Schritte, die vom oberen Keller her rasch näher kamen. Mittlerweile war der Famulus so weit zu sich gekommen, dass er sich zumindest aus eigener Kraft matt bewegen konnte. Er drehte seinen Hals im Eisenband hin und her und blinkerte ungläubig mit den Augen.

»Muhiah«, stöhnte Piet durch seinen Knebel hindurch, was vermutlich »Julian!« bedeuten sollte.

»Piet«, murmelte der Famulus wie im Traum.

Heb deinen rechten Arm, kommandierte Marian, und greif in deinen Brustbeutel. Nimm das Talmibro raus und zieh es auseinander – schnell!

Julian war noch viel zu benommen, um sich gegen die Befehle seiner inneren Stimme zu wehren. Mit schlaftrunkener Miene fasste er sich unters Hemd und fingerte das Talmibro hervor. Dann allerdings glotzte er bloß blöd auf das Ding in seiner Rechten, anstatt es mit beiden Händen auseinanderzureißen.

Na, mach schon!, rief Marian, denn draußen im Gang nahten bereits stampfenden Schrittes der Großmächtige Meister und Ritter Gunter.

Endlich hatte er so weit die Kontrolle gewonnen, dass er mit Julians Händen das Talmibro aufklappen und auseinanderziehen konnte. Im selben Moment wurde der Schlüssel ins Schloss gestoßen. Die Tür flog auf und auf der Schwelle erschien der Großmächtige Meister. In der Hand hielt er eine armlange Zange von äußerst üblem Aussehen – mit rostigen Backen, die vorn in spitze Zacken ausliefen.

Herrje, nichts wie weg, dachte Marian. Der Anblick der Zange machte ihn vollkommen konfus. Er konnte auf einmal überhaupt nicht mehr klar denken. Verdammt, wie hieß noch gleich das magische Passwort, das ihn zurückbringen würde?

»Wo …«, fragte Meister Justus und ließ drohend die Zange in der Luft auf- und zuschnappen.

Morbilatus, dachte Marian, so hieß es doch? *»Morbilatus … Morbilatus … Morbi…«*, ließ er Julian murmeln – und schoss aus dem Famulus, dem Verlies, dem Hegendahl'schen Gutshaus heraus, just als sich der Großmächtige Meister mit aufgeklappter Zange zum Raben herunterbeugte.

Als er zu sich kam, war alles um ihn herum nebelgrau. Er lag auf einer kahlen grauen Felsplatte und konnte sich überhaupt nicht erinnern, wie er hierhergekommen war. Marian setzte sich auf, schaute an sich herunter – auch er selbst war bloß noch ein grauer Schemen. In seiner Linken hielt er das Talmibro, doch er konnte sich nur ganz nebelhaft erinnern, wozu dieses muschelförmige Schattending gut sein sollte.

Das gibt's gar nicht, dachte er – durch seine Beine sah er den Felsboden hindurchschimmern. Er stand auf und sein Körper war leicht wie Luft. Wo bin ich hier?, dachte er, und auch dieser Gedanke fühlte sich gespenstisch leicht an. Diese ganze graue Welt, in die es ihn verschlagen hatte, bestand aus nichts als Nebelluft und aschegrauen Schatten.

Er fing an herumzulaufen – bei jedem Schritt federte er vom Boden weg. Schwebte einen halben Meter in die Höhe und kam so langsam wieder runter wie ein Luftballon. So ungefähr mussten sich die Astronauten auf dem Mond gefühlt haben. Aber zum Teufel, dachte Marian – er war doch nicht etwa auf dem Mond gelandet?

Jetzt erst fiel ihm auf, dass der Boden um ihn herum mit Kratern, Rissen, Löchern übersät war. Als er genauer hinschaute, krochen, flogen, schwebten aus unzähligen Breschen im Felsgrund die sonderbarsten Kreaturen hervor. Schlangen mit Geierköpfen, Adlerfedern mit glotzenden Fischaugen, Giraffen mit Drachenflügeln, die sich mit ruckenden Riesenhälsen in die Luft hochschwangen. Und all diese Geschöpfe waren so grau, so durchsichtig, so schattenhaft wie er selbst, wie alles in dieser Nebelwelt. Kreaturen mit Löwenhäuptern und langem Echsenschweif, mit dem sie zeitlupen-zornig auf den Schattenboden peitschten. Mischwesen mit Menschenkörper und Hundeschnauze oder Riesenkatzen, die Elefantenrüssel vor sich herschleiften.

Längere Zeit – falls es hier so was wie Zeit überhaupt

gab – lief Marian zwischen diesen Kreaturen herum und sie schienen ihn überhaupt nicht zu beachten. Flogen, schwebten, trotteten an ihm vorüber, ohne auch nur den Blick nach ihm zu wenden. Doch je länger er herumlief, desto beklommener wurde ihm zumute. Es war keine richtige Angst, eher der Schemen eines Schreckens, den er nur nebelhaft empfinden konnte, so wie er ja im Ganzen nur ein Schatten seiner selbst war. Verloren fühlte er sich und wusste schon kaum mehr, was er da verloren hatte. Wo er herkam, wer er früher mal gewesen war. Seine Erinnerung verblasste, zerfledderte. Alles in ihm wurde genauso grau, schattenhaft, durchsichtig wie die Welt um ihn herum.

Bleib stehen, ermahnte er sich, denk nach. Wie bin ich hierher geraten? Wo war ich vorher? Was ist da schiefgelaufen?

Grau und verschwommen tauchte das Bild eines Kerkers vor ihm auf. Darin eine angekettete Gestalt am Boden – Julian! Nebelhaft fühlte er Julians Angst, sein Entsetzen, als er im Verlies zu sich kam. Ich bin nicht dieser Julian, dachte er dann, aber wer bin ich sonst?

Während er sich mit dieser Frage herumquälte, schwebten um ihn herum unaufhörlich graue Geisterwesen aus dem Boden hervor. Schlängelten sich davon oder erhoben sich in die Nebelluft.

Mit einem Mal entdeckte Marian einen gigantischen Riss im Fels. Erschrocken blieb er stehen und schaute in den Abgrund hinab. Und da sah er, wie aus ungeheurer Tiefe eine riesenhafte Gestalt zu ihm heraufstieg. Sie hatte die Umrisse eines ausgewachsenen Mannes, doch sie war zehn-, nein, hundertmal so groß. Der ganze Leib starrte vor Muskeln. Doch die Augen, die der Riese zu Marian emporgewandt hatte, blickten gläsern und leer.

Es ist ein Golem, dachte er, ein Golem – und mit diesem

einen Wort fiel ihm auch alles andere wieder ein: wo er herkam, wohin er eigentlich wollte, wie er hierher geraten war.

Der Golem öffnete seinen Mund und stieß einen unhörbaren Schrei aus. Für einen kurzen Moment erstarrten alle Schattenwesen um Marian her. Bis dahin hatten sie keinerlei Notiz von ihm genommen – doch nun glotzten, stierten, starrten ihn Tausende Geisteraugen an. Finster, angriffslustig, boshaft. Und im nächsten Moment schwebten, schnellten, schossen die Schemen von allen Seiten auf ihn zu.

Ein Wirbel aus hasserfüllten Schattenfratzen drehte sich um ihn, hüllte ihn ein. Wie gelähmt stand Marian vor dem Abgrund, aus dem mit Riesenschritten der Golem emporstieg. Schon ragte der gewaltige Schädel aus dem Riss im Boden hervor. Schon stemmte der Golem seine grauen Pratzen auf den Felsrand, um sich ganz herauszuhieven.

Im nächsten Augenblick würden sich die Geister auf Marian stürzen, im übernächsten der Golem ihn zwischen seinen Pratzen zermahlen. Da endlich erwachte Marian aus der Erstarrung, die ihn beim Anblick des Golems befallen hatte. Mit fliegenden Fingern zog er das Talmibro auseinander. Die dunkle Scheibe wurde durchscheinend, und er erblickte sich selbst – in der Turmkammer, auf einer Decke am Boden, scheinbar in tiefem Schlaf. *»Mabrosilat«*, murmelte er, *»Mabrosilat … Mabrosilat«* – und da wurde er aus dem Geisterreich heraus- und hinübergeschleudert in seine vertraute Welt.

68

Die Abendsonne stand schon tief am Himmel, als Marian und Billa aus ihrem Turm ins Freie traten. Beide hatten Kopf, Gesicht und Schultern unter den Schutztüchern verborgen. Sie mussten einen ziemlich sonderbaren Anblick bieten, aber darauf kam es jetzt wirklich nicht mehr an.

Durch den golddurchwirkten Schleier hindurch sah die Welt da draußen vollkommen unwirklich aus. Auf den Ruinenmauern, auf Bäumen, dem Brunnen – überall prangten die goldenen Symbole. Das geöffnete Auge des Weltbaumeisters, der nach dem Glauben der Logenbrüder alles wusste und sah. Der Drache Ouroboros, der sein eigenes Schweifende im Maul hielt – zum Zeichen, dass die Kräfte des Chaos, der Zerstörung, des Bösen gebändigt waren. Zirkel und Winkelmaß, Symbole der schönen Klarheit, die überall in der erschaffenen Welt herrschte.

Überall außer im Hexenholz, dachte Marian, oder im Schattenreich oder hinter der Dämonenpforte – um nur die paar Orte des Chaos, des Bösen, der Zerstörung zu erwähnen, auf die er hier in Croplin innerhalb kürzester Zeit gestoßen war.

Billa hängte sich bei ihm ein. Sie trug unzählige Amulette um Hals und Handgelenke, sogar um ihre Fußknöchel und als Gürtel um ihre Mitte. Gold- und Silberketten, mit ihren Haarsträhnen umwunden. Außerdem sämtliche Zähne drangeknotet, die ihr von zwo bis zwölf ausgefallen oder gezogen worden waren. Sie klirrte wirklich wie ein wandelnder Lampenladen, aber auch das war ihnen egal.

Sie gingen über den Schlosshof, ohne sich um die rot-weiß getigerten Katzen zu scheren. Das goldene Pentagramm funkelte im Abendlicht vor Marians Brust. Katzenviecher, wohin man auch schaute – in Ruinenlöchern, auf dem Brunnenrand, im Gestrüpp versteckt. Fauchend suchten sie das Weite, brachten sich auf Bäumen oder Mauern in Sicherheit und sahen ihnen mit gebleckten Zähnen hinterher.

Klothas Biester hatten den ganzen Nachmittag über den Turm belagert, während Marian erst bei Julian festgesessen hatte, dann in der Geisterwelt umhergeirrt war. Sie hatten es nicht geschafft – oder nicht gewagt –, in den Turm einzudringen. Aber Marian war klar, dass dies erst der Anfang gewesen war. Die Hexen würden nichts unversucht lassen, um Billa wieder in ihre Gewalt zu bringen.

Alles, was sie beide zu ihrem Schutz machen konnten, war mittlerweile getan. Sich im Turm verbarrikadieren, unter den Tüchern, mit Amuletten behängt. Sich innerlich vorbereiten für den großen Tag. Sich vorgaukeln, dass sie eine echte Chance hatten, die Golem-Katastrophe doch noch aufzuhalten.

Aber hatten sie die wirklich – zumindest den Schatten einer Chance? Der Schreck über seinen Irrflug in die Welt der grauen Schemen saß Marian noch in den Knochen. Aber es war sehr viel mehr als ein flüchtiges Erschrecken – es war das lähmende Gefühl, vollkommen machtlos zu sein. Wie hatte er jemals glauben können, dass er das Erwachen der Golems verhindern könnte? Ich trage überhaupt keine Macht in mir, dachte er – auch die Dämonenpforte unter dem Logenhaus kann ich so wenig wie irgendwer sonst verschließen. Ich werde es auch gar nicht versuchen, egal was Godobert von mir erwartet oder was ich ihm geschworen hab. Nicht nach dem, was ich heute in der Geisterwelt erlebt und gesehen habe.

Wohin genau es ihn da verschlagen hatte, verstand er immer noch nicht so richtig. Doch es musste irgendein Ort auf der anderen Seite gewesen sein, in der Dämonenwelt. Er hatte Billa alles erzählt, und sie hatte mit großen Augen zugehört und schließlich geflüstert: »Ob Jakob auch da drüben ist – bei diesen Schatten?« Darauf wusste Marian erst recht keine Antwort. Eines stand allerdings für ihn fest: Wäre er nur einen Wimpernschlag später von dort geflohen, dann hätten sich all diese boshaften Schattenfratzen auf ihn gestürzt, ihn in tausend Nebelfetzen zerrissen. Und der Golem hätte seine Überreste zerstampft und in alle grauen Winde zerstreut.

Und doch mussten Billa und er zumindest diesen letzten Versuch noch riskieren, auf den sie sich seit gestern vorbereiteten. Ins Hexenholz vordringen, bis zum Drachenmaul. Dort die schlafenden Golems mit Sylvenias widerwilliger Hilfe an den einzigen Ort katapultieren, an dem sie – vielleicht, hoffentlich – nichts Übles mehr ausrichten konnten.

Mindestens ein Dutzend der rot-weiß getigerten Katzenviecher schlich ihnen bis zum unteren Ende des Parks hinterher. Die Tiere beobachteten sie von Mauern und Bäumen aus, mit glühenden Augen, in Gräben oder Gräser geduckt. Mindestens genauso vielen Logenbrüdern begegneten sie unterwegs: auf Wegen und Kreuzungen im Park, schließlich bei den Überresten der alten Grenzmauer, die früher mal das gesamte Schlossgelände umschlossen hatte. Stumm hielten sie Wache, grüßten Marian mit einer seltsam feierlichen Gebärde: Sie neigten den Kopf, der mit einem Wehrschleier verhüllt war, und drückten dabei die flachen Hände vor der Brust zusammen.

Auf dem Waldweg, der in Schlangenwindungen nach Croplin hinabführte, trafen Marian und Billa auf einen weiteren Wächter. Er trat hinter einem Baum hervor und warf sein Tuch zurück. Es war Torgas.

»Marian.« Der alte Mann breitete die Arme aus – unklar, ob er ihn umarmen oder ihm einfach den Weg versperren wollte. »Bist du nun so weit?«

»Noch nicht.« Marian senkte den Kopf. Er kam sich wie ein Verräter vor. Wie ein Hochstapler wider Willen, wie ein Papierflieger, von dem jeder glaubte, dass er das Weltall durchqueren könnte. »Wie sieht es aus – bei der Pforte?« Er fragte es nur, weil der Bruder Türsteher keine Anstalten machte, ihnen den Weg freizugeben. Weil er so bekümmert dreinschaute und gleichzeitig so hoffnungsvoll.

»Mit jeder Stunde wird es ärger.« Torgas' Augen weiteten sich. »Der Meister hat neue Maßnahmen angeordnet. Über die ich jetzt nicht sprechen kann«, fügte er gedämpft hinzu.

»Was für eine Pforte?«, fragte Billa.

Der alte Mann hatte sie bisher wie Luft behandelt. Jetzt machte er Marian ein warnendes Zeichen: Schweig. Und da erst wurde Marian bewusst, dass er Billa ja von dem verdammten Sphärenfenster noch gar nichts erzählt hatte. Und von der Geheimniskrämerei dieser Logenbrüder hatte er jetzt endgültig genug.

»Unter Marthelms Haus«, sagte er zu ihr, »gibt es so ein magisches Fenster in der Wand. Es funktioniert anscheinend sehr ähnlich wie das Auge unter dem Drachenmaul.« Torgas machte ihm zornige Zeichen, aber Marian tat einfach so, als ob er nichts davon mitbekäme. »Die Pforte wird von Dämonen regelrecht belagert«, fuhr er fort. »Es sieht wirklich ganz so aus, als ob sie zu uns rüberkommen wollten. Godobert und seine Logenbrüder versuchen verzweifelt, sie aufzuhalten. Aber sie glauben nicht, dass sie das noch lange schaffen werden.«

»Und was wollen sie von dir?« Bei jeder Bewegung klirrte

Billa, als ob sie aus Glas bestünde oder zumindest mit tausend Kristallglöckchen behängt wäre. »Ich meine, sie haben das Ding ja wohl gebaut – und nicht du?«

Er zuckte mit den Schultern. »Anscheinend war das wohl Marthelm. Aber das ist jetzt auch schon egal. Jedenfalls glauben sie – wenn irgendwer die Pforte zukriegen kann, dann höchstens ich.«

Torgas sah Marian eindringlich an. »Du und sonst keiner, Marian Hegendahl.« Er nickte mehrfach. »Weil du die Macht in dir trägst, die auch dein Onkel Marthelm besessen hat.«

»Urgroßonkel«, sagte Billa. Doch Torgas nahm keinerlei Notiz von ihr.

»Du kannst es und du hast es geschworen«, fuhr er fort. »Und wir alle wissen, dass du deinen Schwur einlösen wirst.« Unter seinem Schutztuch zog er einen Lederriemen hervor, an dem ein langer, uralt aussehender Schlüssel hing. »Diesen Schlüssel sendet dir der Meister«, sagte er. »Pass gut auf ihn auf. Er öffnet alle Tore und Türen im Logenhaus.« Er hängte Marian das Band um den Hals und sah zu, wie er es unter seinem Schutztuch verbarg. »Unsere Kräfte sind schwach«, sagte Torgas. »Lange können wir die Pforte nicht mehr verteidigen.«

»Ich werde kommen«, versprach Marian.

Doch Torgas schien immer noch nicht beruhigt. »Sei auf der Hut, vor allem nachts«, sagte er. »Im Dunkeln verwandeln sie sich in Eulen und Fledermäuse.« Er sah Billa finster an – das erste Mal, dass er sie überhaupt eines Blicks gewürdigt hatte.

Schließlich verhüllte er sein Gesicht wieder mit dem Schutztuch. Dann verneigte er sich vor Marian in der gleichen Weise wie vorher die anderen Logenbrüder und gab ihnen den Weg frei.

69

In der Herrengasse stießen die Leute einander an und tuschelten hinter ihnen her. Dabei hatten Marian und Billa ihre Köpfe und Gesichter gar nicht mehr verhüllt, seit sie in der Stadt waren. Um weniger aufzufallen, trugen sie die schwarzen Tücher um die Schultern wie kurze Umhänge, die ihnen bis zum Gürtel reichten. Aber die Leute glotzten ihnen trotzdem hinterher.

Marians Goldkette mit dem faustgroßen Pentagramm dran funkelte im Licht der Straßenlaternen. Billa hatte sich eine Silberkette mit eingeflochtenen Haarsträhnen um den Kopf geschlungen. Anstelle des protzigen Diamanten, der sonst bei Diademen vorn über der Stirn prangte, hatte Marian einen weiteren ihrer Weisheitszähne drangeknüpft – mit dem kunstvollsten Blutknoten, der ihm jemals gelungen war.

»Das sind Punks«, erklärte ein Rentner mit Survival-Weste den beiden rüstigen Damen an seiner Seite, als Marian und Billa an ihnen vorbeikamen. »Normalerweise haben die auch noch Ratten auf der Schulter. Und rostige Sicherheitsnadeln in der Nase und sonst wo.«

»Sonst wo?«, erkundigte sich eine seiner Begleiterinnen.

Die Antwort bekam Marian nicht mehr mit. Sie ließen die Herrengasse hinter sich und machten sich daran, den Kirchplatz zu überqueren. Auch hier waren noch jede Menge Leute unterwegs und sie alle schienen ihnen entgegen- oder hinterherzustarren.

»War vielleicht doch nicht so 'ne gute Idee«, sagte Billa.

»Mann, Marian, guck dir doch diese Volksmassen an. Was machen die alle hier? Warum glotzen die so blöd?«

Linda hatte wohl nicht übertrieben. Sie beide schienen das Tratschthema Nummer eins in Croplin zu sein.

»Gothic«, sagte ein Anzugträger, Typus Bankangestellter, zu seiner Gefährtin. »Die würden sich alle am liebsten umbringen oder so was.«

»Blödes Zeug«, ließ ihn die Lady zu seiner Linken, Typus mütterliche Grundschullehrerin, ins Leere laufen. »Die spielen da draußen an der Schlossruine ein kreatives Rollenspiel – hast du noch nichts davon gehört? Lauter böse alte Zauberer und dann diese beiden jungen Leute, die alles wieder in Ordnung bringen.«

Der Bankmann legte die Stirn in Falten. »Ooo-kay«, antwortete er so gedehnt, dass er noch längst nicht mit der zweiten Silbe durch war, als Marian und Billa den Platz hinter sich hatten und drüben in die Gaststube des »Moorgrafen« traten.

Der Wirt ließ seine Tausendfüßler-Brauen in die Höhe schnellen. »Im Nebenzimmer«, sagte er und schaute sie beide von oben bis unten an. »Deine Mutter wartet schon.«

»Und Frau Doktor Dommler?«

»Ist heute früh abgereist.«

Na, denn mal los, dachte Marian. Er zog Billa zwischen den vollbesetzten Tischen hindurch zu dem kleinen Nebenzimmer. Bei Marthelms Beerdigung hatten hier die Logenbrüder getafelt. Der Tisch hätte bequem zwei Dutzend Essern Platz geboten. Heute aber war nur am hinteren Ende für drei Personen aufgedeckt.

Ein wenig verloren saß Linda dort unter einem Ölgemälde, das in romantischer Manier eine Moorlandschaft darstellte: Abenddämmerung mit gelben Nebelschwaden, hagere Baumleichen mit Dohlenvögeln drauf.

»Da seid ihr ja, Kinder.« Sie schrak sichtlich zusammen, als Marian und Billa zu ihr reinkamen. Zwar versuchte sie, sich ihren Schrecken nicht anmerken zu lassen, aber Marian konnte sie nichts vormachen. Ihr Blick flatterte von ihm zu Billa und wieder zurück. Von dem Pentagramm vor seiner Brust zu dem Zahn-Diadem in Billas Haaren. »Setzt euch doch«, fuhr sie in viel zu munterem Ton fort. »Ihr freut euch bestimmt auf ein leckeres Abendessen, wie? Ich freue mich jedenfalls«, fuhr sie entschlossen fort, als sie keine Antwort bekam. »Wollt ihr euch nicht endlich hinsetzen? Magst du mir deine Freundin nicht vorstellen, Marian?«

»Hast du doch längst recherchiert, Mutter.« Marian ließ sich auf einen Stuhl fallen. Klirrend folgte Billa seinem Beispiel. »Linda, das ist Laura«, sagte er. »Billa, das ist meine Mutter.«

Kein guter Anfang für einen gemeinsamen Abend, das merkte er gerade noch rechtzeitig. Also nahm er sich zusammen, so wie auch Billa und Linda sich zusammenrissen. Mit angeklebtem Grinsen saßen sie alle drei an ihrer Tischecke und redeten ungefähr zwei Stunden lang freundliches Hohlzeug.

Linda sagte: »Wie schön, dass wir uns auch mal kennenlernen, Billa.«

»Find ich auch, Frau Hegendahl.« Billa lächelte sanft.

»Ach, nenn mich doch einfach Linda«, rief seine Mutter eine Spur zu laut. »Erzähl mir doch ein bisschen was von dir – was deine Eltern so machen, wo du zur Schule gehst.«

Billas Augen fingen an, verdächtig zu glitzern. Nicht etwa, weil das Hexenbiest in ihr wach geworden wäre – solange sie all die Amulette und zusätzlich das Wehrtuch trug, hatte Sylvenia nicht die geringste Chance. Aber seitdem war Billa auch praktisch andauernd kurz davor, in Tränen auszubrechen.

Doch sie kriegte die Kurve und tischte Linda nicht etwa schluchzend die Geschichte von ihrem Bruder auf, der von den Hexen seit drei Jahren im Bannwald festgehalten wurde und an den Marian sie so wahnsinnig erinnerte. Stattdessen putzte sie sich geräuschvoll die Nase und erzählte dann bloß, dass sie in Gmund am Tegernsee wohnte. Bei ihrer Mutter, denn ihre Eltern lebten seit ein paar Jahren getrennt. Ihr Vater arbeitete mittlerweile in den USA. »Er baut Kraftwerke und solche Sachen.«

»In Gmund«, sagte Marian. »Das ist ja nicht mal so weit weg von Starnberg, oder?«

Linda sah ihn mit offenkundiger Verblüffung an. »Das wusstest du noch nicht? Ja, worüber redet ihr denn, wenn ihr praktisch Tag und Nacht zusammen seid?«

Marian und Billa wechselten betretene Blicke. »Das erzähl ich dir ein andermal, Mutter«, sagte er.

Glücklicherweise hatte der Wirt mittlerweile die gigantische Fischplatte für angeblich nur drei Personen angeliefert – auf einem quietschenden Servierwagen und mit Unmengen köstlicher Beilagen. Unsere Henkersmahlzeit, dachte Marian. Zumindest war es ihr letztes Essen vor der Expedition ins Hexenholz.

Davon durfte Linda allerdings nicht das Geringste erfahren. Natürlich spürte seine Mutter, dass irgendwas mit ihnen beiden überhaupt nicht in Ordnung war. Dass sie still und bedrückt wie zwei Todeskandidaten am Vorabend ihrer Hinrichtung bei ihr saßen. Dass es ihnen mit all dem krassen Zeug, womit sie sich behängt hatten – den Amuletten, Tüchern, Ketten –, auf düstere Weise ernst war. Dass sie verschreckt und verstört und trotzdem total durchdrungen waren von der Aufgabe, die allem Anschein nach vor ihnen lag.

»Es könnte sein, Linda«, sagte Marian schließlich,

»dass du die nächsten paar Tage nicht so viel von mir hörst ...«

Sie sah ihn erschrocken an und sagte erst mal gar nichts. »Aber was ihr da vorhabt«, begann sie dann, »das ist doch hoffentlich nicht gefähr...?«

Marian schnitt ihr das Wort ab. »Ich schreib dir ab und zu 'ne SMS. Wenn alles gut geht, sehen wir uns am 9.9. wieder.«

»Wenn alles gut geht?« Linda sah jetzt extrem alarmiert aus. »Aber was könnte denn passieren – ich meine, was wollt ihr denn machen?«

Wieder wechselten Marian und Billa einen Blick.

»Es ist ... eine Art Spiel«, sagte Billa und lächelte Linda an.

»Aber seid bitte vorsichtig, ihr zwei.« Seine Mutter schien immer noch ziemlich beunruhigt. »Und am 9. musst du wirklich wieder hier sein, Marian. Diese Kanzlei Teuschow hat mich angerufen – wir haben dort um 14 Uhr einen Termin mit Marthelms Notar.«

Marian versprach ihr alles, was sie wollte. Am 9.9. um zwei Uhr mittags würde alles längst gelaufen sein – so oder so.

»Vielen Dank für die Einladung, Frau Hegendahl«, sagte Billa. »Wir müssen jetzt wirklich gehen.«

Sie standen beide gleichzeitig auf. »Ciao, Mutter«, sagte Marian. Er schaffte es, ihr komplizenhaft zuzugrinsen. Keine Sorge, sollte das heißen, hab alles unter Kontrolle.

Aber wenn hier irgendjemand überhaupt nix unter Kontrolle hat, dachte er, während sie sich hastig zum Ausgang der Gaststube bewegten – dann ja wohl ich.

70

Abends flogen Wolken von Dohlen, Krähen, Rabenvögeln krächzend um ihren Turm. Mit Billas Lippenstift, mit Schminke und Kohlestiften malten sie Pentagramme und Ouroboroszeichen auf jede Zinne, damit die Hexenvögel nicht bei ihnen landen konnten.

Bei Tag und Nacht schlichen die Katzen unten um ihre Tür, doch Marian und Billa verließen den Turm nur noch, wenn es sich überhaupt nicht vermeiden ließ. Die Tage verbrachten sie meist oben auf dem Turmfirst, die Nächte in der Kammer. Seit der Fischvesper mit Linda im »Moorgraf« hatten sie keinen Bissen mehr gegessen. Ihre Körper wurden leicht wie der Wind, ihr Geist so klar wie die Alpenluft bei Föhn.

Die Fensterluke in der Kammer ging auf den Schlosshof hinaus. Nacht für Nacht ließen die Hexen dort vom Brunnen her modriges Laub aufwirbeln. Blätter und Dreck tanzten und drehten sich vor der Luke, im Wüten eines Sturms, der einzig um den Turm herum tobte. Im Heranwirbeln ballten sie sich zu Käuzen und Eulen, drängten mit peitschendem Flügelschlag durch den Mauerschlitz. Während ihrer ersten Nacht in der Turmkammer wären Marian und Billa beinahe im Schlaf überrumpelt worden. Doch vom Jagdschrei der Eulen aufgeschreckt, war Billa zur Luke gestürzt und hatte ihr Wehrtuch vor der Öffnung ausgespannt. Seit sie das Fenster jeden Abend auf diese Weise verschlossen, hatten sie auch vor den Nachtvögeln Ruhe.

Am Morgen des 8. September würden sie ins Hexenholz

gehen und versuchen, die Golems unschädlich zu machen, bevor die Ungeheuer aus dem Bannschlaf erwachen konnten. Die Zeit bis dahin verging für Marian noch rascher als für Billa. Denn zwischendurch katapultierte er sich noch mehrmals in Julians Welt zurück.

Ob der Famulus unter Zwang oder aus freien Stücken gehandelt hatte, war ihm noch immer nicht ganz klar. Jedenfalls hatte Julian dem Großmächtigen Meister unterdessen verraten, wo er den Hexenlehm versteckt hatte. Die Lichtträger hatten den Batzen aus Balthasar Müntzers Sonnenblumenbeet gebuddelt, und wenig später erschien Meister Justus wieder im Verlies, wo Julian und sein Freund angekettet darbten.

Gerade in diesem Moment katapultierte sich Marian mit dem Talmibro herüber. Meister Justus stutzte, als Julian unvermittelt krauses Zeug zu murmeln begann. *»Bormilat...«*

»Was faselt Er, Rabe?« Justus beugte sich zu ihm hinab, die Hände auf die Knie gestützt. »Wiederhol Er mir, was Er da eben gemurmelt hat!«

Der Famulus schaute mit treuherziger Miene zu ihm auf. »›So wird das‹, Meister«, sprach er. »Weiter war ich noch nicht gekommen, als Ihr mich zu unterbrechen geruhtet. So wird das – wollte ich sagen – doch noch was mit unser beider Kreatur.«

Der Großmächtige Meister packte Julian bei den Schultern. »Mit unser beider Kreatur?«, donnerte er. »Warum bei allen Teufeln sollte ich Ihm erlauben, bei der Erschaffung des Golems mitzutun?«

Julian fuhr zusammen, aber einschüchtern ließ er sich nicht. »Weil Ihr ohne mich keinen Hexenlehm hättet«, antwortete er und schaute dem Großmächtigen Meister gerade in die Augen. Offenbar hatte er sich einen neuen Plan zurechtgelegt, seit er von den Schmieden eingekerkert und angekettet worden war. »Und weil Ihr ohne mich auch nicht den kleinsten Splitter von Eurem Pfortenglas zurückbekommt.«

»Wie denn den Splitter!«, schrie Justus. »Eine Scherbe von brauchbarer Größe muss wahrhaftig noch auf dem Drachenberg liegen. Aber Er hat ja den Rosenspiegler-Eid geschworen und kann so wenig ins Hexenholz hinein wie ich selbst. Darum haben wir doch diesen Burschen hier im Eisen behalten.«

Der Meister deutete auf Julians Mithäftling. »Da ist meinen Lichtträgern der falsche Fisch ins Netz gegangen – und doch auch wieder nicht. Denn in den Bannwald hinaus können ja allenfalls noch gewöhnliche Menschen wie er. Keine Hexen, keine Magier, nicht einmal hundserbärmliche Raben. Aber schau Er sich seinen tumben Gefährten doch an. Einmal haben wir ihn schon zum Drachenmaul ausgesandt, die Scherbe vom Pfortenglas zu holen. Und was ist damals geschehen? Gerade mal zehn Schritte weit ist der schreckhafte Kerl ins Hexenholz eingedrungen, dann kam er schon zurückgerannt – schreiend, die Haare gesträubt und sein Gesicht kreuz und quer zerkratzt wie von Katzenkrallen.«

Während der Meister dies sagte, stöhnte Piet furchtbar durch seinen Knebel. Er rollte mit den Augen und warf seinen Kopf wie im Krampf hin und her. Es war offensichtlich, was er dem Meister und seinem Raben mitteilen wollte: Um nichts in der Welt würde er noch einmal auch nur einen Schritt weit in den Bannwald gehen.

Und doch wirst du, Freund, dachte der Famulus. Ich schwör's dir bei allen Aposteln.

»Was hilft mir da Sein Batzen Drachendreck, Rabe!« Der Großmächtige Meister stieß einen empörten Schnaufer aus. »Wenn ich Astometh und Ohyrion wiederum ohne Pfortenglas herüberspiegeln muss, dann wird mir auch der Golem, kaum dass er erwacht ist, neuerlich in Rauch und Flammen aufgehen.« Er versetzte dem Famulus einen Tritt. »Will Er Mitschöpfer werden, muss Er schon etwas mehr ausspucken als ein paar Krumen Lehm.«

Julian schickte einen verstohlenen Blick nach links. Der einstige Bäckerlehrling war wieder in sich zusammengesunken und stöhnte nur noch leise durch seinen Knebel. »Nähert Euer Ohr meinen Lippen, Meister«, sagte er gedämpft.

Mit einem widerwilligen Gesichtsausdruck beugte sich Justus tiefer zu seinem Raben hinab. »Was hat Er jetzt wieder ausgeheckt, um Seinen Hals zu retten?«

»Schwört mir, Großmächtiger Meister«, flüsterte Julian, »dass Ihr mich zusammen mit Euch den Golem erschaffen lasst. Dann will ich dafür sorgen, dass Piet noch heute zum Drachenmaul geht, um den Scherbenrest zu holen.«

Der Großmächtige Meister richtete sich wieder zu seiner vollen Größe auf. Lange sah er stumm und finster auf seine beiden Gefangenen hinab. Schließlich beugte er sich neuerlich zum Raben Julian hinunter. »Nun denn, so sei es. Bringt Er den Tölpel dort dazu, seine Pflicht zu tun, so soll Er meinethalben bei der Erschaffung des Golems dabei sein.«

Das Herz des Famulus begann vor Entzücken zu pochen. »Schwört Ihr's, Meister, bei allem, was Euch heilig ist?«

»Bei meinen männlichen Nachkommen: Ich schwör's.«

»Dann nehmt Piet und mir die Eisen ab, ich bitt Euch sehr. Und gebt mir eine Stunde, ihn von meinem Plan zu überzeugen.«

Noch einmal schaute Meister Justus grimmig auf die beiden Burschen herunter. Dann stampfte er aus der Zelle und nur ein paar Augenblicke später traten die Schmiede ein und befreiten Julian und Piet von ihren Fesseln.

»Hör mich an, Piet«, begann der Famulus, kaum dass die Lichtträger wieder aus der Tür waren. »Alles wird gut, das verspreche ich dir – wenn du nur genau tust, was ich dir jetzt sage.«

Sein Freund sah verstört im Verlies umher. Er schien zu ahnen, warum ihm so plötzlich die Ketten abgenommen worden waren. Beim letzten Mal hatte er sich kurz darauf im Hexenholz wiedergefunden, inmitten der grässlichsten Gespenster, die man sich nur vorstellen konnte.

»Du musst noch mal hinaus in den Wald«, fuhr Julian fort. Er nahm Piets Hand und drückte sie, aber der Bäckerlehrling riss sich los und wich bis an die hintere Verlieswand zurück. Noch hatte er kein Wort gesagt, nur einmal leise aufgestöhnt, als ob er immer noch geknebelt wäre. »Hab Vertrauen«, sagte der Famulus, »diesmal wird es ganz harmlos werden. Du bekommst einen zauberkräftigen Fingerhut auf deinen Zeigefinger gesteckt – der führt dich geradewegs zum Drachenmaul und hält dir alle Spukgestalten vom Leib.« Sein Tonfall wurde drängender. »Der Meister ist weit mehr noch als ich ein Erleuchteter, ein mächtiger Magier – er und ich wissen genau, was zu tun ist, damit du wohlbehalten hin- und wieder zurückgelangst. Und zur Belohnung erhältst du nicht nur deine Freiheit wieder, sondern einen ganzen Beutel Goldtaler dazu! Hörst du nicht? Du wirst ein reicher Mann sein!«

So redete der Famulus mit unheimlicher Zungenflinkheit auf den gewesenen Bäckerlehrling ein. Dem hatte es anscheinend die Sprache verschlagen, seit er im Bannwald umhergeirrt und dort von Gespensterkrallen im ganzen Gesicht zerschrammt worden war. Jedenfalls antwortete er kein Wort, sah Julian nur aus schreckgeweiteten Augen an oder mit leerem Blick an ihm vorbei.

Da Piet nichts antwortete, versuchte stattdessen Marian

noch einmal, den Famulus zur Besinnung zu bringen. Du musst endgültig den Verstand verloren haben!, rief er ihm zu. Du weißt doch, wozu der Großmächtige Meister die Golems gebrauchen will – um sich die ganze Erde zu unterwerfen, um alle Menschen zu seinen Sklaven zu machen! Du kannst ihm doch nicht helfen, diesen wahnsinnigen Plan zu verwirklichen! Das darfst du einfach nicht, Julian!

Ah, pah, dachte der Famulus, nachdem sich sein Gewissen wieder mal müde gezetert hatte. Die Menschen werden schon bald merken, wie gut es ihnen geht – wenn erst Kaiser Justus und König Julian über die Erde herrschen. Nur wer Böses will, hat unsere Golems zu fürchten – die Wohlmeinenden aber werden jubeln, weil fortan so weise und mächtige Herrscher ihr Geschick bestimmen.

Ein Lächeln der Verzückung verklärte Julians Gesicht. »Aber jetzt noch mal zu dir, Piet«, sagte er. »Du bist doch einverstanden?«

Der ehemalige Bäckerlehrling rieb sich vorsichtig den Hals, der von dem Eisenband ganz wundgeschürft war. »Und wenn nicht?«, fragte er zurück.

Julian sah ihn einen Moment lang ausdruckslos an. Dann schüttelte er den Kopf und sagte mit einem Lächeln: »Darüber brauchen wir kein Wort zu verlieren.« Er trat zu Piet und nahm wieder dessen Hand in die seine. Und diesmal versuchte Piet nicht, ihm seine Rechte zu entreißen. »So ist es also beschlossen«, sagte der Famulus. »Du gehst sofort los und bist noch vor dem Abend wieder hier.«

Piet nickte, aber es war mehr ein nervöser Krampf als wirkliche Bejahung. Er fing an, im Gesicht und am ganzen Körper unbeherrscht zu zucken. Doch der Famulus kümmerte sich nicht darum. Er wandte sich um, ging mit raschen Schritten zur Tür und schlug mit der Faust dagegen.

»Öffnet, Lichtträger«, rief er in einem Tonfall, der fast schon so gebieterisch wie beim Großmächtigen Meister klang. *»Mabrosilat«*, setzte er sehr viel leiser hinzu, denn sein Gewissen war so angewidert, dass es keinen Moment länger bei ihm ausharren wollte. *»...silat.«*

71

Am zweiten Abend nach ihrem Abschied von Linda hatte die letzte Etappe ihrer inneren Reinigung begonnen. Seitdem nahmen Billa und Marian auch keine Flüssigkeit mehr zu sich. Nicht einmal mehr einfaches Wasser.

Ihre Körper wurden noch matter und leichter, ihr Geist noch freier, jeder Gedanke fast schmerzlich klar. Schlaf und Wachsein waren kaum mehr zu unterscheiden. So wenig wie Tag und Nacht, wenn man die Welt nur noch durch das schwarze Tuch hindurch sah.

In diesem Zustand des wachen Träumens oder traumhaften Überwachseins erkannte Marian auch, wie er durch Julian den Golem vernichten konnte, den Meister Justus erschaffen würde, sobald er die magische Scherbe in Händen hielt. Der Famulus hatte gewiss seinen Anteil daran, dass diese Kreatur entstehen würde – genug jedenfalls, um sie auch wieder zerstören zu können.

»Wäre ich damals schon so weit gewesen wie heute«, sagte Marian zu Billa, »bestimmt hätte ich Meister Justus hindern können, die Golems zu erschaffen.«

Sagte es oder dachte es vielleicht auch nur – und Billa, die neben ihm dämmerte, bekam es trotzdem auf dem Gedankenweg mit. So eng verbunden waren sie mittlerweile, dass er sogar das Hexenbiest in ihrem Innern fühlte. Wie es rumorte und auszubrechen versuchte, aber dafür war Sylvenia viel zu schwach. Damit ihre Hexenkraft zurückkehrte, müssten sie draußen am Drachenmaul mindestens die Hälfte der Amulette von Billa entfernen. Das war der gefährlichste Teil ihres Plans, aber anders ging es nicht.

Einmal schrieb er noch eine SMS an Linda (*hier alles ok, bis bald, lg marian*), doch eigentlich war alles gesagt.

Selbst die Angriffe der Hexenkatzen, Hexenvögel ließen nun merklich nach. So als ob Klotha und die anderen spürten, dass sie ihnen auf diesem Weg nicht mehr gefährlich werden könnten.

Am Morgen des letzten Tages, bevor sie ins Hexenholz gehen würden, kehrte er noch einmal zu Julian zurück. Er kam gerade in dem Moment an, als der Famulus von Bardo Krummbiehl durch den untersten Keller geführt wurde: von seinem Verlies zu dem Raum hinter der Biegung, der damals noch durch eine Tür vom Flur abgetrennt war.

Am Boden lag eine erbärmlich kleine Lehmpuppe, kaum eine Elle lang, doch kunstvoll geformt. Elend klein war auch der Scherbenrest, den der arme Piet anscheinend vom Drachenmaul herbeigeholt hatte. Nicht größer als eine Hand des Großmächtigen Meisters, der soeben Ritter Gunter einen Wink gab. Der Schwarzbärtige trug daraufhin ein kleines Eisengestell herbei und stellte es so auf, dass der leere Rahmen wieder über dem Gesicht des Golems schwebte.

Justus setzte vorsichtig den Scherbenrest hinein. Der war kreuz und quer mit Sprüngen durchzogen und doch schien der Meister hochzufrieden zu sein. Tatsächlich bewegten sich in dem Glasstück zwei käferkleine Wesen hin und her, das eine schwefelgelb und geschmeidig sich schlängelnd, das zweite von feuerroter Farbe und wie eine Adlerfeder geformt. Astometh und Ohyrion.

Der Goldschmied schob den Famulus in den Raum und schloss hinter ihnen die Tür. Julian machte einen Schritt auf den Großmächtigen Meister zu, wollte sich zu ihm gesellen, um gemeinsam mit ihm den Golem zu erwecken. Doch da wurde er von hinten gepackt und zurückgerissen.

»Lasst ihn dabei sein«, brummte Justus, ohne auch nur zu ihnen hinzusehen. »Aber bindet ihn fest, damit er mir nicht ins Werk pfuschen kann.«

Der Goldschmied drückte den Famulus zu Boden und wand ihm einen Strick um Fußknöchel und Handgelenke, sosehr Julian sich auch sträubte und schreiend wehrte. »Halt Er sein Maul«, sagte Bardo, »sonst wird's Ihm gestopft.«

»Aber der Meister und ich …«, schrie Julian außer sich. Weiter kam er nicht. Bardo nahm einen modrigen Lumpen vom Boden auf und stieß ihn dem Famulus in den Mund. Julian würgte und spuckte, doch es gelang ihm nicht, den Knebel auszuspeien. Er schmeckte ungeheuer ekelhaft. Aber sehr viel ärger als an dem widerlichen Geschmack würgte Julian an der Erkenntnis, dass er betrogen worden war.

Unterdessen hatte die Beschwörung bereits wieder begonnen. Die Lichtträger stampften im Kreis um die Lehmpuppe. Riefen ihre Formeln, gossen Wasser über den Golem, entzündeten Pulver in Schalen. Die Flammensäulen schossen empor, eine schwefelgelb, eine vom Rot kochenden Blutes. Unter der Decke entstanden zwei Lichttropfen in denselben Farben, wuchsen zu Schlangenzungen, schwangen sich bald schon über der Scherbe zitternd hin und her.

Zuletzt begann wiederum der Großmächtige Meister den Golem zu umkreisen. *»Der göttliche Odem durchweht dich«*, rief er. *»Schem – ham – for – as!«* Er zog die Adlerfeder aus seinem Umhang, stieß sich ihr spitzes Ende in den linken Daumen und warf sich neben dem Golem auf die Knie. Beugte sich vor und ritzte **Ammanth** in die Stirn des Golems. Dazu schrie er abermals mit einer Stimme wie

Donner: *»Der göttliche Odem durchweht dich! Schem – ham – for – as!«*

Unterdessen hatte der Famulus seine gefesselten Hände zu seinem Mund erhoben. Er ahnte nicht im Geringsten, warum er das machte, ja er bekam kaum mit, dass er sich überhaupt bewegte. Die vier Männer achteten nicht auf ihn – sie starrten auf den Golem, dessen Gliedmaßen nun zu zucken begannen.

Marian ließ den Famulus kräftig in seinen linken Zeigefinger beißen. Das war nicht ganz einfach, weil der Knebel im Weg war. Aber schließlich stöhnte der Famulus auf, zog den blutenden Finger aus seinem Mund und sah ihn entgeistert an. Sein Japsen und Seufzen ging in den Hochrufen der Lichtträger unter, die die jüngste Wundertat ihres Meisters priesen. »Er kommt zu sich, seht nur! Seine Augen öffnen sich! Wie demütig er Euch anschaut, Meister! Ah, was für ein mächtiger Magier seid Ihr, Meister Justus – auf dieser Erde kommt keiner Euch gleich.«

Der Golem hob seinen Kopf und machte Anstalten, sich aufzurappeln. Seinen Körper, der kaum größer als der Leib eines siebenjährigen Knaben war und doch vor Muskeln starrte. Im selben Moment sprang Julian auf und hüpfte, die Füße mit dem Seil zusammengebunden, auf den Golem zu. Er warf sich über die Kreatur, die mit einem leeren Blick zu ihm heraufglotzte.

Schon spürte er auf seinen Schultern die Hände der Schmiede, die ihn zurückreißen wollten. Aber Bardo und Benno kamen zu spät. Mit seinem blutenden Zeigefinger krakelte der Famulus quer über die Schriftzeichen des Großmächtigen Meisters ***Manth***, für »Zerstörung, Tod«.

Den Golem überlief ein krampfhaftes Zittern. Als er sich erhob, kollerte Julian von ihm herunter und kam neben der Schale zu liegen, aus der die rote Flammensäule aufstieg.

Schwankend stand der Golem zwischen seinen Herren, die ihn beide erschaffen hatten, wenn auch zu ungleichen Teilen. Der eine befahl ihm das Leben, der andere den Tod. Und nur auf eine einzige Weise konnte er beiden Herren gehorchen.

Er wurde durchscheinend wie ein Schemen, von einer Sekunde zur nächsten. *»Ammanth, Ammanth!«*, schrie Meister Justus wie von Sinnen, doch es half nichts. Vor ihrer aller Augen löste sich der Golem auf wie Nebel in der Morgensonne. Beinahe war er schon gänzlich verblasst, da wurde sein Geisterschatten von einem starken Sog ergriffen und in die Dämonenscherbe hineingerissen. Und nur einen Wimpernschlag später war von dem Golem nichts mehr zu sehen.

Der Meister und seine Lichtträger schrien wild durcheinander. Sie fuhren herum, wollten sich auf den Raben stürzen, doch der hatte mit der roten Flammensäule mittlerweile seine Fesseln aufgeschmort. Im hintersten Winkel drehte Marian ihn mit dem Rücken zu den Rosenspieglern und ließ ihn das Talmibro aus seinem Brustbeutel ziehen. Vor Entsetzen darüber, dass er soeben seinen eigenen Golem zerstört hatte, war der Famulus noch wie gelähmt. Er verstand nicht im Geringsten, was er da gemacht hatte, geschweige denn aus welchem Grund. Und er ahnte, dass er es auch niemals verstehen würde, selbst dann nicht, wenn Meister Justus ihm Gelegenheit geben würde, in seinem Verlies jahrelang darüber nachzugrübeln.

Als er das Talmibro auseinanderzog und zu murmeln begann, stürzte sich Meister Justus mit wehendem Umhang auf ihn. »Er hat uns alle verraten! Was hält Er da in Händen – zeig Er's her!«

»Mabrosilat! Mabrosilat!«

Justus riss ihn bei den Schultern herum und für den

Bruchteil eines Wimpernschlags bekam er das Talmibro zu sehen. Dann verblasste es in Julians Händen und Marian wurde aus dem Famulus herausgeschleudert und zurück in seine Welt.

In der Turmkammer kam er zu sich und sah immer noch vor sich, wie sich die Augen von Meister Justus beim Anblick des Talmibros geweitet hatten. Er weiß Bescheid, dachte Marian. Ganz bestimmt ist Meister Justus bekannt, wofür so ein Talmibro gut ist.

Aber wusste der Großmächtige Meister auch, wer da in den Leib seines Raben gefahren war und den Golem zerstört hatte? Das Talmibro hatte Marian noch in der Hand. Er klappte es auf, zog es zur Probe gleich noch mal auseinander.

Doch im magischen Spiegel zwischen den sonderbaren Zeilen erblickte er – nichts. Nicht mal mehr sich selbst. Geschweige denn den Raben Julian, drüben in seiner Welt vor 333 Jahren. Mit aller Kraft zerrte und riss Marian das Talmibro der Länge und Breite nach auseinander.

Nichts.

Meister Justus hatte mitbekommen, was da mit dem Famulus passiert war – und hatte daraufhin den magischen Übergang blockiert. Ja, so musste es sein, dachte Marian. Anders ließ sich überhaupt nicht erklären, warum das Talmibro von einem Moment zum anderen nicht mehr funktionierte.

Ein Gefühl tiefer Enttäuschung stieg in ihm auf. Überflutete ihn regelrecht mit Trauer, Schmerz, wildem Aufbegehren – so als ob er jemanden verloren hätte, der ihm so nahestand wie ein Bruder. Mindestens. Ein Rabenbruder, dachte Marian. Aber auch das spielte jetzt keine Rolle mehr.

Morgen in aller Frühe würden Billa und er hinaus in den Bannwald gehen.

72

Der Junge rannte schreiend durchs Unterholz, keine zehn Schritte rechts von ihrem Pfad. Er war ungefähr zwölf Jahre alt, sein Gesicht, seine Arme waren blutig zerkratzt, seine Haare mit Spinnweb verzwirnt und modrige Blätter klebten ihm überall auf Brust und Rücken. Als wäre er schon hundertmal hingefallen, hätte sich aufgerappelt, wäre schreiend weitergerannt. Alle paar Meter drehte er sich im Rennen um, keuchte vor Entsetzen noch heftiger, rannte stolpernd weiter.

Hinter ihm sieben Wölfe, jeder einzelne so mager, dass sich die Rippen unter dem grauen Fell abzeichneten. Mit gelb glühenden Augen, heraushängenden Zungen hechelten sie dem Jungen hinterher. Dicht hinter den Wölfen sprengte ein Dutzend wildbärtiger Männer auf struppigen Pferden durchs Dickicht – in Fuchs- oder Bärenfellhosen, die Gesichter und Oberkörper mit blutroten, pechschwarzen Zeichen bemalt. Die Wölfe heulten um die Wette und die Männer schwangen ihre Äxte und Speere und stießen Kampfschreie aus. »Agarr!«

Dem Jungen ging mehr und mehr die Luft aus. Er geriet immer öfter ins Stolpern und jedes Mal rückten seine Verfolger dichter auf. Zum Schreien hatte er keine Kraft mehr – er schluchzte und weinte nur noch ganz leise. Aber Marian hörte trotzdem klar und deutlich, was der Junge da in sich hineinwimmerte: »Billa, hilf mir. Oh mein Gott, wo bin ich hier nur?«

Und die Wölfe heulten und die Jäger schrien »Agarr!«, und

ein Glück nur, dass Billa von alledem nichts mitbekam. Sie zuckte alle paar Schritte zusammen und dann krampfte sich ihre Hand jedes Mal um Marians Linke. Aber sie schaute starr geradeaus – auf ihre linke Hand mit dem ausgestreckten Zeigefinger, auf dem der Fingerhut steckte. Auf den Pfad, der sich vage im Gestrüpp vor ihnen abzeichnete. Auf die blühenden Dornbüsche am Wegrand, die nur Billa sah, von denen sie ihm heiser flüsternd immer wieder erzählte: in jedem Busch ein gefangenes Mädchen, das sich verzweifelt aus seinem Dornenkerker zu befreien versuchte. Aber mit jeder Bewegung stach und kratzte es sich nur noch ärger blutig. »Die roten Beeren, siehst du nicht die Beeren, Marian?« Billa schaute ihn ganz verzweifelt an. »Berühr sie nicht, hörst du – das ist alles Blut!«

»Mach ich ja nicht«, gab er zurück. »Weißt du noch, wo's langgeht?«

Denn in dem Fingerhut, den Billa damals von Klotha bekommen hatte, war nur noch ganz wenig Hexenlehm. Vor drei Jahren hatte er ihr durch Ziehen im ganzen Finger signalisiert, welchen Weg sie nehmen musste. Diesmal aber war es nur ein schwaches Kribbeln in der Fingerspitze und auch das setzte ab und zu einfach aus.

»Da vorn müssen wir hoch«, flüsterte ihm Billa ins Ohr.

Er umfasste ihre Hand so fest, dass es fast schon wehtun musste. Aber so hatten sie es heute früh besprochen, bevor sie in der ersten Morgendämmerung in den Bannwald gegangen waren. Durch das Tor hinterm Logenhaus, denn tatsächlich passte der Schlüssel von Meister Godobert auch dort. Von niemandem beachtet, waren sie durch das vordere Tor hereingekommen, dann links am ehemals Hegendahl'schen Gutshaus vorbei in den Hinterhof.

Niemals waren ihm das Brausen der Bäume, das Tosen des Sturms, die Schreie der Vögel da draußen bedrohlicher erschienen. Eine fremde, übermächtige Welt. Aber sie hatten keine Wahl. Also hatten sie ihre Schutztücher übergeworfen und das Tor geöffnet.

Aneinandergeklammert gingen sie weiter, betäubt vom Ächzen und Knarren der Bäume, von dem Entsetzen, das in ihnen umherschlich. Überall in den Wipfeln lauernde Augenpaare, grün glühend, lodernd rot. Alle paar Schritte brach linkerhand aus dem Unterholz eine grässliche Kreatur – ein Mensch der Gestalt nach, aber mit einem Echsenpanzer anstelle von Haut. Er fiel vor ihnen auf die Knie, warf den Kopf zurück und riss den Mund wie zu einem Angst- oder Schmerzensschrei auf. Doch stattdessen schoss ein Blutstrahl aus seinem Rachen empor, mal schwefelgelb, mal tintenschwarz. Und dann brach er zusammen, rollte tot zur Seite und drei Schritte weiter begann alles von vorn.

Auch die Blutspeier schien Billa nicht zu bemerken, und Marian hütete sich, ihr von den echsenhäutigen Erscheinungen zu erzählen. So wie er auch mit keiner Silbe erwähnte, dass allem Anschein nach Jakob neben ihnen durchs Unterholz stolperte. Um sein Leben rannte, torkelte, taumelte – ein schmächtiger Junge, dem Marian vor ein paar Jahren tatsächlich ein wenig geähnelt hatte.

Billa blieb unvermittelt stehen. »Warte«, flüsterte sie, »ich spür's nicht mehr.« Sie hob ihre linke Hand und drückte den Fingerhut gegen ihr Kinn. »Da ist es wieder«, sagte sie, »aber total schwach.«

Sie wollte weitergehen, doch er hielt sie zurück. »Warte noch«, sagte er. »Nur einen Moment.«

»Warum? Was ist los?«

Weil wir sonst mit deinem Spukbruder zusammenrennen. Das konnte, wollte er ihr nicht sagen. Der Junge – Jakob – hatte scharf nach links abgedreht und rannte jetzt geradewegs auf sie zu. Die vordersten Wölfe hatten schon zum Sprung angesetzt, um ihn zu Boden zu reißen, ihre Zähne in sein Fleisch zu schlagen. Nun aber sprangen sie ins Leere und die ganze Meute verhedderte sich zu einem wüsten Knäuel aus Wolfs-, Pferde-, Jägerleibern. Währenddessen hatte der Junge den Pfad erreicht, auf dem Billa und Marian standen. Noch immer schienen Bruder und Schwester einander nicht zu sehen. »Billa, hilf mir«, flüsterte Jakob erneut. Dann brach er zwei Schritte vor ihnen beiden zusammen. »Ich kann nicht mehr. Es ist aus«, wimmerte er.

Doch da begannen die Wölfe wieder zu heulen und der Wald bebte unter den Hufschlägen der Pferde. »Agarr!«, schrien die Jäger.

Jakob rappelte sich noch einmal auf. Kroch auf allen vieren, mit seiner allerletzten Kraft, auf einen Dornbusch zu. Er versuchte, sich hineinzuzwängen, obwohl die Dornenranken ihm die Haut aufrissen, ihre Stacheln in sein Fleisch bohrten. Blut lief ihm an den Armen runter, tropfte ihm von Stirn und Wangen.

»Jakob«, flüsterte Billa. »Jakob!«, schrie sie und wollte zu ihm rennen, aber Marian hielt sie eisern fest. »Lass mich«, kreischte sie, »da drüben ist Jakob, ich muss ihm helfen, er blutet, oh mein Gott – lass mich doch los!«

Tiefer und tiefer kroch der Junge in den Dornbusch hinein. »Billa«, flüsterte er, und »Jakob!« schrie Billa und riss so heftig an Marians Hand, dass er sie nicht länger halten konnte. Sie rannte zu dem Dornbusch, warf sich davor zu Boden, wollte Jakob an den Füßen packen. »Jakob«, flüsterte sie, aber da war weit und breit niemand – keine Jäger, kein Jakob, kein blutendes Mädchen im Busch.

Marian trat hinter sie, legte ihr behutsam eine Hand auf die Schulter. »Billa«, sagte er leise, »das war nur Spuk.«

Sie drehte sich um zu ihm, ihre Augen voller Tränen. »Aber ich hab ihn gesehen«, flüsterte sie. »Er war da!«

»Ich hab ihn auch gesehen«, sagte Marian. »Aber ich glaub trotzdem nicht …«

Er brach ab. Billa war herumgefahren. Sie beide starrten auf den Dornbusch, aus dem lautes Krachen und Knirschen ertönte. Es klang, als ob sich ein größeres Lebewesen mit aller Macht aus dem Gestrüpp hervorkämpfte. Tatsächlich sahen sie jetzt, wie zwischen Ästen und Dornen eine leuchtend bunte Kreatur emporstieg. Gleich darauf brach oben aus dem Busch ein mächtiger Papagei hervor. Mit kraftvollem Flügelschlag stieg er auf, kreiste über ihren Köpfen. »Jaaa – kob!«, rief er so klar und deutlich, wie Papageien überhaupt sprechen können. Und war gleich darauf von der Dämmernis verschluckt.

Billa schaute ihm hinterher. »Jakob«, flüsterte sie traumverloren.

Sie gingen weiter, aufs Neue Hand in Hand. Dohlen kreisten um ihre Köpfe, spien schwarze Galle auf sie hernieder. Die Erde tat sich vor ihnen auf, moderköpfige Leichen stiegen empor und stießen grässliche Gurgellaute aus. Blutspeier hingen kopfüber von den Bäumen und spuckten ihre zerplatzenden Herzen vor Marian auf den Weg. Schwefelgelb, pechschwarz. Aus den Dornbüschen brachen gefangene Mädchen hervor, Haut und Fleisch hingen fetzenweise von ihnen runter, sodass Billa ihre blanken Knochen durchschimmern sah.

Doch keine dieser schauerlichen Erscheinungen vermochte sie von ihrem Weg abzubringen. Durch die Begegnung mit Jakob verblassten alle anderen Trugbilder. Sie beide sahen nur immer wieder vor sich, wie der Papagei aus dem Dornbusch aufgestiegen war, in allen Regenbogenfarben leuchtend.

»Er hat ›Jakob‹ gerufen«, sagte Billa. »Das hast du doch auch gehört?«

Marian nickte. Obwohl ihre Gesichter mit den Wehrtüchern verhüllt waren, sah er ganz deutlich, dass Billa lächelte.

»Bleib stehen«, sagte sie.

»Warum?«

»Schau – da oben.«

Er sah in die Richtung, in die ihr Fingerhut wies.

Schroff erhob sich vor ihnen der Hexenhügel. Die gigantische Steinplatte, die ganz da oben auf dem flachen Gipfel schräg emporragte, sah tatsächlich wie der Oberkiefer eines weit aufgerissenen Drachenmauls aus.

»Deine Amulette«, sagte Marian. »Hast du sie alle an?«

»Ich glaub schon.« Sie legte ihm einen Arm um die Schultern und zog ihn nah zu sich heran. »Bisher war Sylvenia still«, flüsterte sie. »Aber jetzt spür ich, wie sie zu sich kommt.« Ihre Augen leuchteten durch das Wehrtuch hindurch. Ganz schwach nur, aber es war das Brennen der Hexenflämmchen, und es würde bald noch sehr viel stärker werden.

»Wir schaffen das«, sagte Marian. »Los jetzt.«

Hand in Hand stiegen sie zum Drachenmaul hinauf.

73

Die Golems waren viel größer als in seiner Erinnerung. Zehnmal so groß, wenn nicht noch mehr. Marian ging von einem Koloss zum anderen und kämpfte gegen die Verzweiflung an, die in ihm aufstieg. Waren die Golems im Bannschlaf etwa weiter gewachsen? Zwar langsamer als im Wachzustand, aber immerhin 333 Jahre lang? Jetzt jedenfalls waren sie schon im Liegen mindestens doppelt so hoch wie er.

Er ging an einem der Riesen entlang und machte dabei möglichst große Schritte. Die Golems waren mit Efeu überwuchert und mit armdicken Ranken, die sich wie Seile um ihre mächtigen Arme und Schenkel schlangen. Vielleicht waren diese Fesseln Teil des Hexenbanns, den Barixa und ihre Gehilfin damals über die Golems gelegt hatten.

Von den Füßen bis zum Schädel brauchte er nicht weniger als 17 Schritte. Mit Sylvenias Hexenkraft hatte es Billa immerhin geschafft, zwei der Baumsärge von Professor Bußnitz durch die Luft zu manövrieren. Aber das hier war etwas ganz anderes. Jeder dieser Riesen musste Tonnen wiegen.

Er ging zu Billa zurück, versuchte sich einzureden, dass schon alles gut gehen würde. Sie saß auf einem Steinbrocken vor dem Drachenmaul und die Flämmchen in ihren Augen tanzten.

Echsenhäutige Blutspeier schlichen, krochen, taumelten zwischen den Golems herum, doch Marian achtete kaum mehr darauf. So wenig wie auf die halb vermoderten Leichen, die unaufhörlich aus Rissen im Lehmboden aufstiegen und gurgelnd herumschrien.

»Zeigst du mir, wo's zum Auge geht?«, fragte er.

»Einfach da rein.« Billa drehte den Kopf ein wenig nach links, zur Öffnung des Drachenmauls. Aber sie machte keine Anstalten, aufzustehen. »Hat sowieso keinen Sinn, oder?«

Marian sah sie nur an. Er wusste genau, dass er ihr jetzt widersprechen und irgendwelches aufmunterndes Zeug faseln sollte. Aber er fühlte sich kaum weniger mutlos als sie.

»Ich meine«, fuhr Billa fort, »diese Dinger sind so gigantisch. Passen die denn überhaupt durchs Drachenmaul – und dann erst durch den Gang runter zu diesem Tümpel?«

»Das wollte ich gerade nachschauen gehen.«

»Dann geh halt«, sagte Billa. »Ich probier schon mal, ob ich diese Monster überhaupt hochwuchten kann.«

»Mach das nicht, Billa – bitte.« Er sah sie eindringlich an. »Das haben wir doch alles besprochen. Du musst ein paar von den Amuletten ablegen, damit Sylvenia in die Gänge kommt. Und dabei muss ich unbedingt in deiner Nähe sein – falls irgendwas schiefgeht.«

Sie sah mit ausdrucksloser Miene zu ihm auf. Die Flämmchen in ihren Augen tanzten. »Okay«, sagte sie schließlich und erhob sich. »Dann also erst mal da rein.«

Er hielt ihre Hand fest umklammert, als sie durch das Drachenmaul in den uralten Tempel gingen. In seiner Rechten trug er die kleine Taschenlampe, die Billa heute früh noch aus ihrem Rucksack hervorgewühlt hatte. Er schaltete das Lichtchen ein, aber die Dunkelheit hier drinnen saugte es fast vollständig auf.

Diese urzeitliche Ruine musste ungeheuer groß sein. Halb Halle, halb Höhle, eine heilige Stätte, die Hunderten

Menschen Platz geboten hatte. In der Steinzeit, im Mittelalter oder wann auch immer. Bei Opferritualen, magischen Kulthandlungen oder was sonst sie hier veranstaltet haben mochten. Professor Bußnitz wäre bestimmt begeistert, dachte Marian, wenn er diesen Ort erforschen könnte.

Glühende Augenpaare tauchten im Dunkel auf und erloschen wieder. Die Luft war von Seufzen und Stöhnen erfüllt – unklar, ob vom Wind, der durch Felslöcher strich, oder von irgendwelchen Spukgestalten. Der zähe Schlamm unter ihren Füßen schien jedenfalls echt zu sein. Genauso wie die halb verwesten Kadaver, Ratten oder sonst was, in die man bis zu den Knöcheln einsank, wenn man nicht schnell genug seinen Fuß zurückzog.

Mit flappendem Flügelschlag wirbelte vor ihnen eine Wolke lederhäutiger Fledermäuse empor. Im Lichtkegel sah Marian ihre Augen rötlich funkeln, Zähne und Krallen blitzen. Dann das Glucksen von Wasser. Billa zog ihn zu einer dunklen Öffnung in der Felswand. Dahinter ging es steil bergab. Glitschige Stufen, vom Wasser in den Fels gewaschen oder vor Urzeiten mit Steinhämmern hineingeschlagen. Der feucht-faulige Geruch, der die ganze Zeit schon in der Luft lag, wurde mit jedem Schritt stärker. Das Glucksen wurde lauter und hallte von den Wänden wider, beinahe wie Trommeln und Dröhnen.

Würden die Golem-Kolosse durch diesen Schacht hindurchpassen? Marian dachte noch darüber nach, als der Taschenlampenschein auf den trüben Spiegel unter ihnen traf und sich in der glitzernden Schleimschicht brach, die wie ein Schleier über dem Auge lag. Die Brühe darunter schien zu brodeln, zu gären. Es gurgelte und gluckste und ein süßlich schwerer Geruch stieg von dem Tümpel auf.

Marian schaute rasch nach links: Billa hatte ihr Schutztuch noch vor dem Gesicht. Damals vor drei Jahren hatte sie mit einem Stock in das Auge gestochen – und Sylvenia war aus der Brühe hervorgeschossen und hatte sie harpuniert.

»Die Monster da draußen sind wirklich riesig«, sagte er. Seine Worte gaben Echos. Er drehte sich um und leuchtete auf den Schachtwänden herum. »Aber sie müssten gerade so hier durchpassen. Und wenn wir ein bisschen Glück haben, verkeilen sie für alle Zeiten dieses verdammte Auge.« Fragte sich nur, ob Billa es schaffte, die Golems überhaupt in die Höhe zu hieven. »Gehen wir zurück?«

Billa beugte sich plötzlich nach vorn und presste sich eine Hand vor die Brust. »Ich spür das Biest«, sagte sie, »überall in mir drin.«

Marian drückte ihre Hand fester. »Nicht mehr lange, versprochen.«

Zurück vor dem Drachenmaul setzte sich Billa wieder auf den Steinklotz. »Also los, wir fangen gleich an.« Ihre plötzliche Munterkeit beunruhigte ihn. Das war schon Sylvenia, die sich in ihr regte. Aber sie mussten das Hexenbiest jetzt ein Stück weit von der Leine lassen, anders ging es nicht. Wenn überhaupt.

Billa pflückte Amulette von sich runter. Drei Armbänder, zwei Halsketten, das Medaillon. »Stopp«, rief Marian. »Wir wollten langsam anfangen, schon vergessen?«

»Da wusste ich noch nicht, was für Brocken ich hochwuchten muss.« Ihre Stimme klang schon wieder gefährlich nach Rost und Scherben.

»Fünf«, sagte Marian. »Du hast fünf Amulette abgelegt, und außerdem das Medaillon. Das reicht jetzt aber wirklich.«

»Werden wir ja sehen.« Sie schmiss das ganze Zeug neben sich auf den Boden. Schob es sogar mit der Schuhspitze unters Laub, als ob sie den Anblick plötzlich nicht mehr ertragen könnte. Vor allem das Laura-Bild in ihrem Medaillon, mit den draufgeklebten Babyzähnen. »Lass mich jetzt. Ich muss mich konzentrieren.«

Sie warf das Schutztuch zurück und Marian fuhr zusammen. Das Blau ihrer Augen loderte wie Herdflammen. Billa machte ihre Augen schmal und starrte den Golem an, der am nächsten bei ihr lag. Sie zog ihre Beine auf den Steinklotz hoch und verschränkte sie zu einer Art Yogihaltung. Ein Strom sonderbarer Töne kam aus ihrem Mund, den sie halb geöffnet hatte – ein Summen und Surren wie von einem ganzen Bienenschwarm. Sie stützte die Ellbogen auf ihren Beinen auf und hielt die halb geöffneten Hände nach oben. Das Summen wurde immer lauter, das Blau ihrer Augen brennender. Schweißtropfen perlten über ihre Stirn.

Doch nach ein paar Minuten gab sie es auf. Sackte in sich zusammen, fuhr sich mit der Hand übers Gesicht und sagte: »Hat keinen Sinn. Wie schon gesagt.«

Sie wollte von ihrem Platz aufstehen, aber Marian, der dicht neben ihr stand, hielt sie zurück. »Bleib sitzen«, sagte er. »Wir dürfen nicht aufgeben. Nicht jetzt schon. Nimm noch ein paar Amulette runter. Ich bleib die ganze Zeit bei dir – und wenn irgendwas schiefläuft, häng ich dir sofort wieder alles um. Die Amulette, das Tuch, das Medaillon.«

Er bückte sich und raffte die Ketten und Anhänger zusammen, die Billa auf den Boden geschmissen hatte. Als er sich wieder aufrichtete, traf ihn ihr brennender Blick.

Sie hatte sich auch noch das Diadem abgenommen, außerdem die größte Kette um ihren Hals. »Wer redet denn von aufgeben!«, kreischte sie. Kupferne Funken sprühten aus ihren Haaren. Ein boshafter Ausdruck verzerrte ihr Gesicht zu einer Fratze, die mehr schon Sylvenia als ihr selbst glich.

»Okay, probier's«, sagte Marian. Das Herz hämmerte ihm in der Brust. Er hatte ein äußerst hässliches Vorgefühl, aber noch war Sylvenia nicht außer Kontrolle. Nur fehlte jetzt wirklich nicht mehr viel.

Billa nahm ihre vorherige Haltung wieder ein. Der summende Laut strömte aus ihrem Mund. Sie fixierte den Golem und mindestens so angestrengt wie sie starrte auch Marian auf den liegenden Koloss. Hatte den nicht eben schon ein Zittern durchlaufen? Hatte er sich nicht für den Bruchteil einer Sekunde vom Boden emporgehoben?

Plötzlich fiel Marian auf, dass der Summton verstummt war. Er schaute zur Seite – Billa war weg! Der Platz, wo sie eben noch gesessen hatte, war leer.

Bis auf ein glitzerndes Häuflein mitten auf dem Steinklotz.

Eiskaltes Entsetzen durchlief ihn. Sie hatte alle Amulette abgenommen. Sie – Sylvenia.

74

Marian rannte durchs Drachenmaul und zurück in die Tempelruine. »Billa!«, schrie er. »Komm da raus!«

Totale Dunkelheit. Außer seinem eigenen keuchenden Atem und dem Echo seiner stolpernden Schritte war nichts zu hören. Im Rennen durchwühlte er seine Jeanstaschen. Wo war die verdammte Taschenlampe abgeblieben? Egal jetzt. Die half sowieso nichts in dieser finsteren Riesenhöhle.

»Wo bist du?«, schrie er. Stieß im Rennen unablässig gegen schlammweiche Bündel, modrige Überreste gottverfluchter Kreaturen. Glühende Augenpaare umkreisten ihn, wurden mit jedem Schritt mehr. Zehn geflügelte Wesen, dann schon zwanzig, zwei Dutzend, mindestens. Ihr Schwingenschlag klang wie das Flattern loser Segel im Wind. »Geh nicht da runter, Billa!«, schrie er. »Bleib weg von dem verdammten Auge!«

Keine Antwort. Selbst wenn sie ihn hörte – sie würde bestimmt nicht umkehren. Nicht, solange Sylvenia die Kontrolle über ihren Willen, ihren Körper besaß. Aber vielleicht würde Billa zumindest ein wenig zu Sinnen, zu Kräften kommen. Gegen das Hexenbiest ankämpfen, Sylvenias Bewegungen verlangsamen – wenigstens das.

Eine ganze Wolke rotäugiger Fledermäuse – oder was immer es sein mochte – kreiste jetzt um ihn herum. Ihre Flügel rauschten und knatterten ohrenbetäubend. Die Biester wirkten zornig, aber das goldene Pentagramm und das Schutztuch hinderten sie anscheinend, sich auf ihn zu stürzen. Trotzdem hielt sich Marian zusätzlich beide Arme vors Gesicht, um seine Augen vor ihren Krallen und Zähnen zu schützen.

So verlor er kostbare Sekunden, während Billa bestimmt schon auf den Stufen war, die zum Schlund hinunterführten. Endlich nahm er den schweren, süßlichen Geruch wahr. Er schlug mit den Armen um sich und die glühenden Augenpaare wichen vor ihm zurück. Deutlich hörte er nun auch das Brodeln und Blubbern, das von dem unterirdischen Auge ausging. Mit Händen und Füßen tastete er im Dunkeln umher. Doch während er noch nach der Öffnung im Fels suchte, erhob sich in der Tiefe ein Winseln und Stöhnen.

Rasend schnell kam es den Gang raufgewirbelt, schwoll zu ungeheurem Brausen und Tosen an. Im nächsten Moment traf ihn eine Riesenfaust aus Sturm und Schlamm, schleuderte ihn zur Seite. Auf dem Bauch liegend, die Augen geweitet in ungläubigem Entsetzen, sah Marian, wie die ganze Hexenschar aus dem Schacht hervor- und an ihm vorbeistob – eine Walze aus Schlamm und Schwefel, Flut und Glut, Laub und Gelichter, aus tollwütigem Geheul und keckerndem Gelächter.

»Na los, Schwestern«, kreischte es aus der Walze hervor. »Bildet den Eulenschlund, geschwind!« Eine Stimme so scheppernd, als ob aus tausend Wolken Scherben regnen würden – Meisterin Barixa!

»Hab's doch gleich gerochen«, heulte eine zweite Hexe aus dem Wirbel hervor, »dass diese Kleine das Auge für uns aufreißen wird. Na, komm schon, Krötenbaby, komm!«

Auch diese Stimme hatte Marian schon einmal gehört – in der Nacht, als Meister Justus die sechs Golems erschaffen hatte. Es war die rostige Stimme von Sylvenia, der Gehilfin der Hexenmeisterin. Und er brauchte nicht lange zu überlegen, wen Sylvenia mit dem »Krötenbaby« gemeint hatte: Im Schlepptau der Hexenwalze taumelte eine schmale Gestalt an ihm vorbei.

»Billa!«, flüsterte Marian, doch sie hörte ihn nicht. So dicht ging sie an ihm vorüber, dass er sie fast mit der Hand hätte berühren, beim Fußknöchel fassen können. Aber er lag wie gelähmt da und konnte vor Entsetzen keinen Finger rühren. Und sowieso hätte es Billa nicht das Geringste genützt.

Ein giftgelber Lichtpfeil steckte in ihrem Herzen, Marian sah es ganz genau. Von dem Pfeil verlief eine glühende Schnur zur Hexenwalze und riss die arme Billa wie eine lebendige Marionette hinter Barixa und den anderen Höllenweibern her. »Komm, Krötenbaby, komm!«, kreischte Sylvenia – und Billa blieb nichts anderes übrig, als ihnen wie ein harpunierter Fisch hinterdrein zu taumeln.

Im nächsten Moment waren sie alle durchs Drachenmaul und draußen auf dem Vorplatz. Marian rappelte sich auf und rannte hinter Billa her. Wir wollten Sylvenia für uns einspannen, dachte er, um mit ihrer Hexenkraft die Golems in das Auge unter dem Drachenmaul zu rammen. Aber in Wirklichkeit war es genau umgekehrt: Das Hexenbiest hat uns benutzt, um in den Bannwald reinzukommen. Die ganze Zeit über hat es in der armen Billa auf der Lauer gelegen und nur darauf gewartet, dass wir ihr hier am Ziel die Amulette runterpflücken würden. Wie blöd wir doch waren. Und jetzt ist alles aus und vorbei!

Marian war so durcheinander, dass er um ein Haar gleichfalls nach draußen gerannt wäre. Doch im letzten Moment kam er zur Besinnung. Hinter einem Steintrümmer, der wie ein riesiger Reißzahn im Eingang zur Tempelruine aufragte, ging er in Deckung. Ihm selbst konnten die Hexen wohl nicht viel anhaben, solange er das Schutztuch und den Pentagramm-Anhänger trug. Aber wenn sie ihn entdeckten, würden sie ihn durch einen Blendzauber oder sonst einen Hexentrick in die Irre führen, und dann könnte er für Billa überhaupt nichts mehr tun.

Er spähte hinter der Steinsäule hervor und vergaß fast zu atmen. Über den Köpfen der Golems hatten die Hexen einen kreisrunden Luftwirbel gebildet. Es sah aus wie ein rasend rotierender Riesenpropeller, der von einem Ring aus tanzenden Blättern, Fledermäusen, Fuchsmäulern, glühenden Augenpaaren umschlossen wurde. Ein helles, jaulendes Heulen ging von diesem »Eulenschlund« aus, und wie ein gigantischer Staubsauger riss er alles in sich hinein, was sich unter ihm auf dem Platz vor dem Drachenmaul befand. Äste, Steine, Efeu, Rankwerk – alles wurde in dieses Luftmaul hineingesogen. »Schlürft stärker, Schwestern!«, kreischte Barixa.

Das Jaulen schwoll zu einem Gellen an, so schrill, dass es Marian fast die Trommelfelle zerriss. Auch Billa, die wie angewachsen vor der Tempelruine stand, presste sich die Fäuste auf die Ohren. Aber das half überhaupt nichts – das Brüllen war überall, und es wurde mit jedem Augenblick noch lauter, der Sog stärker.

Längst waren die armdicken Schlingranken von den Golems heruntergerissen worden. Anscheinend versuchten die Hexen, die Golems in ihre Geisterwelt hinüberzureißen – gerade noch rechtzeitig, bevor die Riesen aus dem Zauberschlaf erwachten. Denn dann würden sie sich von niemanden außer ihrem Schöpfer mehr dirigieren lassen. Tatsächlich begannen sich die liegenden Kolosse zu erheben, angezogen vom übernatürlichen Sog des Eulenschlundes. Mit den Köpfen voran stiegen die Golems empor, alle sechs zur gleichen Zeit, richteten sich wie gigantische Steinzeitraketen auf das Luftmaul aus. Der Hexenhügel dröhnte und bebte unter ihrem Tonnengewicht. Schon standen sie allesamt aufrecht, schwebten im nächsten Moment bereits eine Handbreit über dem Boden. Doch nur einen holprigen Herzschlag später explodierte der Eulenschlund über ihnen in hunderttausend Fetzen.

Augenblicklich erstarb das Heulen, der Sog erlosch. Vogelfedern, Stücke von Fuchs- und Rattenfell rieselten hernieder. Die Golems sackten zurück auf den Boden, krachten dröhnend und donnernd übereinander. Meisterin Barixa und alle anderen Hexen schrien und kreischten ihre Wut und Enttäuschung aus sich heraus. Da aber waren sie bereits aus dem Kreis herausgerissen worden und jagten jede für sich in wildem Wirbel, in trudelndem Flug zu den Wipfeln hinauf.

Von seinem Versteck aus starrte ihnen Marian hinterher. Noch immer war er wie gelähmt vor Aufregung und Angst. Zumindest hatte Barixa die Golems nicht in ihren Besitz gebracht, dachte er – die Hexenmeisterin hätte mit diesen Ungeheuern bestimmt nicht weniger Unheil angerichtet als Meister Justus.

Aber wo war Billa? Marian rannte hinter der Steinsäule hervor, sah sich panisch nach allen Seiten um. »Billa?«, schrie er. »Wo bist du?«

»Hier!«, rief sie so gepresst, als ob irgendwer sie im Würgegriff hielte. »Hilf mir – schnell!«

Kopfüber schwebte sie über dem Steinklotz, wo sie vorhin ihre Amulette abgezogen hatte. Anscheinend hatte sie versucht, das Medaillon oder einen anderen Schutzzauber wieder anzulegen, um das Hexenbiest in ihrem Innern zu schwächen. Aber selbst aus der Ferne besaß Sylvenia offenbar noch zu viel Gewalt über sie – Billa hing mit den Füßen voran in der Luft, streckte mit aller Kraft ihren Arm nach unten, doch sie schaffte es nicht, sich eins der Amulette aus dem Laubhaufen vor der Steinbank zu angeln.

Während Marian auf sie zugestürzt kam, wurde sie mit Macht weiter emporgerissen. Schon musste er den Nacken zurückbiegen, um überhaupt noch zu sehen, wie sie zu den Wipfeln hochgezogen wurde, wie sie stumm zu ihm herunterschaute, mit brennenden Augen und gleichzeitig mit verzweifeltem Flehen.

»Billa!«, schrie er wieder. Bückte sich nach ihren Amuletten, hielt gleich wieder inne – dieses ganze Zeug war viel zu schwach, um Sylvenia unter Kontrolle zu bringen. Ohne Billa aus den Augen zu lassen, riss er sich die Goldkette mit dem Pentagramm vom Hals. »Fang sie auf!«, rief er und drückte Kette und Anhänger mit beiden Händen zu einer Kugel zusammen. »Häng sie dir um!« Mit aller Kraft warf er den funkelnden Ball zu ihr empor.

Als Billa die Kette auffing, war sie schon in Höhe der Baumwipfel. Mit einer krampfhaften Bewegung zog sie sich das Ding über den Kopf. Im nächsten Augenblick stieß sie einen rostigen Schrei aus und ihr Gesicht verzog sich zu einer boshaften Fratze. Blitze schossen aus ihren Augen – und dann löste sich ein blässlich gelber Schemen von ihr ab und wirbelte zu den Wolken empor.

»Krötenbaby, das büßt du!«, schrie Sylvenia. Ihre Stimme erstarb so schnell, als ob ein Lautstärkeregler auf Null runtergezogen würde. Billa aber schwebte zum Boden zurück und landete sanft in Marians Armen.

Lange Zeit lagen sie einfach so da, eng umschlungen auf dem blank geschlürften Felsboden neben den Golems. Am Ende ihrer Kräfte. Zu erschöpft sogar, um sich zu freuen, dass sie zumindest noch am Leben waren. Wenigstens das.

»Es ist vorbei, Billa«, murmelte Marian irgendwann und

kapierte selbst erst mit Verspätung, wie doppeldeutig diese Bemerkung war.

Der Abend dämmerte schon. Nur ein paar Stunden noch, dann würden die Golems zu sich kommen und diese Erde in einen Ort der ungeheuerlichsten Schrecken verwandeln, wie es seit ältesten Zeiten prophezeit worden war.

75

Billa schlief, ruhig und tief. Marian hätte sie ewig so anschauen können – einfach zusehen, wie sie in seinen Armen lag und schlummerte. Vom Mond beschienen, der alles um sie herum mit silbrigem Glanz überzog. Die Bäume, das Drachenmaul, selbst die Golems. Noch schliefen auch sie, aber in nicht mal mehr einer Stunde würde es vom Cropliner Kirchturm her Mitternacht schlagen.

Sie hatten sich unter einen vorhängenden Felsen am Rand des Hexenhügels zurückgezogen. Vorher hatte Marian noch sämtliche Amulette von Billa zusammengesucht und ihr sorgfältig alles angelegt. Die Goldkette mit dem Pentagramm hatte er sich selbst wieder umgehängt – nicht, weil er geglaubt hätte, dass sie mit alledem gegen die Golems irgendwas ausrichten könnten. Aber er war sich nicht sicher, ob sie das Hexenbiest wirklich vollkommen vertrieben hatten – oder ob Sylvenia nicht vielleicht doch durch einen winzig kleinen Harpunenpfeil noch mit Billa verknüpft war.

Immerhin hatte er vorhin keinerlei Flämmchen mehr in Billas Augen tanzen gesehen. Selbst der kupferne Schimmer war aus ihrer blonden Haarmähne wie ausgewaschen. Nur leider spielte das jetzt eigentlich keine Rolle mehr.

In der Nacht, in der die Golems auferstehen würden. In der Nacht, mit der das Ende der Welt begann.

Weil Billa auf seinem rechten Arm lag, schrieb er linkshändig eine SMS. *hi linda, pack sofort alles zusammen und fahr weg. so weit du kannst. so schnell du kannst. lg marian*

Aber er schickte die Nachricht nicht ab. Linda würde nur glauben, dass er jetzt völlig durchgeknallt wäre. Den Wahnideen einer Weltuntergangssekte verfallen oder so etwas. Er selbst hätte ja vor ein paar Wochen noch genauso reagiert. Und wenn die Golems erst auferstanden waren, gab es auf der ganzen Erde sowieso keinen Ort mehr, wo Linda oder irgendwer sonst vor ihnen sicher wäre.

Vorhin hatte sich Billa regelrecht in den Schlaf geweint. Marian hatte sie getröstet, in seinen Armen gewiegt, dabei selbst ein paar Schluchzer rausgelassen. Genauso erschöpft und verzweifelt wie sie. Aber seltsamerweise spürte er irgendwo tief in sich drin immer noch so was wie trotzige Hoffnung. Aufgeben? Kommt gar nicht in Frage. Eher würde er sich ganz allein den sechs Ungeheuern in den Weg stellen, mit seinen bloßen Händen gegen sie kämpfen.

Zu verlieren haben wir sowieso nichts mehr, dachte Marian. Und musste auf einmal grinsen. »Wir«, sagte er leise und schaute immer weiter Billa an. »Wenn's sein muss, stellen wir uns den Golems zusammen in den Weg.«

Echsenhäutige Blutspeier schlichen um ihren Fels herum. Legten die Köpfe zurück, rissen die Mäuler auf und spien Schwälle von tintenschwarzem, schwefelgelbem Blut aus. Alle soundso viel Augenblicke öffnete sich der Boden und moderköpfige Leichen krochen gurgelnd aus der Erde hervor. Marian sah ihnen zu und spürte keine Angst, kein Grauen mehr. Höchstens Mitleid mit diesen armen Geistern, die unaufhörlich hier draußen herumspuken mussten, anstatt endlich Ruhe zu finden.

Jakob und seine Verfolger ließen sich glücklicherweise nicht mehr blicken. Nur einmal meinte Marian den Papagei irgendwo da oben zwischen den Wipfeln zu sehen. Ein Leuchten in allen Regenbogenfarben, vom Mondlicht versilbert. Ein windverwehtes Krächzen: »Jaa…kob!«

Und dann, scheinbar nur ein paar Augenblicke später, schon wieder Stundenschläge vom Kirchturm her. Unwirklich laut und nah. Das kann nicht sein, dachte Marian. Dass schon alles vorbei ist?

Zehn – elf – zwölf.

Der 9.9. brach an.

Es begann mit einem Rumpeln und Dröhnen, als ob die Tempelruine vollends in sich zusammensacken würde. Oder als ob der gesamte Hexenhügel von einem Erdbeben geschüttelt würde. Doch das Donnern kam von den Golems. Sie setzten sich auf, alle sechs zur gleichen Zeit.

Ohne richtig zu bemerken, was er da eigentlich machte, bettete Marian die schlafende Billa neben sich ins Moos. Kroch unter der Felsnase hervor und trottete über den mondhellen Hügel auf die sechs Ungeheuer zu.

Die wälzten sich unterdessen auf die Knie, stemmten ihre kolossalen Körper empor. Schwankend standen sie vor dem Drachenmaul, glotzten nach links, nach rechts – alle sechs mit genau gleichen Bewegungen. Ihre Arme, Schenkel, Rümpfe starrten vor Muskeln. Ihre Köpfe reichten fast schon bis zu den Wipfeln der gewaltigen Bannwaldbäume empor. Auf ihren Stirnen war klar und deutlich zu lesen, was Meister Justus dort vor 333 Jahren in blutroten Lettern eingemeißelt hatte: ***Ammanth***. Wie alles an ihnen, so waren auch die Schriftzeichen ins Gigantische gewachsen. Doch ihr Blick aus dunklen Riesenaugen war noch immer starr, gläsern, leer.

Marian fühlte sich sonderbar benommen, so als ob er mitten in der Nacht geweckt worden wäre. Dabei hatte er kein Auge zugekriegt, und auch jetzt fühlte er sich nicht eigentlich müde – eher so, als ob er neben sich her liefe.

Immer weiter ging er auf die Golems zu, die ihm ausdruckslos entgegenglotzten. Kein Erstaunen in ihren rosigen Riesenbabygesichtern, keine Wut, überhaupt keinerlei Regung. Und auch Marian wunderte sich allenfalls ein klein wenig über sich selbst: weil er gar keine Angst vor den Golems spürte. Weil seine linke Hand in seine Jeanstasche fuhr, das Talmibro herausholte, obwohl er doch wusste, dass es nicht mehr funktionierte. Dass er mit dem magischen Ding so oder so nichts mehr retten könnte, egal, ob der Übergang noch blockiert war oder nicht.

Er nahm es in beide Hände, klappte es auf. Im Spiegel zwischen den Zeilen erschien verschwommen er selbst – wie er im Mondlicht über den Hexenhügel lief, das Talmibro zwischen seinen Händen aufgespannt.

Was hatte das zu bedeuten? Wieso war der Übergang nicht mehr gesperrt? Er zog das Talmibro so weit wie überhaupt möglich auseinander. Der Spiegel wurde durchsichtig, zeigte den Famulus, über ein aufgeschlagenes Buch gebeugt. Es lag auf einem Lesepult – aber halt, da stimmte doch was nicht. Es war nicht der schlichte, wurmstichige Tisch aus Julians Kammer. Ganz deutlich sah Marian die Schnitzereien und Intarsien auf der Pultplatte – den Drachen Ouroboros, das geöffnete Auge des Weltbaumeisters.

Julian war in der Bibliothek von Meister Justus.

Jetzt bekam Marian doch ein mehr als mulmiges Gefühl. Obwohl er immer noch nicht verstand, was da drüben vor sich ging. Und während er sich noch darüber klar zu werden versuchte, begann er nachzumurmeln, was der Famulus aus seinem Wälzer vorlas: »*Tilabrosam … Tilabrosam … Tila…*«

Für einen kurzen Moment wurde ihm schwarz vor Augen. So als hätte ihn jemand kopfüber in ein Moorloch geschmissen. Im nächsten Augenblick hatte er schon wieder freie Sicht – mehr allerdings auch nicht.

76

Julian hockte in seinem Kopf. Der Famulus kontrollierte Marians Gedanken, seinen Willen, jede Bewegung seines Körpers. Klappte mit Marians Hand das Talmibro wieder zusammen. Ging mit Marians Beinen immer weiter auf die glotzenden Golems zu. Rief mit Marians Mund: *»Hapomesthem! Turiomysta! Non chiley!«* – und da überlief die Golems ein Zittern und sie alle starrten den Famulus mit gespannter Aufmerksamkeit an.

Julians Geist ist in mich gefahren, dachte Marian. Aber wie ist das nur möglich? Warum muss ich alles machen, was er will – während ich drüben, in seiner Welt, in seinem Körper, höchstens auf ihn einschreien konnte?

Tumber Bursche, antwortete in seinem Kopf der Rabe, wirst du niemals begreifen? Hast du nicht genauso wie ich die Schriften der Erleuchteten studiert? Alle Magie entspringt dem Gesetz der Entsprechung. Das Pendel schwingt von der Nacht in den Tag und wieder zurück. Trägt meinen Geist zu dir, so wie es den deinen in meine Welt getragen hat. Nur hat der Großmächtige Meister dem Pendel diesmal mehr Schwung verliehen – damit ich dir aufhocken kann wie der Reiter dem gefügigen Pferd.

Immer weiter trieb Julian sein Geisterpferd auf die Golems zu. Ließ Marian aufs Neue die Formel ausrufen: *»Hapomesthem! Turiomysta! Non chiley!«* Daraufhin reihten sich die Ungeheuer hintereinander brav zu einer Schlange auf. Setzten sich neuerlich in Bewegung und stampften im Riesengänsemarsch auf Marian zu.

Was hast du vor, du durchgedrehter Famulus? Was auch immer es sein mag – hör auf damit!

Doch Julian schüttelte nur kurz Marians Kopf, dann zog er mit Marians Händen abermals das Talmibro auseinander. Der magische Spiegel wurde durchsichtig und im Glas zwischen den Zeilen erschien eine wohlbekannte hagere Gestalt.

Marian schrak furchtbar zusammen. Durch das dunkle Glas hindurch sah Meister Justus streng zu ihnen herüber. Irgendeine Veränderung war mit ihm vor sich gegangen. Aber was an ihm war so grässlich anders geworden?

Auch Meister Justus hielt ein weit geöffnetes Talmibro in den Händen. Es war mindestens hundertmal größer als die magische Muschel, die Marian von Marthelm bekommen hatte, und es sah unendlich viel mächtiger aus. Wie der Panzer einer Riesenschildkröte, mit funkelnden Einsprengseln übersät. Aber nicht der Anblick dieses Riesen-Talmibros erschreckte Marian so sehr, dass er für einen Moment allen Mut verlor.

Es sind seine Augen, dachte er. Es sind die Augen von Meister Justus, die sich so erschreckend verändert haben. Niemals vorher hat er in dieser Weise seine Augen nach innen verdreht.

»Ganz recht, Urgroßneffe.« Der Großmächtige Meister nickte ihm im Talmibro mit höhnischem Grinsen zu. »Ich war schon gespannt, wann du endlich meinen Plan begreifen würdest. Dabei war die Sache doch eigentlich von Anfang an klar: Justus hat die Golems erschaffen – also kann nur er ihnen befehlen, diesen Planeten zu unterwerfen. Und folglich musste ich meinerseits bloß die Kontrolle über Justus erringen: Schon sind die Golems mein – und damit auch alle Macht und Herrlichkeit.«

Marian fühlte sich, als ob er die ganze Zeit in einem

dunklen Zimmer herumgetappt wäre – und plötzlich ging das Licht an. Du hast mich von Anfang an betrogen!, wollte er ausrufen. Doch alles, was er zustande brachte, war ein krampfhaftes Auf- und Zuschnappen seines Mundes. Damit wirst du nicht durchkommen, Marthelm!, schrie er in stummer Wut. Ich lasse nicht zu, dass der Famulus die Ungeheuer zu dir rüberbringt!

Die Demütigung brannte in ihm wie Feuer, ärger als jeder körperliche Schmerz. Wie blöd ich doch war, dachte er. Wie konnte ich im Ernst glauben, dass der großmächtige Marthelm mich, seinen kleinen Urgroßneffen, dazu erwählt hat, eine Aufgabe zu erfüllen, die für ihn selbst angeblich zu groß war?

Doch während Marian innerlich tobte und mit sich selbst haderte, lenkte ihn Julian unbeirrt weiter auf die Golems zu. Die stampften zur gleichen Zeit dem Famulus entgegen, der alle paar Schritte aufs Neue seinen Zwingspruch schrie: *»Hapomesthem! Turiomysta! Non chiley!«*

»Wie willst du meinen Raben daran hindern?«, fragte der Meister im Talmibro und sah Marian mit Marthelms nach innen schielenden Augen an. »Du hast ja nicht mal deine eigenen Hände oder deinen eigenen Mund unter Kontrolle. Nein, du kannst mir nicht in die Quere kommen. Gleich wird sich mein Rabe an die Spitze meiner Golems stellen – und im nächsten Moment kehren sie allesamt zu mir zurück.« Wieder setzte er sein boshaftes Grinsen auf. »Es war mir ein Vergnügen, mit dir zusammenzuarbeiten, Marian Hegendahl. In der Tat besitzt du ein gewisses Talent zur Magie.«

Hilflos musste Marian dulden, dass Julian seine Hände sinken, das Talmibro zuschnappen ließ. Marthelm verschwand aus seinem Blickfeld. Der Famulus war jetzt nur noch wenige Schritte vom vordersten der herbeistampfenden Golems entfernt.

Hei, das wird ein prächtiges Leben, sagte sich Julian, wenn der Großmächtige Meister und ich Seit' an Seit' über alle Reiche und Städte im ganzen Erdenrund herrschen.

Du idiotischer Rabe, schrie Marian im Stillen, kapier doch endlich: Marthelm hat uns beide nur benutzt. Er hat sogar deinen Großmächtigen Meister an der Nase rumgeführt! Er wollte die Golems niemals unschädlich machen – von Anfang an wollte er sie in seine Gewalt bringen, um sich zum Herrscher über die ganze Erde aufzuschwingen. Und weil diese Ungeheuer nur ihrem Schöpfer gehorchen, hat er sich selbst in den Körper von Meister Justus katapultiert und ihn seinem Willen unterworfen. Das Einzige, was ihm noch fehlt, sind die Golems. Verstehst du jetzt endlich, du blödsinniger Famulus: Sobald du ihm die Golems gebracht hast, wird Marthelm ihnen befehlen, dich zu Staub zu zerstampfen!

Aber er hat geschworen, Macht und Reichtum mit mir zu teilen, wandte Julian ein. Warum sollte der Meister … ja, warum sollte er … Julian unterbrach sich mitten im Satz. Zum ersten Mal schien er nachdenklich zu werden.

Marian gab sich alle Mühe, seine Zweifel weiter zu nähren. Selbst wenn du recht hättest, schrie er ihm zu, wenn Justus wirklich die Absicht hatte, dich an seiner Herrschaft teilhaben zu lassen – das hilft dir jetzt auch nichts mehr! Denn dein Meister Justus hat die Gewalt über sich selbst verloren. Marthelms Geist hat von ihm Besitz ergriffen, so wie du die Kontrolle über mich übernommen hast, du blödsinniger Famulus! Und Marthelm denkt gar nicht daran, irgendetwas mit irgendwem zu teilen – schon gar nicht mit einem dämlichen Raben wie dir!

Von Zweifeln wie gelähmt stand Julian nun vor den Golems. Was beginne ich bloß, dachte er, damit doch noch alles so kömmt, wie ich's mir tausendfach erträumt habe?

Damit ich endlich als reicher Freier vor den Herrn von Lohenkamm treten kann und er mir auf Knien dafür dankt, dass ich mich seiner Tochter vermähle? Ach, holde Jungfer Hildegunde! Doch wenn dieser andere hier nun recht hätte und der Meister mich zermalmt, sobald der Rabe seine Schuldigkeit getan hat? Nein, das wird er nicht tun. Und was bleibt mir auch für eine Wahl? Also frischauf, ich muss es wagen.

Während der Famulus so hin und her grübelte, knackte es hinter ihnen im Unterholz. Anscheinend kam dort irgendein Wesen herangeschlichen, aber Julian war zu sehr in Gedanken versunken, um es zu bemerken. Und Marian hütete sich, ihn auch nur durch das leiseste Gedankenzucken zu warnen.

»*Hapomesthem!*«, begann der Famulus aufs Neue zu schreien, doch weiter kam er nicht. Eine schattenhafte Gestalt sprang ihn von hinten an, mit solcher Wucht, dass er von den Füßen gerissen wurde. Das Talmibro fiel zu Boden. Im nächsten Moment hatte Billa es aus dem Staub geklaubt. Im übernächsten zerrte sie es auseinander, hielt den glotzenden Golems das Talmibro entgegen.

»*Morbilatus!*«, schrie sie, »*Morbilatus ... Morbilatus!*«

Da begann das vorderste der Ungeheuer vor ihren Augen zu zerbröseln. Es zerfiel sekundenschnell, wurde zu einer Wolke aus leuchtend rotem Staub. Für die Dauer eines Wimpernschlags bewahrte die Wolke noch die Umrisse eines menschengestaltigen Riesen – dann erfasste sie der Sog des Talmibros. Der Golem wurde in das dunkle Glas hineingerissen – mit solcher Macht, dass Billa das Gleichgewicht verlor.

Der Anprall des Golems schleuderte sie mehrere Meter nach hinten. Mit einem Schrei fiel sie auf den Rücken. Das Talmibro hielt sie noch immer geöffnet in den Händen, die Innenseite den Golems zugewandt. Aber das magische Ding hatte sich ein ganzes Stück zusammengezogen und Qualm waberte daraus hervor.

Die restlichen Monster marschierten weiter auf Billa zu. »*Morbilatus*«, rief sie mit erstickter Stimme. »*Morbilatus!*« Dabei versuchte sie, das Talmibro wieder weiter auseinanderzuzerren, aber ihre Hände zitterten zu sehr. Mit aufgerissenen Augen starrte sie zu den baumgroßen Ungeheuern, die im Monstergänsemarsch auf sie zustampften.

Zieh es weiter auseinander!, wollte Marian ihr zurufen, doch er konnte seine eigenen Lippen nicht mehr so bewegen, wie er selbst es wollte. Mach schnell, schrie er ohne jeden Ton, sonst zerstampfen dich die Golems zu Staub!

»*Morbilatus!*«, rief Billa noch einmal. Im nächsten Moment warf sie das Talmibro nach rechts, den Hexenhügel hinunter. Im übernächsten schmiss sie sich selbst nach links, auf den Famulus, der sich eben aufrappeln wollte.

Die Golems blieben unvermittelt stehen. Ein felsgroßer Fuß des vordersten schwebte über der Stelle, wo Billa eben noch gelegen hatte. So glotzten sie dem Talmibro hinterher, furchten die Stirnen zu Falten so tief wie der Grand Canyon. Dann drehten sie nach links ab und stapften dem Talmibro hinterdrein.

77

Julian spannte die Muskeln an, er versuchte, Billa von sich – von Marian – herunterzuwerfen. »Lass Sie Ihre Finger von dem Zauberding, Jungfer«, keuchte er mit Marians Stimme. »Solcherlei mächtige Sachen sind für Weiber nicht bestimmt.« Er kämpfte sich unter ihr hervor und sprang auf. »So wenig wie für Krüppel oder Sklaven.« Mit Marians Mund und Augen grinste er sie an, fuhr herum und rannte hinter den Golems her.

Billas sämtliche Gold- und Silberketten klirrten, die drangeknüpften Zähne klapperten, als sie sich mit einem Wutschrei gleichfalls aufrappelte. Der Famulus sprintete währenddessen schon an der Schlange der hügelabwärts stampfenden Golems vorbei. »Da!«, keuchte er. Hechtete vor dem vordersten Monster ins Unterholz und bekam das Talmibro zu fassen. Noch im Liegen packte er es mit beiden Händen, wälzte sich auf den Rücken und reckte es den heranstapfenden Golems entgegen. *»Hapomesthem!«*, begann er aufs Neue zu schreien. *»Turiomysta! Non chiley!«* Angespannt starrte er auf die fünf verbliebenen Riesen.

Doch da raffte Marian seine gesamte Willenskraft zusammen – und knallte sich das Talmibro gegen die Stirn. Es tat höllisch weh, und er und Julian schrien aus einem Mund auf – beide vor Schmerzen, der Famulus zusätzlich vor Zorn. Und während sie noch schrien, kam Billa herbeigerannt, stürzte sich auf Julian und entriss ihm neuerlich das Talmibro. Rollte sich zur Seite und zog das wieder zugeschnappte magische Ding abermals auseinander.

Julian wollte aufspringen, ihr die Beute wieder abjagen. Aber der Schlag mit dem Talmibro hatte ihn so benommen gemacht, dass Marian zumindest seine Hände unter Kontrolle bekam. Der Famulus wollte sich damit aufstützen, um auf die Beine zu kommen. Doch da riss Marian seine Hände hoch – und drückte sie so fest er konnte um seinen eigenen Hals.

Der Famulus und er keuchten wie im Fight Club. Sahen Sternchen vor ihren Augen kreisen, spürten, wie ihre Lunge zu brennen begann, ihr ganzer Körper schlapp wurde. Währenddessen zerrte Billa mit ihrer allerletzten Kraft das Talmibro so weit wie überhaupt möglich auseinander. »*Morbilatus!* Verschwindet!«, schrie sie. »*Morbilatus*, ihr Mistkerle, *Morbilatus!*«

Da endlich begannen auch die restlichen Golems zu zerbröseln. Auf dem Rücken liegend, hielt Billa ihnen die magische Muschel mit weit ausgestreckten Armen entgegen. Die Golems zerfielen zu roten Staubwolken, die wie Bienenschwärme umeinander hertanzten, sich zu einem gigantischen Staub- und Funkenwirbel vermischten. Als sie in das Talmibro hineingerissen wurden, ließ Billa einen gellenden Schrei los. Wut, Angst, Schmerz, Triumph – all das vermischte sich in ihrem Schrei, während sie durch den Aufprall des Golemwirbels von Kopf bis Fuß durchgeschüttelt wurde.

Ein halbes Dutzend holpriger Herzschläge später hatte das Talmibro die gesamte Wolke verschluckt. Zitternd lag Billa auf dem Hexenhügel, das magische Instrument noch aufgeklappt zwischen ihren Händen. Das ganze Muschelding war vor Hitze wie aufgequollen. Flammen schlugen, Qualmschwaden wehten daraus hervor. Die Zeichen auf dem grauen Spiegel begannen zu Schlieren zu zerlaufen. Doch zwischen den zerrinnenden Zeilen war klar und deutlich zu erkennen, dass die Golems in der Geisterwelt wieder ihre vorherige Gestalt angenommen hatten.

Sechs riesenhafte Schatten, die dort drüben nebeneinander auf dem Boden hockten, die glotzenden Gesichter ihnen zugewandt. Dämonen in den seltsamsten Gestalten schwebten und schlängelten sich um sie herum – Adlerfedern mit Fischaugen, Eulen mit Drachenflügeln, fledermausköpfige Riesenkatzen.

Der Famulus hatte unterdessen Marians Hände wieder unter Kontrolle gekriegt. Auf Füßen und Knien kauernd, streckte er die Rechte nach dem Talmibro aus. »Reich Sie's mir, Jungfer«, sagte er. »Sie muss sich fügen – schließlich ist Sie bloß ein schwaches Weib.«

»Das wollen wir mal sehen.« Sie hielt ihm das weit geöffnete Talmibro entgegen. Noch immer quoll Rauch daraus hervor und hinter den Schwaden hockten die Golems und glotzten mit leeren Augen umher. *»Morbilatus!«*, rief Billa wieder. *»Morbilatus ... Morbilatus!«*

Für einen Moment wurde Marian erneut schwarz vor Augen. Als er wieder klar sehen konnte, erkannte er gerade noch im zuschnappenden Talmibro, wie der Rabe Julian aus ihm hervorgeflogen kam – ein Schemen mit flatterndem Wams und wehenden Haaren, der zu den Golems in die Geisterwelt hinüberraste.

»Verfluchter Rabe!«, rief er ihm hinterher.

Mit sirrendem Knall zersprang das Talmibro in tausend Stücke. »Hey, was war das denn?« Ungläubig wendete Billa ihre Hände hin und her. Die waren mit Ruß und Schlamm beschmiert, doch das Talmibro war nicht mehr da. Funkelnde Staubflusen rieselten auf sie nieder, verblassten zu Nebelfetzen, bevor Billa sie mit den Händen auffangen konnte.

»Vergiss das verdammte Ding«, sagte Marian und befühlte vorsichtig seinen wund gewürgten Hals. »Sie sind alle weg. Es ist vorbei!« Er kniete noch immer vor ihr auf dem Hexenhügel und jetzt breitete er die Arme aus. »Darf ich's wagen, um Ihre Hand zu bitten, Jungfer?«

Billa erstarrte. Im nächsten Augenblick stürzte sie sich mit einem Schrei auf ihn. »Mann, Marian – mir ist fast das Herz stehen geblieben!«

Ineinander verschlungen wälzten sie sich über den blank geschlürften Felsboden. »Beweis mir, dass du nicht mehr dieser blöde Famulus bist«, verlangte sie keuchend.

»Und wie soll das gehen?«

»Küss mich, wie kein Rabe küssen kann.«

»Nur, wenn du endlich dein Versprechen einlöst.«

»Mein Versprechen?« Im Liegen riss sie sich sämtliche Amulette runter, das Medaillon, das Zahndiadem. »Dir zeigen, wie Hexenliebe geht?« Ihre Stimme klang wieder eine Spur kratzig und in ihren Augen tanzten blaue Flämmchen. »Mann, Marian, dann komm endlich her!«

Sie küssten sich erst zärtlich, dann stürmisch, dann wieder zärtlich. Ein Rest von Sylvenia war immer noch in ihr, das spürte Marian ganz deutlich, und er liebte sie dafür nur umso mehr. Das Hexenbiest würde nie mehr die Kontrolle über Billa gewinnen – sie selbst konnte nun ihre Hexenkraft einsetzen, wie es ihr gut und richtig schien.

Zum Beispiel für Hexenliebe.

Um sie herum wurde es langsam Morgen, aber sie achteten nicht darauf. Seit um Mitternacht der doppelte Bannfluch geendet hatte, schlichen keinerlei Blutspeier oder sonstige Spukgestalten mehr durchs Dickicht. Doch selbst wenn in sämtlichen Bäumen und Büschen verwunschene Seelen gewehklagt hätten, aus allen Erdspalten gurgelnde Leichen gekrochen wären – Billa und Marian hätten es nicht gemerkt.

»Ist es wirklich vorbei?«, flüsterte sie irgendwann.

»Total und für immer«, sagte er. »Du hast die Biester ja selber weggebeamt. Und das Talmibro ist auch geschrottet – für die Golems gibt es kein Zurück mehr. So wenig wie für Julian.«

Er wollte sie wieder an sich ziehen, aber Billa schob ihn sanft von sich weg. »Hast du das nicht gehört?«

»Nix hab ich gehört«, murmelte er. »Weil da gar nix war.«

Sie setzte sich auf, fuhr sich mit den Händen durch ihr völlig verstrubbeltes Haar. »Da oben«, sagte sie, »irgendwo da oben muss er sein.«

Auch Marian richtete sich jetzt auf. Sein Gesicht fühlte sich heiß an und im Morgenlicht sah Billa gleichfalls ziemlich erhitzt aus.

Sie beschirmte ihre Augen mit der flachen Hand. »Schau doch«, sagte sie, »direkt über uns auf dem Ast.«

Jetzt sah Marian ihn auch. Fast gleichzeitig sprangen sie beide auf. Hoch über ihnen, zwischen Zweigen und Blättern, saß tatsächlich der Papagei.

»Jakob!«, rief Billa. »Komm her – es ist alles vorbei!«

Doch der Papagei blieb, wo er war. Er äugte zu ihnen runter, schlug mit den Flügeln und klapperte mit dem Schnabel. Dazwischen stieß er immer wieder die gleichen Worte hervor. »Goo – lem«, rief er ein ums andere Mal. Er sprach so klar und deutlich, wie Papageien überhaupt reden können. »Kel – ler!«

Marian und Billa sahen sich an. Heiliger Mist, wieso hatten sie nicht selbst dran gedacht – es war noch lange nicht vorbei. Sie packten sich bei den Händen und rannten los.

78

»Jakob«, rief Billa, »warte!«

Der Papagei flog ihnen voraus, in geschicktem Zickzack zwischen den Bäumen. Stolpernd und keuchend rannten sie hinter ihm her. Doch auch ohne geflügelten Führer hätten sie den Rückweg diesmal leicht gefunden: Das Hexenholz war nur noch ein ganz normaler Wald. Ziemlich verwildert zwar, und nach wie vor musste man die Augen offen halten, damit man nicht in einem Moorloch versackte. Zumal es in dem Durcheinander aus uralten Baumriesen, Gestrüpp und umgekrachten Stämmen weit und breit keine Wege gab.

Der Bannfluch hatte ihnen Pfade vorgegaukelt, wo bloß Dornen und Dickicht waren, und das ganze Gehölz mit Trugbildern und unheimlichen Geräuschen gefüllt. Jetzt aber wirkte das Hexenholz still und leer. Und vor allem war es viel kleiner, als Marian und Billa nach ihren nächtlichen Irrmärschen geglaubt hatten.

Sie waren erst höchstens eine halbe Stunde gerannt, da zeichneten sich hinter den Bäumen bereits die Umrisse des Logenhauses ab. Noch immer flog der Papagei in geringer Entfernung vor ihnen her.

Konnte es wirklich sein, dass dieser Vogel Billas verhexter Zwillingsbruder war? Jakob, in einen Papagei verwandelt – durch den Zauber, den Klotha und die anderen an der Marieneiche veranstaltet hatten? Aber konnte überhaupt irgendwas von dem, was sie in den letzten Tagen erlebt hatten, wirklich passiert sein?

Na klar, dachte Marian. Die Grenzen zwischen wirklich und eingebildet, jetzt und früher waren längst nicht so undurchlässig, wie die Leute im Allgemeinen glaubten. Es gab unzählige Pforten, Fenster, Passagen. Und zweifellos wusste Marthelm ganz genau, wo in der Geisterwelt sich der Übergang befand, der zum dunklen Glas unter dem Logenhaus führte. Schließlich hatte er selbst dieses Sphärenfenster erschaffen, und ganz bestimmt war er mehr als einmal dort hindurchgegangen – hinüber in die Dämonenwelt und wieder zurück.

Außer Atem rannten Billa und Marian auf das ehemals Hegendahl'sche Anwesen zu. Im Laufen griff Marian nach dem goldenen Anhänger, der vor seiner Brust hin und her schlenkerte. Wie kühl sich das Pentagramm anfühlte. Kalt und schwer lag es auf seiner Hand. Er umschloss es fest mit allen fünf Fingern – und da plötzlich sah er den Famulus vor sich. Als wäre in seinem Sichtfeld ein zweites Fenster aufgegangen, so klar und deutlich erblickte er Julian. Mit schwebender Leichtigkeit lief der Rabe durch die Geisterwelt. Dicht hinter ihm die Golems im Gänsemarsch, und Julian schien ganz genau zu wissen, wohin er die Ungeheuer führen musste.

Der Famulus besaß zwar kein Talmibro mehr, aber sein Meister hatte offenbar bereits eine andere Möglichkeit gefunden, mit ihm Verbindung aufzunehmen und ihn zu einer Öffnung im Schattenfels zu lenken, die zu einem Labyrinth von Gängen führte und schließlich zu jenem kreisrunden Platz vor dem Pfortenglas unter Marthelms Haus. Marian umklammerte das Pentagramm noch fester. Das Bild wurde klarer – jetzt sah er, dass Julian ein Band um sein linkes Handgelenk trug. Ein funkelnd grauer Edelstein saß mitten darauf, von der Form eines Tropfens, und alle paar Schritte fasste der Famulus nach dem Stein und nickte dann oder schloss kurz die Augen – ganz so, als hätte er auf magischem Weg neue Weisungen erhalten.

»Schneller«, keuchte Marian. »Sonst ... zu spät!« Er bekam nur noch Satzfetzen heraus, aber Billa verstand ihn auch so. Sie nickte ihm zu, ihr Blick ging zu dem Pentagramm in seiner Hand und wieder schien sie ohne viel Gerede zu begreifen. So schnell es auf dem holprigen Weg, mit ihren ausgepumpten Lungen überhaupt ging, rannten sie weiter auf die Rückfront des Logenhauses zu.

Du hast mich betrogen, Marthelm, dachte Marian dabei. Mich benutzt und betrogen, von Anfang an. Trotzdem fühlt ein Teil von mir immer noch riesigen Respekt vor dir. Wünscht sich nichts stärker, als wie du zu werden. Ein Erleuchteter, ein Weltenwanderer, ein großmächtiger Magier.

Den Schlüssel zum Logenhaus trug er noch um seinen Hals. Er riss sich den Lederriemen im Laufen runter, doch vor dem Tor musste er erst mal ein paar Atemzüge Luft holen. Keuchend stand Billa neben ihm, vorgebeugt, die Hände auf ihre Knie gestützt. Der Papagei hockte auf dem Mauerfirst, äugte stumm zu ihnen herab.

Mit zittriger Hand stieß Marian den altertümlichen Schlüssel ins Schloss. Drehte ihn, warf sich gegen das Tor. Mit einem rostigen Kreischen schwang es auf – und währenddessen rannten der Famulus und die Golems durch einen dämmrigen Tunnel, auf ein kreisrundes Licht zu, das mit jedem ihrer Schritte größer wurde.

»Nicht nach vorn«, japste Marian. »Keine Zeit!« Er rannte auf die Rückfront des Logenhauses zu, drückte die mittlere Fensterluke auf, schlängelte sich mit den Füßen voran in den oberen Keller. Da ließ Julian das Felslabyrinth bereits hinter sich und trat auf den runden Platz vor dem Pfortenglas hinaus.

Unterdessen rannte Marian den dunklen Kellergang entlang, auf das Loch in der Mauer zu. Stolperte keuchend die Treppe zum zweiten Keller runter, hörte schon von Weitem den Sprechgesang der Logenbrüder: *»Haaa – wooo – huu-ummm! Haaa – wooo – huuummm!«*

Hinter dem Famulus schoben sich die Golems einer nach dem anderen aus dem Tunnel im Schattenfels heraus. Marian hätte sich am liebsten die goldene Kette vom Hals gerissen, nur um die grässlichen Ungeheuer nicht länger zu sehen. Wie sie sich im Halbkreis um den Famulus aufstellten. Wie die anderen Dämonen vor ihnen zurückwichen, den Platz vor dem Sphärenfenster räumten. Selbst den mächtigsten und boshaftesten dieser Geister schien es vor den Golems zu grauen.

Aber statt sich das Pentagramm runterzureißen, rannte Marian weiter, den unteren Kellerflur entlang – und blieb wie zu Stein erstarrt hinter der Biegung stehen.

Der kleine Raum vor dem Sphärenfenster war mit Logenbrüdern überfüllt. Sie saßen auf den Reihen schwarzer Stühle, standen entlang der Wände, hockten oder kauerten auf dem Boden. Alle intonierten unablässig den immergleichen Sprechgesang. Dazu hoben die Brüder in der vordersten Reihe immer wieder den Kristallkelch, die Silberschale und die goldene Krone empor. Einige der alten Männer, die an den Wänden lehnten, hielten eiserne Armbrüste in den Händen. Die silbernen Spitzen ihrer Pfeile, bemalt mit magischen Zeichen, zielten allesamt auf das Pfortenglas.

»Zur Seite, schnell«, sagte Marian. Sein Atem ging immer noch keuchend, der Schweiß spritzte ihm nur so aus den Haaren. »Weg von der Pforte!«

Schon bei seinen ersten Worten waren die Logenbrüder verstummt. Die Armbrustschützen ließen ihre Waffen sinken, die Rufer sprangen von den Stühlen und vom Boden auf. Unter ihnen war auch Meister Godobert. Er machte seinen Brüdern ein Zeichen und sie alle schoben sich im Nu an Marian vorbei und hinaus in den Flur. Nur der Meister selbst und der Bruder Türsteher blieben vor dem Pfortenglas zurück.

»Bist du nun so weit, Marian?«, fragte Godobert mit einem matten Lächeln. »Aber es ist wohl zu spät.«

»Ist es nicht«, sagte Marian. Mit raschen Schritten ging er zu den beiden Männern.

Da drüben, hinter dem dunklen Glas, stand Julian. Seine Haare, sein Wams flatterten in dem starken Wind, der in der Dämonenwelt anscheinend ständig wehte. Die Golems umringten ihn, schauten in dumpfer Ergebung zu ihm herab. Und gerade in diesem Moment hob Julian eine Hand und öffnete seinen Mund – zweifellos, um eine Formel zu schreien, damit ihm die Ungeheuer durch die Pforte folgten.

Auch Marian hob nun seine beiden Arme empor. Eigentlich hatte er dem Famulus ein Zeichen geben, ihn durch energisches Armwedeln zur Umkehr bewegen wollen. Doch Godobert und Torgas schienen seine Bewegung anders zu verstehen – oder sie hatten sich entschlossen, nicht länger zu warten. Jedenfalls packten sie Marian blitzschnell bei den Armen, drehten ihn mit dem Rücken zum Pfortenglas und drückten ihn dagegen.

»Die Hände oben behalten«, sagte Godobert, »die Beine leicht gespreizt.« Er wich zur Seite hin zurück, ohne ihn aus den Augen zu lassen.

»Und Kopf und Hals aufrecht«, ergänzte Torgas, während er dem Beispiel seines Meisters folgte.

Marian wollte einen Arm herunternehmen, den Zettel mit der magischen Formel aus der Tasche ziehen, doch es war zu spät. Das Pfortenglas saugte ihn in sich hinein. Wölbte sich um seinen Hinterkopf. Floss ihm über Hände, Schläfen, Schultern. Legte sich wie Spangen um seine Arme.

»Die Formel«, sagte er. »Schnell, Godobert, wie geht die?«

Der Meister riss die Augen auf. »Ich weiß sie nicht auswendig – wo ist der Zettel, auf dem ich sie dir aufgeschrieben habe?«

»In meiner linken Hosentasche. Na los, geben Sie ihn mir.«

Godobert und Torgas wechselten angstvolle Blicke. Der alte Türsteher schüttelte den Kopf wie im Krampf. Meister Godobert machte einen Schritt auf Marian zu und blieb wieder stehen. »Ich bin nicht dazu berufen«, sagte er in kläglichem Tonfall. »Wenn ich dich oder das Glas jetzt berühre …«

Marian konnte ihn nur noch mit Mühe verstehen. Tiefer und tiefer saugte ihn das Sphärenfenster in sich hinein. Schon umschloss es seine Arme und Beine, kroch über seine Flanken, begann seine Ohren zu verschließen. Schon begann es vor innerer Spannung zu knistern und zu knirschen – nur noch wenige Augenblicke, dann würde es zerplatzen, ihn vollends hinüberreißen in die tosende, tödlich kalte Dämonenwelt.

Warum nur hatten ihn die alten Männer ins Glas gedrückt, bevor er den Zettel hervorgeholt hatte? Doch es war sinnlos, ihnen jetzt noch ihren Fehler vorzuhalten. »Versuchen Sie's«, sagte er zu Godobert, »es ist unsere letzte Chance!«

Aber die beiden standen nur wie gelähmt da und starrten abwechselnd auf Marian und das Fenster um ihn herum. Hinter ihm begann der Famulus einen Zwingspruch zu rufen, doch Marian verstand nicht, was er schrie. Er hörte nur das Dröhnen seiner Stimme und brüllte mit letzter Kraft dagegen an: »Die Formel, Godobert – sonst ist alles vorbei!«

Der Meister schüttelte den Kopf. »Es ist sowieso zu spät. Dann lieber auf dieser Seite sterben. Warum bist du nicht früher gekommen? Jeder Mann, der dich oder die Pforte jetzt berührt, wird für immer in die Hölle dort drüben entrückt.«

»Dann muss da wohl eine Frau ran.«

Torgas und Godobert schnellten regelrecht herum. »Eine Frau?«, wiederholten sie wie aus einem Mund.

Billa kam hereingerannt, auf der Schulter den Papagei. »Was muss ich machen?«, rief sie Marian zu.

»Der Zettel ... linke Jeanstasche!« Er schrie gegen das Tosen hinter ihm an. »Lies vor!«

Im nächsten Moment war sie bei ihm, ihre kleine Hand glitt in seine Tasche, tauchte mit dem Zettel wieder hervor. Marian sah es nur in den Augenwinkeln, sein Kopf steckte schon zu zwei Dritteln im Pfortenglas. Das in diesem Moment zu zerplatzen begann – eisige Kälte fiel ihn von hinten an wie ein Rudel Wölfe.

Billa stellte sich ganz dicht vor ihn. Sie hob sich auf die Zehenspitzen, brachte ihren Mund so nah wie überhaupt noch möglich an sein Ohr. *»Sykoristei«*, schrie sie. *»Modahiranem! Elohestomai!* Schnell, Sweetheart – die Golems latschen schon los!«

Sie löste sich von ihm und machte mehrere schnelle Schritte rückwärts. Der Papagei saß noch immer auf ihrer Schulter – er war so wenig wie sie selbst entrückt worden.

»Sykoristei«, brüllte Marian. *»Modahiranem! Elohestomai!«* Oder hoffte zumindest, dass er es geschrien hatte, denn im Donnern der Dämonen und Stampfen der Golems konnte er sein eigenes Wort nicht mehr verstehen. Jemand hämmerte ihm seine Fäuste auf Rücken und Schultern – der Famulus oder vielleicht sogar eines seiner Ungeheuer. Marian kam beinahe um vor Angst und Schmerzen, aber er schrie

noch mal die einzige Formel, die sie jetzt noch retten konnte. »*Sykoristei! Modahiranem! Elohestomai!*«

Vielleicht hatte Godobert auch den falschen Spruch herausgesucht. Höchstwahrscheinlich sogar, dachte Marian. Das Tosen hinter ihm wurde immer lauter. Die Schläge auf seinen Rücken taten so weh, als ob ihm jeder einzelne Knochen zertrümmert würde. Dazu die tödliche Kälte. Und mit jeder Sekunde saugte ihn die Pforte weiter in die Schattenwelt hinüber.

Doch dann rief er den Spruch zum dritten Mal.

Und im selben Moment hörte alles auf.

Das Tosen. Die Schläge. Der Sog.

79

Marian machte einen Schritt nach vorn und seine Beine gaben unter ihm nach. Er wäre ganz einfach hingefallen, zwischen Stühlen und Armbrüsten auf den Boden gekracht, doch mit einem Satz war Billa bei ihm. Warf sich auf die Knie, fing ihn in ihren Armen auf.

Für einen langen Moment schaute er nur in ihr lächelndes Gesicht hoch, wollte nie mehr irgendwas anderes ansehen. Nur Billas Lächeln, ihr Augenblau, den regenbogenbunten Vogel auf ihrer Schulter.

»Schau doch, Sweetheart.« Mit dem Kopf deutete sie zur Stirnwand. Marian setzte sich auf. Wo eben noch das Pfortenglas gewesen war, mit dem Famulus dahinter, den Golems, den Unmengen von Dämonen, befand sich jetzt nur noch roh behauener Fels. Glitzernd feucht, hier und dort mit Schimmel überzogen – es sah nicht viel anders aus als die restlichen Wände in diesem Kellerraum.

Außer dass da ins Gestein ganz deutlich die Umrisse eines Menschen eingedrückt waren. Zum V gespreizte Arme, die Beine leicht auseinandergestellt. Der Kopf so aufrecht wie überhaupt möglich.

»Sieht aus, als ob da jemand mit dem Kopf durch die Wand wollte«, sagte Billa.

Marian rappelte sich auf. Seine Knie fühlten sich noch ziemlich weich an. Er trat vor die Wand, befühlte die Dellen, die er mit seinem Kopf, mit Händen und Hacken allem Anschein nach in den Fels gedrückt hatte. »Mannomann«, sagte er.

Und dann vergaß er seine weichen Knie genauso wie die Dellen im Stein. Ungefähr drei Handbreit über der Stelle, wo sein Kopf in der Wand gesteckt hatte, befand sich eine Mauernische. Er zog einen Stuhl vor die Wand, stieg darauf, tastete mit der Hand in dem Felsloch herum.

»Fühlt sich an wie eine Holzkiste oder so was.«

»Lass uns zusammen nachsehen, Marian.« Der Bruder Türsteher sah vollkommen erschöpft aus. »So wie wir alle Meister Marthelm kennengelernt haben, ist wohl mit Überraschungen zu rechnen.«

Während Marian und Billa die hölzerne Kiste aus ihrem Wandversteck hervorzogen, kehrten die Logenbrüder nach und nach in den Kellerraum zurück. Offenbar hatten sich die Neuigkeiten schnell herumgesprochen.

Es war eine längliche Truhe aus schwerem, schwarz lackiertem Holz, mit einem gewaltigen Schloss und vergoldeten Beschlägen. Torgas probierte umständlich ein Dutzend Schlüssel von seinem umfangreichen Bund aus.

Währenddessen trat Godobert zu Marian, schüttelte ihm feierlich die Hand. »Sei der ewigen Dankbarkeit unserer Loge versichert.« Seine Stimme klang brüchig. Auch er machte den Eindruck, als ob die Ereignisse der letzten Tage weit über seine Kräfte gegangen wären. »Du magst vielleicht manches an unserem Verhalten tadelnswert finden«, sagte er. »Aber vergiss nie, Marian – ein Hegendahl hat diesen Fluch über uns alle gebracht und nur ein Hegendahl konnte ihn wieder von uns nehmen.«

»Verbessern Sie mich, falls ich mich täusche«, sagte Billa in kampflustigem Tonfall. »Sind Sie und Ihre Logenbrüder dem ollen Marthelm nicht ziemlich lange auf seinen schändlichen Pfaden gefolgt?«

Godobert sah sie ausdruckslos an. Marian fürchtete schon, dass er wieder einen seiner frauenfeindlichen Sprüche loslassen würde. Doch dann rang sich der Meister zumindest ein säuerliches Lächeln ab. »Von all dem hier wussten wir nichts.« Er deutete auf die ehemalige Dämonenpforte. »Aber natürlich ahnten wir seit Langem, dass Meister Marthelm – nun, sagen wir – gewisse Experimente angestellt hat.«

Mit dem anscheinend allerältesten Schlüssel, einem klobigen Stück grober Schmiedearbeit, gelang es Torgas schließlich, die Kiste zu öffnen. Was immer sie enthalten mochte, war in ein schwarzes, mit goldenen Zeichen durchwirktes Tuch gehüllt. Obenauf lag ein vergilbtes Blatt Lackpapier, rissig und gewellt vor Alter und Feuchtigkeit.

Darauf stand in Marthelms schnörkelreicher Handschrift:

Croplin, den 15. August

Urgroßneffe, hast Du es wahrhaftig geschafft, die Pforte zu verschließen? Nun denn: Erwarte nicht, dass ich Dir auch noch gratuliere. So wie Du Deinerseits besser nicht glauben solltest, dass Du mich tatsächlich bezwungen und meine Pläne vereitelt hättest.

Doch zweifellos hast Du ein gewisses Talent zur Magie. Also erweise Dich als würdiger Erbe: Diese Truhe und alle Schätze, die sie enthält, sind nunmehr Dein. Die goldenen Arm- und Fußbänder sowie Gürtel und Stirnband, gleichfalls aus Gold, die Dir für vielerlei magische Belange nützlich sein werden. Der golddurchwirkte Umhang, der Dich selbst vor den mächtigsten Dämonen schützen wird. Schließlich die »Eintzig würckliche Alchymia«, das unschätzbare Werk eines Hegendahl'schen Uruahnen, mit dem wohl das magische Talent erstmals in unserer Linie wirksam wurde.

Urgroßneffe, speziell diese Abhandlung hüte wie Dein eigenes Leben. Verfasst von Gertholt Graf zu Hegenthall

auf Burg Stivolit anno 1343 A. D., enthält sie erprobte Formeln für die Beschwörung der Dämonen, Rezepturen zur Herstellung künstlichen Goldes und vielerlei kostbare Geheimnisse mehr. Nimm die 666 Unzen Goldstaub, in die ich meine Kleinodien gebettet habe, als Vorzeichen Deines künftigen Reichtums – und zum Zeichen, dass Du mir nichts nachträgst und niemals versuchen wirst, meine Pläne zu durchkreuzen.

Es wäre ohnehin vergebliches Bemühen. Bedenke immer, Urgroßneffe: Du hältst nun ein kostbares Zauberbuch in Händen, doch meine Magie ist tausendmal mächtiger.

Schweigen, Schweigen über alles, was Dir hiermit anvertraut worden ist.

Gez. Marthelm Hegendahl

Epilog

»Ich verstehe wirklich nicht, wie du dermaßen gut gelaunt sein kannst«, zischte ihm Linda zu.

»So halt.«

»Die Botschaft ist wohl noch nicht bei dir angekommen, Junge: Dieser Dr. Teuschow hat uns ganz einfach abgeschmettert – toller Name übrigens für einen Notar.« Sie regte sich immer mehr auf, fuchtelte mit den Händen, ohne das Lenkrad loszulassen, sodass sie mal geradeaus, mal im Slalom durch die Cropliner Gassen cruisten. »Deine feinen Logenbrüder geben dir keinen Cent von Marthelms Erbe ab. Hörst du mir überhaupt zu?«

»Na klar, Mutter.«

Linda schlug mit der Faust aufs Lenkrad und schnaubte durch die Nase. »Und was in diesem … diesem Kindersarg ist«, stieß sie hervor, »willst du mir immer noch nicht verraten?«

»Darf ich nicht. Hab ich dir doch alles schon erklärt. Jedenfalls keine Leiche.«

Linda warf einen Hilfe suchenden Blick in den Rückspiegel. »Billa, bitte. Ihr verheimlicht mir doch was.«

Billa saß auf dem Rücksitz ihres Golfs, eingezwängt zwischen der schwarzen Holztruhe und einem glockenförmigen Korbkäfig, den sie extra für diese Reise gekauft hatte. »Das gehört alles noch zu unserem Spiel, Frau Hegendahl.« Sie lächelte sanft und unergründlich.

Es war erst zehn Uhr vormittags, am Tag eins nach Rettung der Welt. Doch Linda hatte darauf bestanden, dass sie direkt nach dem Frühstück losfuhren. Zurück nach Starnberg, denn sie hielt es keinen Tag, keine Stunde länger in Croplin aus – »in diesem Horrordorf«, wie sie in der Gaststube mehrfach ausgerufen hatte.

Der »Moorgraf«-Wirt hatte seine Tausendfüßler-Brauen tanzen lassen, aber kein Sterbenswörtchen zu dieser Herabwürdigung seiner Heimatstadt gesagt.

Weise Entscheidung, dachte Marian. Wenn Linda erst mal in Fahrt war, ging man am besten in Deckung. Glücklicherweise hatte sie sich sofort bereit erklärt, Billa bis München in ihrem Golf mitzunehmen. »Gratuliere, Mädchen«, hatte sie beim Einsteigen verkündet, »ohne diesen Zahnmummenschanz siehst du tausendmal besser aus.«

Billa hatte wieder ihr sanftes Lächeln aufgesetzt. »Die Amulette braucht jetzt Jakob.« Sie hatte den Deckel vom Korbkäfig abgehoben, und Linda war für mindestens drei Sekunden der Mund offen geblieben: Tatsächlich hatte Billa dem Papagei eines ihrer Goldkettchen mit den darangeknoteten Haarsträhnen und Babyzähnen umgehängt. Die restlichen Amulette hatte sie in die Korbwände eingeflochten. Das Medaillon mit dem Laura-Bild schaukelte neben Jakobs Sitzstange zusammen mit einem Futterring unter der Käfigdecke.

Linda hatte einen langen Blick in den Korb geworfen, dann stumm den Kopf geschüttelt. Jetzt ließen sie das Cropliner Katzenkopfpflaster hinter sich und rollten auf der schmalen Landstraße Richtung Süden. Links und rechts Moor, so weit man sehen konnte. Baumleichen am Wegrand, und auf jedem soundsovielten Ast hockte ein Rabenvogel.

»Der Professor«, sagte Marian, »wir müssen uns unbedingt noch von ihm verabschieden.«

»Kommt nicht in Frage«, protestierte Linda. »Ich will

keinen dieser alten Knacker mehr sehen. Geschweige denn, mir ihr Geschwätz anhören.«

Schwefelgelbe Schwaden schwebten schleierhaft zwischen Himmel und Moor. Auf dem Rücksitz unterhielt sich Billa flüsternd mit Jakob. Marian hatte sie beschworen, mit keiner Silbe zu erwähnen, dass sie den Papagei für ihren wiedergefundenen Zwillingsbruder hielt. Auch nicht, dass Mariam ihr versprochen hatte, Jakob in seine ursprüngliche Gestalt zurückzuverwandeln – sofern er in seinem Zauberbuch eine passende Formel dafür fand. Er konnte nur hoffen, dass Billa ihre Abmachung nicht vergaß. Linda war sowieso schon davon überzeugt, dass die Freundin ihres Sohnes ziemlich durchgeknallt war. Wenn sie auch noch die Sache mit dem Vogel spitzbekäme, würde sie Billa für eine gemeingefährliche Psychopathin halten.

»Du brauchst ja nicht auszusteigen«, sagte er. »Bitte, Linda. Wir gehen nur schnell rein und sagen dem Professor tschüs.«

Eine Weile sah Linda mit brütendem Blick geradeaus. »Na meinetwegen«, sagte sie schließlich.

Marian drehte sich um und grinste Billa zu. Die Flämmchen in ihren Augen tanzten. »Jakob will zum Amazonas, so bald wie möglich«, sagte sie.

Er machte eine Warngrimasse und drehte sich schnell wieder nach vorn. Eben bog Linda in den holprigen Weg ein, der zu Hanno Bußnitz' Spukhaus führte. »Fünf Minuten«, sagte sie kurz darauf und stoppte hinter dem schwarzen Cadillac. »Wenn ich länger warten muss, lasse ich den Papagei frei, ramme Marthelms Schrottkarre und breche den Kindersarg auf.«

Marian musste lachen. »In dieser Reihenfolge?«

»Das entscheide ich dann spontan«, sagte Linda.

Sie machten, dass sie aus dem Wagen rauskamen. Als

Marian sich noch mal zu ihr umdrehte, saß seine Mutter vornüber gesunken in ihrem greisen Golf, die Stirn gegen das Lenkrad gedrückt. Auf irgendeine Weise musste er ihr beibringen, dass sie jetzt in keiner Geldklemme mehr steckten. Aber bisher war ihm noch nicht eingefallen, wie er ihr von dem Goldschatz erzählen konnte, ohne dabei das Schweigegebot zu brechen.

Schon vom Hinterhof aus hörten sie, dass der Professor wieder auf der Steinzeitflöte spielte. Sie kämpften sich durch den Garten nach vorne. Hier sah es noch genauso wüst wie beim letzten Mal aus – aufgeschüttete Erdhügel wechselten sich mit mindestens zwei Meter tiefen Löchern im Boden ab. Jedes von ihnen länglich und schmal wie die Grube, in der Marthelms Sarg versenkt worden war.

Vor knapp drei Wochen oder vielleicht auch vor gut drei Jahrhunderten. So etwas ließ sich an einem Ort wie diesem nie so ganz genau sagen.

Sie bogen um die Hausecke und traten in den vorderen Hof. Der Professor saß wieder im Schneidersitz am Boden, im Kreis der aufrechten Moorleichen. Aber heute spielte er eine ganz andere Melodie auf seiner Mammutflöte – schwermütig, schmerzerfüllt.

Als er Marian und Billa bemerkte, nahm er das Steinzeitinstrument von seinen Lippen. »Gut, dass ihr kommt«, sagte er gedämpft. »Ihr müsst mir helfen – diese neun Brüder hier zur Ruhe zu betten, wenn ich bitten darf.«

»Sie wollen sie wieder begraben?«, fragte Marian.

Bußnitz flötete einige todtraurige Takte. »Ihre Gräber warten schon«, sagte er dann. »So, wie ich auf euch beide gewartet habe, um diese Sache hier zu Ende zu bringen.«

Unheimlich behände sprang er auf und schnippte sich eine fadendünne Haarsträhne aus der Stirn. »Die Grenze zwischen Gut und Böse, Heil- und Schadenzauber ist haarfein und doch kann man sie eigentlich kaum übersehen«, fuhr er fort. Ging dabei zwischen seinen Baumsärgen auf und ab, dozierend wie im Hörsaal. »Nur weil wir selber Angst vor dem Sterben haben, besitzen wir noch lange nicht das Recht, mit dem Leben, den Seelen und Geistern anderer Kreaturen zu spielen. Das haben wir im Grunde immer gespürt, aber wir wollten es nicht wahrhaben.« Er steckte seinen Kopf zwischen zwei Baumsärgen hindurch und deutete mit seiner Knochenflöte auf Marian. »Warum ich dir das erzähle? Damit nicht auch du diesen Fehler, diesen schrecklichen Frevel begehst.«

Während Marian noch über seine Worte nachdachte, begann der Professor wieder auf der Flöte zu spielen. Eine ganz simple Melodie, aber so schwermütig, dass einem schon vom Zuhören die Tränen kamen.

»Mit ›wir‹ meinen Sie Marthelm und sich selbst, oder?«, fragte Marian.

Hanno Bußnitz nickte. »Wir waren beide besessen von der Idee, den Tod zu überlisten – Marthelm noch mehr als ich. Die Körper sind sterblich, aber was hindert unsere Geister, von einem Leib in den nächsten zu springen, von Leben zu Leben, von Welt zu Welt?«

»Marthelm jedenfalls hat sich nicht hindern lassen«, warf Billa ein.

Der Professor zuckte mit keiner Wimper. »So haben wir häufig herumgesponnen«, fuhr er fort, »die Verrücktheit zweier alter Männer, die nicht einsehen wollen, dass ihre Zeit abgelaufen ist. Und dabei haben wir wohl ein wenig aus dem Blick verloren, dass vielleicht gar nicht jedermann unsere Besessenheit teilt. Dass gar nicht jeder für alle Zeit auf dieser Erde leben will – geschweige denn, von den Toten wieder auferweckt werden.« Er schwenkte einen Arm im Halbkreis. »Das Moor da draußen ist ein friedloser Ort, voller Dämonen und Gespenster. Wahrscheinlich haben diese Brüder hier nur deshalb so grauenvoll geheult. Jedenfalls werden sie mir dankbar sein, wenn sie in meinem Garten zum guten Schluss doch noch ein ruhiges Plätzchen finden.«

In einiger Entfernung quäkte eine Hupe.

»Mann, Marian – das ist deine Mutter«, sagte Billa. »Lass uns hier schnell machen, sonst fängt sie wirklich noch an ...«

»Okay«, fiel ihr Marian ins Wort, ehe Billa aufzählen konnte, was so alles auf Lindas schwarzer Liste stand. »Wie können wir Ihnen hier helfen, Professor?«

Bußnitz klemmte sich die Flöte unter den Arm und trat händereibend zwischen den Baumsärgen hervor. »Nun, deine Freundin hat uns schon einmal eindrucksvoll gezeigt, was sie auf dem Gebiet der Teleportation zu leisten vermag. Ich meinerseits werde ihr mit dieser Flöte nach Kräften assistieren. Und was dich betrifft, Marian – du trägst schließlich den Goldstern deines Onkels um den Hals.«

»Urgroßonkel«, sagte Marian.

Hanno Bußnitz sah ihn ausdruckslos an. »Sicher ist dir schon aufgefallen«, fuhr er fort, »dass jede Spitze dieses Fünfzacks eine kleine Öffnung aufweist. Sie sind unterschiedlich geformt, sodass man mit jeder von ihnen einen anderen Ton erzeugen kann. Für unseren jetzigen Zweck solltest du naheliegenderweise den Zacken benutzen, der das Totenkopfzeichen trägt.«

Linda drückte abermals auf die Hupe. Wie auf dieses Zeichen hin nickten sie alle drei einander zu. Der Professor hob seine Flöte wieder an die Lippen. Billa setzte sich in Yogihaltung auf den Boden und machte schmale Augen. Marian nahm den Pentagramm-Anhänger in die Hand – tatsächlich wies er an jeder seiner fünf Spitzen eine fast unsichtbar winzige Öffnung auf. Er setzte den Zacken mit dem Totenkopfzeichen an seinen Mund und blies hinein. Ein dünner, hoher Pfeifton entstand, vermischte sich mit dem Summen, das aus Billas Mund drang, und dem schwermütigen Winseln der Knochenflöte.

Ungefähr in diesem Moment stieß Linda ihre Autotür auf, lief um das verwahrloste Haus des Professors herum und blieb am Rand des unglaublich zerklüfteten Gartens stehen. Sie riss die Augen auf und kniff sie gleich darauf desto fester zu. Was sie da eben gesehen hatte, konnte ja wohl kaum in Wirklichkeit passiert sein.

Neun glänzend lackierte Baumsärge, mit hohläugigen Moorleichen darin, die über den zerwühlten Beeten schwebten und im nächsten Moment alle Neune im Boden verschwanden?

Vollkommen unmöglich.

Als Linda dann sehr vorsichtig ihre Augen wieder öffnete, waren erwartungsgemäß keinerlei umherschwebende Baumsärge mehr unterwegs. Stattdessen stand Professor Bußnitz vor ihr und fragte: »Alles in Ordnung, Gnädigste?«

Neben ihm standen Billa und Marian und strahlten einander so verliebt an, dass man ihnen unmöglich böse sein konnte.

»Ihre Bewährung ist endgültig gestrichen, Professor«, sagte Linda. Der Professor schaute gleichzeitig sehr erleichtert und sehr wenig zerknirscht. »Ansonsten ist alles in Ordnung«, fügte sie hinzu. »Besten Dank.«

Da wusste sie allerdings noch nicht, was Billa sie gleich fragen würde.

Vorher aber fragte Marian: »Sagt Ihnen eigentlich der Titel *Eintzig würckliche Alchymia* was, Professor?«

Hanno Bußnitz wurde noch weißer im Gesicht als sowieso schon. »Sei vorsichtig, Junge«, murmelte er. »Um Gottes willen.«

Und Billa fragte: »Hat mein Bruder eigentlich was gesagt, Frau Hegendahl? Ich meine, als Marian und ich weg waren?«

»Dein … dein …?«, stammelte Linda.

»Ach, holde Maid!« Marian nahm Billas Hand und zog sie zum Auto. »Ciao, Professor. Kommst du jetzt endlich, Mutter?«